国家社会科学基金重大招标项目"延安文艺与20世纪中国文学研究"成果

"十三五"国家重点图书出版规划项目

国家出版基金项目

陕西省委宣传部重大文化精品项目

陕西师范大学中国语言文学世界一流学科建设成果

延安文艺与20世纪中国文学研究

赵学勇 李继凯 主编

书写劳动人民
延安时期重要作家作品研究

李继凯 冯超 王奎 著

陕西师范大学出版总社

图书代号　SK21N2148

图书在版编目（CIP）数据

书写劳动人民：延安时期重要作家作品研究 / 李继凯，冯超，王奎著. —西安：陕西师范大学出版总社有限公司，2022.2
（延安文艺与20世纪中国文学研究 / 赵学勇，李继凯主编）
"十三五"国家重点图书出版规划项目　国家出版基金项目
ISBN 978-7-5695-2565-6

Ⅰ.①书…　Ⅱ.①李…②冯…③王…　Ⅲ.①中国文学—现代文学—文学研究　Ⅳ.①I206.6

中国版本图书馆CIP数据核字（2021）第223361号

书写劳动人民——延安时期重要作家作品研究
SHUXIE LAODONG RENMIN——YAN'AN SHIQI ZHONGYAO ZUOJIA ZUOPIN YANJIU

李继凯　冯超　王奎　著

出版统筹 /	刘东风　雷永利
责任编辑 /	王文翠
责任校对 /	刘存龙
出版发行 /	陕西师范大学出版总社
	（西安市长安南路199号，邮编710062）
网　　址 /	http://www.snupg.com
印　　刷 /	中煤地西安地图制印有限公司
开　　本 /	710mm×1000mm　1/16
印　　张 /	28.25
字　　数 /	427千
版　　次 /	2022年2月第1版
印　　次 /	2022年2月第1次印刷
书　　号 /	ISBN 978-7-5695-2565-6
定　　价 /	128.00元

读者购书、书店添货或发现印装质量问题，请与本公司营销部联系、调换。
电话：（029）85307864　85303629　传真：（029）85303879

总　序

　　延安文艺是20世纪中国文学历史进程的重要节点。自1940年代至今，延安文艺及其相关问题的研究不断拓展深化，并于不同的历史语境及研究者的身份立场中呈现出有别甚至迥异的话语阐释与纷争局面，成为中国现当代文化史、文学史上难以绕开的学术研究领域。如果说20世纪的延安文艺研究更多为外在的各种（政治的、文化的、文学的）力量所推助，那么在拨开意识形态的迷雾后，新世纪以来的延安文艺研究则更加彰显出延安文艺自身的丰富内涵与持续性研究的宽阔空间，并不断促使延安文艺研究向更加深广的领域拓进。

　　延安文艺研究的重要价值和意义，首先由延安文艺本身的价值和意义所决定。在中国现当代文学的发展中，延安文艺上承五四、左翼时期的文学传统，下启"十七年"、"文革"及新时期至今的文学路向。这一承前启后的文学历史的"坐标"意义及其影响巨大而深远。其次，延安文艺是一种特殊空间范畴的文艺形态，它完成了将战时特殊的区域化文学实践与一般意义上的民族/国家文学的创构目标相联结的巨大的文化实验。因此，认识中国现代文化与文学，以至认识现代中国革命与社会，认识当代中国诸多文化与文学的现实问题，都离不开对延安文艺的不断认识和解读。

　　延安文艺研究的价值还在于其在当代中国文学话语中的元叙事作用。一方面，它所建立的文学规范显性地呈现为一种话语权威，支撑起新意识形态下文艺体系中的文学组织方式、生产方式的合法性运转；另一方面，它隐性地内化为当代文学所具有的特殊文艺传统和精神品格——作为极为重要的中国经验的组成部分，不断地渗透于中国文化建设的各个层面。

此外，延安文艺研究的价值无疑还在于其鲜明的当下性指向。作为吸收、鉴取和凝聚了中国传统民间智慧与外国文艺理论及艺术形式的大众文艺形态，延安文艺以其"新鲜活泼的、为中国老百姓所喜闻乐见的中国作风和中国气派"的艺术样式，真正意义上践行了文学与社会现实、与广大民众密切结合的时代诉求，具有鲜明的先锋性、民族性与现代性特征。新世纪以来，面对大众文化的崛起、底层书写的兴盛、民间资源的流失、全球化与本土化的对峙等中国文学亟待解决的问题，重新爬梳并清醒认知延安文艺的历史经验及其创造性转化的价值和意义，无疑能够为当代人民文艺的健康发展提供借鉴与审思的契机。

强调以历史意识和史学视角切入研究，亦即本着贴近历史语境的原则，对延安文艺做出历史的、社会的及美学的阐释和评价。历史与现实视域是评价延安文艺应持守的基本态度。坚持历史的实事求是的学术精神，注重对历史的多重把握与透视，在理解与阐释中触及历史的真实；重视现实的客观中肯的研究方法，尝试探索具有当下延伸意义的理论路径，并着力针对历史文化现象做出科学的阐释。这是本课题研究的基本出发点。

"延安文艺与20世纪中国文学研究"书系，是其同题国家社会科学基金重大招标项目的终期研究成果。课题组成员力图从新的理论视界，对延安文艺本体形态与中国新文学的历史关联和发展、延安文艺的重大历史价值和影响、延安文艺的马克思主义文艺理论的中国化理论和实践、延安文艺之于中国现当代文学精神的经验借鉴、延安时期及对后来产生广泛影响的作家作品、延安文艺的中外传播及世界影响等重要议题，进行深入、系统的研究。书系主要包括对延安文艺的文学史价值重估、本体研究、文本细读、史料钩沉等方面，且延展至对延安文艺所纳含并有突出贡献的戏曲、电影、书法等多种艺术门类作品的再读与评价，亦触及对女性主义、传播生态、族裔书写、文人心态等相关重要理论命题及实践层面的探讨。由此构成了整一的"延安文艺与20世纪中国文学研究"课题的内容结构。

深入系统地研究延安文艺与20世纪中国文学的广泛联系及深远影响，对重新认识中国现当代思想史、社会史、革命史、文化史、文学史具有重大的学术价值和意义。在每部著作的内容和结构中,最值得反复强调的是,站在学术的时代前沿,审慎地、科学地重估延安文艺的价值,着力建构延安文艺史料学与延安文艺学术史,在作家新论的基础上探究延安文学的经典化历程,在广阔的社会文化视野中考察延安文艺的发生、特征及影响,探索精英文化与民间文化的融合、新型文艺形态的创构,等等。这些都是本课题的创新和亮点。

作为马克思主义文艺理论与中国本土文艺实践和历史语境相结合的综合性、创造性转化成果,延安文艺以鲜明的时代性诠释了马克思主义理论与中国文化传统和实践经验的融合、生发与创新,成为马克思主义中国化的成功方案。延安文艺本身也以其丰富性、多样性和创新性不断地诠释、发展和丰富着马克思主义文艺理论中国化的内涵。延安文艺思想中的人民主体文艺观、革命功利主义文艺观、文学艺术源泉论、中国民众喜闻乐见的民族形式论、文艺舞台上人民群众主角论,都包含了文论方面的独特创造,充分体现了其话语体系的实践性特征。因此,正视和总结马克思主义文艺理论中国化的经验,无疑有着重大的现实意义与理论价值。

延安作家的书写行为及特殊战时环境中延安文人形象的塑造,其精神内涵丰富且意味深长,对研究现代中国知识分子的生命历程及精神史有极为重要的价值。因此,在关注延安文艺的本质特征、艺术价值、珍贵史料之外,更直接地从文艺制度、文人处境、文人性格、作家精神气质、日常生活场景、民间文化资源等层面入手,探讨延安文艺的创作经验及其在之后文学发展中的赓续与转化问题,不失为延安文艺研究中突破政治与文学的二元对立模式,凸显革命政治文化与文学文化之间的互文,积极尝试重构一种文人与政治、政治与文学之间相互独立、相互融通、相互创造关系的研究范式,有意想不到的发现。

延安文艺传播的成功经验,建基于传播主体与受众间密切且灵活的联系,既汇聚了集体智慧共同参与文艺创作,更扩展了艺术与生活的边界,在良性的深度互动中呈现出包容性、广泛性与渗透性的文艺传播效果。而域外作家的延安书写及域外延安文艺学术史的研究,使得延安文艺与20世纪中国文学研究的视野更加开阔,眼界更具开放性、包容性及参照比较的特点,对中国当代文学具有积极的书写经验的镜鉴意义。延安文艺的世界性传播，引发了海外汉学界的关注与研究。面对海外汉学界某些偏颇的批评观念，给予理性的符合历史情境的回应，且进行深刻的自我审视与反思，在融汇本土视角与国际视野的研究视域下，开启对文化身份认同、国际形象建构与世界文学追求等方面的积极探索，具有重要的理论价值。

不断深化延安文艺与20世纪中国文学的历史发展研究，旨在形成一种必要的更加宏阔的研究视野，以此拓宽认识20世纪后半叶及新世纪的中国文学、文化、艺术对延安文艺精神的继承、发展与创变，以及随之收获的历史资源和经验教训。其学术价值的重点在于，对当下文学、文化和艺术的广泛观照与深刻反思。通过考察新的历史条件下，毛泽东《在延安文艺座谈会上的讲话》与习近平《在文艺工作座谈会上的讲话》之间的精神联系，探索并回应社会主义文艺的重大问题，如世界文化发展趋势与中国经验的兼容性内涵，社会主义文艺观的当代性发展，弘扬革命文艺传统与坚持社会主义文艺的前进方向，等等。强烈的当代意识和当下观照是本课题研究的鲜明特色。

可以看到，有关延安文艺的研究目前正不断地朝着更加学理化、纵深化、精细化、历史化的方向拓进。这一研究课题的再深化，对整个20世纪中国文学话语资源及范式的清理、反思、再认识及重塑，于学科层面而言具有十分重要的意义。与此同时，在中国文化软实力全球化推进的背景下，延安文艺的相关研究亦可对当下所倡扬的"中国经验""中国智慧"进行丰富的更深意义上的补充。因而，在此基础上，我们期待一个更加开放的、深化的、互通的延安文艺研究的新局面。

赵学勇
2020年10月6日

目　录

导　论　延安文艺人民性的继承与彰显 / 001

第一章　人民的立场：延安人民文学的建构

　　第一节　文学人民性的历史构成 / 014

　　第二节　"为群众"及"如何为群众"：延安文学的理论基础 / 025

　　第三节　新的人民主体：延安文学中的人民形象 / 046

　　第四节　凸显人民立场：延安文学的主题表达 / 059

　　第五节　大众化：延安文学的审美主调 / 070

第二章　人民的故事：延安时期的小说创作

　　第一节　赵树理小说的现代性追求 / 088

　　第二节　刘白羽小说的抗战书写 / 095

　　第三节　丁玲《太阳照在桑干河上》的妇女儿童书写 / 111

　　第四节　孙犁小说的劳动书写及其文化意蕴 / 121

　　第五节　柳青小说中的形象世界 / 134

第三章　人民的生活：延安时期的散文创作

第一节　《田保霖》与"新写作作风" / 154

第二节　陈学昭与《延安访问记》 / 172

第三节　吴伯箫延安时期的散文创作 / 183

第四节　萧军延安时期的杂文创作 / 192

第四章　人民的情感：延安时期的诗歌创作

第一节　延安时期的叙事诗创作及其形式的谣曲化 / 206

第二节　延安时期的枪杆诗创作 / 218

第三节　延安革命家诗词创作 / 228

第四节　延安时期的艾青诗歌创作 / 256

第五章　人民的舞台：延安时期的戏剧创作

第一节　《白毛女》的修改、改编与"新的人民的文艺"的确立 / 270

第二节　《刘巧儿》的文本演变与主题演进 / 284

第三节　《水浒传》改编与延安戏剧文学的革命叙事 / 294

第四节　马健翎的现代革命戏剧创作 / 308

第六章　人民的声音：延安时期民间文学创作

第一节　延安文艺建构中的陕北民间文艺 / 324

第二节　"改造说书人"和韩起祥的"新书"创作 / 339

第三节　延安时期的陇东红色歌谣 / 354

第四节　延安时期的音乐创作 / 387

结　语 / 395

附　录

书写行为之结晶：延安文人创造的书法文化 / 403

媒介视域中"在场"的"延安作家鲁迅" / 413

参考文献 / 428

后　记 / 440

导　论　延安文艺人民性的继承与彰显

言说延安文艺的人民性这一百谈不厌的重要话题，笔者以为一定要看到人民性文艺思想的民族文化大传统渊源，五四新文学传统的立人为民的思想追求，以及早期共产党人和左翼文学的持续探索，要尊重历史并从历史文化的继承中来理解其发生、发展的规律性。不能把毛泽东同志的《在延安文艺座谈会上的讲话》（以下简称《讲话》）[1]理解为突然发生的思想记录，抑或某一刻的顿悟甚至是主观为之的文本，包括习近平同志近些年来关于文艺的多次讲话，都有其文化继承、发展、创化、彰显的脉络，都有其前世今生、来龙去脉，都渊源有自、有迹可循。比如，在中国文化大传统中就存在着一种民本甚至有时也是民粹的文化思想脉流，或彰显于庙堂经典，或潜存于民间话语，不绝如缕，影响深远。如孟子"与民同乐"的文艺美学思想就体现了"民为贵，社稷次之，君为轻"的民本思想，并对后世文人及人文精神的彰显产生了深刻影响；《诗经》蕴含的"敬天保民"之类的思想也早已转化为忧国忧民的叙事及抒情话语，建构了歌诗及民间歌谣唱叙民众喜怒哀乐的文艺传统。这种具有民族文化之根意义的人文传统延续至20世纪都并未中断，而且在更为丰富的古今中外文化资源的大汇通中，从语言符号转换（如白话革命）到思想情感更新（如解放大众）都得到进一步强化。尤其是在以人民政权为标志的陕甘宁边区，伴随着人民群众当家做主的政治追求，文化艺术领域的人民文艺思想也得以确立，这对共和国文艺以及新世纪、新时代的中国文艺具有强大范导作用并产生了深远影响。

延安文艺的人民性主要体现在以下三点：

一是延安文艺及文艺思想对人民性的继承和彰显。尽管延安时期的物质条件很匮乏，但奇迹般地创造了一个新颖别致的新社会，也创造了相当丰富的文化文本及文学文本，并由此为后世提供了值得进一步搜集整理的延安文艺的丰富史料。事实上，在现存的延安文艺文献中，基本都能够体现鲜明的人民性。延安本地和外来

---

[1] 毛泽东：《在延安文艺座谈会上的讲话》，见《毛泽东选集》（第3卷），人民出版社1991年版。

各种文化的交织与磨合，也契合了"古今中外化成现代"的时代发展趋势，其中的"枪杆子"和"笔杆子"紧密结合，知识者和民众紧密结合，典籍文化和民间文化紧密结合，共同建构了陕甘宁根据地旨在解放人民的社会形态和文化形态。而这种真正注重解放人民的根据地文艺，无疑具有鲜明的民间性和人民性。因此，在延安文艺文献包括各类作品中，一个最为引人注目的特征就是蕴含了鲜明的人民性，并由此近乎全方位地建构了人民政权和人民文化的价值体系，也由此形成了一种新的政治体制和新的文化传统。也就是说，在陕甘宁边区诞生的人民政权、创造的人民文艺是具有生命力和影响力的。当年，置身于陕甘宁边区的绝大多数本地人和外来人，都在革命化或人民化的过程中创造着新的人民文化，也体会到了精神文化前所未有的丰富和新鲜，真切品尝到了大规模创造人民文化及新文艺的快乐。就在这样的文化创造追求中，边区人们特别是文化人也在力所能及地发掘古今中外的文化资源，对早期共产党人的文艺思想和苏区文艺的多样实践都有自觉的继承和发扬，对陕甘宁本土的文化、文艺资源更是注重开发利用。其中，包括民间戏曲、民间歌谣、民间美术等民间文化被高度关注、发掘和利用的众多成功范例，创造出了中国文艺史上别开生面的新文艺、新气象。中国古代存在民间文化、文艺不断为贵族文学、文人文学输氧的现象，陕甘宁则进一步将民间文化、文艺纳入主流文艺亦即人民文艺——人民生活、人民情感、人民文化等成为书写和表达的对象，为受苦大众的翻身解放而尽情歌唱，为工农兵的尽职尽责而倾情书写，便成为延安文艺的创作取向。当然，主流之外自然会有其他流脉（如五四新文学、左翼文艺、译介的外国文艺影响下的文艺等），由此也会带来比照和思考。正是由于具有丰厚的文化、文艺积累和长期的思考，且有了陕甘宁不同区域、不同样态的文艺流脉作为比照和思考的对象，才会孕育出《讲话》这样的人民文论经典。

二是近些年主流文艺思潮对人民性的继承、发展、创化和彰显。其中伴随着新时代脚步而形成的习近平文艺观对文艺人民性的坚持、强调和新释，尤其值得人们关注和思考。众所周知，来自人民且代表人民的党团和领袖不是孤立的，其丰富的文艺思想也来自人民（包括贴近民众者）的智慧和诉求，来自党团和领袖们的智慧和心血。比如绵延的民间文艺包括陕甘宁民间文艺，就给陕甘宁边区革命文艺注入了活力、添加了特色；比如延安时期领袖朱德、周恩来、张闻天等，还有新时期以来的多位党和国家领导人都对人民文艺思想体系的建构做出了贡献。尤其从拨乱反正等特殊意义上讲，1979年10月邓小平的《在中国文学艺术工作者第四次代表大会上的祝词》（以下简称《祝词》），确实全面开启了与改革开放同步的文艺新时期，体现了极其鲜明的务实派文艺的思想特色。笔者曾撰文特别强调，邓小平文艺理论与其文化建设理论也关系密切。除了体现为部分与整体这种不证自明的关系之外，还主要表现在这几个方面：其一，共同的文化目的；其二，有效的文化策略；其三，精品的文化要求；其四，兼容的文化意识；其五，共存的文化问题；其六，改革的文化使命；等等。邓小平宽阔的文化视野使其文艺观具有超文艺的文化特征。邓小平对文化建设的高度重视，使他充分阐发了科技教育、伦理道德和法制建设以及政治文化等在社会主义现代文化事业中的重要作用，并直接将有关思想引入对文艺事业的思考，对文艺也提出了相应的文化要求。作为一位志在发展马克思列宁主义、志在建设中国特色社会主义的思想家和实践家，邓小平的文艺理论与其政治、经济理论一样，都是其极富张力的思想体系的重要组成部分，并且彼此之间也存在着非常密切的关系。这种密切的关系主要体现在以下几个方面，即信守马列主义的唯物史观，坚持基本的政治原则和策略，把握两个文明（物质文明、精神文明）的总体平衡，重视彼此（文艺与政治、经济等）的相互作用等，并由此显示出了超越文艺本位的宏通的理论视野，亦即在注重实事求是、政治策略的基础上或前提下，真正辩证地理解和把握两个文明以及文艺与政治、经济的关系，从而体现出20世纪中国务实派的杰出代表邓小平文艺观的鲜明特色。很显然，邓小平文艺理论与他的政治、经济理论之间存在着非常密切的关系：共同的理论基础、政治观念、策略思想和价值观念等，使邓小平文艺理论与他的其他理论思想，特别是集中体现其务实派思想特色的政治、经济理论，有着内在的相通之处，由此充分体现出了邓小平文艺观的特色和意义，也确证其所建构的文艺观正是名副其实的务实派的文艺观。

这种体现实事求是精神的文艺理论视野和文化宏观视野在2014年10月15日习近平发表的文艺工作座谈会讲话中得到了进一步阐发和彰显，并由此建构了文艺创世、强化自信的新时代文化理想特征。习近平的文艺讲话不仅在新的时代背景下更加全面地阐述了文化繁荣、文艺创作、文艺批评、文艺领导等一系列重要问题，而且更为有力地确认并深入阐述了坚持以人民为中心的创作导向等核心问题，从而更加充分地体现了对文艺人民性思想乃至人民文化、中华文化的积极继承和重建。笔者曾参加2017年5月在中国社会科学院召开的"学习习总书记讲话，重温延安文艺传统"座谈会，对如何恰当地强调文学为人民大众服务，如何从活态文艺流派视角看待延安文艺，如何乐观地从人民文艺角度评价文艺高原与高峰，如何重视革命文艺传统、坚持文艺事业而不是贬损文艺、放逐文艺工作者等问题谈了个人看法。这里仅再次强调坚持真正的人民文艺道路的必要性和艰巨性。笔者以为强调这点就意味着要有真正的人民文艺立场和强烈的防伪意识。是否拥有真正的人民文艺立场和强烈的防伪意识，其实对很多当今活跃的作家与评论家仍是非常严峻的考验。其实，优秀的文艺工作者原本也是劳作不息的人民大众中的劳动成员，他们手中的笔就是他们的镰刀和锤头，他们不仅有辛勤劳作亦即书写的体验，同时要拥有和体验劳动人民群众的生活与情感，不能自外于或脱离劳动人民；文艺工作者要真正地将"劳动人民"的观念贯彻到自己的艺术创作中，为劳动人民而书写而歌舞，其作品也要真正得到人民大众的认可和传播。而为了得到人民大众的认可和传播，还必须充分强调文艺民族化，彰显中国作风和中国气派，在文心文脉上切实继承中华优秀传统文化包括传统文体及文章学，借鉴世界民众创造的优秀文化遗产，在通达通变的境界中，从劳动者的崇高及人民本位出发，化用古今中外的文化营养，开拓创新，拓宽视野，精心创作具有民族文化自信的中国当代文艺。

三是人民文艺思想业已构成一个重要的文艺文化传统。一些人总以为提及传统就一定是古代的、贵族的、庙堂的，且不必区分优劣而都以为应该大力弘扬，因为所谓传统是整体的、完满自足的，即使出现问题也是可以自我调节和修复的。于是这种实际已被神话化的单一的传统观便断然排斥着现代的、民众的文化，对贴近现代和民众的革命文化、文艺传统置若罔闻，甚至对"五四"以来中国走向世界、走向现代的所有努力都认为是在亵渎传统、离经叛道。抑或有人完全用西方的概念体系、价值取向来理解和阐释中国的历史与现实，这种不免隔靴搔痒的套用或批判甚至会走向妖魔化中国文化和民众的陷阱，不自觉地便进入了"假洋鬼子"的思维模式而走向了另一个极端。还有一些人仅仅看到近代以来部分知识分子的多方努力，却看不到人民群众的重大贡献以及知识者与民众的结合所带来的文化磨合效果。即使在探讨和言说延安文艺思想的传统时，也有人仅仅注意领袖们的言论及部分知识者接受的外来马克思主义尤其是苏联的影响，对延安文艺与民间文化、民间文艺、民间形式直接而又深切的关联性却极少关注。而在习近平关于人民文艺的阐述中，不仅继承了延安文艺思想包括毛泽东的文艺思想，而且更好地继承和整合了中华优秀文化的大传统、五四新文化的新传统。这也就是前面所特别强调的，习近平的人民文艺观也有其前世今生、来龙去脉，体现了中华文化传统的生命力和现代中国人民的大智慧。如果说在边区文艺事业不断发展的过程中，已经形成了以《讲话》为代表的具有体系化、整体性的人民文艺思想，那么到新世纪新时代习近平在文艺工作座谈会上的讲话，则更进一步确立了新时代人民文艺观，建构成更加成熟的文艺理论范式，继续维系着我国当代人民文艺的基本价值体系。由此我们将更加自觉地促进文艺家（包括创作者和组织者等）与人民群众的密切结合，努力提升文艺家的人格修养、精神境界和文艺原创能力，增强其忧国忧民的责任感、使命感和道义情怀、艺术才华，尽可能促使当代文艺摆脱圈子化、个人化、边缘化带来的偏狭偏执以及无为无力状态，使当代文艺再创辉煌，依然可以成为名副其实的"经国之大业"，并有助于拓展文艺的接受群体（读者、观众），更好地走向世界、走向人民大众，引导广大读者树立正确的价值观、国家观、文化观、文艺观和审美观。

言而总之，从延安文艺时期毛泽东《讲话》的文艺政策特征的建构，到历史新时期邓小平《祝词》的文艺务实特征的凸显，再到新世纪新时代习近平文艺讲话的文艺创世特征的建构和彰显，确证着我国几代政治家之文艺观对人民性文艺的坚守和创新，并在与时俱进、时代变迁中，各有侧重地彰显了人民文艺思想的策略性、实用性和理想性。这也就是说，比较而言，因为时代不同、需求有异，毛泽东、邓小平和习近平的文艺观显示了同中有异、通变创新、求真务实的特征，都是应运而生、与时俱进且意义重大的。当然，究竟是否是真正的人民文艺及其理论,历史事实和现实实践毕竟是检验真理的主要标准。面向现实和未来,文艺工作者确实任重道远,倘能真诚重构人民文艺、坚持人民文艺之道且又能摆脱二元对立的机械思维模式,那么,"文艺依然神圣"就仍会成为我们持续的一种文化信仰。相应的,书写劳动人民,包括显现书写者自身笔耕墨舞的劳动成果,都会成为我们关注和研究延安作家作品的重要内容。

在笔者看来,人间沧桑,时势使然,延安时期涌现的"书写人民"思潮和热潮,乃是中国现代文学史上最大的"文学革命"行为,也是一种带有创造新世纪的神圣"劳动行为",由此延安文艺也成了中国现代文艺史上最正宗、最纯粹、最朴实的"革命文学"和"人民文学"。这是延安时期文人作家参与历史尤其是文艺史创造的行为结果,辉煌而又坚实。这也昭示了一条横亘天地之间的硬道理:人民的"天下"固然是"打"出来的,也是"写"出来的。因此,延安文人作家的书写或创作行为及其结出的硕果,迄今魅力常在,影响深远,自然也值得我们时时回顾和深入研究。本书主要就延安时期作家文人书写人民的文艺行为进行研究,结合一些有代表性的重要作家作品进行分析,虽然不能面面俱到,却也能够较为充分和系统地展示与彰显延安文艺所具有的"人民的立场""人民的故事""人民的生活""人民的情感""人民的舞台"和"人民的声音"。诸如赵树理、丁玲、艾青、孙犁、马健翎、刘白羽、吴伯箫、陈学昭、柳青以及短期居住延安的茅盾等众多作家文人,都敞开胸怀,受到了当年延安革命文化的洗礼,从而潜心地进行文学创作和文艺评论皆为人民的书写,由此也创造了全方位为人民的书写范式和宝贵经验。本书对此进行多方面的发掘和揭示,显然具有不可忽视的学术价值和意义。

最后,笔者在这里还要就本书使用的"文人"这一概念进行必要的补充说明。笔者其实是在"文化人"的层面来看待"文人"的,这也是用劳动者的眼光来看待那些有文化且能舞文弄墨的人。笔者曾在有关文章①中,还就延安文人进行了分类:延安文人往往涉足政治、文学、书画三个领域,在这三个领域中许多

---

① 李继凯:《论延安文人与书法文化》,载《陕西师范大学学报》(哲学社会科学版)2012年第3期。

文人以其在某一领域的特长作为主要事业，完成人生的立德、立功和立言，同时能在另外两个领域内持续地保持着热情，往往也能有所成就。因而，如若对延安文人进行分类的话，可大致分为以文学创作为主的文人，以书画艺术为主的文人和以政治活动为主的文人三类。本书对这三类延安文人都有涉论，但论述最多的，还是以文学创作为主的文人，亦即延安作家文人。涉论作品较多的也是人们熟悉的四大文体，即小说、诗歌、散文和戏剧。不过"熟知而非真知"，身处全球纷乱、疫情泛滥、民生艰难时世的我们，在欣幸于我们的"人民生命至上"时，再次回顾和审视延安文人的书写行为，定然会对真正以人民为本位、为中心的书写初心和行为，报以由衷的敬意，发出不尽的赞叹！

第一章 人民的立场：延安人民文学的建构

在中国现代文学史的发展脉络中，文学主体性问题的探索是展现其现代性的一个关键问题。从清末民初的文学"新民"说、"改良群治"说到五四时期"人的文学"的提出，再到延安时期"工农兵文学"的初步建构，乃至共和国时期"人民文学"观正统地位的确立，文学的主体性问题由含混逐步趋于清晰，为人民而写，书写人民的人民文学观念已经得到较为普遍的认同。整体而言，人民文学观的确立离不开延安时期文学人民性的实践，探索人民文学的未来发展也离不开我们对延安时期文学人民性历史经验的汲取。别林斯基告诉我们，"文学是人民的意识，它像镜子一般反映出人民的精神和生活"①。1942年之后，延安文艺工作者更是将人民作为自己的主要表现对象，切实反映人民的命运和精神状态，在塑造新的人民形象的同时，还通过土改和合作化题材的作品展现了人民翻身做主的精神状态，同时刻画了人民在新社会中响应政府号召，积极劳动和参与生产的生活热情。不仅如此，延安文艺工作者还汲取民间艺术的营养，从审美层面贴近人民群众，满足人民群众的心理期待，不管是新章回体小说、新评书体小说，还是秧歌剧、新歌剧等，都采用了人民群众喜闻乐见的艺术形式，满足了人民群众的审美趣味。

---

① 别林斯基：《别林斯基论文学》，梁真译，新文艺出版社1958年版，第74页。

第一节

文学人民性的历史构成

作为独立国家的主体，人民历来被视为现代国家构成的基本要素之一，这在以中国为代表的第三世界国家尤为凸显。因此，"人民性"这一概念内涵的丰富与张力毋庸置疑。首先，它不同于西方启蒙话语体系支撑下所追溯的个体意志、公民权利。后现代西方马克思主义批评家詹姆逊便认为：在20世纪中国，"我们"的呼声起源于西方帝国主义威胁下产生的强烈民族诉求。当知识分子开始思考如何具备自身民族独有的特性并且不再落后于其他民族时，"人民"的概念便产生了。詹姆逊指出："他们反复提到自己国家的名称，注意到'我们'这一集合词……我们如何能够比这个民族或那个民族做得更好、我们具备自己独有的特性，总之，他们把问题提到了'人民'的高度上。"[1]其次，即使在中国内部各个历史阶段的具体语境之中，人民性的能指也遭遇着不同的诠释。纵观中国文艺"人民性"概念的嬗变，无论是这一理论本身亦是与之相对的诸多文本，无不反映了中国从五四时期现代意识的萌发、革命时期对独立主权国家建立的渴望，再至当下寻求公民的相对平等与自由发展的深入探求。

一、人民性：概念溯源与学理阐释

作为一个有着丰富能指的概念，中国文学人民性的内涵主要可以从以下三个方面进行溯源：

---

[1] 弗雷德里克·杰姆逊：《处于跨国资本主义时代中的第三世界文学》，张京媛译，载《当代电影》1989年第6期。

首先，发端于商周时代的原始的民本思想可视为现代人民性思想的理论渊源。从"民惟邦本，本固邦宁"中便可看出古代思想家对于民众在国家政治体制中所起到的基础与根本作用的重视。同时，诸子百家从各个方面对于民本思想的注解与阐发亦可视为原始、朴素的道德人文关怀意识。孔子的仁政思想中便渗透着民本的主张，他提倡"为政在人，取人以身，修身以道，修道以仁""修己以安百姓"，力图通过以民为本的思想达到仁政的理想。此外，孟子更加注意到民本问题的重要性，上升到"民为贵，社稷次之，君为轻"的思想高度。老子则重视君主对人民的引导功能，即"圣人无常心，以百姓心为心"。正是先秦诸子与历代思想家对人学的重视，才为后世"人民性"概念的构建提供了深厚的理论土壤与根基。

其次，中国文学中的人民性价值取向所倡导的艺术书写方式可追溯至西方文论中的现实主义思潮。现实主义的理论渊源可追溯至亚里士多德的《诗学》。此外，还有许多学者贡献并丰富了现实主义理论，譬如恩格斯的典型论等。现实主义作为一种文艺思潮和创作方法的名称，首先出现于法国文坛。在文学领域，18世纪德国的作家席勒第一次将现实主义作为专业术语写入其理论著述。作为西欧资产阶级的文艺产物，其生命力在19世纪的俄国以一种批判现实主义的方式迎来了现实主义创作的辉煌。从文艺复兴的现实主义到19世纪20年代的批判现实主义，其中又经历18世纪启蒙时代的现实主义、19世纪的批判现实主义文学，因此它成了欧洲资产阶级文学艺术发展的最高峰。20世纪以来，以法国著名的理论家、文艺批评家罗杰·加洛蒂的《论无边的现实主义》为标志，宣告了现实主义在20世纪西方所遭遇的困境与面临的出路。

最后，马克思主义人学的相关资源则是具有鲜明特色的中国文学"人民性"概念的直接来源。马克思主义人学在批判性地吸收西方人道主义传统的基础上，不断依据现实条件进行深化。与西方传统人学相较，马克思的人民性理论体系有以下三点创造：其一，就概念的出发点与最终指向而言，马克思历来致力于超越西方传统哲学的基底进行实践与批判，这也决定了其在面临诸如人民性等问题时与西方传统多有不同。传统的人论多将问题集中于什么是人、从动物反应到人的应对、人的自我认识等抽象的哲学思辨,而马克思则通过《1844年经济学哲学手稿》《德意志形态》《资本论》等一系列著述逐步确立了人民解放、实践斗争的带有历史唯物主义色彩的人学体系。其二,就概念的属性而言,马克思更加着重于对人民社会属性的张扬。在《关于费尔巴哈的提纲》中,马克思便明确对人的本质做出论断,即在现实性上是一切社会关系的总和。西方人学传统将人从宗教束缚中解脱,使人成了独立的、个人的人,充分肯定了个人的肉体、感觉与欲望。而马克思在此基础上进一步指出,所谓的个人"当然是在一定历史条件和关系中的个人,而不是思想家们所理解的'纯粹的'个人"①。其三,就概念的范畴而言,马克思更加强调共同体(阶级群体)中的个人而非个人的个人。处于具体历史条件中的个人作为社会的大多数成员,形成了人民大众的共同体,即无产阶级。马克思认为,为了消灭人的异化,争取个人真正的自由平等,推翻资产阶级的统治,"只能靠个人重新驾驭这些物的力量并消灭分工的办法来消灭。没有集体,这是不可能实现的"②。

综上可以看出,中国文学中"人民性"的概念是一个历史与现实多维互动的产物。它既是中国古代民本思想的延续,又与西方的现实主义思潮相互关联。但无论是中国古代还是西方社会所倡导的人民性,都是以同情的人道主义倾向作为出发点进行言说的,其中掺杂着宗教救赎与自我解脱的意味。而中国现当代社会是以马克思主义话语下的人民性作为文艺批评的标准,它更多体现着历史唯物主义的人民主体性。

二、人民性:内涵的时代嬗变

(一)发生:《BOLSHEVISM的胜利》与五四时期"人"的发现

作为与启蒙相互动的话语体系,现代性展现了平民社会的日常生活经验,总体表现为一种世俗的文化。20世纪以来,现代性的序幕伴随着西方启蒙话语引入中国,它所牵涉的诸多与民族国家相关的理论问题也开始为五四知识分子所关

---

① 《马克思恩格斯全集》(第3卷),人民出版社1960年版,第86页。
② 《马克思恩格斯全集》(第3卷),人民出版社1960年版,第84页。

注,人民性便是其中的重要一环。

1918年,蔡元培在庆祝一战协约国取得胜利的大会上发表了《劳工神圣》的演讲,首次提出了"劳工神圣"的口号。同年,周作人在《新青年》第5卷第6期上发表了《人的文学》,首次明确地提出了"人的文学"观。蔡元培将中国传统的士农工商阶层与现代的"劳工"概念相衔接,顺应了十月革命及旅欧华工胜利的潮流,宣告了"此后的世界,全是劳工的世界呵!"[①]这一口号后成为"劳工文学"热潮的先声,各类产业工人、贩夫走卒开始被书写于文学作品之中。周作人通过重启"人"的概念,提醒大众要正视人的自然属性。同时,他意欲"建立起资产阶级市民社会的'自然秩序'"[②],从而彻底与建礼法和儒家伦常相决裂。在此基础上,周作人还定义了"人的文学"的概念:"用这人道主义为本,对于人生诸问题,加以记录研究的文字,便谓之人的文学。"[③]

值得注意的是,从蔡元培对于"劳工"的定义——"凡用自己的劳力作成有益他人的事业,不管他用的是体力,是脑力,都是劳工"[④]——中可以看出,"劳工神圣"口号仍然带有儒家传统民本思想的烙印。而与此同时,周作人在"人的文学"基础上形成了其中国近现代市民阶层的世俗化、平民化和普遍性的诉求,这一诉求则鲜明地指向了资产阶级民主主义的理想。可以看出,虽然二者在概念中都包含有平民、大众的意味,但更多强调的是特殊时代环境下对个人独立价值观念的彰显和重视。而从更具有前瞻性、包容性、丰富性的层面出发,笔者认为,李大钊于1918年在《新青年》发表的《BOLSHEVISM的胜利》及《庶民的胜利》等一系列文章则应当被看作20世纪中国文学"人民性"概念的先声。

纵观以《BOLSHEVISM的胜利》为代表的李大钊的人民群众论,首先是建立在其对于俄国十月革命的预判,即世界范围内将迎来社会主义的浪潮之上的。早在1918年7月的《法俄革命之比较观》一文中,他就已经指出:"二十世纪初叶

---

① 蔡元培:《劳工神圣》,载《新青年》1918年第5卷第5期。
② 陈雪虎:《"人"的发明与"五四"的知觉构型:解读并透视〈人的文学〉》,载《河南社会科学》2016年第1期。
③ 周作人:《人的文学》,载《新青年》1918年第5卷第6期。
④ 蔡元培:《劳工神圣》,载《新青年》1918年第5卷第5期。

以后之文明，必将起绝大之变动，其萌芽即茁发于今日俄国革命血潮之中，一如十八世纪末叶之法兰西亦未可知。"①也是在这一认识基础上，李大钊明确区别了蔡元培、周作人等提倡的资产阶级人道主义话语下的人民性相关术语的意涵。其次，李大钊"人民群众"的话语集合主要包含以下两个层面的含义：就概念的指向而言，定位为集体中"多数"的人群；就覆盖的广度而言，囊括了"世界无产阶级的庶民；是世界的劳工社会"②，而与之相对应的，是"不出兵的将军，不要脸的政客"③，甚至是作者所隶属的智识阶级本身。最后，结合当时的历史语境可知，一战结束后的中国作为战胜国却仍处于内忧外患的窘境之中，段祺瑞政府一心揽功，众多知识分子对威尔逊主义仍抱有幻想。但李大钊却能够透过现象敏锐地指出："我们庆祝不是为哪一国或哪一国的一部分人庆祝，是为全世界的庶民庆祝。"④在此基础上，他进一步预示了为了实现庶民的彻底解放与布尔什维主义的胜利，未来中国乃至世界革命的大潮是不可阻挡的。

从跨语际实践的角度出发，从"民主""布尔什维主义"到"劳工""庶民""人民"等语词的兴起代谢过程，不仅展现了西方人道主义、马克思主义话语与20世纪初期中国现代社会迅速对话融合的景观，我们更得以从中窥见紧扣时代脉搏的新兴话语在中国发掘、传播、普及并最终获得合法性与规定性的巨大变革过程。

（二）转向：《讲话》与20世纪40年代以来人民性的形成

五四启蒙时期以来对人的重新发现与再认识，在轰轰烈烈的救亡语境之中，逐渐形成群体的概念，即"人民"。一方面，它预示了个人向集体转向的可能性；另一方面，"人民"的概念反映出民族国家共同体观念的初步形成。在此过程中，文艺大众化与两个口号之争可视为《讲话》的先声。左联的诸多作家、理论家都曾对此发表意见。譬如冯雪峰指出新的作家必须与工农大众相结合；瞿秋

---

① 李大钊：《法俄革命之比较观》，载《言治》1918年第3期。
② 李大钊：《BOLSHEVISM的胜利》，载《新青年》1918年第5卷第5期。
③ 李大钊：《BOLSHEVISM的胜利》，载《新青年》1918年第5卷第5期。
④ 李大钊：《庶民的胜利》，载《新青年》1918年第5卷第5期。

白更是通过为谁写、写什么、用什么话写等五方面从源头上系统论述了大众文艺的建设问题；周扬在多篇文章中指出作家要走出窑洞，到老百姓中间跑一趟，因为"民族革命的斗争已经伸入了全中国人民的一切生活领域"；茅盾1940年发表了《论如何学习文学的民族形式》，强调"一、向中国民族的文学遗产去学习；二、向人民大众生活去学习"①，从而创造出为人民大众所喜闻乐见的民族形式……至此，毛泽东在《讲话》中所倡导的人民性已具备充分的学理基础。此外，为了扭转革命危局，毛泽东根据人民战争的实际情况，清算了苏维埃时期王明为首的"左"倾关门主义，认为"人民共和国是代表反帝国主义反封建势力的各阶层人民的利益的。人民共和国的政府以工农为主体，同时容纳其他反帝国主义反封建势力的阶级"，进一步扩大了"人民"概念的内涵与外延。

1942年5月23日，毛泽东于延安文艺工作者座谈会上发表了讲话。《讲话》集中回答了文艺为什么人服务、普及还是提高、党内统一战线三大版块的问题。而《讲话》中对文艺创作规范的核心便是围绕"人民性"这一概念展开的。应当看出，在当时内外交困的战时环境之中，延安文艺所亟须解决的问题便是新的意识形态下文学的规范与重构。赵学勇指出，"延安文艺作为'中国经验'的集大成和马克思主义文艺理论中国化的重大成果，既是中国新文学历史逻辑发展的合理结果，又全面规范了当代文学的建构与走向"，并且有意识地在五四文学和延安文学之间寻求二者之同，以建立某种深层的联系。②作为一种特殊语境之中的文学选择，《讲话》明确提出了文艺是为以工农兵为主体的最广大的人民群众服务的。在这里，"人民"这一集合的概念所容纳的，便是工农兵作为历史主体被赋予了话语的权力。这样的权力不是单方面获取的，而是在民族主义盛行与阶级立场激化的背景下，外部新政权的赋权与工农兵内在主体性塑造的双重叠加之下的结果。此外，《讲话》所倡导的文艺人民性创作与民族性是紧密结合的，它的书写被要求利用大量传统的民间资源，譬如秧歌戏、板话、戏曲等多种民间文艺形式。正如葛兰西在《论文学》中所言，政治对民间形式的利用与压抑属于文化领

---

① 茅盾：《论如何学习文学的民族形式》，载《中国文化》1940年第1卷第5期。
② 赵学勇：《延安文艺与现代中国文学》，载《解放军艺术学院学报》2012年第4期。

导权的建构。因此，这些艺术形式并不是新的意识形态下的创造，而是通过对传统民间艺术进行适当改造，建立一个新的合乎规范的标准以符合政治与抗战的双重需求。

新中国成立以后，"党性"与"人民性"的概念开始高度并行并且统一于文艺创作与批评之中。1942年毛泽东在致周恩来的信中便曾提及："《解放日报》的改版要增强党性与反映群众。"这一观点直至今日仍然被不断重申，习近平便明确指出："党性和人民性从来都是一致的、统一的。"这一标准也不断反映于各类文学文艺作品之中。因此，如何处理文学的人民性与党性的关系，时至今日仍是一个值得探讨的重要议题。

从马克思主义角度而言，人民既是一个历史范畴，又是一个政治范畴。也就是说，"人民性"这一现代性概念自诞生起便具备两方面的内涵：普泛的人道主义色彩与政治学意义上的具有阶级色彩的人民属性。就中国20世纪复杂的社会变革而言，我们不能离开具体的历史语境讨论上述问题。

（三）延展：《讲话》与新世纪以来人民性的内涵

伴随着全球化的影响，新世纪以来市场经济体制大潮裹挟下的人民性内涵，于意识形态、经济文化的互动之中更加具有弹性与张力。随着20世纪80年代新启蒙运动的退潮，各国的国家民族主义重新复兴。因此，"人民性"这一概念又被放置于新的语境下重新提及。其中，习近平于2014年10月15日在北京文艺工作座谈会上的讲话可视为范本。在这篇讲话中，"人民"这一概念反复出现达四十一次之多。因此可以看出，新形势下的中国文艺批评对于人民性的重新发掘与运用。在新的时代语境下，如何重建习近平所反复提及的文艺批评的人民性标准，既是在当前的权力、资本、市场等复合因素影响下不可回避的探讨，又是牵涉了历史、民族与未来文艺发展等多重性指向的问题。总体而言，学界对于新世纪以来的人民性内涵的走向问题主要表现出三种倾向，现经笔者总结罗列，进行深一步的辨析探讨。

从底层写作的角度出发，将人民性阐释为"新人民性"。这一倾向以学者孟繁华的《新人民性的文学——当代中国文学经验的一个视角》为代表。持这一观点的学者认为，新人民性的"新"，便在于这是一个与启蒙主义思潮相关联的概念。区别于延安时期以来作家压抑主体性去歌颂人民、学习人民的"人民性"概念，提倡新人民性的学者在展露社会历史真实的同时并不放弃批判的底色和立场。正如孟繁华所言："文学不仅应该表达底层人民的生存状态，表达他们的思想、感情和愿望，同时也要真实地表达或反映底层人民存在的问题。在揭示底层生活真相的同时，也要开展理性的社会批判。维护社会的公平、公正和民主，是新人民性文学的最高正义。在实现社会批判的同时，也要无情地批判底层民众的'民族劣根性'和道德上的'底层的陷落'。"[①]

从国家主义的角度出发，将人民性阐释为"公民性"。这一倾向以学者王晓华的《我们应该怎样建构文学的人民性》为代表。持这一观点的学者认为，在当下的时代语境下，单纯的阶级话语已经过时，也不能再为我所用。因此，作为现代社会主体的人民应当如卢梭所言的那样，是一个个自由平等的个体通过契约所建立的联合体。在这一联合体中，公民作为主权者的身份意识应当苏醒，主动行使自己的权利与使命。与此同时，王晓华又注重于将宏大的整体叙事与个体的公民叙事加以结合，这样的理论无疑是更加全面与辩证的。

从美学表现的角度出发，将人民性阐释为"后人民性"。这一倾向以学者陈晓明的《人民性与美学的脱身术——对当前小说艺术倾向的分析》为代表。他认为人民性的运用应由意识形态工具变身为"一种美学表现策略，或者说转化为一种美学表现的策略。反过来，美学上的表现也使'人民性'的现实本质发生实际的变异"[②]。陈晓明通过对当前具有代表性的小说文本解读，归纳出人民性应被当作一种文学表现的话语资源而存在，在这里，"人民性"概念初始的民间立场已然发生了转向。

可以看出，"人民性"这一概念的内涵在新世纪以来获得了前所未有的活力

---

① 孟繁华：《新人民性的文学——当代中国文学经验的一个视角》，载《文艺报》2007年12月15日。
② 陈晓明：《人民性与美学的脱身术——对当前小说艺术倾向的分析》，载《文学评论》2005年第2期。

与张力。诸多学者都尝试通过不同的视角切入这一概念，从而突破了原有的单一话语形态，形成了多元共构的局面。但与此同时，也有学者对此表示担忧：当一个概念在反复的言说中被不断窄化、泛化或者虚化时，那么这一符号体系也就不可避免地面临着能指的耗尽。由此便也可以解释为何学者会不断创造出诸如"后人民性""新人民性"等新概念嫁接等同于"人民性"这一原始的符号话语体系。因此，"人民性"这一概念因过度泛化而走向边缘，在突破其客观与历史规定性以后，其内涵与外延都大幅度缩水的现状，是我们当前必须要面对的事实。

三、人民性：社会学理论向文艺批评标准的转用

作为社会学概念，"人民"在古代典籍中历来泛指一国的平民百姓，带有集合的意味。20世纪以来，"人民"一词被我国的智识阶层重新发掘并带上了西方科学理论的色彩。在诸如《共产党宣言》等体现马克思主义思想的相关论著之中，"人民"被用以描述工人、手工业人、失地的农民等阶层。一个世纪以来，在被进一步广泛使用的同时，"人民"本身所代表的含义也开始不断被重新赋予并延伸至政治、社会、文艺生活的各个方面，其本质表现为学术话语权的更迭。

从中国传统的"文以载道"至20世纪以来文艺"人民性"标准的盛行，文学创作历来受到特定的社会历史环境的制约。虽然文艺批评的标准随时代不断嬗变与丰富，但其社会功用与社会教化的一面历来备受重视。同时，在马克思主义的相关文论之中，文学批评的人民性也作为核心思想反复出现。1942年，毛泽东在《讲话》中，首次使用了"文艺批评标准"这一术语。此外，结合抗战文学的实际，他还明确提出了文艺批评的两个标准："一个是政治标准，一个是艺术标准"。在政治标准中，他将"人民"与"文艺标准"并提，指出"一切利于抗日和团结的，鼓励群众同心同德的，反对倒退、促成进步的东西，便都是好的"[①]，这便首次赋予了政治社会学意义上的"人民"以文学批评领域的学术话

---

① 毛泽东：《在延安文艺座谈会上的讲话》，见《毛泽东选集》（第3卷），人民出版社1991年版，第868页。

语权。此后，人民性作为文学批评标准开始成为主流政治话语的重要组成部分。文学领域内逐步形成了艺术创作高度遵循组织化与政治化的传统。

改革开放至今，作为文艺批评标准的人民性又呈现出了新的发展趋势。现经笔者总结为以下三点：一是从对人民性标准的制定逐步转向对人民性概念自身建构的合理性、包容性的探讨。二是在新的历史条件下人民性由一元化标准逐步走向具有文化自觉形态的多元化综合。文化自觉，即是在对自身及西方文化进行综合反思的同时，明确自身文明在全球性现代化的今天所处的位置。在此基础上如何构建一个具有中国特色的学术话语体系，将是未来我国建构中国特色马克思主义文艺批评理论的重要课题。三是人民性话语进一步与个人性话语趋向统一协调。从延安文艺、十七年文学再至20世纪80年代以来的文学，不难看出集体意志与个人创作间的微妙关系。1979年，邓小平在讲话中再次重申列宁的观点，"绝对必须保证有个人创造性和个人爱好的广阔天地，有思想和幻想、形式和内容的广阔天地"[①]，这就宣告了宏大叙事与个体叙事相结合的文艺批评标准的开端。

综上所述，"人民性"概念最初源于"人"的发现，它于五四时期作为西方资产阶级市民社会的产物被引入中国智识界并加以提倡；继而在革命时代以外部赋权加内在的主体性塑造的方式被确定为以工农兵为主体的"人民"概念，这使得"人民"同时包含了民族与阶级的双重内涵；新世纪以来，伴随着市场经济体制的成熟及新的国际国内形势的转变，"人民性"概念的内涵与外延被进一步分化与细化为底层、公民与美学技巧，于众说纷纭间也面临着边缘化的危险。纵观"人民性"概念从政治社会学向文艺标准的转变过程可知，文学作为现代国家意识形态建构的重要组成部分，历来作为重要的话语资源参与其中。这是一个双向互动的过程：一方面，人民性话语作为重要的文艺标准丰富了马克思主义文艺批评体系的建构，规约了文学作品的生产、传播与评判；另一方面，文艺人民性的话语本身也反映了不同时期的价值观念、指引导向等多方面的时代内涵。

---

① 邓小平：《在中国文学艺术工作者第四次代表大会上的祝词》，见《邓小平文选》（第2卷），人民出版社1994年版，第210—211页。

文学人民性内涵并不是一成不变的，它是随着社会矛盾的变化和历史的发展而与时俱进的，在对延安时期文学人民性认知的过程中不可忽视的是当时国内社会的主要矛盾。延安时期文学的人民性实践，紧紧围绕着社会现实与时代需求，在战争的特殊环境下文学的担当与使命得到充分发挥，共同推动了"中国人民从此站起来了"的历史新起点的到来。

第二节

"为群众"及"如何为群众"：
延安文学的理论基础

毛泽东的《讲话》对中国现当代文学的影响最为深远，特别是"为群众"及"如何为群众"这种独特的表达方式，不仅包含了启蒙的维度，改变了中国现代文学启蒙的形态与方向，更成为人民文学创作及书写实践的重要理论基础。有论者说："毛泽东《在延安文艺座谈会上的讲话》，是'二战'以来马克思主义文论中最有体系色彩且影响最大的论作之一……只有理解《讲话》，方能理解半个多世纪以来的中国文学。《讲话》的理论辐射甚至远远超出文艺运动范围，在思想史上也具有重要的意义。"①实际上，《讲话》的影响所及并不限于国内，已波及国际上五十多个国家和地区。②《讲话》的深远影响当然有政治介入、推动的原因，但除政治之外还有没有更内在的，属于文学、艺术、文化、思想、观念等方面的丰富内容。在笔者看来，许多对《讲话》的挑战和质疑③，即与此有关。要研究该问题，视角当然不止一个，但欲将其中多维、丰富的内涵充分挖掘出来，却需要一个巧妙而相宜的视角。该视角或许就包孕在《讲话》的一段文字之中："现在工农兵面前的问题，是他们正在和敌人作残酷的流血斗争，而他们

---

① 钱理群、温儒敏、吴福辉：《中国现代文学三十年》（修订版），北京大学出版社1998年版，第458—459页。
② 参见刘忠：《〈在延安文艺座谈会上的讲话〉在国外的译介与评价》，载《中州大学学报》2007年第7期。
③ 有学者曾总结学界质疑《讲话》的几种代表性观点：战时文学论、功能变异论、庸俗社会学论、权力政治美学论。参见董学文：《论〈在延安文艺座谈会上的讲话〉的现实意义——纪念〈讲话〉发表70周年》，载《思想理论教育导刊》2012年第5期。

由于长时期的封建阶级和资产阶级的统治，不识字，无文化，所以他们迫切要求一个普遍的启蒙运动，迫切要求得到他们所急需的和容易接受的文化知识和文艺作品，去提高他们的斗争热情和胜利信心，加强他们的团结，便于他们同心同德地去和敌人作斗争。"①

毛泽东在讲文艺的普及与提高问题之时，提到了一个"普遍的启蒙运动"。就是说，基于对当时客观历史需要的认识，毛泽东在《讲话》里也倡导一个"普遍的启蒙运动"，《讲话》本身就有推动它、规定它、引导它的用意。无独有偶，《整顿党的作风》中又有两次讲到"启蒙"，并倡导发动一个"启蒙运动"。②事实上，毛泽东在整风运动期间的许多文章构成了一个系列，充满浓浓的启蒙意味。

然而，一般意义上的启蒙往往是在西方现代思想文化的背景中被规定的。那么，此启蒙是否等同于彼启蒙？它们的特点与结构有何不同？此启蒙与中共政治有何干系？此启蒙究竟对其后的中国现代文学发展方向有何影响？这些都将成为极有意义的话题。

《讲话》涉及的问题虽多，但其中心线索是"为群众"与"如何为群众"。在"为群众"和"如何为群众"中，宣告了现代中国的启蒙进程步入新的阶段；从实践的层面看，它已生长为一种别样的启蒙形态，并似乎永远无法再回到西方近代启蒙的模式。

一、"为群众"问题的由来

"为群众"问题的提出，源于对群众主体地位的认识。

一方面，民众重要性凸显的最直接原因，就是抗战这个特殊的历史背景。"日本敢于欺负我们，主要的原因在于中国民众的无组织状态。"民众是"战争

---

① 毛泽东：《在延安文艺座谈会上的讲话》，见《毛泽东选集》（第3卷），人民出版社1991年版，第861—862页。后面一些未标出处的零星引文也来自《讲话》。
② 参见毛泽东：《整顿党的作风》，见《毛泽东选集》（第3卷），人民出版社1991年版，第820、827页。

的伟力之最深厚的根源"，抗战最重要的兵源、财源都来自民众。①毛泽东多次强调这一点，并把民众阐释得更加具体，比如"中国民主革命的完成依靠一定的社会势力。……就是革命的工、农、兵、学、商，而其根本的革命力量是工农"②，"革命的主体是什么呢？就是中国的老百姓。……就是占全国人口百分之九十的工人农民"③。而在工农之中更是突出了农民的重要性，比如"农民则是中国革命的主力军"④，"中国的革命实质上是农民革命，现在的抗日，实质上是农民的抗日。……大众文化，实质上就是提高农民文化。……农民问题，就成了中国革命的基本问题，农民的力量，是中国革命的主要力量"⑤。在一步步将民众具体化的同时，其阶层也不断下移。而在此之前，基层民众在启蒙之路上被现代知识分子所触及的程度还很低。

另一方面，民众主体地位树立的最根本原因，源于中共的意识形态。首先是人民史观。毛泽东在《论联合政府》中有明确的表达，"人民，只有人民，才是创造世界历史的动力"⑥。其次，由中国革命的性质与前景决定。中国革命是在殖民地半殖民地国家发展起来的新民主主义革命，"是世界无产阶级社会主义革命的一部分，……是为了终结殖民地、半殖民地、半封建社会和建立社会主义社会之间的一个过渡的阶段"，"中国革命的终极的前途，不是资本主义的，而是社会主义和共产主义的"。⑦工人阶级的领导，"为一般平民所共有"的国家，

---

① 毛泽东：《论持久战》，见《毛泽东选集》（第2卷），人民出版社1991年版，第511—512页。
② 毛泽东：《五四运动》，见《毛泽东选集》（第2卷），人民出版社1991年版，第559页。
③ 毛泽东：《青年运动的方向》，见《毛泽东选集》（第2卷），人民出版社1991年版，第562页。
④ 毛泽东：《中国革命和中国共产党》，见《毛泽东选集》（第2卷），人民出版社1991年版，第637页。
⑤ 毛泽东：《新民主主义论》，见《毛泽东选集》（第2卷），人民出版社1991年版，第692页。
⑥ 毛泽东：《论联合政府》，见《毛泽东选集》（第3卷），人民出版社1991年版，第1031页。
⑦ 毛泽东：《中国革命和中国共产党》，见《毛泽东选集》（第2卷），人民出版社1991年版，第647、650页。

及"以全国绝对大多数人民为基础"①的国家制度等，都是中共意识形态中的核心元素，它们从根本上决定了民众的主体地位。

总而言之，民众是完成抗战建国历史任务的关键，但前提是民众要觉醒。只是，广大基层民众普遍缺乏自我觉醒的能力与条件，需要被唤醒。所以，孙中山才会说，"余致力国民革命凡四十年，其目的在求中国之自由平等。积四十年之经验，深知欲达到此目的，必须唤起民众及联合世界上以平等待我之民族，共同奋斗"②。由于"知识分子是首先觉悟的成分"③，天然地、责无旁贷地承担起"唤起民众"的角色，所以毛泽东屡屡强调文艺家、知识者、青年们应该动员民众、组织民众、尊重民众、教育民众。④

民众地位虽然重要，虽然亟待提升，却没有得到知识分子阶层的足够重视，没有得到现代文化知识、观念、意识的滋养。于是，毛泽东在《讲话》开篇就描述了一个知识者与民众之间的隔断现象，即文化的军队、革命的文学艺术在实际工作中没有和革命战争、军事战线相结合，随后又把结合的对象解释成"人民群众"，因为人民群众是革命战争、军事战线的具体承担者和体现者。实际上就是，文学艺术、知识文化没有和人民大众相结合。

毛泽东在指出这种隔断现象时，并没有否认近代以来文化启蒙的进步性。比如他对五四新文化、新文学有极高的评价，"五四运动所进行的文化革命则是彻底地反对封建文化的运动，自有中国历史以来，还没有过这样伟大而彻底的文化革命"⑤。这里充分肯定了它的伟大贡献，但同时又指出它的许多缺点。在贡献

---

① 毛泽东：《论联合政府》，见《毛泽东选集》（第3卷），人民出版社1991年版，第1056、1058页。
② 孙中山：《孙中山全集》（第11卷），中华书局1986年版，第639页。
③ 毛泽东：《五四运动》，见《毛泽东选集》（第2卷），人民出版社1991年版，第559页。
④ 比如在《青年运动的方向》一文中，毛泽东总结道："这五十多年来的革命的经验教训是什么呢？根本就是'唤起民众'这一条道理。……只有动员占全国人口百分之九十的工农大众，才能战胜帝国主义，才能战胜封建主义。"《毛泽东选集》（第2卷），人民出版社1991年版，第565页。
⑤ 毛泽东：《新民主主义论》，见《毛泽东选集》（第2卷），人民出版社1991年版，第700页。

和缺点之间，是辩证的关系：贡献是阶段性的贡献，而就其更高的阶段而言，还存在极大的缺陷，二者并不矛盾。

缺陷的方面概括起来就是，既没有"普及到工农群众中去"，也没能有效地代表工农群众。这是"为群众"问题提出的背景。毛泽东之所以提出这个问题，源于他在长期的革命实践中遇到的实际困难：现代知识分子作为现代文艺、知识、文化的承担者，却长期与中国最广大的群众相分离，二者不但没有相互结合、拧成一股绳，甚至在知识者的力量和群众利益之间，还存在不同程度的错位与矛盾。启蒙者与被启蒙者之间的这些鸿沟、隔膜，会制约启蒙逻辑链条的发生、延伸与扩大。

其实这种隔断的现象，早在《讲话》发表之前，不少参加抗战救亡的作家文人就开始有了反思，并说过类似的话。[①]至于造成这种隔断的原因，有客观与主观两个方面。

其一，毛泽东在《讲话》中两次提到，革命的文学艺术未能与军事阵线相结合的原因是"反动派的隔断"。考虑到江西苏区及陕北解放区时期国民党的"围剿"与封锁，这在相当程度上是实情。另外，国民党在其控制区域长期丑化、禁止赤色文化与共产文化，也造成了某种程度的隔断。如战时国民党的镇压政策就造成了"政府和人民隔离，军队和人民隔离"[②]。

其二，知识分子的城市化与中国社会的乡土性。近代工商业文明亦可说是都市文明，而知识分子所依赖的教育体系均片面集中于城市。尤其是从清政府废科举建近代学堂到抗战爆发的几十年间，几乎所有的新式学堂都建立在县城及以上的城市，而高等教育机构则更是集中在东南沿海的近代都市或内陆省会。于是，有为青年源源不断地被城市吸纳，并被培养成新的知识阶级。另外，西式教育的知识往往服务于近代工商业社会，因而从知识者个体的眼光看，破败的农村常常

---

① 如郭沫若在《"民族形式"商兑》以及姚雪垠在《论目前小说底创作》中都发表过类似的言论。
② 毛泽东：《国共合作成立后的迫切任务》，见《毛泽东选集》（第2卷），人民出版社1991年版，第366页。

让自己的所学无用武之地。① 所以，知识分子不仅求学在城市，也长期工作、生活在城市，自然造成了与（以农民为主体）工农兵群众之间的隔离。

其三，西方的近代知识体系绝非价值中性，它在所谓的进步尺度上，设置了进步与落后、高级与低级、文明与野蛮等一整套观念，并渗透到整个知识体系之中。自黑格尔以降，中国在西方文化坐标中的地位一降再降，中国或被视为沉滞的没有历史的存在物，或是仅存在于过去的旧物，在西方与中国、工业与农业、城市与农村、现代与传统之间，前者意味着进步的方向，后者只是亟待被抛却的对象。于是，被这些观念熏染的现代知识者，有越来越多的人轻视农村和农民群众。正如毛泽东所论：言必称希腊，不重视中国。② 蒋廷黻对此也有过反思："我们对影响我们日常生活的事物一无所知，我们既不知道其原因，也不知道围绕这些原因的环境。""我们的生活脱离人民是莫大的过失。……我们读外国的书，热衷于人民所不感兴趣的事。……（我们可能）在课堂上、在上海和北平的报纸上，甚至来到查塔姆议会上侃侃而谈，使你们认为我们是聪明的，可是我们无法使我们所讲的话为中国农村群众所理解，更不用说被拥戴为农民们的领袖。"③

其四，源于人性普遍的趋乐避苦倾向。现代社会的生产力变革极大提高了人们的生活，更舒适、便利、卫生、丰富、刺激、优越的生活条件，无不挑动着人性中脆弱的瘾癖，当人们接受和习惯这种生活方式之后，几乎不可能再回到过去。因而，习惯了城市生活的知识者，大多再难接受底层工农兵群众的乡土生活。参与乡村建设运动的晏阳初便有这方面的真切感触。④

其五，脱离实践。毛泽东的文艺观中有个唯一源泉论，即认为："中国的革命的文学家艺术家，有出息的文学家艺术家，必须到群众中去，必须长期地无条件地全心全意地到工农兵群众中去，到火热的斗争中去，到唯一的最广大最丰富的源泉

---

① 费孝通：《中国绅士》，惠海鸣译，中国社会科学出版社2006年版，第93—94页。
② 参见毛泽东：《改造我们的学习》，见《毛泽东选集》（第3卷），人民出版社1991年版，第797—801页。
③ 费正清：《费正清对华回忆录》，陆惠勤、陈祖怀、陈维益等译，知识出版社1991年版，第100、102页。
④ 吴相湘：《晏阳初传——为全球乡村改造奋斗六十年》，岳麓书社2001年版，第137页。

中去，观察、体验、研究、分析一切人，一切阶级，一切群众，一切生动的生活形式和斗争形式，一切文学和艺术的原始材料，然后才有可能进入创作过程。"① 这就把当前的人民生活实践的重要性标举起来，成为唯一的源，其他的一切皆是流。如书本上的文艺作品，无论古代的还是外国的，都只是流而非源。而在人民的生活实践中，毛泽东真正想强调的，是工农兵群众的生活斗争实践。从这个角度上讲，新文学作家与工农兵群众的生活斗争实践，在此之前的确有着相当程度的脱离。抗战爆发后，时代环境、作家生活的巨大变化，已经让许多经受心灵冲击、精神洗礼的知识者，开始反思这种与中国社会实践相脱节的问题了。

二、向谁启蒙？谁来启蒙？用什么启蒙？

《讲话》中的"为群众"问题，就是针对以上情形而提出的。然而，要真正解决这一隔离、隔断的问题，还要对之前的整个启蒙结构进行改造。毛泽东通过《讲话》折射出的意图，就是要将启蒙推向一个新的阶段，并且从根本上改变启蒙的方向。②

因此，《讲话》中提出的根本的问题——为群众，与此前文艺界的大众化讨论不在同一维度，因为启蒙者、被启蒙者、启蒙资源的内涵都大为不同。五四时期的所谓平民，"实际上还只能限于城市小资产阶级和资产阶级的知识分子"③，工农兵群众事实上还不在启蒙对象之列。在1930年代的大众化讨论中，虽然人民大众已列入被启蒙的对象，但在启蒙-被启蒙的二元结构中，知识分子处于精英、先觉、启蒙、指导的优势地位，民众总体上还处于较单纯的守旧落后、被动接受的"下等人"（毛泽东语）境地。而在毛泽东的"为群众"理论中，无论知识分子还是群众都有了更丰富的内涵。

---

① 毛泽东：《在延安文艺座谈会上的讲话》，见《毛泽东选集》（第3卷），人民出版社1991年版，第860—861页。
② 毛泽东在1940年代初期，形成了一套用以指导中国社会、中国革命的马列主义中国化理论，《讲话》只是在文艺、文化方面的最有代表性、最集中凝练的体现而已。
③ 毛泽东：《新民主主义论》，见《毛泽东选集》（第2卷），人民出版社1991年版，第700页。

"向谁启蒙"的问题，在这里变成"为什么人"的问题。答案是为人民大众。"为群众"，即"最广大的人民，占全人口百分之九十以上的人民，是工人、农民、兵士和城市小资产阶级"①，而城市小资产阶级包括"城市小资产阶级劳动群众和知识分子"。也就是说，其一，知识分子不再是人民群众之上的某个阶级、某个群体，而成为群众中的一员，于是，此前的启蒙结构中两个阶层之间的问题，转变为人民内部的问题。其二，既然启蒙是为群众，而知识分子也成了群众的一员，这就有了知识分子在某种情况下成为被启蒙者的可能。

知识分子的阶层归属问题，是改变旧启蒙结构的关键。中国传统的四民社会中，知识分子作为士大夫阶层，拥有显著的特权，在地位上与农工商阶层有质的差别。而在西方近代资产阶级革命时期，知识分子精英"是作为该阶级（统治阶级——笔者注）的思想家而出现的（他们是这一阶级的积极的、有概括能力的思想家，他们把编造这一阶级关于自身的幻想当作谋生的主要源泉），而另一些人……准备接受这些思想和幻想"②。西方当代社会精英与大众的阶层分野乃至对立，也显示了知识分子与民众的阶层有别。而毛泽东在《讲话》中则把知识分子划归到群众之中，使之作为群众的一员，并且代表群众。这在当时是一个革命性的变化。

知识分子居于群众之上的启蒙精英光环和优越性，便逐渐弱化、褪去。与此同时，启蒙对象由此前的学生、职员、店员变成了工农兵。"我们的文艺工作者一定要完成这个任务，一定要把立足点移过来，一定要在深入工农兵群众、深入实际斗争的过程中，在学习马克思主义和学习社会的过程中，逐渐地移过来，移到工农兵这方面来，移到无产阶级这方面来。"③在这个启蒙的新阶段里，由于立足点的转移，启蒙对象转变成工农兵，启蒙二元结构的重心也落到工农兵头上，而且，工农兵还成了群众的主体、革命的主力军。工农兵在旧启蒙阶段通常

---

① 毛泽东：《在延安文艺座谈会上的讲话》，见《毛泽东选集》（第3卷），人民出版社1991年版，第855页。
② 《马克思恩格斯选集》（第1卷），人民出版社1972年版，第52页。
③ 毛泽东：《在延安文艺座谈会上的讲话》，见《毛泽东选集》（第3卷），人民出版社1991年版，第857页。

被表达为愚昧、守旧、落后、不觉悟的民众，但在毛泽东的《讲话》中则成为灵魂的干净者，他们的生活成了实践的土壤、文艺的唯一源泉。即便在知识的领域，工农兵也不再是单纯、被动的角色，"许多所谓知识分子，其实是比较地最无知识的，工农分子的知识有时倒比他们多一点"①。因为，群众在实际生活中积累的感性的、实践的经验知识，是知识分子所普遍缺乏的。

于是，在新启蒙阶段里，工农兵是多重角色的合而为一：一来（因为有落后思想）是教育、指导、启蒙的对象；二来也是知识分子要学习的对象；最后还是帮助、服务、代表的对象，情感上要与之打成一片的对象。但要做到这些，知识分子就得先改变态度，学会尊重人民。

在"谁来启蒙"的问题中，知识分子的角色变得既多面又不确定。

一来，无论什么样的启蒙形态，都离不开知识文化，其承担者必然离不开知识分子，启蒙的工作需要知识分子。所以，"没有知识分子的参加，革命的胜利是不可能的"②，"工人阶级应欢迎革命的知识分子帮助自己，……没有他们的帮助，自己就不能进步，革命也不能成功"③。毛泽东反复强调知识分子的重要性。

二来，虽然是群众，但却被认定具有落后思想，如"资产阶级的和小资产阶级的感情""站在小资产阶级立场""偏爱小资产阶级知识分子的乃至资产阶级的东西""灵魂深处还是一个小资产阶级知识分子的王国"④等。所以，尽管知识分子的生活也应当是群众生活，却由于这些"落后思想""立场问题"，知识分子生活不宜过多描写。"对于工农兵群众，则缺乏接近，缺乏了解，缺乏研

---

① 毛泽东：《整顿党的作风》，见《毛泽东选集》（第3卷），人民出版社1991年版，第815页。
② 毛泽东：《大量吸收知识分子》，见《毛泽东选集》（第2卷），人民出版社1991年版，第618页。
③ 毛泽东：《〈中国工人〉发刊词》，见《毛泽东选集》（第2卷），人民出版社1991年版，第728页。
④ 毛泽东：《在延安文艺座谈会上的讲话》，见《毛泽东选集》（第3卷），人民出版社1991年版，第851、856、857页。

究,缺乏知心朋友,不善于描写他们"①,这应当是要被认真吸取的教训。立足于描写工农兵生活,才能克服自身缺乏生活实践、轻视劳动人民的毛病。

三来,在"如何为群众"的问题上,需要对思想情感进行改造,真正站在工农兵的立场上,与"群众打成一片"。要做到这些,就要先学习工农兵,在群众面前先做学生。也就是说,在启蒙-被启蒙的二元关系中,知识分子也需要被启蒙。一种是被群众启蒙。毛泽东对之做了辩证的解释:"去接近工农兵群众,去参加工农兵群众的实际斗争,去表现工农兵群众,去教育工农兵群众","只有代表群众才能教育群众,只有做群众的学生,才能做群众的先生"。②这种辩证的认识,对此前旧启蒙结构的缺点,确实形成了纠偏效果。另一种是被党启蒙。毛泽东在谈到与知识分子建立统一战线的时候说到,"我们的任务是联合一切可用的旧知识分子、旧艺人、旧医生,而帮助、感化和改造他们",并提到了两点原则"第一个是团结,第二个是批评、教育和改造",两个原则之间的关系是"为了改造,先要团结"。③所谓批评、教育、帮助、感化、改造,无一不具有启蒙的味道。

总而言之,知识分子的启蒙者身份,同样趋于复杂化、多面化。毛泽东从他独特的角度,重新定义了知识分子。一方面是知识的维度。他把知识分成两个门类,一个是书本知识,一个是经验知识,两者都有一定的片面性,都是不完全的知识。书本知识的长处是理论化、系统化,缺点是容易抽象、不切实际。实际经验中得来的知识,具有直接的实践性,但往往是感性的、局部的,缺乏完整性、普遍性。一般而言知识分子偏重前者,而群众则掌握了后者,所以,只有两者相互结合才会产生比较完全的知识。有经验的人要学习理论,而有书本知识的人则

---

① 毛泽东:《在延安文艺座谈会上的讲话》,见《毛泽东选集》(第3卷),人民出版社1991年版,第856—857页。
② 毛泽东:《在延安文艺座谈会上的讲话》,见《毛泽东选集》(第3卷),人民出版社1991年版,第856、864页。
③ 毛泽东:《文化工作中的统一战线》,见《毛泽东选集》(第3卷),人民出版社1991年版,第1012页。

须向实际方面发展,变成实际工作者。①这也就是知识分子要向群众学习的部分理由。另一方面是态度和立场的维度。他区分了为地主资产阶级服务的知识分子与为工农阶级服务的知识分子,也区分了革命、不革命或反革命的知识分子,其甄选的唯一标准是"是否愿意并且实行和工农民众相结合"②。毛泽东理想的知识分子,既是知识上比较完全的实际工作者,又是立场上革命化与工农群众化的,即所谓"无产阶级自己的知识分子"。③按照这个标准,社会中原有的知识分子大概都是需要被教育、被改造的,换句话说就是需要被再启蒙!

当知识分子这个原本的启蒙者也需要被再启蒙的时候,澄清"用什么启蒙"或者说"启蒙的内容与资源是什么"的问题,就显得尤为重要。

如果说把启蒙看作是一种从较为初级、蒙昧的不成熟状态走向成熟的过程的话,那么这种变化只能通过知识、观念、思想的更新来实现。因而,启蒙结构中包含着一个和启蒙者-被启蒙者相对应的新与旧的关系。启蒙者发现并创生了新的思想文化资源,并借此启蒙民众。此时,新的知识观念、文化体系成为启蒙的方向与标靶,代表着一种更先进、优越、成熟、高级的文明形态。

西方人在从中世纪走出的过程中,建构了一套与资本主义私有制相适应的知识、文化、观念体系,它以民主、科学、自由、平等、人权、理性、契约等核心关键词为梁柱,撑起了整个西方现代文化的宫殿。当西方人凭借这种优势文化席卷全球之时,所有的前现代民族都不得不面临现代转型,西方的科技、政治、经济、文化在启蒙的进程中,长期以来都是唯一的选择,因为只有它们定义了何谓现代。

中国的近代启蒙,也始于学习、吸收西方的知识文化体系。甲午战争以前,士大夫阶层的启蒙资源大体上是经过西学改良的中学,因而止于"师夷长技"和"中体西用"。此后的知识者则越来越深刻地拥抱西方,西学渐渐成为启蒙的内

---

① 毛泽东:《整顿党的作风》,见《毛泽东选集》(第3卷),人民出版社1991年版,第816—818页。所谓实际工作者,就文艺领域而言,在《讲话》中的表述就是文艺工作者。
② 毛泽东:《五四运动》,见《毛泽东选集》(第2卷),人民出版社1991年版,第559页。
③ 毛泽东:《大量吸收知识分子》,见《毛泽东选集》(第2卷),人民出版社1991年版,第618—620页。

容与方向。无怪乎毛泽东把"五四"之前的文化战线看成是资产阶级新文化的胜利,"那时的所谓学校、新学、西学,基本上都是资产阶级代表们所需要的自然科学和资产阶级的社会政治学说"①。

在当时的历史阶段,用西学来破除陈旧的封建文化,其性质是进步的、功绩是伟大的。不过在中国的土壤上,实际的情形是,西学结出的果实却并不健康。因为"中国资产阶级的无力和世界已经进到帝国主义时代,这种资产阶级思想只能上阵打几个回合,就被外国帝国主义的奴化思想和中国封建主义的复古思想的反动同盟所打退了,被这个思想上的反动盟军稍稍一反攻,所谓新学,就偃旗息鼓,宣告退却,失了灵魂,而只剩下它的躯壳了"②。

这套西学的知识文化体系,包含着某种进步性的理论与上层建筑设计,但其健康和富有生机的前提是,必须有坚实的经济基础与实践作为依托。正如马克思所言,"一定时代的革命思想的存在是以革命阶级的存在为前提的"③。当中国的资产阶级在被利诱与打压后,其革命的积极性也终将被削弱,当革命文化失去了健康发展的依托和条件,极有可能异变为外表光鲜、靓丽,实则极具麻醉、致幻效应的"精神鸦片"。况且,在帝国主义殖民中国的历史境遇中,作为新兴资产阶级文化两大对手的"帝国主义文化和半封建文化是非常亲热的两兄弟,它们结成文化上的反动同盟,反对中国的新文化"④。它们同盟于各自的切身利益,更重要的是,这两种文化都有相当坚实的经济基础、阶级基础。

于是,该阶段用西学来启蒙的知识分子群体,发生了分化。

一部分沉迷、陶醉、陷溺于西学之中的知识分子,继续以西方的科学、民主、自由、人权为启蒙资源,但这种文化的经济基础,即中国资产阶级及其生产

---

① 毛泽东:《新民主主义论》,见《毛泽东选集》(第2卷),人民出版社1991年版,第696页。
② 毛泽东:《新民主主义论》,见《毛泽东选集》(第2卷),人民出版社1991年版,第697页。
③ 《马克思恩格斯选集》(第1卷),人民出版社1972年版,第53页。
④ 毛泽东:《新民主主义论》,见《毛泽东选集》(第2卷),人民出版社1991年版,第695页。

方式，在格外强大的封建主义、帝国主义的内外联手绞杀下，已难有存活的空间。于是毛泽东认为，中国在文化的领域已经被"外来帝国主义的奴化思想和中国封建主义的复古思想"支配。所谓新学、西学，即资产阶级的观念知识体系，在中国这块内忧外患的土壤之上，"失了灵魂，而只剩下它的躯壳了"。换句话说，一种文化、一套观念无论它看起来多么进步、美好，若没有现实的、相应的物质承担者（阶级与生产方式），就只会剩下一个空壳。所谓"皮之不存，毛将焉附"，诸如科学、民主、自由、平等、人权等这些充满资本主义精神的理念，也会被风干成轻飘飘的空自炫目、华丽、致幻的辞藻。而其内容、意义上的真空，则会被奴化思想、复古思想置换。①

另一路知识分子，则沿着完成社会现代转型——这一全民族的最核心使命——的历史逻辑继续探索，他们逐渐从没有实践滋养的空中花园里走出，去寻求新的启蒙资源。而这个启蒙的新取向，既要反驳封建主义的旧，又要反驳迅速变质了的中国资产阶级文化。于是，对资本主义文化批判最有力的马列主义成了唯一可行的选择。在形形色色的反资本主义文化思潮中，马列主义对这类中国知识分子的吸引力，不仅仅在于理论，还由于它在俄国的成功实践（十月革命的成功）。这支力量被毛泽东称为"崭新的文化生力军"。

其实，这种选择亦可从中国传统话语的角度，做一些更本土化、很可能也更贴切的阐释。这种阐释可以与其他表述方式形成互补，在有些方面还能照亮盲点，使之更明亮清晰。

在中国传统中，常用道对社会形态进行论定，如有道、无道等。同时，道也是中国思想、哲学中最重要的概念之一。道是一个丰富而综合的理念，大体包括：对事物的本质、本性及规律的认识；一整套伦理道德和价值规范体系；涉及政治、治理的行之有效的系统性思想、理念、原则。在传统的中国，以儒家为主体的思想文化体系长期扮演着道的角色。若勉强类比的话，18世纪启蒙运动中涌现的思想、学说，为西方现代社会提供了道的支撑。在"天不变，道亦不变"

---

① 其实鲁迅在自己的文章中反复警示告诫过。

的逻辑下，中国传统文化表现出超强的韧性与延续性。这里的"天"用马克思主义的观点看，即是物质性的生产方式。然而，近代以来令先觉士大夫们惊呼的"三千年未有之大变局"，改变的恰恰是这个"天"。那种农耕的、自给自足的小生产模式，在西方大机器工业面前，再难立足。此时，即便按照儒家自身的逻辑，天变也意味着道变。所以，无论好与不好、愿与不愿，世界历史进程中的中华民族，再也无法延续其固有的生活方式、社会形态，历史已经毫不留情地与过去作别，旧道必然面临解体和崩散。然而，道之铸成，至艰至难。鲁迅在《文化偏至论》里对这个新道做了如下的描述："外之既不后于世界之思潮，内之仍弗失固有之血脉，取今复古，别立新宗。"①时至今日，这仍然是极具启发意义的描述。

所以，在旧道溃散而未去、新道邈远而未生之间，有一段长期的"无道时代"。虽然社会暂时无道，但不意味着一个国家在这个时代里没有根本利益，一个民族在这时代里没有根本历史任务。西方民族在承担其历史任务的过程中，也伴随着长期的道的探索（文艺复兴、宗教改革、启蒙运动等等），只是，他们的近代之路基本是主动的、自生的，有充裕的历史长度供其生长，而中国的近代史是逼促的、被动的。

要完成民族的历史任务，客观上需要探索新道。在这个过渡、非常态、不稳定的历史阶段，凝聚力量、指引方向、维护中华民族的根本利益，这是类道物向道的不断发展过程，这个过程要发挥与道类似的功效；甚至要超负荷地承担一个畸形、无道、恶化、过渡、极端的年代里，被高度集成起来的多重历史任务；要能够最大限度地凝聚、引领整个国家；整合社会各层面的力量，将其统摄到与中华民族历史任务、根本利益相一致的方向上来；并切实地解决内忧外患的种种危机，为社会的现代化转型准备条件、铺平道路。②

从现代化实践的角度看，在中国，承担了这个历史重任的就是在延安整风运动

---

① 鲁迅：《文化偏至论》，见《鲁迅全集》（第1卷），人民文学出版社2005年版，第57页。
② 和中国历代皇朝末年较为单纯的武装强力有着根本区别。由于社会生产方式没有发生质的变化，所以武装强力仅需要恢复秩序，而无须摒弃与儒家为主体的传统之道。但近代的中国面临的是世界性的生产方式的革命，旧道失去了物质的依托，必然崩散，也必然需要新的、同质的替代物。

前后形成的一套马列主义中国化理论。它既包含政治、革命的元素，如政治纲领、革命方针、斗争策略、军事路线等，也包含着思想、观念、世界观、价值观等元素。①此二者的结合，也符合中国传统中道的特征。②只不过在传统时代，政与道主要统一于士大夫文官集团，而在1940年代及其以后，主要统一于中国共产党。

于是，《讲话》所提出的"一个普遍的启蒙运动"和"如何为群众"的问题，实际可以理解为"用什么启蒙"的问题。毛泽东试图用一套全新的思想、观念、方法体系③来替换科学、民主、平等、自由（即资产阶级文化），作为崭新的启蒙内容和资源。

之前，人们不太重视《讲话》中的启蒙问题，是因为仅仅把《讲话》看作是政治话语、革命话语，没有充分意识到这套马列主义中国化思想，在一个以战争、革命为主题的年代里，承担了类似于道的历史重负。它不但主要出自领袖之手，代表了政治的权威，也作为类道物，具备了思想观念上的优越性与权威。

所以，《讲话》的背景实际是一场规模宏大的、别样的启蒙运动，即试图用马列主义中国化，既替代封建半封建文化体系，又替代西方资产阶级文化体系及其中国变体，还替代主观教条式马列主义。④《讲话》反映了这场思想启蒙运动的一个侧面，即在文艺、文化领域里的凝结与折射。

文学艺术在《讲话》中受到多方限制、规定，最根本的原因是文艺在大众启蒙中的诸多优势⑤而被选中，作为启蒙的工具或载体，来传播一套新的文化与学

---

① 类道物的提出，主要是强调里面或多或少被知识者忽略的思想性、观念性的元素，无论马列主义中国化的赞同者或质疑者，都有不同程度的忽视。
② 中国传统之道本身就既涵盖思想领域又包括政治领域，这也是中国传统文化、传统思维的显著特征之一。
③ 即类道物，用毛泽东自己的话便是新民主主义文化、无产阶级文化。
④ 这种替代当然只是就文化领导权而言的，并非完全摒弃此前的封建文化、资产阶级文化，相反，毛泽东屡次批评那种激进的、关门主义的观点，主张要广泛吸纳古今中外的一切优秀成果。毕竟，过往的文化里也总会有非意识形态的、凝结着进步性的部分。如马克思就曾高度肯定，资本主义在解放生产力方面的巨大进步等等。
⑤ 如诉诸感性，诉诸形象，可广泛地与音乐、曲艺、绘画、表演等其他艺术门类相结合，等等。如此，能够相当程度地跨越文字的阻隔，向广大文化水平低或文盲状态的基层民众进行启蒙。

说；此时，文艺的首要目的不在文艺本身，而在于比它更高的类道物，这与中国传统中文以载道的精神相契合。

三、启蒙的新结构与新内涵

当明晰了以上几点之后，《讲话》中所说的"启蒙（运动）"与此前的启蒙相比，就有了完全不同的结构，试做总结。

在晚清最初的士大夫启蒙阶段，先觉士大夫和后觉士大夫构成了启蒙者-被启蒙者的二元结构。而当士大夫逐渐转化为现代知识分子之后，启蒙的二元结构演变为知识者先驱与中下层知识者及市民阶层。前一阶段里，启蒙者与被启蒙者都是士大夫，启蒙仅在特权阶层、知识阶层内部展开，与"引车卖浆者之流"无关。而后一阶段里，知识分子失去了士大夫高高在上的社会特权，仅保留了某种知识上、精神上的优越感与精英意识[①]，民众开始成为被启蒙者中的一员，虽然其人数与比例还比较有限，但已是质的飞跃与进步了。

但这两种启蒙之间有下列共性：其一，启蒙资源都来自西方现代文化，只不过拥抱的程度不同；其二，结构上的二元；其三，在启蒙双方的信息流动关系上，基本是自上而下的单向流动。

然而，毛泽东的《讲话》蕴含了一种全新的启蒙结构。

首先，最核心的转变是，马列主义中国化理论作为类道物，替代五四启蒙的西方话语资源（在毛泽东看来便是资产阶级文化）。也就是说，启蒙的方向不再瞄向西方的民主、科学、自由、平等，而转向一套既超越资本主义，又契合中国现实的思想、观念、政治、革命理论体系。

其次，启蒙的结构层次更多。第一，在政党与知识分子之间。政党及其意识形态权威成了实质上的启蒙力量，是第一阶意义的启蒙者，是启蒙者与政治家、革命者的综合体。而由于承担类道物责任的马列主义中国化更多还是一种批判思想、革命理论，在新的启蒙实践中，不可能完全撇开接受西方知识体系训练的知

[①] 既有长久士大夫文化的惯性延续、流风余韵，也带有西方现代社会中精英与大众分化而产生的优越。

识者。①

政党在对待知识分子之时，态度是复杂的：一方面，它的确还需要，甚至必须依赖知识阶级，来开展这个广泛的新启蒙；另一方面，又不能不对之进行指导、教育、改造。对知识者而言，他们既是第二阶意义的启蒙者又是第二阶意义的被启蒙者。或者说，先启蒙改造知识分子，再由知识者向工农兵及革命干部进行启蒙。毛泽东在《新民主主义论》中有一个论断，"在一九一九年五四运动以前，中国资产阶级民主革命的政治指导者是中国的小资产阶级和资产阶级（他们的知识分子）……在五四运动以后……中国资产阶级民主革命的政治指导者，已经不属于中国资产阶级，而是属于中国无产阶级了"②。作为第一阶意义上的启蒙者权威的转移，就包含在"政治指导者"的转移、交接之中。

第二，在知识者与群众之间。知识者被归为群众的一员，与工农兵群众之间不再是独异的两个群体，精英的光环褪去，从知识分子、作家文人变成了文艺工作者。从知识分子到文艺工作者，不仅意味着要接受类道物的启蒙，对自身的缺点和落后思想进行"悔改"③，还意味着群众的重心和主体是占人数百分之九十以上的工农兵，知识分子成了次要的、边缘的角色。知识者和工农兵群众之间，也是双向的信息互动关系：不仅要学习类道物（在《讲话》里体现为学习马列主义），又要向人民学习（在《讲话》里体现为学习社会）。按照《讲话》唯一源泉论的逻辑，就是学习人民的生活实践、斗争实践，"把自己的思想感情来一个变化，来一番改造"④。这种关系在毛泽东看来是辩证的，即对工农兵群众，既

---

① 这个类道物历史地看，主要是从意识形态立场上、文化发展方向上否定西方现代知识文化体系的内在政治要求（如所谓资产阶级的民主自由政体等），建立一个以绝大多数民众为基础的共和国及相应的文化。据毛泽东的描述就是民族的、科学的、大众的文化，而科学尤其是自然科学，几乎全都是资产阶级文化的成果，是必须接受并加以利用的。
② 毛泽东：《新民主主义论》，见《毛泽东选集》（第2卷），人民出版社1991年版，第672—673页。
③ 比如"资产阶级学校所教给我的那种资产阶级的和小资产阶级的感情"，语出《在延安文艺座谈会上的讲话》一文，见《毛泽东选集》（第3卷），人民出版社1991年版，第851页。
④ 毛泽东：《在延安文艺座谈会上的讲话》，见《毛泽东选集》（第3卷），人民出版社1991年版，第851页。

要教育、指导、帮助、做先生,又要反过来学习、服务、代表、做学生,而且只有先做到了后者才能做到前者。毛泽东明白,实践中这个改造过程是艰难的,"知识分子要和群众结合,要为群众服务,需要一个互相认识的过程。这个过程可能而且一定会发生许多痛苦,许多摩擦"①。

第三,政党作为政治权威与物的权威的复合体(类似于政统与道统的合一)。其理由何在呢?用《讲话》里的表述逻辑,有几个关键点。一是理论方面、思想武器方面的先进,即马克思主义、列宁主义作为科学和真理,其权威无可置疑。二是实践方面,既有国际上的社会主义实践(主要是俄国),更重要的还有中国近代以来的以群众为主体的革命、斗争实践。先进理论与实践的结合,使得中国共产党"以占全人口百分之九十以上的最广大群众的目前利益和将来利益的统一为出发点"②。也就是说,它用以启蒙的资源,既代表最广大民众的利益,又承担着独立解放、实现现代化的历史任务,还有科学与真理护航,自然拥有启蒙链条中的最高权威。不过,政党与群众之间也有某种双向的信息互动关系,正如其群众路线所表述的那样——"从群众中来,到群众中去"③。

最后,在这个全新的启蒙结构里,每一个对象都是多元角色的复合体,与其他对象之间的信息交换关系也都不是纯然的单向流动,而是双向、多向的互为流动。这一点在前面已有论述。

新启蒙路向、新启蒙结构也催生新的启蒙内涵。欲解其内涵,可以与李泽厚的"救亡压倒启蒙"命题相参照:"反对帝国主义和反对军阀的长期的革命战争,把其他一切都挤在非常次要和从属的地位;更不用说从理论上和实际中对个体自由个性解放之类问题的研究和宣传了。五四时期启蒙与救亡并行不悖相得益

---

① 毛泽东:《在延安文艺座谈会上的讲话》,见《毛泽东选集》(第3卷),人民出版社1991年版,第877页。
② 毛泽东:《在延安文艺座谈会上的讲话》,见《毛泽东选集》(第3卷),人民出版社1991年版,第864页。
③ 毛泽东:《关于领导方法的若干问题》,见《毛泽东选集》(第3卷),人民出版社1991年版,第899页。

彰的局面并没有延续多久,时代的危亡局势和剧烈的现实斗争,迫使政治救亡的主题又一次全面压倒了思想启蒙的主题。"①

李泽厚认为,"五四时期启蒙与救亡并行不悖相得益彰",而在此后则政治救亡全面压倒思想启蒙。根本原因在于,他的头脑中只有一种启蒙形态:把启蒙的内容、资源限定为"个体自由个性解放"等西方现代话语。他没有发现或并不承认马列主义中国化能取得启蒙的资格,在他眼里,这只是革命或政治,与道(或类道物)无关。

而在中共的意识形态话语里,也没有标举启蒙的旗帜,这一方面和马克思主义经典作家所创立的一套概念、范畴、话语有关,另一方面可能是有意规避与资产阶级启蒙运动在表述上的重叠或缠绕。然而,中共意识形态中的诸多概念具有极其广泛的内涵,事实上已经包含了启蒙的维度。

就毛泽东而言,政治与革命是两个核心的概念。比如,如何看待抗日战争,毛泽东的回答直截了当,"战争就是政治",所以需要政治动员。但什么是政治动员呢?就是要军队和人民明白"为什么要打仗,打仗和他们有什么关系",明白什么是"驱逐日本帝国主义,建立自由平等的新中国",还要具体到"达到此目的的步骤和政策,就是说,要有一个政治纲领"。而如何动员呢?"靠口说,靠传单布告,靠报纸书册,靠戏剧电影,靠学校,靠民众团体",总之就是"文化的动员"。最后,这种动员工作成为常态,又要用"联系士兵和老百姓的生活"的方式,避免抽象、空洞、费解的背诵式宣传。②在解释民众与战争关系的过程中,不可避免地要使用诸多的现代知识文化来解释这样的问题:什么是民族、什么是国家、日本帝国主义的性质、中国抗战的性质、我们如何抗战、为何抗战是持久的但前途是光明的……当时的大多数基层民众,没有接受现代教育的机会,极端缺乏现代文化常识,很多尚处于前现代的皇朝、天下观念体系之中。对他们而言,一颗火星就是曙光,普及就是提高,政治动员就是启蒙。在这样的

---

① 李泽厚:《中国现代思想史论》,东方出版社1987年版,第32页。
② 此段引文均出自《论持久战》,见《毛泽东选集》(第2卷),人民出版社1991年版,第479—481页。

启蒙中，明白世界格局，明白自己与他者，明白过去与将来。再如革命。这个概念不仅成了价值判断的标准，如革命、不革命、反革命等，而且几乎涵盖所有的社会领域。不仅仅有政治革命、经济革命，还有文化的革命，即"要把一个被旧文化统治因而愚昧落后的中国，变为一个被新文化统治因而文明先进的中国"①。这种中华民族的新文化建设，也被包含在中国的革命进程之中。至于反对帝国主义文化及奴化思想，反对封建主义及复古思想，还有中华民族新文化的方向等，事实上都包含着启蒙。

除了政治话语、革命话语对启蒙的替代之外，特殊而极端的历史境遇也是另一个重要的原因。李泽厚在其文中也大量描述了那段历史的迫切、危急与特殊，但他并没有意识到，这段历史会特殊到将政治救亡与思想启蒙合二为一的程度。在中国近代史，尤其是抗战这个空前的血火大熔炉里：启蒙与救亡、思想与政治、文化与革命的泾渭分明、独立发展显得那么奢侈和镜花水月，既缺乏内部和外部的条件，又缺乏可供其生长的时间与空间；一切都被高度集成化了，一切在这个年代里都被挤压在一起。其结果，政治意识形态同时成了类道物，救亡、革命、政治同时就是启蒙。

以《讲话》为核心的系列文献，在革命、政治的话语中不仅仅包含了启蒙的维度，还由于它采用一套新的社会主义意识形态的类道物，从而打碎了旧式的启蒙链条，改写了启蒙的逻辑，替换了启蒙的内容与资源，重建了启蒙的结构，扭转了启蒙的方向。中国现代文学乃至整个中国现代文化，自《讲话》发表以后，就没有重回西式资产阶级民主革命的老路，而是默默地开辟了一条全新的启蒙路向。这条启蒙之路时而清晰时而黯淡，也不乏质疑与挑战，却顽强地绵延至今。至于1980年代的所谓新启蒙，也只是开门纳新，重新正视和吸收资本主义文化的进步成果与精华，而绝非启蒙路向的根本性转向，因为它的血脉扎根于中国现代化道路的磅礴实践之中。

然而须同时意识到，这条伟大的启蒙新路远未走完，最根本的问题在于作为

---

① 毛泽东：《新民主主义论》，见《毛泽东选集》（第2卷），人民出版社1991年版，第663页。

在历史过渡阶段超负荷地承担诸多历史任务的类道物,具有显著的过渡性,它内在、天然地呼唤着新道的产生。比如与救亡、革命、政治相捆绑的启蒙,显然有极端历史时期被挤压的因素,常态的历史环境下,启蒙形态自然需要因势而变。当代中国伟大的现代化实践,已经为新道的产生准备了条件,在一整套思想、价值、观念、知识体系的引领下,去真正接续、完成伟大的启蒙之路,并有可能在吸收此前启蒙成果的基础上,开辟一个更高的世界历史进程。

整个中国现代文学,自始至终都贯穿着启蒙的品格,它见证并参与了不同形态的启蒙之路,它与不同阶段的政治意识形态都有千丝万缕的联系,并以其对民族转型期的自我认识、自我批判和国家现代化历史任务的担当,参与到中华民族新文化的建构之中。"一个国家、一个民族的社会进步和文化发展,最终的决定性因素在于其内部。这是我国在全面实现现代化进程中进行文化变革的一个根本立足点和出发点"①。从这个意义上讲,贯穿着启蒙品格,兼具民族特色和世界视野的中国现代文学,以其丰厚的历史实绩参与新文化的建构,推动了我国的文化变革。而《讲话》之于现代文学的重要意义则在于它是政治意识形态类道物与中国现代新文艺之间的一个节点,在这个节点的丰富性、复杂性、民族性以及它的全部优缺点之中,折射着可供重审中国现代文学的新坐标、新视角,并可能形成具有某种突破性的新阐释。

---

① 陈夫龙:《民国时期新文学作家与侠文化研究》,花木兰文化事业有限公司2017年版,第253页。

第三节

新的人民主体：延安文学中的人民形象

"艺术家是从现实中，从生活中汲取自己的形象的。"[①]延安文艺工作者在《讲话》发表之后，纷纷下乡深入群众生活，创作了大量以工农兵为表现对象的文艺作品，并塑造出了崭新的人民形象。在延安作家笔下，新社会的劳动者摆脱了被剥削被压迫的凄苦命运，成为光荣的劳动英雄和模范工作者。而好吃懒做、游手好闲的二流子也在党和政府以及群众等的帮助下洗心革面，重归劳动者队伍，成为好人。此外，从"五四"以来一直充当启蒙者的知识分子，在延安作家笔下开始向劳动者靠拢，成为被改造、被教育的对象。而劳动英模、被改造的二流子和知识分子，可以说是延安文学中别具特色的人民形象。

一、劳动英模形象的创造

陕甘宁边区政府在大生产运动中为了调动劳动者的生产积极性，采用各种方式掀起了开展劳动竞赛、人人争当英雄的群众运动，那些辛勤劳作、积极生产、拥护政府和军队的劳动群众获得了政府和社会的肯定，被授予"劳动英雄""模

[①] 周扬：《关于"社会主义的现实主义与革命的浪漫主义"——"唯物辩证法的创作方法"之否定》，见《周扬文集》（第1卷），人民文学出版社1984年版，第105页。

范工作者"的称号。①"在中国,这是有史以来的新事件。从来只有战争中或政治舞台上的英雄,而现在劳动者也可以成为英雄了。"②"好的劳动者被选为英雄,比中状元还光荣。"③劳动英雄可以说是一种"新的人物",他们在《讲话》后以一种灿烂耀目的姿态出现在艺术作品里面④,成为延安作家描摹和歌咏的对象。延安文学中的劳动英模形象主要源于延安时期英模运动中的典型,几乎涵盖了各个行业和领域,其中工农兵出身的劳动英模形象是延安文学的书写重点,如艾青的叙事诗《吴满有》中逃难来到延安的移民吴满有,师田手的小说《活跃在前列》中的某团团长陈宗尧,荒草的歌剧《烧炭英雄张德胜》中的战士张德胜,马烽的小说《张初元的故事》中佣工出身的张初元,赵树理的鼓词《战斗与生产相结合——一等英雄庞如林》中"劳武结合"的庞如林,杨朔的小说《模范班》中的某班副班长张治国,柯蓝的小说《红旗呼啦啦飘》中的青年农民刘黑三,欧阳山的小说《高干大》中的高生亮,草明的小说《原动力》中的老一辈优秀工人孙怀德等。

---

① 劳动英雄主要是生产运动的产物,是推行减租,奖励生产,组织起来,公私兼顾及其他经济政策实行的结果。他们主要是生产好,并以生产影响和推动别人生产。基层一线农村的劳动英雄是"以私为主,公为副",而部队学校机关以及公营企业中的劳动英雄则是"以公为主,私为副",他们在生产动机和出发点上是不同的。模范工作者则主要是工作好,以其优良的革命品质、正确的思想作风,真正为群众服务。参见刘景范:《更加推广劳动英雄和模范工作者的运动》,载《解放日报》1945年1月25日。1938年12月,边区政府建设厅曾举办过劳动英雄评选活动,奖励19位当选的劳动英雄。1939年4月,边区政府颁布《陕甘宁边区人民生产奖励条例》《陕甘宁边区督导民众生产运动奖励条例》和《机关、部队、学校人员生产运动奖励条例》。参见朱鸿召:《延安曾经是天堂》,陕西人民出版社2012年版,第64页。1941年开展"五一"劳动大竞赛,选出274名劳动英雄。1942年10月,边区总工会发出了向赵占魁学习的号召,掀起赵占魁运动。12月,边区高干会总结了生产建设的经验,表彰和奖励了各条战线的劳动英雄。1943年1月起,边区政府发起吴满有运动。2月,边区政府通令嘉奖由逃荒难民变为自耕农的米脂人马丕恩及其女儿马杏儿,分别授予边区劳动英雄、边区妇女劳动英雄的光荣称号。参见朱汉国主编:《中国社会通史》(民国卷),山西教育出版社1997年版,第475—476页。
② 《建立新的劳动观念》,载《解放日报》1943年4月8日。
③ 艾思奇:《劳动就是整风》,载《解放日报》1944年2月19日。
④ 刘白羽:《新的艺术,新的群众》,见《刘白羽文集》(第5卷),华艺出版社1995年版,第22页。

延安文学中的英模形象，主要具有以下特点：

其一，辛勤劳动，成绩卓著。工农是生产劳动的主体，旧社会、旧制度挫伤了工农群众的积极性，而新社会、新制度激发了工农群众的劳动热情，他们勤恳生产，并取得了突出业绩。这是劳动英模最为突出的特点，也是延安文学中英模书写的基础。《吴满有》中移、难民出身的吴满有"工作很刻苦"，每日起早贪黑，勤忙不偷闲，结果"开荒开得多，种地种得多，打粮打得多，缴粮缴得多"。《红旗呼啦啦飘》中的农民刘黑三在冬日的开荒竞赛中不畏严寒，奋力向前，在开荒阵线上"始终是最突出的站在最前面的一个"。除了农民劳动英雄，工人劳动英雄也出现在延安作家笔下。《原动力》中的老工人孙怀德在东北解放后，坚信中国共产党的领导，充分发挥劳动创造的精神，铲除了掩埋发电机的冰雪，保护了机器，修复了发电厂，当选为劳动英雄。除了农民、工人，部队军人也在特殊历史时期投入生产劳动，《模范班》《活跃在前列》《烧炭英雄张德胜》等作品中展现了部队军人的工农化，他们不怕苦累，争当先锋，积极投身到开荒、烧炭等生产劳动之中。

其二，思想政治觉悟高，响应党和政府号召。后期延安文学在英模形象的塑造中不仅突出英模们的劳动能力和劳动业绩，还着力凸显英模们的政治性。英模们通常有较高的阶级觉悟和较强的民族意识，他们坚定拥护党的政策，积极响应党和边区政府的号召，认真执行政府法令，是心中有公家、有革命的好公民。《吴满有》中的吴满有"凡是公家事，你总是拥护，总是宣传，凡是政府号召，你总是抢先响应"。《烧炭英雄张德胜》中的张德胜拥护八路军和共产党，积极响应党和边区政府"自己动手，丰衣足食"的生产号召，努力超额完成生产任务。《模范班》中的张治国高度重视并积极践行"创造模范班"的政治使命，努力推动群众的英雄事业。《高干大》中的高生亮"是一个真实的人，一个可爱可敬的人，一个从贫瘠土壤生长起来的英雄人物。……这位英雄人物的毕生的理想，就是要改变家乡贫穷、多病和落后的现象"[①]。可以说，他们在对私的层面

---

① 欧阳山：《欧阳山文集》（第4卷），花城出版社1988年版，第1479页。

上能够精通业务、积极工作并取得突出业绩，在对公的层面上能够积极响应党和政府的号召，正确处理好公私关系，忠实履行好公民职责，为抗战、为革命贡献出自己的力量。①

其三，发挥模范带头作用，热心帮助群众。周扬提倡"表扬群众的新英雄主义，使文艺无愧于这个新的群众的时代"②。所谓群众的新英雄主义表现在两个方面："一是所作所为，都是为群众的利益，而个人的利益应该无条件地服从群众的利益；一是相信群众力量、集体力量才是创造世界、创造历史的伟大力量，个人的力量只是这个伟大力量中的'沧海一粟'。"③因而延安文学中着力凸显的劳动英雄，不是旧式的个人英雄，而是具有突出的群体性、凡人性特征，他们在积极劳动的同时还能热情帮助他人，带动其他劳动者，甚至帮助落后者，带领劳动群众共同进步。《吴满有》中发家致富后的吴满有对有困难的人大方施以援手。《烧炭英雄张德胜》中被选为烧炭班长的张德胜，不仅在烧炭过程中处处以身作则，而且对爱抬杠的马正之、张玉海和爱打瞌睡的张西都能够耐心地说服教育。《战斗与生产相结合———一等英雄庞如林》中当上互助组长的庞如林，宽容地接纳了坦白的特务庞二红，动员不服气的庞栓清入组，发动村里人改造懒汉庞二驴。《模范班》中当选了劳动英雄的副班长张治国，不骄不躁，平易虚心，对班长尊重有加，对组员耐心劝解、巧妙动员。《红旗呼啦啦飘》中的刘黑三同情别人，帮助别人，获得全村人的拥护。《张初元的故事》中的张初元大公无私，热心为群众办事。《高干大》中的合作社领导人高生亮"关心群众、联系群众、处处为群众打算"④。《原动力》中的孙怀德善于团结群众，发挥群众力量，能和群众打成一片。

延安文学中的劳动英模，在新社会和新的政党领导下，走出了被剥削被压迫

---

① 秦林芳：《论解放区后期文学的"英模书写"》，载《山东师范大学学报》（人文社会科学版）2019年第4期。
② 周扬：《谈文艺问题》，见《周扬文集》（第1卷），人民文学出版社1984年版，第499页。
③ 朱德：《八路军新四军的英雄主义》，载《解放日报》1944年7月7日。
④ 欧阳山：《欧阳山文集》（第4卷），花城出版社1988年版，第1479页。

的凄苦人生泥淖，成为备受崇仰的英雄，赢得了做人的尊严，在一定程度上，他们从旧社会可有可无的草芥变成了新社会中得到社会认同的主体。这些劳动英模形象反映了延安时期的大生产运动和英模运动，同时宣传了劳动光荣的崭新劳动观念，教育了人民群众，也是延安作家从生活及思想感情上贴近大众、进行自我改造的重要表现。延安作家笔下工农兵出身的劳动英模形象，不仅革新了传统的英雄形象，而且丰富了工农兵形象的表现内容，让工农兵在文学画廊中增添了新的风姿。但从艺术方面而言，除了《红旗呼啦啦飘》中的农民刘黑三、《高干大》中的合作社副主任高生亮和《原动力》中的工人孙怀德等人外，其他劳动英模形象大都思想性格相对单一，缺少人物精神层面的丰富性，政治色彩浓烈但个性较为单薄，呈现扁平化的倾向，体现了社会现实和相关政策对作家创作的束缚。

二、被改造的二流子形象

20世纪40年代，游手好闲、不事生产、作风不正的二流子是一个不可忽视的群体，"他们缺乏建设性，破坏有余而建设不足"，"应该善于改造他们，注意防止他们的破坏性"。①在边区经济等各方面遭遇困境的情况下，不事生产的二流子不仅是一种荒废、闲置的劳动力，而且破坏了社会团结，影响了新政权的精神面貌，与边区倡导的新人形象格格不入，所以有必要对二流子进行改造，将其变为劳动力，并以此净化社会空气，移风易俗，提升新政权的形象。1943年，大生产运动全面展开，朱德强调："贪污、腐化、浪费是生产运动的敌人。在生产中，不许有一个败家子、一个二流子。"②与此同时，延安《解放日报》发表社论《改造二流子》，号召全区掀起改造二流子运动高潮。伴随着延安时期二流子改造运动的大规模开展，相关的通讯报道以及报告文学、小说、秧歌剧等文学样式不断涌现，它们大都充当了这一社会风潮的舆论先锋和意识形态规训工具，但

---

① 毛泽东：《中国革命和中国共产党》，见《毛泽东选集》（第2卷），人民出版社1991年版，第646页。
② 《延安举行生产总动员，建立革命家务》，载《解放日报》1943年3月6日。

也有一些作品探及二流子的精神世界，继承并深化了"五四"人的解放的主题。自"五四"以来，二流子形象屡现于作家笔端，但延安时期的二流子形象塑造有着更为多元的着眼点和特殊的政治、文化内涵，值得我们进行深入开掘。

二流子主要是指旧社会中受到反动统治阶级压迫和剥削，失去土地和职业的一部分人，他们大都是破产的农民和失业的手工业者，在农村特指那些不务正业，不事生产，以鸦片、赌博、偷盗、阴阳、巫神、土娼等为活，搬弄是非，装神弄鬼，为非作歹的各种人的统称。[①]作为典型的游民，他们长久地在社会中混迹，被侮辱，被唾弃，丧失了做人的尊严和权利，不相信劳动可以改变命运，沾染上严重的社会流氓气息，有的甚至自暴自弃，徘徊游弋在人鬼边缘。对于这一社会边缘群体，早在五四时期，作家们便投去了关注的目光。如柔石小说《人鬼和他的妻的故事》中的仁贵等充满"鬼气"的二流子形象代表了乡土社会愚昧、麻木、落后的灵魂，他们从人变为鬼的人生成为传统乡土社会演变的缩影。五四乡土作家们立足启蒙立场，探寻这些人物所具有的国民劣根性，同时揭示出在逐渐瓦解的乡村经济背景下底层民众的生存困境。随后30年代的文学依然接续了五四新文学对二流子群体的关注，不过丁玲、萧军等左翼作家侧重于揭示各种充满社会气息的二流子所具有的革命的最直接的动力与破坏力，而老舍等自由主义作家对二流子形象的书写，主要在承继五四新文学对国民性批判的同时，较多地着墨于对沦落灵魂的悲剧成因的探寻。如《骆驼祥子》中被迫进城且怀抱自食其力梦想的祥子，从一个勤劳健康的农民，经过几起几落的命运沉浮，最终沦为骗钱嗜赌、出卖人命、流落街头的二流子，成为"个人主义的末路鬼"。老舍通过对祥子从人变鬼的描述和剖示，控诉了社会对普通人命运和尊严的戕害。30年代文学侧重于揭示二流子扭曲灵魂背后的社会伤痕，同时暗示了他们日后走上革命道路的可能性与合理性。而到了延安时期，经过二流子改造运动，二流子在生活和文学领域中的悲苦命运终于作结，他们懒散堕落的不良生活习气开始转变，大都成为勤恳劳动的生产者，甚至涌现出许多劳动英雄。

---

① 朱鸿召：《延安日常生活中的历史：1937—1947》，广西师范大学出版社2007年版，第58页。

虽然二流子这一形象谱系在延安文学中总体处于次要和陪衬地位，在中长篇小说中也很少出现，但在秧歌剧、短篇小说等文体中，二流子不少时候被作为主要人物来勾画。延安文学中的二流子形象普遍出身贫苦，大多是30至50岁左右的已婚男女，未婚青年男女较少。按照他们与劳动之间的关联，以及在行为方式与心理层面的表现程度，主要可分为好吃懒做、劳动观念淡薄型和作风不正、沾染严重不良习气型。①

好吃懒做、劳动观念淡薄型主要表现为好逸恶劳、不事生产、缺乏正确的劳动观念，如秧歌剧《刘二起家》中吃喝嫖赌、不劳动的刘二，《钟万财起家》中爱抽洋烟、不生产的钟万财，《一朵红花》中懒惰闲散的胡二，《动员起来》中勤吃懒做的张栓夫妇等，他们在基层党政干部和政府的帮助下皆成功转变，在劳动中获得了新生。另外洪林的小说《李秀兰》和柳青的小说《在故乡》中还有两个比较特别的二流子。《李秀兰》中的李秀兰因扭秧歌而耽误劳动生产、对劳动认识不足且逃避生产，通过区干部的劝说和学习受训，她认识到自己不爱劳动、想做个"工作人"、喜欢闹娱乐的行为和想法是"二流子思想"，接受了"不劳动就不能真解放，真翻身。二流子思想是要不得的，在新社会里，是没有二流子的地位"的新观念。文本传达出"不劳动就是有二流子思想"及"树立一种正确的劳动观念"的思想意味②，但其否定女性爱美、爱精神娱乐的姿态，与赵树理对三仙姑的嘲讽没有什么区别，也是以后农村小说中写到进步女性总是让其一心劳动、不讲打扮的先声。③《在故乡》罕有地关注了剥削阶级出身的二流子的生活和命运，并给予了较多的同情。小说中的七老汉起先家世显赫，后来家道中落而沦为二流子，不务正业、不愿劳动，想方设法混吃、讨吃，过着寄生生活，后在土改中分到土地，虽然"这三垧地里的收获，便会使他一个人过起有吃有穿有烧的日子来了。然而……七老汉却把分得的地通统租给旁人，自己连瓜菜也不种

---

① 俞晓娟：《沦落与改造：解放区文学中"二流子"形象综论》，福建师范大学硕士学位论文，2010年。
② 俞晓娟：《沦落与改造：解放区文学中"二流子"形象综论》，福建师范大学硕士学位论文，2010年。
③ 王力：《赵树理与中国40年代农村小说研究》，中国社会科学出版社2011年版，第104页。

一棵"①，最后穷困潦倒，在除夕前上吊自尽。在劳动翻身、不劳动不得食的新光景下，破落地主出身的七老汉骨子里仍然顽固地残留着剥削阶级的生活习气和思想意识，这样的人注定被时代抛弃。

作风不正、沾染严重不良习气型主要表现为偷人、坑蒙拐骗、沉溺于自我放纵、吃喝嫖赌，在心理层面上多表现为无赖、流氓性格，但他们最终也大都被成功改造，只是有的在改造中旧疾复发，过程颇为不易。如李纳的小说《煤——煤能把废铁化成钢》中的黄殿文，袁毓明的小说《由鬼变人》中的刘小七，马健翎的眉户现代戏《大家喜欢》中的王三宝，柳青的小说《土地的儿子》中的李老三，马烽的小说《金宝娘》中的金宝娘，赵文节的《肉体治疗和精神治疗——一个医生讲的故事》中的王四等。《煤——煤能把废铁化成钢》中的黄殿文原是哈尔滨有名的小偷，蹲过好几次监狱却毫无悔意，而且"耍钱、抽大烟、扎吗啡、逛窑子……什么都来"②。《由鬼变人》中的刘小七解放前是个游手好闲、不务正业的大烟鬼，"烟瘾逼着他鬼混了好几年，逼着他干出许许多多不光荣的事情"③。《大家喜欢》中的王三宝"好吃懒做，抽烟耍钱，不务正事"④，给老婆娃娃耍脾气，对乡亲们顶嘴，胡搅蛮缠。他们在党政干部等人的帮助下成功改造，走上了劳动自新之路。而《土地的儿子》《金宝娘》和《肉体治疗和精神治疗——一个医生讲的故事》主要通过叙述者"我"去观察另外一个人物，对方的悲惨命运与新生都由"我"加以体验和表达。《土地的儿子》中的"我"所了解的李老三在旧社会是一个手艺低劣的石匠，由于家境极度穷苦，慢慢染上了赌瘾，还专门偷人家的庄稼，是那种"'无田地学手艺'的人们之一，手艺既不足以养家，就靠做贼过日子"⑤，后来在分得土地后彻底洗心革面。《金宝娘》中的叙述者"我"对于女二流子金宝娘，经历了由无知到了解的过程，得知金宝娘

---

① 柳青：《柳青文集》（第4卷），人民文学出版社2005年版，第69页。
② 康濯主编：《中国解放区文学书系·小说编》（第2卷），重庆出版社1992年版，第996页。
③ 康濯主编：《中国解放区文学书系·小说编》（第4卷），重庆出版社1992年版，第2316页。
④ 《延安文艺丛书》编委会编：《延安文艺丛书·戏曲卷》，湖南文艺出版社1987年版，第731页。
⑤ 康濯主编：《中国解放区文学书系·小说编》（第3卷），重庆出版社1992年版，第1809页。

是因遭地主迫害而走投无路，导致"粮没粮，地没地，索性就泼出身子，指那事过日月"，"就这样，在苦海里漂流了七、八年"①后在土改中通过"诉苦"翻身，最终被成功改造。《肉体治疗和精神治疗——一个医生讲的故事》中身为医生的"我"了解到自残的病人王四，不仅有着肉体伤痕，而且有着精神顽疾，曾在旧社会"染下一身坏习气，吃喝嫖赌，敲诈偷骗，样样都来"②。其改造过程反反复复，一波三折，对于乡长区长的劝说和告诫，他当面一口答应："要决心劳动啦！"但转身又溜了，后来又经过乡长的说服教育，确实有些回心转意，决心劳动，不再偷人、胡混，但又是"两天打鱼，三天晒网"，改造过程极为艰难。后经"我"的耐心开导、精神疗救，王四最终走上正途。小说触及二流子的心灵深处，探究二流子形成的社会与人性根源，从更深入的角度表现了二流子的觉醒和新生。

以上两种类型的二流子，除《在故乡》中的七老汉外，其余均改造成功，这些改造成功的二流子在改造前均遭群众厌恶、唾弃，但经过改造，他们幡然醒悟、重新做人，被群众接纳，回归到劳动人民队伍当中。他们被作为人民内部的矛盾来描写，最终被建构成精神层面转变的具有先进阶级意识或民族意识的农民，获得了乡村世界和社会政权的认可，从而拥有了进入新社会、新政权的资本。这其中蕴含了创作者的讽刺、批评，同时还有同情、期待和想象，正如毛泽东所说："对于人民的缺点是需要批评的，……但必须是真正站在人民的立场上，用保护人民、教育人民的满腔热情来说话。"③

三、知识分子形象的重塑

20世纪中国的"知识分子以自任'启蒙'和'唤醒'民众的光荣使命开始，却渐渐地觉得在'群众'面前自惭形秽，愧为'启蒙'之师；继而觉得自己不

---

① 康濯主编：《中国解放区文学书系·小说编》（第1卷），重庆出版社1992年版，第119页。
② 康濯主编：《中国解放区文学书系·小说编》（第3卷），重庆出版社1992年版，第1586页。
③ 毛泽东：《在文艺座谈会上的讲话》，见《毛泽东选集》（第3卷），人民出版社1991年版，第872页。

得不跻身于革命的洪流里，跟在后面跑；终于又觉得自己变成必须受群众'再教育'甚至挨批挨斗的角色"①。在延安文艺整风过程中，知识分子通过灵肉的"蒸煮"，或主动或被动地进行着自我改造征程。不过知识分子抛弃"旧我"，走向无产阶级的改造过程绝非易事，而是一个"苦其心志"和"劳其筋骨"相结合的艰难过程。经历思想改造和劳动锻炼后的文艺知识分子逐渐"脱胎换骨"，他们的创作思想、立场、情感、表现对象及方式、方法等都与之前大不相同。"作家与劳动群众相结合，接受劳动群众的再教育，表现工农兵的生活，成了这时的特定要求。"②改造后的知识分子对农民、对劳动、对自我等都有了新的思考和认识，从而直接影响了他们的文学书写，创造出与以往作品文本中面貌截然不同的知识分子形象。

延安文艺整风之前已有作品将知识分子放在生产劳动中来塑造，如表现大生产运动题材的小说《劳动日记》（师田手，1939年）、《播种篇》（周而复，1939年）、《炭窑》（于黑丁，1942年）等。这些作品中塑造的知识分子形象都是响应政府的生产号召，不怕吃苦，对开荒生产、集体劳动充满激情和责任心的散发理想光辉的人物。尤其《播种篇》中"抗大"毕业的救亡室女主任王筠，不仅理论水平高，善于动员群众，而且在生产劳动中也不甘落后，即便生病还咬牙坚持，在机关劳动生产中起到了模范带头作用。这些积极投身集体生产的知识分子形象在当时起到了很好的生产动员作用，也体现了前期延安文学对知识分子角色和地位的推崇，与整风后将劳动视为改造的带有弱点和瑕疵的知识分子的风貌大相径庭。

1942年《讲话》发表之后的知识分子大改往日高居于群众之上的启蒙者姿态，而以被教育被改造的对象的面貌呈现，知识分子与劳动群众相结合、接受劳动群众的再教育，成为延安文学对知识分子形象描绘的新起点。③因此，如若从

---

① 陈建华：《"革命"的现代性：中国革命话语考论》，上海古籍出版社2000年版，第259—260页。
② 栾梅健：《二十世纪中国文学发生论》，广西师范大学出版社2006年版，第41页。
③ 栾梅健：《对延安文学中知识分子形象的历史审视》，载《苏州大学学报》（哲学社会科学版）1988年第3期。

知识分子与劳动、与劳动群众的关系着眼,被改造的成长型知识分子自然代表了延安文学中知识分子的新面貌,典型的如方纪的小说《纺车的力量》中的大学电机工程专业毕业生沈平,思基的小说《我的师傅》中的拉锯学习者"我"和韦君宜的小说《三个朋友》中的下乡干事"我"。他们都是小资产阶级出身,其中《纺车的力量》中的沈平愿意在生产劳动中改造自己,并在与纺车结合的过程中思想逐渐发生变化。从最初面对原始木制纺车的无所适从到最后在竞赛中对纺车的操作自如,沈平的思想和心态经历了从体验劳动到急求技术再到耐心务实的曲折历程,体现了延安整风以后知识分子竭力寻求以艰苦的劳动磨炼自己思想、改造自己立场的心态。① "在解放区以描写农民为主要对象的创作中,这篇小说对于知识分子形象的刻画,具有一定的现实意义,是解放区文学创作中新的主题和新的题材的开拓。"②

《我的师傅》中的"我"由于外在压力造成的内心自卑感而决心到劳动群众中去改造。"我"找了一位活做得很好的木工师傅进行思想改造,由于师傅身上有着令人敬畏的革命光环和性格暴躁的一面,"我""天天提心吊胆"地向其学习技艺,并警惕自己不要触怒对方,但骨子里的骄傲与自以为是让"我"对处处严要求的师傅心生不满与抗拒,妨碍了"我"向其虚心请教,以致连连出错。在一次拉锯过程中"我"因为过于执拗而没听师傅的劝说,没在工作时穿上棉衣而受了风寒。但这次病倒拉近了"我"与师傅间的距离,师傅未计前嫌的温暖关怀让"我"深感内疚,也认识到自己与师傅之间关系的紧张乃至工作上的失误主要源于思想中的小资产阶级落后意识:"我骨子里充满着美谛克的坏血液,将天天被人嘲笑!美谛克,这是多么卑微的形象呵!"因而决心"向师傅谈清楚,象他一样生活!"之后"我"和师傅间开始了互相交流,"我"向师傅学木工的同时,也向他传授文化。这体现了真正的知识分子与群众的结合,达到了双赢的文化效果。

《三个朋友》中"我"的良师益友是劳动英雄刘金宽,"我"最初为要达到

---

① 许志英、邹恬主编:《中国现代文学主潮》(下),福建教育出版社2001年版,第783页。
② 刘增杰:《中国解放区文学史》,河南大学出版社1988年版,第101页。

改造的目的,"只好咬着牙去受罪吃苦",想方设法与其在生活中打成一片,但是其过程十分艰难。"我"虽有与劳动群众结合的热情和迫切心,但在实际中还是遇到了诸如生活习惯、个人趣味、思想方式、个人情感等多方面的挑战。"我"作为知识分子的现代生活方式在劳动群众面前逐渐崩碎,原先看书的习惯乃至基本的卫生习惯如刷牙等都无法坚持下来,因为这在村民看来是古怪的西洋景,会造成无法理解的隔阂,而且更加难以忍受的是"我"精神上的孤独感,虽然"挖土担粪我全不怕,只有咬牙就能成;只有一点终归骗不了自己,心里总好像有一块不能侵犯的小小空隙,一放开工作,一丢下锄头,那空隙就慢慢扩大起来,变成一股真正的寂寞,更禁不住外界一点刺激"①。慢慢地"我"也能发现田间劳作中的美与乐,更逐渐意识到刘金宽人格魅力的伟大和自己的渺小,"我从后面看着他,他站在铺满阳光的山坡上,土地在他的铧子底下一片片开花,高大的背影衬在碧青的空间,格外显明。……这一比,比得我多小啊!"②刘金宽在这幅带有象征意味的画面里似乎已经幻化为顶天立地的英雄。破除了原先的优越感之后,"我"开始"觉得自己是他们中间的一个","开始快乐起来"。不过,小说中知识分子向农民的学习是单方面的膜拜,而不是双方的交流,知识者没有能力促成乡村由保守到现代的转变,向村民灌输现代的思想观念,只能入乡随俗,尊重农民的生活习惯,努力消灭知识者的印记。③这些去精英化的、与群众结合的知识分子形象体现了后期延安文学对五四启蒙主题的消解,"延安文学意味着这样一个转折:颠覆了'启蒙'主题对现代文学的二十多年的统治,并为它画上句号"④。

另外,《太阳照在桑干河上》中作为配角出现的带有更多小资产阶级趣味的

---

① 《延安文艺丛书》编委会编:《延安文艺丛书·小说卷》(上),湖南人民出版社1984年版,第308页。
② 《延安文艺丛书》编委会编:《延安文艺丛书·小说卷》(上),湖南人民出版社1984年版,第312页。
③ 参见秦彬:《"改造"话语与延安文学——基于政治文化统合性视角的考察》,南开大学博士学位论文,2013年。
④ 李洁非、杨劼:《解读延安——文学、知识分子和文化》,当代中国出版社2010年版,第234—235页。

知识分子文采,是"一个不务实际的、完全不接近群众因而非常不了解群众的浮夸的知识分子"①。"文采"型的知识分子形象夸张却也更生动地体现了毛泽东在《讲话》中对知识分子的批评,这类形象开创了文学作品对知识分子主观主义、个人主义贬抑的先河,可以说是新中国成立后绝大多数知识分子形象塑造的模板,对"十七年"知识分子的书写起到了示范与规约的作用。

在后期延安文学中,知识分子常常被塑造为具有思想和人格弱点的小资产阶级,而劳动则是他们进行思想改造和身份转换的重要途径,知识分子(启蒙者)和工农大众(被启蒙者)的角色与价值戏剧性翻转,前者的渺小和后者的伟大在劳动视镜中清晰可见。知识分子劳动改造的叙事一方面配合了整风中知识分子与工农相结合的思想、政策的宣传,推动了知识分子的无产阶级化、革命化,但也存在着将体力劳动和脑力劳动对立,甚至轻视脑力劳动的偏差,同时抹杀了脑力劳动与体力劳动分工的意义和价值,给后来文学中的劳动叙事带来了一些负面的影响。

---

① 冯雪峰:《〈太阳照在桑干河上〉在我们文学发展上的意义》,见袁良俊编:《丁玲研究资料》,天津人民出版社1982年版,第332页。

第四节

凸显人民立场：延安文学的主题表达

在特殊社会历史背景下诞生的延安文学，以延安文艺座谈会的召开为标志，分为前后两个时期，前期文学品类丰富，各种题材和主题都有存在的空间，后期题材和主题相对固定，主要以工农兵为表现对象。毛泽东在《讲话》中说："人民生活中本来存在着文学艺术原料的矿藏，这是自然形态的东西，是粗糙的东西，但也是最生动、最丰富、最基本的东西；在这点上说，它们使一切文学艺术相形见绌，它们是一切文学艺术的取之不尽、用之不竭的唯一的源泉。"①《讲话》后的延安文学从人民生活中选取创作素材，并能站在人民的立场上，描摹和歌咏工农兵的革命斗争和生产劳动，关注底层女性的命运和出路，从而迎来了文学发展的新阶段。

一、反映革命斗争

八年全面抗战和接下来的四年国共战争极大地影响了边区民众的生活，求生存、求解放成为边区人民生活的主旋律。为了适应战时特殊环境的需要和宣传中共的方针政策，延安文学在题材和主题方面注重表现革命斗争，尤其是工农兵群众的抗日反侵略斗争和反帝反封建斗争。

从1937年1月中共中央进驻延安以后，延安便成为中国人民革命斗争的"落脚点和出发点"，而当时全面抗战的爆发和大量涌入延安的进步作家也促使延安

---

① 毛泽东：《在延安文艺座谈会上的讲话》，见《毛泽东选集》（第3卷），人民出版社1991年版，第860页。

文学从苏区文学向成熟的现代革命文学转变。在民族危机的时代背景下，表现抗战、讴歌抗战英雄成了延安文学的重要主题。早期的延安文学，其题材和主题大都和红军及抗战有关，作品重在宣传抗日，鼓动民众的抗日热情。丁玲的小说《一颗未出膛的枪弹》通过刻画一个临危不惧、正义凛然的小红军的形象，揭示了在日军铁蹄的践踏之下，共同抗日是中国人的必然道路。之后丁玲又在独幕剧《重逢》中渲染了抗日女青年白兰的爱国激情和大义灭亲的品质，同时警示民众在抗战中要讲求斗争的策略。此外，文艺整风前丁玲还创作了一部反映战争中性暴力的小说《新的信念》，通过一个遭受日军凌辱而决意报仇雪恨的老太婆形象，有力控诉了日本侵略者的可耻罪行，有助于激起民众抗日救国的决心，而老太婆的不甘屈辱与倔强抗争，也揭示出抗日斗争中普通民众的觉醒。除了丁玲以外，柯仲平也是文艺整风前书写抗战的杰出作家。柯仲平写于1938的叙事长诗《边区自卫军》和《平汉路工人破坏大队》是反映工农投身抗战的优秀作品。《边区自卫军》通过讲述八路军李排长派战士韩娃盘查汉奸王三的故事，表现了抗日斗争中民众民族意识的觉醒。《平汉路工人破坏大队》描写了铁路工人在中国共产党的领导下，组织起来抗争日本侵略者的故事，工人成为诗歌的主人公，成为诗人讴歌的对象。柯仲平是延安时期较早运用通俗化的形式，并且站在人民立场上书写工农兵英雄的作家，他的作品为抗战起到了很好的宣传作用。延安文艺整风之后，描写工农兵的革命斗争，塑造工农兵的英雄形象，赞美工农兵的斗争精神和优秀品格的作品越发多了起来，其中的代表作有中长篇小说《洋铁桶的故事》《吕梁英雄传》《新儿女英雄传》和短篇小说《芦花荡——白洋淀纪事之二》，这些作品主要表现的是抗日游击战争，而且对抗日英雄形象的塑造走向了传奇化的道路。《洋铁桶的故事》以晋东南乡村为背景，叙述了民兵英雄吴贵带领民兵运用机动灵活的战术抗击日本侵略者的故事，他在对敌斗争中常常能出奇制胜，绝地逢生，危急时刻带领村民躲进地洞而转危为安，陷入绝境时通过钻粪坑得以化险为夷，吴贵的传奇战斗经历集中反映了抗战中民众的智慧和斗争艺术。《洋铁桶的故事》成功运用章回体的旧形式书写了革命战争年代的英雄传奇，也影响了《吕梁英雄传》《新儿女英雄传》等一批用旧形式表现抗日英雄传奇的小说出现。除了中长篇小说以外,短篇小说《芦花荡——白洋淀纪事之二》也是描写抗日英雄传奇的佳作。小说以冀中农村为背景,塑造了撑船老人这个带有传奇色彩的抗日英雄形象,他能用一船莲蓬诱使日军进入机关重重的水域,而后像"敲打老玉米一样"用篙砸鬼子的脑袋,这样戏剧化的情节,反映出残酷斗争环境中普通民众的机智和英勇。综观延安文学中表现抗战题材和主题的作品,虽然延安作家能够站在正义的立场上表现抗战,书写中华儿女尤其是普通民众的浴血抗争,但是很多作品还是缺少更为宽阔的视野和更为宏大的胸襟,很少有作家愿意将他的作品的视角放在对整个人类生存状态和人类生命形式的人文关怀上。①

《讲话》以后的文学作品对革命斗争题材主题的呈现,除了重点书写抗日英雄,表现民族解放战争以外,还有很多作品把革命斗争主题和阶级斗争主题结合起来,从而丰富了革命斗争主题的表现内容。歌剧《白毛女》通过描写喜儿在新旧社会命运的变迁以及大春的革命历程,揭示出这样的道理:农民翻身解放要靠闹革命,闹革命要靠共产党指引方向,只有参加中国共产党领导下的革命斗争,农民才能摆脱剥削和压迫,彻底改变自身的命运。叙事长诗《王贵与李香香》以贫农王贵与李香香的爱情故事为线索,勾画出1930年代陕北地区农民在中国共产党的领导下所展开的革命斗争生活图景,从而将农民的阶级解放与革命斗争有机结合起来。这些作品很好地配合了现实斗争,凸显了人民群众的觉醒和抗争意识,同时展现了中国共产党的伟大、光荣与正确。

二、歌颂生产劳动

文学始终离不开作为创作主体的人,离不开他所生活的具体环境,也离不开文艺政策的规约。延安时期热火朝天、意义重大的生产建设运动激发了一大批关注现实尤其是参加过工农业生产劳动的作家的创作情思。尤其是文艺整风后,为了使延安文学更好地服务于当时的中心工作——大生产运动,文艺界做的第一件事就是在青年俱乐部举行欢迎边区三位劳动英雄的座谈会。会议上,延安作家

---

① 许志英、邹恬主编:《中国现代文学主潮》(下),福建教育出版社2001年版,第142页。

对自己在大生产运动中的无所作为的情况，纷纷提出了自我批评。范文澜说："只知道吃救国公粮的像我们这样的文化人，对于自己应负的责任，实在太惭愧了。"①艾青也表示，"自己没能和工农结合，在边区大生产面前无能为力而感到羞愧"②。文艺界的行动与作家们的反思，表达的正是希望结束文艺与政治分离的状态，让文艺服务于具体政策。在现实的刺激以及新的文艺政策的指导下，延安作家从不同的角度出发，生动书写老根据地和新解放区各个领域里的生产建设运动，热情歌颂生产劳动及劳动英雄，揭示在劳动生产中人民群众的精神面貌及性格发展、思想变化。在《从春节宣传看文艺的新方向》中，被誉为文艺新方向的秧歌《兄妹开荒》，其主题就是歌颂劳动、鼓励开荒，响应政府政策，向劳动英雄学习。丁玲的报告文学《田保霖》，被毛泽东称誉为"写工农兵的开始"并"走上新的文学道路"③，其书写的主要内容是劳动英雄田保霖的故事。艾青的叙事长诗《吴满有》，主要表达的是对吴满有劳动精神的称颂。

延安文学给劳动赋予了重要意义：劳动不仅可以实现经济上的翻身，也可以实现政治上的翻身，因而劳动使得人民群众在一定程度上获得了主体性。延安文学中的劳动英雄，除了获得荣誉和奖品外，还能得到边区领袖如毛泽东、朱德、林伯渠等的接待。较之于奖品、称号，领袖的接待往往更被人们看重。如同草明在《延安人》中所描述的一样，吴老太太本是位"素来不被人重视的老太太"，但在"和毛主席谈了一番话"后，不仅"获得大伙的尊敬"，还"立刻成为这群人的中心"。④领袖的接待背后隐含着政治的伟力。被接待者的政治地位在接待中被提高了，因而他们"自然成为农民中的首领，村长乡长，都要找他商量，县府有了贵宾，他得赶去陪客；开民众大会，他坐在主席台上；变工、纳粮、办

---

① 《延安文化界招待吴满有赵占魁黄立德》，载《解放日报》1943年2月7日。
② 艾克恩编纂：《延安文艺运动纪盛（1937.1—1948.3）》，文化艺术出版社1987年版，第418页。
③ 艾克恩编纂：《延安文艺运动纪盛（1937.1—1948.3）》，文化艺术出版社1987年版，第520页。
④ 草明：《延安人》，见刘润为主编：《延安文艺大系·小说卷》（上），湖南文艺出版社2015年版，第299页。

合作社、办小学，他总是头一个出来说话"①。甚至，"（吴满有的）木刻肖像被挂在边区政府的会议室里，和毛泽东的照片并列"②。在这一系列的政治仪式中，劳动的重要性得到了前所未有的提高，劳动的诱惑力从经济层面深化到了政治层面，劳动同样可以光耀门楣，甚至成为入仕的途径。这对群众的吸引力不可谓不强烈，大生产运动中群众都以极大的热情纷纷投入翻身的浪潮中，便是证明。

在大生产文学叙事中，为了突出劳动的重要性以及翻身前后的变化，二元对立的叙事模式被大量使用。它们几乎都遵循相同的叙事原型：贫困（懒惰或被压迫）—生产（自觉或被劝诫）—起家/翻身。在这样的叙事模式中，劳动成了决定翻身与否的关键因素，劳动的重要性得以空前加强，劳动的能量得到了充分的释放。譬如艾青诗歌《吴满有》，章节布置为："写你在文化界的欢迎会上""写你受苦的日子""写你翻身""写你勤劳耕种""写你发起来了""写你爱边区""写你当了劳动英雄""写你叫大家大生产""写你的欢喜"。诗歌的章节布置明显流露出作者的对比意图，吴满有的受苦某种程度上说只是为他的翻身做铺垫，而推动吴满有翻身的主要力量无疑就是他勤劳的耕种。再譬如说书《翻身乐》，文本将二元对立的叙事模式体现得更为淋漓尽致。"地主们身穿皮裘火边坐/穷人们身披破衣向太阳/……/地主们香油白面吃不完/穷人们半碗菜汤喝个干/……/地主们两床被子一褥一毯/穷人们半张席片一卧单/……/地主们背着手晒屁股/穷人们满头大汗湿衣衫"。文本通过吃、穿、睡等方面的对比，突出了地主与穷人在生活上的巨大差异，从而试图激发穷人的阶级仇恨和翻身愿望。同时，在叙事的推进上，文本也以地主和穷人间的矛盾为动力，推动叙事的前进，矛盾的化解时也是说书叙事的结束时。而穷人们实现翻身的手段，正是生产，如文本最后所唱："毛主席还叫大家生产/农民生活改善了"③。在对比意味强烈的翻身叙事中，结局常常都是皆大欢喜，即艾青所谓的"新的力量终于战胜

---

① 赵超构：《延安一月》，中国国际广播出版社2013年版，第206页。
② 周海燕：《记忆的政治》，中国发展出版社2013年版，第217页。
③ 《翻身乐》，载《解放日报》1946年9月9日。

旧的力量的一个大凯歌"①。具体来说，就是有一定思想问题的落后分子或者被压迫的穷困农民，被先进分子成功劝诫或者他们成功致富，最后大家一起唱表明主题的歌曲或者将经验成功推广，从而完成对劳动的歌颂和对共产党的赞扬。例如，在《二媳妇纺线》中，好吃懒做的二媳妇在张二嫂和大媳妇的规劝后，成功转变观念，秧歌就在大家齐唱"边区就是咱们的新社会，谁不生产笑话谁。赶紧加油来纺线，纺线织布有衣穿"②的欢乐氛围中收场。这样的处理方式不仅突出了主题，而且更能体现出人物的榜样作用，从而激发群众的看齐意识。总之，延安文学从民众的立场出发，凸显了劳动在民众翻身过程中的重要作用，树立了劳动光荣的新的劳动观念。

在延安文学中，劳动不仅可以让人民群众翻身，更是服务于抗战和反抗封锁的重要手段。《兄妹开荒》的结尾鼓励大家加紧生产，积极劳动，努力开荒的兄妹二人以严肃的口吻告诉观众："嘿，大家努力来加油！/嘿，大家努力来加油！/加紧生产不落后呀，/加紧生产谁也呀不呀不呀不落后。/咱们生着有两只手，/劳动起来就样样有。/男女老少一起干，/咱们的生活就改善。/边区的人民吃的好来，穿也穿的暖，/丰衣足食，/赶走日本鬼子呀，/建设新中国。"③

歌剧《纺棉花》中在纺车旁绕线的军嫂唱道："妇女纺棉线，织布缝衣裳。军民有衣穿，才好打东洋，才好打东洋。"④《二媳妇纺线》中的移民张二嫂说："纺线不只为赚钱，为的咱边区有衣穿。毛主席，号召咱，婆姨女子都纺线，自纺自织有衣穿，不怕那顽固封锁咱。"⑤延安文学中的劳动被涂抹上了抗战建国的神圣色彩，带有鲜明的政治性，劳动成为革命年代的重要斗争手段，对劳动的歌咏也是对自力更生、艰苦奋斗的革命精神的赞颂。不仅如此，延安文学

---

① 艾青：《秧歌剧的形式》，载《解放日报》1944年6月28日。
② 《延安文艺丛书》编委会编：《延安文艺丛书·秧歌剧卷》，湖南文艺出版社1987年版，第365页。
③ 《延安文艺丛书》编委会编：《延安文艺丛书·秧歌剧卷》，湖南文艺出版社1987年版，第8页。
④ 王雪波作剧，王莘、曹火星作曲：《纺棉花》，新文艺出版社1958年版，第27页。
⑤ 《延安文艺丛书》编委会编：《延安文艺丛书·秧歌剧卷》，湖南文艺出版社1987年版，第360页。

还在劳动叙事中彰显中国共产党和民主政权的优越性,强化民众的政治认同。为了发动民众纺织自给,边区政府在广泛宣传的同时,还制定了发展手工纺织的诸多措施,在纺织工具、原料、技术以及纺织品销售等方面给民众提供各种便利。[①]散文《没有用过纺车的地方》描述了边区政府的种种利民行为以及民众对政府的由衷好感,"政府替她们借下纺织贷款,修成车子,从很远的临县驮回棉花,等到她们纺成线,再卖给公家,拿赚集的钱,来偿还修车子费和棉花钱,这样体贴入微的人民的政府,怎样能使人不受感动呢?"[②]此外,政府还通过举办纺织训练班培训技术人员[③],推广纺织技术。秧歌剧《好媳妇》中媳妇在纺织训练班学会了纺织,赚了钱还获得一挂新纺车,回到家后动员婆婆、丈夫都搞纺织。在政府相关政策的推动下,"农民妇女纺纱织布,所得报酬比以往任何时候都高"[④]。纺车及纺织生产成为延安时期民众获取物质收益、改善生活的可靠保证。小说《家庭》中媳妇"相信纺织生产可以战胜鬼子造成的灾荒"[⑤],她把一天内纺出的六两线送到合作社,赚来的工钱换回斤半玉荽,足以养活两口人。歌曲《纺棉花》唱道:"纺车好比摇钱树。"延安文学通过叙述党和政府在生产劳动中对民众的物质帮助和经济刺激,高扬了共产党和新政权为工农兵服务,以人民利益为重的方针政策。

三、表现妇女解放

从"五四"以来,关注妇女的生活和命运,探究妇女解放的道路,成为中国文学的重要主题。以鲁迅为代表的五四作家在探求妇女解放的过程中重在表现妇女的个性解放,将妇女解放与反抗旧思想旧道德紧密结合。到了1930年代,以丁

---

① 中国财政科学研究院主编,陕甘宁边区财政经济史编写组、陕西省档案馆编:《抗日战争时期陕甘宁边区财政经济史料摘编·工业交通》,长江文艺出版社2016年版,第542—544页。
② 曹文(西戎):《没有用过纺车的地方》,载《解放日报》1943年5月27日。
③ 陕西省地方志编纂委员会编:《陕西省志》(第16卷),二秦出版社1993年版,第405页。
④ 伊莎白 柯鲁克、大卫·柯鲁克:《十里店(一)——中国一个村庄的革命》,龚厚军译,上海人民出版社2007年版,第85页。
⑤ 康濯主编:《中国解放区文学书系·小说编》(第3卷),重庆出版社1992年版,第1506页。

玲、柔石等为代表的现代作家,一方面继续沿着"五四"的道路前行,另一方面将妇女解放与阶级解放相结合。到了1940年代,延安文学在新的环境中继承和发展了以往的文学传统,并在新的社会历史条件下给妇女解放主题注入了新的时代底蕴,使之具有了新的风貌和特质。

延安文学全方位、多层次地表现了妇女解放的主题,并赋予其丰富内涵。首先,延安文学把妇女解放与革命斗争结合在一起。革命促成了女性新生,使得她们走出传统的藩篱,走向解放。梁彦《磨麦女》中的桂英和力群《野姑娘的故事》中的野姑娘都是在革命中成长的妇女典型。《磨麦女》中的桂英,在革命的启蒙和政府的帮助下,从一个备受婆家折磨的苦难媳妇,蜕变为敢于抗争并大胆逃离婆家,追求自由和解放的新女性。《野姑娘的故事》中不为旧传统所容的野姑娘在参加革命之后命运发生了改变。参军后野姑娘更名为张秀英,在思想追求和生活习惯等方面都呈现出革命新女性的特点,最后她还号召不愿为奴的广大妇女行动起来。小说充分表现出农村妇女在革命中被启蒙,从而实现了自我的蜕变和新生。革命锤炼了女性,同时消解了传统的性别角色分工,有助于实现男女平等,提高妇女的社会地位。妇女开始走出家门,大胆参军,而即便没有入伍的女子,也能尽己所能积极支援前线。她们做军鞋织军衣,勇救伤员,帮助八路军运送物资、挖壕修堑,成为比肩男子的战斗力量。孙犁《麦收》中的农家女二梅为了帮助八路军与敌人作战,带领村中妇女破路挖沟,保护麦收,抢救伤员,彰显出女性临危不惧、吃苦耐劳、自强独立的美好品格,也体现出战争对于传统性别角色的改变和女性的社会角色逐步走向男女平等。

其次,延安文学中的妇女解放与新民主主义政权的建立以及延安时期中国共产党的妇女政策密切相关。1937年9月6日以延安为首府的陕甘宁边区政府成立,9月23日,蒋介石发表对中国共产党宣言的谈话,正式承认了中国共产党的合法地位。① 陕甘宁抗日民主政权建立后,中国共产党开辟的晋察冀、晋冀鲁豫、晋绥等抗日根据地也以其为模范,逐渐建立了不同于国民政府和工农苏维埃政权的

---

① 忻平:《1937:深重的灾难与历史的转折》,上海人民出版社1999年版,第299—300页。

具有新民主主义性质的新政权，中国共产党对以陕甘宁边区为中心的各抗日民主根据地的绝对领导，保证了根据地方针路线的正确实施，有利于维护广大人民的利益。1945年抗战胜利后到1949年新中国成立之前，中国共产党领导的新民主主义革命政权，开始由抗日民主政权转变为人民民主政权，并且采取了土地改革、恢复生产等保障人民利益的举措。关于妇女解放，整风后中国共产党改变了妇女运动的方向，把妇女参加社会生产，获得经济独立视为妇女解放的关键。劳动成为延安妇女实现经济独立，社会和家庭地位提高的重要依凭，预示了新政权下女性解放的历史趋势。边区领导人指出："在新政权下面，解放妇女的环节，就是具体的领导妇女生产。组织妇女纺花织布、喂猪、种地，就是最好的妇女工作。"①妇女的纺织生产被擢升为符合革命政治要求的女性解放的途径。中国共产党采用纺线小组②、合作社③等多种形式发动妇女纺织，使得纺织劳动很大程度上逸出了传统家务劳动的范畴，转变为社会性的集体生产劳动。延安文学聚焦于以家庭为中心的纺织工作的开展，探讨了新型纺织生产与妇女解放的微妙关联，其中纺线生产是妇女经济、社会地位提高的有力凭证。新型的纺织劳动内含女性参与社会集体劳动，追求进步和独立，赢得社会尊重的复杂意蕴。《男英雄和女英雄》中劳动英雄张步云的婆姨因专注照顾孩子的家务而疏忽了纺线生产，被行政主任、乡长等认为是落后。经过多次劝说，张步云婆姨认识到"现在谁不能生产，谁就争不了一口气"，"她从仓窑里拾掇出那架旧纺车"④，着手纺织生产，还积极参加纺织小组，热心教授他人纺线，最终荣封为"纺织英雄"，社会

---

① 高岗：《从生产战线上开展妇女运动——在延安边区一级"三八"妇女纪念节大会上的讲话》，载《解放日报》1944年3月10日。
② 纺线小组是生产合作社的最简单的方式，"是由几个纺线妇女集合起来，推举一个组长，代替全组纺妇买棉卖线，或向公家领棉支取工资。这种小组没有共同资金，亦无盈利分红，仅在各人所得收益中间提出一小部分来作组长报酬"。参见薛暮桥：《抗日战争时期和解放战争时期山东解放区的经济工作》，山东人民出版社1984年版，第141页。
③ 纺织合作社"采取了放花收纱，买布卖花等方式帮助发展农村纺织业，并实行米工资保证纺织妇的收入，同时传播技术帮助提高技术"。参见星光、张杨主编：《抗日战争时期陕甘宁边区财政经济史稿》，西北大学出版社1988年版，第390页。
④ 雷加：《男英雄和女英雄》，天下图书公司1950年版，第83—84页。

地位与往昔迥然不同。张步云婆姨的前后变化恰恰说明了："妇女的解放，只有在妇女可以大量地、社会规模地参加生产，而家务劳动只占她们极少的工夫的时候，才有可能。"①《二媳妇纺线》通过对纺车以及合作社辅助下的纺线劳动的描写，触及了女性经济独立的主体意识的觉醒。剧中的大媳妇努力在纺车前学习纺线，谋求经济自给；二媳妇起初"靠定男子汉"，对学纺线颇不以为然，后经劝说和帮助，再加上看到大媳妇从合作社领到了纺线的工钱，很快转变了对纺线的看法，打算勤劳生产，加油纺线，实现穿衣自给。二媳妇从经济依附到愿意自主生产，泛着女性意识觉醒的微光，但终究湮没在生产自救的宏大话语中。

最后，延安文学中的妇女解放还具有复杂的伦理和文化内涵。整风后的妇女解放以"多生产，多积蓄，妇女及其家庭的生活都过得好"②为前提，也就是说妇女地位的提高不得破坏原有的家庭结构和家庭关系③。作为妇女解放重要途径的生产劳动，不仅能提升女性的社会和经济地位，还在一定程度上促进了女性家庭地位的提高和家庭关系的和谐。《家庭》中响应号召的媳妇从"娘家把纺车搬来"④后努力纺线，婆婆对此满怀嫌恶，但当媳妇用从合作社领取的纺线工钱换回粮食时，婆婆的态度逆转，开始跟媳妇学用纺车纺线，而且支持媳妇的工作。媳妇后来被选为纺线小组组长，婆婆对媳妇的态度更加热络，婆媳关系变得融洽和睦，媳妇的家庭地位也在纺线生产中无形提升。《王秀鸾》表现了"家庭和睦和勤劳生产"⑤，深受懒馋婆婆欺凌的王秀鸾在婆婆等人远走后辛苦下田劳动，还召集妇女组织纺线小组，开展手工业生产，后亲人归来，婆婆洗心革面，全家团聚和睦。最终当选为劳动英雄的王秀鸾，不仅经济翻身，而且再不挨打受气，

---

① 《马克思恩格斯选集》（第4卷），人民出版社1972年版，第158页。
② 中共中央文献研究室、中央档案馆编：《建党以来重要文献选编（1921—1949）》（第20册），中央文献出版社2011年版，第127页。
③ 参见贺桂梅：《"延安道路"中的性别问题——阶级与性别议题的历史思考》，载《南开学报》（哲学社会科学版）2006年第6期。
④ 林漫：《家庭》，见康濯主编：《中国解放区文学书系·小说编》（第3卷），重庆出版社1992年版，第1504页。
⑤ 徐瑞岳：《中国现代民族歌剧论（1919—1949）》，香港紫晖出版社有限公司2000年版，第184页。

新的政权解放了劳动,劳动改变了一切,改变了王秀鸾的地位。①延安文人在透过纺线劳动探究女性解放时,主要从政治、经济的角度肯定了男女两性社会地位的平等,妇女获得了与男人一样的经济权力和政治——社会价值。②

不过,妇女解放不仅体现为妇女社会价值的获取,更主要的是妇女思想层面的解放,尤其是妇女主体意识的觉醒。延安文学对女性文化心理层面的主体建构,在整风前后呈现出不同的面貌。整风前的延安作家对女性解放有着更深层次的思考,如孔厥的《受苦人》表现了女性自我主体意识的萌生,主要体现为底层苦难女性对自由爱情的渴望和对自我命运主宰的渴求。小说中的童养媳贵女儿在翻身受教育后,心底滋生了对幸福爱情的向往,后无奈与丑相儿成亲,因不愿圆房而和丈夫撕扭,并在撕扭中扯坏旧婚契而被丈夫砍伤,贵女儿将一腔苦水向同志倒出。《我在霞村的时候》反映出女性解放道路的艰辛,封建文化和旧道德依然束缚着新政权下的女性。成为慰安妇并利用自己的特殊身份为抗日政府递送情报的贞贞,回到霞村后受到周遭妇女的非议和疏离,充分表明革命并没有铲除女性思想深处的传统观念。《讲话》发表以后,女性解放更多地成为阶级解放和民族解放的注脚。如《小二黑结婚》中小芹和小二黑的自由恋爱和幸福结合,离不开新社会的建立和新政府的支持。周扬的评论准确道出了这部作品的动机:"作者是在这里讴歌自由恋爱的胜利吗?不是的!他是在讴歌新社会的胜利(只有在这种社会里,农民才能享受自由恋爱正当权利),讴歌农民的胜利(他们开始掌握自己的命运,懂得为更好的命运斗争),讴歌农民中开明、进步的因素对愚昧、落后、迷信等等因素的胜利,最后也最关重要,讴歌农民对封建恶霸势力的胜利。"③总体看来,整风后的延安作家在迎合主流意识形态的同时,忽视或者遮蔽了女性主体意识的建构。

---

① 参见张学新:《人民的英雄·人民的艺术》,载《天津日报》1949年3月20日。
② 参见孟悦、戴锦华:《浮出历史地表——现代妇女文学研究》,中国人民大学出版社2004年版,第199页。
③ 周扬:《论赵树理的创作》,载《解放日报》1946年8月26日。

第五节

大众化：延安文学的审美主调

整风后的延安文学以大众化为目标，以工农兵作为主要表现对象和接受群体，在审美表现内容和审美趣味上趋向于人民群众。延安文学着力表现工农兵群众的劳动之美，同时彰显了劳动主体在和客体斗争过程中的崇高感。不仅如此，延安文学还从民间文艺中汲取营养，创造了人民群众喜闻乐见的文艺作品，不过延安文学的民间趣味不是一味求俗的，而是呈现出雅俗共融、俗中含雅的审美追求。

一、彰显工农兵群众的劳动美

延安时期，随着新政权新社会的建立，边区的经济基础和劳动形态发生了巨大变化，"集体劳动与个人劳动结合着，公共生产与个人生产发展着，在毛主席的领导下，劳动改造了自然，改造了边区和人民，改善了人民和部队的生活，改造了劳动观念，提高了劳动热情。新的建筑在扩大，新的经济在发展，新的生活在提高，新的劳动热潮在澎湃"[1]。自由、自觉、自主、自立的劳动形态就在新的劳动热潮中滋长起来。随着自由劳动形态的广泛出现以及文艺整风后歌颂工农兵，为工农兵服务的创作思想的兴起、强劲，描摹工农兵群众的自由劳动之美在文学领域内蔓延开来，主要体现在以下四个方面。

其一，劳动者的身体之美。文艺家塞克曾说："真正的美应该是……真正能

---

[1] 陕甘宁边区财政经济史编写组、陕西省档案馆编：《抗日战争时期陕甘宁边区财政经济史料摘编·人民生活》（第9编），陕西人民出版社1981年版，第228页。

够担负工作的健康的劳动者的躯体"①。从劳动的实际需要出发，书写劳动的延安文学文本中的身体审美呈现出以下特点：朴素、健康成为身体审美的首要标准。恩格斯在《劳动在从猿到人转变过程中的作用》中指出，劳动"是一切人类生活的第一个基本条件，而且达到这样的程度，以致我们在某种意义上不得不说：劳动创造了人本身"②。可以说，劳动首先创造并完善了人的身体。马克思说："为了在对自身生活有用的形式上占有自然物质，人就使他身上的自然力——臂和腿，头和手运动起来。当他通过这种运动作用于他身体的自然并改变自然时，也就同时改变自身的自然。他使自身的自然中沉睡着的潜力发挥出来，并且使这种力的活动受他自己控制。"③在劳动的过程中，人身体的机能和体能得到锻炼和磨砺。质朴健康之美成为延安文学劳动叙事文本关于身体审美的最直观的反映，黑色、蓝色、白色等单调的服饰色彩以及红润、黝黑、壮实等肤色、体格成为劳动者身体美的突出表现。来看《高干大》中对农民高生亮出场的描写：

> 你看他五尺以上的高大身材，担起一副担子像挑起一对空箱子一样不费力，两条胳膊一前一后地甩得那么有劲，两脚踏在地上登登、登登地那么响亮，你会想不到他已经是四十六岁的人。你听他说话响亮像铜钟，……从背面看他，穿着破旧的黑市布短衣裤，背上挂了顶破草帽，脚上穿着扎花青布鞋，走路的时候两边膝盖都往外弯；小腿又粗又大，……头发又短又稀，可是又粗又硬。④

从高生亮的举止、身段、相貌等不难看出这是一个非常典型的朴实硬朗的农民形象，虽然他已近天命之年，却无丝毫羸弱迹象。柯蓝的《红旗呼啦啦飘》中的青年农民刘黑三是"一个背牛皮鼓的黑大汉"，"手脸被太阳晒得黑溜溜

---

① 《延安文艺丛书》编委会编：《延安文艺丛书·文艺理论卷》，湖南人民出版社1984年版，第306页。
② 《马克思恩格斯选集》（第4卷），人民出版社1995年版，第373—374页。
③ 中共中央马克思恩格斯列宁斯大林著作编译局编译：《资本论》（第1卷），人民出版社1975年版，第202页。
④ 欧阳山：《欧阳山文集》（第4卷），花城出版社1988年版，第1487页。

的，穿的蓝袄黑裤，个子又高又大"。①秧歌剧《十二把镰刀》中的王二"庄稼汉打扮，健壮，精神愉快"②。思基的《我的师傅》里年轻的木匠师傅"是个矮胖胖的结实个子，二十来岁"，"红黑脸，大眼睛，大鼻子，看起来，有点躁性"。③周洁夫的《师徒》中的机印股长王勤"是个中年人，大方脸，身材魁伟，穿一套紧身短衫裤"④。杨朔的《模范班》中的战士张治国"矮个子，大头，红脸"⑤。不管是农民、工人还是军人，这些男性劳动者虽然相貌大都一般，但是身板都普遍结实。另外，不管是已婚还是未婚的劳动女性，如《戎冠秀》中的戎冠秀、《滏阳河的女儿》中的荣林娘、《孟祥英翻身》中的孟祥英、《传家宝》中的金桂、《李彦凤的故事》中的李彦凤等人，她们虽有明确的女性身份，但鲜有女性的审美意识，她们作为女性的身体特征被有意淡化，相反同男性的身体差异越来越小。她们不施粉黛，无传统女性之娇弱绵软，而是充满了健康的活力，她们像男性一样迈向田间地头，开始从事和男性相似的较重体力劳动，个别女性如李彦凤等更有在体力上超越男性之势。一时代有一时代之文学，一时代也有一时代关于身体的特殊审美。身体审美的生产，一方面表现为不同历史时期对身体某些特定生理特征的强调与改造，另一方面则表现为对身体所具有的特定社会象征意义的生产与阐释。延安时代的经济困境，劳动者地位的提高，以及劳动力资源的匮乏，决定了简朴和强健的身体成为时代的审美风尚。而在延安文学的劳动叙述中，不但生产着符合意识形态审美标准的合格的身体，同时生产着新的审美观念，即只有劳动的身体才是健康的，才是美的。

---

① 柯蓝：《红旗呼啦啦飘》，作家出版社1954年版，第2页。
② 《延安文艺丛书》编委会编：《延安文艺丛书·秧歌剧卷》，湖南文艺出版社1987年版，第19页。
③ 《延安文艺丛书》编委会编：《延安文艺丛书·小说卷》（下），湖南人民出版社1984年版，第269页。
④ 《延安文艺丛书》编委会编：《延安文艺丛书·小说卷》（下），湖南人民出版社1984年版，第201页。
⑤ 《延安文艺丛书》编委会编：《延安文艺丛书·小说卷》（下），湖南人民出版社1984年版，第15页。

其二，劳动者的力量之美。在延安文学的劳动叙事文本中，不论男女老少，他们的身体里似乎都蕴藏着源源不竭的能量和力量，他们在需要征服的对象面前孔武有力，所向披靡。这种令人惊异和艳羡的力量之美在那些备受尊崇的劳动英模身上体现得淋漓尽致。创作者常常直接描写劳动英模们强壮而超群的体能，谭虎的《四斤半》中的战士四斤半，可以自如地"挥动四斤半的镢头"，而且一年单独就"开了一百一十一亩生荒"，令常人难以望其项背。杨朔的《模范班》中的军人张治国说自己"身板骨硬实，能顶犋牛"，背砖"一背就是二百多斤"。①秧歌剧《张治国》中的张治国劳动效率和身体耐力惊人，挖甘草"一天能挖一百零八斤"②。这些常人望尘莫及的劳动量在劳动英模那里化为可喜的现实，着实令人讶异和赞佩，而他们也都成为别人学习的榜样和努力赶超的对象。在劳动英模的刺激和推动之下，你追我赶的劳动竞赛此起彼伏，人们的劳动热情愈发炽烈。不仅军人的体能卓尔不群，意志坚忍不拔，而且一般的农村男女，其力气似乎也不容小觑。如李季的《王贵与李香香》中十六岁的香香"顶上牛半条，累死挣活吃不饱"；"王贵是个好后生，身高五尺浑身都是劲，庄稼地里顶两个人"。③他们是惨遭压迫却依然健康茁壮的新农民，潜存于他们身体中的革命之力也在蓄积中勃然喷发。除了直接叙写劳动者身体的强大体能外，创作者还常常通过设置恶劣艰困的劳动条件和极端化的劳动体验来反衬劳动者身体的力量强度，描写他们在面对饥饿、劳累、严寒、酷热等境遇和考验时，不但身健志坚，而且还激发出更大的身体潜能。如《红旗呼啦啦飘》中在高原严寒的风沙环境中手抡镢头开荒的刘黑三，《烧炭英雄张德胜》中在炙热烤人的炭窑里装窑的张德胜，以及《刘顺清》中不畏苦劳，在山野中遍寻铁匠的刘顺清等莫不如是，他们强健的身体里迸射出无穷且无畏的精神力量，也契合了新民主主义主流意识形态对新社会新人的基本构想。

---

① 《延安文艺丛书》编委会编：《延安文艺丛书·小说卷》（下），湖南人民出版社1984年版，第19—20页。
② 《延安文艺丛书》编委会编：《延安文艺丛书·秧歌剧卷》，湖南文艺出版社1987年版，第74页。
③ 李季：《王贵与李香香》，新华书店1949年版，第6—7页。

其三，劳动环境之美。身强体健且活力四射的劳动者都在一定的空间，尤其是公共空间中活跃，家庭等私人空间主要是传统女性劳动者的活动阵地，而乡村或者带有更多自然性的公共空间①则成为男性劳动者和翻身女性劳动者的主要活动场域。自然是劳动者重要的劳动空间，也是其重要的劳动对象，与劳动有关的自然也是创作者重要的审美对象。没有自然界，没有感性的外部世界，就很难有任何美的创造。"自然美是人的本质力量对象化的结果，自然物只有通过人，通过人类社会劳动实践才更具有美的价值和意义"，因而"自然美的发现离不开劳动，人们对自然美的进一步认识和理解，是劳动者在社会劳动实践过程中一点点扩大、一步步深化、一级级提高的"。②土地是生产劳动的最重要的物质资源，"它给劳动者提供立足之地，给他的过程提供活动场所"③。作为大自然重要组成部分的未开垦的荒山、荒地、荒林等自然景观在延安文学的劳动叙事中频频出现，它们因劳动群众的劳动实践的参与而披上了美丽的新衣。秧歌剧《刘顺清》中刘顺清及其所带领的连队所驻扎且意欲开垦的金盆湾、南泥湾一带原先是"冷冷落落少人烟"，"密密的梢林满山长，豺狼虎豹是大祸患"，着实难觅美的气息。但是当刘顺清设法解决了农具问题，连队开始集体开荒时，荒林、荒地逐渐改换了容颜。

其四，劳动场面之美。延安作家通过集体劳动的场面描写真切反映了大生产运动中工农兵群众的劳动美和高昂的劳动热情。《活跃在前列》《炭窑》《记一辆纺车》等作品中详细描摹了大生产运动中人们集体开荒、烧炭、纺线等盛大的劳动场面。《活跃在前列》描摹了部队在荒山上集体劳动的场景：

> 美丽的山桃花开满在山坡和山头。指战员们活跃在一个漫长的山梁上，成班成排的，或者单独的，一齐紧张的开垦着。太阳照耀得山桃花

---

① 这里的"公共空间"是一个普通名词，不是哈贝马斯在《公共领域的结构转型》中提到的那个与市民社会相关的专有名词。笔者在这里使用这个词的意思很浅显，就是不同身份的人可以公开、自由活动的地方。
② 冯文华、薛忠义、苑世强等主编：《马克思主义中国化研究》（第1辑），大连海事大学出版社2009年版，第179页。
③ 《马克思恩格斯全集》（第23卷），人民出版社1972年版，第205页。

> 反射出更美丽的光辉了，指战员们的镢头挥舞得就更紧张而迅速，一闪闪的镢头上的返光在荒芜的山林间不住的闪耀着。①

有太阳和美丽山桃花的映衬，还有此起彼落的镢头的紧张挥舞，师田手所勾绘的大量指战员在山林间开荒，改造和征服自然的景象更带壮丽色彩。为了生活自给，劳动者们不仅开荒拓土，实施农业耕种，而且还开山辟林，大规模地伐木烧炭。《炭窑》便细致描摹了人们向大自然挑战，集体伐林烧炭的壮观场景。小说中由四人组成的生产小组向莽野、茂林进军，"人们结实的筋力筑起的一部活的机器，把一个长着草蒿和荆棘的山坡直立的削平了，几座原始的土洞似的炭窑正在被开掘着"。"他们运用着自己手里的镢，和一些别的什么器具。千百年的压积成化石似的地壳在震动了。一层一层坚硬的土岩都被镢的亮锐的牙齿给啃啐了，给破坏了。一个一个二尺五寸那么大的四方形的窑门，它吞没了人们的身子，掩埋了从人们的脸上流下来的汗粒。它不住的往外吐着一堆一堆又凝固又松腻的湿润润的泥土。""没有人烟的荒旷的山林被征服了。人们向自然争取着生命的欲望。"②于黑丁在这里生动展现了人们开辟蛮荒、征服自然的伟大创造力。劳动者披荆斩棘，充分发挥主观能动性，在荒山上开辟农田，于荒林中筑起炭窑，把森林化为木炭等有目的、有意识的创造性劳动实践，确证了人类内在的本质力量，使原先对人的生活有威胁性的、不可捉摸的自然成为"人的生命活动的材料、对象和工具"③，同时发现和创造了大自然原始、雄浑的审美价值。而且，更具"人化的自然"特征的乡土田园景观也褪去了往昔的静谧与悠缓，农民田间地头的生产生活变得十分喧嚣热闹。另外，带有集体性质的劳动竞赛场面也非常扣人心弦，如吴伯箫的《记一辆纺车》中这样描写集体纺线竞赛的紧张场面：

> ……你看，整齐的纺车行列，精神饱满的纺手队伍，一声号令，百车齐鸣，别的不说，只那嗡嗡的响声就有点像飞机场上机群起飞，扬子

---

① 《延安文艺丛书》编委会编：《延安文艺丛书·小说卷》（下），湖南人民出版社1984年版，第83页。
② 《延安文艺丛书》编委会编：《延安文艺丛书·小说卷》（下），湖南人民出版社1984年版，第503、507页。
③ 《马克思恩格斯全集》（第42卷），人民出版社1979年版，第95页。

江边船只投锚。那哪儿是竞赛,那是万马奔腾,在共同完成一项战斗任务。①

劳动竞赛的场景在这里被诗意化和浪漫化,它可以让劳动者"施展自己的本领,发挥自己的天才",并激发出他们昂扬、奋发的劳动激情和革命英雄主义精神。

在描写生产劳动的延安文学文本中,自由劳动创造了崭新的身体,它健康、朴素而富有伟力,没有身体的享乐和欲望,有的是征服客体对象的巨大力量,展示出孔武有力的雄强之美。而在征服自然、征服客体对象的过程中,主体从痛感走向快感,实现了更强生命力的喷射,最终转化为激情、昂扬、愉悦的情感体验。这是一种身体和精神双重解放、自由的时代激情的体现,也蕴含着劳动者对未来的乌托邦构想。此外,荒山、荒地、荒林,乡村的田间地头等较为宏阔的公共空间成为与劳动休戚相关的环境和场地,其中土地、农田等也是劳动者的重要劳动对象,它们与劳动者的集体性协作劳动一起,成为创作者的审美着力点,有力烘托了劳动主体征服自然、征服对象世界,与自然、与客体对象相搏斗的崇高感。

二、创造人民喜闻乐见的新形式

所谓大众化,"就是我们的文艺工作者的思想感情和工农兵大众的思想感情打成一片"②,而"要能真正走进民众中间去,必须它自己也是民众的东西,也就是说它能和民众的生活习惯打成一片。旧形式,一般地说,正是民众的形式。民众的文艺生活一直到现在都是旧形式的东西"③。因此只有利用好旧形式、民众的形式,文学才能真正走进民众中间。而"所谓旧形式一般地是指旧形式的民间形式,如旧白话小说、唱本、民歌、民谣以至地方戏、连环画等等",它为群

---

① 吴伯箫:《吴伯箫文集》(下),人民教育出版社1993年版,第301页。
② 毛泽东:《在延安文艺座谈会上的讲话》,见《毛泽东选集》(第3卷),人民出版社1991年版,第851页。
③ 《延安文艺丛书》编委会编:《延安文艺丛书·文艺理论卷》,湖南人民出版社1984年版,第594页。

众"所熟悉，所感到亲切，因而容易为他们所接受"。①可以说，在文学没有真正走向大众之前，利用旧形式是十分必要的，茅盾就曾经这样说："事实已经指明出来：要完成大众化，就不能把利用旧形式这一课题一脚踢开完全不理！一脚踢开是最便当不过的，然而大众也就不来理你'文章下乡，文章入伍'，要是仍旧穿了洋服，舞着手杖，不免是自欺欺人而已。"②关于如何更好地利用旧形式为现实服务，延安文艺整风之前徐懋庸在总结西北战地服务团的经验时就号召延安文艺工作者"往民间去，采集民间的艺术形式，而配之以新内容，加以应用"③。《讲话》发表以后，延安作家自觉投身于群众运动，追求文学的民族化、大众化，向民间文艺汲取营养，吸收传统民间艺术形式，并将旧形式与新内容相结合起来，创造了新评书体小说、民歌体叙事诗、新秧歌剧、新歌剧等新的艺术形式。

延安文艺座谈会以后，化用民间艺术形式，表现新题材、新人物、新主题的小说纷纷涌现。出身农民家庭、熟谙民间文艺的赵树理在其小说创作实践中尝试将"普及文化"与"提高大众"结合起来，自觉吸收民间曲艺的优长，同时汲取世界进步小说以及五四小说的营养，从而创造了崭新的小说体式。评书是起源于唐宋之际的一种民间艺术，它在长期的发展过程中最为人民群众所接受和喜欢，赵树理曾在《从曲艺中吸取养料》中大力推崇评书，"我对评书一贯抱着学习的态度，我也在学习着写。我推崇这个东西……"④，并将评书融入小说的创作。赵树理对评书的吸收和借鉴最明显地体现在小说叙述者的选择上。他常常把小说的叙述者或显或隐地定位为说书人，如《孟祥英翻身》中叙述者便以说书人的身份出现，由无所不知的"我"讲述故事，"我"在叙述中处于主导地位，有时还与叙述的接收者"朋友们""你"进行对话和交流。在《李有才板话》《李家庄的变迁》中，说书人没有直接出场，但是隐含说书人的声音随处可见，叙述者在

---

① 周扬：《对旧形式利用在文学上的一个看法》，载《中国文化》1940年第1卷第1期。
② 茅盾：《大众化与利用旧形式》，载《文艺阵地》1938年第1卷第4期。
③ 徐懋庸：《民间艺术形式的采用》，载《新中华报》1938年4月20日。
④ 赵树理：《赵树理全集》（第4卷），北岳文艺出版社2000年版，第411页。

用说书人的口吻将故事娓娓道来。此外，赵树理小说还吸收了评书以人物带出故事、以小故事构成情节的艺术方法。如《小二黑结婚》中前五节都是为人物命名，在介绍人物中埋下故事进一步发展的伏线，后六节虽是以故事冲突设题，但结尾仍是以人物性格的介绍入手。除了评书，赵树理还将快板这种曲艺形式嫁接到小说创作中，如《李有才板话》匠心独运地用板话的形式来布排故事，并将其与平民的反抗等现代意识对接，可以说既有民族性又有现代性。[①]

1942年以后，延安诗歌创作也走向大众化、民间化，进入新的发展时期。延安诗人响应毛泽东"文艺为工农兵服务"的号召，在深入工农兵生活的基础上获得了新的诗歌创作素材，同时向民间诗歌汲取艺术养分来改造新诗。通过采风与向劳动群众学习，诗人的思想情感和创作理念等都发生巨大变化，从而使得《讲话》后的诗歌在形式上呈现出新的面貌，出现了叙事化、歌谣化的倾向。李季、阮章竞等人在学习民歌的基础上创造了新的诗歌体式——民歌体叙事诗。李季在创作《王贵与李香香》之前非常熟悉信天游这一陕北民歌形式，曾对其进行大量收集和整理。不过《王贵与李香香》在承继信天游形式的同时有所革新和创造。长诗继承了信天游多用比兴的艺术手法，通篇采用了很多通俗易懂而又新颖妥帖的比喻，也在很多地方成功使用了"兴"的表现手法。长诗大量比兴手法，不仅用来描写人物外貌，还用来刻画人物心理状态、叙述事件或者烘托环境氛围，完全突破了传统信天游比兴简短、表现内容狭窄的局限。《王贵与李香香》在民歌体形式上的运用成绩突出，而且把优美的民族形式与革命的内容相统一，使得长诗既有曲折的恋爱故事，又有宏阔的时代画卷，极大地扩充了信天游的表现内容。与李季一样，阮章竞也非常注重从民歌中汲取诗歌创作的营养，其代表诗作《漳河水》"用了许多民间小曲，如《开花》、《四大恨》、《割青菜》、《漳河小曲》、《牧羊小曲》"[②]，这些曲调不同的民间歌谣的混合使用，使得《漳

---

① 李萌羽：《民族性与现代性成功"对接"的典范——重读〈李有才板话〉》，载《山东省青年管理干部学院学报》2003年第2期。
② 阮章竞口述，贾柯夫、方铭记录整理：《异乡岁月——阮章竞回忆录》，文化艺术出版社2014年版，第188页。

河水》成为多声部、多音域的合唱,婉转动人。由于长诗采用了多种民间歌谣的形式,所以句式较为多样,其中七字句居多,也有三字句、五字句、九字句,每段句式排列也多变化,这种变化同时服务于内容的需要。文艺整风后的延安诗歌界呈现出欣欣向荣的局面,诗人们"寻求着新的形式"[1],也就是"劳动人民所喜闻乐见的形式"[2],向大众化、民族化迈出了坚实的步伐。

  《讲话》后最能体现延安文艺大众化创作高潮的是延安戏剧界的新秧歌运动,1943年成功首演的《兄妹开荒》带动了新秧歌运动的蓬勃发展。秧歌因源于农民劳动生活中所唱之歌而得名,是中国民间歌舞体裁的一种,流行于我国北方汉族地区,主要在传统的农历正月十五元宵节时,于广场表演。秧歌演唱的内容多为神话传说、民间故事,在表现男女爱情方面大胆直率。[3]整风后秧歌作为民间形式的一种受到延安文艺界的关注与重视,并被改造为熔音乐、戏剧、舞蹈于一炉的新秧歌剧,它"是吸收了民歌、民谚、旧秧歌舞、旧秧歌剧、地方剧、话剧的成份,结合而成的形式",是"群众的新歌舞剧"。[4]新秧歌剧在形式上更富表现力,有歌舞的戏曲因素,有虚拟的舞台动作,有道白的话剧成分;在内容上摒弃了旧秧歌剧中那些男女调情、争风吃醋的低级趣味,输入了健康的、明朗的生活情趣,并"把抗战、生产和教育的问题作为创作的主题",实现了"文艺与政治的密切结合"。[5]新秧歌运动促使广大文艺工作者与群众密切结合,成功将民间旧形式创新为民族艺术形式,也为新歌剧的创作找到了一条迅速发展的道路。新歌剧吸收了秧歌的长处,但突破了秧歌的形式限制,还借鉴了一些地方剧种和其他民间戏曲的优点,在曲调和对白上接近民间歌曲和传统戏曲的说白,故事性强,情节紧张。民族新歌剧的奠基石《白毛女》取材于白毛仙姑这个晋察冀边区河北民间传奇,在音乐方面采用了北方民间音乐的曲调,吸收了中国传统

---

[1] 冯雪峰:《形式问题杂记》,见《冯雪峰选集·论文编》,人民文学出版社2003年版,第76页。
[2] 陆定一:《读了一首诗》,载《解放日报》1946年9月28日。
[3] 任葆琦主编:《戏剧改革发展史》(上),中央文献出版社2016年版,第389页。
[4] 艾青:《秧歌剧的形式》,载《解放日报》1944年6月28日。
[5] 艾思奇:《从春节宣传看文艺的新方向》,载《解放日报》1944年6月28日。

戏曲音乐的优点,借鉴了西欧歌剧的创作经验,在艺术形式上是不同于民间戏曲,也有别于西洋歌剧的全新尝试。

总之,延安文学与民间文艺形式密切相关,它在借鉴民间文艺形式的基础上形成的民族化、大众化的新形式,是对五四新文化运动、左翼文艺运动所倡导的大众化的发展与延伸,而且这种对民间旧形式的运用不仅仅是旧瓶装新酒,而是完成了对民间文艺的现代性改造。延安文学对民间文艺形式的利用和改造,给后世作家留下了丰富的经验,促使当代作家更加自觉地向民间学习。

三、追求俗中含雅的审美境界

整风后的延安文学虽然呈现出浓厚的民间趣味,但这种民间趣味不是一味求俗的,而是呈现出雅俗共融、俗中含雅的审美追求。其实,所谓雅俗,只是相对而言的概念,理应用动态的、辩证的眼光视之。这就是说,雅与俗不是绝对一成不变的,而是相对的历时性概念,在特定条件下会相互转化、彼此位移,而且雅俗之间并无绝对的高下之分,且常常相互渗透、相互包含,正如匈牙利著名学者阿诺德·豪泽尔所谈及的:"精英艺术、民间艺术和通俗艺术的概念都是理想化的概念;其实它们很少以纯粹的形式出现。艺术史上出现的艺术样式几乎都是混杂形式。"[①]

以通俗小说创作闻名的赵树理,其创作实践初始于20世纪20年代末,在早年的艺术探索期,他不仅创作了旧体诗词、旧文言散文,还对隶属精英艺术范畴的五四新文学"深感兴趣"[②],努力学习"欧化",写作新诗、新小说等。但不久他便发现了新文学与大众沟通的局限,又受到陶行知所倡导的"乡村教育试验"

[①] 阿诺德·豪泽尔:《艺术社会学》,居延安译编,学林出版社1987年版,第207页。
[②] 赵树理曾回忆说:"我在学生时代也曾学过五四时期的语体文(书报语,不能做口头语用)和新诗(语言上属翻译诗),而且有一度深感兴趣。"赵树理:《回忆历史 认识自己(摘录)》,见《赵树理全集》(第5卷),北岳文艺出版社2000年版,第385页。

和陈伯达所呼吁的"新启蒙运动"的双重影响①，于是努力尝试将新文学与通俗文学相融合，逐渐走上新文学通俗化的艺术道路。赵树理的通俗化主张贯穿了他20世纪40年代及其以后的全部文学实践，也将其推上了文学创作的顶峰。虽然他刻意求俗，明确表示自己的作品是写给农民看的，并常将自己的小说特别标明"通俗小说"或"通俗故事"之类，但他的俗既没有落入俗套，更没有滑向庸俗、媚俗，而是有着古典和新文化底色的雅之俗。他的通俗化、大众化作品不仅深受普通大众欢迎，而且得到众多文化人甚至很高层次的作家、批评家的认同和赏赞。②他的小说《小二黑结婚》《李有才板话》《三里湾》等也在接受过程中逐渐雅化，不仅登上了"大雅之堂"，而且获得了文学经典的命名。可以说，赵树理的文学创作，在他所处的时代以及当下，都"不仅属于一种'俗文化'，而且更理所当然地属于'雅文化'之内。它真正是雅俗共赏的"③。

1937年抗日战争全面爆发以后，赵树理的文学创作自主而鲜明地转向通俗化、大众化，并竭力寻求新文学与古典文学、民间文学的"无缝链接"，他的这种艺术探索在20世纪40年代，无疑具有先锋性和代表性。赵树理1940年代及其以后的小说创作，继承了古典小说的方法，接受了"五四"以来新小说的形式，又融合了民间文学的艺术精华，从而取得了相对于五四新小说明显欧化倾向而言的陌生化的审美效果，创造了"鲜明而新颖的民族特色"④，并在某种程度上有着雅文化的色彩。

首先，在描写人物方面，赵树理小说常以侧面描写来烘托人物，如《小二黑结婚》中写小二黑的漂亮英俊："妇女们的眼睛都跟着他转"⑤，绘小芹的美丽

---

① 陶行知的教育思想塑造了赵树理的身份意识，决定了他文化选择的根本动机；陈伯达的民族主义立场为他的新文学通俗化实践找到了理论依据。详见胡星亮主编：《现实主义、结构的转换和历史寓言》，上海人民出版社2009年版，第52—54页。
② 冯牧、郭沫若、周扬、茅盾、陈荒煤、林默涵、巴人、荃麟等人都曾真诚地表示喜欢赵树理的小说，而且周扬、陈荒煤等人还给予了高度评价。
③ 郝亦民：《为了艺术的永恒上帝——赵树理大众化文艺思想综论》，北岳文艺出版社1992年版，第212页。
④ 戴光宗：《赵树理小说的民族特色两题》，载《中国现代文学研究丛刊》1980年第4期。
⑤ 董大中主编：《赵树理全集》（第1卷），北岳文艺出版社2018年版，第152页。

可人："小芹去洗衣服，马上青年们也都去洗；小芹上树采野菜，马上青年们也都去采"①。这种通过他人之眼、他人的反应来写人物的方法，给读者留下了较大的审美想象空间。《登记》中也运用此法，将张木匠之妻与众人眼中的美武旦"小飞蛾"相类比，侧面烘托出张妻的面容、身姿之美。另外，赵树理还通过人物居住环境的描述以及采用由别人叙述等侧面描写的方法来刻画人物，如《李有才板话》中通过对李有才居住的"土窑"的全方位、多角度的描摹，有力烘托出李有才的贫苦、孤身、随性、好人缘；经由小顺、小福给陈小元编念的短歌，侧面活现并讽刺了小元"变坏"后"蹄蹄爪爪不想抬""逼着邻居当奴才"的官派作风。可以说，侧面描写方法的运用使得赵树理小说在某些时候含蓄而有余味。

其次，在谋篇布局方面，赵树理小说尝试了多种方式，艺术结构多姿多彩，富于变化，在一定程度上突破了传统的程式化。有的以介绍人物开头，如《老定额》《实干家潘永福》《杨老太爷》；有的在引出人物前，先叙述一个小故事，写一件东西或一个地方，如《登记》从一枚罗汉钱写起，《"锻炼锻炼"》通过杨小四写给落后妇女的一张大字报揭示人物之间的矛盾，《互作鉴定》从主人公刘正给领导的一封信落笔，《假关公》从关老爷庙以及庙中习俗开头，《盘龙峪》从盘龙峪这个地方开篇，《三里湾》的起笔便是"从旗杆院说起"；有的借用线索来串联故事的横断面，突显小说主题，如《套不住的手》把一副手套的三次丢失作为线索，串联了陈秉正在教练场、逛集市、大扫除等人生片段，彰显了主人公的美好品质；有的创造性地将民间形式化用于故事之中，如《李有才板话》匠心独运地用板话的形式来布局安排故事，并将其与平民的反抗等现代意识对接，可以说既有民族性，又有现代性。②赵树理小说的结构方式多变而有新意，在达到通俗化效果的同时也蕴含了高雅的艺术追求。

最后，在语言表达方面，赵树理小说的语言取自群众语言，口语化鲜明，但不是原生态的呈现，而是既注意吸收农民语言中的艺术精华，也十分注意对农民

---

① 董大中主编：《赵树理全集》（第1卷），北岳文艺出版社2018年版，第150页。
② 李萌羽：《民族性与现代性成功"对接"的典范——重读〈李有才板话〉》，载《山东省青年管理干部学院学报》2003年第2期。

语言进行加工、提炼、改造，从而使其小说的语言艺术"超越了俗文化的内涵，以俗为雅，达到艺术的一种深层美"①。赵树理小说的语言素朴、精炼、传神，讲究节奏和韵律，生动形象又富有音乐美。《小二黑结婚》中二诸葛的口头语言"命相不对""恩典恩典"，凝练且极具个性化，惟妙惟肖地表现出二诸葛的迷信、迂腐、畏官。《孟祥英翻身》中的"她在门里低声哭，后来她坐在屋檐下，哭着哭着就瞌睡了，一觉醒来，婆婆睡得呼啦啦的，丈夫睡得呼啦啦的，院里静静的，一天星斗明明的，衣服潮得湿湿的"②，通过人物处境的对比，音响、色彩、情态的描摹和象声词、叠词的反复使用，强烈烘托出孟祥英有屋难回、孤独无依的悲凄处境，并给人以鲜明的节奏感。《李有才板话》中李有才及其弟子编念的写人记事的快板歌，大俗大雅，不仅体式新颖、朗朗上口，而且形象生动、风趣幽默，既精准地勾画了阎恒元、阎家祥等人的形象和性格特点，又对其婉言嘲讽，颇显聪慧、正直的士人之气。赵树理小说中的语言，既通俗化又充满艺术性，正如《庄子·山木》中所言，"既雕既琢，复归于朴"，雕琢而后的朴，即不粗俗，村夫野民的日常话，变成了精美绝伦的艺术语。③

作为农民出身的文化人，赵树理既保有传统农民的质朴品性，又具有现代文人的精神特征：由于既受传统儒家文化的熏染，又经五四新文化和革命文化的洗沐，其文学创作在思维理念、价值取向、情感表达和艺术探索等方面不可避免地受到传统与现代或新、旧雅文化的影响。他相对多元、厚实的文化修养和特殊的审美文化选择，使他对中国古代的雅文化传统有所承续，又有一定程度的突破和创化。在汲取多元文化营养的基础上，赵树理的文学创作走向了俗雅交融，创造了俗中含雅的艺术范式。"高雅文艺之区别于通俗文艺最根本的一条……在于艺术形式的创造上。评价高雅文艺成就的高低，也往往是以其艺术上的创新为主要

---

① 冯军胜：《中国现代文学之雅俗略论》，载《内蒙古社会科学》（汉文版）2003年第6期。
② 董大中主编：《赵树理全集》（第1卷），北岳文艺出版社2018年版，第210页。
③ 高捷：《一语天然万古新——赵树理的文学语言》，载《山西大学学报》（哲学社会科学版）1991年第3期。

指标的。"①艺术上的创新离不开对传统的"通"与"变",中国的文学艺术主要有古典文艺、民间文艺和五四新文艺三个传统②,赵树理认为这三个传统在艺术上都有可取之处。他主张三个传统的交融③,并进行了具体的创作实践,在艺术上求变、求新,不断探索,不仅吸纳了中西雅文化的营养,而且还以俗为雅、化俗为雅,创造了高品位的俗文学或者说通俗性的雅文学,既使新文学的艺术形式出现了新面貌,也让他的文学创作与一般的通俗文艺大不相同,在很大程度上具备了雅文化的品质。而所谓"赵树理方向"也绝不是单纯的通俗文学方向。他的文学创作以及审美选择和审美追求,在沟通雅俗已然成为现代社会文化发展大趋势的背景下,可以给我们提供有益的借鉴和启示。

---

① 李凤亮:《文化视野中的通俗文艺与高雅文艺》,载《兰州大学学报》(社会科学版)2002年第6期。
② 赵树理将中国的文艺传统划分为三个:"一是中国古代士大夫阶级的传统,旧诗赋、文言文、国画、古琴等是。二是五四以来的文化界传统,新诗、新小说、话剧、油画、钢琴等是。三是民间传统,民歌、鼓词、评书、地方戏曲等是。"赵树理:《回忆历史 认识自己(摘录)》,见《赵树理全集》(第5卷),北岳文艺出版社2000年版,第390页。
③ 黄修己:《总也忘不了他——纪念〈小二黑结婚〉发表五十周年》,载《文艺报》1993年9月18日。

第二章 人民的故事：延安时期的小说创作

晚清民初时期，中国小说在古典小说传统和西方小说文本的双重影响下逐步走上现代化的道路，尤其是在"小说界革命"的倡导下，小说被赋予了开启民智、寓教于乐的作用，其地位也被拉升到了空前的高度。尽管梁启超的"新小说"创作实践被五四一代承继，但是相较于"新小说"，在"五四"狂飙突进的时代精神推动下，现代小说极力挣脱古典"阴影"，力图在形式与内容上构建出真正意义上的中国现代小说。到延安时期，尽管中国现代小说的问题观念并没有完全建立，对什么是小说、什么是现代小说这些基本问题也缺乏统一的认知，但在赵树理、丁玲、孙犁、刘白羽、柳青等延安文人的努力下，小说"成为延安文人'想象'边区的新天地、新农民、新主题的重要表现方式"[①]，也为延安时期的工农兵文学和此后人民文学的建构探索出多种可能。

---

① 黄科安:《延安文人：建构现代民族国家的本土话语体系——关于延安文学研究的再思考》，载《海南师范学院学报》（社会科学版）2006年第4期。

第一节

赵树理小说的现代性追求

中国20世纪的重大时代转折，在赵树理的小说里都会有独特映像，因此对他的毁誉褒贬都与复杂多样的历史语境关联。多变的赵树理阐释史俨然成为20世纪中国文学现代性追求中的一个符号。由于赵树理创作时所持的独特文化姿态，加之政治体制、学术研究对其小说现代性的忽略，他的作品曾一向被认为是政治宣传的产物，风格土里土气，不够现代，尤其是他延安时期的作品。因此，赵树理这个大"文摊"的现代性追求长期处于多重因素的遮蔽之中。

近些年来，在重写与再解读的文学史思潮中，对赵树理延安时期小说的现代性的阐释也更加走向客观与多元。多数研究都将他作为"能指"去探讨其内蕴"所指"的现代性，郭文元说道："赵树理对二三十年代以来'五四'现代小说形式的偏离和对中国小说传统的接续……不仅不是背离了中国小说的现代转化，而是真正拓宽了中国小说的'现代性'路向。"[1]而贺桂梅在《赵树理文学的现代性问题》中言及的"重新面对赵树理文学内涵的复杂性，并不是要再次判断其'现代'与否，而是反省我们的现代观和那些定型化的关于现代的想象方式"[2]，更是工具理性地将赵树理作为理解与反省现代性的符指。本节则试图在现代性已成既定事实的语境中，即赵树理的创作发生于中国的现代性诉求进程与赵树理的作品必然包含现代性因素的历史情境中，去探讨其延安时期小说的民族国家现代性追求，以期理解并发掘出赵树理乃至延安文学的现代性家国内涵。

---

[1] 郭文元：《现代性视野中的赵树理小说》，甘肃人民出版社2009年版，前言第22页。
[2] 贺桂梅：《历史与现实之间》，山东文艺出版社2008年版，第261页。

一、中国的现代性与赵树理的"现代性方案"

现代性自从被学界提出以后,围绕这一概念产生的争鸣就从未停止过,而如何使用这一复杂概念来阐释中国现代文学,更是没有统一共识。现代性理论自从在西方社会起源开始,便存在巨大分歧,启蒙的、审美的、叙事的等各派现代性说法竞相登台。20世纪80年代以来,这一理论在中国逐渐兴起,在本土化的进程中形成的分歧更大。钱中文认为,现代性"就是促进社会进入现代发展阶段,使社会不断走向科学、进步的一种理性精神、启蒙精神,就是高度发展的科学精神与人文精神,就是一种现代意识精神,表现为科学、人道、理性、民主、自由、平等、权利、法制的普遍原则"①。相较于这种最受认可的启蒙现代性立场,汪晖则认为"现代性概念首先是一种时间意识,或者说是一种直线向前、不可重复的历史时间意识,一种与循环的、轮回的或者神话式的时间认识框架完全相反的历史观"②。他显然是肯定了中国式现代性对未来进行想象的根据。而在陈晓明看来,"不管是把现代性看成一个方案(哈贝马斯),一种态度(福柯),还是一种叙事(利奥塔),都表明了现代性是一种价值取向和思想活动",并且"现代性推进了民族国家的历史实践,并且形成了民族国家的政治观念与法的观念,建立了高效率的社会组织机制……"③本土学人对于现代性的研究丝毫不逊于西方前辈,陈晓明认为现代性作为一种价值取向来推进民族国家历史实践的观点,给予我们认识赵树理创作的现代性内涵一定启示。

既然是推动民族国家的历史实践,便少不了具体方案,哈贝马斯认为18世纪启蒙思想家们的主张便是一个未完成的"现代性方案"。而中国自清末产生"千年未有之变局"以来,便出现了各种"现代性方案"。从戊戌维新到五族共和,中国的"现代性方案"参照时代形势的逐渐发展而不断修订演变,反映在文学领域中,便出现了文学规范一系列的变化过程,文化的感召力使得文学创作实践成

---

① 钱中文:《文学理论现代性问题》,载《文学评论》1999年第2期。
② 汪晖:《汪晖自选集》,广西师范大学出版社1997年版,第2页。
③ 陈晓明:《现代性与文学研究的新视野》,载《文学评论》2002年第6期。

为中国民族国家"现代性方案"中不可或缺的重要部分。共产党人领导的延安文艺作为承前启后、影响空前的一大文化方案，无疑是整个中国20世纪"现代性方案"的重要一环，而赵树理便是这一方案的积极建构者之一，延安方案因其特殊历史语境而表现出的是建构现代民族国家的宏大追求。

"中国现时社会的性质，既然是殖民地、半殖民地、半封建的性质，它就决定了中国革命必须分为两个步骤。第一步，改变这个殖民地、半殖民地、半封建的社会状态，使之变成一个独立的民主主义的社会。第二步，使革命向前发展，建立一个社会主义的社会。"①毛泽东发表于1940年的《新民主主义论》，已经明确包含了创造一个现代民族国家的理论体系。民族国家作为近代以来伴随着阶级革命或独立运动才出现的国家形式，本身便现代性十足，中国作为民族国家更是在近现代反侵略中逐渐建构起来的，西方国家带来的焦虑促发了我们的民族意识。在挽救危亡中，作为一种"现代性方案"的赵树理们的小说选择了正确的政治意识形态、为工农兵服务的大众化策略，从而成为建构现代民族国家想象共同体的重要话语体系，延安文艺作品的现代性诉求也均由此而生。

二、革命内容的现代性书写与反思

早在1934年，赵树理便已决心沉入民间，走大众化写作之路，"我不想上文坛，不想做文坛文学家。我只想上'文摊'，写些小本子夹在卖小唱本的摊子里去赶庙会，三两个铜板可以买一本，这样一步一步地去夺取那些封建小唱本的阵地。做这样一个文摊文学家，就是我的志愿"②。充当沟通知识分子和广大农民桥梁的"翻译者"这一"文摊"定位，是赵树理继承"五四"以来的启蒙现代性话语，意欲以民间形式来启蒙大众的群众工作方案。这一文学方案恰好暗合着延安方案动员工农大众积极参加革命的时代需求，与中共政治体制的高度同构关系

---

① 毛泽东：《新民主主义论》，见《毛泽东选集》（第2卷），人民出版社1991年版，第666页。
② 李普：《赵树理印象记》，见黄修己编：《赵树理研究资料》，知识产权出版社2010年版，第15页。

使得赵树理的创作在表现民主、解放等意识形态题域时，展露出了激扬的革命现代性追求。纵观整个20世纪，革命应该是中国建成现代性社会的最重要途径，是中国共产党人在建构现代民族国家的征程中最为活跃的内在表征。赵树理描写的虽然是现代民族国家建构过程中的社会变革与阶级关系，但他采用的却不是大多数作家擅长的宏大叙事模式，更没有机械地将作品变为口号标语来为政治做宣传。他的创作资源与想象结构真真切切地来自民间，来源于真实的农村社会。赵树理以他对农民生产生活、思想意识的深刻认知，而展现出最日常化的书写方式。高度发达的农耕文明使得农村成为中国社会的基本层面，赵树理对农村农民的日常书写成为最能检验中国革命发展情况的高明策略，并非西方文明、城市社会才意味着现代，赵氏小说描绘着被激进暴力革命掩藏的中国基层农村的生活万象，这种直视革命对现代农村社会影响的书写，毫无疑问当是中国文学在现代性表现中的重要形式。

在此基础上，其作品更是反映出了时代的革命主题与现代精神。《小二黑结婚》之中，在解放区民主政权之下，仍然存在三仙姑等老一辈干涉年轻人婚姻自由的旧习俗，而小二黑和小芹最终对父母之命的突破则无疑隐喻了民主自由的现代理念对封建愚昧的决定性胜利，家长里短的革命日常叙事，更是策略性地运用文学话语将现代性政策宣教融入琐碎的生活哲理，小说叙事并没有因建构政治意识形态的需要而失去农村生活的情趣，革命的现代性意识就如此这般穿行在生机活泼的民间生活之中，这不得不说是赵树理小说的独特魅力所在。

民族国家现代性的追求避免不了复杂现实问题的存在，现代性也正是在对问题的质疑、反思与批判中建构起来的，"总之，现代性既是一个可能一以贯之的视角，又是一种质疑与反思"①。反思特征蕴含了赵树理们不满现实的心态与变革现实的愿望，而这一切都是逼近现代性的努力。当然，现代性直线向前的时间意识还寄托了对未来的想象，当未来已来，现代却未达成，原来的想象与当下的现实并不一致时，反思与批判便在所难免。基层民主政权的建立绘制出国家民主

---

① 陈晓明：《现代性与文学研究的新视野》，载《文学评论》2002年第6期。

现代性的蓝图，但封建残余势力却因各种原因摇身一变进入革命队伍，《李有才板话》里的章工作员和《李家庄的变迁》中的王工作员，无疑都是现代新政权里的害群之马，他们的存在阻碍着现代农村的发展进程。赵树理对现代性内部冲突的如此描绘，实际隐含了中国现代性的敏感焦虑，也传达出他对延安"现代性方案"深刻又清醒的认识。他细致入微地描述着农村社会矛盾的复杂，关注农民争取现代生活的过程，真实再现他们的生存状态，这一自觉融入中国现代化进程的体验式创作无疑更加丰富了其作品的现代性内涵。

三、传统民间文艺形式的"革命与回旋"

一直为学界所津津乐道的赵树理小说的民族形式，核心就在于其大众化创作的实现，因为只有创建出民族大众喜闻乐见的文学形式，文学才能更贴近大众，进而为民族服务，以实现成功建构民族国家的现代性追求。自"五四"以来，现代小说如何以大众化的形式走进民族大众，是文学界一直在思考并付诸创作实践的一大难题。从人的文学、革命文学、左翼文学一直到延安文学，才真正建构起了民族风格的本土文学形态。"延安文艺最重要的历史功绩之一，就是对新文学'大众化'问题的讨论、深化以及实践，也就是说'大众化'问题只有到了延安时期才得以真正走上了中国化的实践之路。"[①]赵树理小说民族形式现代性内涵的显现，并没有一种急于脱离过去形式的时间意识，而是同过去存在着复杂的悖论关系：他的现代性文学形式既要摆脱非现代的过去以求新求变达成现代，又要把过去的传统作为来源以认识和调整自身。王德威在《革命与回旋》中论及清末民初文学的现代性时曾言："与勇往直前的革命相比，'回旋'常常和保守执著的动向联系在一起，但是它并不等同于反动，因为它的运动并非回到原点。"[②]通过这层知识透视，可见赵树理对于传统民间文学形式的转化运用，本身便是其

---

① 赵学勇、田文兵：《延安文艺与20世纪中国文学论纲》，载《陕西师范大学学报》（哲学社会科学版）2013年第1期。
② 孙康宜、宇文所安主编：《剑桥中国文学史：1375—1949》（下卷），刘倩等译，生活·读书·新知三联书店2013年版，第508页。

现代性追求的重要内容。

他的小说与诸如评书、快板、口头故事等各种传统民间文艺形式存在明显联系，他在丰富的民间传统形式中寻求创作资源，经由现代转化，便以出众的创作实绩进入了现代视野。传统并非铁板一块，也有官方与民间之分，"民间是与国家相对的一个概念，民间文化形态是指在国家权力中心控制范围的边缘区域形成的文化空间"[①]。传统的民间艺术形式被赵树理"回旋"进现代小说创作，评书形式的《小二黑结婚》、快板形式的《李有才板话》等都使得传统资源得到现代转化的同时又批判了封建传统，启蒙了现代民众。不仅如此，他还沿用了传统艺术形式的故事套路，像《小二黑结婚》便是将真实的悲剧故事改编成了有情人终成眷属的民间版本，《李有才板话》中的阎恒元，横行乡里，最后在政府介入后被铲除，这也借用了传统话本及戏曲说唱中清明官府为民做主的故事模本，这些都迎合了民族大众，尤其是农民读者的审美口味，明显是民族现代性艺术风格的自觉追求。

文学创作中的语言形式是民族国家的自主性选择，赵树理小说的语言实践更是现代民族国家建立过程中的有机组成部分。使用更贴近大众的语言来表现现代人的情感体验，本身便是一种现代性。赵树理的语言风格，以尽量能让广大底层民众去理解为立足点，这毫无疑问是现代汉语革命在新历史环境下的发展与运用。但赵树理在对现代白话文的使用中，并未抛弃古典通俗小说中的语言特征，而是充分考虑了话本小说传统，创造出一种新的口语化语言形式，正如《小二黑结婚》《李有才板话》等小说的语言，直白简洁，既不同于欧化的、复杂的文学语言，又不同于古典的、严谨的文言。他对本民族所独有的古典通俗小说语言进行了现代转化，将民族的传统语言形式与"五四"以来的现代精神熔于一炉，通过描绘现实中的当下事件，完成了对民族传统的激活。王德威在《现代性与历史性》中说："现代和传统之间形成了一种联系，虽有敌对的必要，却也处于对话

[①] 陈思和：《民间的浮沉——对抗战到"文革"文学史的一个尝试性解释》，载《上海文学》1994年第1期。

之中。"①赵树理的语言形式正是在这种挖掘历史性、重构民族感的历史维度中力求更好地为建立现代民族国家提供了文化依据。

　　现代性的品格从来不是凝定的,而是一直处在动态的变化过程之中,赵树理小说所展露出的创作思路与价值取向,是中国文学现代性深层流变中的必然选择,他所代表的本土现代性规范直接服务于建立现代民族国家的价值诉求。回归20世纪中国文学赖以存在发展的具体历史语境,赵树理的出现绝非偶然,社会革命与文学革命的双重追求造就了他与毛泽东的"相遇",毛泽东文艺思想从而在他的创作实践中展开,回归民族传统,回到通俗叙事,他的民族国家现代性追求赋予了其小说真正的中国性,而这本身也是20世纪中国文学现代性流变与调整中的一大新方向,我们并非要依此完成对赵树理现代性的界定,而是意在从更加多元的思维方式上来拓展中国文学发展中的现代性视域。从"五四"的启蒙现代性到左翼乃至延安时期的革命现代性,这一系列流变与发展都是现代性在不同时期的历史选择。延安解放区政权在当时还并未成为统治国家的正式政权,它需要吸收民间大众的力量来做夺权斗争,这就需要以文学为武器来唤醒民众去投身革命洪流,这就是延安文学作为一种庙堂文学的特殊性所在,而深有政治抱负的庙堂文学家赵树理们的创作所展现出的延安文学理论体系便是革命现代性中建立民族国家所要求的文学规范。

---

① 孙康宜、宇文所安主编:《剑桥中国文学史:1375—1949》(下卷),生活·读书·新知三联书店2013年版,第615页。

第二节

刘白羽小说的抗战书写

在中国现当代文学史上,刘白羽以散文创作受到关注,实际上,他的小说创作也十分丰富,1936年,仅二十岁的刘白羽就在《文学》杂志发表了第一篇小说《冰天》,引起了巴金的注意并得到支持,巴金亲自为他编选了小说集《草原上》。之后刘白羽连续在文艺报刊上发表小说作品,并且保持着一定的新鲜度和持续性。从旧军队的体验到解放区根据地见闻、前线生活,他以创作反映生活和战斗,战争也把刘白羽的个人命运与民族的命运紧密联系在一起,使他在高度自觉的革命意识和责任担当中,磨炼了气质品格和精神面貌,而那些在战壕里和行军途中屈膝而就的作品也体现了鲜明的时代特色、革命激情和强烈的抒情气息。

一、时代背景下的抗战书写

少年时期的刘白羽,成长于北平城里的封建旧家庭,经历了家道衰落、寄人篱下的孤苦生活。十四岁离开家去当学徒,而后回归学校,正值国家动荡之时,学生运动此起彼伏,多年来受困于封建家庭的郁闷和迫切的救国热情困扰着他年轻的心灵,"日本人把炮火带到家乡,我不能不在这关头,决然离去"。随后投笔从戎到了孙殿英部队,然而一腔热血遭到冷遇和打击,最后因重病返回家中。短短几年间,他离家又归家,年少的刘白羽历经磨难,然而爱好文学、追求知识的心没有因为生活的挫折而止步,这些历练都成为他文学创作的源泉。1935年1月8日,刘白羽的第一首诗歌《寒衣》发表于《华北日报》文艺副刊,同期还有一篇散文《太行山上——太行山到荒漠的途中》。一年时间，他在这一刊物上共发表了六篇散文和十五首诗。经过散文和诗歌创作的积淀，刘白羽的第一篇小说《冰天》一经发表就引起关注，并由此开始了小说创作历程。

全面抗战爆发前夕，刘白羽专心从事文学创作，1936到1937两年时间，是刘白羽小说创作的探索期，他连续在《文学》《文季》《中流》《作家》等刊物上共发表了十六篇小说，代表作品主要收录于小说集《草原上》和《蓝河上》。这一时期的小说作品主要反映两个方面的内容：一是旧军队的官兵生活，二是农村或小城镇工厂的劳苦人民的境遇。十几岁时满腔的爱国热情与真实而残酷的现实相碰撞，他写出了《冰天》《草原上》《红雪》《病》等作品，表达了自己短暂的初次军营体验，充斥着迷茫和痛苦的情绪。

刘白羽虽然生长在城市之中的商人家庭，但他并没有幸福快乐的童年，父亲的抛弃、大伯父的严苛，使年幼的他就承受了命运突如其来的悲苦。因此，他在文学创作中更愿意把眼光投向生活在水深火热中的贫苦人们，描写在战乱的时代下普通家庭遭受的磨难和痛苦，如《查》中被侮辱的武福和妻子，《草叶上的人们》中寂寞伤感的一家人，《谷》中贫穷给人带来的愤怒、疯狂和绝望，《青河崩裂了》中一代又一代农民的反抗和斗争，《葵花》中父亲老耙子对女儿受辱自己却无能为力的悲痛和仇恨，《冻不硬的魂灵》中大学生面对国难当前的愤慨和软弱，《蓝河上》中可怜懦弱的苟且者，《盐贩子》中人性的冷漠和悲哀。世界在不断变化，而穷苦人一直在艰辛中自由而痛苦地活着，他们唯一的出路就是在不断的抗争中打拼出属于自己的新的生活。

然而，瞬息万变的战争形势很快影响到了刘白羽，北平沦陷后他到上海参加了文化界的救亡协会，宣传抗日。后来又到了南京、济南、武汉，途经前线战场，辗转到郑州、临汾等地，最终于1938年2月到达延安。在一年多奔波的日子里，刘白羽练就了随走随写的能力，开始了报告文学创作，也结识了许多文艺界同仁和八路军将士。几经波折，到达圣地延安后，第一次见到了毛泽东同志，刘白羽内心激动不已，"我从黑暗的旧社会进入一个光明的新世界，我从冰雪封冻的冬季来到山花烂漫的春天"①。他与艾思奇和柯仲平等人一起在边区文协工作，之后受命陪同美国使馆的海军军官卡尔逊游历华北敌后抗日根据地。历时三个月，他们冒着战火硝烟，冲过敌人的封锁线，这一路看到的大好河山和军民齐心抗战的事迹给刘白羽留下了深刻的印象。根据这些材料和深切的感受，刘白羽创作了散文集《游击中间》和小说集《五台山下》。华北之行对刘白羽来说是一次新的信念的确立，使他认识到战争中最坚固的力量来自群众，来自军民齐心的抗争。他开始书写八路军奋勇抗战的故事，书写农民在共产党领导和帮助下的新生活，歌颂解放区军民的战斗精神和他们共同创造的新世界。由此确立了自己的写作方向，告别了过去在旧军队受欺压的记忆，培养了对人民军队的深厚感情，小说情感基调也由低沉苦涩渐渐转为积极乐观。

抗日战争的全面爆发促使刘白羽走上艰难的流亡之路，也使他的创作从题材到情感基调发生了转变，进入小说创作的转型期。此时的作品主要收在《五台山下》《太阳》《金英》《幸福》《龙烟村纪事》这些短篇小说集中。《五台山下》中的五篇小说反映了敌后根据地的抗战准备工作，体现了共产党领导下的抗日根据地在政治、经济、组织、文化方面的发展。《太阳》集中的小说，通过一系列曲折生动的情节变化塑造了送报员王树斗、农民自卫队成员戴贵、勇敢争取解放的女青年喜子等鲜明人物形象。刘白羽还在《金英》里写了一对外国夫妻，日本青年松田和朝鲜女孩金英。他们婚后来到中国，被八路军俘虏后深感中国与朝鲜都受着日本侵略的金英与逃跑的松田决裂，在人民军队里成长为一名女战士。《龙烟村纪事》中战胜自私和怯懦的杨发新，蜕变后重获新生。刘白羽总是能够及时把握时代趋势，用擅于发现的眼睛捕捉到独特的人物和素材，来丰富自己的文学创作。这些以抗日为主题的小说从多个角度来透视这场战争，揭示了战争的复杂性和残酷性。刘白羽的小说，书写战争给人们带来的灾难，书写人身体和心灵上的伤痛，揭露了生活中的一些矛盾和问题，并不回避人性中的恐惧、软弱、自卑等弱点，展现了人真实而丰富的一面。从题材上来说，他不再沉陷于旧

---

① 刘白羽：《延河水流不尽》，见《刘白羽文集》（第6卷），华艺出版社1995年版，第445页。

军队和封建家庭的悲苦生活，将眼光投向深广的社会现实之中，及时书写自己在流亡途中和敌后根据地的见闻，表现的内容更加丰富。刘白羽以小说《火》开始了新的战争、新的人民军队的描写，战士齐云强忍伤痛，为保卫村庄誓死抵抗，胜利的火焰升腾而起，齐云却永远长眠在太行山。《战斗着》和《行军中》都是这样的作品，写了八路军将士轻伤不下火线、重伤不能安心养病的事迹。小说中既有对知识分子思想观念转变的描写，也有解放区农村生活的画面；既有硝烟弥漫的战争场面，也有军民情深的表现，还有对战争年代的女性与儿童命运的关怀。

在人物形象方面，集中表现了根据地的八路军将士、人民群众、党的基层工作者等形象。如《五台山下》中的突击员山虎子，经过观念转变，改正思想上的错误，获得了实至名归的荣誉。如《总的破坏》中的晋察冀边区王区长，怀着复杂的心情带领群众破坏亲手修建的铁路。他还塑造了许多新时代的农村青年形象，如《枪》中的杨眼，《幸福》中的孙彩花，《四箱子弹的缘故》中的模范民兵戴贵。战争改变了他们的人生，他们经过思想认识上的进步，克服了小农意识，民族意识觉醒，从而成长为敌后抗日战线上的新生力量。

抗战时期，刘白羽的小说创作显示出了逐渐成熟的标志，在人物形象的塑造和细节描写方面都有了长足的进展，着重表现了复杂的战争环境下人的生活和精神世界、丰富的内心情感，因此成为解放区小说重要的一派。他的小说在描写方面避免了散乱和冗杂，集中于人物刻画，合理设置情节和矛盾冲突，表现人物性格特点，丰富形象，思想上也有一定的深刻性。通过语言、动作、心理等细节描写表现人物细微的感情变化和内心起伏，增加了小说的真实性、生动性和感染力。在语言方面，刘白羽向来擅长用诗化的环境描写来渲染气氛，这一时期他开始注意锤炼语言，选用农民语言来贴近人物身份，用群众口语代替知识分子腔调，力求作品的大众化和通俗化，探索出个人清新质朴、流畅自然的语言风格。

如《孙彩花》中孙彩花和丈夫孙学义抱着儿子时的一段对话：

> 彩花这时就感觉到很光荣，她说："可不是吗！长大了，……你看

看，这脸蛋像面鼓呢！"

"喂，"学义擦着枪抬起头，"是肉长的，可不是嘴吹起来的泡泡啊！"

彩花又笑着说："你不信，这小子可一天比一天重呢，瞧！吊在我手上，就像个秤锤！"

"算了吧……算了吧！挂在秤钩上还压不着秤呢，你就喊重啊，重呵。"①

这段对话用简洁的语言，将夫妻二人甜蜜的生活和对儿子的爱表现得十分生动，用符合人物特点的通俗的口语写出他们日常生活的幸福美满。

二、抗战书写的多元展现

刘白羽在小说方面的探索与坚持，为现代中国争取独立自由的战争留下了宝贵的历史记录，战争也成为他文学创作的首要选择。他的小说基本都是战争题材，作为战争的亲历者，他和战争之间有着密切的关系，对战争背景下的中国人民寄予深切的关怀，通过战争来透视历史和人的命运。

刘白羽十七岁时离开家，丰富的生活阅历拓宽了他认识和理解世界的方式，长期的军旅生涯为他的文学创作提供了丰富的素材，他能够将生活中观察体验到的现实凝聚在文学文本中，塑造了高级将领、指战员、普通战士、人民群众等众多形象。小说注重挖掘普通士兵和工农群众背后的成长因素，他们身上有着平凡的人性，也在时代的熔炉里锻炼为具有战士灵魂的英雄。刘白羽小说中有许多游民式的人物，他们有的是旧军队里苟且生存的士兵，有的是为国哀悼的青年学生和知识分子，有的是在沙场上浴血奋战的军人战士，有的是饱受战乱之苦的农民。刘白羽注重书写战争和战争环境如何影响人，他深刻地认识到了战争不仅给作为个体的人带来灾难性的生存危机，也改变着个体的生存方式和精神面貌。

小说《黄河上》中经历了日本侵略者屠杀的保德县人民，终于明白了组织动员工作和军民合作的重要性，知道了"上次要是有组织的话，一定可以大家都

---

① 刘白羽：《孙彩花》，见《刘白羽文集》（第1卷），华艺出版社1995年版，第218页。

逃得掉，顶多烧掉房子，不能白牺牲若干条性命"①，用血的教训换来了思想认识上的醒悟。《五台山下》中，农民已经有了自发组织自卫军的意识，小辕牛、小红这些年轻的生命把"不做亡国奴"的口号时常挂在嘴边，单纯而彻底的愿望激励着他们做出行动。《小骑兵》中的王福孩是个十五岁的少年，一个夜晚，日本兵的枪声使他幼小的心灵蒙上了灰暗的颜色，失去父母的他时刻记得自己是中国人，要为了四万万五千万同胞抗日。《太阳》中的王树斗是个固执死板的农民，无论怎样劝说，都不愿参加农会，直到目睹残忍的日本兵糟蹋了自己的妻子，他带着憎恨离开家，全力以赴地投入抗日工作。这些受苦受难的农民在满怀革命的热情之前，因为战争和阶级压迫使得他们失去家园和土地，在贫穷饥饿中挣扎，饱尝生活的磨难。他们在这样的生存绝境中愤然崛起，以个体的拯救开始，投入国家民族的救亡，摆脱游民状态，在队伍中找到归宿、重拾生活信念，以坚忍顽强、朴实勇敢的品质与敌人斗争。由此，个人命运与时代命运就紧密联系在一起，个人走向了以民族救亡为己任的英雄之路，开始了在革命战争历练中的成长之路。

　　残酷的战争给大地笼罩了一层血色，这些在灾难里挣扎的人们拿起武器反抗，他们来自不同的地域，对这场战争怀着不同的情感，在英雄的成长道路上，在艰苦的斗争中，他们逐渐克服守旧、自私、恐惧的心理，甩掉身后那沉重的尾巴。刘白羽的许多小说表现了农民在觉醒之后做出的抗争和行动，表现在解放区明朗天空之下活跃着的新人物，弥漫着的新气息。《五台山下》里的山虎子看到周围的妇女、儿童都踊跃地投入工作，经过思想斗争认识到了自己的错误，开始积极参加生产劳动，上夜校和识字班，努力争取突击员的荣誉。这篇小说表现了农民面对新的斗争环境，在时代精神的影响和群众情绪的感召之下，如何克服自身的惰性和缺点，从而转变和进步，追求更有意义的生活。《四箱子弹的缘故》中戴贵在运送子弹的途中遇到敌人枪炮袭击，为了逃命把四箱子弹踢下山崖，戴贵心有愧疚，主动承认错误，班长的宽慰使他内心更加苛责自己。戴贵选择离开

---

① 刘白羽：《黄河上》，见《刘白羽文集》（第1卷），华艺出版社1995年版，第128—129页。

家去县里接受训练，他把这些天来的痛苦纠结都压了下去，化为行动离开了。而同村的狗娃因护送子弹腿部受伤，被人称赞是模范英雄，狗娃在自卫队得了一把枪后决心保卫家乡。四箱子弹，让懒惰的狗娃改变了人生，也改变了原本是模范的戴贵，两个人好像互换角色，经历了不同的心理落差，经过锻炼、挣扎和痛苦，都向着正直勇敢的路上迈进。这篇小说构思巧妙，同一件事情串起了两个人物，通过人物之间的横向对比和自身的纵向对比、人物和事件的交叉，情节的发展变化，丰富的心理活动，都表现了一定的复杂性和深刻性。《枪》也写了农民的觉醒斗争过程，杨眼的妻子被村长杨胡子强奸，青牛也被人下药毒死，土地一年年被缩减，他只想要一把枪报仇。一天有机会抓到村长，可是杨眼忙着去追那支枪，回头来杨胡子已经不见了。妻子、青牛、土地都被占去了，现在唯一他所拥有的仇人也没有了，杨眼此时万念俱灰，彻底的幻灭感侵袭着他。在日本兵的袭击队里发现了杨胡子的身影后，杨眼主动要求加入游击小组，肩上多了一把枪，最后终于得以报仇雪恨。最初的杨眼满脑子个人仇恨，他固执而沉郁，不愿加入抗日队伍，由于杨胡子投靠日军，成为汉奸，才激起了他的民族意识，此时阶级矛盾上升为民族矛盾，杨胡子不仅是邪恶的村霸，更是国家的敌人。通过加入抗日队伍，杨眼的个人仇恨最终和民族仇恨交融在一起，作家通过农民个人复仇思想变化的曲折过程，说明了农民在革命中国家与民族意识觉醒和掌握枪杆子的重要性。

革命战争也推动了妇女解放运动的发展，解放区民主政权的支持为妇女解放提供了坚实的保障，给女性带来了翻身做主的机会。在战争的背景下，妇女的觉醒"多半起源于'民族革命'而不是'妇女解放'，其'民族意识'先于并远远高于'女性意识'和'个人意识'，由此进一步鲜明了中国妇女解放的特点：不仅在女性意识中深嵌'阶级'，更是与'民族'、'国家'紧密纠缠在一起"[①]。她们从抗战的洪流中获得了勇气和希望，开始挣脱封建礼教的束缚。她们不只是"送郎当兵"，更是直接参与了抗战工作。她们不仅获得了实现男女平

[①] 李小江：《亲历战争：让女人自己说话》，载《读书》2002年第11期。

等的可能,而且在战争环境中同样有机会与男性一起肩负保家卫国的重担,承担社会责任,从而体现自我价值。《歌声响彻山谷》中年轻的农妇们忍受了丈夫、婆婆的争吵,热情高涨地参加抗战工作,为战士们洗衣做鞋,在妇救会上庄严举手投票,她们第一次行使了自己的权利和义务,"眼瞳里射着从来没有过的笑意"。十八岁的喜子勇敢而坚强,"怕什么,今儿个还怕,是抗日的时候",在这轰轰烈烈的时代挣脱了封建枷锁,断绝与汉奸赵启祥的婚约关系,新生般地投入妇救会工作。参加抗战工作为妇女摆脱男尊女卑的不平等地位提供了合法合理的契机,她们借此走出家庭,在生产领域中肩负起革命的重任,迈出了妇女解放实质性的一步,通过生产劳动参与到最简单有效的抗日工作,获得了身份认同和社会价值。《孙彩花》体现了一个农村年轻妇女的蜕变。孙彩花童年失去双亲,受尽嫂子虐待,嫁给孙学义后尝到了生活幸福的甜头。丈夫是抗日积极分子,孙彩花却安于本分,满脑子乡下人受苦命中注定的想法,丈夫的牺牲让她彻底改变,掩埋了他的尸首后继续在孙学义的道路上前进。与毅然冲出家庭的喜子们不同,孙彩花在得到家庭的幸福之后又落入新的苦楚,她在失去亲人的痛苦中觉醒成长起来,成为受人尊敬的女英雄。刘白羽的小说反映了根据地群众在抗战大背景下思想意识上的转变,敌我矛盾的激化和阶级矛盾的尖锐,促使妇女们走出怨天尤人的困境,开始了为自我生存、为争取个人独立而战的历程,思想觉悟的提高让她们在革命意识的指导下加入了军民合作的抗战队伍,也开始创造属于自己的生活和命运。

  战争环境下,青年学生和知识分子的生活也发生变化,他们加入农民、战士的队伍,共同接受血与火的考验,开始塑造一个新的自我。"当知识分子被革命召唤到她的队伍中时,也就同时要经受革命逻辑的检验和约束。在革命队伍中,知识分子只有惟一的职业可以选择,那就是和广大普通的民众一起,共同加入到抗敌御侮的斗争中。"[①]《行军中》讲述了燥热难耐的夜晚大家难以入眠,队伍里开起了自我批判大会,阿金首先开始批判自己作为知识分子感情用事,老席真

---

① 杜霞:《翻身道情——解放区小说主题叙事研究》,河北人民出版社2006年版,第125页。

诚地谈论自己的缺点,这支相处了六天的队伍,给了"我"莫大的感动和慰藉,在艰辛中彼此互助,大家的情感已经十分深厚了。老席这个在穷苦生活里挣扎过的人,充满虔诚地想改进自己,为革命斗争再多出一些力。《成长》中年轻的女孩杜兰与同学们一起坐上火车去前线参加妇女救护队。《壁报:重庆小景之二》中一群青年学生辛苦做成的抗日救国宣传壁报被撕掉,他们决心继续反抗,又连夜写字画画,重新完成壁报,赶在黎明之前贴出去。这些年轻的学生们不断涌向斗争队伍,带来了新鲜的生命力和创造力。《一个和一群》中的艺术家吴同志看到大家满怀生产的热情,却厌烦那些人唱的"开荒A开荒"的歌调,他感到孤独和寂寞,明明自己是要求进步的,为什么在这里一点也不感到快乐呢。山上的野火点燃了吴同志荒凉的心,加入了开荒队伍的他找到了新的力量和生机。他开始和农民一样双手布满茧子和水泡,也不知不觉地发出大笑声。一次突击运动大会上,吴同志在众人面前深刻剖析自己、检讨错误。这篇小说写了知识分子的思想改造过程,突出与工农兵结合的重要性。吴同志开始时保持着精神上的自足和对体力劳动的不屑,沉浸在自己的艺术世界里,但渐渐与大众产生隔阂和疏离,自己也感到孤独困惑,最后在劳动中找回了生活的热情和信心。接受体力劳动的规训是知识分子走向自我改造的第一步,他们通过体力劳动的锻炼改造,填平与工农兵群众之间的鸿沟,从一个人到一群人中去,融入集体,从而使自身摆脱孤立状态,获得大众的认可,实现思想改造和与工农兵结合。

正如刘白羽所言,"在战争中人们开辟了许多自由的天地,——在那里面,许多倒霉的人物发了光,许多稚弱的人物变得硬朗,许多阴暗忧郁的人物变得快乐,但这些改变绝非出之偶然,而往往是挟带着历史的重重负担而走入新的境地"①。战火的摧残唤醒了他们的民族意识和革命热情,促使他们告别旧我、做出改变。这些背负着贫穷积弱和自身缺点的普通农民、学生、士兵们摆脱旧生活的羁绊,努力克服困难,从贫瘠的田野、失意的学堂、敌人的刀枪之下走上了新的现实道路。他们经历了困难与斗争、战火与血泪,从普通的农民、学生、战士

---

① 刘白羽:《龙烟村纪事》,中兴出版社1949年版,第318页。

成长为时代的英雄，获得主体生命的重塑，实现从游民到英雄的身份转换。

战争的历史是光明与黑暗的交错，战争环境下文学和现实都需要英雄，呼唤崇高，用集体的力量来改变苦难深重的家国命运。刘白羽的小说在弘扬英雄主义、塑造英雄人物的同时，也不回避战争带来的生存困境和个人悲剧，以及人性的复杂矛盾。在小说《激昂的琴弦》中，刘白羽描写了在敌我斗争严酷形势下发生的人性和生命悲剧。弹二弦琴的老汉淳朴和蔼，受人尊敬，远房孙子的忽然到来让他欣喜万分，本以为可以在晚年得到幸福的寄托，可这孩子却是日本人训练有素的奸细，在水井投毒害死了一些村民，老汉的大儿子也没能幸免。这篇小说充满了悲剧彩色，饥荒、战争使老人被迫离开故土，血亲分离，他的儿子们义无反顾地加入抗战工作，一家人一心抗日。儿子的意外死亡让老人备受打击，生命的最后一根弦也在所谓的孙子身上被彻底撕扯断裂。这样一个十四岁的孩子毁了老人清白刚强的一生，在失去亲人和家园的巨大痛苦之上又加上了一层更深重的罪孽感，老人为自己一家害了全村人而愧疚不堪，他的耻辱和悲痛化为无声的仇恨，背负着无法磨灭的心灵伤痛度过生命的最后一程。"悲剧就是把有价值的东西毁灭给人看"，小说的深刻性在于从人性角度探讨战争带来的无法弥合的创伤，"对战争残酷性的审视和对日本侵略战争的控诉不是从其正义或非正义性的'政治'角度，而是从其造成的人类难以愈合的心灵创伤的'伦理'角度展开的"[①]。年仅十四岁的孩子作为弑父的凶手，是以汉奸特务形象确立的，因而成为家庭伦理的悲剧上升为敌我斗争的严酷表现。敌人将爪牙伸向了抗日积极分子的家庭，以他们的亲情关爱博得了信任而进行破坏活动，父子之间的冲突也象征着阶级、民族的矛盾对立，对伦理道德和民族国家的双重背叛突出了在战争背景之下人的异化和斗争的残酷性。而这一切最后都交给一个年迈的老人承受，他只能在精神的折磨中度过晚年，体现了作家对日本侵略者的控诉和对苦难中人们的同情。在这里，作家表现战争的残酷性不是在于侵略者的种种暴行，而是用悲哀沉重的笔调讲述一个普通家庭在战时环境下的悲惨故事，年轻的生命、激昂的斗

---

① 韩晓芹：《体制化的生成与现代文学的转型——延安〈解放日报〉副刊的文学生产与传播》，中国社会科学出版社2012年版，第64页。

志、幼小的灵魂、生活的希望，都沦为战争的牺牲品。

他的抗战小说中也存在着许多改邪归正的觉醒者，诉说革命历史前进性的同时通过反面形象的刻画表现人物的复杂性，揭示战争中反面人物的突变和国民意识觉醒途中的歧路。在物质极度穷困、朝不保夕的生活中，同在国民党军队里受尽苦难的杨发新和李玉贵，前者选择逃兵回家，经过家人的帮助理解，改过自新；而后者则转为造谣生事的汉奸，企图劝退村民参加子弟兵。同是在苦海里挣扎的弱者，李玉贵将自己那凶狠阴险的一面彻底展现出来，用拳头和危言耸听的话语威胁着他曾经的难友："你当点心！……日子放长一些，让你在这块地上睡不牢！"[1]《枪》中本是村干部的杨胡子则是恶霸与汉奸的结合体，用枪恐吓村民、强奸妇女，敌人来时仓皇逃跑，到最后成为那黄衣服日本兵中的一员，用邪恶的小眼睛瞄准着他的村民。《歌声响彻山谷》里富农子弟赵启祥坏事做尽，不仅谋财害命，打死村里老人以夺取他的土地，还破坏抗日工作，为日本人打探消息。与在英雄之路上成长的游民遭受着同样的战争祸乱，但村庄中的农民群体内部发生了分化，小说写出了这些堕落的民众为了个人利益、欲望和私仇，背叛民族国家，甘愿做侵略者的帮凶，也揭露了他们的丑恶嘴脸和卖国行径，但对于其成为汉奸的原因思考不足，对其思想深处的劣根性挖掘尚且不够。

"农民出身的军人群体形象……构成了农民的昨天和今天的关系，呈现出中华民族从历史走向未来的命运变化。"[2]当"穿着军装的农民"进入革命队伍，走向战场，刘白羽在小说中既表现他们坚忍顽强、朴实勇敢地与敌人抗争，也写出了一些人顽固、无知、自私、狭隘的心理。在《枪》中，妻子被玷污的耻辱和仇恨在杨眼的心里沉积了五年，用尽一切力量奋斗得来的土地也渐渐减少，他只希望有一把枪能和杨胡子对抗，石秉富问杨眼买枪是打日本鬼子吗，得到的回答却是"鬼子干我鸟事"，固执而又怯懦的杨眼只能不停地喝酒麻醉自己，或者总

---

[1] 刘白羽：《龙烟村纪事》，见《刘白羽文集》（第1卷），华艺出版社1995年版，第257页。
[2] 黄万华：《史述和史论：战时中国文学研究》，山东大学出版社2005年版，第571页。

是沉默地流下眼泪，沉浸在无尽的愤恨和哀怨之中。当被问及是哪国人时，杨眼竟无知可笑地回答"石花子""山西国"，对于枪的执念让他如疯人一般时哭时笑，在个人的冤仇和悲哀里越陷越深。杨胡子投靠日本人，村庄被敌人放火烧了一夜，面对焦黑的尸体，杨眼才终于清醒，从他那狭隘的个人主义中挣脱出来。《龙烟村纪事》也通过杨发新回家后的行为批判了落后群众在杂军中养成的旧恶习和自私心理，逃跑回来的发新打死也不愿再去队伍，为了改善生活去偷鸡。而弟弟杨发贵争着要去参加青年连，守旧而精明的父亲只是想着自己的十六亩地，不愿让儿子去参军，在他心里，日本侵略者如果打不到自己这穷山恶水的家，去当兵就不算保卫家乡。相对于杨发新的转变，作家对于杨真富这个老式农民给予了深切的希望，写出了在长期自给自足的生活方式下中国农民养成的封闭保守思想，贫穷和灾荒已使他生活艰难，而战争带来的下一代被征兵的恐慌更加重了他的精神负担，整日惶恐儿子去参军，没有了给自己"钉棺材盖的人"。当儿子发新最终回归土地的时候，杨真富的心才真正落地，也在战争与土地、革命与亲情的挣扎中萌生了家国意识。

三、抗战书写的艺术特色与价值

刘白羽的小说创作有其鲜明的艺术特色，高扬革命英雄主义，注重对战争背景下人物的刻画，抒情色彩浓厚。面对如火如荼的革命斗争，他以饱满的激情创作出朴实刚健、豪迈明快的作品，粗犷而不失细腻，豪放却不乏柔情，用富有诗意的语言写出人物的情感和性格特征，展现壮美的英雄画卷。他的作品不仅展示了历史的纵深度，也为文学内部空间的拓展提供可能，历史感与时代感并存。

诗化的语言和细腻丰富的心理描写是刘白羽小说创作的突出特征，他将散文的笔法运用在小说创作当中，对于大自然的观察和对人生的领悟，这些散文创作的优势在小说中也体现得淋漓尽致。刘白羽是优秀的散文家，其散文语言激昂奔放，感情色彩十分强烈，通过对现实生活的哲理思索，提炼出散文的诗意。小说中也洋溢着浓烈的抒情色彩，运用富有诗意的语言描写生活中普通的事物，表现作家的哲思，为作品增添了思想内涵。在现实主义和革命战争书写的交织中，这些诗化语言主要体现在作者的哲理思索和对景物、环境的描写中。对于历史和现实的思考是他诗化语言的来源,"我们不能忘记所有文学作品都是广义的诗,而这经常是来自我们奔腾的生活急流中那无限深厚的诗意"①。深入生活、扎根群众,他把对生活无限的热爱化为写作的激情,用诗般的语言歌颂光明和时代的英雄。

然而,有时过于诗化的抒情笔法却会使得小说结构松散,容易给人形成情感倾泻的感觉,影响情节发展和人物塑造。汪曾祺对小说语言有过这样的看法:"一篇短篇小说,有一句抒情诗就足够了。抒情就像菜里的味精一样,不能多放。"②刘白羽的一些小说便由于过多的抒情笔调模糊了情节,《室》写了卢沟桥事变后北平城内的一片恐慌状态,表达人们在希望破灭后的悲痛和哀叹。《在艰辛里成长》中小女孩的坚强和难民们之间的相互温暖,表达了作者对这样一个稚嫩又坚强的女孩的同情和赞美,战争让她长出坚硬的外壳,面对无情的世界能保护自己,能在艰辛里自由成长。这两篇小说还是抒发亡国之恨的真切痛楚,哀叹和痛苦在作品中弥漫,使读者也感同身受,因此有研究者认为其应归为抒情散文之列,敬、敏、梅及难民车上的小姑娘都构不成小说的人物形象。③

在马克思主义理论指导下的中国革命,以武装斗争为主要形式,有学者将指导中国民主革命实践的暴力革命论称为"红色理性","毛泽东军事思想是其主要精神资源"。④红色理性影响着创作主体的思维和心理意识,从战争年代走过来的人,总是带有一种对于革命和共产党的坚定信仰,他们有共同的情感体验和革命实践,也形成了特有的战争文学观念和风格。而这种思想在20世纪40年代以《讲话》这样的官方形式确立,许多作家开始有目的、有意识、有选择地以无产

---

① 刘白羽:《关于〈火光在前〉的一点回忆》,见《火光在前》,人民文学出版社1959年版,第9页。
② 汪曾祺:《说短》,见《汪曾祺全集》(3),北京师范大学出版社1998年版,第225页。
③ 参见朱兵:《刘白羽评传》,百花文艺出版社1995年版,第69页。
④ 参见马立新:《红色理性与革命战争文学》,山东师范大学博士学位论文,2004年。文章对于十七年时期的革命战争文学的总体风貌及生产传播进行探究,总结出代表革命战争文学特质的现代理性精神——红色理性,并深入分析阐释了革命战争文学与红色理性的互动关系。

阶级革命文学理论为指引，以无产阶级革命斗争的现实与历史为素材，并以歌颂无产阶级和人民群众革命斗争为主题的写作。刘白羽在此之前的写作其实已经是在这条道路上行进，延安整风运动和文艺座谈会以后，他更是自觉接受党的文艺方向。

当刘白羽决定告别旧生活，迈向新世界的神圣之地延安，怀着无限的虔诚踏上坎坷之路时，他把身上仅有的一些钱都留给了朋友，"这丝毫不说明我为人如何慷慨，而是我把我将要去的那个新世界想象得根本没有金钱关系，那么这些金钱对我来说就是多余的"①。黑暗的世界里，延安成为血海中引航的灯塔，庄严地屹立在无数人的心中，吸引召唤着他们向前走去。在当时文人的向往中，延安是不同于外界浊乱的纯净之地，是洋溢着自由和民主的天堂。一大批文艺界人士的蜂拥而至给延安带来了新的气息，革命队伍里不仅有农民和士兵，也加入了知识分子，文化建设繁荣发展，各种机构、团体纷纷成立，延安成为当时最活跃的文化之都。满怀革命抗日决心的知识分子在延安并没有感恩地归依到党的领导队伍中，他们还是过着田园牧歌式的自由知识分子生活，在新天地里自由生长。刘白羽来到延安后在陕甘宁边区文协工作，一直是个中规中矩的角色，但他的心在前线，他想去打仗。然而在整风前的"自由空气"中，在他称之为"蔓延开来的文艺浊流影响下，思想也摇摆了"②。他写了两篇反映小资产阶级思想的小说，《胡铃》和《陆康的歌声》。整风运动和延安文艺座谈会的召开彻底改变了这一面貌。

刘白羽严格地剖析自己后成为最早接受和阐释《讲话》的文艺工作者之一。5月21日，刘白羽根据毛泽东在5月2日座谈会上的"引言"写了《对当前文艺上诸问题的意见》（《谷雨》1942年第5期）。他认为文艺"应该服从政治"，作家应该站在马列主义的立场"清除旧的、批判旧的文艺创作上的非马列主义"，"时时刻刻做思想革命的斗争"，作品能反映时代的精神主导方向，因此作家

---

① 刘白羽：《心灵的历程》，见《刘白羽文集》（第8卷），华艺出版社1995年版，第245页。
② 刘白羽：《我与胡乔木同志》，载《中流》1995年第3期。

"是要写光明的、战斗的"。座谈会结束后,刘白羽还写了《与现实斗争生活结合》(《解放日报》1942年5月31日)说明作家进行自我改造的重要性。而最能代表他思想彻底转变的文本就是《读毛泽东同志〈在延安文艺座谈会上的讲话〉笔记》。为了用实际行动表示自己与旧思想的彻底决裂,刘白羽决心对自己进行深刻地批判,当胡乔木告诉他希望有人能表示对《讲话》的态度,他便毫不犹豫地主动请缨。这篇文章于1943年12月26日发表在《解放日报》,开篇就表示"拥护为工农兵服务的文艺方向,对于我来说,首先应该进行自我批评"[1],谈了经过整风和座谈会后自己认识上的转变,清算由于不正确立场所犯的错误。对于自己之前写的两篇小说,他写道:"我经受不住思想斗争的考验,我发出了小资产阶级庸俗的呓语"[2]。小说《胡铃》写了一个孤独痛苦的女孩,感到周围人的误解、冷漠以及环境对她的压抑。《陆康的歌声》写陆康脾气古怪,活在自己的艺术里不被人理解,他感到寂寞,只能用歌声来证明自己的生存,但唱歌影响到别人的正常工作,因此招来了同志的不满。对于这样无法和工农兵共处的小知识分子,刘白羽给予同情和理解,他剖析自己"首先失掉了党的立场,自然也就无从得到正确的艺术观念",因为在"革命斗争中离开了工农群众、离开了党,在真理行程上投下了障碍"。[3]刘白羽毫不留情地将自己暴露在大众之下,并积极表态要做新的人民艺术的士兵。可以说,刘白羽写这篇文章的态度是真诚的,他从思想上真正地对《讲话》认可和认同,将其视为人生的、文学的宣言,并以实际行动践行。

刘白羽的一生是战斗的一生,战火的考验成就了他的灵魂和性格,也影响了他的文学风格和审美选择。他以报告文学反映时代的每一次进步,以散文抒发对祖国的深沉热爱,以小说书写战争环境下的人生百态、书写中国革命战争的历

---

[1] 刘白羽:《读毛泽东同志〈在延安文艺座谈会上的讲话〉笔记》,见《刘白羽文集》(第9卷),华艺出版社1995年版,第384页。
[2] 刘白羽:《读毛泽东同志〈在延安文艺座谈会上的讲话〉笔记》,见《刘白羽文集》(第9卷),华艺出版社1995年版,第386页。
[3] 刘白羽:《读毛泽东同志〈在延安文艺座谈会上的讲话〉笔记》,见《刘白羽文集》(第9卷),华艺出版社1995年版,第389页。

史。他的小说创作丰富而敏捷,大都表现战争生活,然而他的落脚点并不是战争本身,他关注的是战争背景下人的生活状态和精神世界,努力表现革命军民的战斗意志和理想信念。他能够全面把握战争进程,运用集体画像和个人写真、英雄品格和平凡人性对比等手法,在还原战争历史的同时创造了个性鲜活、真切动人的战斗故事,为我们展现革命战争生活的不同侧面。以创作践行自己的文学观念和《讲话》精神,以坚定的共产主义理想烛照人生,默默坚守着最初的文学阵地。

第三节

丁玲《太阳照在桑干河上》的妇女儿童书写

《太阳照在桑干河上》是丁玲践行毛泽东《讲话》创作的一部典型的革命历史小说，它"在既定的意识形态的规限内讲述既定的历史题材"①，真实地反映了中国共产党领导的土地改革运动的历史面貌。同时，作者以细腻的笔触再现了"生活固有的复杂性"②，达到了较高的艺术水准，特别是丁玲以其独有的敏锐感注意到了这一场革命运动中不同妇女与儿童的生存状态，进而在对妇女儿童的书写中，体现出其对审美性与意识形态性的双重追求。

中国古代封建家庭的纲常伦理中，父为子纲、夫为妻纲素来是古代中国人谨遵的原则，因而女性和儿童在封建家长制中备受压抑。近代以来，女性对男权社会的抗争促进了女性自身的解放，女性形象如子君、祥林嫂、莎菲等等也随之进入读者的文学视野。但相较而言，同样处在社会不公地位的儿童，则少有关注，这或许是因为"儿童被看做是一个稍纵即逝的过渡时段，人们很快就丧失了对它的回忆"③。但根本上，在"父母呼，应勿缓；父母命，行勿懒；父母叫，须敬听；父母责，须承受"的家庭专制阴霾下，儿童身心健康发展长期受到压抑，"救救孩子"也成为五四文学革命声浪中最强音之一。现实愈是不堪，文学愈该有所担当，随着时间的推移，在20世纪中国文学创作中，众多作家作品对妇女儿

---

① 黄子平：《"灰阑"中的叙述》，上海文艺出版社2001年版，前言第2页。
② 赵园：《也谈〈太阳照在桑干河上〉》，载《芙蓉》1980年第4期。
③ 菲力浦·阿利埃斯：《儿童的世纪：旧制度下的儿童和家庭生活》，沈坚、朱晓罕译，北京大学出版社2013年版，第52页。

童问题的关注亦与日俱增，丁玲的《太阳照在桑干河上》则是其中代表，小说中丁玲不仅加大了对妇女儿童叙写的笔墨，同时以其高超的艺术手法成功地塑造出土地改革运动中农村妇女儿童的现实遭遇，借助妇女儿童的视角为我们展现出这场轰轰烈烈革命运动的真实面貌。

一、政治活动中的妇女儿童

《太阳照在桑干河上》是以中国共产党领导的土地改革运动这一现实历史事件为内容展开叙述的，因此，充分认识土改运动之于政治革命的意义，就成为分析作品的前提。实际上，土改运动不仅仅为贫困农民分得土地，它更是"一场伟大的农民解放运动"[1]，在实现"耕者有其田"的过程中为"提高农民阶级自觉性，发动阶级斗争，使群众自求解放"，打破农村旧秩序，改变乡村"一盘散沙"的状态，凝聚革命了力量，更对革命战争的胜利提供了极大的人力、物力支持。[2]乡村的政治化、农民生产生活的政治化就成为土地革命运动的显性特征，而《太阳照在桑干河上》则突出展示了这一政治运动对农村妇女儿童的深刻影响。

在小说中，政治运动的开展影响了妇女对社会活动的参与和身份特征的转变。她们的生活不再是传统的相夫教子，而是作为革命运动中的一员，积极参与到了政治性集体活动中。基层干部发动、组织农民中最常见也最有效的方式便是开会，这有利于农民对革命意义的理解与接受，同时有助于体现政治活动中的民主意义。值得注意的是，在小说叙述中，同为女性的丁玲似乎故意强调一个细节，当妇女作为政治上的独立个体，出现在日常会议场景中时，丁玲却不无吊诡地描述妇女拖儿带女的场景。如小说中，妇女被组织起来召开妇女会，七八个妇女来参会，但与会的还有四五个小娃娃[3]，文采六个钟头的会结束后，已是深

---

[1] 罗平汉：《土地改革运动史》，福建人民出版社2005年版，第209页。
[2] 杜润生：《杜润生自述：中国农村体制变革重大决策纪实》，人民出版社2005年版，第19、20页。
[3] 张炯主编：《丁玲全集》（第2卷），河北人民出版社2001年版，第73页。

夜，男人们都已走在前头，而妇女们则因"抱着娃娃不好走"①，可知妇女们是带着孩子坚持听完了文采六个小时的会。在识字班中，妇女同样是将"吃奶的孩子也抱着来了"②。在斗钱文贵时更是少不了她们，"因孩子太多，无法来的女人也抱着一个，牵着一个，蹒跚地走来"。实际上，作为政治活动的一种，妇女开会及参与政治活动本与儿童没有关系，但在丁玲的叙述中，二者以亲情伦理中的母爱为纽带合成一体，成为女性经验书写的一种。同时，将妇女儿童作为一个整体来叙述还有两方面的意味：一方面，在五四叙事中，妇女往往被看作是落后的代名词，而这里的妇女却多热心于政治活动，在重大的社会事件发生时，对少有存在感的妇女儿童进行叙述，其潜在意义便是"连妇女儿童都来了"，在相对程度上突出对这类重大事件影响力的渲染；另一方面，妇女拖儿带女参与到这类集体活动中，婴孩的吵闹啼哭作为一个信号，指出妇女角色身份在女性、人妻、人母之间的转化与冲突，进而凸显这类政治运动虽然在客观上促进了女性解放，但在根本上看，多数女性并未摆脱传统家庭生活的束缚，也没有深切了解政治解放运动的深刻含义。小说中，董桂花开完文采六个钟头的会在"鸡快叫"的时候才回到家，丈夫李之祥抱怨董桂花只顾开会，"连家也不照一照"；妇女们积极参与集体活动的直接原因在于共产党能让穷苦人的日子过得好一点，但她们又担心八路打不过"中央"军，担心好景不长等等，则是妇女们的复杂情绪和普遍心理的直接反映。

至于儿童形象，丁玲在《太阳照在桑干河上》之前已经成功塑造了很多成功典型，也曾受到很多研究者的关注。在《太阳照在桑干河上》中，儿童不管是作为角色还是行动元，其出现的频率要比丁玲之前的作品中多了许多，小说共五十八章，有二十章写到了儿童，尽管这些儿童大多无名无姓，而且多是作为行动元出现在文本中的，但在这样一部反映时代大变革的小说中，有约三分之一的篇幅都描写到了儿童。即便在紧张激烈的矛盾冲突中，丁玲也不忘用三言两语来呈现儿童的状态，且在后期对小说的几次修改中，儿童书写几乎没有做大的改

---

① 张炯主编：《丁玲全集》（第2卷），河北人民出版社2001年版，第85页。
② 张炯主编：《丁玲全集》（第2卷），河北人民出版社2001年版，第30页。

动,都可以看出丁玲对儿童参与政治生活以突显革命狂飙突进特征的重视。轰轰烈烈的革命运动中,土改工作组入驻村子,"小学校也就更为显得热闹",打倒封建地主,反对剥削压迫的观念深得穷人家孩子们的心,穷孩子首先获得了道义自信,因此常有地主家的孩子被"侮弄","打架告状的事多了起来"。在第四十九章"决战之二"中,小学生也被组织起来排着队,目睹了对钱文贵暴烈的批斗。在乡民的泄愤和钱文贵的狼狈中,"一群孩子都悄悄的学着他的声调:'好爷儿们!……'"①孩子们的学舌在这里显得有些突兀,他们没有父辈们的愤怒,也没有对受惩者的悲悯,有的仅仅是戏谑。散会后,孩子们"重复表演着他们所欣喜的一些镜头,一个大声骂:'这台上没你站的份,你跪下,给全村父老跪下!'一个又用哭腔学着:'好爷儿们!'"②革命对象和斗争方式成为孩童的游戏内容,"窃喜"和"惊惧"也就被赋予了别样意味。此外,在第五十七章"中秋节"庆祝节日的仪式中,小学生唱起了"东方红";在发土地证时,"小学生又唱起歌来";筑工事的队伍出发时,"小学生便又唱起歌来"。小学生三番歌唱形成的排比气势增强了人民狂欢的氛围,小学生的无意识行为感染着成人,许多成人也"都像变成了小孩","他们为一种极度欢乐,为一种极有意义的情感而激动而投入到一种好像是无意识的热闹了,这是多么的狂欢呵!"③这一场狂欢活动的书写是"一种政治的文学(艺术),群众的,行动的文学(艺术),同时也是充满浪漫主义与英雄主义的气息的狂欢的文学(艺术)"④,对于曾经深受苦难的农民来说,这场"极有意义"的狂欢是一次对千百年压抑的宣泄,但是,对其中反复歌唱的小学生来说,这场狂欢或许更多的是无意识,是单纯、苍白的欢乐。狂欢使人进入了无意识的状态,甚至"濒临非理性的边缘",这"无意中体现了社会心理的盲目性"⑤,使这一文本在脱离历史的语境后拥有

---

① 张炯主编:《丁玲全集》(第2卷),河北人民出版社2001年版,第272页。
② 张炯主编:《丁玲全集》(第2卷),河北人民出版社2001年版,第277页。
③ 张炯主编:《丁玲全集》(第2卷),河北人民出版社2001年版,第307页。
④ 钱理群:《1948:天地玄黄》,山东教育出版社1998年版,第71页。
⑤ 杨小滨:《中国后现代——先锋小说中的精神创伤与反讽》,上海三联书店2013年版,第109页。

了较为强烈的反讽意味,这也使得这一文本内涵变得愈加复杂。革命运动致使乡村高度政治化,让乡村中每一个人都参与到这场轰轰烈烈的大变革中来,甚至妇女儿童也不例外。也正是这种广泛的政治动员,巩固了中国共产党的群众基础,保障了人民群众对新民主主义革命的坚定支持。同样,土地改革运动中所呈现出的激烈斗争也可见出这场运动的"左"倾苗头,但是,"革命不是请客吃饭",而"是一个阶级推翻一个阶级的暴烈的行动"①,在大刀阔斧清除反动势力时,革命的策略大多是快刀斩乱麻,中国共产党领导下的革命也必然会承担其间不可避免的暴烈的后果。在这样的暴烈革命中,象征着柔弱的妇女儿童,其日常生活也必然会发生改变,其间有悲悯也有残酷,但真正该悲悯的不是悲悯本身而是对悲悯的无视与冷漠,正如真正的残酷并非残酷本身而是对残酷的无动于衷。

二、作为弱势群体的妇女儿童

当下语境下,妇女儿童因生理上的弱势使其在不安定的生存环境中更容易受到伤害,而往往被视作弱势群体。但在《太阳照在桑干河上》,解放了的妇女在革命热情的感召下,言行举止渗透着革命的昂扬与刚强,身上所洋溢着的开朗与明亮也在一定程度上遮蔽了作为女性的阴柔与荏弱。同样在对孩童的书写中,穷苦农民家庭出身的小孩即便因营养不良而显身形弱小,但其身上所具有的活力与动感却常常为整部小说注入了一种欢喜的气氛。但是也有例外,小说对作为妇女儿童代表之一的李子俊妻女的描写,则显示出深刻的复杂性。

丁玲对李子俊妻女的描写极为细腻,李子俊的十一岁的女儿李兰英也是整部小说中唯一一个有名有姓的儿童形象。小姑娘年纪虽小,但在残酷且变化莫测的政治斗争形势下,已然与传统的弱势群体形象有了明显区别。小说中,小学教员任国忠闲来无事去找地主李子俊,恰逢李子俊不在家,李子俊妻正在藏地契。李兰英见是学校教员来找父亲,"便规规矩矩地站着"回应"爹不在家"。当任国忠再一次问:"你娘呢?"小姑娘没有直接回答,而是"迟疑了一下,才

---

① 毛泽东:《湖南农民运动考察报告》,见《毛泽东选集》(第1卷),人民出版社1991年版,第17页。

说：'娘在后院'"。①一个"迟疑"让小姑娘李兰英有了独立的灵魂，把她写活了。紧接着对李兰英的描写甚至令人拍案，任国忠一意要走进去看，李兰英赶紧走在他的前头，"'娘有事呢'，看见没有法子阻止住他，便大声嚷：'娘！娘！有人找你，任老师来了！'"②或许事先李子俊妻对李兰英有所叮嘱，但只有十一岁的李兰英在涉及如此突发事件的举动，不仅从侧面印证了李子俊妻"教出来的孩子也机灵"的论断，也从正面说明了此儿童形象的复杂性。之后，丁玲用大量旁白描写李子俊的妻，我们能从中看出大部分的描述并没有刻意诋毁这个地主老婆，反而在一定程度上赞扬了这位能干有胆识的女性。这也与丁玲创作这部小说时的最初设定相符合，"我想，地主的家庭内部也是复杂的，其儿女不能和地主一律看待，譬如我本人就是出身于地主家庭，但我却是受家庭压迫的……"③在运动中，李子俊成了"脓包"，最终弃家而逃，这或许能激起人的些许恼怒，但家庭中孤儿寡母所面临的危机却让人不禁心生怜悯。无辜的孩子从小便要承受"身份"带来的打击，"但孩子们心里都明白，到家里就再也不唱学校里的歌子，也不讲那些开会的事"④。特别是当李兰英到果园给父亲送饭时，看果园的李宝堂告知李子俊已经逃走时，"小孩一直急得摇头。沿路的人，都看见这孩子疯了似的往家跑。有人还在旁边打趣说：'像死了娘，她奔丧去呢'"⑤。随即便上演了众佃户上门讨红契，子俊妻跪哭献土地的场景。众人涌入，李兰英锐声喊出了其母，孩子们随着母亲的举动也跪在了佃户脚下，孤儿寡母跪地哭号求饶……残酷的政治斗争与对孩子描写相结合，土改中的地主问题也变得更为复杂。尽管在后期修改中作者添加了许多更能凸显其原罪意识的描写，但仍然能看出丁玲在处理这类人物形象时的犹疑与思考。

此外，小说对赵得禄妻儿的描写，作为弱势群体的另一面也让人心生怜悯。小说中，杨亮走访董桂花，途经村副赵得禄家时，赵得禄的妻子站在门口，"赤

---

① 张炯主编：《丁玲全集》（第2卷），河北人民出版社2001年版，第128页。
② 张炯主编：《丁玲全集》（第2卷），河北人民出版社2001年版，第128页。
③ 丁玲：《关于〈太阳照在桑干河上〉的写作》，载《人民日报》2004年10月9日。
④ 张炯主编：《丁玲全集》（第2卷），河北人民出版社2001年版，第130页。
⑤ 张炯主编：《丁玲全集》（第2卷），河北人民出版社2001年版，第156页。

着上身，前后两个全裸的孩子牵着她，孩子满脸都是眼屎鼻涕，又沾了好些苍蝇"①。妻儿的生存状态反映出赵得禄家庭的破败，尽管老实能干的赵得禄叹息着当村长误了他的生计，但他却依旧坚守着自己的职责，舍小家为大家。对此，赵得禄的妻子似乎并无太多怨言，相反她在向杨亮打招呼时特意要强调一下："咱们是赵家，是村副家里，赵得禄，你看见过啦吧？"②在这里村副的职务并没有给她们带来更为实际的好处，反而成为赵得禄养家糊口的累赘，但是村副这个头衔至少给了她许多心灵上的慰藉，让她倍感荣耀。之后，江世荣妻为收买赵得禄，给赵得禄衣不蔽体的妻子送了一件花衣，这事让赵得禄得知后，上演了一场惊心动魄的村干部打妻的场景。妻子被赵得禄撵出家门，口呼"救命"，气愤至极的赵得禄"一脚又把他老婆踹在地上。……只听哗啦一声，他老婆身上穿的一件花洋布衫，从领口一直撕破到底下，两个脏兮兮的奶子又露了出来"③，这一连串的动作在丁玲笔下一气呵成，但读来却让人倍感沉重。身为村副的妻子，竟然连一件遮羞的上衣都没有，而江世荣妻的诱惑怎能不使这个贫寒的女人心动呢？被打后的她也不免要哭诉衷肠："嗯……一个夏天，都光着膀子的，他就不让人有件衣服。一说就说他是村副，村副怎么样？老婆连件褂子都没有，那就不丢人呀！"④赵得禄打妻更多的是在警告江世荣妻，而赵得禄妻子此处对于村副的认识与先前村副带给她的荣耀之间产生言语的矛盾，凸显出这个卑微农妇的无限凄凉。在打倒钱文贵后，赵得禄的妻子也成为土改运动中最直接的受益者，她在分浮财时分得了两件大衫，"她摸着胸前的光滑的布面，沿路问着人：'这是什么布呀！你看多细致，多么平呀！'"⑤尽管我们能在她的言语中感知到这位贫困妇女的幸福，但是得到两件大衫的幸福与之前的衣不蔽体和丈夫的痛打相比起来仍旧显得那样沉重。在这里丁玲对妇女的行动、语言进行精彩描绘，"十分

---

① 张炯主编：《丁玲全集》（第2卷），河北人民出版社2001年版，第59页。
② 张炯主编：《丁玲全集》（第2卷），河北人民出版社2001年版，第59页。
③ 张炯主编：《丁玲全集》（第2卷），河北人民出版社2001年版，第165页。
④ 张炯主编：《丁玲全集》（第2卷），河北人民出版社2001年版，第165页。
⑤ 张炯主编：《丁玲全集》（第2卷），河北人民出版社2001年版，第298页。

有效地透视出农妇性别自觉的缺失和女性情感的淡漠与荒芜"①。

三、作为审美意象的妇女儿童

《太阳照在桑干河上》的主题在于对农村土地改革运动的真实反映,这场革命运动的性质在一定程度上也限制了以此为内容的革命历史小说的叙事风格。文学艺术与革命紧密地结合所形成的战斗的、力的美学追求较为广泛地体现在这一类作品中,《太阳照在桑干河上》也不例外。但是与其他男性作家的作品不同,这部作品中处处可见丁玲作为一个女性作家的细腻与敏锐,从而使得这部作品较其他同类作品有了更多对于人性的关照。丁玲对妇女儿童的叙写中所体现出的母性的柔情与孩童的纯真更是其他同类作品中所缺失的,这也使得这部作品能在众多土改小说中脱颖而出,展现出较高的艺术水准。

小说中的妇女儿童往往是同时出现的,在极具场面感的描述中,流露出的是妇女的母性和孩童的纯真,表达的是作者对人性天然向善的颂扬;妇女儿童的同时出现往往是一个完整家庭单位的象征,展现出的是革命年代里农民家庭的世事百态。小说一开始,顾涌赶着亲家胡泰的胶皮大车从八里桥回到暖水屯,尽管叙述重点如标题所示,在于胶皮大车,但作者仍不忘提及车中坐着顾涌的女儿和外孙。作者描绘出三代人在胶皮大车中渡过桑干河,又对沿途的乡土景况做出渲染,使这个开头极具诗意。丁玲很注重场景细节的描写,而妇女儿童形象的出现则在相当程度上填充了细节,增添了小说的审美意蕴。特别是,钱文贵闻知顾涌的女儿回了娘家,便派儿媳和黑妮去顾涌家打听消息,借助她二人的视野,作者对村子进行了白描,从小学校、戏台、合作社、豆腐坊到砖房、土房、大路、小巷,构建出乡村的空间图景,其间自然少不了描写村民的活动以营造出乡村的生活气息,于是便有了"女人们就坐在远点的地方纳鞋底,或者就只抱着她们的孩子"的场景。移步换景,到顾家后,首先呈现出的是顾家大姑娘洗衣的场景,顾二妈拣着四季豆,几个孩子拖着一个小凳玩,凳子上还放块砖,妇女聊天,孩童

---

① 黄丹銮:《寻找丁玲"自己的声音":重评〈太阳照在桑干河上〉中的女性视角》,载《中国现代文学研究丛刊》2011年第9期。

玩耍，其乐融融。小说中像这样的细节描写还有很多，这些描写生动活泼，场面真实可感，其间所传达出的农村家庭生活场景的温馨和睦与革命运动中的紧张突进形成了反差，一定程度上增强了小说有张有弛的叙事节奏。

在男权话语体系内，成家便意味着要娶妻生子，拥有妻儿的家庭方能被视为一个完整的家。在小说中，妇女儿童的生存状态往往是一个家庭生活状态的投影。小说中，光着上身的妻子和两个全裸的孩子展现出的是赵得禄一家生活的窘困。同样的，当杨亮受邀来到刘满家时，"一个害着火眼的女人抱着孩子从东屋出来"，孩子的眼睛因糊满了眼屎而睁不开，头上同样飞着苍蝇，这些细节无疑展示了一家人的生活状态。这个"害着火眼的女人"埋怨着丈夫："一天到晚不顾家……"[1]实际上，女性口中"不顾家"的男性大多是革命运动的积极参与者，也是反动势力的坚决反对者，是这场运动的主力军，本应被作为核心人物来刻画，然而作者却并没让这类核心人物凸显出来，反而时时留意其家庭中忍受苦难与凄惶的妇女儿童，更凸显出革命运动的意义所在。

对儿童的特别关注使得这部小说拥有了更为丰富的意蕴。"政治包含的强制性，在某些特殊的历史时期，以其乖谬的表现往往给人无法言说的苦难。当小说以儿童的眼光去观照这种命运时，苦难的性质或程度发生了微妙的改变。"[2]孩童有着成人所没有的率真，孩童在这场革命运动中所呈现出的无意识言行最具真实性。"博览群书"但有着"绅士阶级"风味的文采为"下到群众里面去"走访群众，群众与他言语之间多有隔阂，无奈之下他来到了小学校，正遇孩子们下课，他们冲了出来，"一大堆就拥在他后边，嘻嘻哈哈地学他开会讲话的口气：'老乡们，懂不懂？精密不精密？'"[3]这一段描写可谓绝妙，只言片语写出了孩童的天真无邪，但也正是这样的天真无邪对比出了成人世界的虚伪，直接揭示了文采的丑态。百姓对文采的表敬实畏，他无法知晓，如刘教员一般的人对他恭

---

[1] 张炯主编：《丁玲全集》（第2卷），河北人民出版社2001年版，第171页。
[2] 何卫青：《小说儿童——1980~2000：中国小说的儿童视野》，中国海洋大学出版社2005年版，第88页。
[3] 张炯主编：《丁玲全集》（第2卷），河北人民出版社2001年版，第109页。

维客套，使他得意忘形，只有天真无知的孩童才能以最响亮的声音指出他"皇帝的外衣"。小说虽然没有正面提及孩童的斗争生活，更多表现出的是孩童的纯真与活泼，但在斗争的生活环境下孩子们的成长怎会不受影响？儿童形象"无论他们在作品中处于中心位置还是边缘的位置，都或多或少地凝聚着作者（隐含作者）的其他目的——非'儿童本位'的目的"[1]。丁玲是否有这样的目的我们不好妄下定论，但从审美的角度来看，在这种宏大叙事中儿童的出场无疑在实践上消解着革命运动的残酷性。在多数革命历史小说中，儿童往往是少年英雄式的形象，尽管少年英雄的浪漫叙事能够让人们从中获取欣慰与认同，但却不可避免地暴露出其深层结构中的残酷与震惊。丁玲却没有预设少年英雄形象，而是多次以女性的视角描绘出儿童的活泼可爱，其间所流露出的母性的温情与孩童的纯真在那个动乱年代里显得弥足珍贵。尽管在一些斗争场景中，如在清算李子俊果园、批斗钱文贵、中秋节庆祝翻身等大场面中，儿童常常作为宏大叙事中的点缀，如同狂欢中跳动的音符，凸显出群体狂欢的浪漫与激情，力图证明土地改革运动的合理性，一定程度上成为一个个有意味的符号，但与之伴生而出的审美特性却也是这类文学作品所独有的。

在丁玲的《太阳照在桑干河上》中，对妇女儿童形象的书写可以看作定位土地改革运动的坐标之一。丁玲以其女性的敏感展现出革命运动中妇女儿童的生存状态，通过妇女儿童的日常反映出土地改革运动的伟大意义，但同时，作为一个忠于革命、一心向党的党员作家，丁玲通过妇女儿童的视角隐约反映出这场运动中所遭遇到的重重阻碍以及一些错误倾向，既表达出一个共产党员的责任感，又流露出一个知识分子难言的隐忧，使得这部作品超越了时代的局限，具有极为丰富的意涵。

---

[1] 何卫青：《近二十年来中国小说的儿童视野》，载《四川大学学报》（哲学社会科学版）2003年第4期。

第四节

孙犁小说的劳动书写及其文化意蕴

孙犁对劳动情有独钟，劳动成为他展现人性、人情，透视革命风云，揭示人与自然关系的重要视角。孙犁小说描摹了富有地域特色和时代、生活气息的乡村劳动图景，通过展现革命战争年代不同性别劳动者的劳动热情、劳动技艺和劳动场面等，讴歌他们的心灵美、精神美和人情美，还通过土改后的劳动表现新体制下人的思想、情感以及人际关系的变化。在不同时期的劳动书写中，孙犁在一定程度上肯定了家务劳动、个体生产劳动、集体劳动等不同类型劳动的意义和价值，并从多种角度表现了劳动中自然与人的互动关系及其文化意蕴。

孙犁"来自农村，习于农事"①，大半辈子都在农村生活、工作，尤其谙熟故乡的农民、农事。孙犁说："我初学写作时，在农家小院。耳旁是母亲的纺车声和妻子的机杼声，是在一种自食其力的劳动节奏中写作的。"②扎根生活土壤，在农家的劳动环境中开启创作道路的孙犁，一直钟情于描写乡土风光和农民劳动。秉持现实主义和宣扬真善美的创作理念，再凭借自身独到的观察、体验和想象，孙犁在小说中主要生动描绘了河北农民的生产生活和劳动技艺，尤其是妇女的家务和生产技能，渔农、席农、苇农、田农、船工的农事技艺，以及农民出身的士兵、铁匠、木匠的体力劳动和手工技艺等。据笔者统计，孙犁或多或少描

---

① 孙犁：《我的农桑畜牧花卉书》，见《孙犁文集（补订版）》（第8卷），百花文艺出版社2013年版，第136页。
② 孙犁：《庸庐闲话》，见《孙犁文集（补订版）》（第3卷），百花文艺出版社2013年版，第508页。

写劳动的小说至少有二十篇,涉及的劳动样式有三十多种。孙犁小说绘制了抗战以来到新中国成立初期河北乡村纷繁多姿的劳动图景,并借此展现富有特色的地域文化,变幻的时代风云,复杂的人心世态和别样的自然观、审美观,从而使劳动书写蕴藉丰富,耐人寻味。

  孙犁说:"看到真善美的极致,我写了一些作品。看到邪恶的极致,我不愿意写。"①实际上一直以来,"对于战争年代的现实,孙犁遵循的是隐恶扬善、避丑显美的原则"②。他的抗战小说主要从日常生活的角度讴歌了战争背景下乡村普通民众的道德美、人性美和人情美。而与日常生活息息相关的劳动正是孙犁表现抗战背景下人性、人情美的重要切入点。孙犁小说中战争背景下的劳动,有满足个体家庭消费的日常家务劳动,响应革命生产号召的公共劳动,战时拥军支前的劳动和封建土地所有制背景下农民的雇佣劳动。《藏》《老胡的事》等小说中描写了战争中普通农家日常的切菜、做饭、拾枣子、拔萝卜等家务劳动。在河北乡村,苇席编织是白洋淀妇女主要的家庭劳动,白洋淀渔民还有操作农事、捕鱼捞鱼、割苇采藕、采菱、养鸭、充船工、撑冰床等多种生产经营方式。③除此之外,手工纺织作为河北的传统手工业,虽在现代机器和战争、自然灾害的冲击下一度衰落,但在晋察冀边区政府成立后,尤其在"要用大力开展纺织"的大生产运动中得到恢复和普遍发展。④孙犁的《荷花淀》《嘱咐》《光荣》《碑》《藏》《山里的春天》《山地回忆》《浇园》《老胡的事》《风云初记》等抗战小说中正是展现了河北乡民织席、割芦草、撑船、捕鱼、撑冰床、耕地、浇园、纺线、织布等地域特色鲜明的劳动生产方式。不仅如此,在共产党和晋察冀边区政府广泛动员民众支援抗战的特殊年代,河北人民一方面热烈响应革命号召,在敌后紧抓生产,另一方面还以切身行动配合八路军和共产党的对敌斗争。为了

---

① 孙犁:《文学和生活的路——同〈文艺报〉记者谈话》,见《孙犁文集(补订版)》(第5卷),百花文艺出版社2013年版,第566页。
② 阎浩岗:《中国现代小说史论》,人民文学出版社2006年版,第241页。
③ 河北省地方志编纂委员会编:《河北省志·水产志》,天津人民出版社1996年版,第253页。
④ 刘宏:《晋察冀边区的棉纺织业》,载《河北学刊》1998年第1期。

坚持冀中平原游击战争，从1938年春开始，冀中区党委动员全冀中军民，进行拆城、破路、挖道沟、改造平原地形的伟大工程①，冀中军民包括老幼妇孺都纷纷加入挖沟破路、抗战支前的浪潮。孙犁在《麦收》《风云初记》中真实记录了"这一伟大时代、神圣战争"②中冀中人民拆城阻敌、破路挖沟的时代壮举，不遗余力地叙述了农村妇女救护伤员、抬担架、缝制军鞋军袜、协助运送公粮等时代气息浓郁的拥军支前的劳动。《风云初记》中还写了老温、老常、吴大印等雇农的赶车、种地、种瓜等体力劳动。总之，孙犁抗战小说中的乡村劳动，种类多样，类型多元，而且颇具地域色彩和时代、生活气息。

孙犁抗战小说中的劳动主体，不乏邢兰、杨开泰、赵老金、老温、老常、老吴、"我"等男性农民和子弟兵。对于男性劳动者，孙犁主要通过展现他们的劳动热情、劳动技术和劳动场面来表现抗战中北国人民勤谨、善良、坚毅、乐观的道德品质和支持共产党、热心抗战、为战争无私奉献的革命觉悟。典型的如《邢兰》中的邢兰，作者通过下乡战士"我"的视角塑造了一个在旧社会异化劳动的摧残下早衰、穷窘但在抗战中热心公务劳动的男性农民形象，颂赞了他勤劳、乐观、无私、忘我、英勇、顽强的优秀品格。此外还有《第一个洞》中为抗战偷掘地洞的贫农杨开泰，《芦花荡》中借助娴熟的撑船技术为共产党运输粮草、护送干部的老船工，《碑》中以捕鱼为幌子为抗战服务，冒险撒网打捞烈士遗体的渔民赵老金。孙犁从现实出发，并以沉郁的抒情之笔勾勒了这一系列具有阳刚之美的男性农民形象。这些燕赵男儿是北国抗战风云中勤劳、刚毅、果敢、坚定的父性心魂，他们身上迸射出劳动英雄主义和战斗英雄主义的光辉，他们化犁为剑，执干戈以卫社稷，将劳动与革命紧密交织在一起。

更难能可贵的是，孙犁从不粗暴地以革命的标准来简单评判劳动，尤其是旧式的生产劳动，而是能从质朴的民间伦理出发，审美化地书写不同性质的劳动，肯定农民的劳动价值，进而彰显劳动者的美好心灵。在以小农生产为主的乡土社

---

① 中共中央党史资料征集委员会编：《中共党史资料》（第25辑），中共党史资料出版社1988年版，第126页。
② 孙犁：《孙犁文集（补订版）》（第1卷），百花文艺出版社2013年版，自序第2页。

会，体力劳动是农民基本的生存方式和价值追求，从某种程度而言，劳动成为农民的本质特征，尊重劳动、信任劳动成为他们的基本价值规范。但封建土地所有制下的农民多是缺乏人身自由的依附者，他们的劳动从本质上来讲是一种异化劳动。而农民出身的作家孙犁十分尊崇劳动，尤其是农事技术，他的小说别具一格地将旧中国乡土的农事劳动艺术化，淋漓尽致地展现了农技之美，以及农民自尊、自信、向上的精神面貌和冲突并不尖锐的阶级关系。同为反映河北农民革命斗争的佳作，梁斌的小说《红旗谱》渲染了旧社会贫雇农的劳而无获和生计之艰，强化了阶级矛盾和阶级冲突。孙犁则在同期小说《风云初记》中抛却了革命话语中阶级对立的叙事模式，渲染农民的劳动技艺之美和农民的质朴、能干，淡化地主与贫雇农之间的矛盾冲突。孙犁将写实和写意相结合，饱含欣赏和敬意地描摹出雇农老常使骡耕地、长工老温赶大车使牲口和雇农吴大印种瓜的庖丁解牛式的高超劳动技艺。孙犁写出了雇佣劳动之下农民劳动的积极性、主动性和创造性，体现了朱光潜所说，劳动生产也是人对世界的艺术掌握。"一切创造性的劳动（包括物质生产与艺术创造）都可以使人起美感。"①

除了男性劳动者形象，孙犁抗战小说中着墨更多的是水生嫂、秀梅、二梅、小梅、浅花、香菊、妞儿、春儿等青年女性形象，她们是孙犁审美理想的主要承载者。孙犁说："那些青年妇女，我已经屡次声言，她们在抗日战争年代，所表现的识大体、乐观主义及献身精神，使我衷心佩服到五体投地的程度。"②

为了表现抗战中的人性、人情美，孙犁采用主观的、抒情的写实主义手法，更多时候描写了妇女的体貌身姿、劳动态度、劳动技艺、劳动场面和劳动所凝结的人际关系。孙犁抗战小说中的青年女性，如《荷花淀》中的水生嫂、《光荣》中的秀梅、《浇园》中的香菊、《麦收》中的二梅、《山地回忆》中的妞儿、《风云初记》中的春儿等，是抗日政权下的自由劳动者，她们的身体普遍结实、

---

① 朱光潜：《生产劳动与人对世界的艺术掌握——马克思主义美学的实践观点》，见《朱光潜全集》（第10卷），安徽教育出版社1993年版，第197页。
② 孙犁：《关于〈荷花淀〉的写作》，见《孙犁文集（补订版）》（第6卷），百花文艺出版社2013年版，第238页。

健壮，具有劳动锻造的健康之美，同时秀丽、好看，不失女性自身的性别之美；她们热爱劳动、技艺娴熟，而且纯真良善、乐于奉献。给八路军做棉袜的妞儿，天真诚挚、勤俭无私；帮抗属做家务、耩地的秀梅，淳朴耐劳、乐于助人；苇席编织技艺驾轻就熟的水生嫂，勤劳善良、温柔贤淑；带领妇女挖沟破路支援抗战的二梅，吃苦耐劳、认真负责；起早贪黑地纺线织布、积极为战士做军鞋、组织妇女帮战士洗衣、带领车队运送军粮的春儿，聪慧能干，在革命中不断成长……孙犁抗战小说在描画青年妇女的劳动中颂扬了她们的真善美，同时表达了对妇女劳动的独到见解。

对于妇女从事家务劳动，列宁批评了其无意义性，"琐碎的家庭事务压迫她们，窒息她们，使她们愚钝卑贱，把她们缠在做饭管小孩的事情上；极端非生产性的、琐碎的、劳神的、使人愚钝的、折磨人的工作消耗着她们的精力"①。与马克思主义对妇女家务劳动的否定不同，孙犁站在底层女性和乡土伦理的立场上肯定了女性家务劳动的价值和女性的勤劳美德，同时从革命的角度出发，探讨了家务劳动与革命的暧昧关系。一方面，勤于家务虽体现了乡村妇女的传统美德，但与革命还有一定程度的疏离。《老胡的事》通过下乡文人老胡的视角肯定和赞美了铁匠之女小梅的拾风落枣子、拔萝卜等日常家务劳动，但在老胡眼中，热爱劳动的小梅和热爱战斗的老胡妹妹，明显后者更进步，老胡对小梅说："你能做许多事，可是你还该向她学习，她知道很多的革命道理呀！"②《藏》中纺线、织布、切菜、做饭样样在行的浅花，是勤劳能干的传统女性美的代表，但这还不能满足革命对女性的期待，所以小说后文着力表现浅花高于一般乡村女性的特征——理解和支持丈夫的革命事业。另一方面，家务劳动逸出了家庭的界限，既体现了女性的勤劳美德，又与革命密切相关。如《山地回忆》中妞儿把自己精心编织的棉袜送给了革命战士，《风云初记》中春儿等农村女性集体为抗战士兵缝军鞋、洗军衣，这显现出抗战中乡村女性的崇高品质以及军民之间的鱼水深情。

---

① 列宁：《伟大的创举》，见《列宁选集》（第4卷），人民出版社1972年版，第18页。
② 孙犁：《老胡的事》，见《孙犁文集（补订版）》（第1卷），百花文艺出版社2013年版，第65页。

此外,《荷花淀》《光荣》《浇园》《风云初记》中还不吝笔墨地描写了妇女的生产劳动,着力刻画妇女从事纺织、编织等手工业生产劳动时的技术美、场面美和妇女从事耩地、浇园等重体力农业生产劳动时的辛劳、坚忍,并将妇女的生产劳动与抗日革命或显或隐地结合起来,张扬女性的道德美、情操美和抗战时期水乳交融的军民关系。

抗战胜利后不久,晋察冀边区贯彻执行中共的《五四指示》,掀起了轰轰烈烈的土地改革运动,旨在变革封建土地所有制,实现"耕者有其田"。1947年,《晋察冀日报》重点关注并集中报道了解放区的土改运动和土改成就,总结了土改实施以来晋察冀边区的经验与教训。①伴随着土改运动的进行,同时为支援解放战争,晋察冀边区行政委员会发布《关于开展1947年大生产运动的指示》,广泛动员群众开展大生产运动,"要求从各方面更广泛组织起来,克服困难,发展生产"②,并主张大量发展农村合作社。面对汹涌澎湃的土地改革和蓬勃发展的新型生产方式,孙犁以土改干部的身份直接参与其中。1947年冬,孙犁在博野县大西章村参加土改试点工作;1948年,又被派往饶阳参加土改,先后在张岗镇和大官亭镇主持土改工作共一年多,因而孙犁对土改以及在此基础上的大生产运动了解得较为全面、深入。1952年,孙犁有机会在河北省安国县农村生活了半年,进一步了解了中共乡村建设的新举措。在博野、饶阳的土改工作经历和此后的农村生活见闻,为孙犁增添了生活和感情积累。自1949年起,孙犁便创作了《正月》《秋千》《女保管》《村歌》《铁木前传》等多部反映土改和互助合作生产的短篇和中篇小说。这些小说一方面展现了土改后乡土农民的新生活、新面貌,另一方面也触及了许多现实矛盾和现实问题,同时潜藏着孙犁对生活的迷惘和困惑。

土改之后,农村的社会生活和群众的精神面貌焕然一新。旧有的土地制度、生产方式受到了狂风暴雨般的冲击,农民分得了土地和生产资料,获取了翻身的

---

① 张金凤:《〈晋察冀日报〉解放战争时期的土改宣传》,载《青年记者》2013年第30期。
② 华北解放区财政经济史资料选编编辑组等编:《华北解放区财政经济史资料选编》(第1辑),中国财政经济出版社1996年版,第799页。

物质保障,并在此基础上发展、巩固了新的生产和组织方式,转变了传统的劳动观念,不仅获得了劳动的权利和尊严,而且还在互助合作的生产劳动中萌生了新的社会意识和价值观念。土改前后,通过广泛的生产运动和妇女运动,劳动成为新的乡土伦理和时代美学精神,"劳动者也可以成为英雄"[1],"好的劳动者被选为英雄,比中状元还光荣"[2],而且女性在生产运动中不断社会化,冲破了传统的性别角色和性别规范,在一定程度上实现了自我解放。恩格斯指出,妇女只有参加社会生产劳动,妇女的解放,妇女同男子的平等地位才是可能的。[3]从抗战时期开始,中共便将参加社会生产、获得经济独立视为妇女解放的关键,"在新政权下面,解放妇女的环节,就是具体的领导妇女生产。组织妇女纺花织布、喂猪、种地"[4]。土地改革更是将妇女从家庭的私人劳动中解放出来,使她们参与到社会生产劳动中,这对妇女解放无疑具有重大意义。[5]孙犁在《正月》中用织布机来象征土改前后乡村劳动妇女的命运变迁。土改前大娘依靠旧织布机和纺织生产无法改变自身的凄苦生活和两个女儿的不幸婚姻,出嫁后的大女儿和二女儿也无意于劳动生产。土改翻身后,大娘的小女儿认为"生产第一要紧",相信劳动可以换来好光景,她不要陪送,主张卖了旧织布机,买来时兴的高效率的新织布机,并借助新织布机和生产劳动,实现了经济独立和命运自主。小说用优美的笔触描写了多儿婚前在新织布机前的"幸福的劳动",织布机"挺啪挺啪,挺啪挺啪"的美妙响动,便是新社会里多儿欢愉的心声。除了土改翻身后的个体生产劳动,孙犁还在《村歌》《铁木前传》中更多地叙写了带有社会主义萌芽性质的互助合作的劳动,尤其是女性领导或参与的互助合作劳动。《村歌》中写到劳

---

[1] 《解放日报》社论:《建立新的劳动观念》,载《解放日报》1943年4月8日。
[2] 艾思奇:《劳动也是整风》,载《解放日报》1944年2月19日。
[3] 恩格斯:《家庭、私有制和国家的起源》,见《马克思恩格斯选集》(第4卷),人民出版社1972年版,第158页。
[4] 高岗:《从生产战线上开展妇女运动——在延安边区一级"三八"妇女纪念节大会上的讲话》,载《解放日报》1944年3月10日。
[5] 谭琳、姜秀花主编:《中国妇女发展与性别平等:历史、现实、挑战》,社会科学文献出版社2012年版,第25页。

动生产已经成为新生活的"正当风气"和"光荣"①,并重点叙述了在领导互助组过程中农村妇女干部双眉的变化和成长。互助合作的劳动让妇女们充分感受到劳动的快乐,培养了她们的集体意识,"几个妇女快活地努力工作着,受着感动。她们渐渐忘记是在谁家的地里工作,她们觉得是为那毛主席指示的,大伙的幸福生活工作着"②。《铁木前传》中自幼跟随父亲从事沉重劳动的九儿加入了青年团的集体组织,和男青年们一起为国家建设贡献力量。在平等、理性、团结、奋斗的劳动集体中,九儿虽从事着艰苦的劳动,却感受到劳动的新鲜、快乐和振奋。土改后的生产劳动尤其是集体生产劳动在一定历史时期内提高了人们的劳动积极性,让人们切身感受到劳动的价值和意义,加速了妇女解放的进程,而且互助合作的劳动形塑了人们的集体意识,促进了平等、协作的新伦理的形成。

虽然土改带来了农村生活的新变化,但也带来了一些新的问题,以往人们较为自由而自然的关系也被改变了。孙犁的土改小说褪去了抗战小说的浪漫和谐,在顺应主流的土改叙事,肯定土改和互助合作的同时,还深入乡土生活内部,揭示了诸多现实问题,如土改带来了个人私欲的膨胀和人际关系的变化,集体生产造成了人际区隔和农民生活的不自由等。"土地改革的目的,是为了消灭封建、半封建的土地剥削制度,使无地少地的农民得到土地,从封建压迫剥削下翻过身来,以便发展生产,勤劳致富。"③但在打土豪、分浮财、平分土地的过程中,由于农民较为轻易地获得了意想不到的革命果实,再加上传统小农意识的影响,农民自私自利的欲望膨胀,而且人与人的关系也"因为地位,或因为别的,发生了在艰苦环境中意想不到的变化"④。《铁木前传》中打铁技艺精湛的黎老东最

---

① 王再兴:《〈村歌·上下篇〉(1949)考释及文学史意义》,载《中国文学研究》2016年第4期。
② 孙犁:《村歌》,见《孙犁文集(补订版)》(第1卷),百花文艺出版社2013年版,第480页。
③ 河北省档案馆:《河北土地改革档案史料选编》,河北人民出版社1990年版,第403页。
④ 孙犁:《关于〈铁木前传〉的通信》,见《孙犁文集(补订版)》(第6卷),百花文艺出版社2013年版,第352页。

初一贫如洗，与木工技艺超群的傅老刚在共同劳作中结下了深情厚谊，土地改革后黎老东的生活明显提高，但他对此并不满足，滋生了依靠个体劳动发家致富的念头。对财产的贪婪让黎老东不自觉以东家的心态对待好友傅老刚，两人一起的劳动也不再是原先的劳动合作的伙伴关系，而成了现实的雇主雇工关系，后来被私欲冲昏头脑的黎老东更不惜抛弃了与傅老刚的深厚友情。土改后的贫富变化和个体私欲的滋长使得两个原本患难与共、相携相帮的劳动伙伴分道扬镳，着实让人唏嘘喟叹！土改后的互助合作还极大地冲击、改变了乡土社会建立在血缘、地缘基础上的自然的人际关系，在集体生产的标准下，人们被区分为好与坏、先进与落后的不同阵营。孙犁的土改小说虽未完全套用这种标准，但我们依然能在《村歌》和《铁木前传》中看到集体生产对乡村自然人际关系的影响。《村歌》上篇中双眉、大顺义、小黄梨最初被排斥在互助组之外，主要因为双眉的道德作风问题可能影响互助组的声誉，而不爱劳动的大顺义和小黄梨则容易降低集体生产的效率，后来她们即便入组也只能成为"落后组"。《铁木前传》中互助合作运动吸引了九儿、四儿、锅灶等"先进"分子投身到集体化的生产建设中，却无法使六儿、满儿、杨卯儿等"落后"人物产生兴趣。对待劳动和集体劳动的态度，"先进""落后"等革命政治标准给乡土民众造成了新的人际区隔。

此外，与土改、合作化小说普遍强调个人主义与集体主义两条路线的矛盾斗争以及后者对前者的改造不同，《铁木前传》中并没有将黎老东"打车"搞运输的个体发家梦进行彻底的否定和批判，而且从人本主义的角度浪漫化地书写了六儿、小满儿捕捉鸟儿、田野追逐、吹口琴、看风景等不适应集体生产节奏的自由生活，可以看出孙犁对个体发家致富和青年闲散生活方式的态度混沌，体现了他既想追随革命却又和革命疏离的矛盾与迷惘。

生产劳动是一种改变世界实现自我的艺术活动或"人对世界的艺术掌握"①，而"劳动首先是人和自然之间的过程"②。劳动将人从自然界中分化出

---

① 朱光潜：《美学中唯物主义与唯心主义之争》，见《朱光潜美学文集》（第3卷），上海文艺出版社1983年版，第367页。
② 马克思：《资本论》（第1卷），人民出版社2004年版，第207页。

来，又把人与自然界统一起来，建立起人与自然界之间的联系。人类劳动时所需要的劳动资料和劳动对象等无不来源于自然界，而由于人的劳动创造，天然的自然界留下人类越来越多的印迹，逐渐变为"人化的自然界"①。人化的自然界是人能动地改造自然，进行劳动创造的产物，也是人本质力量对象化的体现。孙犁小说在不同时期的劳动审美中，或正面或侧面，或概括或点缀性地写到了自然，而且关注自然与人的互动关系，将自然（天然的自然与人化的自然）与劳动者的生存状态及本质特征紧密结合在一起。他从自然与人和谐共生的角度描绘了自然之美，并将自然美和劳动者的美好心灵相融交织；还从自然为人服务的角度书写了人经由劳动创造对自然的改造，并通过恶劣环境中充满生命力的自然风景，来衬托、隐喻劳动者的崇高品格和革命乐观主义精神。

一方面，深受传统文化濡染的孙犁接受了天人合一观念和思维方式的影响，他的抗战小说中的劳动审美，多以抒情笔墨渲染劳动场域中自然风景的优美，着力凸显劳动中自然与人相互依存的和谐之美，更将自然美与人性美完美交融。《荷花淀》《光荣》等小说劳动书写中的自然风景，主要包括太阳、月亮、河水、芦苇、荷花等天然的风景，以及水淀、河滩、宅院等与农业劳动休戚相关的场所，它们在孙犁别样的审美观照下，构成了地方特色鲜明和乡土生活气息浓郁的劳动者诗意的劳动环境和劳动场景，且与劳动者内心精神世界的美相映生辉。《光荣》开篇便勾绘了一幅斑斓绮丽、人景交融、饶有生活气息的劳动风俗画。在河滩荒地上和日光草影里辛勤劳动的男女青年，与河滩上的红荆、水柳、芦草等自然美景完美融为一体，而且一低一仰割芦草的劳动群众，还被比拟为"一群群放牧的牛羊"，在美丽怡人的自然界中自由驰骋。《荷花淀》中水生嫂在月光皎皎的小院里编席，院内凉爽干净，遍铺柔滑修长的苇眉和织就的洁白苇席，院外是笼起薄雾的银白水淀，小院中还弥漫着晚风吹来的荷花香，这样的超绝意境"使女性的纯洁、宁静、深沉、温柔、优美尽在不言中"②。不久水生嫂身下

---

① 马克思、恩格斯：《1844年经济学哲学手稿》，见《马克思恩格斯文集》（第1卷），人民出版社2009年版，第191页。
② 孙丽玲：《中国现代作家笔下的女性世界》，云南大学出版社2004年版，第243页。

就编成了一大片席,"她像坐在一片洁白的雪地上,也像坐在一片洁白的云彩上"①。形象生动的比喻将水生嫂编席的劳动场景诗化,同时让美丽善良的女性人物与优美博大的自然景观之间消泯主客或者物我的界限,从而构成一种和谐的诗歌意境。②可以说,"《荷花淀》及孙犁其他小说中最动人的当属人物身上氤氲着的那种人情美和人性美,而这种美又与荷花淀的自然美相亲相容"③。透过硝烟弥漫的战火,孙犁描绘了劳动视域中清新旖旎的自然风光和优美田园中自然与人和谐共存的理想生活状态,精心构筑了心中的"荷花淀",它是抗战后方白洋淀人民的现实家园,也是弃镰从戎、离家报国的水生们誓要护卫的故土和镌刻心中的精神栖居地,其中蕴含了孙犁从自然、人性的角度对战争的独特诠释和其浓烈的家园意识,淋漓尽致地展现了孙犁个性化的审美追求。

另一方面,受战时和新中国成立初期革命及政治文化的影响,孙犁未完全沉湎于大自然本身的美,一味追求主客不分的境界,而是在某种程度上接受了革命时代主流话语的规范,认同于用劳动征服自然,使自然为人民服务的生态观,并在革命话语的统摄下,将劳动者的革命意识和斗争精神渗入自然风景的描写。对战时中共领导下新生活中人民的生活态度,孙犁曾说:"人民在生活上,已经渐渐从对自然界的盲目的崇拜,进步到知道改变自然,使自然服从、帮助我们的斗争,给新生活服务。"④在此,孙犁把自然与人的关系定位为服务与被服务的关系,主张破除对自然的盲目崇拜,合理改造和利用自然。孙犁小说也在追求真善美的前提下,从为战争和新生活服务的角度肯定了人在劳动中对自然的利用、改造和征服。《浇园》中赞美了炎炎夏日里香菊用力浇园来对抗旱灾的重体力劳动;《麦收》《风云初记》中大力肯定并热情赞颂了冀中劳动人民冒着酷暑严

---

① 孙犁:《荷花淀》,见《孙犁文集(补订版)》(第1卷),百花文艺出版社2013年版,第91页。
② 李遇春:《权力·主体·话语:20世纪40—70年代中国文学研究》,华中师范大学出版社2007年版,第440页。
③ 张艳梅、吴景明、蒋学杰:《生态批评》,人民出版社2007年版,第214页。
④ 孙犁:《文艺学习》,见《孙犁文集(补订版)》(第5卷),百花文艺出版社2013年版,第118页。

寒，为了抗日集体挖沟破路、改造自然地形的壮举；《铁木前传》中歌颂了青年钻井队为创造新生活，在冬日田野里不畏严寒，互助打铁、钻井、攀滑车等对抗、利用和改造自然的建设热情。与此同时，孙犁没有彻底藐视自然，片面夸大劳动者对自然的改造，而是通过隐喻、象征等修辞手法把客观的自然风景和劳动者的主观世界勾连起来，在书写人通过劳动实践改造自然的同时，见缝插针地描述恶劣环境中自然景物的盎然生机，突出自然的力的美，借此辉映劳动者乐观向上的战斗精神。延安时期，孙犁在形成个性化审美的同时在思想方面紧跟主流，其小说的劳动审美中不难窥见革命话语的规约，自然与人在积极向上的斗争精神方面具有同构性。《麦收》中叙述挖沟队伍行进时插入了麦地美景的描写，其中成熟的麦穗"挺起来在太阳里闪着光"[1]，隐喻了支前抗日的挖沟妇女坚韧不屈的抗争精神。《浇园》中奋力浇园的香菊身旁，有又高又密的鬼子姜，还有攀延到鬼子姜上那棵小葫芦所绽放的雪白的小葫芦花，这些旱季酷暑中生机勃勃的自然物象，映射出劳动女性坚忍、顽韧的革命情操。新中国成立以后，虽然孙犁在创作中更多地表露出对时代主潮的迷茫，其"革命文学中的多余人"[2]的形象也愈发明晰，但从他小说的劳动审美中仍可觅得主流文化的影响。《铁木前传》中平原上接二连三树立起来的钻井队的高大的滑车，"给漠漠的平原，添上了一种新的使人向往并能诱发幻想的景色"[3]。它们所具有的雄壮之美，彰显了青年建设者以勤奋劳动来改造自然的乐观的革命精神。《风云初记》中用比喻、联觉、对比等修辞手法描写了挖沟工作结束后阳光下的村庄和北风带来的声音，尤其北风中听见的敌人汽车吼叫的声音，在奋力挖沟的高四海和春儿心中，"引起每年夏季听见滹沱河水暴涨的感觉"[4]。暴涨的滹沱河水正呼应了挖沟民众内心高涨

---

[1] 孙犁：《麦收》，见《孙犁文集（补订版）》（第1卷），百花文艺出版社2013年版，第109页。
[2] 杨联芬：《孙犁：革命文学中的"多余人"》，载《中国现代文学研究丛刊》1998年第4期。
[3] 孙犁：《铁木前传》，见《孙犁文集（补订版）》（第1卷），百花文艺出版社2013年版，第575—576页。
[4] 孙犁：《风云初记》，见《孙犁文集（补订版）》（第2卷），百花文艺出版社2013年版，第125页。

的抗战激情。可见，劳动中的自然风景及其与劳动主体的互动同构在孙犁笔下成为个人与时代互相纠缠，时代、历史、自然互相渗透，主体和客体互相建构的有意味的文学景观。

综上所述，孙犁笔下的劳动别具特色且内蕴丰富，将劳动审美化、道德化，并将劳动与革命契合、因应，同时关注劳动中人与人、人与自然的关系，从而赋予劳动丰富的社会文化和美学意蕴。孙犁小说的劳动书写在顺应时代潮流的同时在一定程度上逸出了时代规范，这是因为劳动书写具有更为丰富的感性内涵，劳动成为其小说美学构建的一个重要方面和视角。立足于乡村生活和革命人道主义思想，孙犁表达了对家务劳动、雇佣劳动、个体生产劳动和集体劳动的别样认知。孙犁的劳动价值观和他小说中对劳动技艺、劳动场面和劳动伦理的叙写，均能给当下中国文学的劳动书写提供可资借鉴的宝贵经验，值得重视。

第五节

柳青小说中的形象世界

柳青的长篇小说《种谷记》是解放区文学中一部较为成功的作品。它在情节设置上极为简单，因而或许并不能以故事取胜，但作者的主要发力点用在了细节描写与人物刻画，这使得小说创造出一个生动而真实的形象世界，也因之具有了较高的艺术水准。小说在形象层面的成功主要体现在三个方面，即人物形象的塑造、对乡村人畜关系的关注、陕北农村形象的建构。

可以说，《种谷记》是一部写人的小说。在众多的人物中，作者集中笔墨描写的有王克俭、王加扶、王国雄、赵德铭等，此外其他农民形象也有许多塑造得极为精彩。按照当时的文艺政策与文学生产机制，在创作之前，这一作品的主题应当围绕共产党的革命活动展开，并且要颂扬积极、先进的人物，批评、抨击落后反动人物，但《种谷记》却没能做到这一点。相反，小说用大量笔墨描写了农村的落后人物，并且没有对这些人物进行深刻、有力的批判。就现有的评论来看，关于人物形象的问题基本有一个共识，那就是被视为落后人物的王克俭形象要比被视为正面人物的王加扶形象要饱满得多。

在1950年初上海举办的《种谷记》座谈会的会议记录上，七位发言人中有四人认为小说中写的最成功的人物是王克俭。李健吾认为"人物中写得使人最感兴趣者是王克俭"，魏金枝说"我印象中比较深刻的是王克俭"，冯雪峰认为王克俭形象"已经达到了某种程度的典型性"，叶以群也认为王克俭、老雄是写的最生动的两个形象。事实上，整个小说的情节都是围绕着王克俭而展开的，小说的叙述以王克俭失约干部会议为始，以王克俭失信变工、单独种谷为高潮，又以王克俭被免除行政职务为终,因此,王克俭才是小说真正的主人公。小说一开始王克俭以肚疼为由让儿子代替他去开村干部会,从中我们可以知道王克俭对于变工的态度,随后他在会上百无聊赖地捉虱子,会后观望变工形势,并因此而连续三日失眠,最后终于在老雄的一番谣言诱骗下,下定了私自种谷的决心。种谷后,王克俭失掉了行政职务,他内心的焦虑与困苦也消散了。从头到尾,王克俭的内心历经从矛盾到庆幸的过程,作者细致入微地描绘了王克俭的内心变化,用笔极为精彩。可以说,王克俭复杂的内心造就了其形象的复杂性,他是一个精明能干、善良正直的人,但又是一个心胸狭窄、自私自利的人。在政治问题上,他并不想关注太多,他在"新社会没吃亏,旧社会没沾光",不讨厌共产党,但却怕国民党,他只想好好种地,过自己的小日子。但是现实情况似乎逼迫他必须要做出一个非此即彼的选择。他有自己明确的态度,因而抗拒做这样的选择,坚持了自己中立的立场。从道义上看,王克俭并没有错,在现实中,如王克俭一类的人更是比比皆是,他不去理会自己能安心种谷与王老婆山上的抗日英雄们有什么关系,但他想到了国民党军队有收复失地的可能,因为这会让他刚获得的安定生活与殷实家庭受到威胁,但他却甘愿忍受压迫,从这里又能看出王克俭的软弱与目光短浅。小说的高潮是王克俭去桃花镇赶集时闻知伊克昭盟事变和王国雄谣言后的反映,在村里他对王国雄有着强烈的鄙夷与嫌恶,但是闻知国民党军队发兵内蒙古,顺便"收拾八路军"时,他对王国雄的态度有了极大的转变,甚至"恭敬地叫了两声'四爷'",从而显示出了王克俭的软弱与卑琐。

  相比王克俭形象来说,小说对王加扶的塑造,在色调上则要浅淡很多,但是与同时代的其他作品相比,王加扶形象的塑造也同样有着较高的艺术水平。作为农会主任的王加扶,其家庭贫穷、破败,但他却顾不得料理家中的事务,为组织变工的事忙得不可开交。王加扶在个人能力方面似乎都不及王克俭,他不善言辞,在公共场合讲起话来倍感拘谨,在工作中,他踏实勤奋但却时时感叹工作的不易。他不像其他革命历史题材小说中光明的革命者那样充满激情与光芒,但他质朴、憨厚、踏实、迷茫、困惑,这些却让这一形象显得更加真实。对王加扶性格描写最为动人之处是在小说的第十五章,王加扶等人统计王家沟几日来组织变工队的情况,成果喜人,这样的喜悦让王加扶兴奋不已,往常说几句话便要脸红的王加扶突然间话多了起来。

"'几时咱们和公家人一样,'他说,天真地憧憬着:'一村就是一家,吃在一块,穿在一块,做在一块。种地的种地,念书的念书,木工是木工,石匠是石匠,管粮的把仓,管草的捉秤。……''咱也办上个聚乐部,识字,读报,开会全到那里去好了,不要像而今一样,大小一点事全跑到学堂里来了……咱学延安绥德的办法,也办它个把托儿所,把娃娃们弄到一块,讲究卫生……'"①

历史证明,王加扶一代农民的美好憧憬在后来革命胜利后甚至到新世纪也依旧没能完全实现,虽然旧的"大山"推翻了,但是新的"大山"再次压上来,农村逐渐走向凋敝,农业文明也逐渐退出了历史舞台。所有的这些王加扶不可能想象得到,但是对于这样在艰难困苦之中挣扎的人来说,只这样的一次憧憬,便可以让人难忘。赵德铭和维宝等人"越笑越收不住",笑着王加扶的痴迷,但到最后,他们看到王加扶是认真的,便收住了笑,在王加扶的感染下也陷入了对美好未来的想象。这一段描写或许有着浪漫主义的色彩,但是如若细细品咂却不由得深感沉重,王加扶向往是因为他缺乏、他需要,众人都开始向往,是因为众人都缺乏、都需要,而他们的"美好"未来终究也仅仅是想象而已。王加扶的正面形象在这一段朴素的描写中得到升华,真实地显示出一个羞报的人参与革命活动的赤诚与激情。

小说中王国雄是一个典型的反面人物,尽管作者在刻画时笔墨不多,但这个角色的塑造也相当成功。作为破落地主的王国雄在王家沟是很孤立的,几乎所有的人都对他甚为鄙夷,在公共场合中,他往往是最讨嫌的一个人。小说中主要写了王国雄与王克俭的两次交往,其中第十章王国雄去王克俭家怂恿王克俭放弃变工,将王国雄的滑稽嘴脸描绘得极为精彩。在物质条件上王国雄与王克俭有相似处,他们都有着相对富裕的资产,王国雄虽不直接参与生产,但是他有田产,有长工,有驴,他的长工们也曾参与了变工,只是他的长工并没有给他多做一点事

---

① 柳青:《种谷记》,光华书店1947年版,第203页。

情，"而他的驴倒是确实比往年瘦多了"，对此，他深为不满，"可惜驴不会说话"，"不能拉进窑里来开会……"因此，王国雄是坚决反对变工的，这让他与王克俭似乎站在了同一立场。但是，当王国雄到王克俭家中来时，"王克俭翻起眼来，向他投了一个厌恶的眼色"，之后便只管吃自己的饭，没有再理会王国雄。王克俭的大儿子楞子则表现得更为直接："怪不得人家都叫你是'奸猾堂'，你和狐子一样嘛……"①虽是开玩笑的话，但却说得极为尖刻。随后王国雄反复鼓动这一家人不要参加变工，换得的却是楞子无限度的嘲讽和王克俭严肃的警告。王国雄只好败兴而归，走时王克俭让他走耳房，很显然，在王克俭眼里，王国雄踏入他的家门本身就已经让他很不光彩了。王国雄气愤之下大摇大摆地从大门走出去，谁知刚出大门便窜出一条狗，狗叫声一直将王国雄送到大路上，摆脱窘境的王国雄却到处宣扬自己刚去过王克俭家："王克俭家的狗有眼无珠，我常去和行政拉话，它常咬我。行政叫我给它喂点甚么，我喂了，可是白喂了……"王国雄的猥琐形象跃然纸上，同时能看到被孤立的王国雄如何在努力地寻找同道中人。

小说中塑造的另一较为成功的人物是小学教员赵德铭。赵德铭的身份与作者柳青的身份基本吻合，在这里，赵德铭形象在一定程度上就是柳青的一个自画像，因此，柳青塑造这一形象既是对这一类知识分子形象的典型化再现，又是对自己的反省。在小说中，大小会议大多是在小学校举行，因此，赵德铭的出场基本都是在会议中。小说一开始，作者就交代了赵德铭如何在整风运动后，"如梦初醒"，如何被调到王家沟来，这一切基本就是柳青自己下调米脂三乡的经历。随后小说写到一个小细节，赵德铭的一篇文章被刊登到了《边区群众报》，虽然被删掉一大半，但这仍让他很兴奋，首先在乡政府开会时，他已经将这篇稿子看了好几遍，"希望能引起旁人的注意"，但是，参会的人"都没有发现这件事情"，这让赵德铭略感失落，随后又自我安慰，"他们回去总会看到的"。②这一心理活动的描写将赵德铭这样一个知识分子渴望被关注、被认可的内心展现出

---

① 柳青：《种谷记》，光华书店1947年版，第134页。
② 柳青：《种谷记》，光华书店1947年版，第32页。

来，这样的内心活动或许让人不免觉得赵德铭爱慕虚荣，但是真实的心理活动却让这一形象变得可爱起来。之后的变工工作中，赵德铭明显显得力不从心，暴露出他知识分子的弱点。开会中，赵德铭自信发言，却不知农民们对他所说的新民主主义一窍不通，农民将"民主集中"理解成"民主脚踪"，将印度、缅甸听成了"印都"和"面店"；他抱怨农民素质低，"觉得新社会未免把老百姓提到天上去，他们有些人简直落后到你意料之外"。①其实在这里，赵德铭的抱怨一定程度上反映出的是作者柳青内心的真实。程区长的一番教育驱散了他心头的不满，同时用程区长的话揭示出柳青塑造这一人物的目的："你必须学习他们看人，看事，看问题的立场，王加扶他们就是你的先生……"这样的说教所反映出的就是当时知识分子下乡学习群众的号召，柳青此处有借文本来对这一运动表态的嫌疑，赵德铭的形象不得不朝着佩服王加扶、自我反省的方向发展，因而这一形象的转变在小说结尾处显得刻板生硬。

除此之外，小说还塑造了许多农民形象，有的形象虽用笔不多，但却在柳青只言片语的描述中充满活力，如积极热心的王存起、善良但迂腐的存恩老汉、倔强的六老汉、乐观的大汉王加明、粗俗的维宝等等。同时，柳青还刻画了一批形象各异的女性，如王克俭妻、王加扶妻、王国雄的太谷老婆等一类落后的女性形象，唯一一个正面的女性形象是王存起的妻子，身为妇女主任的郭香兰，作者在小说中对这一人物虽是轻描淡写，但却将一个光辉昂扬的新女性形象展现在读者面前。

在中国文学史上，以农民生产生活为主要表现内容的艺术作品并不是很多，即使有少数存留的书写农业生产的作品，其书写中融入了很多士大夫情怀，而很少涉及农民的精神状态与心理活动。毛泽东对这一问题曾有过思考："我继续读中国旧小说和故事。有一天我忽然想到，这些小说有一件事情很特别，就是里面没有种田的农民。所有的人物都是武将、文官、书生，从来没有一个农民做主人公。"②尽管"五四"以来的乡土小说改变了这一情况，但是作为被批判的对

---

① 柳青：《种谷记》，光华书店1947年版，第257页。
② 埃德加·斯诺：《西行漫记》，董乐山译，生活·读书·新知三联书店1979年版，第109页。

象,农民及其活动并不具有主动性。《种谷记》中的农民则不同,"他们的信仰与'听话'也不是盲目的、奴隶式的做尾巴",这可以让我们深切感知,"农民运动中,是群众的力量起决定作用,不是干部个人的力量起决定作用;因而运动是以群众自己为主在活动,不是以几个干部为主在活动"。[①]由此,我们可以看到柳青在人物形象塑造上的功力。这些农民形象能如此鲜活传神,主要在于柳青与这些人的深入交往,在细致入微的观察后,下笔时饱含深情。这些农民虽然已生活在一个高度政治化的乡村,但是在这样的时空环境下,依旧形色不一、光彩夺目,相比于同时代以及之后的革命题材小说中的模式化、脸谱化的人物来说,这里的人物形象要真实、饱满得多,这也是柳青创作这部小说所取得的最大成就之一。

柳青在米脂下乡之前,对农民的农业生产活动的了解其实并不充分。三年的米脂乡村生活,让柳青切身感知到这片土地上人与事的感染力,与农民吃住在一起,这让他看到了其他作者所看不到的乡村景象,其中在《种谷记》中关注到农民与牲畜的关系便是他深入农村生活的重大收获。土地和牲畜是农民主要的生产资料,革命者和作家们看到了土地对于农民的重要性,因此便有了土改与土改小说,但很多人却忽略了牲畜在农业生产中的重要性,因而文学作品中对牲畜的叙写并不充分,而在《种谷记》中,柳青用了大量的笔墨书写牲畜,成为这部小说中独具特色的一部分。

在小说的牲畜书写中,作者对作为当时陕北农民主要生产工具的驴着墨最多。在种谷中,当时的主要生产资料便是驴,与我们潜意识中的"铁犁牛耕"不同,在20世纪40年代初期的陕北,只有极少数经济实力较强的农民才有能力单独养牛,牛耕地固然要比驴耕地效率更高,但是养牛的成本要比养驴的成本高很多,因此无论是买牛还是养牛在当时并不是普通农民的经济实力所能承担的。此外陕北常见的牲畜也有骡马,只是价格高昂的骡马大多只有地主能养得起,在小说中"经营地主"二财主王相仙家专门雇佣一个伙计"只种十六垧地,九垧全是

---

① 雪苇:《论文学的工农兵方向》,海燕书店1949年版,第162页。

黑豆，准备夏天给骡马喂青的……"①，足见骡马在当时与普通农户间的距离。而既好养又便宜的驴相对于贫困的陕北农户来说要则要经济得多，陕北的黄土土质松软，普通农户"土地少就无需大的畜力，故养牛的更少"②。过了农耕时节，驴还在农村生活生产中有着多方面的作用，"陕北毛驴性情温顺，吃苦耐劳，适于骑乘、拉车、驮运、碾磨等多种劳役"③，这些活动多数也是牛所不能完成的。因此，驴在当时的农业生产中扮演着极为重要的角色。

在小说《种谷记》一开始，作者以一段农村景物描写展开了叙述，首段中便选取了三类具有农村文化象征性的动物进行了描写，"……耕了一上午的毛驴吃过草料，精疲力竭地在拴它的阳场子里丢盹，……"④农村牲畜多种多样，作者首先选取了驴作为描写对象，这在很多描写农村的作品中并不多见，足以看出驴在这部小说中的分量。作为牲畜的驴也是农民的私有生产资料，驴的好坏甚至决定了一个家庭的整体收入和生活水平。在小说一开始作者便指出有行政职务的王克俭不愿意参加变工，主要原因便是他的那条极为能干的黑燕皮大驴怀了驴驹，这条非同寻常的驴已经为王克俭生了四头骡子，财主"王相仙曾要拿十垧地换它"，王克俭也没有同意。如果王克俭参与变工，就意味着这条黑燕皮大驴可能会被组内组员借用。母驴的妊娠期长达十二个月，妊娠七个月后到生产之前，母驴不能从事重体力劳动，且需精心照顾，否则很容易流产，而王克俭家中的这条黑燕皮大驴再过两个月就要生产，因此小说中多次描写王克俭对驴的呵护便也在情理之中了。在小说中，作者通过对王克俭多次爱驴护驴的举止描写，一方面说明了驴在当时农业生产中的重要性和驴对这一家人命运的重要性，另一方面也能从侧面反映出王克俭细心能干但自私小气的性格。在小说开头，王克俭妻子和儿媳焦急等待外出劳作的王克俭和驴回来以便开饭，"媳妇提出驴是不是出了岔

---

① 柳青：《种谷记》，光华书店1947年版，第39页。
② 延安农村调查团：《米脂县杨家沟调查》，生活·读书·新知三联书店1957年版，第20页。
③ 侯文通主编：《西北五省（区）重要地方畜禽品种资源调查与研究》，中国环境科学出版社2014年版，第54页。
④ 柳青：《种谷记》，光华书店1947年版，第1页。

子,婆婆立刻愤怒地制止了她"①,这一细节描写出家中焦急等待的婆媳二人担心的并不是王克俭而是驴,也更能说明这条驴对这个家庭的重要性。在变工过程中,主要的一个环节便是农户们自主协调组成变工小组,但在自由组合变工组的过程中出现了许多的问题,阻碍了变工的顺利进行。农民在组建变工小组时考虑的主要因素有两个:一个是组内农户的个人素质,包括道德人格方面和体力劳动方面;一个便是组内农户是否有驴,驴的质量如何。有的农户驴很不错但是人品很差,有的则是人很能干,"只是驴老得快连豆腐也咬不下了",因此这让驴好且劳力好的王克俭不愿加入变工,如果与他们变工"等于白送了自己的驴给旁人耕地"②。对王克俭爱驴最精彩的一段描写要数天佑拉王克俭的驴去送粪的那一段,作者用细微的笔触描写出王克俭极不情愿将驴借出的心理活动,天佑走后,"他人虽回到家里,心却跟着驴走了"③。"它已经不只是行政的一种生产工具,一种活动的财产,而且是一种荣耀了。"④小说集中叙述了八天内的事情,这八天之内,作者先后五次写到了王克俭为他的驴喂草,再一次强调了驴对王克俭的重要性。

除了对王克俭的黑燕皮大驴的浓墨重彩之外,在描写农会主任王加扶时作者同样用了大量笔墨来叙写这一家人对驴的关爱,为了盖驴圈不惜让自己家的院子变成一条窄巷,孩子们也"对它有一种特别亲热的感情",一家人对驴的喜爱甚至顾不得吃饭,这不免惹恼了王加扶的妻子,索性说出让他们"到驴圈里去睡"的气话。⑤此外,作者还对外号"大汉"的王加明和他的老灰驴进行了极为精彩的描写,这条驴"小得来你一拳就可以打得它卧倒地",大汉提提它的尾巴,"两只后蹄便差不多要离开地了","邻村人也都叫它灰老鼠"。⑥但大汉为了生计不得不在农闲时外出拉煤,过度的辛劳使得驴脊梁"总是烂一两块"。大

---

① 柳青:《种谷记》,光华书店1947年版,第4页。
② 柳青:《种谷记》,光华书店1947年版,第46页。
③ 柳青:《种谷记》,光华书店1947年版,第61页。
④ 柳青:《种谷记》,光华书店1947年版,第60页。
⑤ 柳青:《种谷记》,光华书店1947年版,第20页。
⑥ 柳青:《种谷记》,光华书店1947年版,第69页。

汉同样心疼自己的驴,但是"驴脊梁上剥不下几个活钱,我烟囱里就冒不起烟了嘛!"在这里,对驴的描写也是对王加明的描写,驴的状况决定了他的生活水平,同时在对驴的书写中也塑造了大汉王加明勤劳质朴和乐观的性格。

小说的牲畜描写中仅次于驴的篇幅的便是对狗的书写,通过作者对狗的书写可以得出一个信息,那便是几乎家家户户都养着狗。尽管当时陕北农户生活并不是很宽裕,而且无节制的生育使得每家每户人丁兴旺,粥少僧多,但即便如此,农户们依旧坚持养着狗。有研究者称"在西周一朝的早期和中期,在陕北黄土高原上所居住的游牧民族,其主要所崇拜和信奉的是狗图腾"[①]。这或许是影响陕北农民对狗的情谊的一种文化心理,但在这里农户们养狗的主要原因是当时陕北山区常有狼与狐狸出没,狼灾在20世纪30年代尤为严重,"各县次第发生,愈延愈广,每一村堡中,人畜被害者,每日均有"[②]。农户养狗便能起到很好的防范作用。在小说中,作者通过对狗与人的描写,突出了狗在农村社会中独特的作用。

在小说开头的一段农村景物描写中所选取的三类牲畜,第一个是驴,第二个便是狗,这也似乎是作者无意之中向我们强调狗在这部小说中的重要性。现实生活中狗最主要的作用便是保护农户家的财产,在小说叙事中,对狗的叙写更主要的是为了烘托出人的状态。小说的开端描写王克俭的妻子焦急地等待他和驴回家,多次颠着小脚出大门外瞭望。随即作者便以一事例刻画这一人物的性格:倘若她在夏季这样多次出门瞭望,其目的便是看住宅下边土坪上的两卜苹果是否安好,"甚至有时把那只凶恶的黑狗拴在树根上"[③]。插入这一段描写似乎略显突兀,但整个这一部分主要的作用是从侧面刻画王克俭妻子的心理状态,将她的性格鲜活地展现在读者面前,这里提及"凶恶的黑狗",主要作用是凸显出人物的心理与性格。

---

① 朱合作:《陕北黄土高原上的犬传说与犬禁忌》,见尚飞鹏编:《陕北文化艺术理论研讨会论文集》,陕西旅游出版社2003年版,第140页。
② 李文海:《近代中国灾荒纪年续编(1919—1949)》,湖南教育出版社1993年版,第269页。
③ 柳青:《种谷记》,光华书店1947年版,第1页。

在刻画老雄这个反面人物时,作者则两次写到他与王克俭家那只"凶恶的黑狗"的较量。第一次,王克俭家中正吃饭,门外的狗突然叫了起来,狗叫得如此之凶,让"王克俭一怔,着了慌",写出王克俭心虚有鬼;当知道来者是老雄时,狗叫得那般凶恶便也不难理解了,侧面写出了老雄奸猾猥琐的气质,似乎连狗都看他不顺眼。老雄拿着长烟锅与"张牙舞爪的狗对着阵",直到楞子出来踢开了狗,老雄方才松了一口气,连声说道:"好狗,好狗……"①这里通过描写老雄与狗的较量,又凸显出老雄的狼狈。第二次描写中则多了许多的细节,通过狗的反应,将老雄的形象生动地显现出来,狗用了"最大的嗓子一直把他送上大路",引起了很多人的注意。在这里,作者通过写狗侧面写出老雄的形容举止与这个小村庄的格格不入。而老雄逃离狗的威胁后便忘却了自己的狼狈遭遇,显露出他的阿Q性情,"王克俭的狗有眼无珠,我常去和行政拉话,它常咬我。行政叫我给它喂点甚么,我喂了,可是白喂了……"②

农民养狗有着另一种功能,那便是警示主人有人来了。狗的嗅觉和听觉都要远远好于人类,因此当它觉察到一切陌生的声响或气味时便会吠起来,在农民的潜意识里,只要有狗叫那便是必定有人要来或路过,进一步引申便是只要有狗叫则必定有事要发生。因此,狗叫成了某一些事件发生的先声或前兆,在这里不免有了象征意义。已到深夜,很多农户都已经睡觉了,工作组的人才在学校里散会回家,这惹得本来寂静的乡村狗咬驴叫草,这一细节的描写一方面写出了牲畜的警觉,另一方面写得极具场面感,读来仿佛身临其境,同时为小说中的乡村增添了许多的诗意。在小说描写中我们发现,农会主任王加扶家中没有养狗,这是否是作者有意为之我们不好猜度,但是王加扶的邻居家有狗,邻居家的狗叫则成了王加扶一家的"警报器"。当他们一家在家中闲聊时,"隔墙王加贵家的狗咬起来了",随后王存起出现了,"他在大门口放下一张铁锹"③,走了过来……这里作者有意写到王存起出门随身带铁锹的举动,这在当时陕北农村是常见的,带

---

① 柳青:《种谷记》,光华书店1947年版,第39页。
② 柳青:《种谷记》,光华书店1947年版,第115页。
③ 柳青:《种谷记》,光华书店1947年版,第22页。

铁锹并非为了随时进行劳动,而是为了防身,一是防随时有可能出现的野狼,二便是防狗。因此,单独出门不带防身器具(在农村往往为农具),难免会遭遇窘境。如王克俭去找老雄,路过老雄的邻居家时,便遭遇了一群恶狗的围攻。①狗主人听到骚乱方才出来为王克俭解围,一面指出王克俭出门不带防身工具是个疏忽,一面解释着"他们不能喂性善的狗",否则会被老雄家的狗咬死。

在小说中颇有象征意义的是狗的凶善似乎随着其主人的凶善。农会主任王加扶到劳动模范王存起家中,那条小白狗不但没有咬叫,反而向王加扶示以亲热。②但是当王加扶去六老汉家时便没有这么大胆了,"他沿路捡了两块石头",静悄悄守在门外等待着,直到六老婆出来喂鸡看见了他告知"狗没在的",方才扔了石头进了小院。③但是就算进了院子,六老婆害怕随时回来的狗伤到王加扶,递给了他一根柳棍防身。写到老雄家的恶狗"老虎"时,作者不惜用大量笔墨从侧面写它的猛恶。作者首先用王克俭遭遇老雄邻居家的凶狗来侧面衬托"老虎"的可怕,然后借老雄邻居一家之口对"老虎"的凶恶进行了一次铺排式的形容,"那黄狗简直咬得路断行人",胆怯者都不敢路过老雄的家门。王克俭借了老雄邻居家的铁锹走进老雄家的大门,提高警觉,左顾右盼,"随时准备迎击",最后却以"那'老虎'也不知上那里夜游去了"④放松了王克俭紧绷的神经。而这正是作者情节设置的巧妙之处,作者极尽所能地从侧面烘托出"老虎"的恶,到最后"老虎"却并没有现身,让这条狗的猛恶留在了传说里,同时留在了读者的想象中。此外,这里也并不仅仅是在描写"老虎",同样也是对老雄的旁敲侧击,原本看家护院的狗在老雄的养育下却成了一条臭名昭著的恶狗,足见老雄的性情,因此此处虽然是在写狗,实则是在写人。

在困难的日子里,狗的存在为陕北的农民保家护院起到了不可替代的作用;在那个灾祸不断的年代里,狗的忠诚给了精神饱受打击的农民以安全感,成了陕

---

① 柳青:《种谷记》,光华书店1947年版,第127页。
② 柳青:《种谷记》,光华书店1947年版,第15页。
③ 柳青:《种谷记》,光华书店1947年版,第61页。
④ 柳青:《种谷记》,光华书店1947年版,第130页。

北农民不可或缺的心灵抚慰。主人与狗之间所建立的那种特殊情谊历来广受传诵,在《种谷记》中,作者虽然没有过多去渲染这种情谊,但是作者借写狗来写人,从侧面为我们呈现出当时陕北农村的盎然生机。《种谷记》中,作者除了对驴和狗着墨较多之外,还写到了其他动物,如猪、羊、鸡、老鼠等。这些动物大多是陕北农村经常能见到的动物,因此作者在写作中并没有遗漏这些动物,有了这些动物的渲染,《种谷记》中的故事场景也显得更加真实,更加具有生活气息。当牲畜不再是农民的生产资料时,当牲畜协助农业生产的生产形式退出历史舞台时,当鸡肉、鸡蛋、牛奶都可以流水线生产时,当人类不再需要牲畜时,我们是否该为失去人与牲畜间所建立的情感而感到惋惜?随着农耕文明的退潮,农耕时代的牲畜形象成了文化符号出现在文本之中,由动物引申出来的意义至少在感情色彩上已经与最初的本义不同,"牲畜"这一词经常被用作贬义词汇,而具体的驴、狗、猪、牛、鸡等在汉语语义的发展中也逐渐偏离了本义,这样片面化理解"牲畜"一词意味着一个时代和一种文明的终结,但是,当我们细细去考察文化文本时,我们不得不为先民与动物在生产互助与情感互动中所迸发出的生命意识与敬畏之情所打动。《种谷记》中所展示的世界或许就是一个时代的最后一个篇章,但是这个篇章是尾声,也是序言,其中新旧的碰撞为书写新的时代做好了铺垫。

在对比中,我们可以鲜明地看到《种谷记》所呈现出的形象世界的独特性及其意义。纵向来看,《种谷记》所展现的20世纪40年代解放区陕北农村在风貌上既与二三十年代的农村迥然不同,也与新时期以来文学中的陕北农村有所差异;横向来看,《种谷记》中所表现的合作变工运动曾留存下来大量的应用文文本,如调查报告、经验总结等,通过文学文本和这类应用文文本进行对比,可以明显地看出以文学语言组织而成的《种谷记》之中形象性与理性的统一。

在现代文学中,农村形象最初主要有两种色调,一种是以知识分子所建构的唯美田园乡村的明丽色调为主,另一种是以农村的衰败凋敝、落后闭塞的灰暗色调为主。而解放区文学的出现改变了这两种农村形象,它排斥着知识分子的田园梦幻,同时改变了早期乡土文学塑造出的末世凄凉的农村形象。革命气息的融入使40年代的解放区文学中的农村形象多了紧张与昂扬的气息，主要表现为农村高度的政治化。在小说《种谷记》中，农村的政治化体现在多种方面，如合作变工、纺织种棉、扫盲识字等等，本来属于乡村日常的一些生活生产行为被赋予了一定的政治意义。其中变化最大的应当是农村学校，本来教学识字的地方变成了乡村的政治中心，教员往往兼任乡村的文书，"学校也随着变成了全村的议事厅，经常有人出入，俨然是王家沟的中心了"①。在学校里，最常开展的政治运动便是开会，正如小说中王克俭抱怨"白地的税，红地的会"一样，开会不仅是发动群众以最大可能来实践民主政策的手段，也是对农民潜移默化的教育，但是这种"教育"过于频繁后，往往会引起农民的抵触，效果也并不是很好。在《种谷记》中，故事发生的时间不到十天，在这不到十天的时间内村干部们组织大大小小的会议共六次，无论是群众大会还是干部会议，都显示出了与会人员素质之差，会议秩序之乱，会议时间冗长，会议内容不得要领，等等。这些全部都是当时乡村中的现实，柳青将这种现实忠实地记录在文学文本中，展现出的是农村基层干部的积极动员与农民群众消极反应之间的矛盾。小说一开始便写到赵德铭开会传达区上定期集体安种的政策，王克俭不愿变工、不愿参会，以肚疼为由让他的儿子代替他去开会，后来维宝专门上门去请，王克俭才勉强参会。会上干部们各抒己见，而王克俭则"不知从什么时候起已经解开裤腰带，敞着怀捉虱子了"②。这里可以看出对于这个会议王克俭并不感兴趣。到之后的群众大会，人人都有发言权，赵德铭满口文词，农民并不能完全理解，会议开到半夜，冗长而无趣，"其中有几个人是靠墙睡了刚叫醒的"，"赖小子和银柱两人在茅房口睡得似乎很香"，"竖胳膊"（举手）表决更是盲目从众，"有一些人看见竖起的很多，才跟着竖了起来，东半边有三五个人直到数到他们跟前，才勉强地竖起来，胳膊显得十分无力，等一数过去，便放下去了"。③由此可知，农民对共产党的号召并不敏感，很多农民参与到农村运动中来并不一定是因为其政治觉悟高

---

① 柳青：《种谷记》，光华书店1947年版，第30页。
② 柳青：《种谷记》，光华书店1947年版，第53页。
③ 柳青：《种谷记》，光华书店1947年版，第116页。

而更多是出于盲目。但是，无论如何"红地的会"必定有着其不可否认的作用，成为当时陕北农村一道最为独特的景观。

　　尽管延安时期、"文革"期间和改革开放后的陕北历经了不同的风云变迁，但是陕北这块土地特有的精神气质没有改变，无论是奔腾劲爽的腰鼓还是悲怆苍茫的民歌，依然是这块土地上的人们昂扬活泼气质的象征。这种气质渗透在每一个陕北农民的日常生活中，弥漫在每一个陕北农民的家庭里。从20世纪40年代到90年代，五十年的历史并不算长，但这五十年却发生了太多事情，从抗日战争的胜利到解放全中国，从"大跃进"到十年浩劫，从计划经济到市场经济，等等，若用文学的方式来讲述陕北的这一段历史，那便是从《种谷记》到《平凡的世界》。从文学文本中对比40年代的陕北与改革开放后的陕北形象，我们能从中看出二者之间紧密的承接与发展的关系，从集体劳作的初步尝试到家庭联产承包责任制的实行，从对王加扶积极参与革命活动的颂扬到对孙玉亭穷困卑琐但依旧不减革命热情的讽刺，从对王克俭自私狭隘的批判到对孙少平勇于拼搏实现自我价值的肯定……在同一片土地上，相似身份的人物在不同的历史境遇中有了不同的命运。这种历史变迁在文学文本的传播与接受中产生了共鸣与巨大影响，其原因主要在于"乡村成为20世纪整个中国形象的总体象征，中国现代文学中的乡村叙事实际上是关于民族国家的想象，是关于中国形象的建构过程"[1]。因而书写陕北，实则是在书写中国。陕北乡村形象从40年代前一些政治集团的恶意歪曲、诋毁到40年代之后延安文学的大力正面宣传与建构，再到80年代后成为中国乡村形象甚至是中国形象的典型。陕北形象一步步从边地走向正统，一方面是由于边区文化随着边区政权的合法化和解放战争的胜利而辐射到全国，另一方面则主要在于文艺工作者的积极创作，从这一方面来说，《种谷记》的意义不言而喻。

　　与文学文本相形益彰的是一些同时代的非文学文本对陕北变工活动的描写和陕北形象的塑造。现存涉及绥德、米脂一带的合作变工事件的相关文献较多，其中主要的著作有：初版于1942年，由柴树藩、于光远、彭平等人调查并撰写的

---

[1] 杨利娟：《时代诉求与革命规限下的乡村言说——解放区农村题材小说研究（1937—1949年）》，新华出版社2016年版，第7页。

《绥德、米脂土地问题初步研究》，1942年署名延安农村调查团的《米脂县杨家沟调查》，1944年中共西北中央局调查研究室编的《边区的劳动互助》，1945年由晋察冀新华书店印行的《陕甘宁生产运动介绍：边区的劳动互助》等。相关的文章则集中于《解放日报》，如《什么是"变工"和"札工"》（1943年1月23日），《关于札工的几个问题》（1943年4月14日），《介绍陕甘宁边区组织集体劳动的经验》（1943年12月21日），《边区劳动互助的发展》（1944年2月10日），《绥德郝家桥大变工》（1944年3月13日），《魏家塔行政村全部劳动力参加变工》（1944年3月13日），甚至柳青也在1945年3月6日的《解放日报》上发表了《米脂县民丰区三乡领导变工队的经验——三乡干部一揽子会上的总结》（以下简称《经验》）。这些文献的客观描述与理性思考不同于文学文本的形象性叙述，但却为理解、阐释《种谷记》提供了重要的线索。这类文献中，柳青的《经验》中谈及的时间、地点、事件等基本与《种谷记》相吻合，但是不同的文本对同一事件表述的差异值得我们关注。

柳青在《经验》的首段便谈及一个现象："去年开始时，有些村子按地区和农民小组编制变工队。结果在春耕开始时变了一下，以后就垮台了。有的乡村干部对领导变工的具体内容，未加注意。如第二行政村杜天和变工队，有六个好劳动力，每人各种二十来坰地，只有杜天和种十三坰，因此无论在春耕或夏锄时，他都是做完了自己的地以后就不变了，结果还是退出了。"[1] 由此可以确定，组织农民变工一开始就面临着很多问题，面对这些问题柳青的头脑很清晰："本乡去年春组织了十九个分队，包括四十四个小组，一九一人，占全乡劳动力百分之九十四，但结果实际进行变工的只有百分之五十二。由此可见我们在组织变工队时，如果不从实际出发，包办代替，追求百分比，结果只是徒有形式，不起变工的作用。"[2] 由此可以看出，实际变工过程并不成功，而且变工效果也并不是很

---

[1] 柳青：《米脂县民丰区三乡领导变工队的经验——三乡干部一揽子会上的总结》，载《解放日报》1945年3月6日。

[2] 柳青：《米脂县民丰区三乡领导变工队的经验——三乡干部一揽子会上的总结》，载《解放日报》1945年3月6日。

好,《种谷记》结尾改选行政主任后,并未对变工劳作的具体过程进行详细叙写就不难理解了。按照柳青在《经验》中的观点来看,变工阻力重重,其原因不排除有坏分子的干扰与破坏,也不排除有部分落后农民的消极参与和敷衍劳动,但主要的原因在于组织者没有从实际出发,"包办代替,追求百分比"。这一点与王克俭的抱怨是一致的:"工作人员之所以不顾一切地发展变工,那是为了朝他们的上级显功,因此你向他们提出任何变工的困难和弊端,都是枉徒然。"[①]在《经验》的后文中,柳青具体对变工中所产生的问题一一分析并提出相应的解决方案。文中对全年的"五种农作",即送粪、耕地、安种、锄草、收割,进行了详细的介绍,其中在安种过程中,对点籽娃娃的调剂和计工问题与小说中的描写基本一致:"这要和当地学校配合好,开村民大会适当分配娃娃们到各个变工队,这可以使没有娃娃的人家,也可以参加变工安谷,并可使学校不致多耽误上课。三乡学校去年放四天假,安谷成绩与往年又快又整齐。点籽娃娃的计工办法,有的按一个劳动力的三分之一计算,给工钱或还工;有的买些干烙和饼子或请娃娃吃饭。"[②]由于《种谷记》的故事时间仅发生在十天之内,因而其他农作并不能在小说中体现出来。

我们通过《经验》可以看到,彼时的柳青已经完全成了三乡的农民中的一员,他对农村、农事、农作,以及当时乡村政策的具体实施、出现的问题、解决的方法等都已如数家珍。《经验》或许并没有像《种谷记》那样形象生动,但是《经验》所揭示的客观事实则要比《种谷记》更加直接,更加无所顾忌,因为在写《经验》时,柳青是一个纯粹的党员,实实在在的农村基层工作者,他无须顾及《讲话》,无须顾及批判还是歌颂的问题。因此,这一文本可谓是《种谷记》的另一种书写,而《种谷记》则是对《经验》最生动的演绎,有着文学文本的多重性质,二者都为我们塑造、还原历史中的陕北乡村形象提供了线索。

---

① 柳青:《种谷记》,光华书店1947年版,第66页。
② 柳青:《米脂县民丰区三乡领导变工队的经验——三乡干部一揽子会上的总结》,载《解放日报》1945年3月6日。

第三章 人民的生活：延安时期的散文创作

在晚清文界革命和五四新文学运动的驱动下,作为中国文学之正宗的古文开启了向现代散文的创造性转化过程。及至延安,在鲁迅"为人生"和"改良这人生"文学观念的影响下,延安散文自觉接受毛泽东文艺思想的引导,表现人民群众,倡导人民本位,实行散文创作和人民群众相结合,以鼓舞民族解放和人民革命,扩展了现代散文的文体功能、表现领域和表现方法,开辟了现代散文的新时代。其发展态势正如延安时期散文家雷加所言:"这真是战斗的时代,诗的时代,散文的时代。抗日战争如此,解放战争也是如此。随着战斗的胜利,散文创作和它的队伍也在跟着发展和壮大。无疑,过去的传统,这时又形成了新的战斗的风格。……散文在群众时代的旋律中,大踏步地前进。"[①]

[①] 雷加主编:《中国解放区文学书系·散文杂文编》(一),重庆出版社1992年版,序第6页。

第一节

《田保霖》与"新写作作风"

1936年，来自国统区的著名左翼女作家丁玲带着对革命的向往与奋斗的激情来到延安。自此，她走出了个人主义、感伤主义的象牙塔，融入了人民大众求解放求自由的战斗与生活；告别了"莎菲""梦珂"那般孤独无望的女性，书写出被群众拥护着的"田保霖"；也为了革命的需要，彻底改变自己的创作倾向，开创了延安报告文学中的"新写作作风"，书写新时代新面貌的工农兵群众。

一、延安时期报告文学的繁荣发展

从1936年红军长征到达陕北到1949年中华人民共和国成立的十三年，是中国共产党历史上为了民族独立和人民解放而奋斗的决胜时期。为了赢得民族民主革命的胜利，以毛泽东为代表的中国共产党在文化上组成了能够配合战斗、传达革命思想的作家队伍。而动乱的时局、有限的出版条件、紧张的生活节奏和群众了解现状的急切需求使得具有真实性、典型性且能及时反映社会局势、记录生活现状的报告文学异军突起，在历史与时代的推动下"成为中国文学的主流"。①

延安报告文学继承了五四时期报告文学的现实性、针对性和30年代报告文学的革命性、战斗性，在新的历史文化语境下体现出鲜明的时代性、实用性，实现了真正的群众性和人民性，我们可以从此时报告文学的创作要求、创作主体、取

---

① 以群：《抗战以来的中国报告文学》，载《中苏文化》1941年第9卷第1期。

材范围等方面加以印证。

（一）创作要求的政治化

在抗日战争和解放战争的时代背景下，用武装斗争尽快取得民族民主革命的最终胜利是当时压倒一切的大局，作为战争"第二条战线"的延安文艺自然得到中国共产党的密切关注与指导。

1936年11月22日，在丁玲的提议下，中国共产党在革命根据地成立了第一个文艺协会组织——中国文艺协会（最初名为中国文艺工作者协会），其宗旨是"在抗日民族统一战线目标下，共同推动新的文艺工作"[①]。毛泽东在中国文艺协会的成立大会上讲话号召文艺工作者们"发扬苏维埃的工农大众文艺，发扬民族革命战争的抗日文艺，这是你们伟大的光荣任务"[②]，并题词："发展抗战文艺，振奋军民，争取最后胜利"。此时，包括报告文学在内的延安文艺及其缔造者们已经被赋予时代和民族的重任——"一切为了抗战，用笔杆子鼓舞团结工农大众，推动抗战的尽快胜利"。

1937年9月，陕甘宁边区政府正式成立，中国共产党进入局部执政时期。为了巩固革命成果、团结广大的工农兵群众、使文化创作能够集中力量有序地发挥作用、促进革命发展，中共中央发布了《关于各抗日根据地文化人与文化团体的指示》，毛泽东发表了《新民主主义的政治与新民主主义的文化》《讲话》等文章，旗帜鲜明地表达了对边区文艺工作者的态度和对文艺发展的要求。

一是要尊重和重视文化人，保障他们创作的精神和物质条件，鼓舞他们写作中的积极性并且以同情、诱导、帮助的方式使他们克服旧有的资产阶级或小资产阶级脱离群众的思想意识，引导他们通过学习马列理论或者下乡、入伍等方式改造世界观，融入工农兵群众和解放区的现实生活，在自我创作的同时发掘和发展新的文化写作人才。

---

① 《延安文艺丛书》编委会编：《延安文艺丛书·文艺史料卷》，湖南文艺出版社1987年版，第310—311页。
② 《延安文艺丛书》编委会编：《延安文艺丛书·文艺史料卷》，湖南文艺出版社1987年版，第312页。

二是在尊重文艺创作的自由性的基础上，毛泽东强调"一定社会的文化是一定的政治与经济在观念形态上的反映"①，认为解放区的文化应该为抗战救国的政治和经济现实服务，抛却空洞抽象的理论和说教，"从实际出发，不是从定义出发"②。因为文艺的接受对象发生了改变，在旧社会里被剥夺了主流文艺享受权利和文艺表现权利的工农兵在解放区的新社会里成为文化生活的主体，《讲话》中强调"我们的文学艺术都是为人民大众的，首先是为工农兵的，为工农兵而创作，为工农兵所利用的"③。文艺创作要先学习群众的语言、思想感情、文学艺术，了解他们的欣赏习惯，在普及文艺的同时提高群众的文艺欣赏水平，切忌在观念上带有小资产阶级知识分子色彩、在形式上保留欧化的语言和学生腔。以《讲话》为重心的理论指导为解放区报告文学的发展奠定了政治化和实用化的浓重色彩。

（二）创作主体的多样化

延安报告文学的创作者不再局限于"文学专门家"，工农兵群众也在紧张的战斗生产生活的空隙拿起笔来，书写真正属于人民大众的文学。党的领导人十分重视对战斗历史的真实记录和再现，中央红军（后改称红一方面军）在1935年10月到达陕北后不久，中央军委就在部队中发起了《红军长征记》《红军故事》《二万五千里》等多次征文活动，在群众中发起了以《苏区的一日》为先导的一系列报告文学征集活动，如《我怎样到陕北来》《五月的延安》等，其中《冀中一日》写作活动被程子华誉为"冀中党政军民各方面有组织的首次集体创作，是大众化文学运动的伟大实践"④。参加此次征稿的工农兵大众近十万人，其中包括夜校识字的妇女和通过口述找人记录的老太太，广大群众积极参与文学创作活动，书写自己的生活和战斗，报告文学乃至延安文艺逐渐成为人民生活中的一部

---

① 毛泽东：《新民主主义的政治与新民主主义的文化》，载《中国文化》1940年创刊号。
② 毛泽东：《在延安文艺座谈会上的讲话》，见《毛泽东选集》（第3卷），人民出版社1991年版，第853页。
③ 毛泽东：《在延安文艺座谈会上的讲话》，见《毛泽东选集》（第3卷），人民出版社1991年版，第863页。
④ 黄钢主编：《中国解放区文学书系·报告文学编》（1），重庆出版社1992年版，第38页。

分。延安群众性创作活动如火如荼，文艺工作者们在积极投稿的同时组成编委会，将征集来的稿件阅读筛选，汇总编辑，整理出版《红军长征记》《五月的延安》《冀中一日》等，使解放区的生活和斗争在鼓舞人心的同时被更多人了解，扩大了解放区的战斗影响力。

（三）取材范围的大众化

自五四时期就有了平民主义的呼声，发展到左联时期则掀起了大众文学运动，但是发起者和呼吁者们大都居高临下，以同情、怜惜的目光审视底层大众。因其自身大都是社会的上中层阶级知识分子，少有能真正放弃自己"英雄的高尚的事业"，深入大众生活的创作者，所以当时的文学创作与人民大众的生活自然有一层隔膜。比起从表象观察得出的怜悯同情，人民更需要创作者与他们站在一处，从内到外地理解和呈现。延安时期的文化发展也经历了一条曲折的探索之路，以毛泽东为代表的中央领导人始终坚持群众路线，以《讲话》奠定延安文学创作的基调，以工农兵为中心，"为工农兵而创作，为工农兵所利用"，使得取材范围实现了真正的大众化，包括军队战争、生产活动和日常生活等解放区发展的方方面面。就丁玲延安时期的创作而言，《彭德怀速写》粗笔勾勒了前线将领彭德怀的衣着面容和他与群众打成一片的平易亲切，开延安报告文学人物特写新风；《一二九师与晋冀鲁豫边区》记录了抗日战争中人民战士抛头颅洒热血的英勇奋战；《三日杂记》呈现了新社会中麻塔村的好村长茆克万和村民们焕然一新、自由幸福的新生活；《田保霖》歌颂了边区劳模英雄田保霖的成长历程，开延安报告文学"新写作作风"先河；《袁光华》歌颂了工人英雄模范；《老婆疙瘩》则由工业生产中的小问题引发对革命工作认真负责的思考倡导。在《讲话》理论的指导下，丁玲彻底改变自己的创作观和人生观，不再从外部观察人民大众，而是上前线、进农村、下工厂，用自己的眼睛近距离地观察对象，用心去感受当下的生活氛围与大众的情感。

二、从"昨日文小姐"到"今日武将军"的脱胎换骨

1936年10月31日，丁玲来到陕北，得到党中央的热烈欢迎和高度重视。毛泽

东问她打算做什么,她毫不犹豫地答道"当红军",急切地想投入革命,毛泽东便安排她几天后赶往前方政治部工作。12月30日,在行路途中,丁玲收到毛泽东的电报《临江仙·给丁玲同志》,这是毛泽东唯一题赠作家的诗词,最后一句"昨日文小姐,今日武将军"是对丁玲作为一位著名左翼作家毅然决然来到陕北的赞颂,也为丁玲陕北十年的人生和创作的转变做了最切中的总结。

丁玲从"昨日文小姐"到"今日武将军"脱胎换骨的转变可以分为两个阶段:一是1927年到1935年,由书写个人向书写革命靠拢;二是1936年到1945年,从写作风格的不断调适到"新写作作风"的确立。

(一)1927年到1935年,由书写个人向书写革命靠拢

1927年上海发生四一二反革命政变,革命形势动荡,加之丁母来信说自己失去工作而丁玲又无法接济她,生活上的困窘无奈、无路可走与精神上的孤独寂寞一并作用,促使丁玲"提起了笔,要代替自己给这社会一个分析"[1],以表达"对社会的鄙视和个人孤独的灵魂的倔强挣扎"[2]。她的处女作《梦珂》在《小说月报》1927年12月号头条位置刊出,在主编叶圣陶的鼓励下又作了《莎菲女士的日记》并刊登在1928年《小说月报》2月号头条,丁玲的文学天赋和创作能力得到了文坛的初步认可,"一出台就挂头牌"[3],但此时的她就如莎菲女士一般,"处在那个社会总找不着同自己有共同语言的人,找不着真正彼此了解,彼此知心的人,她是很孤独的,她总想冲破这些东西"[4]。1928年10月结集出版的《在黑暗中》是她这一时期创作的总结,主要表现了那个时代女性的生存困境——"她们思想解放了,看不起旧社会,新的东西又没学到手,在黑暗

---

[1] 丁玲:《我的创作生活》,见张炯主编:《丁玲全集》(第7卷),河北人民出版社2001年版,第15页。
[2] 丁玲:《一个真实人的一生——记胡也频》,见张炯主编:《丁玲全集》(第9卷),河北人民出版社2001年版,第67页。
[3] 冬晓:《走访丁玲》,见袁良骏编:《丁玲研究资料》,天津人民出版社1982年版,第190页。
[4] 丁玲:《延边之行谈创作》,见张炯主编:《丁玲全集》(第8卷),河北人民出版社2001年版,第224页。

中嘛"①。丁玲在文学中宣泄寂寞的同时也在现实中苦苦寻求出路，对于社会变动的敏感观察和同共产党人施存统、瞿秋白、冯雪峰等人的接触使她觉得革命或许是可以使人走出忧郁的小天地，奔向社会的一条路。1929年冬天完成的长篇小说《韦护》取自好友瞿秋白和王剑虹的故事，是她第一部涉及革命者的作品。此时的丁玲并没有真切地感受过革命生活，所以小说还是以恋爱为主，结尾加上革命者为了革命舍弃爱情的抉择。相比于《在黑暗中》，《韦护》及之后的《一九三〇年春上海》已经是丁玲由书写个人向书写革命的转折，她开始不再"只能写一些只有浅薄感伤主义者易于了解的感慨"②，不只是向读者展示梦珂、莎菲、阿毛等女性的个人化的生存困境和迷茫无路，她开始关注到社会中革命者的人生抉择：要革命还是要爱情？要革命还是要文学？开始看到底层工人们因生活得不到保障，迫不得已地反抗与被打杀的不幸处境，看到革命者为了援助工人而不断地奔走、流汗。她笔下的女性美琳也跳出了个人独自忧愁的小天地，找到了自己的出路——"要到人群中去，了解社会，为社会劳动"③。

  丁玲真正抛开革命加恋爱写作模式，严肃地书写革命者及革命工作是在1931年2月7日丈夫胡也频被秘密杀害后。同年5月写作的《一天》道出了革命的艰难和革命者在困难中不退缩、不幻灭的精神。9月左联机关刊物《北斗》杂志创刊，丁玲接受了党组织的安排，留在上海任《北斗》主编，不久后创作了《田家冲》和《水》。丁玲的革命意识增强，"自己有意识地要到群众中去描写群众，要写革命者，要写工农"④。1932年《北斗》曾发起过两次征文："创作不振之原因及其出路"与"文艺大众化问题"征文。丁玲在总结第一次征文时呼吁作家们"到广大的工人、农民、士兵的队伍里去"，"用大众做主人"，"不要使自

---

① 丁玲1981年4月3日同庄钟庆、孙立川谈话，据记录整理稿。转引自李向东、王增如：《丁玲传》，中国大百科全书出版社2015年版，第159页。
② 丁玲：《〈在黑暗中〉跋》，见张炯主编：《丁玲全集》（第9卷），河北人民出版社2001年版，第3页。
③ 丁玲：《一九三〇年春上海（之一）》，见张炯主编：《丁玲全集》（第3卷），河北人民出版社2001年版，第290页。
④ 丁玲：《答〈开卷〉记者问》，见张炯主编：《丁玲全集》（第8卷），河北人民出版社2001年版，第4页。

己脱离大众,不要把自己当一个作家"。①从1927年的《梦珂》到1932年《对于创作上的几条具体意见》,丁玲跳出了个人虚无主义的感伤圈套,加入了中国共产党,找到了自己的出路,还呼吁创作者们一同为大众书写,为无产阶级的胜利而努力。

(二)1936年到1945年,从写作风格的不断调适到"新写作作风"的确立

1936年,摆脱了国民党控制的丁玲怀着急切激动的心情来到陕北。同年11月,革命根据地(包括江西苏区)第一个文艺协会——中国文艺协会成立,丁玲被选为协会主任。当时《红色中华》是保安唯一的报纸,丁玲在11月30日《红色副刊》第一期上发表了《刊尾随笔》,开头便写道:"战斗的时候要枪炮,要子弹,要各种各样的东西,……但我们还不应忘记是用另一样武器,那帮助着重逢侧击和包抄的一枝笔!"拥有革命积极性和主动性的丁玲在陕北找到了她和广大知识分子的斗争方式——以笔为枪,用笔来揭露敌人的丑恶,鼓舞自家的士气。但是创作的素材不能凭空产生,她想要"参加红军的实际生活","能真实了解红军的内在生活"。②她主动向毛泽东提出想当红军,并且在成为文协主任的第二天就跟着杨尚昆一同骑马上路。第一次真正走近大众的丁玲怀着兴奋写下了《广暴纪念在定边》《彭德怀速写》,用自己的文章记录群众真实的态度、情感和语言,用自己的观察刻画出红军将领久经沙场的稳重神态和同群众打成一片的平易形象。1937年1月丁玲同史沫特莱进延安,毛泽东安排她担任中央警卫团政治处副主任,熟悉生活,接受锻炼,分管政治训练和文化教育。丁玲在与警卫团同志相处过程中发现"我们过去的生活隔得太远了",此时的丁玲还不能和战士们打成一片,所以只干了一个月就请求调回文协工作,为这段经历留下了《警卫团生活一斑》。1937年丁玲成为红军历史征编委员会一员,参与收集整理红军指挥员们的文章,这些文章经过选编最后形成了《长征记》这本巨著,这使丁玲

---

① 丁玲:《对于创作上的几条具体意见》,见张炯主编:《丁玲全集》(第7卷),河北人民出版社2001年版,第10页。
② L.Insun(朱正明):《丁玲在陕北》,见《每日译报》社编:《女战士丁玲》,每日译报社1938年版,第34、32页。

意识到"伟大的著作，决不是文人在纸上掉弄笔墨所可以成功的"[1]。同年5月11日，丁玲的《文艺在苏区》作为"第一篇论述苏区文艺运动的文章，也是延安文艺史上第一篇关于文艺运动的论文"[2]，指出苏区存在着伟大的文学素材，但优秀的作品不多，苏区文艺最大的特点"就是大众化，普遍化，深入群众，虽不高超，却为大众所喜爱"[3]。她欣喜于"二万五千里长征征文"活动的热火朝天和苏区大众对文艺兴趣的提高。她意识到苏区需要更多优秀的作品，积极创作了《一颗未出膛的子弹》和《东村事件》，发表在中央机关刊物《解放》周刊上。这两部作品分别反映了党的抗日民族统一战线的伟大与大革命后农村暴动事件，具有鲜明的时代性，但是因为其时作家生活体验不足，作品中想象成分较大。

丁玲在革命道路上总是不怕万难，主动出击。1937年7月卢沟桥事变后，丁玲提议并与吴奚如等人组成西北战地记者团，去前线采访，写抗战通讯，用胜利的消息鼓舞士气。8月11日，中央宣传部部长凯丰告知丁玲，组织任命她为西战团主任。丁玲虽然从未带领着队伍上前线，但是她在革命任务面前总是勇于承担、不断成长的，当晚她在日记中写道："不要怕群众，不要怕群众知道你的弱点。要到群众中去学习，要在群众的监视之下纠正那致命的缺点。"[4]出发前她曾向毛泽东请教，毛泽东强调宣传对象是老百姓，节目一定要大众化、短小精悍，适合战争环境，而且要向群众和友军宣传中国共产党的抗日主张和纲领，扩大党和军队的政治影响。西战团1937年8月出发，1938年7月回到延安，在近一年的时间里，丁玲带领团员们奔赴各地展开抗日公演。这一年被丁玲称为"真正当兵"的日子，她全身心地投入为抗战胜利而进行的文艺战线，通过切身实践，明白了工农兵群众最真实的文学兴趣和他们在抗战中的绝大力量，更理解了在"集中一切

---

[1] 晶莹编译：《中国的女战士——丁玲》，金汤书店1938年版，第44页。
[2] 孙国林编著：《延安文艺大事编年》，陕西师范大学出版总社有限公司2016年版，第47—48页。
[3] 丁玲：《文艺在苏区》，见张炯主编：《丁玲全集》（第7卷），河北人民出版社2001年版，第19页。
[4] 丁玲：《西北战地服务团成立之前》，见张炯主编：《丁玲全集》（第5卷），河北人民出版社2001年版，第48页。

力量争取抗战胜利"中文艺活动所要担起的责任。此时的丁玲以"群众之师长"自居，认为"我们现在要群众化，不是把我们变成与老百姓一样，不是要我们跟着他们走，是要使群众在我们的影响和领导之下，组织起来，走向抗战的路，建国的路"①。西战团载誉归来之后丁玲就留在了延安马列学院学习，这一期间她终于有时间静下心来写作小说，《泪眼模糊中的概念》和《县长家庭》都讲述了抗日战争背景下人民群众的愤恨、觉醒与抗争，相较于在西战团紧张生活节奏下创作的文章，这两篇因为有时间去打磨而更加精细。

1939年2月中共中央召开生产动员大会，毛泽东号召边区军民"自己动手，生产自给"，丁玲主动干重活累活，后来她回忆说："幸而我有过那么一段生活，劳动和艰苦，洗刷掉我多少旧的感情，而使我生长了新的习惯。这种内部的、细致的，而又放映在对一切事物上的变化，只有我自己体会得到。"②两年多的陕北生活使丁玲不再是想象革命的"文小姐"，而是真正融入革命生活的"现代中国最勇敢的革命女战士之一"③，作为解放区文学界的旗帜性引导性的作家，丁玲一直被党组织重视并委以重任。1940年1月4日召开的陕甘宁边区文化协会第一次代表大会，丁玲当选为大会主席团成员，并担任协会副主任。丁玲在大会上作了《关于文学大众化问题》的报告，此时的丁玲已经意识到"这时陕北的文化工作位置就提得比较高了……中央很重视文艺工作"④。作为边区文协的带头人之一，丁玲配合革命形势的需要对文艺工作者进行引导，论文《作家与大众》探讨了政治生活和群众在文艺创作中的重要地位。首先，"创作不能脱离现实生活"。其次，作品都"有政治作用"，文艺的价值是"应该以其为谁说话而决定，以其是否将人类的生活向光明推进而决定"，因此"文艺便必须是大众

---

① 丁玲：《适合群众与取媚群众》，见雷加主编：《中国解放区文学书系·散文杂文编》（一），重庆出版社1992年版，第1154页。
② 丁玲《劳动与我》，20世纪50年代初写的一篇未完稿，也从未发表。转引自李向东、王增如：《丁玲传》，中国大百科全书出版社2015年版，第202页。
③ 转引自邹午蓉：《丁玲创作论》，江苏教育出版社1994年版，第112页。
④ 丁玲1983年10月28日与陕西省社科院同志讲话，据录音记录稿。转引自李向东、王增如：《丁玲传》，中国大百科全书出版社2015年版，第219页。

的"。再次,"要使文艺能成为服务大众的武器,就非熟悉大众的生活不可"。然后,"作家还得时时注意提高自己的技巧","不特要具备大众的情操,同时也得运用大众的语言"。最后,她鼓励作家们"更深入生活些,深入生活更长久些,忘记自己是特殊的人(作家),与大家生活打成一片"。①同时期创作的小说《入伍》也告诫知识分子摆正自己的位置,艰苦斗争的战士远比他们高大。这时,丁玲在思想上已经发生了改变,对文艺工作者的定位由群众之师长变成了向群众学习、与群众打成一片的普通一员。

从1940年到1942年,丁玲经历了"南京事件"的审查、恋爱生活的不被理解,个人心绪有较大波动。加之与萧军等人的频繁交往,对解放区全面深入的了解,她这一段时期写作风格由单纯地歌颂革命和工农兵大众转变为对现实生活的冷静考察和对革命中存在的问题的集中暴露。1941年10月,她号召"大家写杂文,征求对社会、对文艺本身加以批判的短作"②,并在《我们需要杂文》中直言:"即使在进步的地方,有了初步的民主,然而这里更需要督促,监视,……这里只应反映民主的生活,伟大的建设。陶醉于小的成功,讳疾忌医,虽也可以说是人之常情,但却只是懒惰和怯弱。"③丁玲这一时期的作品《我在霞村的时候》《在医院中》《"三八节"有感》等真切地表现出她希望解决解放区内部问题的迫切和对革命女性命运的关注、同情,而与此同时,她直露批判的写作引起了在前线顽强抗敌的战士的不满,支部成员批判她作品中"发暗箭",有"小资产阶级意识,知识分子的英雄主义、自由主义"等问题,这自然引起了党中央的重视。1942年3月31日,毛泽东在谈论《解放日报》改版问题的座谈会上,批评了在整顿三风中出现的绝对平均的观点和冷嘲暗箭的做法,指出:"批评应该是严正的、尖锐的,但又应该是诚恳的、坦白的、与人为善的。只有这种态度,才对

---

① 丁玲:《作家与大众》,见张炯主编:《丁玲全集》(第7卷),河北人民出版社2001年版,第44、45页。
② 丁玲:《〈解放日报〉文艺副刊一〇一期——编者的话》,见张炯主编:《丁玲全集》(第9卷),河北人民出版社2001年版,第38页。
③ 丁玲:《我们需要杂文》,见张炯主编:《丁玲全集》(第7卷),河北人民出版社2001年版,第59页。

团结有利。"他批评了《"三八节"有感》和王实味的《野百合花》，认为《解放日报》对党中央的主张、活动反映太少。

整风运动给丁玲带来了巨大的冲击，她意识到自己在书写现实的时候没有观照大局，在抗日战争的非常时期应该团结一切力量，善意批评内部问题，与人为善。从文学的角度来看，丁玲1940年到1942年写作风格的调适改变是符合一个作家的认知发展过程的，但是在当时特定的历史文化语境下，"革命是压倒一切的大局"，1942年的丁玲迎来了从"文小姐"到"武将军"脱胎换骨转变的关键时期。从《风雨中忆萧红》的哀痛忧伤到《关于立场问题我见》再到《文艺界对王实味应有的态度及反省》，丁玲在《讲话》的指引下，反省了自己和王实味创作中存在的问题，真正明白了"即使是感人的东西，只要不合于当时无产阶级政治要求之处，就应该受批评，就不是好作品"[1]。她认为《"三八节"有感》"表示了我只站在一部分人身上说话而没有站在全党的立场说话。那文章里只说到一些并不占主要的缺点，又是片面的看问题；那里只指出了某些黑点，而忘记肯定光明的前途"[2]。延安文艺座谈会的召开和《讲话》旗帜鲜明地确定了"我们的文学艺术都是为人民大众的，首先是为工农兵的"[3]，号召解放区广大文艺工作者改造世界观，满腔热血地为工农兵和最广大的群众服务，把普及与提高相结合，为争取抗日战争的胜利而奋斗。在此之前，丁玲自信于自己的文学天赋和领导组织能力，始终在坚持自己创作本色的前提下去观察工农兵的生活和战斗，虽然信仰马克思主义，但由于世界观并未发生根本改变，小资产阶级个人主义的东西还潜藏在思想深处，可以歌颂工农兵，但是很难与他们产生情感上的共鸣。经历了延安整风和审干运动的丁玲终于意识到自己需要"挖心"，需要脱胎换骨的改造，要"非常愉快地、诚恳地用《讲话》为武器，挖掘自己，以能洗去自己思

---

[1] 丁玲：《关于立场问题我见》，见张炯主编：《丁玲全集》（第7卷），河北人民出版社2001年版，第67页。
[2] 丁玲：《文艺界对王实味应有的态度及反省》，见张炯主编：《丁玲全集》（第7卷），河北人民出版社2001年版，第74页。
[3] 毛泽东：《在延安文艺座谈会上的讲话》，见《毛泽东选集》（第3卷），人民出版社1991年版，第863页。

想上从旧社会沾染的污垢为愉快"①。

1944年春天,在胡乔木的安排下,丁玲去陕甘宁边区文协专职写作。5月她和陈明一同去了麻塔村,在村长茆克万家中住了三天,与村长老婆睡在一个炕上,主动帮村民们改善纺车,晚上与大家一起唱歌。这三天对于丁玲来说是极鲜活而又愉快的,为此她创作了被陈明称为"新的写作作风的开始"②的《三日杂记》。同年6月24日,丁玲接受重庆《新民报》主笔赵超构的访问时说:"我们个人的思想,和党的要求是完全一致的呀,这里并没有什么对立!共产党号召我们去描写工农兵,反映工农兵的生活和思想,我们都在朝着这个方向努力,我们都应当放弃个人的主观主义的写作,从个人的小圈子里解放出来,到群众中间去,到最广大的人民中间去,为人民大众服好务!"③在回答赵超构为何最近没有新作时,她说:"我自己感觉到,从前写的那些作品,已经不适应现在新的环境、新的形态,我需要学习新的写作方法,表现新的内容,……我很快就会有新的作品问世!"④果真,6月30日,《田保霖》就与欧阳山的《活在新社会里》刊登在《解放日报》上,并在第二日就得到了毛泽东亲笔信,上面写道:"我替中国人民庆祝,替你们两位的新写作作风庆祝。"⑤

从1936年来到陕北,到1944年确立"新写作作风",丁玲花了近九年时间让自己从"群众之师"变为"向群众学习的普通一员",最后成长为"能与群众同吃同睡,同干同乐并为其服务的共产党员"。就写作而言,解放区报告文学的繁荣发展和延安生活经历为丁玲"新写作作风"的出现奠定了扎实的基础,而毛泽东的《讲话》则给了丁玲最直接的推动。

---

① 丁玲:《延安文艺座谈会的前前后后》,见张炯主编:《丁玲全集》(第10卷),河北人民出版社2001年版,第281页。
② 陈明编:《我在霞村的时候——丁玲延安作品集》,陕西人民教育出版社1999年版,第372页。
③ 李向东、王增如:《丁玲传》,中国大百科全书出版社2015年版,第319页。
④ 李向东、王增如:《丁玲传》,中国大百科全书出版社2015年版,第320页。
⑤ 李向东、王增如:《丁玲传》,中国大百科全书出版社2015年版,第324页。

三、《田保霖》及"新写作作风"的应运而生

1944年6月末,边区召开合作社主任联席会议,丁玲采访了靖边县新城区五乡民办合作社主任田保霖,并创作了被毛泽东誉为有"新写作作风"的报告文学作品《田保霖》。在解放区新的社会中,工农兵群众有了新的生活环境和生产活动。丁玲也在融入工农兵的过程中不断抛弃旧的写作方法,与时俱进地使用新的语言、采用新的形式、表现新的生活、反映新的主题,相继写出了《一二九师与晋冀鲁豫边区》《袁广发》《民间艺人李卜》等以工农兵为对象的作品。此时她"已经不单是为完成任务而写了,而是带着对人物对生活都有了浓厚的感情"①,记录人民在全民族抗战大背景下的努力付出与辛勤汗水,感动于他们的坚定执着,欣喜于他们取得的点滴成绩。她为每一个为革命付出热情与行动的人民而写,写这些英雄们在现实中的顽强成长。《田保霖》是以丁玲之笔,记录人民自己创造新生活的过程,是真正的人民文学家的杰作!

1944年7月1日,丁玲收到一封信,信中写道:

丁玲
　　二同志:
欧阳山

　　快要天亮了,你们的文章引得我在洗澡后睡觉前一口气读完,我替中国人民庆祝,替你们两位的新写作作风庆祝!合作社会议要我讲一次话,毫无材料,不知从何讲起。除了谢谢你们的文章之外,我还想多知道一点,如果可能的话,今天下午或傍晚拟请你们来我处一叙,不知是否可以?

　　敬礼!

毛泽东

七月一日早②

---

① 丁玲:《〈陕北风光〉校后感》,见张炯主编:《丁玲全集》(第9卷),河北人民出版社2001年版,第52页。
② 中共中央文献研究室编:《毛泽东书信选集》,人民出版社2003年版,第211页。

  毛泽东对《田保霖》和《活在新社会里》的赞赏溢于言表。7月1日留两位作家吃饭，他对丁玲说："我一口气看完了《田保霖》，很高兴。这是你写工农兵的开始，希望你继续写下去。为你走上新的文学道路而庆祝。"① 后来他还在延安高干会上又一次提起，说"丁玲现在到工农兵中去了，《田保霖》写得很好，作家到群众中去就能写好文章"②。毛泽东的认可对于丁玲来说十分重要，她在《毛主席给我们的一封信》中首次对她的"新写作作风"进行了定义："这封信给我很大鼓励，我的新的写作作风开始了。什么是新的写作作风呢？就是写工农兵。"③

  《田保霖》记录了田保霖在边区政府的引导下不断觉醒与成长的过程。田保霖本原本在旧社会里经年流浪、受人欺压。做买卖、进教堂都没让他过上安稳日子，好在共产党来了，让他也分得了土地，"在革命的政权下，日子一天天变好"④。因为他平日里做人正派，为公益事业热心奔走，老百姓都拥护他，所以在群众选县参议员的时候得了一千多票，他一开始觉得很"迷惑"，因为他不了解边区政府，觉得"咱又不是他们自己人"，等到他真正参与了参议会，才知道这些县参议员聚到一起开会讨论的是怎么发展农业，怎么兴修水利、剥小麻子皮、割秋草，"白天黑夜尽谈的怎个为老百姓想办法"，这才了解边区政府，知道"他们活着不为别的，就只盘算如何把老百姓的生活搞好"。⑤ 在会议上他结识了县委书记惠中权同志，并在惠中权的鼓励下办起了合作社，"和共产党一道，热心为人民服务"⑥。他通过组织大家一起包运公盐、收麻子办油坊、掀起纺织热潮、兴建义仓等活动让五乡合作社的百姓们都跟着赚了钱。大家分到百

---

① 艾克恩编纂：《延安文艺运动纪盛》（1937.1—1948.3），文化艺术出版社1987年版，第520页。
② 刘思齐主编：《毛泽东与文化人》，中国书店出版社1933年版，第24页。
③ 艾克恩编纂：《延安文艺运动纪盛》（1937.1—1948.3），文化艺术出版社1987年版，第520页。
④ 丁玲：《丁玲散文》，人民文学出版社2017年版，第54页。
⑤ 丁玲：《丁玲散文》，人民文学出版社2017年版，第55页。
⑥ 丁玲：《丁玲散文》，人民文学出版社2017年版，第56页。

分之九十的红利,又笑着再入股,"天天念着田主任的名字"①。为人民办了实事,大家自然都依仗信赖他。他被选为模范工作者,参加劳动英雄大会,在会上他笑着说:"一切替老百姓想,只要于他们有益,他们就拥护,离了他们是办不成事的。"②

《田保霖》已经不再是知识分子通过抽象化、概念化的想象而创作的人物通讯,它是丁玲在新的时代深入生活感受到的新社会风气,是用民间性的语言、人民大众喜闻乐见的形式刻画的五乡合作社里新的生活风貌和人物形象。中国共产党始终明确自己奋斗的目标是赢得民族民主革命的最终胜利,建立民主国家,为人民大众谋幸福谋发展。所以中国共产党自建立革命根据地起就实行民主管理、减租减息、发展生产、普及和提高群众的文化水平等措施,把陕甘宁边区建设成了一个民主和平、团结奋进的新天地。新天地的新人物不再受压迫,过去的流浪汉田保霖变成了受人爱戴的劳模英雄,新社会给了他土地,让他过上了安稳的日子。民主开明的政治制度使他因为自己的热心正派当选为县参议员,在既是上级又是朋友的惠中权同志的帮助下办起了合作社,带着大家一块儿赚钱过上好日子。在"替老百姓办好事"的过程中,他实现了自我的个人价值和社会价值,成为边区劳动英雄,得到了政府的认可。除了田保霖,邹老太婆也是一个重要的形象。她过去是一个难民,在田保霖的帮助下通过纺织手艺脱了贫,并且成了合作社妇女们的老师,通过教她们纺线赚钱来改善大家的生活。旧社会让好人流浪,新社会让好人能活,有尊严有价值地活着。

为了使作品更好地在广大人民群众中普及,语言上,丁玲抹掉了旧有的欧化痕迹,采用明快简短、通俗易懂的民间性语言。文章开头,田保霖"盘算"自己"没有个钱,也没有个势,顶个球事,要咱干啥呢"③,随着参加参议会他发现大家讨论的是实实在在的事情,讨论当下农民发展生产面对的问题,比如"靖边土质太薄,不适宜耕种,要修水利和水漫地,实在困难,要筑壕、坝,要修'退

---

① 丁玲:《丁玲散文》,人民文学出版社2017年版,第59页。
② 丁玲:《丁玲散文》,人民文学出版社2017年版,第57页。
③ 丁玲:《丁玲散文》,人民文学出版社2017年版,第53页。

水'"①。田保霖带动妇女开展纺织后大家都说:"描云绣花不算能,纺线织布不受穷。"②作品用人民自己的语言表现他们的生活,让人民大众能读懂而且觉得亲切实在。

在形式上,站在中国文学叙事的传统上,吸收外国文化的有益成分,用人民喜闻乐见的讲故事的方式,通过介绍田保霖怎么组织起合作社、怎么开办油坊带大家一起赚钱、怎么动员邹老太婆和妇女们开展纺织等事告诉大众田保霖和五乡合作社的发展过程,既真实地反映了人民的生活,也指导了更多人向五乡民办合作社学习,集中力量积极建设边区。

在人物刻画上,"用事情来形容人"③,用动作描写和语言描写表现人物鲜明的性格特征,心理描写已经相对减少。《田保霖》以田保霖从普通百姓成长为五乡民办合作社主任这件事为主线,通过田保霖最初得知自己被选为县参议员"两手抱在胸前","在窑前的空地上踱了起来","把头高高地抬起来望着远处"④,表现出他最初的迷惑,通过他所说的话和他做的实事、好事刻画出他的淳厚善良,热心为人民服务,不断觉醒进步的革命英雄主义、乐观主义和集体主义精神。

在内容上,紧跟时事,配合革命形势的需要,反映各种政策在人民中实行的过程和结果,歌颂边区英雄人物,褒扬边区建设成绩。在革命压倒一切的大形势下,政治标准第一,艺术标准第二。《田保霖》的写作时间短,作者来不及精细打磨,而且作家近距离采访人物,没能对人物进行全面综观上的刻画,但这样的创作最大限度地满足了革命需要,具有积极的社会纪实性、宣传时效性。在党大力开展边区建设的热潮中,我们需要更多的合作社主任向田保霖学习,新中国建立的希望就在一个个"田保霖"身上。

笔者认为,"新写作作风"的含义不只局限于文学内容上的写工农兵。体现

---

① 丁玲:《丁玲散文》,人民文学出版社2017年版,第55页。
② 丁玲:《丁玲散文》,人民文学出版社2017年版,第58页。
③ 丁玲:《纪念瞿秋白同志被难十一周年》,见雷加主编:《中国解放区文学书系·散文杂文编》(二),重庆出版社1992年版,第1168页。
④ 丁玲:《丁玲散文》,人民文学出版社2017年版,第53页。

"新写作作风"的作品应该是文学创作者深入体验工农兵生活后,在对人民大众赞赏敬佩的情感驱使下真实地反映人民自己当家做主,通过军事战斗和发展生产创造新生活过程的文章,它有极强的宣传时效性,能直接作用于现实,引导广大人民群众走上正确革命道路。《三日杂记》《袁广发》《一二九师与晋冀鲁豫边区》《民间艺人李卜》等作品都是丁玲"新写作作风"的代表作。《三日杂记》写作时间早于《田保霖》,是丁玲第一次深入工农兵,彻底洗刷掉了"名士气派"的作品,由于丁玲的谨慎考量,作品压了一年多才在1945年5月19日的《解放日报》上发表。作品通过大量的口语对话和百姓自创的歌谣道出共产党在百姓心目中的光辉形象,老村长茆克万说:"毛主席的话是好话,毛主席给了咱们土地,想尽法子叫咱们过好光景,要不听他的话可真没良心。"①百姓自编的歌谣中唱道:"延安府,开大会,各区调咱自卫队,红缨杆子大刀片,保卫边区打土匪。西安省,太原省,毛主席扎在延安城。勤练兵来勤生产,抗战为了救中原。……"②《一二九师与晋冀鲁豫边区》是为了纪念全面抗战七周年而写的,丁玲向刘伯承等众多革命将士请教之后,全景式地展现一二九师在1937年到1944年间痛击日寇,在浴血奋战中节节获胜,最终建立起晋冀鲁豫边区的过程,是丁玲"单篇作品中结构最宏伟、场面最浩大的一篇"③。《袁广发》是丁玲进安塞难民纺织厂为工人群众所写的报告文学,赞颂了边区特定劳动英雄袁广发在战场上能奋勇杀敌,在工厂里仍然能显示出优越的才干,"使难民工厂更走向企业化与正规化"。《民间艺人李卜》讲述了旧社会备受欺压、没出路的底层艺人李卜在新社会得到改造,找到出路,成为"革命的群众艺术家"的事迹。通过他在边区文教大会上的讲话,我们知道"旧戏子不难改造",延安能改造人,也能让这些终于"翻了身"、有了尊严的新人继续帮助他人"揭开革命道理","星星之火"不断蔓延,形成"燎原之势",反过来壮大了延安革命根据地的力量。

---

① 丁玲:《三日杂记》,见雷加主编:《中国解放区文学书系·散文杂文编》(一),重庆出版社1992年版,第14—15页。
② 丁玲:《三日杂记》,见雷加主编:《中国解放区文学书系·散文杂文编》(一),重庆出版社1992年版,第22页。
③ 李向东、王增如:《丁玲传》,中国大百科全书出版社2015年版,第328页。

综观丁玲的写作历程，从"梦珂"到"田保霖"，丁玲实现了个人主义到集体主义的转变。延安十年，党组织的引导教育、深入工农兵生活的经历、《讲话》的深刻影响，让丁玲真正脱胎换骨，从"昔日文小姐"变为"今日武将军"，从"为自己找一条出路"到"为人民大众找一条出路"，用自己的方式参与革命，通过书写人民大众在民族民主革命中的顽强奋斗和不懈斗争来"团结人民、教育人民、战胜敌人、战胜困难"，推动延安革命根据地的发展壮大，扩大中国共产党的政治影响。1936年到1945年，丁玲为延安和革命创造了文学的奇迹，延安也成就了丁玲。因为，只有延安才能产生《田保霖》这样的文学作品，只有延安才能确立真正"为人民书写"的"新写作作风"。

第二节

陈学昭与《延安访问记》

20世纪30年代中后期，中国出现了一股被称为"圣地洪流"的潮流，一大批爱国知识分子纷纷奔向红色圣地延安，同时还有许多外来者进入延安，创作了一批向外界介绍"赤都"延安面貌的重大题材性和解密性的报告文学，如斯诺的《西行漫记》、范长江的《中国的西北角》、赵超构的《延安一月》等等，其中也包括陈学昭的《延安访问记》。过去对陈学昭的研究比较偏重知识分子转型，多从女性写作、个性意识、赴延安前后期写作风格的转变着手，鲜少注意到陈学昭报告文学中的人民性书写。实际上陈学昭在长达二十三万字的报告文学《延安访问记》中，体现着丰富的人民性内涵。

一、作家身份立场的磨合带来的现实指向

报告文学作为集新闻性与文学性于一体的体裁，讲求用事实说话，这就要求作者在对现实进行全面深刻把握之后，再加以文学审美表达。选取怎样的表现角度、表现方式、表现对象，以及预设的接受群体等与作者自身的身份定位和立场紧密联系，也会影响对现实的表达。陈学昭在1938年春进入延安，此时她有着多重身份，如"五四"成长起来的新女性、留法作家、国统区《国讯》周刊特约记者、爱国人士。这多重身份的加持使得她在《延安访问记》中有着多向度的审视。

面对风起云涌、社会动荡的抗战局势，陈学昭没有像同期访问者一样，表现重大题材中的英雄人物，而是以自己的访问经历为线索，串联起了延安的日常衣

食住行、两性恋爱、民众生活娱乐和一系列卫生、教育运动等。她一开始便力图走进普通人的生活，关注民众战争背景下的生存处境，这就使得《延安访问记》在当时众多报告文学中显得独树一帜。之所以这样做，在于陈学昭的身份定位、立场。陈学昭是以国统区《国讯》周刊特约记者的身份进入延安，对于延安来说，她是一个客人，是一个外来者，在完成访问之后就会重回大后方，但同时她还是一个爱国志士，对革命有深切的同情与关怀，对在前线坚持抗战的共产党人怀有深深的敬意。外来者的身份让她更加自由，能最大限度地遵从自己的内心，发挥自己的个性，从而站在一个更加客观中立的角度记录延安，写出她独特的观感。而且她预设的受众是国统区的读者，她的目标是让深处大后方的读者了解"赤都"延安的情形，那么就要呈现一个真实全面完整的延安风貌。

作为一个"五四"成长起来的新女性，"五四"的经历赋予她独立的思考能力和自由精神的同时，也让她继承着"五四"以来为人生、为社会的现实主义精神。同时期的报道多是从政治、军事等方面展开，或是集中描写中共领导人，或是陕北边区的战争形势，陈学昭则选择不为大多数人关注却实实在在能体现边区政权建设另一侧面的民众普通生活来写，"（全面）抗战已经一年多了，在一般人的脑子中，延安仍然是神秘的，好比一幅图画，只见一角，不见整个。延安是不是这样的神秘古怪？统一战线后的延安，可有什么改变？及抗战中的延安，是怎样的动态？特别是，那里的人是怎样生活着的？这些都是我想知道而不得的。结果，我决定跑到延安去作一个短时间的逗留，我想我的疑问或者会得到一个清楚的回答"[①]。她一开始便心系普通人民，怀着对祖国的热爱，对人民的悲悯和关切，对生活的热爱审视现实。无论是写延安的民主集中制建设、商业市场的自由却失序、文化教育输出的单一与反馈的积极，还是思索家庭、两性恋爱、技术人员的地位、人民的教育与改造，她的笔下都展现着延安日新月异的进步与深层痼疾的对立，真实地记录了延安政权建设与人民进步的艰难与曲折，剖白了各行各业不同阶层人物的内心世界。

---

① 陈学昭：《延安访问记》，中国国际广播出版社2013年版，第1—2页。

陈学昭书写的延安少了飞扬的味道，多了几分安稳，甚至是世俗。她看到的延安有两性恋爱的烦恼，有青年朋友热情洋溢的学习生活，有普通民众挥汗如雨的大开荒生产运动，有高级领导人严肃又紧张的工作生活，也有普通人之间的交往嫌隙与矛盾，还有轻松愉悦的娱乐活动。陈学昭笔下延安有着和别的地方一样的平常，也有着延安新型社会独有的自由民主，这一切是多么平常，但又是多么不平常，在这里，她看到了延安的进步，也看到了中国的希望。

陈学昭对现实的观照，不仅在于对延安全方位多维度的揭示，还在于有强烈的问题意识，从而对延安做清醒的认识。她有着身份自觉，也有着强烈的反省意识，进入延安后始终保持着旁观者的姿态，不动声色地观察着周围的一切，并且时刻提醒自己保持清醒，不要被同化，努力维护着自己外来者的身份自觉，同时坚持自己无党派的定位，她害怕会随着时间的流逝、惯性的增长而失去敏感性。"我该快快离开延安了，我正在渐渐地习惯于一切，而对于这地方的一切，正在渐渐地消失敏感性。这是很不好的。"[1]从这一表述可以看出陈学昭十分理性，虽然她对于延安的民主建设、经济发展和民生建设、教育发展等各方面都表示了极大的认同与赞赏，但是她还是警惕着"人人都有变成土包子的可能"[2]，居住的环境过于安逸，惰性就会随之而至，接下来就会失去发现问题的能力，在这样一个死循环中对现实给予清醒的观照是很难的。陈学昭进入延安伊始就带着发现问题的眼光，她从没有试图代人民而言，而是把自己定位为普通民众的一员，深入边区生活进行深层体会，因此对于延安给外来参观者的优待政策，她不以为然，在她看来参观访问最好是把自己的位置摆在和当地民众平等的地位，这样才能实实在在地体会人民的生活。在《延安访问记》里她这样描述大后方的朋友对她的期待："'写些延安一般的真实情况，生活情况来告我们……'但是，我能够写什么呢？伟大的话，留给伟大的人去说吧，去写吧，我一个平庸的人，一个平庸的女子，只能说几句，写几句与柴米油盐差不多的琐碎的东西。"[3]她从来

---

[1] 陈学昭：《延安访问记》，中国国际广播出版社2013年版，第356页。
[2] 陈学昭：《延安访问记》，中国国际广播出版社2013年版，第357页。
[3] 陈学昭：《延安访问记》，中国国际广播出版社2013年版，第100页。

身份定位就是一个普通人，通过自己的体验解密延安的真实情况。如陈学昭发现虽然延安在共产党到达之后商业逐渐发展起来，百姓生活水平极大提高，但是市场是失序的，民众随意抬高价格，政府管理欠佳甚至放任不管；"星期六制度"本是为提高工作效率而颁布，在实践中反而成了工作的绊脚石；边区存在着一切以抗战为先的问题，先抗战后建设，但是陈学昭指出光打不建设也是不行的，必须双管齐下才可以；还有养懒、吃公家人；等等。她能发现这些问题是很敏锐的。

由于陈学昭有着这多重身份，这使得她在走进延安、解读延安的过程中自觉不自觉地以这些身份意识来进行现实观照。外来者身份使她能够更加客观中立地看待延安，而作为一个经历过"五四"，又呼吸过欧洲现代民主自由空气的知识分子，这一时期的陈学昭，保持着"自由写作者"的怀疑、批判精神，坚守着一位进步女性知识者的主体意识。这使得在《延安访问记》中闪烁着思想者的光芒，同时书写出经过各种身份立场间相互博弈、妥协、渗透、磨合，在巨大的张力中形成的特有的复杂的人民内涵。最终，她的精神指向都是现实主义，力图呈现一个真实完整全面的延安，反映延安的人民生存与心理精神动向。

二、人民的主体性与人的主体性的确立

陈学昭拥有的"五四"新人、留法作家和解放区作家身份决定了她对人民性解读的双重含义。一方面五四新文学时期以来的立人为本的精神已然在知识分子身上形成积淀，陈学昭又去法多年，西方资本主义社会信奉的个人为主的人间本位主义对她的影响也潜移默化；另一方面，20世纪30年代中后期兴起的全面抗战又在更显性的层面激发着爱国志士的民族情绪，战争背景下民族情绪格外高涨，战时集体主义意识形态也应运而生。陈学昭在踏上国土后切身感受着国破山河在的国情，对侵略者的罪恶行径十分憎恨，这激发了她对人民这个群体的关注。在她看来国家兴亡匹夫有责，人民理应投入抗战，为保卫国家献出自己的一份力，这不仅仅是奔赴前线，还在于战斗后方人民的支援与后备。延安的经历让她既继承"五四"立人精神又反思个人主义，同时抗战背景又加深了她对人民的理解。

在她的创作中，人民性不仅突出地体现在人民获得政治经济的解放，也深刻地强调了人民对心理精神解放的追求。在这个过程中，人民主体性得以确立，人的主体性也得以确证。从这个角度上，"五四"立人为本的主张与战时解放区的人民至上价值追求实现了有效的对接。

陈学昭出身于封建专制家庭，在五四时期成长为求独立求自由的新女性，早期创作了大量散文，抒发迷茫感伤之情，俨然是一个"莎菲"式的新人。"五四"经历的个人主义时期，在大环境还处于封建落后的时候，一批精英知识分子高呼人的解放，却只是在市民阶层中产生微弱的回响。陈学昭在《延安访问记》中提及自己当时的求学经历，付出很大代价才得以完成学业。当时的中国青年追求着个人主义，但是最后却只能在个人与社会家庭的对立中艰难成长，抑或如中国式的娜拉一样出走以后只能堕落或重回旧式生活。这是因为当时的整个社会环境还处于"铁屋子"时期，少数个人得以看到广阔的天地却还是被困于一方之地。基于此陈学昭看到延安的青年接受集体教育心生欣慰，延安的集体主义似乎找到了另一条路径实现"人的解放"，"在外边，一般学校生活也还算是快乐的，但你回进家庭，走入社会，怎样呢？"①在她看来过去一代追求个人主义是十分可怜的，这"恐怕却是现代青年觉得好笑的"。"五四"时个人与社会脱节，精英知识分子先锋地走向了个人，但整个社会环境没有完善的条件支持个人的发展。"在延安，没有人压迫人，也没有人欺侮人，所以，一个人的个性得以自由发展。"②延安首先在政治上保障人人平等、男女平等，推行民主集中制，继而经济解放，保障人民的生存条件，这样一来个人与社会的外在对立冲突便得以解构，外部的解放还能倒逼封建落后势力推动个人平等地位的获得，实现四两拨千斤的效果。五四时期强调"任个人而排众数"，西方的个人主义强调唯我至上，但是在战争环境下，民众的力量得到重视，人民至上的原则也得以确证。"好的政府原该给人民吃，它是为人民的利益而存在的。"③

---

① 陈学昭：《延安访问记》，中国国际广播出版社2013年版，第363页。
② 陈学昭：《延安访问记》，中国国际广播出版社2013年版，第136页。
③ 陈学昭：《延安访问记》，中国国际广播出版社2013年版，第144页。

陈学昭书写的人民性还在于人的主体性的确证。这首先体现在延安人民意识到自身的群体性特征以及个人是人民群体的有机构成分子，从而认识到人民群体的社会角色和历史使命。[1]陈学昭在访问时发现，民众十分自觉地维护边区政府，"城里十字街口连一张何处收救国公粮的布告也没有，结果，救国公粮收起来的数目超过预算，这是老百姓自动交纳的，这样交纳的"。商会"自动地提出了三千元来整顿市容"，锄奸工作"他们都是用着极生动的自觉性来做的"。[2]边区在我为人人、人人为我的良性互动中确立了人的主体性。人民在实践中逐渐认识到自己在集体中的定位，认识到了自己的使命。其次，人的主体性还体现为在社会发展规律和社会制度规则的限度下，人民掌握自主选择的权利，发挥人的主观能动性，对社会进行自主性的改造。最后，体现在人愿意且能够通过自身能力来改变实践生活。[3]在延安，人们可以自主选择职业，"刀鞘"这一节陈学昭热情赞赏了革命的螺丝钉：勤勤恳恳、踏实肯干的中年赶驴人，兢兢业业、讲原则负责任的厨师，这些把工作当作偶像的人是值得尊敬的。延安有许多人热衷于干大事，崇尚英雄、模范，脚踏实地把普通工作做好的凡人却很少或不被重视，"可不是每个工作都可以产生英雄的？还是人人该理想做个政治家、军事家、文学家……而放弃目前的实际工作，去那样理想，过理想的日子？"[4]

陈学昭充分认同延安的政治清明和自由的革命集体教育，认同人民至上的价值追求，但也认为人民至上不应该形成僵化的主张，一旦僵化，人民至上就会形成新的遮蔽。比如作者看到了延安的"特殊的作风"："延安也有一些整天吊儿郎当，什么也不做，倒也吃一斤二两小米，五分钱菜一天的人，自然，饭该给好好工作的人吃的，对于这样白吃的人，谁也莫敢奈何他。"[5]因为"工作不是受

---

[1] 梁雨舍、王新让：《"人民至上"价值体系探析》，载《洛阳师范学院学报》2020年第6期。
[2] 陈学昭：《延安访问记》，中国国际广播出版社2013年版，第409页。
[3] 梁雨舍、王新让：《"人民至上"价值体系探析》，载《洛阳师范学院学报》2020年第6期。
[4] 陈学昭：《延安访问记》，中国国际广播出版社2013年版，第377页。
[5] 陈学昭：《延安访问记》，中国国际广播出版社2013年版，第212页。

命令的强迫,却是自动而活泼的",大家都"把工作当玩笑,玩笑当工作"。人民的工作效率低下,但"在这里是没有人催紧工作的,大家是那样客气而体谅","在这里,一个人的工作是用政治教育来代替了薪金的鞭子","在这里,当然做老百姓是最幸福,只有他们的是,没有他们的不是,做工人,也是最幸福的"①。就是商贩们也是如此随意,"他们的索价不划一的,往往听你的话音,看你的服装"随意抬价,因为有很多公家人"买东西都不还价的,'反正是公家的钱,省也省不到我自己'"。②无条件的人民至上导致了养懒、浪费等弊病,也引发作者的尖锐思考:"为什么他们同民众关系这么好,在这类事情上也有关系的吧!"③陈学昭敏锐地观察到民众还存在人性的缺点,仍需要不断引导、教育与克服。

作为一位有着鲜明性别意识的作家,陈学昭在访问途中对女性给予了极大的关注。"在边区,妇女的地位比中国任何地方提高了些,革命的理论是要使男女平等的,也正是在实际生活上人们所努力想做到的。"④但是"这些客观条件具备之后,是不是就能幸福了,还不是一定的"⑤。因为这种"在任何方面都平等了"也带来了机械的绝对平等,这背后是对女性性别特点和性别优势的忽视。陈学昭讲到自己遇到的一件小事,因力气不够抬不动行李,想要请男士帮忙却遭到斥责。女性自身也存在这样片面的平等观,人人都抢着做政治和军事工作,那些真正适合女性的救护和保育工作却无人问津,甚至以从事此工作为耻。陈学昭认识到延安女性地位相比全国已经有了很大进步,但事实上的男权和不平等还是无处不在。政策只能是在社会价值上看到了女性的重要性,女性真正解放还需要在家庭、婚姻等领域进一步完善,女性自己也需要和落后的思想做斗争,发挥自己的主观能动性。

---

① 陈学昭:《延安访问记》,中国国际广播出版社2013年版,第206页。
② 陈学昭:《延安访问记》,中国国际广播出版社2013年版,第125、126页。
③ 陈学昭:《延安访问记》,中国国际广播出版社2013年版,第127页。
④ 陈学昭:《延安访问记》,中国国际广播出版社2013年版,第249—250页。
⑤ 陈学昭:《延安访问记》,中国国际广播出版社2013年版,第245页。

三、延安的现代性转变

陈学昭的人民性书写还在于历时向度和共时向度的现代性转变，以及人民心理与精神的解放。从横向看，陕北边区地处中国西北角，封建闭塞，现代文明的步伐一时难以踏及，经受长期的封建专制荼毒，社会发展水平落后，人民生存艰难且思想落后。随着共产党立足延安，给陕北带来了现代转型的契机。政治上，共产党推行民主集中制，讲求男女平等，组织开展妇运，极大地保障了最广大人民的主体地位，而且延安的"'政治清明'，什么都是清清楚楚的，以及领导得好……清明的政治反映到了社会生活上。社会生活，它是这样的光明，坦白与纯洁！"①在这样的环境里延安人与人的关系改善了，人际关系更加健康，人性中"接近于兽的本性也比较地减少了"②，在这样的环境中，女性可以大大方方走在街头，不受议论，每个人走上街头不用担心被盯梢。在吸鸦片等封建残余问题上，教育与怀柔政策双管齐下，避免了人民与政府的直接矛盾，而又巧妙地斩断了鸦片的市场。

延安建立起的政权收获了人民对政府的信任，民众建设新政权的参与度、认可度大大提升，主人翁意识也获得很大提高，这都推动当时边区政府的政权建设与抗战建设。一方面，这是我为人人、人人为我的理所当然的表现。政权建设以人民为主，追求实现最广大人民群众的整体利益，相对应的，民众也会主动维护现有制度。另一方面，不得不归功于政治教育。共产党能够"把一个极大的目标，清楚地摆在个人的面前，使人们能明白"，在这里"政治高于一切，许多男女青年，都喜欢学政治，特别爱做政治工作"③，在延安政治意识高不高成为对一个人评价的最基本标准，对技术人员也是政治觉悟要大于技术水平的精湛。得益于党的"高度政治教育与动员抗战的工作，这些善良的老百姓，得以坦白地显

---

① 陈学昭：《延安访问记》，中国国际广播出版社2013年版，第301页。
② 陈学昭：《延安访问记》，中国国际广播出版社2013年版，第132页。
③ 陈学昭：《延安访问记》，中国国际广播出版社2013年版，第224页。

露他们善良的本性"①，人民的抗战热情、民族情绪被极大地调动起来，边区的锄奸工作"他们都是用着极生动的自觉性来做的"，人民若观隔岸之火的情形消失殆尽。"组织民众，动员民众，教育民众，是边区做得最好的一部分工作。在边区，我没有看见过壮丁用绳索牵了走"②。但陈学昭也看到了政治教育大于科学知识教育是有弊端的，儿童从小很少接受自然科学知识，而是整日被"中国问题""统一战线"等熏陶；青年女性以从事适合自己性别优势的战时保育工作为耻，争先抢后做政治和军事工作。很明显，不管男女老少全部灌输以政治教育，这多多少少忽视了不同民众的多层次多方面的需求。

经济上，共产党组织民众、发动民众、带领陕北人民开展大生产运动：开荒地，纺织布……教民众用化肥，提高生产力，解决最基本的生存问题，让人民可以自食其力。八路军的到来还带来了商业发展，虽然延安的市场缺乏管理与规范，但在这个温饱都成问题的穷乡僻壤建立了市场还是很大的进步。作者不禁发出感慨"在延安，老百姓要生活，是这样的容易"③。

文化上，边区开学校办教育、组织扫盲等运动，逐渐进行文化普及，然后整体提高文化水平。边区最常开的就是报告会和演讲，党的领导人和前线归来的将军战士把自己的感想讲给人民，改善了战争时期消息闭塞的情况，使人民能较及时地得知前线情形，也激起了群众的抗战情绪。领导人向民众讲解政策的实施，拉近了军民距离，消除了人民与政府的隔阂，提高了政府的办事效率，巩固了党民基础。在文化娱乐方面，民间形式得到广泛运用和高度重视，京戏、秦腔等是人民喜闻乐见的艺术形式，边区从受众的角度考虑，用"旧瓶装新酒"输出革命教育内容，融入了娱乐性、革命性、教育性。重视人民的需求，"对症下药"，这一定程度上规避了五四新文化自上而下传输链条的断裂的情况，自上而下的宣传教育输出结合自下而上的反馈与接收，人民大众作为受众群体可以接收领悟到上层想要传达的信息，以此传达者与接受者实现了对接。

---

① 陈学昭：《延安访问记》，中国国际广播出版社2013年版，第124页。
② 陈学昭：《延安访问记》，中国国际广播出版社2013年版，第140页。
③ 陈学昭：《延安访问记》，中国国际广播出版社2013年版，第124页。

从纵向看，延安建立的民主自由与当时国统区有着明显的不同。在延安街上"是民主和自由的空气吧。在延安的街上，你尽讲，尽笑，从国家大事，以及你私人的感情事情，你尽讲，大声地讲，是可以的，没有人在你旁边、背后偷听，没有人钉你梢，你放心，不用怕，也不用东张张，西望望。延安的街上，还有一个特色，就是，没有一个乞丐"①。党注重消除封建余孽，消除迷信。民众自觉地进行着自我批评、自我检查，"检查工作的进行是极其民主的"，大家和和气气却又诚诚恳恳地进行自我批评、相互批评。"他们能够把一个极大的目标，也是人人所仰望着的，清楚地摆在各人的面前，使人们能明白，至少时时会反省到自己是一个什么东西"，"中国一向的人与人之间敌对与怀疑的根性与习惯是没有了"。作者也不禁感慨"延安生活真痛快，在延安，精神上真痛快！"②

延安建立的奋斗目标综合了长远性与现实性。在立足延安后，基于当时抗战进入白热化，民族矛盾是当务之急，延安几乎一切工作都以抗战为先。边区为了实现他们的政策，开展各种动员大会、民众大会、妇运、青年培训班等等，为抗战输送源源不断的人力和物力，同时推行开荒种地，大力发展生产力，为抗战提供强大的后备支援。此外，民主建设也在有条不紊地进行着，男女平等、婚姻自由等，人的主体性确立，人民主体性也得到了确证。陈学昭也看到一切以抗战为先的同时还要抓国家建设。"现在必须同时做建设工作，抗战与建国是分不开的，不能现在抗战，将来建国，将来又哪有时间呢？"③不仅如此，陈学昭还注意到，干部选拔的落后，人才培养欠缺，技术人员的忽视都在威胁着延安的基础建设，必须建立科学有效的选拔机制和人才培养制度，技术人员要得到应有的待遇，优待技术人员不能名存实亡，这些都事关边区基础建设的发展。当然陈学昭也认为建设要把眼光放长远，比如"这里的道路都是黄泥沙的，没有一棵树，没有一点树荫。今年，生产运动大号召的结果，边区种了十多万株树，去年本已种了相等的数目，几十年后，这些树将成为柏油路旁在靠背长椅上坐着乘荫歇息的

---

① 陈学昭：《延安访问记》，中国国际广播出版社2013年版，第116页。
② 陈学昭：《延安访问记》，中国国际广播出版社2013年版，第412、132、301页。
③ 陈学昭：《延安访问记》，中国国际广播出版社2013年版，第231页。

地方。目前，大家暂时满足这些缺陷而为这个地方的光明与简单的生活氛围而愉快着"①。

陈学昭选用报告文学这一以事实说话为核心的体裁，坚持从现实出发，书写人民在边区政权建设下的生存与生活，从时代的高度反映了抗战初期"赤都"延安的发展面貌，而且展现了延安民众的时代情绪、心理动向和人民的地位变迁。陈学昭拥有的多重身份，在进入延安后各身份立场间相互博弈、妥协、渗透、磨合，在巨大的张力中形成了陈学昭这个时期特有的复杂的人民立场。随之身份立场影响了她的人民性书写，带来了她解读延安与延安人民的多重视角，在人民主体性确立和个人主体性实现之间她试图找到契合点，从延安人民意识到自身的群体性特征以及个人是人民群体的有机构成分子，从而认识到人民群体的社会角色和历史使命；人的主体性在社会发展规律和社会制度规则的限度下，人民掌握自主选择的权利，发挥人的主观能动性，对社会进行自主性的改造；人愿意且能够通过自身能力来改变实践生活等方面解读了延安人的主体性的确立。同时外在政治的解放又赋予人民主体性的确立。整个延安时期，在历时性与共时性向度发生了现代性转型，以及外在国家政权建设与内在民族精神、心理动向的现代性转型，这些在陈学昭的报告文学书写中都极大地丰富了人民性的内涵。

---

① 陈学昭：《延安访问记》，中国国际广播出版社2013年版，第300页。

第三节

吴伯箫延安时期的散文创作

抗战全面爆发后,吴伯箫投身军旅,1938年4月,他只身奔赴黄土高原,投入梦寐以求的圣地——延安的怀抱。初入延安,吴伯箫进入抗日军政大学学习,成为抗大第四期学员。同年11月,他担任八路军抗战文艺工作组第三组组长一职,同好友卞之琳等一行人从延安出发,深入晋东南腹地,度过了长达六个月的战地生活。在短短半年时间里,吴伯箫亲眼看到了晋东南地区军民一心、共同浴血抗敌的火热场面,一股强烈的使命感涌上心头,促使他再次提起了手中强有力的笔,将自己在战地生活中的所见所闻所想诉诸笔端,创作了《夜发灵宝站》《马上底思想》《潞安风物》等散文名篇,后结集为《潞安风物》出版,自此吴伯箫的散文创作迎来了新的发展。

一、《潞安风物》的战争生活书写

吴伯箫在延安时期的散文主要收录在《潞安风物》和《黑红点》两本散文集中。这一时期吴伯箫的创作开始由前期对乡土生活的回味走进现实生活,贴近人民群众,尤其是当他亲历战争之后,对人民悲惨生活的深刻同情和对敌人的满腔愤怒,使其风格发生了较大转变,革命乐观主义创作格调以及激昂向上战斗热情贯彻延安时期战地通讯类散文创作。抗战初期的散文合集《潞安风物》则是这一时期的代表。

《潞安风物》写于1938年至1939年,后于1947年结集出版。该集由十二篇战地报道构成,包括《夜发灵宝站》《送寒衣》《露宿处处》《马上底思想》《潞安风物》《沁州行》《响堂铺》《路罗镇》《神头岭》《夜摸常胜军》《郭老虎》《微雨宿渑池》，另有未收入集中的作品十四篇。这些散文以战地通讯的形式报道了八路军在晋东南的抗敌斗争活动，对战时晋东南风俗环境也进行了一系列描写，既传达了作者抗战必胜的决心和信念，也表现了晋东南地区军民携手、共同浴血奋战的大无畏精神。人民的伟大、时代的呼喊和来自现实的怒吼之音汇聚于吴伯箫的行文之中，使他的创作在思想立意等方面都有所提升[①]，也标志着吴伯箫散文在内容、形式、风格上对以往的创作方式的突破和发展，形成了他延安前期文学创作的特有风格。

具体来说，在内容上，《潞安风物》突破了以往选材的局限性，选取战争炮火下的真实材料进行裁剪、拼接，选材更具深度和广度。作者本人也大胆地走出书斋，跳出个人狭小的生活圈，行走在战场、前线，在血与火的战地生活中，感受时代的脉搏和人民的呼吸。他写抗日的烽火，人民的觉醒与转变，歌颂英勇无畏的革命者和人民英雄，对晋东南的风俗人物和社会现实进行一系列实时性地刻画和记录，深深扎根于中国革命的现实土壤之中，具有思想上的厚重感和强烈的社会现实意义。在形式上，他将叙述性白描和抒情、想象相结合，间或穿插回忆和个人反思，采用今昔对比、敌我对比、环境烘托渲染、记叙与议论抒情相结合以及客观描写和主观反思相结合等叙述手法，大胆运用想象和联想以及系列心理描写的手法，试图站在全人类的视角上对文本进行关照。在风格上，吴伯箫一改往日绚丽飘逸、浓厚诗意的创作风格，在大众化、通俗化上着力甚重，作品质朴浑厚，意境深远，给人以无限的深思和意犹未尽之感。同时，在通俗质朴的语言的表面下，字里行间充斥着昂扬的革命斗志、革命必胜的乐观主义壮阔情怀，富有明朗的哲理性和深刻的思想性，表现了一种健康向上、积极进取的创作格调，思想上更为壮阔、宏远。他对人民性的理解和实践，也在此书中得以彰显。

首先，《潞安风物》是为人民而书写的。散文集中大量描写了战争带给人民的苦难遭遇，表现了人民对日本侵略者极度的痛恨以及对战争的深刻厌恶，

---

① 赵蕾：《因时而变——论吴伯箫延安时期的散文创作》，陕西师范大学硕士学位论文，2019年。

对尽早结束战争、尽快迎来光明的深切期盼。首篇《夜发灵宝站》，采用了今昔对比与反思相结合的手法，将战争带给百姓的苦难进行了细致入微的刻画，"兵，难民，在焦躁而又忧戚地徘徊着"①，而后又借站务司事的话进一步表现战争的残酷，"不是炸得连尸首都找不着么？——真惨！这碑上还贴了个耳朵，那树上挂了半截腿……"②回忆往昔车站的人潮滚滚，而今一片萧条场景，"我"不免反思自己，"我们底地方，我们底人啊！为什么要被那些野兽如此的践踏蹂躏？""现在我踏着的是要到火线去的路！"③此处表现了"我"对革命坚定的信念。"八路通"的一番"演讲"让每个旅客心中重新燃起了希望，战争带给了人民苦难的遭遇，"我"对此悲愤又同情，而正因党的无私守候，才让我们有了走向明天的决心，"血腥的敌人后方，变成了无畏者的乐园"。④在《送寒衣》中，作者选取独特角度，由送寒衣这一当地风俗联想到了战争中人民的"哭"，"失掉了爱儿的母亲，离开了慈母的儿女——细听，遍中国该不是一片哭声！""我们有的只有恨！泪水变成了沸滚的热血，变成了不可战胜的力！""我"愿噙了眼泪高声歌唱："中国是有光明的前途的，日本法西斯军阀你发抖吧！"⑤这是何等的愤慨！受尽苦难的中华儿女，拿起手中的武器吧！在党的领导下，一起奔向美好的明天！《路宿处处》一文中，作者借不同阶层人民对待八路军的亲切态度，表现了"是中国人就是一家人"的思想，号召在抗日的艰苦岁月里，中国各阶层理应上下一心，团结一切可以团结的力量，共同抗敌！在《马上底思想》中，作者更是选取全人类的视角，以一种悲悯广博的胸怀，去审视战争，谴责战争带给两国人民的苦难，关注点始终立足于无辜受难的百姓，实在地为民而写。《潞安风物》一篇，从四部分展开了铺叙。第一部分介绍了潞安这座城的历史演变和整体风貌。第二部分讲了遭遇战争洗礼后城内北街的场景，并借烧饼铺老大爷和李姓妇女的亲身经历，再次表现了敌人的残虐，表现了

---

① 吴伯箫：《吴伯箫文集》（上），人民教育出版社1993年版，第344页。
② 吴伯箫：《吴伯箫文集》（上），人民教育出版社1993年版，第345页。
③ 吴伯箫：《吴伯箫文集》（上），人民教育出版社1993年版，第346—347页。
④ 吴伯箫：《吴伯箫文集》（上），人民教育出版社1993年版，第348页。
⑤ 吴伯箫：《吴伯箫文集》（上），人民教育出版社1993年版，第351—353页。

战争给人民带来的沉重苦难。而后第三部分再次呼应了全民抗战、军民一心的主题思想，号召当地人民拿起手中的武器，"山西人的小胆，滚吧！拿出你祖宗的豪强来！"①此处洋溢着革命乐观主义热血与激情，向人们传递着抗战必胜的决心和信心。之后在《响堂铺》《神头岭》《夜摸常胜军》等篇中，作者更是借八路军英雄抗敌的具体事件来表现对八路军的赞颂和爱戴之情，将八路军的正义、神勇与日军面对八路军时的怯懦进行了强烈的对比，让一种极度的爱与极度的恨在同一文本里相互碰撞，"八路军到哪里，日本侵略者就得死在哪里"，"侵略者的脚下，泥潭是越陷越深啊"。②并通过一系列俗语、俚语的运用，像"土包子""大姑娘养孩子——头一遭"等等，使作品以一种更乐于为人民所接受的方式，向人们传递着党和革命的正能量，让人民透过作品的描述，深切感受到八路军一次次的英勇行为，由此引发广大民众的深刻觉醒，号召全国各阶层的人民，积极地投入战争中去，将革命的旗帜插遍中国大地，一起迎来胜利的曙光！

其次，《潞安风物》高度赞扬了人民群众对革命的大力支持，表现了全民抗战的坚定信念，也展现了敌后人民生活的融洽与多彩。在《潞安风物》篇中，第四部分就从"文化在战斗着"进行刻画。战争让长治这座城市在"成长"，这种"成长"，是一种由内而外觉醒，体现在文化方面就是民间报刊《战斗日报》以及各类出版社的成立，这是对革命的一种响应，是人民自觉向革命靠拢的具体表现。"《战斗日报》是一管进军的喇叭，它在用了强大的力量呼号着呐喊着；太行文化教育出版社是一个雄健如狮虎的园丁，他在不论寒暑不分昼夜的耕耘着播种着。"③文中通过对《战斗日报》和太行文化教育出版社成立、发展、繁荣过程的展示，反映了敌后文艺蓬勃发展的趋向，表现了在党的领导下，人民大众渐渐地团结起来，用文艺的形式为前线革命战斗提供了坚实有力的后备力量。在《沁州行》中，作者插入多个人民自编自唱的歌曲，如车夫在寒风里一路吟唱的山歌，"'南瓜开花就地跑，谷子开花压了腰，秦椒开花渐渐高'……且听野店

---

① 吴伯箫：《吴伯箫文集》（上），人民教育出版社1993年版，第376页。
② 吴伯箫：《吴伯箫文集》（上），人民教育出版社1993年版，第417页。
③ 吴伯箫：《吴伯箫文集》（上），人民教育出版社1993年版，第377页。

里八九岁的小姑娘在唱,'石榴开花一枝红呀!二十青年去当兵呀……'",表现人民对美好生活的期盼,期盼丰收的喜悦;还通过对街角墙头标语"欢迎劳苦善战的一零二师!把日本人打出中国去"的细节描写,表现人民追随中国共产党革命和抗战到底的决心;文中不乏穿插群众自编自演的秧歌剧,"巧打扮,一枝花,小小脚儿赛乌鸦……",这也展现了党是代表人民的党,在党的坚强领导下,工农兵群众的敌后生活日益丰富多彩。①在篇末,作者描写了各处土地庙缝隙中"土地也抗战,早已上前线"的标语,更以"一个拳头,一把刀,一条枪,都要送给前方,一个铜板,一块面包,一件棉袄,都要送给前方"②这首民歌结尾。在党的指引下,人民大众自身从思想到行为都成长了起来,坚定地走上了革命的道路,"你看沁县城挥舞着八万只有力的臂膀!"③《神头岭》一篇中,同样引用了社戏的形式,让人们再次深切地感受到战争背后人民群众生活的丰富多彩,"三月里,桃杏花,满树照红……孟姜女,携寒衣,哭断长城",恰如文中所叙,就连"卖面条卖蒸包的人都在吆喝着,给热闹的鼓乐添了一支有力的伴奏"。④再如《马上底思想》中,描写火星剧团小同志慰劳战士的演出时写道,"每个小小的灵魂,都肩负着一个大大的使命"⑤。虽然年幼,但是这群"小同志"却尽自己所能为抗战做贡献,"他们给原就快乐的以更大的喜悦,给原就英武的以更高度的勇敢"⑥,再次肯定了革命深入群众,军民同仇敌忾的强大凝聚力。

最后,《潞安风物》塑造了一批在血与泪中成长着的英勇无畏的"觉醒者"形象。作品往往通过对他们外貌、语言等的描写,将这些经历了战火考验的觉醒者们智化、勇化、革命化,意在凸显在党的领导下,革命的势力渐渐蔓延到各阶层群众身上,并通过对他们细致入微的摹画,表现军民一心、同仇敌忾的主题思

---

① 吴伯箫:《吴伯箫文集》(上),人民教育出版社1993年版,第386—387、392页。
② 吴伯箫:《吴伯箫文集》(上),人民教育出版社1993年版,第401页。
③ 吴伯箫:《吴伯箫文集》(上),人民教育出版社1993年版,第401页。
④ 吴伯箫:《吴伯箫文集》(上),人民教育出版社1993年版,第414、415页。
⑤ 吴伯箫:《吴伯箫文集》(上),人民教育出版社1993年版,第362页。
⑥ 吴伯箫:《吴伯箫文集》(上),人民教育出版社1993年版,第362页。

想。如《路宿处处》中的玉书、宝书两兄弟，战争时期慷慨解囊，有着极高的政治觉悟，"这年头分什么贫富！还不都是一个样子！"[1]大关村温姓老头在看到八路军的到来时，紧紧握住了"我"的手，迎头就喊："八路，八路！""是咱们八路，和飞来了一样"。[2]寒暄中谈到了老温在被日本人捉住时，即使刀压在脖子上也毫不畏怯的果敢。那每月仅仅赚三块钱一斗米十斤面的小学教师，深夜还在给自卫队上政治课，每每《大刀进行曲》回旋在空旷的夜空时，给人以力量和希望。又如《潞安风物》一篇中拿菜刀怒目站在敌人身边的王福喜，那种不畏怯的神色生生把敌人吓跑……是啊，血与泪的经历让人民开始觉醒，人民渐渐明白，不反抗、不革命，就只能为敌人宰割！中国人民要勇敢地站起来，在党的领导下，誓死抗敌，保卫我们共同的家园！"啊，老百姓是醒过来了。群众的力量是伟大的。为了过去懦弱的老百姓伤心，也应当为醒了起来的老百姓欢喜！"[3]再如《沁州行》中的"傻兵"陈可胜，趁夜摸黑潜入敌人腹地偷袭车站敌兵，最终牺牲自我，帮助部队抢回了临汾车站；争上前线的"四小勇士"，即使被敌人抓捕，也全无半点惧怕；关上村村长，日夜劳碌照顾抗战军人及其家属，"现在抗战第一，天下都是一家；办了公事，我底心就有着落了"[4]。再如"调皮捣蛋"王翰文，文中对他外貌、语言等进行细致入微的描写，将其加入八路军的全过程进行了白描式的铺叙，刻画出一位外表稚嫩，内心却成熟勇敢的"小鬼头"形象。在作者笔下，战争让孩子们的思想和行为都提前成熟起来了，他们生在灾难里，养在战斗中，面对着奴役和死亡，早已忘记了自己孩童的身份，勇敢而坚毅，硬朗而不惧牺牲，一个个像久历沙场的将士，表现了强韧的生命力。再如《郭老虎》一篇中，借"我"与孩童王木坤的对话引出郭老虎这一形象，进而将郭老虎的人生经历通过人物口述白描般地呈现给读者，刻画了一位有勇有谋的农村壮士形象。总的来说，作者刻画的这些个性饱满鲜明的人物形象，代表了抗日

---

[1] 吴伯箫：《吴伯箫文集》（上），人民教育出版社1993年版，第355页。
[2] 吴伯箫：《吴伯箫文集》（上），人民教育出版社1993年版，第358页。
[3] 吴伯箫：《吴伯箫文集》（上），人民教育出版社1993年版，第372页。
[4] 吴伯箫：《吴伯箫文集》（上），人民教育出版社1993年版，第386—387页。

战争时期已经初步觉醒的大众群体，他们在侵略者的淫威之下坚毅而勇敢地站了起来，在党的领导下，决然走上了一条抗日的道路，他们往往是在战争中成长起来并在战争中成熟的一批，也是革命时代的特殊产物。

二、《讲话》精神规约下的书写范式——《黑红点》

《黑红点》是吴伯箫在学习了毛主席的《讲话》精神之后创作的散文合集，代表了吴伯箫在延安时期思想和创作上发生的又一次转变。作品写于1943年至1945年，包括《黑红点》《打篓子》《游击队员宋二童》《化装》《一坛血》《文件》《"调皮司令部"》《战斗的丰饶的南泥湾》《"火焰山"上种树》《新村》《孔家庄纪事》十一篇散文。这一时期，在毛泽东文艺思想的指导下，吴伯箫确立了"为人民服务"的创作理念，开启了文艺与工农兵相结合的写作道路，努力进行大众化、通俗化的尝试，因而创作了一批歌颂工农兵的文学作品，表现了对新时代、新生活的热情和信心。①其中既有对延安时期全民大生产运动的热烈场面的生动描写，也有对军民同心、共同抗敌英勇行为的高度歌颂。

亲临晋东南前线的半年时间里，吴伯箫对于革命有了更深层的认识和体悟。在高唱革命乐观主义，表现对抗战必胜信念的同时，他更加深切地认识到来自人民群众的伟大力量，尤其在学习了《讲话》精神之后，在"文艺为人民服务，为工农兵大众服务"的理论支撑下，他本时期的散文创作努力朝着更加大众化、通俗化的方向迈进，力求更加凸显文艺创作的实用性、功利性和战斗性效果。

首先，作品将散文与叙事化的描写相结合，夹杂了更多小说化的描写方式，如夸张和想象的表现手法，意在突出情节的完整性和主要人物形象的性格特点。如《黑红点》一篇中，就讲述了八路军对于投敌的伪军建立了一本"生死簿"，当他们做好事时就点红点，做坏事时就点黑点的事情。而后通过北仓庄王老汉深夜前往敌营骂当伪军的儿子，小卫圈一个伪军的婆姨劝说丈夫投奔八路军，八路军不惜采用各种方法挽救被记有黑点的伪军等真实事例，感化了越来越多的伪

---

① 赵蕾：《因时而变——论吴伯箫延安时期的散文创作》，陕西师范大学硕士学位论文，2019年。

军,他们开始弃暗投明,自觉接受革命的思想改造,说明来自人民群众审判的重要性。又如在《游击队员宋二童》一篇中,向我们展示出了一位有勇有谋的人物故事,文章分三部分对人物进行了细致的刻画:第一部分写了宋二童初当民兵时,机智的他利用哨子为游击队撤退做掩护的故事;第二部分写了他参加游击队后,用计谋得到了伪军区长的一把"三八盒子"枪;第三部分写他做侦查员时,凭着自己的智谋顺利找回丢失的自行车的故事。这与吴伯箫延安前期作品《郭老虎》一篇不谋而合。但相较于郭老虎,作者对宋二童的塑造,更加具体全面且富有个性,这也表现出吴伯箫本人在《讲话》精神的指引下,个人的思想达到了更深程度。又如在《化装》中,作者刻画了机智的妇救主任徐凤、睿智的徐家老太太等在战斗中成长的农民形象,人民渐渐由被动接受改造到主动接受、宣传革命,由甘为敌人俎上鱼肉到积极配合八路军抗战,体现了战争炮火下人民的觉醒和新生。再如在《"火焰山"上种树》一篇,对白云端这一庄稼人形象进行了细致的刻画,向我们塑造了一个全民大生产号召下劳动英雄的形象。

其次,作品大量吸收了民间口语、俗语和方言,努力朝民间化、通俗化的方向发展。如《打娄子》中写突击队"一个个轻捷得像影子一样,人不知鬼不觉地就跳进了那座空着的砖石院落";写放毒气的日军小队长"像乌贼一样,喷完了黑水,就凭着防毒面具,冒着毒气拖着那条受伤的腿,一冲冲上了炮楼"。[1]《黑红点》中作者开篇便引用"善有善报,恶有恶报""千人所指,不病而死"这两句俗语;《战斗的丰饶的南泥湾》一文中,也是开篇就引用了俗语"自己动手,丰衣足食"……

最后,作品中采用了大量的细节描写以及比喻、夸张、对比等表现手法。如在《战斗的丰饶的南泥湾》一篇中:"一眼望不断的山峦,恰像海洋里波涛起伏。""现在的南泥湾:上下屯直到九龙泉,一连一二十里都是排列整齐的窑洞。""现在的南泥湾:水地种稻;川地种麻……稻田傍着清溪,一路蜿蜒逶迤而去,恰像用黄绿两色锦线而成的地毯。""只要抬头一望,满眼都是谷子、糜

---

[1] 吴伯箫:《吴伯箫文集》(上),人民教育出版社1993年版,第656、658页。

子,亩数是没有方法确切统计的。"①在本篇中,作者围绕南泥湾分别从农业、工业、畜牧业以及整训与教育等方面进行了详细深入的介绍,并通过采用全方位对比的手法,凸显了南泥湾开荒前后人民生活水平和思想等方面的差别。生产是革命事业的基石,也是革命取得最终胜利的保障。作者通过一系列的细节描写,将南泥湾的开荒生产活动与革命战斗的完美结合,其间贯穿着自强不息、团结一致、艰苦奋斗、自力更生的中国工农革命精神:"到这里屯田,是一个翻天覆地的革命事业。""更真切地说:八路军生产、教育,解决供给,提高质量,更大地目的是为了战斗。""去南泥湾的道路是开阔的,汽车可径直上下,大车可畅行无阻。那是革命军队自己动手开辟的路,是走向崭新的幸福的社会的路。"②作者在此将未来革命之路比作前往南泥湾途中开阔的道路,表达了对在党的领导下,工农兵大众团结一心,共建家园的赞美之情,同时表达了对革命取得最终胜利的坚定决心,对建设美好未来的无限向往。

现实社会是文学创作的土壤,只有深深扎根于现实社会的土壤里才能创作出更优秀的作品。时代和革命的号召呼唤着吴伯箫走进延安,与延安结缘。延安,无疑成了作者一生的羁绊和牵挂。延安,"是光明的灯塔,革命之力底发动机,新中国底心脏"。在这里,"精神总是兴奋着,情感总是炽热着"。③经过了战争的残酷淬炼和血与火的严峻考验,经过了劳动的艰辛磨砺和《讲话》精神的内在熏陶,在延安八年的革命生活吴伯箫渐渐从自我化的书写方式上升到了国家民族的高度,"为人民而写"这一主题思想始终贯穿在他延安时期创作的作品中,对他本人的整个创作生涯具有独特的意义和价值,同时基本奠定了作者在新中国成立后的总体创作风格,深刻影响着作者后半生的人生轨迹和文学创作之路。

---

① 吴伯箫:《吴伯箫文集》(上),人民教育出版社1993年版,第689—691页。
② 吴伯箫:《吴伯箫文集》(上),人民教育出版社1993年版,第690、691页。
③ 吴伯箫:《吴伯箫文集》(下),人民教育出版社1993年版,第113、150页。

第四节

萧军延安时期的杂文创作

杂文作为一种形式活泼、现实针对性强的文体，瞿秋白称其为"战斗的阜利通"，在20世纪30年代于鲁迅手里发扬，用以暴露社会种种不良习俗理念与丑恶黑暗面貌。40年代初期，解放区也掀起一阵以萧军、丁玲为代表的作家创作杂文的风潮。这些杂文聚焦延安地区存在的陋习和党内不合理的现象，体现作家主体强烈的现实责任感。随着整风运动的展开，延安作家不再被视为政治之外的个体，而要发挥书写工农兵，为政治服务的作用。不同作家对此做出自己的抉择，丁玲最终放弃杂文，转而进行戏剧小说的创作，其他杂文创作者或受到处理，或搁置手中的笔转向其他事业。而一生坚持以党外作家身份监督观照延安人事的作家萧军，却坚持以其熟习而个性张扬的杂文认识世界，在态度与精神上为解放区文学添上一种独特的声音。

一、自觉的"良心"书写

萧军曾在鲁迅逝世三周年的纪念会上发言称鲁迅是"有着伟大的良心的作家"，鲁迅"蘸了血对于人类底尽力"，用笔为武器与黑暗势力斗争，鼓舞人民走向光明的生活。在私底下，萧军对鲁迅的景仰与追随更是溢于言表。《萧军日记》中的鲁迅，不仅是萧军"精神之父"，"唯一所崇拜的中国人"，"知音和最信赖的人"，还是他在处于困境时的"洗练和培育自己的灵魂"的启示者，并渴望传承其衣钵完成解放大事。①他指出纪念鲁迅的方式正是积极研究理解发展鲁迅精神，并坚持"实践，实践，实践和不苟"。

而萧军受惠于鲁迅最深的文体，是20世纪30年代由鲁迅开创发展的杂文。这种自由犀利、即时形象的战斗论文"阜利通"被鲁迅视为"感应的神经，攻守的手足"，并在鲁迅手中发扬了对现实进行深刻体察与对黑暗丑恶现象烛照斗争的杂文传统。杂文匕首投枪的特性不仅与萧军直率刚介、疾恶如仇的个性相契合，更在于其背后强烈的社会责任感、历史使命感为萧军毕生的追求。"所谓'现实主义'，它既不脱离现实也不拘泥于现实，不独反映了现实，更可贵的，还是在它有指导现实的本领和作用现实的力量。"②正是站在这种高度现实主义的立场，萧军以笔为武器，针对社会存在的种种不良丑恶现象尖锐地揭示与抨击。鲁迅病逝后，萧军为捍卫鲁迅，自觉扛起杂文的大旗，先后在《大沪晚报》《大公报·战线》等报刊上发表《欺骗恫吓》《谁该入"拔舌地狱"》等针砭时弊的杂文。这些杂文创作集中于对近期全民族抗战中反革命势力骚动显露的现象，以短小犀利的反语，庄词谐用表现国统区虚伪面孔与卖国行径，进行辛辣无情的讽刺。

然而萧军对杂文是有所取舍的，他对鲁迅杂文的继承在其精神而不是方法。萧军有意识地避免前者杂文中的自我调节，晦涩含蓄的成分，更关注发挥杂文感染读者、影响读者的作用，在杂文创作与回应上体现一种更为直接无畏的姿态。在敌寇肆虐的东北沦陷区的流亡经历，使得萧军对破坏民族革命行为有更加深切的体察与更激烈的控诉，对民族救亡的表达欲望更加强烈。萧军在20世纪30年代国统区杂文创作的自觉，正是基于其对现实情境敏锐的感受，充分继承鲁迅为人民写作、启蒙大众的传统。

来到延安后，萧军作品中的这种人民性有了进一步的深化。1940年6月，在国统区反动势力层层逼近威胁，萧军一家生活负荷也日益紧张，在延安地区理想

---

① 王俊：《革命、知识分子与个人主义的魅影——解读延安时期的萧军》，载《中国文学研究》2014年第3期。
② 萧军：《两本书底"前记"》，载《解放日报》1941年10月13日。

人际关系的号召下,萧军随好友舒群等人来到延安。延安作为当时共产党领导的革命根据地,其文艺理论创作均具有一定政治色彩。当初萧军首次来访延安而没有过多停留,便在于萧军一向的"精神流浪汉"属性,他认为解放区文艺总体上是政治的从属,而坚持文艺并非政党的宣传工具,文艺具有自身特殊性质,"文艺作品不在使人领略政治……而在怎样用艺术的形式把它们掩藏起来,使人感觉到的只是艺术,忘了作者的目的,而后才能发生一种看不见的力"[1]。此次来到延安,萧军这一观念仍没有改变,反而在深入接触延安文艺氛围,尤其面对素有不和而如今在党内文艺担任重要地位的周扬、张春桥等人时,这种不满更加强烈。

实际上,萧军并不反对政治因素对文学的影响。在风沙铺面、虎狼成群的严酷环境中,否认文学唤醒大众意识、促进革命的作用是不现实,也是违背历史规律的。他深刻认识到社会的阶级性质,同情被压迫者,其成名作《八月的乡村》热烈地呼唤人民的觉醒。萧军对政治因素的见解受鲁迅在左联对其的影响,同时,与胡风、舒群等左翼文学作家理论家私交甚笃,经常在信件中谈及文艺创作问题,也使他这种思考不断深化。然而,与周扬等鲁艺人致力于文艺对政治政策的直接作用不同,萧军强调的是文学的独立意义,"一个政治工作者和一个文艺工作者,除开所负的任务和使用的工具不同以外,其余没什么不同的"[2]。他是关注作家本位的,作家的任务是对真理孜孜以求的态度和坚持实践。

在萧军看来,延安文艺一味歌颂光明,导致忽视蒙昧落后现实存在是不可取的。因此,鲁迅逝世四周年,萧军积极策划纪念活动,试图"通过鲁迅革命最高的品质和精神,给那些卑俗的和机会主义的党员们一点警惕"。这正是萧军有意识对延安流行的突出鲁迅无产阶级革命意义的调整,希望通过对鲁迅精神"正宗"延续继承使延安文艺思想走出误区,给"说真话,说直话"的具有批评功能的文学注入生机。他反复指出延安文艺要继承鲁迅杂文自我审视、自我批判的精神,从而在更现实的层面修正弊端。1940年11月,萧军和丁玲等人再次在作家俱

---

[1] 萧军:《萧军全集》(第18卷),华夏出版社2008年版,第81页。
[2] 萧军:《萧军全集》(第18卷),华夏出版社2008年版,第205页。

乐部开座谈会，重申社会批判、文明批评的必要性，并在《文艺月报》上展开一系列文学争论。

出于作家的责任感，萧军再次提起笔，试图用杂文纠正党内的错误。这些延安时期创作的杂文一承前期的犀利，却又深深浸润着真心。从这种风格上的变化，我们不难窥见其中人民性内涵的丰富。萧军是以一个友人的身份接受党、书写党的，"我懂得共产党也懂得共产党人……我是一个作家，我只有含着泪帮助他们生长……"他也并非在创作上一味固执地逞匹夫之勇，也尝试过对党的政策行为做出理解，"中国文艺应该是大突进地一面要达成它革命的任务，一面还要达到纯艺术的水准……作为一个中国的文艺工作者，他一定要比别的任何国家的作家要双重地努力"。[①]而创作之外，萧军更以精神导师的身份，积极回应当时年轻人对杂文的态度。当他发觉年轻一辈欲效仿发展杂文却引发机械浅露表达的一系列问题后，及时指出杂文并非逞个人意气口舌之快的工具，必须在创作方法上继承鲁迅杂文的形象性与典型性，才能达到感染读者、影响读者的作用。以上种种表现，让我们不能不重新关注萧军在延安时期杂文的创作。

二、批判不合理的社会现象

到了1942年春，延安出现杂文兴盛的现象，作家们热衷于写杂文。萧军作为鲁门弟子，更是认为在延安就要进行大量的社会批判，向鲁迅先生那样做，鲁迅是每一个不愿做奴隶的鲁迅，因此要利用杂文形式来战斗。"团结作家，提高批评风气"，是萧军的重要工作。[②]针对延安本身现存的很多弊病，人们会提出"杂文现在究竟有无存在的必要，杂文时代过时了没有"等疑问，萧军在《杂文还废不得说》里坚定地表明自己的态度，我们身处在这个被侮辱的世界，急切地需要杂文来批判现实。

萧军这时期创作的杂文主要有《作家面前的"坑"》《我的态度》《论"终

[①] 萧军：《萧军全集》（第18卷），华夏出版社2008年，第292、373页。
[②] 王德芬：《安息吧，萧军老伴》，见梁山丁主编：《萧军纪念集》，春风文艺出版社1990年版，第471—473页。

身大事"》《续论"终身大事"》《艺术家的勇气》等。

《论同志之"爱"与"耐"》发表于1942年5月14日,分为两大部分。第一部分写"爱"。萧军以他早期小说《八月的乡村》为例进行分析。他回忆了其中的两个情节,第一个情节是:唐老疙瘩是革命队伍中的一员,因为自己的情人李七嫂被日本兵污辱了,受伤走不了。眼看着日本兵马上就要追来,同志们顾全大局劝他走,李七嫂也劝他走,可是他却耍脾气把枪扔在地上,准备与李七嫂共存亡,否则就让队长枪毙他们。铁鹰队长,本是胡子出身,是以杀人不眨眼出名的。这时候一方面考虑到革命的纪律,另一方面又不忍心杀自己的战友,他很踌躇……萧军在文中说:"写到这里,那时是写不下去了,我不知道应该怎样处理这场面。我看着海——那时在青岛——看着山……从家里走到街上,又从街上走回来……足足思索了近乎两夜两天,直到后来,我才决定让日本兵的流弹打死了他,而不是自己的同志。我记得自己那时的心情是很难受的。"①第二个情节:萧明和安娜在革命中恋爱了,引起队员们的不满,司令陈柱为了顾虑整个队伍影响,决定让安娜和萧明暂时分开。此时萧明被大家看不起,只有铁鹰队长还是照常对他。萧军说出这两个情节,是希望无论朋友间还是领导跟下属之间,都要变换角度体谅他人和关心他人。而令萧军感到悲哀的是:"和一些革命的同志接触得更多一些,我却感到这'同志之爱'的酒也越来越稀薄了!虽然我明白这原因,但这却阻止不了我心情上的悲怆。"②这反映了当时延安人际关系淡薄的问题。

第二部分写的是"耐"。萧军认为这里提到的"耐"字,有两方面的含义:一方面是指我们要做一些事情,必须从小事做起——那就是能"耐",有耐心、勇气最重要。萧军希望写信抱怨的那些青年,曾被误解、冤屈的同志能够有《西

---

① 萧军:《论同志之"爱"与"耐"》,见北京大学、北京师范大学、北京师范学院中文系中国现代文学研究室主编:《文学运动史料选》(第4册),上海教育出版社1979年版,第598页。

② 萧军:《论同志之"爱"与"耐"》,见北京大学、北京师范大学、北京师范学院中文系中国现代文学研究室主编:《文学运动史料选》(第4册),上海教育出版社1979年版,第599页。

游记》里师徒经历七十二磨难的勇气精神，去跟革命中一切丑恶和不义进行战斗！而且一定要抱着"登净土的希望，入地狱的精神"，这样才能战胜坏事物。另一方面，萧军希望同志之间应该有耐心，理解别人，互相尊重，只有这样革命才能前进。为表达这个意思，萧军又选取《八月的乡村》中的一段内容为例：安娜喝了酒和司令陈柱吵着要回上海，陈柱不允许，安娜就撒娇，赌气甩门走了，这时陈柱也没摆出上级的架子要处分她，而是给予安娜充分的理解，知道她是由于失恋才失去理智，因此他计划着如何使她尽快恢复过来，切实地接近斗争。

从以上两部分可以看出，真正的"爱"和"耐"是紧密联系在一起的，互为前提的。萧军又紧接着在文中说："'地位'和'权威'全不是坏东西，人也应该获得它，但那要有正路，不要象个没品行的赛跑员，穿着钉子鞋，从你底后来者或者同伴们的鼻子上踏过去呀！何况这样也并不能保证就弄个第一个呢？人不是也常常讲说着尊敬敌人么？只要算为了一个同志的，无论他怎样不如人，难道比你的敌人还可恶，还不值得一尊敬么？"[①]他以此表明自己的观点，对敌人有时都讲尊敬一些，那么对自己的同志，不管他好或者有缺点，都要信任、尊重和理解。革命队伍里更需要这种和谐的人际关系，只有互相理解和关心，人心才能紧紧凝结在一起，革命才能胜利。

《杂文还废不得说》也发表于1942年5月14日。首先，萧军从国民党机关刊物《中央周刊》上看到国民党的血腥、羞耻的文章，严厉批判了几种违背良心道德的可悲人物。由此联想到鲁迅先生的杂文，他特别看重鲁迅杂文的战斗作用，认为杂文像锋利的尖刀一样，但在未使用这个特殊武器以前，力气是最起码需要的，而后还要精通这门"武艺"，否则这武器也许反把自己先解决了，那就有点不妙。说明如何使用杂文作为武器也是需要方法的，他说："杂文这文体自从到了鲁迅先生手里就不同了，它不独走出了消极的个人感情散步的狭小的花园，而且竟积极地在中国变动得最激烈的世纪里，担负起对整个社会的污暗面近乎全

---

① 萧军：《论同志之"爱"与"耐"》，见北京大学、北京师范大学、北京师范学院中文系中国现代文学研究室主编：《文学运动史料选》（第4册），上海教育出版社1979年版，第601页。

面战斗的任务！因此在中国一提到杂文，这就不能够和那战斗一生的老人——鲁迅——的名字分开。"①萧军对杂文这种文体做了高度评价，"它是一切论文形式中的王，兽中的豹子，石中的金刚石，金中的白金，鸟中的猫头鹰"，认为它在表达思想方面，不像大论文那样先要做好充足的准备工作，而是可以信手拈来，任意发挥最大作用。而怎样使用杂文这个武器？萧军在文中说："武器锋锐，才能够一刺而通敌呼；武艺精通，才能够击中要害；腕力强，才能够一击而殪。要'锋锐'就要及时而'磨'；要精通，要强，就要及时而'练'。"他还说更重要的是杂文要像"那'如来佛'式的手和心！佛的心是为了把众生超脱向上的，只有对那些罪恶啮食得不能得救的，它才不得不给以雷霆一击，或者一脚把他们踢进地狱里面去吃瘪。但在某种意义上来看，佛也还是要他们悔改、得度而超生。……"②此处，萧军把鲁迅的杂文比作佛手，是想表达出人类是为了美好而去批判丑恶的东西及坏现象。而杂文战斗的目的不是为战斗，是要消灭那些妨害人类生存的坏事物。最后他认为杂文这把"剑"具有两面性，一面是割除自己身上的坏现象，一面是打击敌人，以此体现出对延安当时无数的坏现象、"掩瘤"的看法，要用"五四"的批判精神去揭露它们，以此来改正它们。

《文坛上的"布尔巴"精神》发表于1942年6月13日的《解放日报》上，文章开头先举了果戈理的小说《达拉司布尔巴》，叙述了老布尔巴与两个儿子斗拳最终被打败，但内心很喜悦，由此作者认为文坛也应该具有这样的精神。仔细读完全文，我们可以看出他在文章中提出一种竞争意识，所提倡的是在竞争中，对待胜利者的正确态度。而1948年的《文化报》事件发生后，这个观点被人引用，曲解为这是一种不讲友谊、恩情，类似暴徒的流氓精神，只要是思维正常的人都会对这种解释感到滑稽。杂文还对竞争的对象做了划分，对同志要讲竞争，而对于敌人要坚决不让步。萧军明确地说："'不留情'并不是'赛跑'，而是'交

---

① 萧军：《杂文还废不得说》，见本书编辑委员会编：《中国新文学大系1937—1949·杂文卷》，上海文艺出版社1990年版，第506页。
② 萧军：《杂文还废不得说》，见本书编辑委员会编：《中国新文学大系1937—1949·杂文卷》，上海文艺出版社1990年版，第507、508页。

手'，并且还应该说的是和真正的'敌人'交手，不是同志，不是自己的弟兄，当然更不应该是老布尔巴和他的儿子们。"①萧军认为这种竞争精神并不是不讲人情，而是当时的竞争状态下要努力超越对方，显然萧军这是对人格的一种尊重。只有做到同志之间相互竞争，战胜对方，不怕被后来者打倒，如此，文坛才能进步。萧军希望大家都能有为后来者居上而高兴的布尔巴精神。

《作家面前的"坑"》写于1942年3月13日。萧军一次与诗人朋友吵嘴后，认为每位作家面前似乎全都存在着一口等待跳跃的"坑"，这个坑绝不是"写什么"的坑，而是"怎样写"的坑。文中说："恐惧和逃脱这全不是一个真正的艺术者的精神；只有敢于登净土敢于堕地狱，敢于面对这'坑'而走下去的人，……是美丽的。"②究竟该怎样写呢？为什么把这称为"坑"？文中并没有说明，他甚至激愤地认为自己的作品"全是失败的"，"因为，在我面前是摆着一眼望不到边际的那么多的坑、坑、坑啊！"

从以上四篇杂文，可以看出萧军对当时延安文艺界的某些现象并不十分满意。他的立意是好的，但是由于往往控制不住语气，而显得很偏激，一时间与延安很多人关系都很紧张。

自由恋爱是"五四"个性解放的重要体现，然而在延安，即使是那些受到启蒙精神影响的女学生，也在择偶上缺乏独立意识，很容易对党内军政首长产生崇拜爱慕心理，婚后生活却因个人意识和需求的差距，不尽人意。对此，萧军写下《论"终身大事"》，根据女性在婚姻上的问题和困扰，指导女性在这个男性主导的社会中保持思考，对身上存在的"惰性，自暴自弃，虚骄，狭小，不愿思索"的"恶德"要有警惕心理，时刻进行自我批判，防止荼毒自身。这种担忧是有现实指导意义的。在当时，不少与首长结婚的女性往往仗着丈夫权势趾高气扬，甚至还借此出入各种大会，萧军认为这是一种丧失个性人格、趋炎附势的行为，是应该被大力清除的。而《续论"终身大事"》中，他察觉现实生活中军人

---

① 萧军：《文坛上的"布尔巴"精神》，见雷加主编：《中国解放区文学书系·散文杂文编》（二），重庆出版社1992年版，第927页。
② 萧军：《作家面前的"坑"》，载《解放日报》1942年3月30日。

首长们仍残留的男权意识，对妻子缺乏关爱，也提出男性应主动放下个人的独断专制，正视自己的缺陷并尝试改正，在新社会调整自己的"好同志""好丈夫""好情人"身份。萧军针对一些首长和外国人恶意骚扰女性、玩弄女性的行为也做出激烈的抨击。

针对弱小儿童不能得到足够的关心和理解等问题，萧军也通过杂文勇敢发声。在《纪念鲁迅，要用真正的业绩》一文中，萧军指出，象征未来希望的孩童在饮食医疗上达不到基本保障，这个问题在延安尚未得到重视和解决。萧军自己的女儿本来活泼健康，但送到保育院后却疾病累累，精神也显得呆滞。实际上，受限于匮乏的物资供应，不仅是党员干部，即便儿童的饮食医疗也因政治权力的介入而分成三六九等。比如，延安牛奶紧俏，只有高等干部及其儿女有权利享有牛奶。此外，儿童的教育问题也是萧军关注的。由于人员短缺，延安党员干部的助理多由这些十二三岁的"大小鬼"担任，名为助理，实为跑腿打杂的生活，很大程度阻碍了儿童接受文化教育的程度，而一部分党员干部完全以旧社会对待奴仆的态度号令儿童"助理"，更引发了萧军的严重抗议。

在教育问题上，萧军还格外关注沿岸地区的工人们。在《工人与文化——为五一纪念》中，他鼓励工人积极接受教育，自己也积极从事工人教育，在条件艰苦的环境中传授文学教育，并为从工人中培养出文学新人而满足欣喜。他和丁玲等人建立星期文艺乐园，开展文艺运动和帮助文学青年等学习与写作。一些民主观念也在杂文中展开，在《君道章——谈今吹古录》中，萧军呵斥了那种"损不足而利有余"的封建专制观念，期望革新民众的主权意识，扑灭国统区滋生作恶的专制思想。这在《补空子》的春联问题上再次被强调，他指出如果不及时将革命果实以文化思想的方式向民众传播，那些陈旧观念依然会在看似光明的"春联"下淤积，而这种"假民主"才是更值得警惕的。

随着抗战的持续，一种消极怠工的官僚做派风气也在延安浮现。萧军以轻松而不失尖锐的口吻指出延安部分机构的"四可怕"——"一怕机关大一点的传达室，二怕总卫生处的门诊部，三怕演戏时候的大讲堂，四怕两家食堂合作社"。此外《杂抄偶得》记载的短小的对联也充分表现思想初步觉醒后的群众对医院看病充满牢骚而无可奈何的心理。《胜利以后怎样呢》则针对干部和更多群众忽视的卫生习惯发出呼声。

三、启蒙主义杂文观的困境

在萧军看来，如果文艺不能维护自身独立性，文艺的社会功能将会缩小，而且这些文艺作品将失去它的审美功效，最终沦落为政治宣传品，甚至是附属品。因此，他极力推崇作家人格独立之精神，认为作家应该秉承自由主义进行写作。然而，萧军的杂文在当时并没有获得较大的关注，甚至还被各种报刊上的化名文章反驳攻击。这里既有延安政治体制及主流意识形态的阻碍和遏制，也有萧军本人性格上的缺陷。萧军常以鲁迅弟子自居，动辄以鲁迅接班人的语气讽刺延安文艺界领导人机械粗浅，对待朋友也常常缺乏包容心。这种偏执带来的影响不可小觑，它不仅使萧军失去了很多可以依靠的外在支撑力量，也使得他在文学发展道路上陷入闭塞偏执的处境。萧军显然没有意识到这种问题，与中共领导人毛泽东的关系也能窥见其性格的大胆鲁莽。毛泽东在萧军初来延安便亲自迎接招待，并表达对其豪迈真诚的欣赏。萧军对此不以为意，在二人的通信中，直呼其为"泽东同志"，在日记里也直接称呼其姓名，有意拒斥主流的"主席"称谓，这不仅可以视作萧军抗拒延安政治体制，彰显独立个性的表现，在某种程度上亦能体现出他对毛泽东政治文艺思想的不同理解和认识。

此外，文学创作经验与对现实观察的不足也使得萧军在延安的杂文创作陷入困境。尽管其成名作《八月的乡村》一经出版就声名鹊起，但以鲁迅为代表的左翼文人对该作的欣赏欢迎似多集中在独特的内容题材与真诚严肃的创作态度上。萧军对现实的追求和探索，要比常人来得急切又浓烈，他的杂文急于将全部的义愤顷刻宣泄，所有的感情在他的文字中一览无余，往往不能收到预期的效果，与鲁迅先生匕首投枪式的战斗性杂文有巨大差异。在缺乏鲁迅的韧性战斗精神后，萧军的杂文显然热烈有余而冷静不足。

最重要的是，萧军启蒙主义杂文观和当时主流文艺观的分歧。萧军的杂文往往扮演着一种与延安主流意识形态相异的角色，其特点正如黄子平所言，"'杂文'不仅意味着一种写作方式,而且意味着那一代知识者对他们所理解的'五四精神'的坚持和传承,意味着对那个时代、民族、大众的一种道德承诺,意味着对艺术创作的自由独立精神的执守,意味着对'五四'时代所界定的文学家的社会角色的认同,总之,意味着一种生存方式"[①]。萧军试图以这种启蒙视野介入现实政治生活,坚决反对一味"歌颂光明",认为:"即使在进步的地方,有了初步的民主,然而这里更须要督促,监视,中国所有的几千年来的根深蒂固的封建恶习,是不容易铲除的,而所谓进步的地方,又非从天而降,它与中国的旧社会是相连结着的。而我们却只说在这里是不宜于写杂文的,这里只应反映民主的生活,伟大的建筑。"[②]殊不知,在以集体主义为主流价值观的延安社会,强调个人主义的杂文,大力倡导人的价值,将改变延安社会存在的坏现象寄希望于文字的力量,不免有些天真,这样的行为也是不合时宜的。

[①] 唐小兵编:《再解读:大众文艺与意识形态》(增订版),北京大学出版社2007年版,第26—27页。
[②] 丁玲:《我们需要杂文》,载《解放日报》1941年10月23日。

第四章 人民的情感：延安时期的诗歌创作

延安诗歌题材广泛，内容丰富。延安诗人在诗歌中形象地反映了延安时期的行军抗战、生产劳动、边区建设、文化生活等方方面面。延安诗人的诗歌创作成就在艺术方面主要体现在对民族化、大众化的追求上。延安文艺座谈会以后，延安诗人注重从原型、体式、表现手法、节奏韵律、语言等方面吸收、利用民间资源，从而为新诗的创作开辟了新的道路。

第一节

延安时期的叙事诗创作及其形式的谣曲化

在20世纪中国叙事诗发展史上,延安时期的叙事诗创作活动,作为并属于那个大时代文学的重要组成部分,是在一种完全不同于以往的现代文学创作格局下展开的。七七事变的炮声,不仅打断了30年代中国新文学南北两个中心的发展格局及其创作进程,直接导致了40年代新文学所谓国统区、解放区及沦陷区创作格局的形成。同时,民族独立解放战争的开始及其国家意念的张扬,又使现代叙事诗艺术和民族国家想象及这时代的社会意识形态紧紧地联系在了一起,并在当时倡导的叙事诗时代及其实践性艺术创作之中,成为一种基本的文学言述方式。其中,对民间歌谣及俗曲等本土性艺术与形式资源的有意识发掘、利用,以及和民族化、大众化的新文学运动联系起来的创作立场与审美意识,又使其在许多艺术实践层面及方式上,既不同于"五四"以来的现代叙事诗创作形态,也有别于二三十年代及延安时期文学形成以前的谣曲体叙事诗文本样式。本节通过对延安时期的叙事诗创作及其文体形式谣曲化选择的考察,探讨延安时期文学与20世纪中国文学之间的关系,以及蕴含在其话语方式深层被有意或无意间忽略的一些非政治层面的学术性问题。

一、民歌体叙事诗的繁荣

延安时期文学运动中现代叙事诗创作的繁荣,以及其文体形式的谣曲化选择和成功,不仅是"五四"以来中国新文学国民文学及平民文学的理想追求,以及中国现代叙事诗艺术的一种延续与发展,同时也与"五四"前后开始的新诗向民歌民谣学习，以及30年代左翼文学的新诗歌谣化创作等新文学传统有着内在的关系。这种在新的时代背景与特定政治文化地域生态下成长起来的现代叙事诗歌创作形态，除了受国家意识及民族解放战争的时代感召，抗战初期"文章下乡，文章入伍"创作口号的主导，以及流行于前线后方、国统区及解放区方兴未艾的朗诵诗、街头诗、快板诗、枪杆诗等诗歌运动的推动，而在叙事主题、形式来源，以及创作方法、艺术目的等方面，都呈现出鲜明的实践性艺术及意识形态性特征外，在叙事诗歌的文体形式方面，也显然有别于五四新文学运动以来所追求的现代化艺术方向，并不同于30年代中国诗歌会作家所倡导的大众歌调式的民谣小调鼓词儿歌，而表现为一种期望采用本土性艺术资源，来创造出新时代的史诗或者说民族的叙事诗艺术形态等目的。因此，历史与时代的遇合，不仅使五四新文学运动以来，围绕民歌民谣或谣曲体诗歌创作的诗学价值及文体意义等问题展开的讨论，在新的历史语域空间及民族叙事诗的文学想象中，开始有了一个确定性的理论方向及实践上的转变，而且在抗战以来中国文学雅俗合流趋势的影响之下，也使叙事诗歌文体形式及其创作形态，成为当时及时代的文学类型系统中，最能够体现并与当时主导社会意识形态相联系的一种诗歌艺术及文体形式。

于是，在当时的现代诗歌创作实践及理论批评中，对于民歌民谣或谣曲体裁的文体及诗学意义的价值确认，和以往相比也就发生了一些值得注意的变化。其中，最为重要的就是将五四新文学运动前后对民间歌谣形式纯朴清新等自然、率真质素的肯定与青睐，演进为中国现代诗歌大众化、民族化艺术形式的一种方向或道路。所以，包括运用或利用民歌、民谣及通俗韵文形式写作出的鼓词、弹词、唱本等所谓的通俗叙事诗作品，不仅受到当时文学及诗歌理论批评界的高度注意与大力推崇，而且以其特殊的积极的社会效果，被看作"一种可以弦歌的叙事诗"①，以及有可能"发展为新时代的史诗"或实践"民族革命的史诗"的形式之一②。甚至于有人更为直截了当地说："'旧形式'这个名词不妥当，我们要着重地说'民族形式'。"因为，现代诗歌包括叙事诗艺术新的形式及创作，

---

① 茅盾：《关于鼓词》，见《茅盾文艺杂论集》（下），上海文艺出版社1981年版，第705页。
② 穆木天：《建立民族革命的史诗的问题》，载《文艺阵地》1939年第5期。

应当从那些唱本、大鼓词、莲花落、弹词等"老百姓所喜闻乐见的"和"成了形的",以及"历史的和民间的形式脱胎出来"①,所以"新诗人应该向歌谣学习是一个确论"②,如此等等。这正如朱自清先生所指出的那样,就是"抗战以来,大家注意文艺的宣传,努力文艺的通俗化。尝试各种民间文艺的形式多起来了。民间形式渐渐变为'民族形式'"③。而这种对于民歌民谣或谣曲体裁所给予的确认,甚或是特别的青睐,又使其与现代诗歌的大众化及民族化道路、方向紧密地联系在了一起。因此,尽管在全面抗战前夕,仍有人质疑所谓"许多人都以为新诗应取法歌谣,从歌谣取得新生的活力"等观点,并明确表示"这是从一个大的定论中推演出来的",认为"新诗应吸收歌谣而不能把它当做唯一的救星,尤其是不能模仿它,因为那样一来,就又硬化而僵死了"。④但是,朱自清先生仍然肯定了"新诗不妨取法歌谣"的主张,认为这种"取法"的目的及意义,就在于能够使现代诗歌具有更多的"本土的色彩",特别是从此而有可能"利用民族形式",创造出来"一种新的'民族的诗'"。⑤

不过,40年代中后期谣曲体叙事诗创作在延安时期文学中的勃兴,以及其在抗战胜利前后对整个现代叙事诗创作形态及其艺术发展趋势所产生的影响,则至少与两个方面的因素及条件密切相关。其中,一是全面抗战爆发以后,尤其是战争进入相持阶段后,国内社会矛盾的突出,国共之间政治斗争日益公开化,促使许多向往民主及自由的青年作家,不断地涌向延安等解放区,从而使解放区作家队伍迅速壮大,并且以延安为中心,包括晋察冀及太行山抗日根据地,以及抗战胜利后的东北解放区等地区在内,形成了当时中国新文学运动一个新的文学中心,即延安时期文学或可谓"延安文学派"。而这些聚集在解放区的作家们,

---

① 萧三:《论诗歌的民族形式》,载《文艺战线》1939年第5期。
② 劳辛:《诗的理论与批评》,正风出版社1950年版,第97页。
③ 朱自清:《新诗杂话:真诗》,见朱乔森编:《朱自清全集》(2),江苏教育出版社1996年版,第380页。
④ 柯可:《杂论新诗》,载《新诗》1937年第2卷第3、4期合刊。
⑤ 朱自清:《新诗杂话:真诗》,见朱乔森编:《朱自清全集》(2),江苏教育出版社1996年版,第387页。

几乎都怀抱着一个基本一致的政治理想,并具备相近的共同的文学观念及审美趣味,特别是那些属于或与30年代左翼文艺运动,以及中国诗歌会派有直接或文学思想渊源关系的作家诗人。由此对于延安时期文学的通俗化及大众化文学创作路径走向,包括叙事诗歌的谣曲化艺术实践及其取得的成功,产生着不可忽略的决定性作用。二是随着解放区政治进程及其文化生态的发展,特别是1942年整风运动的展开,以延安文艺座谈会为标志及其基本内容的文艺整风运动,以及《讲话》的发表,不仅确立了延安时期文学是"从属于政治的","是整个革命事业的一部分,是螺丝钉",以及"为工农兵服务"的任务与方向;又从意识形态及组织方式方面,"确定了"、"摆好了"作家及"党的文艺工作"的文学意识产生及写作行为,"在党的整个革命工作中的位置",即"在有阶级有党的社会里,艺术既然服从阶级服从党,当然就要服从阶级与党的政治要求,服从一定革命时期内的革命任务",并由此承担起作为"文化军队"所必须完成的政治斗争使命及历史责任。从而不仅使延安时期的叙事诗创作,将"控诉"与"歌颂"两大主题确定为解放区叙事文学及其谣曲体叙事长诗宏大叙事的基本内容,而且也开始了延安时期文学及其作家的体制化进程。正因为如此,解放区或根据地叙事诗创作的谣曲化及其谣曲体叙事诗的成功,也就绝非仅仅是出现在解放区的一种工农兵文学或其创作现象。实际上它所具有的代表性及其文学史意义,已经使之成为整个40年代现代叙事诗艺术形态的一个组成部分。并且,还作为代表"不但是经历了两种地区,而且是经历了两个历史时代"[①]的文学成就及其文体范式,对当时及后来的现代叙事诗艺术发展,产生着直接的作用和影响。

二、"叙事诗时代"的开启

40年代延安时期的现代叙事诗创作活动,也是从全面抗战初期风行于解放区的诗朗诵及街头诗运动开始的。因此,当时的叙事诗艺术形态,除了在主题思想、题材及文体形式等方面,将反映与表现根据地或解放区军民新的战斗生活和

---

① 毛泽东:《在延安文艺座谈会上的讲话》,见《毛泽东选集》(第3卷),人民出版社1991年版,第876页。

精神状态，追求大众化及通俗化的叙事功能，以及与读者之间重构一种新的艺术及审美关系等，作为自己这种实践性艺术的中心任务及目标之外，叙事诗创作活动的大众化及谣曲化倾向，则主要存在两个方面的趋向：一是有着明显乐府体场景结构及"卒章显志"形式痕迹的"小叙事诗"创作的繁荣。这基本上由晋察冀诗人群的早期叙事诗创作为代表。如邵子南的《模范妇女自卫队》《运输员和孩子》，曼晴的《永远热闹的小集市》《县长病了》等，方冰的《歌唱二小放牛郎》，徐明的《游击队员》，史轮的《老百姓摸枪》，陈辉的《姑娘》《卖糕》《土地》《妈妈和孩子》及《将军》等，远千里的《去找吕司令》《在席篓里》《两个死尸》及《她驾着小船》等，商展思的《游击队里的小鬼》《不准挂个"小"》和《抬炮》等，以及劳森、流笳、任霄、丹辉、管桦、章克夫、戈焰、魏巍等作家的作品。二是"参用唱本（就是俗曲）的形式"①，侧重于讲故事的长篇叙事诗出现。它们以长篇的韵文结构及有意识的民族形式创新，引起了包括国统区在内的整个新诗创作及理论批评界的广泛注意。如柯仲平的《边区自卫军》《平汉路工人破坏大队的产生》，鹰潭的《老太婆许宝英》，贺敬之的《小兰姑娘》，公木的《岢岚谣》《鸟枪的故事》，何其芳的《一个泥水匠的故事》，肖三的《礼物》等。这种被朱自清认为是"准备朗读的，不是准备吟诵的"叙事诗歌②，在茅盾看来，还因为叙事诗艺术的题材与其庄严和雄伟的风格是否相称等问题，有理由并值得新诗界注意及研究。

1942年5月的延安文艺座谈会，使叙事诗创作活动的内容与形式都发生了新的重大的变化。其中它所呈现出的可谓崭新的面貌及最为明显之处，就是和全面抗战初期相比，长篇叙事诗创作特别是谣曲体或者说民歌体叙事长诗创作，不仅得到充分的重视，有了普遍性的成长与繁荣，而且成了延安时期文学中工农兵方向及工农兵文学创作的一个重要实绩。如除了艾青的《吴满有》，田间的《戎冠

---

① 朱自清：《新诗杂话：真诗》，见朱乔森编：《朱自清全集》（2），江苏教育出版社1996年版，第381页。
② 朱自清：《新诗杂话：真诗》，见朱乔森编：《朱自清全集》（2），江苏教育出版社1996年版，第385页。

秀》《赶车传》等，阮章竞的《漳河水》，李冰的《李巧儿》，张志民的《死不着》《王九诉苦》《欢喜》等作品之外，1946年9月，李季的长篇叙事诗《王贵与李香香》在延安《解放日报》上开始连载，也因此使其成为延安时期文学创作活动的一个标志，显示出当时谣曲化叙事长诗创作高潮的出现及其艺术规范的确立，并且作为现代叙事诗艺术实践中取得的一种突破及体裁范式，从主题到形式直接主导及影响了40年代后期包括国统区在内的叙事诗创作。这种借鉴及模仿民间谣曲或民歌的叙述格调，以侧重于诉诸听觉功能的讲故事结构模式为主，辅之以传统的抒情感事比兴等表现手法的民族化文体形式，在叙事主题方面，则明确地将"暴露"那些"侵略者剥削者压迫者"及"歌颂无产阶级光明者"[①]，置于社会革命与政治解放的宏大历史性叙事之中，在强化及张扬作品故事情节的完整性与传奇性艺术功能的同时，以实现及传达作者明确的主题思想意旨及政治功利目的，揭示劳苦大众的个人命运与整个阶级革命事业之间的血肉关系，反映解放区人民在中国共产党的领导下进行民族解放战争及政治革命的奋斗历程与胜利前景，作为叙事长诗作品"压迫—革命—解放"的叙事模式及其创作的基本规范。

除此之外，应当注意的是，当时晋察冀诗人群的长篇叙事诗创作，与同时期的民歌体叙事长诗相比，在叙事主题及艺术风格等方面，不只存在着明显的差异，而且形成了鲜明的流派特征。如邵子南的《大石湖》，曼晴的《巧袭》，丹辉的《红羊角》，商展思的《私语》，郭小川的《滹沱河上的儿童团员》，秦兆阳的《乌鸦国王的烦恼》，鲁藜的《老连长和他的儿子》，于六洲的《刘桂英是一朵大红花》，魏巍的《黎明风景》，胡征的《好日子》，天蓝的《队长骑马去了》，方冰的《人民的葬礼》《柴堡》《给老王》《屈死者》《不屈者》等。尤其是孙犁的那些长篇叙事诗作，如《儿童团长》《梨花湾的故事》《白洋淀之曲》《春耕曲》《大小麦粒》《山海关红绫歌》等，通过自由体或散文化的诗歌文体形式，抒情写实性的故事情节及情境叙述，表现平凡故事或非传奇性题材以

---

① 毛泽东：《在延安文艺座谈会上的讲话》，见《毛泽东选集》（第3卷），人民出版社1991年版，第873页。

及激荡战争风云际会之中人的精神及心灵的发现等。它们作为孙犁40年代整个叙事文学创作的一部分，除了题材及叙事主题，甚至于人物形象的塑造上，和他的小说创作有着密切的艺术连续性外，在艺术风格方面，也仍然将诗意的抒写看成了自己艺术创新及独特追求的核心内容，从而以不同于谣曲化的叙事诗创作，突破并超越了延安时期文学叙事诗艺术形态的模式化格局，在现代叙事诗艺术的民族化及现代化、通俗化及多样化实践方面，做出了积极的、非同一般文学史意义的独特贡献。这不仅代表了晋察冀诗人群叙事长诗创作的流派风范及抒情写实风格特征，也证明了，即使是在延安时期文学中，民族化与现代化、通俗化与多样化、政治性与艺术性之间的现实性矛盾或冲突，也都并非是一种完全对立或决然互斥的。

40年代末，随着抗战的胜利及其后的国共两党政治军事的对决，以及内战局势的日益明朗，延安时期的叙事诗创作，也在题材选择与主题内容、文体形式与审美趣味等方面有了一些新的演变及拓展。其中，在东北等解放区出版的《东北文艺》《文学战线》等报刊上，反映土改运动及翻身农民踊跃参军题材及思想主题的长篇叙事诗作品，一时间大量出现。如戈振缨的《要想日子永远过得好》《夫妻夺旗》等，孙滨的《白沟村》，公木的《三皇峁》，史松北的《英雄的纪念册》《担架队》，刘岱等人的《陈家大院》，师田手的《担架队赶路曲》，谭丁的《万人坑上开了花》，谭亿的《两个爸爸》，锦清的《铁树开花》，金帆的《从黑夜到天亮》，萧邦的《郑老汉救了小山东》，大芳的《张大嫂分果实》，朱元的《康奶大》，陶纯的《马大娘探儿子》《女运粮》《李秀娟卖豆腐》，郭振忠、齐开章、石化玉等人的鼓词体叙事诗《何大庆八次立功》《红旗插上壶梯山》《董存瑞》《侯昭银杀敌救女记》等等，张芸生的《贺功会上再团圆》，侯唯动的《拥护〈中国土地法大纲〉》《黄河西岸的鹰形地带》，刘洪的《艾艾翻身曲》，胡昭的《自卫队长》，红梁的《小艾丫》，莽永彬的《王福祥》，李季的《报信姑娘》《三边人》《只因为我是一个青年团员》，谢力鸣的《李锡章老两口子》《廉二嫂》，丹波的《铁牛号》，陈旗的《歌唱人民英雄梁士英》等，都是当时涌现出的一批解放或翻身主题的叙事诗作品。而与之形成鲜明对照的，就是在当时国统区的一些进步诗人那里，暴露社会黑暗及政治腐败叙事主题的叙事诗创作。这不仅成为他们用来表达其政治态度及思想意识，批判现实或歌颂民主理想等的一种主要的诗歌文类形式，而且显示出解放区的叙事诗创作与国统区的叙事诗创作活动的一种合流趋势，并因此对新中国建立后的叙事诗创作，构成了一种新的诗性叙事发展态势及写作秩序。如沙鸥的《这里的日子莫有亮》《母子遭殃》《赵美珍的苦命》《红花》《逼租》《逃兵林桂清》等，吕剑的《花盆山》，罗迦的《老祖母》，臧云远的《送丁图》，袁鹰的《运河叙事诗》，铿锵的《全盛米店》，许洴的《米》，索开的《在黄河渡上》，洛黎扬的《他的薪水结了冰》等，萧岱的《厄运》，丁力的《想起祖父》《苦难的童年》《做庄稼》《二姐姐》等，晏明的《三月底夜》，吴祖强的《红霞的故事》，冈夫的《地主和长工的故事》，马丁的《反迫害进行曲》，征帆的《深夜》，李洪辛的《奴隶王国的来客》，程边的《小萝卜》，陈牧的《木匠王小山》，冻山的《逼上梁山》，林林的《英雄林阿凤》等，楼栖的《鸳鸯子》，丹木的《暹罗救济米》等，都以其独特的艺术敏感及形式，分别展现了抗战胜利后国统区经济社会的动荡及人民的苦难，以及国民党统治者对民众的横征暴敛及压迫，成为当时中国社会及政治大转换时期的一种历史记录。

三、文体形式的谣曲化

由于中国现代叙事诗在艺术形式的选择，从一开始就是在外国史诗、叙事诗艺术形式的启发和横向吸收，以及对中国古典叙事诗乐府歌行体式及其结构形式的纵向继承和发展基础上，所建构起来的一种现代的文学言述形式及诗性叙事文体类型。所以，中国现代叙事诗艺术才能够在主题的追求和题材的拓展，以及体裁样式外观与作品形态功能等方面，不仅表明其所走过的及趋向的都是一条中国诗的发展的现代化新路[①]，也因此而呈现出与古典叙事诗迥然相异的美学品质及发展特征。

---

① 朱自清：《新诗杂话：真诗》，见朱乔森编：《朱自清全集》（2），江苏教育出版社1996年版，第386页。

不过，虽然现代叙事诗的艺术结构及文体形式没有像以前那样脱胎自民间歌谣或直接从民间文学形式中获取艺术资源及形式上的灵感。但是，20世纪的现代中国文学想象及其民族化、大众化的艺术形式期待，又决定并促使现代叙事诗艺术及其文体形式的成长，无法拒绝和回避民歌民谣及唱本俗曲等民间文学体裁样式的影响，以及对于它们某些自然天成形式因素及艺术基因的历史性选择。从梁启超、黄遵宪等基于"天籁"说的文学认同，模拟新乐府体裁并着手"易乐府之名"而创建的杂歌谣体叙事诗歌艺术形式开始[①]，民歌民谣及其文体样式中可谓未被"文人们""污染"的"绿色"品质，一直受到各个时期作家们的重视及注意。于是，民间歌谣和唱本俗曲的美学趣味及其结构形式，随着中国现代诗歌包括现代叙事诗艺术的发展进步，也越来越多地影响到一些作家或某些文学流派的创作实践。其中，抗战开始后民族形式问题的提出，以及利用民间俗曲等形式进行的民族叙事诗创作尝试，则使这种企图"从各种表现形式中，获得一个更为人民大众所欢迎同时也提高了艺术水准的完美形式"[②]的努力，在40年代中后期延安时期文学的工农兵方向及其通俗化的美学选择，以及谣曲化的"新时代的史诗"性叙事诗创作实践中，终于取得了引人注目的突破及成功，也由此带来并构成了现代叙事诗的谣曲型叙事模式，以及其文本形式建构方面的一些基本规范。

这种被称为民歌体叙事诗的"新时代的史诗"，以及其结构形式方面的基本特征，是出于大众文艺及工农兵文艺所要表现的歌颂与暴露主题的需要，以及社会政治革命等重大题材及其情感思想的审美开掘与宏大叙事的需求，将所谓民族形式的审美要求，即最后确立的以"新鲜活泼的、为中国老百姓所喜闻乐见的中国作风和中国气派"[③]，作为基本规范和准则，对叙述过程及文本语势形成确定的控制或作用，从而在叙事模式上构成了一种咏唱或朗诵式的强力话语结构。提出并要求这种"新的叙事诗的形式"，除了"必须具有大众的语言，大众的感

---

① 《致梁启超函》，见龙扬志编：《黄遵宪集》，广东人民出版社2018年版，第119页。
② 王亚平：《论诗歌大众化的现实意义》，载《文艺春秋》1946年第5期。
③ 毛泽东：《中国共产党在民族战争中的地位》，见《毛泽东选集》（第2卷），人民出版社1991年版，第534页。

情，等等的必需的条件"，并使之"成为普遍的，成为多数人的"，因此"也得有意识地去克服我们的个人主义的偏倾才行"①之外，最为重要的一点，就是其文体功能及创作目的，应该"要作到能入耳，能唱出来，念出来使人听得懂，而且好听，动人，要使诗真能普遍流传成为宣传鼓动有力的工具"②。所以，包括李季、阮章竞、李冰、张志民、公木、史松北、刘岱、萧邦、金帆等作家在内，在吸收或运用民间谣曲章法结构及句式语言等形式因素的基础上，所创作出的那些反映及表现中国共产党领导下人民革命事业的历史性进程，以及解放区新的政治生活及人物故事，并且代表延安时期文学现代叙事诗艺术成就的作品，自然也就成了这种汇聚"革命的文艺""自己的民族形式"和"劳动人民所喜见乐闻的形式"③等品质于一体的"新时代史诗"，以及谣曲化叙事诗的典范性艺术形式。

然而，正因为现代叙事诗歌的大众化审美追求及其谣曲化的形式选择，是将诗性叙事的主要兴趣，确定在讲述一个故事给观众看或者听，而非情节的重新安排及其因果关系上的叙述。因此，复沓与铺叙、韵脚与节奏等形式要素，就成为补救诗性叙事及其形式的呆板或沉闷，追求叙述结构及其功能的单纯，增强长篇叙事诗讲述及记诵等审美功能的一种基本表现手法。因为，除了"复沓是歌谣的生命。歌谣的组织整个儿靠复沓，……歌谣的单纯就建筑在复沓上"之外，铺叙的主要目的，就在于能够使读者或听众"明白易解而能引起大众的注意"④，并且"可以帮助情感的强调和意义的集中"⑤。结果，这种以代言体的叙述结构为主导性话语的言述文本建构，不仅具有较为鲜明的讲唱文学文体基因和形式的痕迹，缺乏情节冲突及逻辑过程，而且叙事语境中叙述者与接受者之间地位的失衡，单位话语因素之间的功能性关系及相互作用，也并不决定预设的正误与意

---

① 穆木天：《建立民族革命的史诗的问题》，载《文艺阵地》1939年第5期。
② 萧三：《论诗歌的民族形式》，载《文艺战线》1939年第1卷第5期。
③ 陆定一：《读了一首诗》，载《解放日报》1946年9月28日。
④ 朱自清：《新诗杂话：抗战与诗》，见朱乔森编：《朱自清全集》（2），江苏教育出版社1996年版，第347页。
⑤ 朱自清：《新诗杂话：诗韵》，见朱乔森编：《朱自清全集》（2），江苏教育出版社1996年版，第402页。

义。于是，尽管很多的谣曲体叙事诗作品，都希望通过采用虚设的对话形式来衔接不同人物的叙述，变换叙述行为和角度，以冲淡或改造谣曲化形式及讲唱文学的某些文体缺陷，但是最终所形成的，从根本上看仍是一种片断性的问答或应辩，难以构成表现价值、意志交换及性格展示的对话，实现故事情节逻辑及意义内在统一性的产生与建立。

随着40年代中后期谣曲体诗歌创作，特别是叙事诗作品所暴露出的艺术缺陷日益明显，对这类谣曲化叙事诗歌创作及其形式的理论批评与研究也日渐深入。朱自清、茅盾等人当时就因此断言："现在的叙事诗虽然发展，唱本却不足以供模范。现在的叙事诗已经不是英雄与美人的史诗，散文的成分相当多；唱本的结构往往松散，若去学它，会增加叙事诗的散文化程度，使读者过分。"[①]他们认为叙事诗歌文体形式的谣曲化，将受歌的比兴、曲的烦琐等形式因素的左右，而使叙事情境缺少所谓"庄严与雄伟的风格"及"雍容的风度，浩荡的气势"[②]，从而强调，以唱本及山歌小调等民间谣曲格式，来写现代叙事诗"恐怕不大妥当"[③]，以及"大约歌谣的'风格与方法'不足以表现现代人的情思"[④]，"拿它们做新诗的参考则可，拿它们做新诗的源头，或模范，我以为是不够的"[⑤]，因而也不足以能够为现代叙事诗艺术结构及文体形式提供一种模范。[⑥]同时，还有废名等作家也明确表示："事实上歌谣一经写出便失却歌谣的生命，而诗人的

---

① 朱自清：《新诗杂话：抗战与诗》，见朱乔森编：《朱自清全集》（2），江苏教育出版社1996年版，第387页。
② 茅盾：《文艺杂谈》，见《茅盾文艺杂论集》（下），上海文艺出版社1981年版，第963、964页。
③ 茅盾：《文艺杂谈》，见《茅盾文艺杂论集》（下），上海文艺出版社1981年版，第962页。
④ 朱自清：《歌谣与诗》，见朱乔森编：《朱自清全集》（8），江苏教育出版社1996年版，第276页。
⑤ 朱自清：《唱新诗等等》，见朱乔森编：《朱自清全集》（4），江苏教育出版社1996年版，第221页。
⑥ 朱自清：《新诗杂话：真诗》，见朱乔森编：《朱自清全集》（2），江苏教育出版社1996年版，第387页。

诗却是要写出来的"①。因此，"运用民谣也不是一个形式的剽取的问题，正确的运用民谣，是诗人的被赋以主观的精神突击的严酷的提汲的处理过程"，而"'旧瓶装新酒'终是一个最没有出息的做法，永远收住自己的格调，千篇成一律，没有强烈的感染力，而是有气无力的独白的单调"。②

针对何其芳等提出的打破"定型的诗的概念"，以改变"那种便于知识分子用来表达其曲折与错综的思想感情"的现代诗歌文体形式，"把许多的口语写进作品，不象一首诗"，或干脆将叙事诗改称"咏事诗"，有意识使叙事诗艺术由视觉艺术变为听觉艺术，从而使谣曲体叙事诗歌创作所期待的接受者，不是一个愿意认真阅读或掩卷深思的读者，而成为一个听众的观点。③不仅朱光潜、冯雪峰等对之表示了理论与实践方面的质疑④，认为那是一种"将诗看成新闻记事"或"将艺术和大众都看成为被动的东西"，因而"妨碍着新诗的创造"⑤，而且艾青、朱自清等作家也都明确指出：中国现代诗歌艺术的本质，决定了它是"读"的文学艺术，而"诗比歌容量更大，也更深沉"⑥。"新诗的语言不是民间的语言，而是欧化的或现代的语言"。所以，"新的词汇、句式和隐喻……还有些复杂精细的表现，原不是一听就能懂的"。⑦可以说，围绕谣曲化叙事诗歌创作实践及其形式创新而相继展开的这些争论，虽然规模影响及涉及的范围还显得零星有限，但对于40年代以及其后中国现代叙事诗艺术的成长与发展，特别是对于准确认识把握民间谣曲形式在现代诗歌，包括叙事诗歌创作中的美学价值及地位，事实上则有着非常积极的作用和意义。

---

① 冯文炳：《谈新诗》，人民文学出版社1984年版，第232页。
② 洁泯：《诗的战斗前程》，载《新诗歌》1947年第4期。
③ 参见何其芳：《谈写诗》，见杨匡汉、刘福春编：《中国现代诗论》（上），花城出版社1985年版，第452—454页。
④ 参见朱光潜：《朱光潜全集》（第3卷），安徽教育出版社1987年版，第267页。
⑤ 冯雪峰：《论两个诗人及诗的精神和形式》，见杨匡汉、刘福春编：《中国现代诗论》（上），花城出版社1985年版，第382页。
⑥ 艾青：《诗论》，见杨匡汉、刘福春编：《中国现代诗论》（上），花城出版社1985年版，第349页。
⑦ 朱自清：《新诗杂话：真诗》，见朱乔森编：《朱自清全集》（2），江苏教育出版社1996年版，第392页。

第二节

延安时期的枪杆诗创作

延安时期的枪杆诗，在文学史及学界论述中一般与街头诗、树干诗、岩壁诗等诗歌形式被同时提及，它的命名直接关联了写作者的社会身份和书写载体，即由战士创作，使用战士自己的语言，反映战士生活及情感的"新诗歌"，以表现战斗意志，鼓舞士气。枪杆诗的由来同墙头诗、树干诗被书写在墙头或树干上而得名一样，因战士用刀刻在枪杆或刀把上而被称为枪杆诗。实际上，枪杆诗的产生并不一定都来自枪杆，它们有的写在传单上，有的贴在或刻在枪托上，在部队中被广泛传播和提倡。可以说，反映战争时期战士精神，由战士自己创作的诗，都可称为枪杆诗。后来枪杆诗逐渐发展成为一种诗体，一些诗人开始运用这一诗体进行创作。

一、枪杆诗的发生、转变与特征

1950年，由荒草、景芙编选，上海杂志公司出版的《人民战争诗歌选》，很大一部分都是枪杆诗，两位编者在前言中对枪杆诗做了较为完整的叙述："解放战争这几年，华东、华北、东北……几大解放军，一面打仗，一面在文艺上也搞得相当活跃；部队里干部战士，亲自出马，自己编戏来演，（这叫'兵演兵'，又叫'演唱运动'）自己写诗来念；这种战士的新诗歌，就是'枪杆诗'。大都是战士自己写、自己念、自己听，或者贴在枪托上，以志不忘，或者写在传单上，互相传观，用来表示自己的决心，鼓舞阶级弟兄的斗志，表扬英雄模范的事迹，批评某个同志的缺点；加上部队领导上广泛提倡，于是'枪杆诗'在行军中发扬了艰苦精神,在整训中帮助提高了阶级觉悟,在战争中激励了勇气和决心,多年来文艺战线上所提倡的大众化的新诗歌运动,借'枪杆诗'这种形态,在几百万中国人民解放军中,植下了根子,并且像野花一样的遍地开放。"①编者同时分析了枪杆诗和诗歌大众化的关系,枪杆诗能得到广泛流行,主要得益于其从语言到形式,从内容到情感都具备了战士们自己的特点,即运用战士与人民群众耳熟能详、通俗易懂、富于韵律的语言,同时接受民谣民歌的优长来书写战士在战争阶段的生活和感情。这是枪杆诗传播程度高和新诗大众化应借鉴的原因。

枪杆诗的发生和转变以及在新诗发展历程中的位置,以1942年的《讲话》前后为标准划分了清晰的界限。通常认为枪杆诗是由街头诗转变而来,作者由专业诗人、农民向士兵发生了过渡,"枪杆诗借助民歌、民谣资源,抒写战士对战斗生活的切身感受,真正体现了诗歌大众化的目的"②,"后期的街头诗主要是枪杆诗,是战士诗歌运动,诗体以仿民谣创作为主,虽偶有优秀之作,但程式化明显,是1958年新民歌运动的先声"③。枪杆诗从街头诗发展而来,以战士为创作主体,成为抗战文艺重要却被忽视的一环,它为新诗大众化做了创作及传播方面的示例,并与新民歌运动有所呼应。

街头诗运动作为中国新诗史上一次特殊的诗歌运动,它是解放区诗歌运动不可或缺的一部分,相比以往的新诗发展轨迹和形成过程,有其自身的创作背景和特征。"延安街头诗的发生是诗人服务于抗战的一种自发性行为。"④因其创作的出发点在于宣传、教育以及抗战,并由于解放区当地文艺生态的实际状况,街头诗的审美性和艺术性并不是诗人们的首要追求,而与其相对应的诗歌研究重点也不在此。对于街头诗和街头诗运动的定义,已有文献记载得较为清晰,街头诗"也称传单诗、墙头诗、岩头诗等,即这些诗以人民大众为对象,以具体的战争

---

① 荒草、景芙辑:《人民战争诗歌选》,上海杂志公司1950年版,前言第1页。
② 沈文慧:《前期延安文学大众化运动述论》,载《文艺理论与批评》2011年第1期。
③ 刘金冬:《论解放区的街头诗运动及其形式演变》,见《中国新诗一百年国际研讨会论文集》,2005年,第370页。
④ 刘金冬:《论解放区的街头诗运动及其形式演变》,见《中国新诗一百年国际研讨会论文集》,2005年,第371页。

及政治事件为题材,采取简捷的短诗体式;写好诗歌后,或张贴在街头、墙头、岩石上,或印成传单加以散发。这是一种紧密配合政治斗争,直接发挥教育作用的诗的战斗形式"①。"街头诗运动,1938年兴起于革命圣地延安,是延安文协的诗人柯仲平、林山和西北战地服务团战地社的田间、邵子南、史轮等人共同发起的。"②街头诗运动的最终方向便是"不但利用诗歌作战斗的武器,同时能使诗歌走到真正大众化的道路上去"③。从街头诗和街头诗的概念、方向可以看出,街头诗很少一部分以传统的文本保存下来,它的书写载体和传播方式的灵活性和即时性最大程度上达到了宣传的效用,从语言和内容方面也是最接近大众和现实需要的。虽然街头诗整体上在传统诗歌的评判标准中显得粗糙和稚嫩,在观感上更多与边区常见的标语口号接近,但也因这样的形式特征,街头诗的语言简洁而有力度,同时因为普及和宣传的需要,在韵律上主要接受中国传统民间文化的影响,有利于街头诗在人民群众群体中的广泛传诵。还有一点值得注意的是,街头诗没有固定的样式,它一般以发表的形式而被命名,诗歌不再被置于高台楼阁,而是遍布于延安街头、树干、墙头,最后甚至出现在战士的枪杆上,真正与大众、与前线的战士们有了更为紧密的联系。田间的《假使我们不去打仗》《义勇军》一类在文学史中已经成长为经典化的诗歌文本,也是街头诗、枪杆诗的代表。当重读经典的同时,或许可发现从街头诗到枪杆诗的微妙联系。

  假使我们不去打仗,

    敌人用刺刀,

    杀死了我们,

    还要用手指指着我们的骨头说:

    "看,

    这是奴隶!"

——《假使我们不去打仗》

---

① 蓝海:《中国抗战文艺史》,山东文艺出版社1984年版,第90—91页。
② 四川省社科院文学所编:《抗战文艺研究》(90年总第31期),成都出版社1990年版,第163页。
③ 艾克恩编纂:《延安文艺运动纪盛(1937.1—1948.3)》,文化艺术出版社1987年版,第85页。

在长白山一带的地方，

中国的高粱

正在血里生长。

大风沙里

一个义勇军，

骑马走过他的家乡。

他回来：

敌人的头，

挂在铁枪上！

——《义勇军》

田间认为街头诗"是一种短小通俗、带有鼓动性的韵律语言。它一经诞生，与人民群众相结合，便似乎有翅膀，可以飞了，它飞往战地，它飞往战后，它飞往战士的心里"①。田间的这首《假使我们不去打仗》在既有的文学史及论著中被认为是街头诗或枪杆诗，可见街头诗与枪杆诗在具体的诗歌中分类的边界是存在模糊地带的，这些处于抗战时期以战争为题材与情感来源的诗，同那些创作主体为战士诗歌，都具备了枪杆诗基本的形式和内容方面的特征。田间作为一个战斗的诗人、时代的鼓手，他的街头诗简短、有力，在情感上极具感染力，再如《坚壁》：

狗强盗，

你要问我么：

"枪、弹药，

埋在哪儿？"

来，我告诉你：

"枪、弹药，

统埋在我的心里！"

---

① 田间：《田间自述》，载《新文学史料》1984年第4期。

在战士创作的枪杆诗里，也有一类以武器为物象的诗，如《机关枪》《汤姆式》《炸药》，常常以具体的武器为描写对象，诗句排列整齐，语言简单直白多口语化，洋溢着鲜明的战斗精神，如"汤姆式，呱呱叫，/俺们俩，很要好，/渡船要坐第一船，/红旗插上舟山岛；/我的枪，真顽强，/和我的心是一样，/多捉俘虏多缴枪，/立功创模在战场"[1]。田间的诗虽然在语言、形式、物象的选择上与战士诗有一致性，他着重的则是普遍意义上战斗精神的抒发，诗歌形式更加接近自由诗，战士的诗多追求格式整齐，语言更为质朴。但可以感受到的是，在抗战的大背景下，无论是诗人为抗战而作诗还是战士在前线以诗表现自己的战斗意志、描写战争生活，他们的情感都是相通的。枪杆诗虽由街头诗发展而来，从诗歌的形式到内容虽有继承，并保留了很多相似之处，但枪杆诗更加聚焦了战场生活与战士情感的直接描写，节奏简明，形式趋于一致，便于群体间的传诵，激发战士们的共同创作，对战争动员和宣传更为直接和有效。

二、枪杆诗与诗歌大众化

人民性大都被归纳为"为人民写""写人民""人民写"几个方面，枪杆诗作为延安文艺创作的一支，毋庸置疑地体现了人民性这一特性。那么，文艺的人民性具体指什么？枪杆诗的人民性是什么并体现在哪些地方？同时其人民性是如何体现的？解析枪杆诗的人民性，是解决枪杆诗与诗歌大众化的一条重要路径，更是分析枪杆诗在延安时期得以传播的主要原因。

"艺术是属于人民的。它必须在广大劳动群众的底层有其最深厚的根基。它必须为这些群众所了解和爱好。它必须结合这些群众的感情、思想和意志，并提高他们。它必须在群众中间唤起艺术家，并使他们得到发展。"[2]也就是说，艺术的人民性在于创作主体是人民，创作情感来源人民。按照列宁对人民与艺术之间关系的论述，枪杆诗的创作主体是战士，当然是人民群众的一员，他们创作枪

---

[1] 荒草、景芙辑：《人民战争诗歌选》，上海杂志公司1950年版，第113页。
[2] 蔡特金：《回忆列宁》（摘录），见《列宁论文学与艺术》（2），人民文学出版社1960年版，第912页。

杆诗的情感是战士自己的情感,同样也是来源于人民群众的情感,枪杆诗所包含的对象、所描写的内容、所抒发的情感都来源于抗战和人民的胜利。文学创作包括诗歌创作对人民性的表现方式是多元的,有学者对人民性的标志分为两个部分:一是"人民大众自己的创作具有丰富的人民性",二是"文人们的创作通过许多间接环节和变形的分光镜而表现出来的人民性"。[1]无疑枪杆诗体现的人民性是来源于人民大众自己的创作这一方面的。

枪杆诗一开始的创作群体是普通战士及干部。很多枪杆诗因历史条件所限并没有完整地保留下来,但现存的作品基本可以反映一时期的创作风貌。如在《群众文艺》中便保存了较多的战士诗选集,如创刊号中的《战士诗选集》(猛进社编辑),第2期中王世英等的《战士诗歌》(六首),第3期《战士诗三首》,第4期则刊登了诗论《战地诗传单》及三首战士诗,第5期刘本林等《战士诗歌》,第7期彭天才等《战士诗歌》(四首)。可见《群众文艺》对战士诗歌的选取和刊载是有侧重的,值得注意的是第4期《战地诗传单》:

> 最近,我西北人民解放军夏字部战士导报社,印制了一批战地小传单,仅就我们所看到的几页来看,内容以配合战斗任务,指导战场动作为主,如怎样进行巷战?指挥员应当注意些什么?如何侦察敌情及如何保护黄色药等等。这些传单,全部用诗的形式写成,通俗、扼要,具体、易于记忆和背诵,对指战员一定会有帮助。现举《给指挥员》一首中的第一段为例:"首先敌情要注意,道路开阔或荫蔽,敌人火力点在哪里?我方火力能否发挥大效力?仔细观察莫着急,抓住俘虏问仔细,查明敌人兵力和配备。"引此一例,以见一般。这些传单用红绿色油光纸印成,形式精美,便于携带,散发和张贴,易于流行,值得提倡。
>
> (编者)[2]

---

[1] 霍松林:《霍松林选集·文艺学概论 文艺学简论》,陕西师范大学出版总社有限公司2010年版,第363、364页。
[2] 朱鸿召主编:《红色档案——延安时期文献档案汇编·群众文艺》,陕西人民出版社2013年版,第113页。

可以看到，枪杆诗吸取了诗歌形式上的优势，篇幅精悍，语言直白，易于传播。其实上述的举例更多的是诗传单或传单诗，这类传单诗或诗传单也可纳入枪杆诗的范畴，它们都具备了枪杆诗的基本特征。可以说，这一类传单诗在战争背景下，更多地承担了传达信息、交流心得的作用。1948年12月15日第5期《群众文艺》刊载了西社宣传科的《西社七团一营枪杆诗总结》，较为充分地对枪杆诗的产生、发展、提高、作用、原因及缺点等做了总结。

以西社七团一营的枪杆诗创作为例。西社七团一营枪杆诗的创作源于一位指导员给战士们讲了报纸上登载的枪杆诗，因其在加强部队文化氛围的同时可以达到自我批评、宣传动员的作用，引起了一部分战士的注意。因一位战士以枪杆诗的形式发表了对另一位战士的批评意见，枪杆诗在营里流行起来。西社七团一营的枪杆诗，"开始大部分都表现了一般的阶级仇恨与歼敌决心，这当然具有一定的教育作用，但对个人的具体特点，与当前的政治任务缺乏密切的联系，因之有些枪杆诗就形成空洞抽象的政治口号，缺乏具体生动的教育意义"[1]。为了解决这一问题，创作者们深化了枪杆诗的内容与思想，如"蒋介石是反动派，欺侮穷人不应该""解放军兵强马又壮，咱们到处打胜仗"一类作品的创作，就显示出较强的政治动员效果。"王庄战斗胜利地结束了，当时准备连续战斗，疲劳不能挡住他们写枪杆诗，有的枪杆诗给雨淋坏了，马上找宣传员重写，并用透亮的胶纸包起来，他们对于枪杆诗的热心和爱护，也正是他们渴求政治文化教育能进一步提高的最具体表现。"[2]

《西社七团一营枪杆诗总结》还总结了枪杆诗的作用，一是"鼓励着战士们的思想情绪，推动了他们的工作，帮助他们记忆他们的计划与决心"，二是"提

---

[1] 西社宣传科：《西社七团一营枪杆诗总结》，见朱德发、蒋心焕、李宗刚编：《第三次国内革命战争时期解放区文艺运动资料汇编》（上），辽宁人民出版社2018年版，第382页。

[2] 西社宣传科：《西社七团一营枪杆诗总结》，见朱德发、蒋心焕、李宗刚编：《第三次国内革命战争时期解放区文艺运动资料汇编》（上），辽宁人民出版社2018年版，第383页。

高了部队的文化水平"。①写枪杆诗还成为教会战士认字写字的帮手，尤其是枪杆诗多以部队生活为重心，战士们通过学写枪杆诗同时学会了训练和战斗中需用到的常用词汇和专业词汇，对提高作战效率也有一定的益处。当然，西社七团一营枪杆诗的缺点也很大程度上暴露了整个枪杆诗创作存在的不足，存在空泛的标语口号式的问题，并与具体的现实和个人真实的情感缺少关联，如"这次练兵加油干，爆炸英雄是我的"，"这次练兵真是好，敌人一见就想跑"，等等。这不仅是西社七团一营枪杆诗创作的问题，在同时期其他地区的枪杆诗，也存在着类似的创作。如《炸药好》："炸药炸药真正好，攻坚战斗离不了，轰的一声像大炮，死守的敌人被吓倒！"《黄炸药》："一包炸药黄又黄，背在背上不要慌，虽说城门堵得紧，点着炸个一平光！"《炸药袋》："我的炸药袋长又长，炸的铁丝网满地扬！我的炸药包重又重，炸的障碍物飞半空！"②

面对枪杆诗存在的问题，战士及干部也一直处于提高与改进的过程中，在配合练兵和战斗任务的同时，也需要和士兵们、人民群众的生活联系在一起。

"对于总的较大任务的配合，具体化还是不够的。比方在整训期间，练兵为中心任务，但练兵是有计划有步骤的，是有先后之分，最好能与最近一期的具体科目相结合，与军事技术的要领、个人动作的优缺点相结合，比一般的下决心似乎更有实际教育意义，如在攻坚、村落战、爆炸、土工作业各阶段的学习里，我们的枪杆诗也应该适应新的情况，与之具体配合，才能起应有的作用。"③这是枪杆诗对于作战和教育两方面需要做的努力。枪杆诗中所体现的战斗精神也是其被称为"战斗的诗"的主要来源，它不仅记录了战士们的战斗生活，鼓舞了士气，在人民群众层面，这是部队与人民群众之间在文艺方面形成沟通的重要渠

---

① 西社宣传科：《西社七团一营枪杆诗总结》，见朱德发、蒋心焕、李宗刚编：《第三次国内革命战争时期解放区文艺运动资料汇编》（上），辽宁人民出版社2018年版，第383、384页。
② 朱鸿召主编：《红色档案——延安时期文献档案汇编·群众文艺》，陕西人民出版社2013年版，第75页。
③ 西社宣传科：《西社七团一营枪杆诗总结》，见朱德发、蒋心焕、李宗刚编：《第三次国内革命战争时期解放区文艺运动资料汇编》（上），辽宁人民出版社2018年版，第386页。

道。枪杆诗不仅代表着从人民群众而来的战士们的诗歌创作,意味着从人民到战士的身份转化,还为人民群众打开一扇看见为人民、为国家而战斗的战士群像的窗子。枪杆诗的继续发展,也为之后的新民歌运动,在深入群众、为人民、写人民的尝试中做出了贡献。

三、从枪杆诗到新民歌运动

从街头诗、枪杆诗,到新民歌运动的发展过程,曾有学者在《论解放区的街头诗运动及其形式》一文中做出梳理:"枪杆诗是士兵自发的有组织的诗歌运动,新民歌是自上而下的一种建构社会主义新文学的运动。正因为这种主动与被动的区别,才出现了诗歌质量上的差异。但它们都借助于民歌、民谣为资源而进行诗歌创作,因此有更多的相通之处。枪杆诗是新民歌的直接源头,新民歌是枪杆诗在新的环境下的一种延伸与发展。但不管怎样,历史已经表明,民歌就是民歌,仿造的赝品经不住时光的侵蚀,终于会自行消失。"[1]

毛泽东在汉口会议期间提出各省搞民歌的想法,他提倡民歌的作者可以是大中小学生,也可以是部队士兵,"各省搞民歌,下次开会各省至少要搞一百首。大中小学生,发动他们写,每人发三张纸,没有任务,军队也要写,从士兵中搜集"[2]。随后,随着《人民日报》于1958年4月14日发表了《大规模收集民歌》,各地便开始了这一场以新民歌为主题的诗歌运动,由于创作主体的广泛性,包括了社会的各个群体,在军营,在工厂,在车间,创作人数之多和传播范围之广达到了空前的盛况。在新民歌运动中可以看到街头诗乃至枪杆诗的影子,在诗歌形式和内容上都存在空泛、单一、过度概念化、简单化的弊病。如《铺天盖地不透风》:"玉米稻子密又浓,铺天盖地不透风,就是卫星掉下来,也要弹回半空中。"在新民歌运动中,许多著名诗人也参与其中。如果参照新民歌运动的众多汇编的诗集,便可比较与抗战时期枪杆诗的异同。

---

[1] 刘金冬:《论解放区的街头诗运动及其形式演变》,见《中国新诗一百年国际研讨会论文集》,2005年,第377页。
[2] 陈晋:《文人毛泽东》,上海人民出版社1997年版,第450页。

正如上文中曾引述到的，枪杆诗由街头诗发展而来，并成为之后新民歌运动的先声，它们都是诗歌走入民间、深入群众、书写人民情感的写照，其中走过了一段在诗歌史上不同寻常的路。由于枪杆诗创作主体大多为部队的士兵及干部，枪杆诗从一开始提倡创作到部队大范围的流行，枪杆诗本身具备的功能也在不断发展和完善，在内容方面除了对战斗生活的具象化，如对战斗武器及军营生活的描写等，同时通过写枪杆诗提高了部队的文化水平，鼓舞了战士们的斗志，再现了真实的军营和战斗生活。虽然在艺术审美、联系实际生活方面还有很多不足，但枪杆诗的发生及传播已成为解放区诗歌运动不可忽略的一部分。

第三节

延安革命家诗词创作

　　延安政治革命家的诗词创作实践，给现代中国新文学及诗歌史留下了许多经典篇章。像毛泽东的《沁园春·长沙》《沁园春·雪》，陈毅的《梅岭三章》，朱德的《寄语蜀中父老》等，都是国家统编教材的经典篇章；诗总集《老一辈无产阶级革命家诗词》及其各种选本，还被作为大学中文教材及党员干部培训教材频繁使用[①]。延安革命家诗词也广泛流传海外，"是中国传统文化和现代政治融为一体的独特的艺术珍品"[②]。"在漫长的岁月里，可以毫不夸张地说，几乎是风靡了整个革命的诗坛，吸引并熏陶了几代中国人，而且传唱到了海外"[③]。事实上，毛泽东、朱德、叶剑英、任锐、陈毅、李木庵、吴玉章、吕振羽、林伯渠、张曙时、徐特立、陶铸、钱来苏、谢觉哉、续范亭、董必武、魏传统等一批延安政治革命家的诗词，不仅"吸引并熏陶了几代中国人"，而且以巨大的精神感召力鼓舞着国人为中华民族复兴大业而奋斗。

　　历史地讲，延安革命家的诗词创作实践，承续晚清、"五四"以来一些民主革命家如柳亚子、章士钊及共产党人李大钊、瞿秋白、邓中夏，甚至那位揭橥新文化启蒙和"五四"旗帜的伟大人物陈独秀等人的诗词创作之风，但其思想内容、审美格调和精神境界却有了很大的不同。延安革命家的诗词创作实践由于对

[①] 鲁歌、羊春秋主编：《老一辈革命家诗词选注》，福建人民出版社1983年版，前言。
[②] 王丽娜：《毛泽东诗词在国外》，见臧克家主编：《毛泽东诗词鉴赏》（修订本），河北人民出版社2012年版，第467页。
[③] 贺敬之：《中华文化的瑰宝　诗歌史上的丰碑》，见臧克家主编：《毛泽东诗词鉴赏》（修订本），河北人民出版社2012年版，第349页。

中国革命现代化的实践道路有了新认识,因而没有了陈独秀们《金粉泪》式的愤世嫉俗、感伤迷惘,也没有了他们"幸有艰难能炼骨,依然白发老书生"的苍老悲叹①,甚至没有了一些以个人书写为特征的古典诗词创作的偏狭,而呈现出了全新的审美面貌。像1935年、1936年毛泽东书写的《六言诗·给彭德怀同志》《沁园春·雪》等诗词,就以"谁敢横刀立马? /唯我彭大将军"式的英雄主义胆识和创造历史的主体精神,对未来的坚定信念,以更为博大的气势和气概,明朗高昂的格调,在中国诗歌现代转换中以破旧立新的姿态,呈现出从古典和谐向现代崇高转变的趋向。它们高格调、大格局,显示出延安文学,甚至整个现代文学的独特精神面貌。

成立于1941年的怀安诗社的诗词创作②,某种程度上讲,继承和发扬光大了毛泽东诗词创作的这种精神,把诗歌创作与民族解放和个人抒怀联系起来,宣传抗战和边区建设,以民族解放及其现代家国情怀提升了现代诗词创作的精神境界;他们改革旧体诗、改良诗韵、竞相试笔新体诗,对于古典抒情传统向现代转化做了有益探索③;他们气势磅礴的诗篇,充满英雄主义气概,是中国现代文学史上革命现实主义和革命浪漫主义相结合的范式型篇章,为现代诗创作与发展提供了深刻的启示,具有重要的文学史意义和价值。

一、窑台诗缘及其审美个性

对于延安政治革命家的诗词创作实践,其参与者怀安诗社社长李木庵曾以《窑台诗话》这一独特的批评文体给予了阐释。何为诗话? 按照本义,其主要指评论诗歌、诗人、诗派及记录诗人故实的著作。宋代许𫖮《彦周诗话》云:"诗话者,辨句法,备古今,纪盛德,录异事,正讹误也。"章学诚《文史通义·诗

---

① 安庆市陈独秀学术研究会编注:《陈独秀诗存》,安徽教育出版社2006年版,第106页。
② 李木庵编著;《窑台诗话》,湖南人民出版社1984年版,第2页。
③ 古典诗歌抒情传统在魏晋至唐以后主要以诗词曲形式承载着,现代诗歌抒情传统则主要以白话新体诗承载,尽管如此,古典诗歌抒情传统始终存在,如新文学主将鲁迅、郁达夫、聂绀弩等都有大量诗词创作,且成就极高。在这一意义上,怀安诗社及延安革命家的诗词创作的文学史意义就非常值得探讨。

话》云:"诗话之源,本于钟嵘《诗品》。"朱光潜《〈诗论〉抗战版序》说:"诗话大半是偶感随笔,信手拈来,片言中肯,简练亲切,是其所长。"①李木庵《窑台诗话》所指与古今这些诗论家的诗话内涵所指有相似的地方,但也有距离,其尽管有"纪盛德,录异事,正讹误"等因素,但基本属于"诗本事"范畴,其诗话前的"窑台"二字规定或限定了这部诗话的内质和所限范围,也为我们认识延安革命家诗词创作实践提供了一种独特认识视角。

"窑台二字,不见经典,乃出自陕北土语。陕北地势高旷,雨水稀少,土地干旱,居民掏穴为洞,比邻而居,故有窑房之名。……立台远眺,面前景物,罗列眼底,堪为形胜。'怀安诗社'即在台之左邻。窑台以诗社而名,诗话又以窑台而名,可算是山水文字姻缘了。"②这里的"山水文字姻缘"断语,极好地说明了《窑台诗话》与延安政治革命家诗词创作之间的因缘关系。修订整理出版了《窑台诗话》的李木庵之子李石涵说:"《窑台诗话》写在横亘四十年代首尾的两个战争期间,地域都在陕北,主要是在延安。因此,它有陕北地方的生活气息。延安,许多重大事件在这里发生,许多动人场面在这里展现,众多英雄人物在这里成长,是革命的摇篮。这一时期在政治、军事、外交上发生的许多事件,作者们都用诗的形式表了态,就是在学习、观赏、卧病、赠别、祝寿、悼念等琐事中,也无不与革命融为一体,每首诗都附丽于一定的政治背景上,显示出战争年代的革命本色。他们对普通事、眼前景,有所见所感所怀所思,即得一小诗,把时代风云、革命真理、立身哲学,贯注其中,又使自己得到片刻的喜悦,使疲劳的身心得到有益的调剂。……可以说,这些诗篇是他们革命工作的副产品,也是他们那一时期部分心血的凝聚。……《窑台诗话》不是诗坛掌故、评诗家得失、叙源流体例的书,而是把那段历史与生活,用简赅的文字记叙导引,以事系诗,咏物托情,算得是一种叙事的政治即兴诗体。"③从这个后记看,《窑台诗

---

① 朱光潜《诗论》本身却是探讨"中国诗何以走向律的道路"的,有严密的逻辑论述,并非上述"诗话"的"辨句法,备古今"及"偶感随笔"之类。
② 李木庵编著:《窑台诗话》,湖南人民出版社1984年版,第1页。
③ 李木庵编著:《窑台诗话》,湖南人民出版社1984年版,第203—204页。

话》实际上就是怀安诗话或延安政治革命家诗话。其诗学思想与延安文学思想整体一致:"延水清漪嘉岭嵬,发祥景运喜重回。周兴百里由来渐,汉启一亭何用猜。革命策源成圣地,抚时兴吟动窑台。怀安社壁题诗遍,留作千秋信史材。"①该诗把地域和历史结合起来,用历史地理学思想作为起兴点,揭示了延安作为现代革命发祥地和革命策源地的历史里程碑意义,也揭示了延安政治革命家的革命和"兴吟"的关系:"革命策源成圣地,抚时兴吟动窑台。"窑台的诗,就是革命的诗。革命与诗的关系,在这里得到了很好的诠释。其尾联点名怀安诗社的诗,具有独特的历史价值,是"千秋信史材",实际上揭示了延安政治革命家诗词所具有的独特史诗性质。

"典诰敖牙原古语,国风雅颂亦民谣。言已翻新文则旧,空山愁煞注离骚。""穷则变通何可泥,深能浅出自多嘉。古人老去今人继,文艺原为时代花。""言与文分专制利,文比言深普及难。若从民主论文化,大众事应大众观。"②这三首诗,是李木庵典型的"论诗诗",也非常恰切地论述了延安政治革命家诗词创作的诗学逻辑与旧体诗抒情传统改革的关系:一是言文一致的必要性及其诗歌抒情传统演进的规律性问题,二是写诗求新求变的创作规律和深入浅出的法则,三是从大众化角度解决言文一致的理路以及大众与民主的深刻关联。其中"文艺原为时代花"是马克思主义文艺理论关于文艺与时代关系的形象表述,体现了延安文艺的基本理论精髓。

不同于现代诗学批评史上的任何一部诗论,《窑台诗话》的最大特色,在于它的"以事系诗"的诗学阐释方法。这是李木庵这位延安政治家及其诗人身份的独创。因为对于延安政治革命家来说,他们的事业与其创作旨趣天然地一致,诗词是他们事业的吟唱,他们吟唱的就是他们从事的革命事业。换句话说,对于李木庵本人及其怀安诗社成员来说,他们的诗学逻辑实际上也很明确:如果把诗作的来源与产生背景讲清楚了,诗作的意义就自明了。所以,从这个意义上讲,《窑台诗话》就是延安革命家诗词创作实践的诗学阐释,显示出简洁而清晰的现

---

① 李木庵编著:《窑台诗话》,湖南人民出版社1984年版,第2页。
② 李木庵编著:《窑台诗话》,湖南人民出版社1984年版,第33页。

代诗学批评品格。以下三例,就是典型。

例一,《读〈联共党史〉》:"联共党史是用马列主义的立场、观点、方法来分析总结苏联十月革命及其以后的实际问题,并把实践经验提高到理论水平,从而充实和发展了马列主义的。毛主席在延安号召干部读《联共党史》,说:'《联共党史》是本好书,我已读了十遍。'故几乎人手一部。我初读一过,题诗书后:革命途中人不老,马列新编读过饱。思想行动端其趋,贵得其神勿袭貌。唯物辩证理见真,历史转轮物所召。矛盾是统一之前驱,斗争为和平之先导。共遵劳力废特权,平等幸福大家好。六十闻道悟新生,革命途中人不老。"①这里,前叙事,后赋诗,构成《窑台诗话》的基本格局。如《读〈联共党史〉》的叙,说明毛泽东对于马克思主义的新历史思想、斗争策略、民主与劳动神圣思想和平等意识的提升,为理解后面诗提供了事实和思想依据,而诗却揭示作为一个马克思主义革命家的悟道新生、到老为革命的崇高战斗情怀。诗在其中是主体。这是独特的现代新批评范式。

例二,《曲家三杰》:"中国著名作曲家聂耳、冼星海、张寒晖是为曲家三杰。聂作有《义勇军进行曲》,冼作有《黄河大合唱》,张作有《松花江流亡曲》,皆其代表作,于战时鼓舞了民族的战斗的勇气,厥功甚伟。惜三杰皆不永年,中道崩殂。聂殁于日本海浴,冼逝于苏德战争兵荒马乱中,张则于今年(一九四六)病故于延安。我有歌痛惜之:中华曲家推三杰,聂与冼张应时出。武装头脑马列思,把握时代创造力。聂杰之歌歌声激,恍如雷电齐怒发。冲锋前进锐莫当,千军万马尽辟易。冼杰之歌歌声宏,亦昂亦激亦豪雄。黄河滔滔千里势,奔涛骇浪走天风。张杰之歌歌声郁,沉痛凄楚寓壮烈。吸人心灵动国仇,松花江上怒云黑。呜呼三杰调不群,昆仑山头荡层阴。满腔热血凌空泻,洗尽人间靡靡音。呼起国魂雪国耻,勋业千秋垂青史。还将乐谱赞中兴,民族歌喉看继起。"②现代"曲家三杰"之曲《义勇军进行曲》《黄河大合唱》和《松花江流亡曲》,乃抗战文艺和延安文艺的经典。它们唤醒了国人民族意识,对于激励人

---

① 李木庵编著:《窑台诗话》,湖南人民出版社1984年版,第31页。
② 李木庵编著:《窑台诗话》,湖南人民出版社1984年版,第65—66页。

民抗战起了巨大的作用。李木庵在这里,先叙述诗的写作缘起,后赋诗揭示三家曲特色——"聂歌歌声激,恍如雷电齐怒发""冼歌歌声宏,亦昂亦激亦豪雄""张歌歌声郁,沉痛凄楚寓壮烈"以及它们的总体格调,即怀安诗人诗作,少有靡靡之音,少有瑶琴锦瑟之作,没有少陵感伤,大多是黄钟大吕式的铙钹之声,陆游式慷慨悲歌的鲜明时代特色。这种批评,相当令人信服。

例三,《一九四四年除夕与迎元》:"一九四四年下半年里世界反法西斯战争形势大为开展,苏联已将德军尽驱出国境之外,逼进德境。美英在诺曼第登陆,开辟了第二战场,形成夹击之势。美海军在太平洋越岛进攻,逼近日本国土。边区自提倡生产运动以来,丰衣足食,新民主政治,甚为人民拥护,影响及于全国,国内外形势大呈乐观。冬残腊尽之日,延安市民,家家锣鼓喧天,欢度春节,一片迎接胜利之气象。怀安诗社诸老人,情绪焕发,吟兴遄飞,除夕元日,各有新句,写景吟时,极生动活泼之致,而谢老吟兴独健,竟九叠前韵,敏俊过人。谢觉老除日诗云:飘零一十八除夕,迢递五千里路程。掩泪劳妻长北望,执戈有子正南征。枯松怪石应无恙,夕火朝烽谅累惊。我盼明年寰宇净,家书频继捷书临。"[1]延安革命家的神经、心境都与战争密切关联,当战争快要胜利,联想身世,自是乐观向上,因而,"情绪焕发,吟兴遄飞",相互酬唱,篇篇佳作就呈现出来了。李木庵收录这些诗,评论这些诗,自己也写诗唱和:"老来身似一舟轻,还恳东风护我程。塞上风云随变幻,域中丑虏正诛征。国权应自民权建,腊鼓仍同鼙鼓惊。料理明朝春事好,秧歌小队看来临。"[2]因此,了解了这些背景,再来读延安革命家的这些诗,我们为他们的精神感动,自会得到独特的审美享受,心为之倾,神为之安。

事实是,延安革命家诗词创作的"诗本事",本身就是中国共产党在落脚延安后的创业史。在这代表性的三例里,李木庵以"以事系诗"的方式揭示了延安革命家诗词创作的现实主义和革命浪漫主义相结合的诗学本质,从而对于怀安诗歌——延安政治革命家的诗歌创作的产生做了发生学的阐释。这种阐释相当精

---

[1] 李木庵编著:《窑台诗话》,湖南人民出版社1984年版,第43—44页。
[2] 李木庵编著:《窑台诗话》,湖南人民出版社1984年版,第46页。

辟。因为这里的"事",就是1930年代末到1940年代末的延安大事,也即共产党和工农红军延安抗日及民主建设的历史,而这里的"诗",就是怀安诗人及延安革命家的诗。延安革命家诗词创作由延安大事引发,延安大事成了延安革命家诗词创作的活水源头。李木庵从其马列主义的社会历史观出发,揭示了现代诗歌史上这一窑台诗缘的本质,阐释了延安政治革命家的诗词创作实践的历史意义。这纯然是对于诗话体式的现代性独创:它不是过去旧文学批评的文法、文字、修辞以及版本考据,而是上升到社会历史及其现实生活的内容层面的批评。在现代学术史上,这种对于延安革命家诗词创作价值的确认和阐释,颇具现代性。

而且,对于延安革命家的诗词创作实践,李木庵也以传统审美范畴理论为依据,做了一些到位的阐释:"胜代诗文未全灰,座中十客五茂才。利器要推吴贡士,当年文战曾五魁。鲁汪浑朴征造诣,白施能与古为契。共道谢傅词藻新,宜雅宜俗姿骈俪。清才更有朱夫子,旖旎情思缫不已。新体诗成最多姿,花月陶醉氤氲使。吴媛慧秀女青莲,词谱新声鹧鸪天,敏如道韫才多俊,清比易安意欲仙。当筵戚叟人中豪,慷慨悲歌故国遥。高侯纮索自潇洒,手挥目送调弥高。"①李木庵认为,在延安这个"胜代",仅仅就延安革命家而言,诗词创作不乏其人,且成就甚高,并各有格调。其中吴玉章"当年文战曾五魁";鲁佛民、汪雨湘浑朴自然,古诗词造诣颇深;白施古体超妙,谢觉哉辞藻新丽,雅俗兼胜;朱婴旖旎清丽,体式多姿;吴媛慧秀飘逸,步尘李白,堪比易安、道韫;戚绍光慷慨悲歌,豪迈奔放;高侯潇洒自然,格调弥高。他还认为"罗青同志以近作《延安四咏》见示,描写真切,诗笔健爽",延川李丹生"由延安归途所作二律见示,冲穆敦厚,具见修养","谢老觉哉曾作有寄家《望江南》词数阕,叙述家乡山水居室,风物乡味,历数家珍,情感细腻,风趣隽永"。②

在这种阐释中,李木庵的具体做法是,先揭示其总体风格,后举诗为证。如他认为林伯渠"诗笔矫健",接着就拿其诗印证:"寓言夙仰东方朔,奇士更交续范亭。豪气拿云吞亦吐,丹心许国昔犹今。为浇块垒常呼酒,待扫虾夷好用

---

① 李木庵:《延安雅集》,见《十老诗选》,中国青年出版社1979年版,第246—247页。
② 李木庵编著:《窑台诗话》,湖南人民出版社1984年版,第18、27、69页。

兵。收拾河山吾辈事，摩挲匣佩剑长鸣。"①他对钱来苏的"斧钺森严，春秋史笔，不稍假人"，谢觉哉的"情感细腻，风趣隽永"，姜国仁的"诗怀清越，词意并工"，张宗麟的"清新秀爽"，都以此描述。《窑台诗话》的"窑台酬唱"就基本沿用这一理路。其"老革命家诗录"也收录了古大存、郭子化、李六如、陶铸、韶玉、续范亭、萧军等人的二十五首诗，并逐一细评。其评古大存的"历历山河刻国仇，十年血债会当收。摩挲旧剑思袍泽，锻炼新锋试敌头。学以挤钻开鲁钝，志凭坚定济刚柔。延安望系人寰重，检点乾坤贮自由"为"诗句俊拔，革命精神，跃然纸上"②，就相当具有代表性。而其对于陶铸诗词的"诗心激越，饶有敌忾"，对于李六如诗词的"气壮而神逸"和萧军的"矫健不羁"的美学个性的描述也都大多揭示了革命家诗词沉郁豪放的共性特质。这种描述与《诗品》及《文心雕龙》以来的诗话传统一致，对于延安政治革命家诗人诗作的个性分析精约得当，传神而画龙点睛。

二、"延安颂诗"与史诗品质

延安政治革命家创作的一些诗词，是现代中国文学的精彩篇章，但是，前述当事人以及参与者的阐释，由于他们的身份、专业以及文学史叙述时空的过滤等诸多原因，并没有克服古典诗话就诗论诗的点评式缺漏和自叙自评的局限。换句话说，延安革命家诗词创作作为现代文学的重要组成部分，作为现代红色经典的核心部分，它的主题向度、精神面向、审美特征及其诗史和文学史价值，还是需要从多个方面来总体观照与把握的。因为，延安政治革命家诗词创作，总体上看，是典型的延安颂诗，是左翼文学在延安的独特艺术形态。对于这种独特艺术形态的诗词的性质及其类型，既要根据具体创作实绩，又必须联系延安这个当时的革命落脚点和革命中心才能阐释清楚。

大体上看，延安革命家的诗词创作实践结晶，最常见、最有影响的主要有《毛泽东诗词集》（中央文献出版社1996年版）、《陈毅诗选》（人民文学出版

---

① 李木庵编著：《窑台诗话》，湖南人民出版社1984年版，第37页。
② 李木庵编著：《窑台诗话》，湖南人民出版社1984年版，第187页。

社1977年版)、《董必武诗选》(人民文学出版社1977年版)、《朱德诗选集》(人民文学出版社1963年版)、《林伯渠同志诗选》(中国青年出版社1980年版)、《周恩来诗联集笺注》(江苏文艺出版社1998年版)等别集,以及《十老诗选》《老一辈革命家诗词选注》《怀安诗社诗选》《窑台诗话》等合集。这些用旧体诗创作的诗集,思想及艺术水平甚高,有些甚至独领风骚,显示了延安政治革命家创作的真正实绩。如前所述,与古代和现代旧诗词创作的主体个性不同,延安政治革命家诗词创作由于有了"老者安分少者怀"的政治正义性和民族解放的伟大崇高目标,其诗歌的思想内容境界就与中国文学史上所有诗词创作区别开来。毛泽东、朱德、董必武、林伯渠、叶剑英、李木庵等延安革命家诗词创作,就因表现一代政治家的革命经历、革命思想、革命精神而成了现代革命文学的另一种典范。所以,如果把怀安诗社延安政治革命家中的诗词创作者的诗词汇总起来并整体来看,它们是以其鲜明的思想内涵和美学格调构成了中华诗词史上的一个奇观的。朱德、黄齐生诗词的矫健朴茂,陶铸诗词的气壮神逸、激越俊秀,叶剑英诗词的质朴高昂,董必武诗词的"古拙沉雄,精练整齐,用事精辟,天衣无缝,非斲轮老手莫办"[①]的格调,都是中华诗词在现代的光大传扬。毛泽东诗词创作更是现代诗歌的风流范式的集大成之作,其表现的政治远见、政治胸怀、未来意识,足以超越古今,而其显示的豪迈大气、高昂高调的美学格调,委实构成李白、陆游、苏轼、辛弃疾以来崇高浪漫豪放诗词传统的壮丽一页。

这些诗,从内在质地上说,就是典型的延安颂诗,是延安文学的独特一脉。"文艺原为时代花",基于对文艺与时代关系的这种独特理解,延安政治革命家的这些诗,是民族解放和左翼政治的产物,是延安革命政治家的革命初心表达,它们歌颂延安领袖和民族解放英雄,表达了对美好生活的向往、激情和梦想,是现代左翼文学在1940年代的独特样式。大体上看,这些延安颂诗又可分为三类。一类为"胜迹观赏"类。这类诗,多是延安革命家——这些现代政治家们面对延安清凉山、南园、杜祠胜迹的时局感发抒怀之作。如《清凉

[①] 李木庵编著:《窑台诗话》,湖南人民出版社1984年版,第186页。

山》就是1944年李木庵登临清凉山时的感叹："东岳纵横西岳啸，浮生到处是家乡。抚时酬唱思名将，放眼茫茫望大荒。侧听中原闻铁马，忍看浩劫罹红羊。男儿捍国心方热，何事山灵独自凉。"①这类胜迹观赏不是对胜迹的描摹赞扬，或者作者对胜迹的把玩观赏，而是延安革命家对国内时局的感叹和忧思。又如，在"往事怕作故都忆，香车宝马法源寺。只今国步几迍邅，佳气尽被胡尘蔽。却喜春融旧金山，玉蕊琼枝坛坫间。口角香风飏四座，可能飞渡玉门关"（《南园观花》），"我来塞上已六秋，白发砣砣惭自守。国有大盗正披猖，作云作雨翻覆手。长缨在手缚苍龙，尚须神算运枢纽"（《杜祠怀古》）这类诗里，观花而挂念的是延安处境，怀古而心中装着的是抗日长矛，表达的是一代延安革命家对时局的忧思和坚持抗战的意志与雄心，主旨相当明确。

二是"边区政教""陕北风习"类。这类诗作是对于中央红军1935年到延安后政教风习发生天翻地覆变化的书写。这类延安书写写出了边区新景象、延安新面貌。李木庵明确把这类事归入延安颂诗："延安古为塞上，素称荒瘠。一九三五年，中央红军北上抗日，以此为后防，从事生产与文化之建设。四方来归，日臻繁盛，大改旧观，民歌乐土，已成为民族复兴发轫地。旅延安之娴吟事者，多为延城之新气象歌颂。"②罗青的《咏杨家岭》《咏延河》《咏桃林》《咏清凉山》为这类颂诗之最，其中《咏杨家岭》："南距延城五里遥，马龙车水过前郊。沿沟巨厦红旗舞，排岭层窑翠羽飘。革命中枢宏策划，党民大众仰针标。东方圣城光万丈，举世盛尊主席毛。"③杨家岭红旗飘飘，延河胜过秦淮河。这是一批延安革命家的独特观感。何以如此呢？因为这里"儿女工农谊"，"一匡干净土"，欣欣向荣。而对于延川、绥米诗人来说，"中华民国成立卅年，真正的民主政治，竟于今日边区得见之"④，因而不论是前清拔贡李丹生，还是米脂贤能李健侯，都对创造了这一新气象的朱德司令、边区五老等称赞不

---

① 李木庵编著：《窑台诗话》，湖南人民出版社1984年版，第75—76页。
② 李木庵编著：《窑台诗话》，湖南人民出版社1984年版，第18页。
③ 李木庵编著：《窑台诗话》，湖南人民出版社1984年版，第19页。
④ 李木庵编著：《窑台诗话》，湖南人民出版社1984年版，第27页。

已,写下了不少情韵兼胜、细腻泥人、豪放峻拔、凛然风概的延安颂诗。

我们知道,延安古为塞上,是中国北部及黄河华夏文明发祥地,其风习源远流长,然而,共产党及中央红军的到来,马列思想在这里的实践与传播却改变了主宰古老延安的千年风习。短短几年,使其发生了质的变化:这里,新的民主政治、经济因素出现了;乡野民歌转化成了代表先进文化发展方向的红歌;新秧歌舞唱起来、跳起来了,翻身谣流行起来;集体祝寿变成了基层民间"穷人乐"、平等和民主建设的有益方式。这种中国社会、历史文化的千古奇变,也引发了反映它的诗歌面貌的审美新变。所以,怀安诗社及延安政治革命家诗人的许多诗歌就因书写这种延安风尚的变化给人耳目一新之感。像李木庵的《秧歌舞吟》:"霓裳曲只悦君王,独乐荒政隳纪纲。何如秧歌通俗又雅观,大众化者百姓欢。君不见边区鼓乐响阗阗,丰衣足食过新年。又不见世界纳粹如山倒,无产阶级抬头了。普天同庆齐欢笑,明年秧歌更热闹。更热闹,翊政教。"①这首诗歌,就书写、赞美了边区政教及移风易俗的延安生活新气象,词气畅达,诗风明朗,意气洋洋,展现出延安文学诗学的全新面貌。

三是抒怀类作品。这是延安政治革命家诗词创作的主体部分。其内容基本上是对延安革命家这些现代英雄革命事迹的颂扬,延安革命家在延安开创新历史的历史功绩、伟大胸怀及其精神在这类诗里得到充分的表现。比如延安革命家的寿诗创作,尽管当时是延安祝寿这种政治活动形式的书写,但其中的一些寿诗却是延安革命家革命经历的表白、自剖,是抒情主人公为现代中国革命奋斗献身的诗意表达。如林伯渠的自寿诗,是其生平及其思想意志的自信传达:"我惭祖逖着先鞭,视息人间六十年。不惯装腔作样子,相从奋斗赞时贤。握筹愧乏治平策,励志唯存马列篇。战胜层冰与烈日,春风送暖入乌延。"②朱德总司令的和诗就充分肯定了其作为革命导师探索现代"仁政"的历史功勋:"革命奔波六十年,先知先觉着先鞭。覆清奇绩传当世,布政新猷迈昔贤。马列学深耽一卷,诗歌政

---

① 李木庵:《秧歌舞吟》,见《十老诗选》,中国青年出版社1979年版,第262页。
② 李木庵编著:《窑台诗话》,湖南人民出版社1984年版,第120页。

暇吟千篇。童颜鹤发长不老，要作仁政留乌延。"①林伯渠是反清名流，又是怀安诗社发起人，朱德和诗可谓其心声的由衷表达，因而读来相当感人。又如，朱总司令六十大寿，林伯渠和诗更是极为恰切地写出了其对于现代中国革命的历史功勋："六十年来事业新，武装开始属人民。回黄转绿波千顷，济难扶危胆一身。声望已昭敌我友，雄韬独擅工农兵。兴华战绩谁能匹，马列躬行不世勋。"②由于朱德"其人功在人群，品格高洁，为大众所赞誉，从而歌颂之，则非庸俗私谀可言"③，所以，董必武、谢觉哉、刘景范、韶玉、钱来苏、韩进、童陆生、刘道衡和李木庵等革命家兼诗人都对朱德的历史功绩交口称赞。这类诗之中，也许韩进之诗最能见出毛泽东、朱德的历史功绩了："载道于今有口碑，朱毛盛德冠当时。宽宏似海泱泱量，坚韧如山岳岳姿。半世艰难忘一己，毕生忧乐系群黎。举杯先为人民庆，国有长城党有旗。"④该诗歌充分表现了朱德、毛泽东等延安革命家创建现代新历史的伟大功绩及其高妙人格，抒写了诗人由衷的赞美之情，读之令人莞尔心悦。

　　进一步说，延安革命家创作的这些延安颂诗，一方面因其有了毛泽东、朱德等英雄主人公，另一方面因其揭示延安革命之于现代中国历史的"元"性质，就具备了必然的史诗品格⑤。就是说，延安革命家的诗词创作，尽管是以旧诗词为主，但却因为以书写延安这个历史民族发祥地——现代革命策源地而成了现代文学的另一种史诗了。比如《窑台诗话》，如果把它作为延安革命家的诗词集来说，它就以延安为中心情节或视点，相当完整地书写了中国人民现代民主革命走

---

① 李木庵编著：《窑台诗话》，湖南人民出版社1984年版，第120页。
② 李木庵编著：《窑台诗话》，湖南人民出版社1984年版，第128页。
③ 李木庵编著：《窑台诗话》，湖南人民出版社1984年版，第119页。
④ 李木庵编著：《窑台诗话》，湖南人民出版社1984年版，第130页。
⑤ 史诗是一个超越文学体裁定义的概念，按包罗·麦线特的定义，是指古部落以古老的歌曲赞颂他们民族的奠基人，并保留他们民族记忆的编年史。其具有超越现实的时空界限和包含历史这两个端点。"它是编年史，一本部落记事，是习惯和传统的最主要的记录，同时它又是带有一般娱乐性质的故事书。"就现代中国历史及其民族解放意义而言，延安革命家创作的延安颂诗就是我们的圣经史诗式文献，具有史诗性质是毫无疑问的。称毛泽东诗词为史诗的中外学者很多。李捷、闻郁的四万多字长文《诗史与史诗的和谐统一——毛泽东诗词写作背景介绍》，论证了毛泽东诗词的史诗品格。

向胜利的历史进程——延安革命家诗词创作以及《窑台诗话》作为有丰富历史细节的延安史诗,对红军、共产党在延安壮大发展的历史活动做了充分的反映与表现。所以,延安之为"圣地"及其"圣地"精神,延安政治革命家诗词的保家卫国战争、以人民解放为宗旨的反对独裁、建立人民民主社会的开创新历史的题材选择,就使延安革命家的诗词创作以及《窑台诗话》具备了现代史诗文学形式(史诗文学形式主要有三种:史诗小说、史诗戏剧、史诗诗歌)中最具史诗品格的作品。这些作品中,仿杜甫《北征行》的吴玉章之《和朱总司令游南泥湾》、朱德《游南泥湾》及李木庵《秧歌舞吟》等古体长诗,更是延安革命家延安颂诗中最具史诗品格的诗词创作。这些作品里,延安革命家关于军民垦荒的现代历史性独创,延安人文风习的千年现代巨变,抗日及民主政治制度的实践,英雄史诗的英雄主人公,已经共同展现。它们已经构成现代政治史诗的典范。而且,这些延安颂诗作为史诗,比通常我们特别称道的李季的《王贵与李香香》,具备更为成熟的史诗品质。

  其中的《窑台诗话》,作为延安革命家诗词创作的一个合集,它的"叙",就是延安革命的编年史,而其诗,首首都有史诗品格。因为就《窑台诗话》本身的构成看,如果把其中的诗词抽掉,那么,它的叙述部分无疑是老一辈革命家在延安十年开创新历史的编年史,而如果加上李木庵为主的一百七十四首诗,其他革命家的二百八十首诗,就构成了一部完整的体格巨大的史诗了。其"解题"就是这首史诗的序诗,而"解题"之后的如"边区政教""陕北风习""学习感兴""窑台酬唱""胜迹观赏""寿诗""挽章""烈士、志士诗""人物轶文""述旧杂忆"等则构成这部史诗的完整乐章结构。所以,单独视之,它们多为延安老革命家革命斗争、革命情怀的书写;而整体观之,它就是一部延安的伟大史诗:它以李木庵诗歌为主体,以延安为中心情节,组成一部辉煌的延安大合唱。它们是延安革命家在伟大的抗日战争和民族、人民战争中的慷慨悲歌,是现代诗中的黄钟大吕、铙钹之声,是比现代红色歌谣、红色经典更具史诗意识的现代中华民族解放式的现代史诗。

三、革命、浪漫主义与崇高格调

革命,是延安政治革命家诗词创作中在"延安"之外的最主要的核心语汇。仔细追索,延安革命家诗词创作中书写的革命与延安政治革命的内涵完全一致:它不是《周易·革卦》里的"变革天命"的古老内涵,而是现代意义上的现代思想家、政治学家和社会学家所指的社会意义和政治意义的革命,即革命是一种实现正义和恢复秩序的行为,是一种权力转移的方法,是指社会、政治、经济的大变革。按照马克思理解,革命就是阶级矛盾和社会矛盾激化的产物,革命是一个阶级推翻另一个阶级的暴力行动。革命是政治的最高行动。革命是人类社会历史发展不可避免的政治行动。这种政治行动不可避免,因为它不是以人们的主观意志为转移的,而是由社会矛盾运动规律决定的:"社会的物质生产力发展到一定阶段,便同它们一直在其中活动的现存生产关系或财产关系(这只是生产关系的法律用语)发生矛盾。于是这些关系便由生产力的发展形式变成生产力的桎梏。那时社会革命的时代就到来了。"[①]对于延安革命家来说,他们所持的革命观就是这种马克思主义社会革命观。

进一步说,像"投身革命将何事,老者安兮少者怀","安怀老少吾侪志,第一齐心在御仇","窃恐民气摧残尽,愿把身躯易自由","柔肠长系苍生愿,奇气直教世俗惊",以及"好恶从民孔氏经"等透露的革命观,就是延安革命家革命观的精确表达。这种"老少怀安"的革命观包含的"御仇""苍生愿""易自由""治世见精神"及"好恶从民"的思想与当代中国共产党人把人民群众对于美好生活的向往作为奋斗目标的现代性革命观也一致。它以人民性的充分展现显示了革命具有的当代品格:革命为人民,为了人民群众美好生活的愿望,因而,这种革命就具有永远也不会被告别的神圣特性。

从文学反映论的角度来说,这种革命观念的确立以及革命的发生,是革命文学发生的前提,革命的正义性是革命文学正义有效的前提。反过来说,现代革命

[①] 《马克思恩格斯选集》(第2卷),人民出版社1972年版,第82—83页。

文学的正义有效就在于有力地宣传推进了革命，使革命文学起到了重要的现实战斗作用。早期共产党人的革命创作逻辑大体如此。从陈独秀、李大钊到瞿秋白等，他们"妙手著文章，铁肩担道义"，他们创作的革命文学就一直以其历史、社会和道德的正义价值而闪耀着真理的光辉。鲁迅在《白莽作〈孩儿塔〉序》中，就称道这种创作开辟了新文学的新方向。朱德、叶剑英、李木庵、董必武，甚至毛泽东的诗词创作，分明延续了这一新方向，尽管他们书写的体式是古诗词形式。

从审美形态形成的意义上说，这也决定了延安政治革命家诗词——延安颂诗的独特英雄格调及浪漫品格：由于延安政治革命家把这种意义的革命理解成了中国现代化、人民解放翻身的崇高事业，由于延安革命家的现代马克思主义政治家的身份而对未来理想社会的想象，他们的作品便自然传达了革命理想主义、革命英雄主义思想。比如毛泽东和他的《念奴娇·昆仑》《沁园春·雪》，就是郭沫若之后现代中国的真正革命理想主义和浪漫主义文学的代表性精彩篇章。革命高于一切，革命能够拯救人类、解放全中国这一崇高目标，与浪漫主义的文化反抗精神结合，便产生了《沁园春·雪》《念奴娇·昆仑》《临江仙·赠丁玲》一类的延安颂诗。换句话说，与此相一致的延安革命家诗词以及《窑台诗话》的整体审美格调就由此成型。比如《窑台诗话》包含450多首诗歌，其中李木庵174首，钱来苏40首，谢觉哉26首，董必武12首，林伯渠7首，朱德7首，郭沫若3首，叶剑英1首，其他延安革命家及其烈士诗180多首。这些诗歌的作者就是创造现代新历史的真正革命英雄。它们的作者就是革命主人公。这些革命抒情主人公就是众所知悉的"延安五老""延安十老"，是皖南事变的烈士，黑茶山遇难的一代英雄革命者。这些革命英雄围绕在毛泽东、朱德周围，齐心协力领导创造了人类历史上开天辟地的伟大事业。他们的诗与其崇高的革命事业同构。这样，延安革命家诗词创作及《窑台诗话》这部史诗就具有了如下三个方面的崇高的审美格调：一是书写一代革命家革命斗争的活动及其体验，反映重大社会历史事件，满腔热情讴歌工农兵及其英雄形象，预言革命的美好前景；二是充满政治激情，表现革命家英勇无畏的革命精神，具有浓郁的抒情氛围；三是语言文字质朴清新，表现手法单纯直接，展现出粗犷、激越的格调和崇高的风范。如林伯渠《答横槊将军》"将军百炼挽时艰，东海归来鬓未斑。浩瀚襟怀扬子水，光辉旗帜井冈山。阵前壁垒严民主，马上刀环却敌顽。战后余情尤健爽，佳篇赐我一开颜"①，展现一代革命家走上井冈山道路，英勇杀敌、赋诗抒怀的浪漫主义英雄品格，诗风明朗，就显示出这种审美格调。朱德《寄语蜀中父老》也如此，"伫马太行侧，十月雪飞白。战士仍单衣，夜夜杀倭贼"②。该诗书写一代革命家带领将士英勇抗日的革命经历，以质朴语言表现出抗日将士浴血奋斗的画面，感人至深，展现出崇高的美学风范。毛泽东《沁园春·雪》则以对北国壮丽江山的描述和千古英雄人物的品评，表现出一代风流人物创造新历史的大无畏英雄主义气概，把延安英雄颂歌的抒情传统发展到登峰造极的程度。所以，现代诗人臧克家对于毛泽东诗词的这种审美格调就推崇备至："毛泽东同志的诗词创作的基调是革命浪漫主义的。细味《毛主席诗词》，就会觉得，他立足于现实，但着重于革命理想。……革命浪漫主义气味浓重的作品就更多了，特别惹人注目的是《蝶恋花·答李淑一》，这样悼念烈士的表现手法，古往今来是绝少的，堪称创格。"③事实上也确实如此，毛泽东等延安革命家的诗词，已经一扫陈独秀、瞿秋白等早期革命文人诗词迷惘、颓唐的气息，展现出全新的审美面向。

最能够显示延安革命家诗词创作及怀安诗社诗人诗作现代史诗英雄格调的，是其中林伯渠倡议成立诗社后"延安十老"的和诗，"窑台酬唱"中的部分诗、寿诗、挽章、烈士诗、志士诗和人物轶文中的一些诗。这些诗歌共同展现了这些现代历史开拓者的革命乐观主义气概，崇高博大的胸襟，体现了鲜明的革命英雄主义和浪漫主义精神。具体说来，和诗表现了延安革命家这一代抒情主人公——现代英雄们革命为怀安理想奋斗的革命乐观情怀："铙歌响彻玉关秋，塞上风云郁如油。安怀老少吾侪志，第一齐心在御仇。"④酬唱诗词多写延安诸老在边区

---

① 周振甫编：《林伯渠诗选》，中国青年出版社1980年版，第77页。
② 鲁歌、羊春秋主编：《老一辈革命家诗词选注》，福建人民出版社1983年版，第29页。
③ 臧克家：《毛泽东同志与诗》，见臧克家主编：《毛泽东诗词鉴赏》（修订本），河北人民出版社2012年版，第340页。
④ 李木庵编著：《窑台诗话》，湖南人民出版社1984年版，第4页。

相互勉励、乐观奋斗的情致："匆匆十载流光逝，更向前途进一程。蕉鹿应怜酣短梦，苞桑可系托长征。果然壁垒能新建，从此边尘不再惊。大地春回我幸健，全面胜利看飞临。"①寿诗部分更见精彩，表现了一代革命家革命初心不变，老当益壮迎接革命胜利的必胜信念。寿诗往往见人风骨。延安革命家在延安书写的寿诗，往往是他们个人事业、生平、奋斗历史及个性品质的展露，因而这些寿诗，就成了现代中国革命的历史全景展现。如前述林伯渠的自寿诗，就十分恰切地表现了他六十年来的革命奋斗生涯及其谦虚的精神品格，而朱德赠他的寿诗则称赞其反清从政，学马列，在延安依旧革命的勤励品格。又如黄齐生自寿诗（词）《沁园春》与毛泽东《沁园春·雪》相比，更有他自身的个性："不识作态装娇，更不惯轻盈舞秀腰。只趣近南华，乐观秋水，才非湘累，却喜风骚。秋菊春兰，佳色各有，雕龙未是小虫雕。休言老，看月何其朗，气何其朝。"②该诗虽说文人心情，但也乐观向上，不弱毛泽东的"数风流人物，还看今朝"的气魄。寿诗之中，徐特立的《七十客绥，哀吕梁灾民并自寿》写得也非常有代表性，反映了延安移风易俗的生活细节，批判了蒋介石政权下的荒淫无度，颂扬了共产党领导人民艰苦奋斗开辟新天地的景象："蒋阎肆虐政，灾民遍吕梁，败絮不蔽体，充饥惟秕糠，老弱转沟壑，少壮半逃亡。转看警备区，家家有余粮，黄河一水隔，地狱与天堂。法币八万万，购棉又购粮，边区济河东，艰苦与共尝。我今年七十，客绥避兵荒；党政军民学，群议称寿觞。苦乐两相形，不觉倍感伤，却之感不恭，请勿事铺张，瓜果代鸡豚，清茶代酒浆，题字代寿联，词短意更长。诗文写性情，所贵非颂扬，纸笔不拘格，百衲愈琳琅，不落旧窠臼，吾党破天荒。祝寿破常例，推广到婚丧。"③这里的"不落旧窠臼，吾党破天荒"，颂扬共产党开天辟地的伟大事业，"却之感不恭，请勿事铺张"则展现他自身作为革命前驱老导师的不事铺展、恭谦卑让的风范，十分感人。因此，从审美的角

---

① 李木庵编著：《窑台诗话》，湖南人民出版社1984年版，第44页。
② 李木庵编著：《窑台诗话》，湖南人民出版社1984年版，第132页。
③ 徐特立：《七十客绥，哀吕梁灾民并自寿》，见《十老诗选》，中国青年出版社1979年版，第166—167页。

度来说，作为现代左翼文学的组成部分，延安政治革命家旧体诗词创作呈现出崇高的美学风范，在现代文学整体格局中是相当抢眼的。因为它们是一代革命家为民族独立、人类解放宏大历史事业奋斗献身的心声及歌唱。它们与传统学院派及民间花前月下的诗歌面貌已经完全不同。它们题材重大，主题思想境界高，诗风明朗，节奏明快，格调昂扬向上，体现出全新的价值取向，确乎是美中的大美。

进一步说，文学史家历来很重视延安革命家柔婉之情的诗作，认为其文学性更强，也抓住了文学诗学的本体，这当然没错，但对于延安政治革命家来说，他们的诗歌最有思想价值的却是那些表达他们革命初心的浪漫豪情之作。他们的这部分作品文学性并不弱。毛泽东、朱德、陈毅、陶铸等以及"延安五老"的诗词，尽管好多是他们"公余之暇"的创作，却与"公"有关，是苏辛式浪漫情怀，调高，境界阔大，实为现代文学的洪钟大吕，具有独特的文学史以及诗史价值。

四、"旧瓶装新酒"与诗词抒情传统的探索

二十世纪三四十年代，伴随着延安政治革命家对于现代中华民族解放和现代化道路的探索，文学艺术的现代化探索也同时进行着。一代延安政治革命家对于诗词创作的革新就可作为代表。他们成立怀安诗社，"利用旧形式，装置新内容，即旧瓶装新酒"的抒情策略创作的大量现代诗词，实际上开启了革新旧诗词创作的诗词创作新方向。

李木庵是这种革新的理论首倡者。他的《窑台诗话》"学习感兴"里的几首诗歌，虽不是直接谈诗词革新，但却首先谈到了他们诗词革新的"新知"原则："首宜谋教养，去贫与去愚。化邪为良善，四野臻坦途。勿囿旧观念，新知应普濡"，"唯物辩证理见真，历史转轮物所召"。依据这样的"新知"原则，他的"怀安放脚诗"部分就集中论述了怀安诗社及延安政治革命家诗人关于诗词创作革新的问题。

如其"改良旧体诗"一节，李木庵就从不同层次阐释了旧诗词革新的主张。其一，他从旧体诗构成要素入手，主张旧体诗五要素中的字句数、格律、平仄、对仗、韵脚等要求应该废除，它们是"束缚性灵心思的桎梏"；其二，从旧体诗

的表现手法及其要素入手,他认为,像层次、曲折、含蓄、境界和弦外音,它们是精致艺术的基本要素,可以保留;其三,他也认为,旧体诗写作"可以不拘五、七言,避用生涩字句、隐僻典故。将韵脚放宽,把字音相协的韵合并"。这些诗词革命主张及其实践,今天看来,与胡适等新文学激进派完全不同,因为它们包含了激进派不可能认可的融合开放的革新策略。换句话说,李木庵等延安政治革命家及怀安诗人的革新不是五四式激进的态度,而是遵循了艺术革新的理性原则的。如在"改良诗韵"一节里,李木庵开门见山就说,"旧诗韵应改良",但他接着却从音韵是天籁,应该以和谐于人的自然口音为准和字音随时代地方的口音而变化的审美原则去谈革新,并论证了改良旧体诗创作及其改良诗韵的理论方法,就非常符合艺术革新中辩证原则和民族形式形成的审美法则,呈现出相当理性科学的审美姿态。

李木庵是怀安诗社中主张改良诗韵的先锋。他曾有"上怀安诗社请愿诗",倡导"对革新旧诗、厘定韵本两事"的看法:"共道旧诗不时式,缚人心意费人力。诗界革命倡有年,今尚无人新建绩。人问革从何者先,我意第一废格律。平仄对仗未可拘,五七定言亦不必。参以长短句何妨,所贵意明而气适。音韵亦须谋改良,民韵之源在音切。毛诗以前无官韵,毛诗之韵出民舌。汉唐音韵祖毛诗,其中变迁已不一。方块字无拼音法,千载民音随地易。宋人辑韵列通转,韵转至今多不协。音韵何可泥古人,但求于时耳能悦。南北时音可谐者,即非古韵不为失。应将诗韵厘新本,删之并之重剔别。古人古韵本时音,今人时音自可立。我今特上请愿诗,傥不嗤我为僭越。冀从解放获自由,嘉惠士林功无匹。"[①]该诗是七古,也是非常有价值的论诗诗。其阐述的改良诗韵的方法——"人问革从何者先,我意第一废格律。平仄对仗未可拘,五七定言亦不必。参以长短句何妨,所贵意明而气适"和改良诗韵的审美依据——"音韵何可泥古人,但求于时耳能悦。南北时音可谐者,即非古韵不为失。应将诗韵厘新本,删之并之重剔别。古人古韵本时音,今人时音自可立",就是通古韵和明诗理的诗学批

---

① 李木庵编著:《窑台诗话》,湖南人民出版社1984年版,第34—35页。

评家的有效实践经验。这几乎是延安政治革命家诗词创作及其改革旧体诗的金科玉律,它确乎引导了延安一代政治革命的诗词创作。

又如《窑台诗话》"怀安放脚诗"的四小节,仍然谈论怀安诗派革新旧体诗问题,但与前面"改良旧体诗"一节已有了不同。如果说前面两节注重从诗句、语言、格律入手探讨旧体诗革新问题的话,那么,"怀安放脚诗"则上升到体式转化来探讨旧体诗革新问题了:"近来怀安诗社里各位擅长五七言文体的老人们都在竞作新式语体诗,力取平易,免除艰涩,虽脱却了冠冕黼黻,仍然留下斗方角巾。强调袒腹赤足,则含蓄蕴藉不足,索然无味。从旧体转到新体,绝非易事。但大家抱着从头学起的精神,日习窗课,屡有试笔,积累若干,乃为之选录,是为开路者留迹也。"①怀安诗社同仁找到的旧体诗革新的突破口之一,就是"改作语体诗"。对此,林伯渠率先试笔:"割草,割草,人人都去割草。/割得鲜草二百斤,折合五十斤干草,/很快把任务完成了。/划分地区,免得彼此乱搅。/不犯群众利益,我们都要记到。/你上那条沟,我上这山茆。/看谁割得快,看谁割得好。/这样光荣的比赛,正当气爽秋高。"(《割草谣》)刘道衡也作了多首这种语体诗,其中之一是《打狗曲》:"天下不太平,来了老妖精。驱使中国狗,专咬中国人。/人民早觉醒,打狗棒一根。/打折了两腿,妖精喊调停。/调停只是缓兵计,人民眼睛看得清。/握紧棒,挺起身,/打狗同时撵妖精,/不绝祸根不要停。"李木庵则作了《蒋管区民变蜂起》:"独夫好杀眼不开,杀得江山骨成堆。/第一战场杀未了,第二战场又杀来。/纵然美械源源济,争奈民心去不回。/杀来杀去等自杀,洋爸还骂不成材。/裤里英雄真可哀。"这些诗虽然直白,却是有"味"之诗,现实感十足,嬉笑怒骂皆成诗章,可以看成是这种语体诗实验的范例。

有趣的是,这三首产生于延安及其陕甘宁地区的新式语体诗,被李木庵等延安革命家诗人称为"新体诗"或"新诗"。前者书写延安大生产运动中革命家愉快劳动的自豪心情,后两首讽刺蒋介石政府及其专制体制下的奴颜婢膝和暴虐,

---

① 李木庵编著:《窑台诗话》,湖南人民出版社1984年版,第111—112页。

都很有特色，通俗易懂、主题鲜明、体式自由、幽默泼辣。这完全可以看成是延安政治革命家诗人与怀安诗人的独特创造。歌谣、民间谣曲形式，被他们引用过来，成为改良古体诗词的有效形式。更为典型的是，像"秧歌舞"词，刘禹锡引用、改造过的"竹枝词"形式，也被他们拿来转化成了大量的"延安竹枝词"。如李木庵的"延安竹枝词"，就似绝句，也像民谣。高敏夫《蒋军愁》则用三字式民谣，直截了当地讽刺了国民党军人懦弱："跑着来，爬着走，缺了腿，断了手；笑着来，哭着走，披长衣，挂短袖；……要不死，当俘虏。"这些新诗，韵律和谐，形式活泼。这些诗，形式、内容都有可称道的地方。由于他们认识到"国风雅颂亦民谣"，所以"竞相试笔新体诗"，这成了延安政治革命家诗词创作的共识。"我意旧诗难合时宜，是因格调过于严整，含义每有晦涩。严整失自然，晦涩欠通俗。似应求齐整中不失自然，自然中不失整齐。嵌用韵脚以作整齐之矩，参用长短句藉传自然之神。……希各人放宽尺度，不拘格式，每人先写出几首，交换观摩，培养兴趣，转移风气。"①基于这种认识，李木庵在"土改翻身谣"这一节就引用九首"翻身谣""苏北保田誓词"等作为他们创作的样板。这些为"开路者留迹"的诗，"俗白可懂"。但与严正的古体格律诗相比，这些新语体诗却把律诗——旧体诗词形式民谣化了，而且，无论如何，它还代表了延安革命家认可的现代中国旧体诗创作革新的新方向。

从文学史的角度来考察，这种革新方向实际上影响深远。新中国成立后的新民歌运动，一大批红色歌谣的出现，以及一些干部体诗歌创作，都与此相关。"雅颂亦民谣""深能浅出""穷则变通"等艺术发展规律为传统抒情艺术的发展探索了新方向。这是延安革命家诗词创作最可称道的地方。因为从南社到怀安诗社，从柳亚子到林伯渠、李木庵等，延安革命家似乎都认可了这一方向。他们用诗词创作倡导革命，激励抗战，赞助革命，创作了大量的这类新诗。然而，古典诗歌抒情传统在延安的这种变化以及实践和探索，在学术界实际上并没有得到重视，因为它粗浅、非雅化，还被轻视。事实上，它却昭示了古典抒情传统现

---

① 李木庵编著：《窑台诗话》，湖南人民出版社1984年版，第110页。

代转化的一些新动向——尽管这一方向在新中国成立后走到了极端,将其顺口溜化,但它代表的土的、革命话语体系的方向,仍然是现代汉语诗歌多元化方向之一。前述诗歌,事实上是有鲜活的生命力的。它们代表的传统抒情的节奏、强调、语势已被规范成了一种审美定势,成了一种民族形式。新诗——洋腔洋调的新体自由诗无法传达劳动生活的活泼情致,对于国民党的讽刺也只能用那样简短有力的诗句才能充分揭示出来。进一步说,在延安政治革命家诗人及怀安诗人这里,改良旧体诗的"旧体"主要是指古典格律诗及其词曲形式,但其"旧瓶装新酒"中的"旧瓶"却不仅仅是它们,还包括民谣、俚曲等无数民族化的文艺形式。延安政治革命家诗人自信这些旧形式一旦装进新内容,将必定创造出新艺术:以民族化的旧形式,装置马列主义及其现代革命政治思想信仰,就能发展成一种新的诗歌形式,用来宣传革命,激励抗战。这也是延安政治革命家及怀安诗社诗人革新新诗的一个重要策略,是延安革命家在诗词创作中在审美和信仰之间的一种平衡追求。事实上,这是艺术革命的一个新路径、新规律。毛泽东、陈毅以及"延安十老"能够创作出文学史中千古绝唱的诗词,源于对这样一种创作规律的领悟。换句话说,正因为他们把握了这一艺术创作的革新规律,才创作出了《窑台诗话》《沁园春·雪》《念奴娇·昆仑》《六言诗·赠彭大将军》等这些真正的有中国气派和中国作风的现代诗词来。

五、诗词体式选择及其文学史价值

延安政治革命家为何不写符合潮流的新体诗,而钟情于旧体诗创作呢?这其实很容易琢磨。因为老一代延安政治革命家大多出生于晚清时代,部分甚至受过私塾教育,考中过秀才。他们深谙诗词创作之道,以诗词形式创作就成了他们的文体最佳选择。比如毛泽东考入湖南省立第四师范,在读期间,他深受老师杨昌济的器重,也受到了非常好的古典文学训练,其一生诗歌创作主要是诗词形式。朱德也受过较好的古典诗词创作训练,他尽管有脍炙人口的散文问世,但表达情感主要是用诗词形式。"延安五老"的董必武,十八岁考取秀才,1914年他在东京私立日本大学学习法律,曾会见亡命日本的孙中山先生,诗词创作仍是其一生基业。吴玉章自小忠厚笃诚,坚韧沉毅,喜读史书,学识渊博,有"金玉文章"之誉,他在北京创办留法俭学预备学校,选送留法学生近两千人。其中周恩来、邓小平、王若飞、陈毅、聂荣臻、赵世炎、蔡和森、张申府等留法学生,都成为中国革命的栋梁。而吴玉章本人古典文学修养颇深,也创作了大量旧体诗词。徐特立是中国革命家和教育家,湖南善化人,是毛泽东和田汉等的老师,有"革命前驱老导师"之誉。《十老诗选》选其十四首诗词,篇篇皆为佳作。谢觉哉1905年考中晚清秀才,早年曾在湖南省立第一师范学校任教,诗词创作也数量甚巨。林伯渠入学湖南西路师范学堂,经选拔考试,被师范学校选送到日本东京弘文学校公费留学,其创作也以诗词为主,怀安诗社在他的号召下成立,形成了延安的古诗词创作流派,影响深远。主编《怀安诗社》的李木庵,十五岁考取秀才,后考入京师法政专门学堂,受维新思想影响,笃信"传播教育,开发民智"是重要的革新任务,但对于诗词创作却情有独钟。他主持怀安诗社近十年,以"以事系诗"的方式留下了现代诗学批评史上对于延安革命家诗词创作进行阐释的一部独特的诗话集。

延安革命家以诗词形式来创作,也与诗词这种古典体裁形式本身的特性有关。因为诗词作为一种文学形式,如前所述,它纯然是中国古典抒情传统里极为有效的一种抒情体式,因为这种审美惯性,其被延安政治革命家沿用,是再自然不过的了。同时,相对而言,这种抒情体式又是一种轻型体裁。除古体长诗外,一般句数有限,规模和体制不大,因而不需要像长篇小说、戏剧等大型体裁那样经年苦心经营。这也很容易使延安革命家在革命之余创作时所接纳。事实上,延安革命家也正是利用这种独特艺术形式创作,才留下了现代诗歌史上堪称一流、数量甚巨的多样化体式的古典诗词。例如毛泽东,1949年以前创作诗词五十余首[①],大多数质量上乘。又如钱来苏,写诗一千四百多首。《十老诗选》中记载:"钱来苏同志写过许多诗。在二战区时,'请缨不许,愤而为诗',共得六百余首,

---

[①] 有人做过统计,毛泽东一生创作150首,有人统计132首,但两种统计中毛泽东在1949年前创作的诗大体约为50首。臧克家据人说,延安时期印过《风沙诗词》,内收毛泽东作品70首,但版本尚未找到。

集名《孤愤草》,抒发对蒋阎集团卖国独裁、反共残民之愤怒。到延安后,继续写作,并参加怀安诗社,至一九五一年,共作了一千四百余首。抗战胜利后所作,集名《初喜集》。一九五一年印成《孤愤草初喜集合稿》。"①谢觉哉创作了大量旧体诗词,出版过《什么集》等古诗词专辑。李木庵也创作不辍。②作为怀安诗社社长,"延安十老"之一李木庵胸怀广大,是坚定的革命家,但又酷爱诗歌事业,甚至以此为志向:"敢将吟事娱残年,积习依然未尽蠲。道是风流传白社,鸡鸣风雨怀人篇。"李木庵擅长律诗,犹善七古、五古长诗。其《延安雅集》《秧歌舞吟》是延安文学绝唱,后者把秧歌舞放到大众文艺历史视角,从新文化、文明高度书写,认为它是现代高尚文艺的代表,该诗精心描述了秧歌舞的表演过程,对于这一集体狂欢歌舞过程中农民大众的欢乐做了极尽夸张描写,并由此展现了延安政教文艺事业的成功样态。在《延安雅集》中,我们还可以看到像他这样的一代延安革命家慷慨悲歌,为了人民事业英勇抗敌,不斩楼兰终不还的英雄气概:"待到他日八路雄师收京还,定当持杯舞剑引吭高歌斩楼兰。"李木庵一生创作诗歌数百首,创作主题与革命、中华民族解放事业密切相关。其中,1915年创作的《登劳崦峰》就展现出一代英雄为民族解放献身的英雄傲气:"我欲拔剑凌风去,马尘起处歼群龙。更当破浪横沧海,斩取长鲸奠极东。"③1945年儿女离开延安北征,他当年已寿六十二,其诗仍然壮心不已:"辞家万里赋联翩,塞上因依又六年。客邸犹能存定省,老身何用计周全。铙歌响彻上元运,俊步踏翻燕北天。解放途中齐努力,杖头伫听捷音传。"④所以,从《延安雅集》《秧歌舞吟》看,李木庵当是郭沫若、毛泽东之后现代最具有浪漫主义豪放格调的诗人之一。他与林伯渠一起引领了现代文学史上的唯一一个规模巨大、影响深远的古体诗词创作流派——怀安诗派。其接通了现代文学发展的

---

① 《十老诗选》,中国青年出版社1979年版,第304页。
② 李木庵可能编过"怀安诗社选"十卷。此处依据《十老诗选》之注释。原始文献很难找到,甚至绝版。
③ 李木庵:《登劳崦峰》,见《十老诗选》,中国青年出版社1979年版,第236页。
④ 李木庵:《儿女离延北征,诗以壮之》,见《十老诗选》,中国青年出版社1979年版,第264页。

古今维度，引领怀安诗派古诗词革新，以追求通俗化、谣曲化为革新方向，推进了延安文学的大众化运动。

而且，延安政治革命家不写新体自由诗，参照他们对于旧诗词形式的态度就可以得到解释。因为旧诗词形式背后蕴含着深刻的民族审美心理及精神价值旨趣，中国诗词走向律的道路，有深刻的审美、社会文化原因，它延续了一千多年，且已经成了中国文学艺术的金字招牌。胡适以进化论思想阐释新诗的历史合理性，认为五言、七言、词、曲的发展就是诗体的解放与发展。但他的这一观点终究是庸俗机械的进化论，缺乏审美逻辑说服力。而且自由体新诗诞生后，其作为一种形式及其体式的自由品格并没有被多少人理解，反而因为白话化、散文化、形式化，使其诗味丧失，艺术性全无。况且，一些诗人又刻意模仿西方诗歌的形式，洋腔洋调，这对强调大众化，强调民族形式，强调中国气魄、中国精神，走自己道路的延安革命家来说，无论如何都不会去迎合，他们不会从艺术形式多样化及其艺术形式本身去思考这些问题。这可能是他们不写新体自由诗反而去成立怀安诗社，鼓励诗词形式创作及其革新的深层原因。所以，从文学史发展的角度来说，毛泽东等数十位延安政治革命家几十年来从事革命中的大量诗词创作及实践，是具有重要文学史及诗史意义的：它们不仅构成了现代文学的非常重要的组成部分，而且丰富了现代文学艺术形式建构的独特思想内涵。它们绝非"谬种流传，贻误青年"[1]，而是"历史的珍品，艺术的瑰宝"[2]。

首先，在延安时期，数十位老革命家组成的怀安诗社诗词形式创作构成了现代中国文学的诗创作的一个重要流派。因为五四新文学运动以来，南社是旧诗词创作的重要一脉，但南社之后，旧诗词创作由于五四新文学作家的激烈反对而一度没落，至少是潜隐发展着，而到了延安时代，在怀安诗社、"延安十老"及延安革命家诗词创作的推动下，旧诗词形式创作却再度兴盛，并形成一股现代诗词创作的新潮流，影响深远。而且，延安革命家还是现代诗词创作的主力军，这支主力军上承柳亚子等南社的诗词创作，下启20世纪末诗词创作之风，具有重要的

---

[1] 《毛泽东书信选集》，人民出版社1983年版，第102页。
[2] 付建舟编：《毛泽东诗词全集详注》，武汉大学出版社1999年版，第417页。

承上启下的文学史桥梁引渡之功。而从中国现代文学发展的古今维度来看，毛泽东以及延安革命家的诗词创作充分地延续了南社以来的现代文学传统，因而具有独特的文学史意义和诗史价值。

其次，延安革命家的诗词创作实践，以延安颂诗的书写、革命的表现和以"旧瓶装新酒"这一革新策略对于传统诗词抒情形式的革新为标志，引导了现代文学大众化、通俗化和人民性的现代新方向，也有力地推进了中国文化抒情传统的现代性转化。郭沫若讲："我们如果要在文艺创作上追求怎样才能使革命的现实主义和革命的浪漫主义结合，毛泽东同志的诗词就是我们绝好的典范。"①姚雪垠认为，毛泽东诗词是"革命英雄主义的千古绝唱"②。以毛泽东为代表的延安一代革命家的诗词创作对于现代现实主义和浪漫主义相结合的抒情传统做了开拓，其新文学和新诗史意义在于：第一，在诗言志的诗学理念下，延安政治革命家的诗词创作把旧体诗词这种古典艺术形式转化成了革命家书写革命情怀的现代情感表现形式，实现了"旧瓶装新酒"的现代转化，并有力地延展了中国抒情文学的优良传统；第二，延安革命家及怀安诗社的延安诸老以人民性为基本现代文学新理念，以马列主义革命思想革新旧诗词基本内涵，促进了旧体诗词创作内涵的俚俗化、大众化和人民化的转化历程；第三，延安革命家以既表现革命家的革命情怀，又表现延安政治革命家革命活动外的雅兴，在战斗革命之外的别样浪漫情怀，以马克思主义关于未来美好社会的想象，民主主义建设及其现代民族国家构建的豪迈情怀创作，促进了延安文学革命浪漫主义品格的形成，并由此深刻影响了现代中国革命浪漫主义的文学进程。

最后，延安革命家的诗词创作实践，彰显了延安文学作为战争文学及其红色经典的基本特性。因为过往中国现代文学史勾勒延安文学，大多局限于丁玲、艾青及鲁迅等左翼文学和解放区赵树理等一脉，在文学文体上也只注重现代小说、

---

① 郭沫若：《浪漫主义和现实主义》，见臧克家主编：《毛泽东诗词鉴赏》（修订本），河北人民出版社2012年版，第332页。
② 姚雪垠：《革命英雄主义的千古绝唱——重读〈七律·长征〉》，见臧克家主编：《毛泽东诗词鉴赏》（修订本），河北人民出版社2012年版，第98页。

现代白话新诗、延安戏剧戏曲和现代散文、报告文学，完全忽视了延安革命文学家的旧体诗词创作及红色歌谣这些红色经典。这显然是现代文学史叙述的重大疏漏。怀安诗社诗人及延安政治革命家旧体诗词创作是延安文学，尤其是现代革命文学、左翼文学的重要组成部分，而且具有鲜明的战争文学、政治文学特质。它们是延安文学中的"铙歌"。如果忽视了这部分红色经典，我们就不能全面把握延安文学特质及其现代左翼传统。

进一步说，延安文学大体上可以分为三个系统：以丁玲、艾青为代表的左翼革命文学系统，以延安及解放区民间文艺为基础的大众化文学系统，以延安政治革命家为代表的怀安诗社及古体诗创作系统。从现代文学史的总体格局看，这三大系统属于左翼文学系统，对于现代文学的抒情文学传统和叙事文学传统都有推进、丰富和发展的作用，但延安政治革命家旧体诗词创作这一系统对于延安文学系统来说更有意义，因为它们是在马列主义作为道的艺术思想指引下的产物，是延安革命家革命初心的真正表达，是左翼文学中与民族命运和现代历史最相关的部分。中国现代文学有启蒙、救亡两大主题，延安革命家诗词最充分地表现了救亡这个宏大主题。

"延安十老"之一的李木庵曾说："一国兴亡，视乎民气；民气升沉，系于士志；士志激越，发为心声。诗词歌曲，皆心声也。时至今日，四海横流，法西肇祸于西欧，倭寇逞暴于东亚。吾国积弱，首遭侵陵，大好河山，竟成破碎。国中志士，敌忾同仇，义愤所激，恒多泣血椎心，歌哭无地。西北为抗日民主根据地，五载以还，相率艰苦奋斗之中，不无慷慨悲歌之士，披襟述怀，吮毫抒愤，情无间于儿女，而敷陈时艰，痛心国难，志不失为英雄。意切共鸣，言出自由，或创作，或译述，辞在雅俗之间，体无新旧之限。不以地囿，相应声同。积篇成帖，随期公布，俾草木天籁，合成巨响；浐蹄浅沼，汇为洪流，既可扬民族之性，亦以振中国之魂。则心声所及，国运可回；军歌与战鼓齐鸣，吟坛共战场并捷。直可辅翼武功，岂徒目为文艺！"[①]"一国兴亡，视乎民气"，"心声所

---

① 李石涵编：《怀安诗社诗选》，陕西人民出版社1980年版，第292—293页。

及,国运可回"。文脉主国脉,延安政治革命家的诗词创作,代表了左翼文艺中与现代民族及国运复兴最密切相关的部分,它们是振兴民魂、国魄的现代诗歌,是西北抗日根据地的革命志士的战歌,是延安文学及延安文学精神的精华所在。所以,毛泽东、朱德、叶剑英、陶铸等革命家及董必武、林伯渠、李木庵等老革命家的诗词创作,以创作主体为延安主人的身份,展现延安革命精神,创造了具有时代特性和民族特性的中国气派文学。它是代表塞上风云的"铙歌",慷慨悲歌,最充分地体现了延安抗日和民主革命的文学精神,并彰显了延安文学作为战争文学及红色经典的基本特性,其文学史、新诗史意义不可被湮没!

第四节

延安时期的艾青诗歌创作

艾青在现代中国文学史上是一位有着超群影响力的诗人。当他到达延安，进入集体化的工农兵语境后，受毛泽东《讲话》、朗诵诗运动、街头诗运动的直接影响，结合文艺为政治服务的方向，逐渐转变观念，用大众化和民族化的原则改造着固有的创作风格。在街头诗运动中，艾青认为："诗必须成为大众的精神教育工具，成为革命视野里的宣传和鼓动的武器……使人们在诗里能清楚地感到今天大众生活的脉搏。"①在朗诵诗运动中，艾青真诚地与工大大众相结合，创作叙事长诗《吴满有》，在保存固有个性艺术风貌的基础上又发展出为人民大众所喜闻乐见的新形式，成为延安新时代诗歌的先声。

一、延安时代的"代言人"

在延安，艾青与人民群众生活在一起，感受着群众的力量，体会到了时代曙光。当抗战进入决胜时期，他在《黎明的通知》中满怀喜悦地豪情歌唱着光明与胜利的即将来临："趁这夜已快完了，请告诉他们/说他们所等待的就要来了。"②他号召各个行业的人们做好自己的本职工作，以新的姿态来迎接民族解放战争的胜利，迎接新时代的到来。有这样一种看法："诗歌创作时代感的强弱是被抒情对象的时代性的强弱所决定的。"③艾青的诗歌，却并不完全如此，他

---

① 艾青：《展开街头诗运动》，载《街头诗》1942年9月27日。
② 艾青：《艾青全集》（第1卷），花山文艺出版社1991年版，第578页。
③ 骆寒超：《艾青论》，人民文学出版社2009年版，第401页。

诗中的抒情对象有时并无时代内容，却也能达到时代感极强的效果。像延安时期的《野火》，诗人将1942年的延安比作不甚相关的"高高的山巅上"燃起的一堆野火，盼望这整个"困倦的世界"在其照耀下都能"苏醒起来！喧腾起来！"所以，他的诗作时代感更多的是直接来自其面向时代现实内容的重大抒唱，也只有这样，才能不跟时代大众的切身关系疏远，诗歌才能更具人民性。

艾青在歌颂延安边区"真实的光明"的同时，不忘使用"旧的感情"抒写对故乡村庄的思念与哀怜等复杂情感，就像《村庄》里的"有时坐在小酒店里想起我的村庄，/我的心里就引起了无尽的哀怜，/那些都市大街上的每一幢房子，/都要比我那整个的村庄值钱啊……"①，这些诗句都回忆起乡村美丽的自然景观以及与它不相称的愚昧、贫穷，回忆起和谐的田园生活下那些终年劳苦却从未获得应有报酬的人们。所有这种对贫穷乡村的落后抒写，都在某种程度上表明艾青正在告别衰败的旧农村所给他的那种压抑感与窒息感。

艾青抱着如此决绝的态度对中国农村生存环境的闭塞和农民精神的麻木做如此无情的揭露，确实凸显出了当时中国农民的普遍生存方式。艾青无疑是较早敏感认识到此课题并对此做深刻揭露和批判的，这与《讲话》中歌颂工农兵的要求是相左的，但在这一"破旧"的书写下，艾青脱旧于原有生存方式的时代课题也鲜明地表现出来。艾青小时候也正是感受到这些山间乡村的闭塞、落后、愚昧之后，才决心脱离旧有的生存环境而向外界去寻求意境，因此才有《少年行》中的"一个热情而忧郁的少年，/离开了他的小小的村庄"②。

这多首看似与《讲话》精神"不合"的乡村题材诗作都发表于《讲话》之后，其中的吊诡之处颇可令人玩味。我们现拿《献给乡村的诗》为例做简单分析。这首诗在表面看来，存在着家乡自然风光与农民不幸生活这两组话语，诗的一到六节基本都写的是家乡明丽风光，人在其中也是被化作景来写的，"红叶子像鸭掌般撑开的枫树""村妇蹲在石板上洗着蔬菜和衣裳""用卵石与石板铺的曲折窄小的路"，这种温柔的怀乡抒情手法接近于古典田园诗派的意境。而诗歌

---

① 艾青：《艾青全集》（第1卷），花山文艺出版社1991年版，第554页。
② 艾青：《艾青全集》（第1卷），花山文艺出版社1991年版，第522页。

到了第七节以后，笔锋陡然一转，开始着重写家乡农民的不幸生活，这些"被穷困所折磨"的人们成为抒情中心，"他们的脸像松树一样发皱又阴郁""她们贫血的脸像土地一样灰黄"，而这些牧童、佃户、童养媳、雇农，都怀揣"尖长快利的刀子"，还"期待着复仇的来临"，这些阶级话语的出现让人眼前一亮，身为革命同盟军的广大农民阶级形象浮现心中。而全诗到了最后一节的最后一句，"这是不合理的：它应该有它和自然一致的和谐：/为了反抗欺骗和压榨，它将从沉睡中起来"①，反抗与斗争的姿态跃然纸上。诗歌前半段田园式的怀乡话语与后半段毛泽东文艺思想影响的阶级话语，隐藏在诗中并置杂陈，这才是这首诗的独特魅力所在，这种隐藏在革命话语中变异的乡土抒情，既将革命话语涌动于乡土抒情的内里，又在革命话语下对乡土抒情进行迂回，不得不说是延安时期艾青独特的诗作个性所在。

二、大众化与真善美的诗论追求

艾青不但是一位著名的诗歌创作家，而且是一位卓越的诗歌理论家。作为一位创作颇丰的现代诗人，他写出了众多魅力四射的优秀诗篇。不仅如此，他终其一生都在思索着高深的诗歌理论问题，撰写完成了能与其诗歌作品等量齐观的诗艺文章。进入延安以后，艾青对诗歌中美的本质、内容与形式、内容与政治等时代敏感话题进行了更加详尽的思索，由此产生出《坪上散步》《了解作家尊重作家》《我怎样写诗的》《抗战以来的中国新诗》等诗歌理论文章。在诗歌的语言形式方面，他有着一以贯之的大众化形式追求。在《诗的散文美》最后，艾青写道："那种洗炼的散文、崇高的散文、健康的或是柔美的散文之被用于诗人者，就因为它们是形象之表达的最完善工具。"②作为艾青诗歌形式审美观核心的散文美，是诗学领域的一个奇特提法，拥有复杂的内涵。他所说的散文美并不是主张诗的散文化，也不是提倡用散文来代替诗。他的"散文"是相对于"韵文"而言的，意为诗的语言不该是有韵的语言，而应该是口语化的文字，口语流利自然

---

① 艾青：《艾青全集》（第1卷），花山文艺出版社1991年版，第598页。
② 艾青：《艾青全集》（第3卷），花山文艺出版社1991年版，第66页。

又富于语调的表达特性与散文语言是相似的,因此艾青便以散文美代替口语美的牌子。后来他在《与青年诗人谈诗》中总结自己的创作理念时,曾说:"我用口语写诗,没有为押韵而拼凑诗,我写诗是服从自己的构思,具有内在的节奏,念起来顺口,听起来和谐就完了。这种口语美就是散文美。"[①]此番话在阐明两者关系的同时,更表达出了两者中共同蕴含的自由美,"服从自己的构思","念起来顺口,听起来和谐",散文美与口语美都为"在一定的规律里自由或者奔放"[②]的自由美去创造出合适的条件,所以他对诗歌形式的审美要求便完成了自由美、口语美和散文美的三位一体。从中国新诗的发展潮流以观,艾青所主张的带有口语美、散文美的自由体诗歌,应该是合乎世界性与历史性的,其本质目的是让诗歌更容易让大众接受、更好地走向人民,像他的延安诗作《播谷鸟集》里随处可见的"杨柳青了、草也绿了""打下的粮食,全归自己,她的心开花了"等诗句,都单纯朴实、通俗易懂地表达着解放区人民的美好心情,因此,艾青内在的诗歌形式审美理念与延安政权对文艺的大众化形式要求本身便是相通的。他的诗美宗旨就是让诗歌更自然地通向人民,更主动地表达人民生活与心声,以至于他写下"抬过东关到西关,/抬过南街到北巷,/欢送英雄上前方,/光荣赛过状元郎"[③]这类大众化创作欲望更加激进的快板式作品,都是可以理解的。

在延安文艺这种特殊时空背景下的文艺形式中,艾青精辟地提出"诗只有面向大众,大众才会面向诗"的观点,这种来自老百姓、服务老百姓的诗歌生命力,并非只是单纯地具有政治宣传功用,而是在配合中共建立民主政治政权的要求中,又毫无疑问地包含了一种文学的民主精神,"今天的诗应该是民主精神的大胆的迈进"[④]。艾青到延安之后,深入农村与部队,广泛体察工农兵生活,开始接触并努力探索民间文艺,向民间文艺学习,以此改造原有的个性风格,使自己的作品更接近民间,写出了《播谷鸟集》等民歌体作品,便都是一脉相承、不

---

① 艾青:《艾青全集》(第3卷),花山文艺出版社1991年版,第462页。
② 艾青:《艾青全集》(第3卷),花山文艺出版社1991年版,第11页。
③ 艾青:《艾青全集》(第1卷),花山文艺出版社1991年版,第734页。
④ 艾青:《艾青全集》(第3卷),花山文艺出版社1991年版,第7页。

难理解的了。另外，在延安这片广阔的创作天地中，艾青为了使诗歌能更好地通向人民大众，还倡导或声援过街头诗、朗诵诗等多种自由的文艺形式。艾青早在桂林、武汉、重庆等地时，就非常关注朗诵诗的活动，这一于大庭广众之中能够吸引起听众注意力的艺术形式本身，便极具革命意义，因此艾青在延安倡导继续进行诗歌朗诵。而且，他还主编《街头诗》，并为其创刊而写《展开街头诗运动》，街头诗这一更具革命性的诗歌体式无疑激进成为革命事业中宣传与鼓动的利器，"假如大众不需要诗，诗是没有前途的"[①]，意欲将诗歌打造为民众的日常需要，这明显表露出了艾青的野心，也彰显出此举对于延安文艺政治性要求的超越意义所在，更是艾青的诗论个性追求所在：诗歌在当时文学结构中存在一种焦虑性危机，因此诗歌不能单纯为政治时事服务，而要从最广大的受众接受角度上来拯救诗歌，诗歌应该与大众的平常生活相联结。

"让诗站到街头，站在公营银行和食堂中间。让诗和老百姓发生关系——像银行和食堂同老百姓发生关系一样。"[②]这一雄心勃勃同时充满胆气的日常化诗歌改革，意欲把诗歌从高雅殿堂中请出来，投入日常的生产与生活。为争抢生存空间而牺牲存在品质的决心，真是一种奇特的诗歌改革方案，这一"拿质量换空间"的构思多少具有点狂欢意味，虽然后来街头诗慢慢销声匿迹，但这种放纵式的文学形式无疑对中国日后诗坛影响巨大，新中国成立后的诗歌确实与"银行和食堂"发生了密切关系，诗中有钢花飞舞，有坦克飞驰，有收割机轰鸣，渗透了诗坛几十年的街头诗体直到20世纪80年代才算基本画上句号。

除了诗歌理论方面的提倡，艾青在诗歌创作方面主要追求真善美。所谓真，就是注重真实的现实主义风格。考察艾青延安期间的创作，整体上让人体味到一种真之感觉。他写成于这个时候的诗作体现着对于社会现实的切肤认知，精确表达着历史时代的前进方向，他用悲苦种族里的悲苦一代来定位自己，意欲承担起去清除长久以来积压下的耻辱愤恨的历史使命。这样的思想动机令他作品中的精神情感与思想特征毫无疑问地深具历史的真实性，能震人心魄地真实再现那个年

[①] 艾青：《艾青全集》（第3卷），花山文艺出版社1991年版，第198页。
[②] 艾青：《艾青全集》（第3卷），花山文艺出版社1991年版，第199页。

代的生活现实,这自然也是艾青的最大创作雄心。在那个独特而复杂的延安时代,他拿出最大的热情去赞颂最广大人民的内心愿望,去关注周围的真实世界,给生活以真实的审视和批判、鼓舞和赞扬。《悼词》《狂欢的夜晚》《十月祝贺》等作品热情讴歌了反法西斯战争的正义力量,预示了法西斯侵略者的必然衰败和灭亡;《两亲家》《我的职业》等作品讽刺嘲弄了国民党丑恶黑暗的反动统治,尽情揭露了各类社会恶人的贪婪虚伪与自私势利;《献给乡村的诗》《村庄》等则对处于国家底层的农民生活进行了苦难性的真切展现。这些诗一旦与那个特定的年代联系起来看,便更加具有重大诗学价值与特殊的历史感。他将个体性的审美经验和感受融合进现实表达,诗意化的历史传达出的是一曲具有诗性真实的伟大史诗。

所谓善,就是追求社会的功利性。艾青曾经说过,善是社会的功利性,其批判要将人民利益当作准则,这表明他并未仅仅将善限定在个人修养与行为规范,而是强调它的社会功利作用。这意味着艾青主张诗人不能只陶醉于自我的悲哀欢喜,不能只沉湎于虚无的赞美和遐想,而应该将自己的诗歌与生活现实联系起来,去服务于社会进步事业。诗人要以钢铁斗士的姿态来驾驭社会责任感,还要将诗的命运前途融入社会和家国兴衰,要真心祈祷家国命运的美好前途,为人民精神服务,同时要打击伪善、腐朽与丑恶,去维护人性与社会正义。因此,便不难理解延安时期的他为何用诗歌热情赞颂生机勃发的共产党政权,为何抨击讨伐残暴的法西斯侵略者。正是考虑到诗歌的社会功利作用,艾青才在《诗与宣传》中准确言明了诗的宣传作用:"任何艺术,从它最根本的意义说,都是宣传;也只有不叛离'宣传',艺术才得到了它的社会价值。"[①]诗人将自己的情感思想凝结为形象,然后传达给读者看,读者被其感染、受其影响,这种感染和影响,就是隐藏在诗歌里的宣传力量。在延安时期,拯救国家危亡、建立并巩固共产主义革命政权的特殊要求更加令诗歌应该担负起时代赋予的使命,加之党的政策要求,其作品便在善的内在功利观驱使中自然转向宣传工农兵,歌颂工农兵。

---

① 艾青:《艾青全集》(第3卷),花山文艺出版社1991年版,第75页。

所谓美，可谓是先进人类向上生活的外形。能够取胜的诗歌，并不仅仅是以其展露出的思想来取胜，更是它所蕴含着的美学品格的胜利。艾青主张美是真和善的外衣，三者密不可分地统一为整体。美并不是真与善的附属物，而是这两者的外在体现，是依附于先进人类的向上生活的外形。只有足够了解生活之美，才能尽量创造出诗歌之美。只有忠于生活，才称得上是忠于艺术。因此，生活之旋律才是诗歌的旋律，生活才是艺术赖以生成的沃土肥壤，诗人的诗情和诗意也需在厚实的生活土壤中生根发芽，正如艾青在延安时主动要求深入农村去体验生活，去描绘当时作为先进人类的最广大工农兵的生活风貌，这看似来源于政治的规训，实则与他本身的诗美追求是相通的。他认为诗美是诗人情感的迸射，因为诗歌是一种抒情文学，抒情才是诗歌的生命力所在。对生活产生了强烈的感情才是写诗的首要条件，缺乏感情的诗是感动不了人的，诗歌对于感情的要求比起其他文学样式要更加丰富和集中，也只有丰富集中的感情才能激发人们的思想向上寻求发展，所以艾青主张的诗美就是诗人通过自己的感情来传达出人类进取向上生活的精神闪耀，"这种闪灼犹如飞溅在黑暗里的一丝火花；也犹如用凿与斧打击在岩石上所迸射的火花"[①]。考察他延安期间诗作所蕴含的感情，不管是真情地讴歌时代、赞颂领袖，还是满怀同情地关照乡村、哀怜农民，都无不充满着他强烈的爱憎情感，这便是他对于诗美的独特性追求。

三、做"人民的代言人"

在艾青具体的诗歌创作实践中，"人民"并不是虚无缥缈地存在着，而是深深植根于他的意象世界中，这就是"太阳"照耀下的"土地"，这些都是艾青创作个性的鲜明体现。首先，艾青诗歌富有生命力的原因之一便是他的诗情诗思通向最广大的人民群众。他一直把建成人类的合理生活秩序作为自己坚定的创作理念，所有都由此出发最终又回归于此，他以诗人之眼感受着世间美丑善恶，置身在与人民共思虑、同生死的探求道路上而歌唱着慢慢前行。他的诗歌也一直深受

---

① 转引自张永健：《艾青的艺术世界》，华中师范大学出版社1998年版，第35页。

人民大众的传诵与热爱，因为他始终是将自己作为其中的一员，作为人民的贴心人。艾青总觉得自己就是一名普通的会写诗的人，就像工人会开机器、农民会耕田一样普通，他就是怀着这样的人民性态度，一路缓缓地攀登上了中国诗坛高峰。艾青到延安后，创作了大量思想意蕴深刻的优秀诗作，像《我的父亲》《村庄》《黎明的通知》《风之歌》《播谷鸟集》等作品，与他早期的名作相比都毫不逊色。有论者言及此时的艾青由于政治原因而过于面向大众去创作，从而使得其作品"退步与停滞"，这种说法不得不说是片面的，因为延安时期的艾青思想在特定的时空背景下发生了新变化，那就是更自觉地去与广大人民群众相结合。他初到延安时，思想认识中仍带有不少小资产阶级的观念，而1942年至1945年间的整风学习对他是一次大改造，这一来自他诚心依附的共产党政权的"教育"和"改造"使他比以前更加注意把自己置身于人民大众的斗争生活中去，更能体验并获取人民的思想感情，从而更能把握住人民事业的前进路向。艾青的诗学主张与创作实践无不体现着人民性的光辉，人民性已经成为艾青的专属文化情结与艺术范型。其诗中始终强烈渗透的人民精神必然是来自当时社会、政治、经济等话语形态影响下的具体文化语境。诗学语境从属于历史的范畴，不同历史时期有着不同的表现，他诗中饱含的人民性并非他自己标榜，而是由其生存环境产生出的文化情结，这一坚定情结在他心中印迹深深，在其意识活动领域形成了一个强大磁场，吸引着诗人的各方面思维向此靠拢。在艾青所处的民族觉醒、人民奋起的延安时代，他不仅体察着现实中人民所处的屈辱困境，帮受苦的人民大众呼号呐喊，还密切注视着在边区新政府的关怀下人民生活幸福的崭新面孔。这便是他尊重人、爱护人的人道主义关怀，他能以人为本，紧握时代之手去表现人民命运，绘就了一部人道主义的展现人民生存家园的现实主义壮丽史诗。他为人民说话，思考着人民关心的问题，与人民一同前进，"人民的代言人"追求是艾青出于自己的独特人生经历而在复杂现实中寻求着对应的身份归属，而非边区"权力主体"对文化领域的全向控制方略的规训所致。艾青始终与人民结合在一起的诗情源于他从人民大众深厚而广袤的心灵厚土中萌发出的"诗心"，他本就是这么一个人：既有农民后代的忧郁与保守气质，又有大地主家孩子的动摇和进步追求；

既植根在五四时期的民主土壤,又接受过西方现代文明的熏陶。因此他进行诗歌创作的感情就广度来说,无疑拓展到了全人类的命运疆域中;就深度而言,更毫无疑问与人民群众的喜怒哀乐休戚相关。

其次,艾青迷恋土地,除了他被贫苦农民收养长大因而成为"地之子"的出身外,叶赛宁的影响也不容忽视。他在《关于叶赛宁》中写道:"叶赛宁的诗,反映了对旧俄罗斯的依恋,他从土地出发,含情脉脉地,陈述了他的思念。"①在直觉情绪的刺激下,他笔下的土地意象作为一大审美敏感区域,具有向周边不断拓展的写作姿态,因此便出现了大量具体化意象元件,并构成了独特的元件系统。像是诗中经常出现的村舍、田野和山峦等立足于大地上的元件都由土地拓展而出,而村舍又向其能包含的茅屋、畜棚等拓展,山峦又向岩石、悬崖等拓展,田野又向池沼、水田等拓展,这并不是我们的臆想与推测,而是由外及里的一种逻辑推演,是符合诗人情绪的意象化联想规律的。他在《旷野》中通过"枯干的田亩""卑微的田野"等来象征农人的苦难生活,也在《播谷鸟集》里通过"新分到的土地""发香的土地"等来象征解放区人民喜获土地的幸福喜悦。从艾青对土地意象的大量运用中,足可见其深沉的土地情结及隐藏于这一情结中的抒情追求,在他大量以土地情结为抒情追求的诗歌创作中,《春》这首诗理应受到足够重视。诗篇是这样串联起血、春、土地等几个中心意象的:在没有星光、还刮着"寡妇的咽泣"一样的风的深夜,"人之子的血液"渗透进"古老的土地",在经历"冰雪季节"与"困乏期待"后,滋养过土地的血竟"爆开无数蓓蕾",点缀得大地一片春意。渗透着血迹的"土地"是死意悲苦的,也是生机鲜热的,这土地上的忧郁和悲哀,能够转化为一种生命力,这就是他在《诗论》中说过的"把忧郁与悲哀,看成一种力!"②这也是他土地情结的一处巨大隐喻,全方位呈现了他的潜意识抒情追求。他在延安创作于1948年的《播谷鸟集》共有七首,写的是经过土改后的解放区农民成了土地的主人,在风调雨顺的日子里热火朝天地进行耕种的情景。朴素的语言中蕴藏着农民对于生活翻身的喜悦,在这场向

---

① 艾青:《艾青全集》(第3卷),花山文艺出版社1991年版,第559页。
② 艾青:《艾青全集》(第3卷),花山文艺出版社1991年版,第43页。

光明转化的中国社会伟大变革中，艾青不再像过去那样去描摹农民的巨大创伤记忆，而是用一种全然欣喜的感受去替代过往的农民脸上那种忧郁愁苦。土地开始由农民来主宰，乐观向上的新农民气质由此产生，暗示着这一阶级将会走上全新的生活道路，并成为对敌阶级斗争中的重要力量，俨然已经上升到意识形态高度的这一抒情追求就这样隐藏在艾青的土地意象之下。

最后，不能忽视艾青诗歌中的太阳意象。将艾青诗歌中的太阳意象向边缘拓展，大致可分为光芒、火焰、黎明三大类，再细而推演，光芒类包含闪电、阳光等意象，火焰类包含野火、篝火等意象，黎明类包含东方、曙光等意象。这些以太阳为中心推演出来的一系列意象元件，无不凝聚着诗人在对精神世界的探求中强烈渴望光明的个性。他创作于延安时期的《野火》写的是深夜的山巅上有堆燃烧起来的野火，诗人呼喊着要把它的火星"飞扬起来"，去飘落在"冰冷的山谷"，去照见"沉睡的灵魂"，要"让这黑夜里的一切的眼/都在看望着你/让这黑夜里的一切的心/都因了你的召唤而震荡"。[①]野火这一意象当然喻指的是当时的延安，显示出了以延安为中心的根据地对这"困倦的世界"的震荡与鼓舞，充分昭示出人民民主制度的优越性。这就是暗含于他的太阳意象中的社会理想追求，表现出诗人对于既没有阶级剥削又没有思想禁锢的社会制度的渴盼。他紧接着《野火》创作了《风的歌》一诗，在这首诗最后，诗人写道："等一切生物经过长期的坚忍/经过悠久的黑暗与寒冷的统治……为金色的阳光所护送/向初醒的大地飞奔……"[②]这显示出他的理想追求是从民族苦痛的深刻感受中演化出来的追求革命的豪情，进而又递进到对于延安革命政权所领导的人民事业必将光明的确信。但太阳系列意象的象征意义还不止于此，他诗中的光明不仅象征着人性、民主的社会制度，更是进一步象征着人类向上的精神。另外，艾青对于光明一以贯之的向往和歌颂，也是其创作思想具有高度历史感的重要标志，他渴望光明甚于一切，并不只是出于本能与好奇，而是将光明作为了一种人类历史发展的大趋势，加以自觉化的艺术处理再反映到诗歌中，便形成了他笔下这类以太阳为中心

---

① 艾青：《艾青全集》（第1卷），花山文艺出版社1991年版，第584页。
② 艾青：《艾青全集》（第1卷），花山文艺出版社1991年版，第590页。

的审美敏感区域。他把对于光明未来的坚信作为历史发展之必然规律去认识和抒唱,以昂扬的乐观情绪鼓舞了人民对未来光明生活的坚定信念。

总的来说,艾青既有整体的革命理想,又有独特的个人思想,他借着自己的情感在表达整个时代的内在渴望。不同于其他延安文人工农兵题材的阶级写作,艾青走的是一条工农兵方向之下的个人写作道路。他虽然对工农兵大众也充满着感激,但却并未简单地充当其代言人,而是用个性化的创作特征表达工农兵整体的感情,在延安文坛整体性的阶级写作中艺术性地坚持了个人写作。他的个人是服从工农兵方向下的个人,所以他的延安诗作既合乎工农兵文学方向,又不失个人的情感底色,实现了其自我生命的诗化,因此他的诗歌比一般的工农兵题材作品具有更加强烈的心灵震撼力和艺术感染力。

第五章 人民的舞台：延安时期的戏剧创作

相对于小说、散文、诗歌等文体,戏剧在边区民众中具有更大的影响和更高的接受度。对于那些文化水平极低且娱乐生活极度匮乏的农民大众而言,戏剧因袭了较多的传统艺术形式,这对边区民众来说,无疑在情感上拉近了接受距离,因之也拥有了其他文体不具有的吸引力。在整风运动之后,戏剧受到了延安文艺界的青睐,也直接导致了这一时期戏剧运动风起云涌,蔚为壮观。同时,在《讲话》精神的指引下,加上集体创作这种新的文学生产方式的运用,延安歌剧也取得了巨大成就。贺敬之、丁毅执笔的典范之作《白毛女》就成为中国现代歌剧史延安范式的重要代表。此外,马健翎在延安戏剧革新运动中的作品,源自民间故事并长演不衰的剧目《刘巧儿》等都在相当程度上显现出新的民族国家意识和历史观念如何适应文艺话语规范的过程,也进一步说明了文艺创作在党的文艺政策的指导下最终实现文艺的工农兵方向,成为"新的人民的文艺"的关键所在。

第一节

《白毛女》的修改、改编与"新的人民的文艺"的确立

在20世纪中国文艺及其电影艺术的发展过程中,40年代的延安文艺创作活动及艺术实践,从一开始就被纳入中国共产党领导的新民主主义政治构建,成为其文化实践的重要组成部分。同时,其艺术规范及创作成果,作为工农兵文艺美学资源具有正当性与合法性,并在1949年7月初新中国成立前的第一次文代会上,被确定为"革命文艺"的"一个伟大的开始"和当代中国文艺发展的唯一方向。①其中,被视为延安文艺经典性作品之一的新歌剧《白毛女》,以及由其改编并于1950年拍摄完成的电影《白毛女》,也成了"建立工农兵电影的理想",以及"如何走向毛主席所指示的文艺方向,创造以工农兵为对象,为工农兵服务的电影"②的一部奠基性作品;并成为当时为适应新的社会历史文化及其政治意识形态需要,宣传并显示建构其新的国家意识及其美学趣味等"新的人民的文艺"创作活动中,对当代中国社会及人的生活影响深远且家喻户晓的一部戏剧影视作品。与此同时,关于《白毛女》作品演出等各类型的批评活动及其学术研究,至今仍为延安文艺及当代中国文艺学术史研究的热门课题之一。长期以来,围绕作品的创作过程、历史背景与人物形象、文本变迁与叙事策略,以及近年来新解读视野下的学术发现与政治争议等,更使得《白毛

---

① 周扬:《新的人民的文艺——在全国文学艺术工作者代表大会上关于解放区文艺运动的报告》,见中华全国文学艺术工作者代表大会宣传处编:《中华全国文学艺术工作者代表大会纪念文集》,新华书店1950年版,第70页。

② 袁牧之:《关于解放区电影工作》,见中华全国文学艺术工作者代表大会宣传处:《中华全国文学艺术工作者代表大会纪念文集》,新华书店1950年版,第201、204页。

女》的学术批评及历史探究,不仅在当代中国文艺发展及其实践方面,而且在社会历史及政治文化等层面上,都蕴含且提供了充分的思想空间与广泛的学术话题。

因此,本节将通过对1947年7月前后六幕歌剧《白毛女》文学剧本的重大修改与1949年由歌剧改编为《白毛女》电影剧本的文本分析及叙事解读,发现并探讨《白毛女》问世之后被反复修改调整,并从新歌剧到新中国电影的艺术成长变化及政治意识形态印记。同时,围绕新中国成立前后"新的人民的文艺"及其戏剧影视的创作演出,翻身女性形象及无产阶级斗争与复仇视觉影像的艺术建构,无产阶级专政及其暴力革命等政治意识的演绎和宣扬,新旧社会及人鬼对立等社会规律与历史逻辑的叙事策略等焦点问题,考察研究20世纪中国文艺的历史特征及当代中国电影的文化政治学走向。

一、精炼与完整:六幕到五幕的歌剧《白毛女》剧本修改

众所周知,在延安文艺创作及其"新的人民的文艺"艺术实践历史上,似乎还没有哪个作品如《白毛女》一样,从问世之日即历经各个不同历史时期的磨合与政治文化的洗礼,反复被修改并被改编成电影、舞剧、京剧等不同艺术门类,并作为主旋律文艺或红色经典,为不同层次的受众所接受,且左右着当下的文艺生产及传播的文艺史个案。特别是《白毛女》所塑造并不断完善的人物性格与艺术形象,以及所延续彰显建构起的"新—旧"社会叙事与"人—鬼"革命之间截然对立的历史内容及政治意识形态主题,又在事实上参与并且构成了20世纪中国社会的思想文化演变与当代中国的民族国家认同,以及意识形态观念的形成和超越等全部的中国当代历史文化实践。

所以,从考察文学剧本的版本修改及基本意图出发,考订并把握《白毛女》作品社会历史及政治意识形态等权力关系的主导因素,反思"新的人民的文艺"及集体创作体制下的美学规范与生产运作,应当对发现并探究其由新歌剧到新中国电影的改编及再创作经验,解读其寓意的"新旧中国交替的正确的缩影,是新

中国诞生期的一份报告"等历史意味等①，尤其是被不断集体修改着的红色经典及文艺传统，都有着重要的文艺史研究价值及意义。

据多次参与新歌剧《白毛女》作品创作及修改的贺敬之讲，这部在1944年冬到翌年春问世于延安，并于1946年在张家口正式出版的延安文艺名作②，到1949年被收入周扬等编辑的"中国人民文艺丛书"及改编为同名电影剧本之前，其中的情节和人物以及叙事主题经历了多次重要修改。其中，最值得注意的是1947年7月初在东北哈尔滨，由集体创作组主要成员丁毅执笔，并于同年10月在东北书店等印行出版的新版本，即所谓趁着"再版的机会"并且汇集了多方面"意见"，然后"经过讨论后，全剧改为五幕"的歌剧《白毛女》文学版本。③它对该剧以后的修改或改编工作确定了基本方向与创作思路，特别是对其结构、人物性格及主题思想的修改工作产生了直接影响。1947年7月在东北哈尔滨对新歌剧《白毛女》文学剧本所做出的重大修改，从执笔者丁毅透露出的立意上来看，是他们当时认为歌剧《白毛女》的文学剧本，尽管已经在多个地方"出版过几次了"，但是，因为在此之前的"每个剧本，都不相同，都有修改的地方"，因此，立足于当时国共之间的政治斗争需要，修改者确认之前的六幕歌剧《白毛女》文学剧本"还不成熟"，所以需要"我们在努力使它走向完善"。④于是，基于对已公开出版的六幕歌剧《白毛女》剧本的这些不满与新的认识，以丁毅为

---

① 周而复：《新的起点》，群益出版社1949年版，第119页。
② 据称，六幕歌剧《白毛女》，是1946年才在张家口正式出版的。在此之前，包括1945年7月由延安鲁迅艺术学院出版的油印本，以及延安新华书店等出版的都是"未经作者集体审核的非正式本"。参见延安鲁迅艺术文学院集体创作，贺敬之、丁毅执笔，马可、张鲁、瞿维等作曲：《白毛女》，中国青年出版社2000年版，2000年重版前言第1页。
③ 1950年6月，《白毛女》修订本出版之际，贺敬之等在前言中曾谈到作品自问世以后的修改工作："在剧本和音乐方面的修改工作就一直未曾间断。较大的修改是一九四六年在张家口和一九四七年在东北、一九四九年在北京等几次。"见延安鲁艺工作团集体创作，贺敬之、丁毅编剧，马可、张鲁、瞿维等作曲：《白毛女》（修订本），新华书店1950年版，前言第1页。
④ 延安鲁迅文艺学院集体创作，贺敬之、丁毅执笔，马可、张鲁、瞿维等作曲：《白毛女》（新歌剧），东北书店1947年版，再版前言第1页。

执笔者并综合了包括张庚等作家在内的具体意见，开始了对已经问世几年的六幕歌剧《白毛女》文学剧本的集体修改工作，主要从叙事内容、剧本结构和主题思想等多个方面进行整体性压缩调整及再创作。

不过，这次《白毛女》文学剧本的修改过程，其核心问题是围绕修改者所提出并在艺术上期待达到的精炼与完善等具体目标而展开的。这主要包括有：首先，在剧目结构上，修改者们"经过讨论后，全剧改为五幕"。而压缩调整为"五幕"的基本理由包括，一是要解决当时"同志们都感到沉闷"与"显得累赘"，以及"没有生活的根据，只凭想象写出来的"，因而"减低了剧本主题发展的速度"等不足和问题，所以决定"去掉"六幕歌剧本"原先的第四幕"；二是因为"原先第五幕"的剧情被认为"没有一个中心事件，距主题意义也较远，许多同志感到不是一幕戏，而是两个过场"，因此决定予以修改。其次，期望强化叙事主题及思想内容上的明晰及完善。即修改者们反复强调及突出作品中的那种"生动、现实"的叙事内容，包括"被压迫的农民""自己的军队"及"有了力量，有了希望"等艺术形象与思想主题的张力。因而修改本中对于六幕《白毛女》歌剧本中被认为存在减低或阻碍着作品现实性"主题发展的速度""主题意义"和"斗争的发展"等叙事情节，进行了较为明显的修改及增删。①

除此之外，如果我们以1949年9月由新华书店出版的《白毛女》"中国人民文艺丛书"本，作为1949年前后五幕新歌剧《白毛女》的定本，而和1947年7月前后出版的，以及1949年5月版的"中国人民文艺丛书"六幕歌剧《白毛女》文学剧本，通过实证性的文字校勘与比较分析的话，就可以清楚地发现，五幕歌剧《白毛女》文学剧本修改及其追求的精炼与完善，里面不仅包括了以上修改者提出及重申的各侧重点与问题，而且对剧中主次要角色形象序列的调整及人物关系进行了适时的修改，既具体地显示出修改者们的政治指向与艺术用心，也证明了歌剧《白毛女》文学剧本的成长性及演变进程。

这其中最值得注意的就是文学剧本中的人物表，五幕歌剧本对六幕歌剧本做

---

① 延安鲁迅文艺学院集体创作，贺敬之、丁毅执笔，马可、张鲁、瞿维等作曲：《白毛女》（新歌剧），东北书店1947年版，再版前言第1—2页。

了如下明显的修改：一是将杨白劳"喜儿之父，佃户"，改为"地主黄世仁家之佃农"，以显示社会历史的演进并强调剧中正反面人物的政治属性及阶级关系，有增强叙事内容及阶级斗争线索的作用；二是突出喜儿"白毛女"为"杨白劳之女，十七岁"的血缘关系与女性身份，增强人物艺术性及其历史命运的文化关联与社会认同；三是在强化杨白劳、喜儿正面形象与主要角色的前提下，将含混的"赵老汉"角色定位修改为"赵大叔——杨白劳之老友，佃农，五十岁上下"，并提高、加强了王大春、李栓、大锁等配角形象的叙事功能，以完善文学剧情的阶级群像及叙事功能。[1]

在1949年9月版的"中国人民文艺丛书"五幕歌剧《白毛女》文学剧本中，丛书的编者虽然删去了剧本中原有的人物表，但是在各幕、场景等舞台提示及说明上，能够清楚地发现其与六幕歌剧《白毛女》文学剧本相比，显得更加简洁、清楚。例如，仅在作品的第一幕的舞台提示中，就增加了对剧情发生的时间、地点等的清楚说明："时 民国二十四年冬。地 河北省某县杨格村，村前平原，村后有大山。"同样，在这一幕的重场戏第一场中，除了删去很多显得多余或累赘的舞台提示，以及"爹种了财主黄世仁家六亩地"等台词之外，将喜儿的那段道白及自报家门中，一些六幕歌剧本中的"俺爹出门躲账七八天还不回来"，以及"刚才到王大婶家借些玉茭子面，回来蒸几个窝窝，等爹回来吃"[2]，分别修改为"爹出门七八天啦还没回来"和"（焦虑地）唔，刚才我到王大婶家去，她给了我一些玉茭子面，我再掺上些豆渣，捏上几个窝窝，等爹回来好吃"[3]，以期更加生动地展示出贫家少女喜儿纯真的性格及自然的父女感情，杨家、喜儿与近邻王大婶家的亲密关系，同时为人物命运、性格特征及戏剧冲突的发展，以及

---

[1] 延安鲁艺工作团集体创作，贺敬之、丁毅编剧，马可、张鲁、瞿维等作曲：《白毛女》（新歌剧），新华书店1949年版，第2页；延安鲁迅文艺学院集体创作，贺敬之、丁毅执笔，马可、张鲁、瞿维等作曲：《白毛女》，东北书店1947年版，第1页。
[2] 贺敬之、丁一、王斌编剧，马可、张鲁、瞿维作曲：《白毛女》（六幕歌剧），黄河出版社1947年版，第11—12页。
[3] 延安鲁艺工作团集体创作，贺敬之、丁毅编剧，马可、张鲁、瞿维等作曲：《白毛女》（新歌剧），新华书店1949年版，第2页。

作品叙事内容及思想主题的深化，提供了必要的可能与推进作用。其中被删去的六幕歌剧本中的第四幕及其对于喜儿艺术形象和女性意识的修改及消解，尤为引人注意。因为，正是在这一幕中，读者及观众所看到的才是一个世俗化、人性化及现实生活中存在的农村妇女形象。这一幕剧情中所刻画出的喜儿和三岁的喜儿之子，在山洞中娘儿俩相依为命的生活情景，以及喜儿为了儿子寻找食物而不得的痛苦，以至于甘愿"就豁着我这个脸去"和"就当是个要饭的"，下山去找王大婶子等"要口吃的"等母性本能及行为，展示了女主人公出了山洞来到王大婶家门口后，听到他们之间关于"喜儿这孩子，死了，死了也好，死的有志气"等议论之后所产生的强烈自卑心理及罪孽意识等，以及因此而"（倒地，半晌，起来）他们说我死了，还说我死的有志气，还说要是大春知道了也不会回来啦，我……我怎么还有脸见他们？我有了那个孽种"，从而发出了"喜儿呀！/我成了什么人，/有什么脸面见他们？/我……我……是一个罪人哪"等悲怆绝望的呻吟。如此，这一幕中喜儿性格及其命运的发展，实际上从传统伦理及主题立意等方面，消解破坏了修改者期望完善的女主人公与其他正面人物之间的阶级伦理及亲密关系。所以，这一幕叙事内容被后来的五幕歌剧本，以"没有生活的根据"及"显得累赘"等原因修改删去，并且在其后的电影、舞剧等改编文学剧本中都一并删去，也就是自然而然的结果了。

二、改造与超越：从新歌剧到工农兵电影的改编

1949年前后《白毛女》从新歌剧到工农兵电影的剧本改编、拍摄及演出，从当时中国社会历史及文化背景上看，一开始就与中国共产党的新民主主义文化建设政治策略、新的民族国家意识形态构建等相互联系在一起。其中，因在影像拍摄、传播及接受等环节所表现出的高度组织化，从文艺的社会文化功能上重新规划了与其他艺术类型的秩序及"归顺"，其艺术形式的群众性、娱乐性，传播方式的可复制性，以及视觉影像的震撼性等特点，电影在组织并重构社会民众的民族记忆、政治文化及意识形态等方面保持整体性认知并促进融合，在全面服务新中国所确立的工农兵文艺政策等方面，产生并形成了一种前所未有的主导性文化

权力。

中国共产党对于电影艺术及其社会功能的重视，从延安文艺运动时期及延安电影团的活动开始就已经充分表现出来了。抗战胜利之后，随着中共在东北战场及国共内战中的节节胜利，特别是对日伪"满映"的接收及改造，不仅为新中国电影及其工业体系的形成奠定了基础并提供了发展可能，而且将"阶级社会中的电影宣传，是一种阶级斗争的工具，而不是什么别的东西"，以及"电影剧本的审查，必须建立制度"和"电影剧本故事的范围，主要的应是解放区的，现代的，中国的"等，作为其生产的基本规范及其政策。[①]所以，当1949年4月中央电影管理局在北平成立，并由参与过左翼电影运动及组建过延安电影团与东北电影制片厂的袁牧之出任首任局长后，电影管理局不仅明确提出了"建立起为工农兵服务的人民电影"[②]的目标，而且很快就做出了将歌剧《白毛女》改编拍摄成电影的决定。之后更迅速组织各方作家编剧及电影导演，开始了相关的文学剧本改编与电影拍摄准备工作。[③]

事实上，1949年9月由导演水华和王滨联手，并邀请作家杨润身加盟进行的对电影《白毛女》文学剧本的改编，就是在肯定新歌剧《白毛女》的演出经验和多次修改后的五幕歌剧《白毛女》文学剧本得失成就的基础上，完成改编并实现超越的。或者如当时改编者所总结的那样：这一次的电影改编工作，不仅是在"搜集了广大群众意见的基础上"及"党的领导下"进行的，而且改编的重中之重，就是"去掉歌剧中经群众鉴定后留下的几点黑斑的问题"。被认定的"黑斑"主要表现在三个方面：一是歌剧中喜儿的孩子"'小白毛'的问题"。尽管"有人认为喜儿把'小白毛'抚养成长也是母性本质，并且留下这个孩子可以使观众更恨黄家"，不过改编者"经过讨论之后，觉得孩子留着实在不相宜，会给喜儿增加负担；同时，这一情节并非主题核心，去掉了会使剧情发展更明快宜人一些，

---

① 《当代中国》丛书编辑部：《当代中国电影》（上），中国社会科学出版社1989年版，第28—29页。
② 袁牧之：《关于解放区电影工作》，见中华全国文学艺术工作者代表大会宣传处编辑：《中华全国文学艺术工作者代表大会纪念文集》，新华书店1950年版，第199页。
③ 宋杰：《导演王滨与电影〈白毛女〉》，载《电影艺术》2004年第6期。

于是坚决去掉了"。二是大春和喜儿的关系问题。"在歌剧中,二人的关系尚有些躲躲闪闪不够鲜明的感觉。改编电影时明确了他们二人不只是爱情关系,而且是法定的夫妻关系,这样就可以更突出黄世仁霸占人妻、拿人顶租子的残酷的恶霸行为"。三是将改编中"出现过一些不健康的情节,例如杨白劳死后,大春为他挖掘坟墓,白幡飘飘,乌鸦纷飞,枯树野林,一片凄凉景色"等镜头,认定为"这一场戏的描写,表现出一种灰色的阴暗的思想感情",最后"经领导指出,删去了"。①此外,还有将杨白劳的"躲账"修改成"还账",喜儿与大春最后的终成眷属等情节,从民间习俗及传统审美等方面对剧中叙事情节及人物关系进行了合法性的修改。②

从《白毛女》电影文学剧本的改编及文本的角度进行考察我们不难发现,1949年前后对新歌剧《白毛女》及其电影文学剧本的改编或再创作,始终围绕的最为重要的核心问题,就是如何更加完善地表现作品最初期望实现的那个基本的叙事主题及审美理念,即"旧社会把人逼成'鬼',新社会把'鬼'变成人"③。所以,与此前新歌剧《白毛女》文学剧本的多次修改最为明显的不同或创新就是,电影文学剧本中不仅通过改编将原作男女主人公喜儿、大春之间悲欢离合的爱情故事与坚贞不屈的理想信念等,进行了纯粹化或线性化的刻画描写④,而且将个人的感情与阶级解放、青春男女的磨难与政治功利的历史等叙事内容,较为完整地整合在了延安文艺或者说"新的人民的文艺"实践,以及其所形成的"压迫—革命—解放"等传奇性的叙事模式与创作规范之中。因此不仅表现出不同于革命文艺史上简单机械的"革命加恋爱"叙事手法及消费性审美趣味,而且整个作品中人物形象及剧情线索的血肉关系,与无产阶级暴力革命、阶

---

① 《简介〈白毛女〉的创作情况》,见延安鲁迅艺术学院集体创作:《白毛女》(电影文学剧本),水华、王滨、杨润身改编,中国电影出版社1959年版,第61页。
② 参见杨润身:《关于电影〈白毛女〉人物原型的误说、戏说和胡说》,载《中华魂》2004年第3期。
③ 贺敬之:《〈白毛女〉的创作与演出》,见延安鲁艺工作团集体创作,贺敬之、丁毅编剧,马可、张鲁、瞿维等作曲:《白毛女》,新华书店1949年版,第120页。
④ 参见孟悦:《〈白毛女〉演变的启示》,见唐小兵编:《再解读——大众文艺与意识形态》(增订版),北京大学出版社2007年版,第60页。

级斗争之间所建构起的历史逻辑,也使得《白毛女》电影文学剧本中的人物命运及主题意旨更突显了坚定性与清晰性的特征,从而彰显出喜儿与大春等被压迫者的身心解放,是必然地、始终如一地和无产阶级的解放事业永远天然地联系在一起的。

  于是,在《白毛女》电影文学剧本中,首先是注意借助电影语言及其艺术特质,对舞台剧的定点化戏剧观看及表现手法,重新进行了情节安排与画面调动。例如,在新歌剧中被视为开场重头戏"大雪纷飞的年三十晚上,喜儿期盼着外出躲账未归的父亲回家团圆"中戏剧舞台人物运动及造型,在电影文学剧本中的改编,则是通过诸如"晴空,炎午,一群羊在吃草。一棵大树下,老赵抱着放羊鞭子,在歌唱……歌声里,引出一片米粮川",以及"丰稔的庄稼当中"所矗立的黄家坟墓上的大石碑与"日正当午,土地冒烟,群众在忙收秋"等一个个的长镜头、特写、正反打镜头等电影画面实现的。运用电影镜头的角度与运动等手法,抒发并表现阶级社会视野下的中国乡村,贫苦农民辛勤劳作与生存的对立,从而使故事情节及人物关系得到了适合影像艺术表现领域而不同于舞台剧的全景式的观看。其次,利用戏曲的讲述性话语形式与民间歌谣的情节性唱段方式,在保留歌舞剧人物运动及造型特点的同时,充分调动影视艺术的特长,不断强化观众的观影位置与身份。在丰富正面人物形象的真实性、故事传奇性的电影幻觉过程中,主导并控制观众的心理反应,强化主题思想意蕴的认同与肯定。例如,为了增强主人公喜儿作为工农兵电影中女性人物形象的正面性及其少女情怀,改编者通过人物的台词、动作及唱段等来陈述故事情节与人物之间的关系。电影开头的田野割谷场景中,镜头推出的那个在"齐腰的谷丛里,一个非常美丽的少女的身影"喜儿出场,除了采用"炕上剪子,炕下镰刀,这一带三里五乡最出色的闺女","结实、年轻、能干、美丽和一种非常吸引人的生命的力量"等社会声誉与评价之外,改编者又分别通过如"爹,你先歇着吧,我把这一垄割到头。王大婶也该捎饭来了"和"我大婶给你送饭来了"等,以及"擦汗,把辫子往后一甩,把手巾缠在胳膊上","走到棵小枣树下,看看四边地里人都回家吃饭了,顺身摘了个枣,扔在大春脸前",和避开老人让大春去"把你衣服脱下来,我给你缝缝"等台词及动作,特别是喜儿为王大婶穿针和"音乐里,二人心连着心,肩并着肩使劲地割谷,老人们看着"等电影镜头的运用及渲染,不仅立体地再现了新歌剧舞台剧结构形式所无法全面展示的叙事内容,而且以电影艺术的全景式表现手法,自然贴切地将喜儿父女与王大婶一家的融洽亲近、喜儿与大春的男女恋情等情节因素显示了出来。最后,是充分运用电影影像技术强化人物及舞台剧形象的象征意味,深化并拓展叙事主题的思想内涵及历史意义。这既体现在电影文学剧本中对赵老汉等人物,由新歌剧中的佃农身份重新定位为中共政治启蒙者及引路人的改编上,更显现在舞台剧里的普通农村青年大春,在电影中则超越了以往的被压迫者形象,成为代表着人民大众自觉反抗的意识,同时他也是中共自己的军队、力量与希望等的艺术化身。为了增强人物形象及观看的象征性效果,在镜头安排调动等技术手段上,也都进行了精心的设计和夸张。如电影文学剧本中大春寻找并参加红军的场景,改编者就用了"大春惧怕地往上走,走……怎么?渐渐看清黑帽子,黑衣服,碧空中红军的英姿,黑军装,帽子上有红的……五角星!大春用力要往上跑:'我可……,'过度的激动使他软摊了:'我可找到你们了!……可找到你们了……'使足了平生的力量:'我可找到你们了!'飞冲上去……",以及"山头上,红军——大春握着枪在捍卫苏区,仇恨地看着黄河东岸白云深处"①等特写镜头,进行反复言说与强化渲染。

1949年前后电影《白毛女》文学剧本的改编,除了得以实践改编者期望完成的"创造了一个美丽、朴素、善良、勇敢的农村少女的典型形象",以及"通过喜儿的遭遇,人们看到农村中残酷的阶级压迫的真实图景",特别是达到"更加清楚而形象地看到,只有在共产党的领导下"才能"得到彻底的解放"等政治意图,"从而使人们更加热爱党、热爱今天的新社会"外,事实上其作为当时建立或探索人民电影或工农兵电影理想的一部经典性作品,在问世及上演后"受到广

---

① 延安鲁迅艺术学院集体创作:《白毛女》(电影文学剧本),水华、王滨、杨润身改编,中国电影出版社1959年版,第42—43页。

大观众的喜爱和热烈欢迎"①,并获得国家政治权力的支持,这又为后来的工农兵电影创作及"文革"前后样板戏电影等的产生,提供了基本的艺术规范及多方面的影响。

三、集体创作:"新的人民的文艺"及其审美意识的整合

应当说,在中外文艺创作活动及传播接受史上,不同时期不同类型的文艺作品被多次修改与不断改编,实际上都是屡见不鲜且甚为正常的一种再创作艺术现象。然而,在1949年前后的延安文艺及当代中国文艺实践中,作品的修改及改编活动,则不单是艺术本身或创作观念的变化,或艺术趣味成长的需要与要求,更多更重要或最根本的动因,是受社会历史与政治意识形态的驱动及引导,特别是现实政治的功利需要和被权力左右的道德要求。作品要反映并体现20世纪中国"革命与战争"意识形态,以及历史文化的"新的人民的文艺"。

从1949年前后《白毛女》文学剧本的修改及改编的历史考察研究中,我们能够清楚地发现和感受到,这部被誉为延安文艺运动实绩及工农兵文艺经典作品,自问世时便开启了由集体组织并主导,而进行不断文本修改和多种文类改编的重写和再创作活动。这就是在当时和随后被广泛推崇并被津津乐道的一种文艺作品的生产体制及成功经验。即由"党的领导者,广大群众,和参与创作的作家、艺术家和文艺工作干部"组成所谓"三结合"集体主导,严格按照如何使作品"从各方面体现党的原则"和"高度的政治思想性"作为根本性的艺术批评标准,通过"请教群众,在群众中验证鉴定"的集体创作,来实现的工农兵文艺生产及其批评传播模式。②正是由于这样的文艺生产及其批评传播的影响,《白毛女》等工农兵文艺作品的成长、文类繁衍历史、艺术实践与"党的文艺"及其政治意识形态之间产生了必然的历史联系,而且对随后当代中国文艺,尤其是样板戏、样

---

① 延安鲁迅艺术学院集体创作:《白毛女》(电影文学剧本),水华、王滨、杨润身改编,中国电影出版社1959年版,内容说明。
② 《简介〈白毛女〉的创作情况》,见延安鲁迅艺术学院集体创作:《白毛女》(电影文学剧本),水华、王滨、杨润身改编,中国电影出版社1959年版,第57—61页。

板戏电影创作及改编活动，从理论及方法上都产生了直接的推动及深刻的影响。

值得注意的是，这种被反复强调及倡导的"三结合"或集体创作的工农兵文艺生产方式及其体制，之所以被认为在1949年前后的《白毛女》文学剧本的修改及改编中较为成功，除了戏剧电影等视觉艺术为大众所接受，并克服了艺术形象与主题思想歧义之外，新民主主义的文化建设和政治理想、新的民族国家想象、人民文艺等的艺术追求，成为这种"三结合"的集体创作在艺术心理、写作行为及审美趣味上能够形成共识并主动服从的基础。因此，当我们从不同时期发生的，由集体创作方式主导的，对《白毛女》文学剧本及其叙事主题的认知修改与文类改编等的历史回顾中，能更清楚地把握《白毛女》文学叙事的艺术演变进程及其历史阐释的成长与虚构等意识形态特征。

1946年初，新歌剧《白毛女》集体创作中的首席执笔者贺敬之，在谈起作品的故事来源及其创作演出经过，曾回忆1945年初开始写作这部"戏剧的《白毛女》"时表示，"认识与表现"其主题思想的基本状况等是"一个不算太短的过程"。即虽然剧本采取的是来自"一个优秀的民间新传奇"故事，但是"它借一个佃农的女儿的悲惨身世，一方面集中地表现了封建黑暗的旧中国和它统治下的农民的痛苦生活，另一方面又表现了在共产党领导下的新民主主义的新中国（解放区）的光明，在这里的农民得到翻身，即所谓'旧社会把人逼成'鬼'，新社会把'鬼'变成人'"。所以，"为了使主题表现得更明确更充分，适合于舞台表现的效力和特点，对原故事加以相当的改变、补充、修正"，以期避免并克服民间新传奇《白毛女》叙事中本身存在的所谓"神怪"及"破除迷信"等多义或歧义，并将"它的积极意义——表现两个不同社会的对照，表现人民的翻身"，确定为"这故事的中心思想"，即"把它作为剧本的主题"。于是，在"剧本创作及排演"过程中，除了创作集体在"不断地尝试，不断地修改"，并"在讨论故事情节时请更多的同志参加意见"等之外，还要请教并听取许多老百姓提出的好意见加以修改。因此，贺敬之不仅强调并断言"《白毛女》的整个创作，是个集体创作"，申明"仅就剧本来说，它所作为依据的原来的民间传奇故事，已经是多少人的'大'集体创作了"，并指出："假如说，《白毛女》有它的成功方面，那么这种'成功'，即是在这样一个不断的、群众性的、集体创作的基础上产生的"。而且，更针对当时"延安曾有个别同志"对作品主题思想的质疑及异议，非常自信地提出，自己"和这意见相反，《白毛女》主要由于主题内容获得效果，而形式或技术方面则存在着不少缺点"。①因而可以说，1947年7月，由新歌剧《白毛女》另一位主要执笔者丁毅主持的五幕歌剧《白毛女》文学剧本的修改，事实上是又一次在"三结合"集体创作文艺生产方式主导下，对《白毛女》文学剧本及其主题的完善及修改。修改者表面上似乎只是侧重于文学剧本幕次结构上的删改及调整，实质上则是为了进一步强化文学剧本的叙事主题及政治意识的指向与功能。同时，幕次的压缩与情节的明晰，特别是正面人物及主人公形象的突出与调整，不仅对新歌剧《白毛女》叙事主题及其思想价值的拓展与推进等都产生了直接的影响及作用，而且对《白毛女》后来的各种艺术改编活动及文本的经典化进程也构成了一个基本的艺术规范及准则，从而使得这次的修改在整个《白毛女》文本的修改、成长及其传播接受史上有着重要的意义。

事实上，关于新中国电影的期待及要求，始终构成了"新的人民的文艺"及其艺术想象中重要的组成部分。正是基于"电影对于群众所达到的影响范围是比书籍、图画以及舞台剧要广阔得多"等艺术意识及社会目的，尤其是新政权关于新中国电影能够"作为新社会教育的主要武器"的期待和要求，因此在1949年之前，新中国电影的前途与方针及"建立和发展新中国的人民电影事业"，就被当时还在国统区领导着革命文艺运动的中共文化界领导人视为"当前文化运动中一件迫切而重要的工作"。所以对于建立新中国电影和期望达成的首要任务，就是明确提出"电影编制与政治要求或政策更密切的配合"，从而将新中国电影及"今后的电影的主题方向"、"电影内容上的主要方面"，确立为紧紧围绕在"政治上的中心任务"，把握"今后电影的教育性——发扬劳动人民的优美品质，创造人民英雄的典型，表现正面建设性的题材，克服落后的封建与半殖民地

---

① 贺敬之：《〈白毛女〉的创作与演出》，见延安鲁艺工作团集体创作，贺敬之、丁毅编剧，马可、张鲁、瞿维等作曲：《白毛女》，新华书店1949年版，第125—126页。

的残余意识"等具体任务上。①

正因为如此，1949年初着手进行的电影《白毛女》文学剧本的改编，也被称为是"坚持在党的领导下电影工作者和群众相结合"的结果及艺术实践上的成功。其中所取得的成功经验及美学意义，最主要的就是：不仅仅这次的改编工作是"在搜集了广大群众意见的基础上"开始的，而且是再一次证明了"艺术家只有紧紧依靠党的领导，及时取得广大群众的支持和帮助，才能创作出为人民所喜爱的最新最美的艺术作品"。这被视为工农兵文艺发展的规律及道理。②并且，1949年前后围绕《白毛女》文学剧本的修改与改编，经过新歌剧和工农兵电影成功的艺术改造与批评传播，使其不仅对现当代中国社会历史发展及政治活动产生了深刻的影响，而且为革命样板戏及革命样板电影艺术实践提供了直接的创作范式及艺术经验。

---

① 于伶：《新中国电影运动的前途与方针》，见史笃等：《新形势与文艺》，大众文艺丛刊社1949年版，第34—45页。
② 《简介〈白毛女〉的创作情况》，见延安鲁迅艺术学院集体创作，水华、王滨、杨润身改编：《白毛女》（电影文学剧本），中国电影出版社1959年版，第61页。

第二节

《刘巧儿》的文本演变与主题演进

在20世纪40年代的延安戏剧剧目当中,能够长演不衰且在戏剧史上留下重重一笔的要数《刘巧儿》了。事实上,《刘巧儿》是一个来自民间的"本事",1943年,在陕甘宁边区陇东分区华池县发生了一起婚姻诉讼案——封捧儿被抢婚姻案。这一案件的成功审理成为根据地妇女解放的典范和司法审理的实践典型,半个多世纪以来,案件的主要当事人封芝琴、文艺舞台和银幕上的刘巧儿以及案件的审理者"马青天"一起震动着边区乃至全国。值得注意的是,《刘巧儿》从1944年袁静创作的秦腔剧本首演以来,经历了多次的改编和完善过程。民间说书艺人韩起祥创作陕北说书《刘巧团圆》,王雁改编创作评剧《刘巧儿》,1956年长春电影制片厂改编电影《刘巧儿》。根据资料统计,《刘巧儿》先后流行的主要版本有:1946年新华书店出版的袁静著《刘巧儿告状》;1947年东北书店出版的"通俗文艺丛书"之《刘巧儿告状》;1949年5月新华书店出版的"中国人民文艺丛书"之《刘巧团圆》;1949年8月周而复主编、生活·读书·新知上海联合发行所发行的"北方文丛"之《刘巧团圆》;1953年2月人民文学出版社出版的"中国人民文艺丛书"之《刘巧团圆》重排第一版;1958年北京首都实验评剧院集体编写、北京宝文堂书店出版的《刘巧儿》;1963年王雁改编、中国戏曲出版社第一次印刷出版的《刘巧儿》。在剧本的历次修改和完善中,《刘巧儿》所具有的主题倾向及意识形态内涵,不断地发生改变,逐步地深化,相应的《刘巧儿》的剧情结构和表现方式也发生了改变。因此,梳理和探讨《刘巧儿》不同文本当中的修改,有助于发现作品版本变迁及修改背后的时代原因,把握其在适应政治意识形态及现代文学规范需要的同时，透视当代文学所留下的时代特征及审美意味。

一、从秦腔剧本《刘巧儿告状》到陕北说书《刘巧团圆》

在《刘巧儿》的文体流变中，秦腔剧本《刘巧儿告状》的出现是一个里程碑，它既是对此前民间"本事"——"马锡五的审判方式""马锡五同志调解诉讼"故事的总结，又是刘巧儿故事新的开端，这是从民间真实向文本叙事的重要转变。因此，《刘巧儿告状》在保持诉讼案基本情节的基础上进行了以下重要改编。

首先是角色身份的细化、强化。婚姻诉讼案中的主要人物是马专员、当事人封捧儿、张柏儿以及双方的父亲。秦腔剧本《刘巧儿告状》中除马专员不变外，封捧儿成为刘巧儿，她是一个活泼、美丽、秉性刚烈、口齿伶俐的边区新型劳动妇女。张柏儿成为苗壮精干的变工队长赵柱儿，张金才改为耿直烈性的老汉赵金才，此外还有年轻调皮的变工队员栓娃、锁娃，四十来岁的变工队员老马，直爽热心的妇女主任李婶婶，农村中颇有威望的老胡、乡长、石裁判员等比较细化的角色分工。其中最重要的是出现了人民群众的对立面，剧本新设置了封建家长刘彦贵、地主老财王寿昌、能说会道的二流子刘媒婆。因为有了地主老财和劳苦大众的二元对立，故事更加具有阶级斗争的复杂性和丰富性。

其次是增加了刘巧儿和老财主王寿昌的相遇并受欺，和劳动英雄赵柱儿麦田见面并且心生爱慕之情，巧儿不甘婚姻受摆布主动找马专员状告父亲悔婚、王寿昌逼婚等故事情节，并以"告状"作为书名。当巧儿和王寿昌在大街上相遇时，王寿昌因为想要和巧儿搭话遭到巧儿的嘲讽，情急之下说出二人的婚约，巧儿去找妇女主任李婶婶商量对策，这才有了和赵柱儿的巧遇并且一见钟情，此后的告状也就顺理成章。这些内容的增加使本来简单的法律案件变得更加富有戏剧性，不至于显得突兀。

按照毛泽东《讲话》中提出的观点，一切文学艺术都属于一定的阶级或一定的政治路线，并且认为"革命的思想斗争和艺术斗争，必须服从于政治的斗争，因为只有经过政治，阶级和群众的需要才能集中地表现出来"①。在当时的延安，作家知识分子所信奉的自由、人性等艺术观点遭到批判和否定，《讲话》作为中国共产党新的文艺政策开始全面指导和规范解放区的文艺创作。袁静作为一个从事多年革命工作的党员，她深知知识分子只有经过思想改造才能与实际结合、与工农兵结合，创作出具有中国作风和中国气派的民族形式的作品，因而将毛泽东的《讲话》精神的内涵充分融入创作，凸显出革命的叙事话语。故事原型重在体现"马锡五的审判方式"，故事主要涉及赖婚、卖婚和抢婚，一场婚姻纠纷先后有两个审判结果，群众有两种不同的态度，强调的是"马青天"的审判方式，审判结果的重点在于封捧儿与张柏的婚姻是否有效，封彦贵是否受惩罚。而在秦腔文本《刘巧儿告状》中设置了相互对立的两类人物形象，代表了不同的阶级身份，一类是代表劳动人民的刘巧儿、赵柱儿、赵金才、栓娃、锁娃等，他们具有劳动人民普遍具有的传统美德，机智能干、身强力壮、英俊潇洒。例如，赵柱儿本人很有才干，很英俊；赵柱儿领导的变工队员都是些爱唱好笑的年轻结实的棒小伙等。另一类是代表封建家长和地主阶级的刘彦贵、王寿昌、刘媒婆等。这类人物像民间故事一样，是被类型化的人物，相貌丑陋，丧失人性，完全站在反人性的立场上，压迫佃农，买卖婚姻。当时在延安，戏剧演出主要是为了传播党的各项政策，动员老百姓投身革命。这部戏剧上演的背景正是抗日战争即将结束、国内矛盾上升的时候，文本增加了地主阶级，使原本普通的农村婚姻故事上升为阶级矛盾，农民反抗地主阶级的压迫和剥削正迎合了当时的大环境，和中央的政治诉求是相一致的。当然马专员、妇女主任作为政治意识的代表，是新政权的代言人，他们的出现也代表了当时政治意识形态宣传政策的政治诉求，只有在党的领导下，农民阶级才能推翻压迫和剥削，才有望过上幸福的生活。

在改编前的诉讼案中，王寿昌只是巧儿的最后一个许婚对象，身份年龄都不详，更不会和巧儿见面；巧儿受欺一场戏的增加，使得地主阶级顺利介入故事当中，不至于显得突兀，当然代表恶的地主阶级的出现使得故事情节更加动人，符

---

① 毛泽东：《在延安文艺座谈会上的讲话》，见《毛泽东选集》（第3卷），人民出版社1991年版，第866页。

合革命叙事的诉求。麦田巧遇的增加也显示出传统的文本叙事模式，利用爱情来增加故事的可读性，凸显出刘巧儿和赵柱儿之所以是一对好姻缘，因为他们体现的是新兴的无产阶级与普通农民大众共有的价值观——"好劳动"，显然这样的设置也是取悦老百姓审美传统的一种写作策略，文艺创作只有选择符合群众思想感情的艺术形式和表达方式，才能真正受到尊重。这样，一场婚姻买卖诉讼案变成了一场农民反抗地主压迫和剥削的阶级斗争，地主阶级破坏劳动人民和谐生活的行为必然会引起群众起身反抗进行斗争，而这种群众斗争也必然是以胜利而告终。

从上述的改编我们可以看出，秦腔剧本丰富了故事情节，阶级斗争的出现使整个剧情发展充满张力，为这部戏真正走向民间，面向工农兵打下了基础。而农民作为受众者对这部戏的接受程度也成为文艺真正为工农兵服务的实践明证。按照当时革命形势，广大农民群众从戏剧宣传中得到动员，坚决拥护中国共产党的领导，积极投身到轰轰烈烈的民族解放斗争中。

毛泽东曾明确指出，"我们的任务是联合一切可用的旧知识分子、旧艺人、旧医生，而帮助、感化和改造他们"[①]，要求党的文化工作者要和民间艺人积极联合，掀起向民间文艺学习的热潮，在延安地区出现了一批经过改造后的新型的民间艺人，韩起祥就是其中之一。民间艺人韩起祥通过学习，改变旧有的思想方式，积极主动地参与党的政策的宣传教育，现身说法教育群众。陕北说书《刘巧团圆》就是他配合党的时事政策编的新书，他按照党的新的文艺政策的核心要求，凭着自己对农村社会的深刻理解和对农民文化需求的准确把握在内容上做了相应的修改。

其一，题目由"告状"变为"团圆"，也就预示着在党和边区政府的领导下，群众过上了幸福团圆的新生活。《刘巧团圆》在开篇就集中介绍了延安当时改造男女二流子的社会背景，巧妙引出文本主题。为了解决军需搞好生产，就要动员广大老百姓的劳动热情，建立新型劳动观念，大力发展生产，昔日靠投机取

---

① 毛泽东：《文艺工作中的统一战线》，见《毛泽东选集》（第3卷），人民出版社1991年版，第1012页。

巧混日子的二流子为民众所鄙视，一时间热爱劳动成为民间人物价值评判的主要依据。韩起祥借用勤劳与懒惰这一农村社会最普遍的价值观来分辨人物的好与坏。也就是说，劳动能力的强弱是判断一个农民阶级立场的准则。父亲逼迫巧儿退婚、巧儿爱上变工队长赵柱儿都和"劳动"这个新词汇有关，劳动者成为受人尊重的对象，成为被歌颂的英雄，不爱劳动、游手好闲者将要接受农民群众的监督和改造，因此新的价值标准使对立两方的矛盾冲突得到了强化。韩起祥巧妙地将边区政府所倡导的现代性话语和政治观念移植到新书当中，用老百姓自己的价值观进行评价，顺利实现了新旧文艺的转化，也实现了文艺所承载的政治宣传功能，加快和推动了农民对党和边区政府所代表的政治意识形态的理解和认同。

其二，巧儿坚决的告状行为也在团圆的强化之下进行了修改，变成了马专员在听取了群众意见之后主动攀谈。《刘巧团圆》中的刘巧儿在面对马专员时，显得彷徨无助，她是在专员的引导之下讲出实情的，符合传统社会及民间文化对女性的认识，能够贴近民众，被民众接受。《刘巧团圆》能够得到下层民众理解和接受并且激起强烈的共鸣，与当时延安文艺大众化运动也有密切关系，利用旧形式、民间形式实现文艺的民族化大众化成为活生生的现实。对此解清（黎辛）评价道："读了《刘巧团圆》就会惊叹这位文盲眼盲的民间艺人对于新社会的深切观察与体验。书中不仅把刘巧、赵柱、马专员描写得自然、生动、亲切，关于在具体事件进行中表现，也是非常恰当的。《刘巧团圆》说书的听者都能怀着快乐的心情，我想其主要原因之一应当是这说书使他们确信民主政府的司法能保障真正相爱的人民如意成亲，能保障人民的幸福和自由。民间艺人的创作和革命的具体政策如此亲密的结合，在现在还是罕见的。"[①]有一点需要注意，那就是文艺大众化运动在经历长久的探讨与实践后终于落到实处，而学习和化用民间艺术资源是因为这些来自老百姓身边的"血肉"可以成为宣传、动员群众的重要手段。

其三，增加了刘彦贵设下计谋骗取退婚书的内容，也就是强调了退婚情节。刘彦贵身上沾染了众多恶习，好吃懒做、投机倒把、嫌贫爱富。为了获得更多彩

---

① 解清：《评价〈刘巧团圆〉》，载《解放日报》1946年9月4日。

礼，他将女儿卖给又老又丑的土财主王寿昌。为了能顺利退掉女儿的娃娃亲，他欺骗女儿说她的未婚夫又丑又懒、不会劳动。为了能够顺利拿到退婚书，他欺骗亲家赵金才"巧儿死也不愿嫁到你家"。从表层意义看，退婚情节丰富了故事内容；从深层意义上讲，刘彦贵之所以可以顺利退婚与延安政府的新婚姻制度关系密切，农民可以依法自由退婚，对新婚姻法起到了宣传作用。韩起祥在思想上接受了意识形态化的改造，说书在他那里随之成为可以用来进行政治意识形态宣传的民间艺术样式，正如他自己所说："过去说旧书，去年自编新书到乡间，为的是帮助革命作宣传……"①说新书的主要目的就是"把新社会的好事编出来，下乡去劝善，去感化人！为老百姓工作"②。有学者认为："既然政治意识形态需要让民间文化承担起严肃而重大的政治宣传使命，那就不可能允许民间自在的文化形态放任。"③《刘巧团圆》最终的结局凸显了韩起祥所要宣传的政治主旨，那就是只有在共产党为代表的民主革命政权支持下，巧儿才能理直气壮地同恶势力做斗争，争取民主与自由。民间形式的化用让阶级和革命话语变成通俗易懂的一般性常识，有效地得到宣传，因而毛泽东认为韩起祥的新书好就好在"群众语言丰富"④。

二、革命婚姻观的确立与王雁的《刘巧儿》

新中国成立初期，国内的政治形势还比较复杂，配合着其他运动的开展，新婚姻法的宣传工作也被当作一项重要的政治任务来抓。中央人民政府司法部部长史良在讲话中就曾指出："首先应认识贯彻婚姻法在政治上的重大意义，它是继土地革命后反封建残余势力的严重斗争，它是解放妇女、提高妇女的生产积极性不可缺少的工作。"⑤王雁对《刘巧儿》改编目的十分明确：剧本的主题是要宣

---

① 付克：《记说书人韩起祥》，载《解放日报》1945年8月5日。
② 林山：《盲艺人韩起祥》，见《延安文艺丛书》编委会编：《延安文艺丛书·民间文艺卷》，湖南人民出版社1988年版，第516页。
③ 陈思和：《中国新文学整体观》，上海文艺出版社2001年版，第123页。
④ 胡孟祥：《韩起祥评传》，中国民间文艺出版社1989年版，第133页。
⑤ 史良：《认真贯彻执行婚姻法》，载《人民日报》1951年10月13日。

传新婚姻法，大力宣扬婚姻自由的政策理念，要让老百姓通过戏剧剧本认识到"旧式婚姻制度的老根是封建统治阶级，和他们所留下的封建残余思想，要肃清旧婚姻制度，就必须拔掉这个封建老根"①。既然创作目的已经明确，地主阶级、封建势力成为斗争的目标，婚姻问题也就自觉地纳入了阶级斗争的话语秩序。"作家不能在创作上善于掌握政策观点，也就不能很好去为政治服务"②，为此，王雁在剧本原有内容的基础上进行了改动。

剧中的人物进一步地被抽象化和本质化，即"每一个人物的意义都由它所属的抽象阶级本质所决定"③，突出正面人物与反面人物单一化的性格特征。秦腔剧本中的巧儿只是一个单纯幼稚的少女，对婚姻的期许仅仅是"不憨不傻"，"会务庄稼"，"不打不骂"，"和气待咱"。到了评剧《刘巧儿》中，巧儿变得更加有追求，对爱情的向往不仅仅是年岁相当、志趣相投，更应该符合大众审美需求，因而在劳模会上爱上了劳动英雄赵振华，并且在麦田大胆私订终身，昔日彷徨无助的巧儿随着文本的修改成长为大胆追求自由爱情的新女性。在巧儿的性格塑造上，进一步加强了斗争精神。例如，王寿昌在小桥上调戏巧儿时，刘巧儿毫不客气地打了他一耳光；回到家骂刘媒婆"吃人的东西，再往我家来，我砸你腿"，然后和父亲大吵一架："要我答应休妄想，除非是西边出太阳！"此时的巧儿无论是思想境界或精神面貌都发生了脱胎换骨的质变，加入这种"正面的、尖锐的冲突"，更加突出了阶级之间的对立，也和主流意识形态相吻合，革命的、合法的婚姻话语被明确地建立起来。剧本中其他农民阶级群像也都相应地抽象化，善良、勤劳、具有阶级觉悟、富有斗争精神，符合政治意识对农民的想象。如果说在秦腔文本中袁静作为知识分子还沿袭五四启蒙精神和话语逻辑，陕北说书中韩起祥作为民间艺人对民间文化还有所认同，到了评剧《刘巧儿》中都转化为一种与新的意识形态宣传相符合的言说方式。

---

① 转引自吴雪彬：《塑造婚姻》，载《读书》2005年第8期。
② 邵荃麟：《邵荃麟评论集》（上），人民文学出版社1981年版，第285页。
③ 李扬：《〈白毛女〉——在"政治革命"与"文化革命"之间》，见刘卓编：《"延安文艺"研究读本》，上海书店2018年版，第320页。

同样，王寿昌、刘彦贵、刘媒婆等形象也越来越趋于单一化。他们不再是单纯的一个地主、一个封建家长、一个二流子，而是一个以他们为代表的万恶集团。地主王寿昌一身聚集了只知吃穿、不务正业、仗势欺人、胡嫖乱赌、常年抱着大烟灯而且还人品极差等特点，俨然是剥削阶级本质的化身。刘彦贵也不仅仅是一个醉鬼、小商人，好吃懒做、坑蒙拐骗，把自己的亲生女儿当作商品随意买卖。地主阶级、封建势力这一类在原型中没有的形象，在秦腔剧本中加入后，一直被重视并且被不断强化，这些形象的刻画慢慢地向阶级性靠拢，人性的光辉逐渐黯淡而阶级性、政治性逐步增强，使得巧儿追求自由爱情变得更加富有斗争性，从而《刘巧儿》主题的意识形态立场和倾向更加鲜明。

巧儿对待婚姻的态度发生了变化。在《刘巧儿告状》和《刘巧团圆》中，巧儿退婚的原因是父亲欺骗她说赵柱儿是个"瓜子"，"脸又麻，腿又跛"，而且还是个二流子；到了王雁笔下，这些已经不能构成巧儿退婚的最直接原因，而是强调了婚姻自主，咱们边区"现在实行婚姻自主，我要跟他家退亲"，在退亲之后，为了强调婚姻自由，刘巧儿不再担心被许配的对象是否合自己的心意，而是大胆地表明了自己一见钟情的自由恋情："在那次劳模会上我爱上了人一个，他的名字叫赵振华，都选他是模范，人人都把他夸"。新中国成立初期广大群众朴素的、纯粹的革命婚姻观在刘巧儿身上得到体现，那就是政治理想一致，共同学习、共同劳动，志同道合的婚姻观，只有这样的婚姻观才使得巧儿在麦田见到意中人时毫不犹豫私订终身，发誓永不变心。从中可以看出，这完全是一个生活在新社会的新型女性对婚姻的大胆追求，在她身上明显透露出对生命自由意志的张扬和表达。"婚姻要自主""自己找婆家""劳动模范"成为刘巧儿的价值标准，也成为20世纪五六十年代众多女性所遵循的婚姻价值取向。正如有评论家所说："应该用高度的热情去结合政治任务，并在结合政治任务中努力写出具有高度思想性与艺术性统一的作品。"[①]巧儿从最初的被动退婚、告状到主动抗争、自己找婆家体现了新社会新女性婚姻价值取向的转变，也表明了婚姻法宣传工作

---

① 萧殷：《论"赶任务"》，见《谈谈写作》，中国青年出版社1957年版，第116页。

的深入人心。

评剧《刘巧儿》最耐人寻味的是在结尾部分众人唱道:"婚姻事要自主靠自己争取,新社会新妇女不受人欺。巧儿和柱儿斗争得胜利,要感谢共产党感谢毛主席!"剧本在有情人终成眷属的大团圆结局之上,凸显出对党和毛主席的感恩之情,既符合民心也有利于宣传。在这场婚姻自由的抗争中,正在萌发的新的民主平等自由思想充分表明,只有在新社会的大地上人们才能过上幸福美满的生活。由此可见,从反对买卖婚姻,到争取婚姻自由,再到"吃水不忘挖井人",《刘巧儿》在不同的历史时期承担起不同政治使命,这就是它成为经典的价值和意义。

电影《刘巧儿》集中体现了陕甘宁边区民主制度下新一代农村女性的美德和性格特点,歌颂了婚姻自主妇女解放的主题。影片在保持评剧剧本内容的基础上加以取舍,戏剧冲突尖锐激烈,一经映出就赢得了社会的好评。随着影片在全国放映,刘巧儿走进了千家万户,《刘巧儿》也成为全国人民记忆中的经典之作。

从最初的司法案件到木刻版画《马锡五同志调解诉讼》,再到刘巧儿系列文艺作品,我们可以看出一个贯穿始终的线索:在当代文学的现代性建构中,政治意识形态通过干预手段逐步确立在文艺创作中的话语权。《马锡五同志调解诉讼》所宣传的是国家民事诉讼程序的理想建构。马锡五审判方式以及此后所推崇的人民调解,成为新中国法律制度中影响最为深远的主要传统之一。当这一题材演化为刘巧儿系列时,"马锡五审判方式"已经不再是宣传的重点,阶级斗争、反抗压迫、婚姻问题、追求自主婚姻逐渐成为焦点,中国共产党把解放妇女和解放一切劳苦大众,坚决改变不合理的婚姻制度、社会制度作为革命的一项重要任务。

刘巧儿的故事一再被修改、加工和再创造,从乡民之口,经文人之手,由农村真人真事逐渐向政治文化中心流传迁移,最终使巧儿成为反抗阶级压迫的代言人,婚姻成为阶级斗争话语秩序的一部分。在历次的修改中最突出的特点是将婚姻纠纷案赋予了政治的内容,将其提升为一种言说解放、阶级、斗争、反抗等政治色彩话语的宏大叙事。从刘巧儿系列文本的演变来看，历次的改编都遵循《讲话》的核心观点，无论是在情节设计、结构编排还是主题设置上都显现出新的民族国家意识和历史观念适应文艺的话语规范，这也充分说明文艺创作在党的文艺政策的指导下最终实现"文艺的工农兵方向"，成为"新的人民的文艺"。文本的政治主题和作品的宣传效果，正是在党的文艺政策的政治规训下得到强化的，而这正是政治意识形态期望通过掌握文艺资源所要达到的最终目的。当然马专员的贯穿始终委婉地传达了这样一个理念：新颁布的婚姻法以法律的形式给予了青年男女自由恋爱的权利，而法律还需要由代表劳动人民利益的新社会干部来具体执行。

第三节

《水浒传》改编与延安戏剧文学的革命叙事

随着五四新文化运动不断深入和马克思主义学说在中国的广泛传播，近代以来知识分子对《水浒传》的政治性解读凸显出一系列诸如"官逼民反""逼上梁山""替天行道""救危扶困""聚义""好汉""造反"等革命意识形态话语。尤其是《讲话》的发表，毛泽东本人对古典小说《水浒传》改编的有力推动，以及抗战背景下基于民族戏曲现代化艺术改革和重构现代民族国家意识形态的需要，实现文艺为工农兵服务、为"战争、教育、生产服务"的政治目的，具有"旧剧革命划时期的开端"的平剧（即京剧）《逼上梁山》和后来"巩固了平剧革命的道路"的《三打祝家庄》以及《武大之死》等多部代表性新编戏剧作品因此诞生。延安戏剧对《水浒传》的改编既受到原有故事模式超稳定结构的束缚，又不得不通过虚构情节、添加人物、弱化血腥、置换叙事时间、大肆运用革命词汇等多种方式，对传统故事给予革命意识形态的整合、改造和遮蔽，不仅极大地丰富了现代戏剧文学的创作题材和思想内涵，而且对延安新编戏的创作模式和审美范畴产生了巨大影响。延安水浒改编戏成为根据地（解放区）文艺大众化、革命化的经典形态，对推动革命历程和加快新政权建设起到了巨大的促进作用，同时对新中国成立后的新编历史剧和革命样板戏起到了重要作用。

一、"新式英雄"与英雄叙事

近代以来，随着西方现代思潮影响以及民族主义运动的高涨，梁启超明确提出英雄的民族主义特性，"凡百年来种种之壮剧，岂有他哉，亦由民族主义磅礴冲激于人人之胸中，宁粉骨碎身，以血染地，而必不肯生息于异种人压制之下。英雄哉，当如是也！"①他认为凡是为争取民族、国家和个人独立自由奋斗牺牲的人，才是英雄。实际上，梁启超第一次命名了民族英雄的概念："这种民族主义英雄理念作用于改良文学或革命文学叙事都产生出一些带有浓重政治色彩的民族主义英雄形象。"②五四新文化运动以及现代启蒙文学基本上延续并发展了梁启超的民族英雄概念，塑造了不少追求自由平等、独立精神的个人主义英雄经典形象。其后受苏联马列主义和普罗大众文学的影响，左翼文学运动领导人瞿秋白在其《马克思、恩格斯和文学上的现实主义》一文中倡导描写下层民众的"集体性的新式英雄"③理念，茅盾也要求革命文学作品要摆脱个人主义英雄的书写方式，改为塑造"勇敢的有组织的服从纪律的新英雄"④即无产阶级革命英雄。无产阶级革命英雄在延安时期实现了全面塑造和进一步发展，尤其是传统旧小说《水浒传》中的英雄获得了广泛的赞誉和集体性创作。

《水浒传》是英雄侠义小说的集大成者。施耐庵在《水浒传》中以"好汉"称谓英雄。好汉以义而聚，聚义造反、除暴安良、劫富济贫、伸张正义、打抱不平，进而替天行道。《水浒传》中的好汉具有明显的民间传统文化色彩，因此好汉延续着中国传统朴素的平民反抗精神和改朝换代"王侯将相、宁有种乎"的心态，即所谓"忠义盗侠"，但兼有滥杀无辜、恣意横行的匪盗之气。冯友兰认为，立功的人，谓之英雄，他们有事业上很大的成就，但亦不常有很高的境界，其行为可以是不道德的，也可以是合乎道德的。⑤延安现代水浒改编戏对英雄给

---

① 梁启超：《国家思想变迁异同论》，见《饮冰室文集点校》（第2集），云南教育出版社2001年版，第767页。
② 朱德发等：《现代中国文学英雄叙事论稿》，山东教育出版社2006年版，第13页。
③ 瞿秋白：《马克思、恩格斯和文学上的现实主义》，载《现代》1933年第2卷第6期。
④ 茅盾：《需要一个中心点》，载《文学》1936年第6卷第5期。
⑤ 冯友兰：《功利境界》，见张岱年、邓九平主编：《赤竹心曲》，北京师范大学出版社2005年版，第88页。

予了合乎革命道德的再造，具体说来，《逼上梁山》①《三打祝家庄》②以及《武大之死》③都对英雄人物形象进行了必要的政治收编和革命整合，使其更加符合时代和革命政治的需要。因此，延安时期戏剧对《水浒传》④中历史英雄人物的人格塑造、行为规范及价值取向的改编叙事，主要表现在三个方面：一是英雄人格富于政治理想和民族情怀；二是英雄行为符合阶级意识形态观念；三是价值取向要求去忠取义且公而无私。

艾思奇在《逼上梁山》一文中说，《逼上梁山》的主题是群众反抗斗争，在群众的伟大力量的推动下，林冲得到了锻炼和改造，走上了正确的斗争道路。⑤作为集体创作的智慧结晶，《逼上梁山》是依照党的文艺思想和革命政策量身打造的宣传作品，较之于《水浒传》林冲奔向梁山逼迫反抗，主题先行的《逼上梁山》十分重视英雄的成长过程，重构了戏剧改造英雄的社会功能和教育意义，并将故事的结局确定在反抗民族侵略和推翻现行政治权力这一具有现实意义的关键点上。与《水浒传》对林冲、鲁智深形象的民间英雄豪侠叙事不同，《逼上梁山》中的林冲、鲁智深等类似于民族英雄岳飞这样的形象，可谓心忧天下，富于民族大义，体现出《水浒传》中其并不具有的政治理想和民族情怀。林冲由"爱国而不得"走向彻底的反抗，"都只为大小豺狼俱当道，吸尽民脂与民膏，要把这世界翻转了"，要以武装斗争推翻反动政权，改变现有社会制度和社会秩序。与林冲的英雄成长叙事不同，民间英雄鲁智深一出场就对宋王朝具有清醒的认识，"官报私仇太毒狠，这奸邪当道怎太平"，不仅

---

① 《逼上梁山》为延安平剧院集体创作，杨绍萱、齐燕铭等人执笔，依据《水浒传》第七回至第十一回林冲故事改编，初稿在1943年9、10月间完成，经过三次大的修改并于1946年4月被华中新华书店印行，分三幕二十七场。
② 《三打祝家庄》为延安平剧院集体创作，任桂林、魏晨旭、李纶等人执笔，戏剧的本事取自《水浒传》第四十六回至第四十九回，于1945年2月22日开始公演，于1947年海洋书屋刊行，分三幕二十六场，系"北方文丛"系列之一。
③ 据《旧剧革命的划时期的开端——延安平剧研究院演出剧本集》中《武大之死》附录记载，《武大之死》原是1945年在延安平剧院工作的王一达创作的《武松》的前部。前部《武松》经作者在晋绥边区兴县和重返延安后数次修改，独立成了《武大之死》一剧。
④ 相关引文均引用《水浒传》人民文学出版社1997年版。
⑤ 艾思奇：《逼上梁山》，载《解放日报》1944年1月8日。

豪气冲天，更是打抱不平，处处鼓动林冲起来造反。《逼上梁山》中的鲁智深已非《水浒传》中那位疾恶如仇的民间英雄，而是精于天下大势、富于造反精神的自觉式英雄。实质上，被改编后的林冲、鲁智深内心蕴藏着一个民族的想象共同体，拥有清醒的民族意识与民族认同观念，其个体人格已经超越了《水浒传》"只反贪官，不反皇帝"的忠君思想和"有天下而无国家"的自大人格。

同样，被改造后的英雄在行为规范方面带有强烈的阶级意识形态观念。一是英雄暴力滥杀色彩在阶级斗争中被显著弱化。在《水浒传》第五十回"宋公明三打祝家庄"一节中，"顾大嫂掣出两把刀，直奔入房里，把应有妇人，一刀一个尽都杀了"，更可怕的是"宋江与吴用商议道，要把这祝家庄村坊洗荡了"，任性嗜杀，以屠杀为审美快感；而在《三打祝家庄》里，宋江下令"进庄之后，只杀祝家恶霸，不准胡乱杀人，扰害百姓"，连一向喜欢排头杀去的李逵也应声道"此番进得庄去，好百姓我一个也不杀，祝家恶霸我半个都不留"。滥杀无辜以及血腥嗜杀固然违背社会伦理道德，容易造成不良影响，也不符合一个现代政党的革命理念，因此在《武大之死》中只一个"杀"字便弱化了《水浒传》中武松的残忍劲头。二是英雄人物具有怜悯底层苦难百姓的阶级同情色彩。《逼上梁山》中林冲因不愿驱赶灾民而受到高俅的挤压，刺配沧州发出"一路上饥民到处有，路旁饿殍无人收，这才是水深火热无援手，怎不叫人气满胸头"这样的感慨，到了草料场又说"照你这样说来，难道这草料场也是压榨老百姓的不成"等阶级同情话语。在《三打祝家庄》里最后一场格外突出了宋江给"穷苦百姓，每户发细粮一石"，以及百姓欢送的场景；而《水浒传》中宋江恩施于百姓每家一石，将多余粮食尽数装载而归，突出的是梁山大捷。很明显，延安水浒戏改编突出了英雄和百姓之间的鱼水之情以及英雄的救赎功能，将个人主义式冷漠、自我的传统英雄改造为弘扬集体主义精神的新式英雄。

去忠取义是延安水浒改编戏对英雄价值取向予以改造的又一叙事策略。忠，即对国家和君主的忠心；义，即对正义、公理的匡扶以及对友情的忠贞。《逼上梁山》中林冲在人民群众的帮助和推动下,从报国卫边疆的好汉蜕变为反抗暴力政权的英雄;《三打祝家庄》中宋江、晁盖一出场突出其造反精神,直指政权,一改《水浒传》中宋江寻求梁山出路的招安思想。去忠而取义完全出于革命的需要,国共两党联合形成抗日民族统一战线,共产党既要从大局出发一致对外、联蒋抗日,又要保持其独立性,吸引更多的"江湖豪杰"、人民大众到延安投入新民主主义运动,"义"必不可少。"义"不再为儒家伦理道德所接受和阐发。《孟子·告子上》说:"仁,人心也;义,人路也。"《孟子·离娄》说:"广,人之安宅也;义,人之正路也。""义"作为正路,对积极入世的知识分子具有一定的引导作用,而且"义"也是中国民间传统伦理的重要概念范畴,对于长期遭受专制统治和等级压迫的中国百姓而言,"义"更具有凝聚力和号召力。《逼上梁山》等戏剧中的"义"已绝非《水浒传》林冲故事一节中所彰显出来的由个人仇恨生发的私义,而是直接走向为民族革命和民族解放的公义,将公义或公而无私作为革命英雄共同的价值取向和行为目标。

从延安戏剧对传统历史故事和古典小说改编可以看出,延安戏剧基本上是将传统英雄好汉所具备的人格魅力和道德品质予以放大,同时将革命理想和革命政治伦理道德赋予英雄人物及其行为规范,塑造出革命的典型性格。当然,延安戏剧创作与党对文艺作品为工农兵服务的宗旨以及塑造集体主义新英雄的理念相一致,也恰恰说明《逼上梁山》《三打祝家庄》《武大之死》等延安戏剧所塑造的英雄人物实质上是革命宣传和革命意识形态的代言人。

二、丑化阶级敌人与美化人民群众

作为一种分析社会和历史的方法,毛泽东在20世纪20年代所写的《中国社会各阶级的分析》中利用马克思主义阶级分析法,对中国社会现存各阶级和阶层做了详细的分析,明确敌我友这一革命的首要问题,确定阶级阵线,制定阶级斗争策略。与此相似,卡尔·施米特在《政治的概念》一书中提出,划分敌友是政治的标准,所有的政治活动和政治机能所归结成的具体政治性划分便是朋友与敌人,朋友与敌人的划分能够高强度地表现统一或分化、联合或分裂。但是,敌友的划分，从情感上讲，敌人容易被当作邪恶和丑陋的一方来对待。①

　　划分敌友和阶级观念在中央苏区戏剧中得到了广泛的应用，并且产生了一种影响深远的叙事模式——阶级仇恨模式。像《年关斗争》《打土豪》《谁给了我痛苦》等苏区戏剧将仇恨集中处理和普遍应用，唤起广大农民的平等意识和均富贵思想，激发农民的反抗精神和革命热情。作为一种"化妆宣传"策略，阶级仇恨模式在延安戏剧当中也被强调为一种最重要的创作方法和审美期待，延安新编水浒戏几乎全部套用了此种模式。关于《逼上梁山》的中心主题，刘芝明说"是以高俅为代表的统治阶级与鲁智深、曹正、李小二、李铁等所代表的被统治阶级之间的斗争线索，织成一个基本的社会关系"②；金灿然在《论〈三打祝家庄〉》中认为，原型《水浒传》中梁山与祝家庄的斗争，是宋代阶级斗争的缩影，梁山是当时广大农民阶级反抗腐朽的统治者的代表，而祝家庄则是压迫者的代表。双方都不是孤立的，都是社会阶级的典型。③《武大之死》第一场第一句便强调大财主西门庆丧尽良心卖假药，压榨穷人。阶级仇恨模式的普遍使用，使得延安戏剧对《水浒传》的革命性改造产生了三种倾向性创作手法：一是丑化阶级敌人；二是美化人民群众；三是加剧阶级叙事中的戏剧冲突。

　　所谓丑化阶级敌人，即对《水浒传》中以高俅为代表的官僚、以祝家庄为代表的大地主或官僚大地主，以及以西门庆为代表的大财主给予丑陋化和脸谱化处理，给封建统治者代表人物描绘出一幅卑劣、专横、阴险的脸谱，表明其阶级立场的不可调和性和必然冲突性。《逼上梁山》中，流氓出身的高俅做了太尉，歌舞大宴臣僚，做的第一件事便是驱赶东京灾民，东京之外哀鸿遍野，惨不忍睹。更可恨的是，高俅不思忠君报国，反而勾结外敌，打压爱国英雄林冲，放纵儿子高衙内欺霸林冲之妻、强放阎王账等。较之《水浒传》中高俅徇私枉法、爱子心切、不择手段陷害林冲，《逼上梁山》中的高俅可谓无恶不作，加重了欺压百姓

---

① 卡尔·施米特：《政治的概念》，刘宗坤、朱雁冰译，上海人民出版社2014年版，第30—31页。
② 刘芝明：《从〈逼上梁山〉的出版到平剧改造问题》，载《解放日报》1945年2月26日。
③ 金灿然：《论〈三打祝家庄〉》，载《解放日报》1945年3月29、30日。

的戏份。同样,《三打祝家庄》突出了祝朝奉及其儿子欺压百姓、霸道横行的丑恶嘴脸,将壮丁拉去,吃不饱,穿不暖,稍有差错,还要百般拷打,重则杀死。然而在《水浒传》中,祝家庄是梁山附近的大地主庄园,梁山攻打祝家庄的目的是夺其财富以壮大自己,庄主祝朝奉人物个性亦十分模糊。《武大之死》也突出了西门庆丧尽天良、作恶多端的一面,不仅卖假药,还欺压百姓,同时通过弱化潘金莲淫荡的本性以突出西门庆对潘金莲的强行霸占,毒害武大郎,可以说恶贯满盈。卢卡奇认为,戏剧的宗旨是群体效应,能够对聚集在一起的群体产生直接、强烈的影响,但是戏剧事件必须突然地使群体感到震惊,也就是,事件必须针对群体主要的、类似的情感和体验,这样它就具有了普遍性。[①]阶级敌人破坏了社会日常生活伦理和道德,严重违背社会各阶层之间的协调安宁,对于轻信、情绪化且易于极端化的群体而言,延安水浒改编剧不断强化阶级仇恨,会持续深化其阶级意识和革命斗争思想。

仅有对阶级敌人的丑化还无法拉大阶级之间的深仇大恨,对人民群众的美化也是延安戏剧必要的创作原则和创作方法。延安时期的人民群众特指工农兵大众,依照毛泽东的观点,群众才是真正英雄,历史是由人民群众创造的。1944年毛泽东给《逼上梁山》两位作者杨绍萱、齐燕铭的信中写道:历史是人民创造的,但在旧戏舞台上人民却成了渣滓,由老爷太太少爷小姐们统治着舞台,这种历史的颠倒,现在由你们再颠倒过来,恢复了历史的面目。[②]然而在考察《逼上梁山》《三打祝家庄》《武大之死》等剧本时发现,美化人民群众主要是刻画出人民群众善良的道德形象、被侮辱被损害的悲惨境地和强烈的反抗精神,但人民群众一直未能成为延安水浒戏叙事的中心角色。就人民群众的道德形象而言,《逼上梁山》第九场"菜园"一节,在《水浒传》中的几个泼皮流氓,变成了流亡失业的汉子;《三打祝家庄》里的顾大嫂、李逵等底层豪杰英雄的血腥味陡然

---

① 格奥尔格·卢卡奇:《卢卡奇论戏剧》,罗璇译,北京师范大学出版社2014年版,第1—3页。
② 毛泽东:《看了〈逼上梁山〉以后写给延安平剧院的信(一九四四年一月九日)》,载《人民日报》1967年5月25日。

降低，不杀好人，只杀恶霸。人民群众形象得到了全面的提升和改造，以便切合毛泽东的文艺思想观和群众观。人民群众的出场几乎成为控诉统治阶级种种罪恶的代言人。无论是《逼上梁山》中李老控诉"这些官府比蝗虫还厉害，专喝老百姓的血"，还是"肉市"一场作为小商人的曹正也喊出"只有官府捐税太重，生意艰难"，或是《三打祝家庄》中钟离老人对祝家父子横行霸道的控诉，抑或《武大之死》中对西门庆豺狼性格的描绘，人民群众始终是被压迫和被剥削者，是生活在社会下层的农民、小商人、失业者、小店主、民间豪杰等形象。人民群众不仅表现出强烈的反抗精神，而且还指引英雄奔向梁山。延安水浒戏中的人民群众形象主要是一群失意者、失业者和被压迫者，急遽而大幅度地改变他们的生活处境以及恢复相对和谐的日常生活，成为最迫切的渴望，也是他们参加革命运动的根本理由。人民群众对于被压迫的中产阶级、中下级军官在未来革命的方向方面具备了一定的优势，成为引路人，是符合党与群众血肉关系的逻辑的。

实际上，无论是丑化阶级敌人还是美化人民群众，其目的都是团结广大知识分子、工农兵群众形成革命的巨大洪流。正如《狂热分子》一书所说，仇恨是团结的催化剂，在所有团结的催化剂中，最容易运用和理解的一项，就是仇恨。群众运动不需要相信有上帝，一样可以兴起和传播，但它却不能不相信有仇恨。通常，一个群众运动的强度跟这个仇恨的具体性与鲜明度成正比。①

三、梁山泊：革命乌托邦形象

延安时期戏剧对《水浒传》改编，显然存在这样一个不可否认的事实：创作者只重视前七十回情节，而对招安征辽以及平方腊、英雄被害等后四十回故事情节有意识地给予了革命性遮蔽。可以说，延安戏剧对《水浒传》的文本选择与利用大致以官逼民反、替天行道、扶危济贫三大思想作为主题，对于水泊梁山的形象叙事也仅仅停留在"梁山泊英雄排座次"情节之前。早在1930年鲁迅在其杂文《流氓的变迁》中指出："一部《水浒》，说得很分明：因为不反对天子，所以

---

① 埃里克·霍弗：《狂热分子：群众运动圣经》，梁永安译，广西师范大学出版社2011年版，第149—150页。

大军一到，便受招安，替国家打别的强盗——不'替天行道'的强盗去了。终于是奴才。"①对这样一位彻底反传统的文化战士而言，招安并做奴才的事实是无法接受并要加以痛击的。在茅盾看来，《水浒传》是一部反映阶级斗争和阶级思想的作品，"至于什么平田虎、王庆、方腊等'三寇'，则是统治阶级用以减消《水浒》的'革命性'所玩的把戏"②。由此可见，无论是启蒙思想家还是马克思主义文艺家，都无法容忍《水浒传》中英雄们被招安等故事情节。就延安革命者来说，招安更意味着投降，违背革命政治原则和战争原则，所以，延安戏剧创作者需要有意识地规避《水浒传》后四十回以及可能带来的各种麻烦。但是《水浒传》前七十回却不能呈现出一个水泊梁山的具体情境，隐去英雄的聚义之地，必然导致英雄归向的模糊性和革命彼岸世界的不确定性。那么，对于水泊梁山世界的乌托邦描绘，成为延安戏剧在改编《水浒传》时不可回避的责任。

先从地理环境考察，《水浒传》中的梁山泊实乃一座乌托邦般的孤岛，山排巨浪，水接遥天，乱芦攒万万队刀枪，怪树列千千层剑戟……梁山四面八百里汪洋浩瀚，易守难攻，环境险恶，杀气腾腾。而《逼上梁山》借李小二之口，对梁山泊的地理自然环境描绘却多了几分浪漫的气息，"四面高山，三关雄壮，芦花荡荡，水泊汪洋"。阴森恐怖的杀气荡然无存，只有一望无际的水泊、雄壮的山关和美丽荡漾的芦花。这是一个明亮的世界，容易让人联想到陶渊明《桃花源记》中的诗句，以及中国文人士大夫的乌托邦理想世界。

但是超乎现世的中国传统乌托邦世界只是一种文人士大夫的自我安慰的幻想，无产阶级革命者既需要高扬革命的理想主义大旗，更需要革命的现实主义，甚至于说提出具体可行的革命口号和革命梦想：

> 李小二　……现有一班英雄聚义山寨，招纳四方豪杰，杀官劫府，扶困济贫，官府不敢侵犯，周围百姓，人人得过。除此以外，别无出路。
>
> （《逼上梁山》第三幕第二十三场）

---

① 鲁迅：《流氓的变迁》，见《鲁迅全集》（第4卷），人民文学出版社2005年版，第159页。
② 茅盾：《谈〈水浒〉》，载《大众文艺》1940年第1卷第6期。

（第六场　梁山泊忠义堂，正中悬"忠义堂"匾额，外挂"替天行道"、"扶危济贫"杏黄旗二面）

…………

宋江　英雄水浒来聚义，重整中华锦家邦。

…………

宋江　众家贤弟！虽是山寨日益兴旺，只是目今昏君未倒，权佞未除，外患未平，民困未解。我等欲成大事，必须联络四方豪杰，多施仁德于百姓；加紧操练，积草屯粮，不可稍有懈怠。

(《三打祝家庄》第一幕第六场)

延安戏剧的梁山乌托邦世界是英雄聚义的山寨，高挂替天行道、扶危救贫两面革命大旗，以杀赃官、锄强暴以及联络四方豪杰、多施仁德于百姓为具体革命手段，最终革命目的是"重整中华锦家邦"。延安改编水浒戏塑造的水泊梁山世界，是革命者们造反打天下的聚义之地，是革命乌托邦世界。延安改编水浒戏只用八个字"周边百姓，人人得过"，描绘了梁山及其周边百姓的日常生活，至于这个世界是否受到"五四"以来西方现代政治民主思想的影响，未见作者表露。由此可以说，作为政治共同体，对乌托邦世界的描绘和指引必不可少，但延安改编水浒戏创造的梁山泊形象并非革命者所宣传的共产主义世界，也不是中国传统的与世隔绝的乌托邦世界，更不是西方19世纪提出的空想社会主义，它只是革命者实现愿望的理想场所。

延安水浒改编戏除对梁山泊简洁性的想象之外，其革命形象塑造还表现在戏剧叙事时间的更换。一个是在《水浒传》中，林冲上的梁山是梁山第一代领导人王伦的天下，还不是日后被世人称颂的替天行道、救危扶困的梁山，林冲火拼王伦后，才迎来晁盖与宋江共同打开局面的梁山新时代。《逼上梁山》为迎合理想的故事结局、塑造美好的梁山形象，将宋江时代的梁山前置，剪辑出一个革命乌托邦的时代。另一个叙事时间前置在《三打祝家庄》中，晁盖与宋江共同领导的梁山好汉议事大厅为忠义堂，在《水浒传》中却是聚义厅。这一叙事话语的更改，去掉了梁山盗匪之气和非理性因素，增强了梁山忠于人民的革命本性和反抗侵略的民族血性，使得作为革命乌托邦的梁山泊形象获得了更多的革命理性和革命正义性。

但读者依旧可以看出，对梁山泊的想象带着"杀赃官、锄强暴、劫官府"浓厚的血腥味道，这种政治式的写作在罗兰·巴特的《写作的零度》中有清晰的阐述。罗兰·巴特把政治式写作分为两种：一种是革命式写作，这种写作使人民震怖，并强制推行着公民的流血祭礼；一种是马克思主义式写作，这种写作的词汇是隐喻的、含混的，暗示着一种准确的历史过程、一种价值判断和独断。①《逼上梁山》和《三打祝家庄》的写作明显带有这两种写作方式杂糅的特性，对梁山泊形象想象既是一种革命暴力的叙述，展现的是一个过程而非胜利的终点或未来世界的蓝图，又是一种不容置疑、独断专行的修辞描绘。实际上，延安水浒改编戏描绘的通往革命乌托邦梁山泊的道路上，同样充满了曲折斗争和血腥屠杀，这样一种对暴力革命的文本历史阐释，恰好是对毛泽东的武装割据等革命思想和为战争、生产、教育服务的文艺思想的政治式图解。

依照德国社会学家卡尔·曼海姆对乌托邦与意识形态的阐释，乌托邦的社会功能是否定、颠覆社会想象，而意识形态的功能则是维护现实秩序。但是在具体历史过程中，乌托邦与意识形态可以互相转化和取代，这一转化和取代的标准是由统治者集团指定的。所以，在革命政治主导下的延安水浒改编戏中的乌托邦形象，其本质上已转化为意识形态，更多地表现出维护、巩固现存新政治权力和新革命秩序的功能。

四、革命伦理与"女性私人痛苦"

就延安时期戏剧文学对历史文化遗产继承而言，选择和改编《水浒传》一个重要的理由是毛泽东本人时常以"水浒梁山"自比或比拟革命。1936年在延安毛泽东对斯诺说："我爱看的是中国古代的传奇小说，特别是其中关于造反的故事。"后来谈到在与其父亲发生冲突时，毛泽东把父亲比作《水浒传》中的贪

---

① 罗兰·巴尔特：《写作的零度》，李幼燕译，中国人民大学出版社2008版，第16页。

官,而自己无疑是梁山上那群替天行道的好汉。[①]1937年5月,毛泽东在延安抗大作报告时说:"水浒里面讲的梁山好汉,都是逼上梁山的。我们现在也是逼的上山打游击!"[②]1939年毛泽东和几位延安的历史学家合写的《中国革命和中国共产党》一文,把中国共产党领导的革命和中国历史上的农民起义联系起来,提出农民起义是推动中国历史发展的动力。在其后的《新民主主义论》中毛泽东又进一步将中国农民起义和中国共产党领导的革命统一在民族主义革命范畴之内。

1940年茅盾在《大众文艺》上发了一篇《谈〈水浒〉》。茅盾认为《水浒传》是宋代市民阶级的"文化娱乐",是反映了宋代阶级之间严重的社会矛盾。[③]茅盾对《水浒传》的细读式分析,明显带有对抗战时局政治态势的现实对号入座痕迹,暗讽蒋介石九一八事变后无视空前高涨的民族抗日运动,提出并积极推行"攘外必先安内"的基本国策。因此,《水浒传》接受了革命家和文艺家的意识形态解读,并在时局驱动下被逐步赋予了强烈的革命式解读和革命色彩,打上了革命符号烙印。

从《逼上梁山》《三打祝家庄》以及《武大之死》的架构情节可以看出延安水浒戏改编者们对政治时局的讽喻:大宋王朝隐喻了"蒋家王朝",金国暗指日本侵略者,而水泊梁山及其英雄则为延安及其革命者。所以,水浒题材戏剧改编侧重于民族阶级斗争即中共制定的抗日反蒋中的"反蒋"。这一主题的倾向性极其有利于1945年前后抗日战争胜利之际,利用戏剧文艺争取社会舆论宣传的阵地,实现革命的最终胜利。齐燕铭在《旧剧革命划时期的开端》一文中写道,《逼上梁山》过多地使用了影射的手法,如高俅上场诗"大权握在手,一切要独裁""妨碍邦交"等词汇,以及高衙内的台词等引用了蒋介石《中国之命运》的话"诚于中而形于外""礼义廉耻"等,使观众一听便同蒋介石联系起来,引起对国民党顽固派的憎恨和鄙视;又如以抗敌御侮与妥协投降构成林冲与高俅两

---

① 武思索、樊静:《毛泽东和他喜欢的二十本书》,云南人民出版社1993年版,第228页。
② 湖北省社科院编:《忆董老》(第2辑),湖北人民出版社1982年版,第67页。
③ 茅盾:《谈〈水浒〉》,载《大众文艺》1940年第1卷第6期。

者之间政治立场的冲突,从而影射抗日战争中国民党顽固派的反动政策。①事实上,毛泽东等人所倡导的对历史农民起义、造反小说《水浒传》的成功改编,不仅加强了群众的政治斗争和革命激情,而且张扬了革命的伦理依据和新政治权力的合法性。

由革命自拟到水浒改编戏剧艺术中的革命伦理,充分体现了革命政治群体观和公众意志力,但与作品中潘金莲等女性形象的重新塑造和构建,却形成一道十分明显的道德价值缝隙。1942年11月尚伯康在《解放日报》上发表了一篇《〈乌龙院〉的生活与思想》,认为传统京剧《乌龙院》实是描写了一场剧烈的阶级斗争,宋江是一个残暴凶狠的阶级压迫者,而阎惜姣是一个烟花女子,流浪天涯的粉头,是在封建社会下从生产游离出来的被压迫者、封建社会下被束缚的妇女。②同年12月,张庚针对尚伯康文章发表《谈〈乌龙院〉》一文,认为宋江仍是一个反叛的英雄,阎惜姣仍是一个告密坏蛋;他们是革命与反革命(反叛者、奸细)的斗争,而不是家长与奴婢的斗争。③两位作者同样是用阶级斗争的观点分析《乌龙院》,得出的结论大相径庭,其根本分歧是一个恪守阶级斗争理论,一个从革命实际需要出发,但是两者对历史中的妇女问题或者说女性的情感道德问题都没有做出合理的价值判断。

《武大之死》中潘金莲,因受"五四"以来新女性观念以及欧阳予倩、田汉等著名剧作家对潘金莲形象的现代化阐释,编剧王一达在处理这一形象时做了较大的改动:一改《水浒传》中视潘金莲为淫荡的化身以及主动杀死武大郎,后被武松残忍杀死,而是格外突出潘金莲作为一名被阶级压迫的妇女形象,爱情的不能自主才被西门庆勾引强迫,忏悔之后又因王婆下药毒死武大郎悔罪自杀,潘金莲不仅心地善良而且品格高洁。依照阶级观点,潘金莲显然属于被侮辱和被损害的封建下层妇女,英雄好汉武松若直接杀死潘金莲为兄报仇,则完全不符合革命伦理道德,革命道德要求无产阶级联合起来反抗统治者,因此王一达安排潘金莲

---

① 齐燕铭:《旧剧革命划时期的开端》,载《文艺论丛》1978年第2期。
② 尚伯康:《〈乌龙院〉的生活和思想》,载《解放日报》1942年11月26、27日。
③ 张庚:《谈〈乌龙院〉》,载《解放日报》1942年12月17日。

自杀以结束这一悲剧人物,以解决革命道德与个体道德之间的冲突。

但是,被重新构建的潘金莲却提出一个现实问题:面对妇女问题或者"女性私人痛苦"特别是面对情爱与性爱等个体伦理问题,革命戏剧创作方式反而捉襟见肘,在一定程度上影响了延安戏剧的深度和广度,削弱了革命意识形态的社会功能和教育作用。

第四节

马健翎的现代革命戏剧创作

马健翎是现代革命戏剧的开拓者和革新家,他将毕生的心血和精力奉献给挚爱的戏剧事业,在有限的生命里,笔耕不辍三十多年,创作出多部表现革命战争的现代革命戏剧,同时改编、整理了数十部传统历史剧目,在中国现代戏剧史上做出了突出的贡献。在延安戏剧革新运动中,马健翎积极响应毛泽东的文艺政策,带领陕甘宁边区民众剧团开创了现代革命戏剧民族化和大众化的先河。他的现代革命戏剧唱响了整个西北,成为宣传抗战的有力武器,在唤醒民众的反抗意识、爱国意识及调动民众参与战争的热情上,起到不可估量的积极作用。马健翎在延安时期的现代革命戏剧创作显示了他戏剧创作的最高成就。他积极配合延安的旧剧改革运动,吸收借鉴传统戏剧的精华,将旧戏形式和现实内容紧密结合,使之转化为现代革命戏剧并成为为革命服务的有力武器。

一、戏剧形式上的探索

毛泽东在1938年的中共六届六中全会上发表的关于《中国共产党在民族战争中的地位》的报告中明确指出:"把国际主义的内容和民族形式紧密地结合起来",创造"新鲜活泼的、为百姓所喜闻乐见的中国作风和中国气派"。马健翎的戏剧创作吸收借鉴了中国传统戏剧的形式,融入反映现实主题的戏剧内容,逐渐摆脱了"旧瓶装新酒"中旧形式与新内容的不协调性,从而走向形式和内容的和谐统一。延安时期,传统旧戏长期统治着戏剧舞台,不论是在《讲话》前还是《讲话》后,其都是延安戏剧舞台上最为活跃、演出次数最多的剧种,也是最受欢迎的主流艺术。旧剧改革是延安戏剧运动的重要内容和重要组成部分，也是推动中国戏剧现代化进程的必经之路。在地方旧戏改革中，取得显著成绩和广泛影响的是京剧和秦腔。京剧《松花江上》是延安鲁艺1938年的现代代表剧作，是典型的"旧瓶装新酒"。华北地区利用旧形式创作了新编民歌剧《新三娘教子》以及京剧《黄龙山》等。秦腔作为古老的陕西地方剧，伴随着陕西人的生活和革命斗争，它之所以能得到观众的喜爱，主要在于适应陕西人的审美需要。但是，随着时代的进步和发展，古老的秦腔剧目已无法适应时局的变化，摆在马健翎等秦腔改革者面前的首要难题就是如何处理旧形式和新内容之间的关系。马健翎早期作品如《一条路》《查路条》，都是典型的"旧瓶装新酒"，采用旧有的戏剧形式，表现新的戏剧内容，在逐步的探索中，他的创作技法日益娴熟。大型秦腔现代戏剧《血泪仇》，不论在艺术表现还是戏剧内容上日臻成熟。此外，在新编历史剧和改编传统历史剧上，马健翎遵照推陈出新的旧戏改革方针，认真探索推敲，取得了显著的成绩。他对旧剧的革新主要体现在以下方面。

首先是戏剧形式上的探索。旧形式是来自民间的，它是中国民间通俗文化的产物，也是老百姓最熟悉的、为老百姓所喜闻乐见的艺术形式，马健翎对于旧形式的利用和改造经历了艰难探索的过程。马健翎的秦腔革命现代戏剧创作之初并没有一味地求新，他利用旧的戏剧形式来表现新的、革命的内容，这不但与旧形式的特点相关，还与延安时代背景下的政治诉求相关。马健翎是秦腔传统戏剧的爱好者，他熟谙古典秦腔戏剧的形式、腔调、语言等构成因素。在戏剧角色方面，马健翎的现代革命戏剧在角色选取上向西方话剧学习，具有多元化、灵活多变的特点。如《好男儿》中为革命敢于牺牲的主人公郑二虎；《十二把镰刀》中为八路军连夜打造镰刀，积极配合生产的王二夫妻；《查路条》中活泼乐观、机智果敢、欢喜逗乐的老婆子刘姥姥；《血泪仇》中为了生存带领女儿、孙子逃难的穷苦人工仁厚，积极参加劳动生产的桂花；《穷人恨》中被地主"烂肝花"胡万富逼迫得几近疯癫的刘红香，积极投身革命的袁尚义、满仓；《两颗铃》中阴险狡诈的特务；《雷锋》中为人民服务、不怕苦不怕累的好同志雷锋；等等。马健翎戏剧角色的选定摆脱了传统戏剧的生、旦、净、丑行当的束缚，顺应戏剧的角色之需，使不同的戏剧角色表现出不同的个性特点，这些来自现实生活中的不同的人物形象，在现代戏剧舞台上找到了演绎人物个性的最佳角色。在脸谱、服饰等方面，马健翎秦腔现代革命戏剧的创作实践最先采用的是"旧瓶装新酒"，他早期的创作是让演员穿老戏服，化老戏妆，以传统的脸谱形象装扮，套用古典戏剧人物形象表现代人的生活，表演"时新戏"，这是对传统戏剧外在形式上的模仿。马健翎早期的戏剧中给毛泽东的扮演者装上一缕红胡子；周恩来的扮演者穿着诸葛亮的八卦衣，手上摇着鹅毛扇；朱德的扮演者画着大花脸，扎着靠旗，戴着长须，手持关公大刀，一上舞台便手挥长鞭大喊一声："俺，总司令朱德者是也！"[①]这样的舞台场景不免让人发笑。用传统秦腔的"旧瓶"，装入现实的"新酒"，只是马健翎革命戏剧改革探索的第一步。马健翎加入陕甘宁边区民众剧团之后，他开始在毛泽东思想的指导下利用旧戏形式创作现代革命戏剧。马健翎的现代戏剧，演员们穿的是时装，也不用传统的戏剧脸谱，只用简单的戏剧妆容。上演的《查路条》中的刘姥姥，穿着黑布袄子，腰间系着围裙，手持长矛，面色红润，精神饱满；王二婶、狗娃头戴白羊肚手巾；汉奸穿着长袍、头戴礼帽，眉眼间微露奸诈之色。《十二把镰刀》中王二夫妇在舞台上打铁，因此王二是铁匠装扮，头戴白羊肚手巾，扎着裤腰和裤腿，肩头搭着毛巾，桂兰头戴手帕，身系围裙，二人红光满面，喜气洋洋。为了凸显《血泪仇》中王仁厚的贫苦生活和悲惨境遇，王仁厚则是衣衫褴褛，面容憔悴，愁眉不展。这些戏剧人物的戏服就是边区百姓平时的着装打扮，他们的妆容也都是展现了边区人民不同的精神状态，刘姥姥、王二夫妇、王仁厚等这些戏剧人物形象个个贴近百姓的生活和内心。马健翎现代革命戏剧创作渐入佳境，摆脱了老戏服、旧人物角色以及传统戏剧脸谱的束缚，做到了戏剧形式和内容的和谐统一。

其次是戏剧的唱腔、舞台语言的探索。马健翎熟谙戏剧唱腔，他的戏剧创作采用灵活多变的板式和唱腔，在戏剧舞台语言方面逐渐取消了干涩的人物旁白，让戏剧人物更富有生命活力。秦腔的唱腔音乐是由板式的变化来表达内容和情感

---

① 陈彦主编：《陕西省戏曲研究院理论文集》（5），陕西人民出版社2008年版，第3页。

的音乐结构,"按其板式可归为六类:二六板,慢板,代板,二导板,垫板,滚板"①。不同板式的节拍和速度各有不同。不同的板式使秦腔戏曲音乐错落地表达人物的心理变化,牵动听众的情绪变化。笔者将马健翎的新中国成立前现代革命戏剧中采用的板式和曲牌做了如下整理。

马健翎延安时期部分现代革命戏剧中采用的板式和曲牌汇总表

剧目	场次	主要人物	板式和曲牌(使用次数)
《查路条》(1938,秦腔)	1	11	急口令(1),眉户点点花调(1)
《好男儿》(1938,秦腔)	3	15+	快板(1)
《中国魂》(1939,秦腔)	11	16+	越调(1)
《十二把镰刀》(1941,眉户)	1	2	快板(1),五更(1),闪扁担(2),岗调(5),五更(1),勾调(1),十里堆(1),大杂会(1),戏秋千(1),劳子(1)
《血泪仇》(1943,秦腔)	30	48	二六(52),四句慢截(1),紧拦头(2),带板(8),伤寒调(1),尖板(6),场板(1),阴司调(2),滚白(2),花音慢板(1)
《大家喜欢》(1944,眉户)	12	10	慢西京(2),岗调(26),劳子(3),二心子五更(2),采花调(4),银钮丝(2),五更(3),紧诉(1),一串铃(1),落子(1),五更鸟(1),闪扁担(1),戏秋千(1),山茶花(1),平音西京(1)
《一家人》(1946,秦腔)	23	25	二六(37),慢板(2),尖板(14),带板(3),伤寒调(1)
《穷人恨》(1947,秦腔)	28	25	二六(57),尖板(4),滚白(1),流水(7),带板(3),慢板(2),阴司板(1)

通过表格可以看出,马健翎在现代革命戏剧中采用的剧种多是百姓所喜闻乐见的秦腔和眉户。采用的板式多样灵活,二六、慢板、带板使用的频率最多。在秦腔《查路条》中使用了眉户调"点点花",用大段"急口令"做主人公的开场白,给观众展现了一个开朗乐观、机智、识时务,爱逗乐的老太太刘姥姥。

---

① 焦文彬主编:《秦腔史稿》,陕西人民出版社1987年版,第563页。

《十二把镰刀》王二的开场白采用的是节拍较快、节奏紧凑的快板,为两个人机智幽默的对话和热火朝天的打铁场面做铺垫。《血泪仇》《一家人》《穷人恨》三部戏剧中采用的板式和曲调灵活多样,使戏剧的节奏感加强。这几部戏剧采用最多的板式是二六。二六"是秦腔唱腔中运用最多的一种板式,也是秦腔基本板式,其他板式都是由它衍演而成"①。该板式节奏适中、自由多变,不但有利于叙事,还有利于抒情,慢板二六、快板二六能表现出人物复杂的内心活动和思想变化。《血泪仇》中王仁厚打算携带全家老小逃难,祭奠祖先时的唱腔采用的是二六板式:"全家人就要离家院,但不知何时可回还;叫东才随父坟茔去,到坟前痛苦一声祭奠祖先。"这段唱腔采用苦音慢二六,以表现王家人远离故乡前的悲苦情绪。慢板是表现人物处于极度哀伤时的曲调。在"全家哭"一场中,王仁厚的唱腔采用的是慢板,也突出他情绪的强烈变化。富于变化的戏剧腔调是控制戏曲节奏的重要因素,或平铺舒缓,或局促紧张,或戛然而止,或高亢有力,剧作家多将不同的板式和曲调相互交织来让戏剧达到扣人心弦、吸引观众的目的。舞台语言是戏剧的场景说明或者舞台提示,通常指人物旁白等叙述性语言,并非人物的对话和独白。舞台语言是观众了解戏剧情节、人物关系的窗口。楔子是中国传统戏剧舞台语言的重要组成部分。中国古典戏剧中的楔子用于介绍戏剧中的主要人物关系和事件发生的大致背景,楔子大多由戏剧中的主要人物旁白构成。旁白在中国传统戏剧中被称作打背供。例如,关汉卿的《窦娥冤》的楔子如下:

  (卜儿蔡婆婆上,诗云)花有重开日,人无再少年。不须长富贵,安乐是神仙。老身蔡婆婆是也,楚州人氏,嫡亲三口儿家属。不幸夫主亡逝已过,止有一个孩儿,年长八岁,俺娘儿两个,过其日月,家中颇有些钱财。……

诸如此类的戏剧旁白是指戏剧人物还没有入戏之前对观众的言辞陈述,旁白结束后,人物就即刻进入戏剧角色。旧戏中的人物,替剧作家说得太多,突出表

---

① 焦文彬主编:《秦腔史稿》,陕西人民出版社1987年版,第563页。

现在戏剧人物旁白上。

马健翎的现代戏剧创作在人物旁白运用上，从一开始是模仿旧戏楔子中的旁白。早期作品《一条路》戏剧的开场，刘有道的语言就是套用旧戏楔子中的旁白，一上场便是对子和诗。

刘公：

（引）虎狼抖威风，抱头听吉凶。

（念）平安虚度六十春，

国家大事概无闻。

飞机大炮从天降，

逃东跑西弄不清。

（白）老汉姓刘名和，乃山西汾州府刘家庄人氏，自幼务农为生，一家人勤勤苦苦，倒也勉强度日。只想平安度过一生，不料东洋鬼子，欺我中国无人，武力侵略，到处横行，闻听人说，太谷失守。我想太谷落于贼手，平遥必然吃紧。平遥要是有什么差错，汾阳如何得了。不免叫出家中老少，共同商议逃难之策。便是这个主意。

本段戏剧旁白，既给观众展现了刘公这一主人公的大致形象，又向观众说明了当下时局。但让一个对国家大事不闻不问，整日劳苦度日的农民说出诸如"虎狼抖威风，抱头听吉凶"之类上场对子和文白夹杂的旁白，不免让人感到"拧巴"，有"镶框子"的程式化痕迹。创作于1941年的眉户《十二把镰刀》的旁白运用得自如得多，开场用较长的人物旁白把一个乐观向上，积极配合革命的铁匠王二形象展现得生动活泼、栩栩如生。

我王二，从前在外边跟师傅打铁，叮当叮当受了几年罪，银钱赚得不少，可是没有我的份。后来改行种庄稼，租子太重，一年到头不够吃，一生气我就参加了革命。现在边区政府给我分得一块土地，我把老婆子也搬来了，夫妻二人好不快活！

主人公王二简单、质朴的语言，将自己以往的苦日子和现在的好日子进行了鲜明对比，表明他心态上发生了较大的变化。每一句话都符合王二的铁匠身份，同时凸显了他积极乐观的生活态度。马健翎现代戏剧创作之初模仿传统戏剧楔子中的人物旁白,到《血泪仇》已经完全取消了苦涩的戏剧旁白,戏剧的表现力进一步增强。"《血泪仇》里,我没有用一句独白,这是我有意识有目的的一种试验,并不是否定独白。我觉得独白,用之于表达某人当时的心理与感情,精而少的用一下是可以的,如果完全是替作者介绍剧情与人物的独白,那是非常枯涩的,那是一条便宜路,走多了会减少戏剧的表现力的。"①《血泪仇》虽然没有运用旁白,但是人物出场后观众便可通过人物对话厘清人物的关系和戏剧发生的背景。从上场对子下场诗到戏剧旁白的取消,马健翎在戏剧舞台语言上不断探索,逐步摆脱传统戏剧形式的束缚,这种在戏剧形式上有目的的创作实践是成功的。

二、革命时期的全景展现

"无论是在生活视野还是历史视野上,马健翎都对边区生活与波澜壮阔的政治军事斗争画卷,以及老百姓的精神面貌和生存状态,提供了鲜活的生命记忆。"②马健翎的现代革命戏剧从各个方面反映战争时期民众思想的变化、人际关系的变化以及身处不同地区的民众表现出的不同精神风貌,为观众展现了战争时期的现实生活全景。

在人物形象塑造方面,马健翎大力颂扬工农兵英雄。马健翎作为现实主义戏剧家,他的现代革命戏剧创作是在毛泽东新文艺政策的指导下进行的,因此,他的戏剧作品呈现出鲜明的抗日救亡特征。战争为马健翎提供了大量的创作题材,但他并非只将目光放在抗战英雄事迹的宣传上,而是深入广大的工农兵群众,从他们中发掘工农兵英雄,从而塑造了众多个性鲜明、敢于奉献革命的大众英雄形象。《查路条》是马健翎创作于1938年的作品,时值抗日战争全面爆发不久,全国上下陆续掀起抗战狂潮,一些思想进步的老百姓积极参与其中。该剧用轻松幽

---

① 马健翎:《〈血泪仇〉的写作经验》,见陕甘宁边区民众剧团艺术纪实编辑委员会编:《陕甘宁边区民众剧团艺术纪实》,西北大学出版社1993年版,第30页。
② 陈彦:《马健翎这个人》,载《美文》2007年第7期。

默的喜剧形式，为观众展现了在抗日战争的大后方普通百姓表现出高亢的抗战爱国热情。《查路条》围绕着爱逗笑的老太太刘姥姥展开：以前的刘姥姥是"糊里糊涂地靠天过日子，不愁吃，不愁穿，什么事也不问，什么事也不管"。但现在却变成了救国人，她不但懂得了"打倒日本帝国主义，民族革命，群众运动，抗战到底"，积极参与到抗日救亡运动工作中来，还"缝补衣服送前线，盘查放哨捉汉奸"。刘姥姥在精神上安慰丈夫阵亡的王二婶，并和她去查路条、捉汉奸。在查路条的过程中，她们不放过每一个路人，对待工作一丝不苟，在几个人的配合下，终于机智巧妙地抓住了试图进入边区偷取情报的奸诈汉奸。柯仲平曾如是评论《查路条》："这是一个喜剧，主题表现冀察晋边区的农民，在参加抗战的工作中进步了，组织性和警觉性都提高了。"[①]普通的民众英雄在抗战中思想逐渐进步，觉悟也逐步提高，这正是刘姥姥形象散发出的独特魅力，她虽然称不上是大英雄，但她为抗战、为革命做自己力所能及的事，也不失为一个抗战英雄。《查路条》成功塑造了积极投身抗战的刘姥姥形象。与此不同的是，《好男儿》为观众塑造了另一类真正敢于为革命献身的英雄形象——义勇军战士郑二虎。1938年，日军占领了某县城，郑二虎作为义勇军的联络员给县城内的义勇军输送情报，但不幸被日兵逮捕，日兵将他压入日伪县衙。而在伪县衙里当县长的不是别人，正是郑二虎的亲舅舅杨德胜，杨德胜虽然为日本人当差，但却后悔自己当初的选择，时常为那些被抓的少壮青年感慨万千。在日本人审问郑二虎的时候，郑二虎表现出聪明机智、顾全大局、英勇无畏的英雄气概。纵使汉奸王小侯以利益诱惑郑二虎，仍遭到郑二虎的唾弃。即使日本人用铁条烧郑二虎的背部导致他几度晕厥，郑二虎也仍旧保持着昂然之气。数次严刑折磨也没打倒这个硬汉，他咬紧牙关、誓死不动咽喉。就在他浑身疼痛难忍、魂飞天外的紧要关头，义勇军军队杀进城中，衙役们得此消息齐心协力杀了汉奸王小侯，杨德胜和衙役投靠义勇军，郑二虎获救，此次攻城也以义勇军的胜利而告终。被歌颂的英雄郑二虎在马健翎的笔下近乎完美，英雄主题也展现得淋漓尽致。马健翎认为塑造英雄人物

---

① 柯仲平：《介绍〈查路条〉并论创造新的民族歌》，见陕甘宁边区民众剧团艺术纪实编辑委员会编：《陕甘宁边区民众剧团艺术纪实》，西北大学出版社1993年版，第22页。

就应该忽略他的缺点,"这是由于文艺源于生活又高于生活,我们的作品就应表现本质的东西、典型的东西,目的是要用社会主义的精神教育人民。所以在描写英雄人物时对他们的缺点就应加以忽略"[①]。在今天看来,这是马健翎对英雄主题和英雄人物塑造的偏激看法,但是在当时的确起到教化百姓,宣传让百姓积极参与战争的积极作用。马健翎的现代革命戏剧中塑造的工农兵英雄既富有个性特点,又有极强的典型性。马健翎并没有用衬托或者对比的手法来表现这些英雄的崇高品质,反而是在革命斗争和现实生活中表现他们高昂的抗战热情和思想觉悟的进步性,他为观众塑造了一个个贴近百姓、真实可信的英雄形象。

在人际关系的描摹方面,马健翎重在展现新型的人际关系。马健翎戏剧创作表现百姓生活的方方面面,其中有表现军民齐心抗战、共同合作参与劳动生产的新型军民关系的戏剧《十二把镰刀》,有在乡镇领导的帮助下被成功改造的农村二流子题材戏剧《大家喜欢》等,这些戏剧贴近百姓的生活,演绎工农兵自己的故事,颇受欢迎和喜爱。马健翎充分利用一切可以利用的题材进行创作,这些戏剧取得工农兵对党的信任,不但宣传了革命,又实践了"文艺为工农兵服务"的文艺方针。马健翎的眉户喜剧《十二把镰刀》与新秧歌剧《兄妹开荒》最大的不同就在于人物关系的设定上,《十二把镰刀》的人物关系采用传统旧戏中的夫妻关系而非兄妹关系。《兄妹开荒》中王二兄妹进行劳动比赛争取向劳动模范看齐,这不但表现了陕甘宁边区广大人民群众积极投入大生产运动的场面,同时歌颂了边区人民自己动手、丰衣足食的甜美生活。《十二把镰刀》中的王二之前和师傅在外打铁,不但挣不到钱还常受别人的气,后来种庄稼但租子太重以至于不够养家糊口,如今投身革命,通过自己的双手日子越过越好。王二的思想觉悟是在不断变化的政治环境中逐步提高的,而使王二产生思想变化的主要原因是政府和军队的热情帮助,也正因为如此,王二才愿意把军队的事情当自己的事情去干,和妻子桂兰合作连夜为八路军打造十二把镰刀,积极配合生产运动。马健翎抓住了边区这种新型的军民关系及工农兵大众思想变化的根源,充分利用工农兵

---

① 陈晓煌:《梁秋燕外传:中国戏曲现代戏的先驱黄俊耀》,陕西人民出版社2008年版,第370页。

联合促进生产的主题创作戏剧，不但敏锐地观察到边区军民关系变化的局面，还准确地把握了工农兵的思想觉悟和心理变化，既宣传了革命，又团结了军民。马健翎的戏剧站在无产阶级的立场上，借大众之口，让工农兵自己说话，让他们用实际行动来证明中国共产党给人民的生活、精神带来焕然一新的变化。

延安文艺界还出现了改造二流子题材的戏剧，展现了陕甘宁边区出现的领导和群众的团结互助新型人际关系。马健翎的眉户戏剧《大家喜欢》、丁毅的新秧歌剧《刘二起家》、军法处秧歌队集体创作的《钟万财起家》都是同一题材。《刘二起家》中的刘二本来是个好吃懒做、经常想卖掉婆姨的农村二流子，在村长等人的关怀和帮助下，刘二成功转变成勤劳的农民，不但如此，他还争当英雄模范。《钟万财起家》中的钟万财整日抽大烟、不劳动、瞎转悠、不务正业，改造后的钟万财不但热爱劳动，还积极参加革命，当上了宣传组长和自卫军排长。这些改造农村二流子的秧歌剧是对边区高涨的劳动热情、和谐的人际关系和人民美好生活的赞颂。马健翎的《大家喜欢》是同类的创作题材，但是他采用了眉户戏剧的形式创作。《大家喜欢》中的二流子王三宝比刘二和钟万财更可恶可憎，他不但是个大男子主义极强的二流子，还是个顽固倔强的二流子，马健翎这样刻画王三宝无疑加大了对这个二流子改造的难度。冯二婶献出锦囊妙计，王三宝妻儿全力配合，乡长亲自带领王三宝变工、拾粪、开荒，乡长以身作则，耐心体贴，时刻为王三宝考虑，还不时安慰他、鼓励他，在乡长的耐心帮助下王三宝终于戒掉烟瘾，积极参加劳动甚至还要争当劳动模范，被成功改造了的王三宝最终和妻儿团聚，大家喜欢。《大家喜欢》和《刘二起家》《钟万财起家》相比较，最大的优点在于它不但深入细致地刻画了王三宝心理的变化，而且深化了戏剧的主题。王三宝的二流子形象能被成功改造，最主要的原因在于乡长、冯二婶和李玉贞母子的配合，而乡长在其中起到了关键作用。《大家喜欢》为观众呈现了这样的现实生活：在党的正确领导下边区呈现和谐互助的人际关系，邻里间互相帮助、友爱团结，夫妻间互相体谅、宽容相待，领导和群众之间相互尊重、共同进步；在党的领导下，健康蓬勃的生产活动热烈开展；在党的领导下，人民的思想觉悟逐步提高；在党的领导下，人民逐渐过上了幸福美好的生活。这些戏剧从表面上看是对二流子的改造问题，实际上潜移默化地对工农兵进行了思想上的教育，满足了党的政治诉求，成为宣传中国共产党强有力的思想武器。此外还有表现解放战争时期军民团结合作、鱼水一家亲的戏剧《一家人》等，这些作品将新型的军民关系鲜明地呈现出来。马健翎戏剧中呈现的新型的人际关系，团结了党群关系、军民关系，积极地宣传了党，宣传了革命，鼓舞了群众。

不仅如此，马健翎的现代革命戏剧作品还再现了现实生活中人物截然不同的生活状况和历史命运。1943年，马健翎创作大型秦腔革命现代戏剧《血泪仇》，通过描写现实的生活细节，为观众展现不同的生活画面，深刻反映了在两个天地里王仁厚及其家人不同的精神风貌和历史命运。在黑暗的国统区，兵荒马乱、民生凋敝，人民生活苦不堪言，但官吏们则试图在战争中发国难财，残酷地压榨贫苦百姓，田保长的出场唱词便是："这几日把人忙坏，每天起来到处跑，只要把钱弄到手，哪管他百姓哭号啕，哭号啕。"这些官吏明知旱灾水灾弄得民不聊生也仍然为了自己的利益，相互勾结，不择手段地欺压百姓。田保长明知王仁厚一家人已经一贫如洗，还要从他们身上榨取钱财。国统区的官吏对待百姓的手段和方式是残暴的，对待自己的士兵也毫不留情，孙副官竟然下令活埋了身患重伤的许多士兵。国统区的天空被残云笼罩。与此不同的是，共产党领导的解放区则呈现出生机勃勃、红火热闹的一派喜气，为观众展现了在中国共产党的领导下的新民主主义社会的美好图景。"生产热潮真高涨，党政军民齐开荒。又丰衣又足食人民兴旺，边区的老百姓喜气洋洋。"边区的领导和百姓好似一家亲，军民关系亲密无间，他们带领百姓开创新的生活。从县长到最为普通的老百姓，人人热情似火、精神饱满、互帮互助，共同积极紧张地投入劳动生产，争做劳动模范。此外，边区人民还成立了农民自卫队，积极参加到抗战中，而那些无力参战的百姓，也成为战争最坚强有力的后盾，他们为解放军缝补衣服、送菜送粮，军民团结一心、积极抗战。"边区真爱老百姓，穷人个个能翻身。想起外边咬牙恨，逼死了多少好人民。"王仁厚等贫苦的百姓，抛弃了黑暗的国统区，在光明的解放区开始崭新的生活。不同的社会生活让王仁厚有了不同的命运，暗无天日的国统区让他举步维艰、食不果腹、家破人亡、背井离乡，光明的解放区让他积极向上，对新生活充满憧憬和希望。《血泪仇》倾注着马健翎对黑暗社会的憎恨，对王仁厚、王东才等贫苦农民悲惨命运的同情和怜惜，写到解放区时，写出了对解放区军民的喜爱，对人民积极参与生产的赞美。马健翎将现实生活的情景再现到革命戏剧中来，将艺术和现实有效地结合起来，在戏剧中具体集中地表现生活，有效地增加了《血泪仇》艺术感染力。1947年时值国内战争时期，马健翎创作了《穷人恨》，剧中不同地位人物的不同命运形成强烈对比。生活在同一片天地里，富人和穷人生活现状对比鲜明："富人家酒肉家常饭，穷寒人吃米也为难。"地主恶霸胡万富生活得安逸自在："一觉睡到大天明，太阳照得眼难睁；只觉得头晕身乏困，抽一袋烟儿养精神。"他吃的是羊肉饺子，喝的是羊肉丝细粉汤。生活在社会最底层的老刘一家人却"每日里熬清水糠菜煮饭，几口人都穿的破烂衣衫"。《穷人恨》对那些残暴地剥削、压迫人民的封建土豪劣绅"烂肝花"胡万富、高顺、冯镇长等予以痛恨的鞭笞，对生活在恶霸恶人统治下为了生存而无力反抗的农民冯见喜等给予理解，对于生活在水深火热中的安兴旺、刘红香等鸣冤、抱不平。戏剧结局部分共产党的到来给穷人带来了希望，穷人终于翻身反抗，打倒地主恶霸。马健翎丰富的创作素材，浓烈的真实情感，注重生活真实与艺术真实的统一，在戏剧中描绘了截然不同的天地和人物命运，这种强烈的对比增强了戏剧的感染力。马健翎的戏剧创作当属现实主义范畴，这也正是延安时期作家创作一贯坚持的。这种现实主义的戏剧观不但是党的文艺政策的实践，发挥了强有力的宣传鼓动和教育作用，而且受到了广大工农大众的热烈欢迎和喜爱。

总之，马健翎在现代戏剧史上占有重要地位。他的现代革命戏剧在革命战争时期是鼓舞人民、团结军民极有力的宣传武器，发挥了重要的教育作用。他又积极创作传统历史剧，在挽救传统戏剧遗产上做出了突出贡献。马健翎为戏剧事业奉献一生，他是真正的"人民艺术家"。

第六章 人民的声音：延安时期民间文学创作

1940年代，在以延安为中心的广大解放区内，活跃着一支致力于搜集、创作与研究民间文学的队伍。其中，以鲁迅艺术学院的何其芳，边区大众读物社的周文，边区文化协会的柯仲平、林山等为代表。他们在毛泽东《讲话》精神的指导下，围绕民间音乐、歌谣、故事、说书等作品的搜集、整理和创作，发出了人民的声音。

第一节

延安文艺建构中的陕北民间文艺

陕北民间文艺主要指的是陕北说书、陕北民歌、陕北秧歌、陕北腰鼓与陕北剪纸等文艺形式，因为这些陕北民间文艺形式经过历史长河的冲刷，已然活跃在陕北人民的生活之中，受到普通民众的喜爱，就连非本地人在提到陕北民间文艺时，脱口而出的也是陕北民歌、陕北说书等。因此，陕北说书、陕北民歌、陕北剪纸、陕北秧歌、陕北腰鼓等成为陕北民间文艺的典型和代表，基本是不存在争议的。同时，这五种陕北民间文艺都有着悠久的历史、独特的艺术特色以及一定的社会功用，它们蕴含着陕北人民群众在长期的生活实践中累积起来的生活理想、价值情感与心理诉求。

陕北民间文艺作为一种民间文化，相对于知识分子的精英文艺来说，它是一种隐性的、地下的、边缘的文艺类型，其受众主要也只是生活在陕北这块黄土地上的普通民众，但在当时的环境下，对以延安为中心的中国共产党所在的解放区来说，最紧迫的任务就是要团结和争取广大的普通民众，共同致力于抗战。因此，陕北民间文艺虽然受众有限、传播范围有限、影响力有限，但作为陕北人民情感维系的纽带，依然有着强劲的生命力，一旦某种契机成熟，它们便会散发出无穷的魅力，也会在文艺之林中更加茁壮与耀眼。

一、走进延安文艺视野的陕北民间文艺

客观上来看，抗战的爆发，无疑是陕北民间文化得以从民间走向"官方"、由地下走向广场、由边缘走向中心的最大契机。抗日战争，作为全民族的抗战，

在人数上占有极大优势的普通民众自然成了这场战争中不容忽视的重要力量,而文艺又具有团结、联系民众共同抗战的重要作用,正如刘锡诚所说:"在这种情势下,平日被掩盖着的、不被人们注意的民间文化,上升为民族精神和民族传统的体现者,民族间血缘文化关系的纽带。"①

正是有了团结与动员最广大的普通民众参与革命的动机,文艺工作者就必须要发挥自己的优势,充分利用文艺的作用,对广大的普通民众进行宣传和动员。毛泽东在《中国共产党在民族战争中的地位》一文中说:"洋八股必须废止,空洞抽象的调头必须少唱,教条主义必须休息,而代之以新鲜活泼的、为中国老百姓所喜闻乐见的中国作风与中国气派。"②而如何使文艺真正起到动员和团结民众的作用,并使广大的普通民众喜闻乐见,也就自然地引发了民族形式问题的论争,是"旧瓶装新酒",还是"新瓶装旧酒"?不论是哪一种观点,都避不开民间文艺。但有些文艺工作者,在思想情感上与普通民众存在着隔膜,对他们的文艺更是一种俯视的姿态,甚至是瞧不起。例如《解放日报》于1942年11月1日第四版刊登厂民的《关于诗歌大众化》一文,文中指出了文艺工作者在文艺创作上的问题:"他们跑到街头,高呼大众化,回到房间里,又另抒写个人生活情绪的东西。他们是矛盾的,两面性的,他们把大众和个人割开,把自己看得高高在大众之上。"这是当时很大一部分文艺工作者内心的真实写照,他们虽然在倡导大众化,但在内心里却瞧不起普通民众的文艺,因此,也就很难创作出能够真正打动普通民众的作品。

只要知识分子肯放低自己的姿态,深入普通民众,真正在思想情感上与普通民众打成一片,学习与利用他们的文艺形式,就有可能缩短乃至消除彼此之间的距离。1937年8月在延安成立的西北战地服务团,深入普通民众,学习与利用他们的文艺形式,了解民间文艺的特点与优势,并在此基础上,编排了普通民众喜闻乐见的秧歌舞、大鼓等陕北传统的民间文艺节目,并且悉心听取人民群众的意

---

① 刘锡诚:《抗日战争和解放战争时期的民间文学运动》,载《新文学史料》1992年第3期。
② 毛泽东:《中国共产党在民族战争中的地位》,见《毛泽东选集》(第2卷),人民出版社1991年版,第534页。

见，不断进行修改与提高，在传统的民间艺术形式中赋予抗战等时代内容，不仅受到普通民众的热烈欢迎和喜爱，而且得到毛泽东的重视和支持，而这也为更多的文艺工作者如何深入群众，利用民间文艺，创作出受普通民众喜闻乐见的文艺作品起到了很好的示范作用。同时，这也给了文艺工作者信心和鼓励，虽然知识分子与普通民众之间存在着天然的距离，但这种距离并不是无法消除的。

抗战和民族形式的论争使陕北民间文艺得到发掘，但创作出的文艺作品能否为普通民众所喜闻乐见，还取决于文艺工作者是否深入群众，在思想与情感上和普通民众真正融合在一起。

二、《讲话》与陕北民间文艺的凸显

陕北民间文艺所具有的不可忽视的联结人民情感的作用，不管是领导者，还是广大的文艺工作者，都无法回避，从而使陕北民间文艺拥有了被发掘、整理和凸显的可能。而从文艺自身发展的规律来看，从五四新文化运动时期开始，知识分子为了达到化大众的启蒙目的，就有对民间歌谣的搜集和整理。然后再到20世纪30年代的左翼时期，40年代的整风运动等都涉及对民间文艺的整理与汲取，这是一个持续的、并未间断的过程。只不过在不同时期，知识分子对民间文艺的认识和重视都有所差异，而且在对民间文艺发掘和整理的过程中，知识分子和普通民众在思想情感上并未真正地打成一片，而是存在着一定的隔阂与距离，正如杨劼在《旧形式与"延安体"》一文中所说："1942年以前，民间的东西也很少有知识分子真正地在内心重视它。"[①]知识分子与普通民众在生活环境、劳作方式、价值观念、思想情感等方面都存在着巨大的差异，他们难免对活跃于普通民众间的文艺存在着居高临下的态度。知识分子真正以学习，甚至是仰视的态度对待民间文艺，并使陕北民间文艺得到凸显则是在《讲话》之后了。

《讲话》的发表，为解放区文艺的发展指明了方向，也引发知识分子对民间文艺的汲取与改造由"可以不这么做"到"不得不这么做"的转变。在《讲话》

---

① 杨劼：《旧形式与"延安体"》，载《文艺理论与批评》2003年第6期。

中,毛泽东讲述了召开文艺座谈会的目的:"求得革命文艺的正确发展,……借以打倒我们的民族敌人,完成民族解放任务。"①在全民抗战的时代里,在国家生死存亡的关头,文艺的首要任务就是要动员一切可以动员的力量,赶走外国侵略者,实现民族解放。因此,在这种时代环境中,知识分子就应该积极主动地向普通民众走近,学习和借鉴活跃在陕北普通民众中的民间文艺,达到动员和团结普通民众的目的。毛泽东在谈到文艺为什么人的问题中说:"我们鼓励革命文艺家积极地亲近工农兵,给他们以到群众中的完全自由。"②这就为文艺工作者接近群众、深入群众提供了政治上的支持与鼓励,也为文艺工作者的实践活动指明了方向。紧接着,毛泽东提出了怎样为人民的问题,"只有用工农兵自己所需要、所便于接受的东西。因此在教育工农兵的任务之前,就先有一个学习工农兵的任务"③。工农兵自己的东西实际上指的就是长期以来一直存在于普通民众中并为他们所独有的民间文艺。民间文艺是人民群众自己的文艺,它产生于他们的生产生活实践之中,和他们的血液相通、气质相连,蕴含着他们的精神状态与生活理想,正如《讲话》中所说:"人民生活中本来存在着文学艺术原料的矿藏,……它们是一切文学艺术的取之不尽、用之不竭的唯一的源泉。"④相对于知识分子来说,虽然普通民众的文化水平不高,认字读字的能力差,缺乏书本知识,但他们在民间文艺也就是"他们自己的东西"上却很丰富,这是知识分子需要学习和汲取的。卢燕娟在《〈在延安文艺座谈会上的讲话〉与人民文化权力的兴起》一文中说:"'劳动',而不再是读写能力、书本知识,成为最高文化赋权标准。拥有劳动能力才意味着占有文化权力,劳动者因此在新的文化秩序中获得优于知识分子的地位。而他们所缺乏的,仅仅是读写能力和与之相伴的书本知

---

① 毛泽东:《在延安文艺座谈会上的讲话》,见《毛泽东选集》(第3卷),人民出版社1991年版,第874页。
② 毛泽东:《在延安文艺座谈会上的讲话》,见《毛泽东选集》(第3卷),人民出版社1991年版,第858页。
③ 毛泽东:《在延安文艺座谈会上的讲话》,见《毛泽东选集》(第3卷),人民出版社1991年版,第859页。
④ 毛泽东:《在延安文艺座谈会上的讲话》,见《毛泽东选集》(第3卷),人民出版社1991年版,第860页。

识。而这部分知识在新的结构中,相对于劳动者所掌握的劳动技能和生产知识,失去了天然优越性,退居次要地位。"① 从这段话中可以看出,在抗战的大时代背景和解放区特殊的环境下,普通民众的地位逐渐优于知识分子,受到重视,而民间文艺的地位也随着普通民众地位的提高而得到凸显,成为知识分子学习和借鉴的文艺形式。

在"教育工农兵"之前,要"学习工农兵",其实质就是知识分子农民化,也就是思想上、情感上要与农民相通。这与五四时期的化大众正好相反,知识分子不仅文艺上要"化"为农民喜闻乐见的文艺,而且思想上也要"化"为农民。"化"为农民的目的是要创作出能团结和鼓舞人民群众的作品,为抗战服务。然而要真正创作出普通民众喜闻乐见的文艺,一个重要的途径便是汲取民间文艺。也就是说,《讲话》使人民群众的地位提高了,民间文艺愈加得以凸显。在《讲话》精神的指引下,文艺工作者不仅要深入普通民众,在思想、情感等方面与普通民众融为一体,而且还要学习和利用普通民众喜闻乐见的民间文艺形式,为革命服务。文艺工作者不仅要汲取民间文化中的精华,也要有辨别性地剔除其中的糟粕;不仅要团结联系民间艺人,汲取他们的长处,而且要对他们身上的缺点进行改造。只有这样,才能更好地贯彻《讲话》的思想内涵,也才能更有效地服务于抗战。

三、延安文人对陕北民间艺人的改造

陕北民间文艺在得到发掘与凸显之后,逐渐成为延安文艺建构中的一部分,而对陕北民间艺人和民间文艺的改造则使陕北民间文艺完全成为延安文艺建构中的重要组成部分。改造是必然的,也是必不可少的。

民间艺人作为普通民众中的一部分,和普通民众有着相通的生活理想、思想情感,因为,他们本身就是从普通民众中走出来的,是普通民众中的"明星",有着相当高的活跃度。民间艺人在普通民众中有着较大的影响力及较高的地位,

---

① 卢燕娟:《〈在延安文艺座谈会上的讲话〉与人民文化权力的兴起》,载《中国现代文学研究丛刊》2012年第6期。

他们是普通民众的发言人。而要对民间艺人进行改造是因为"他们缺乏的是新的观点,对新生活新人物不熟悉,他们却拥有听众、读者。时代变了,……从思想上改造这些人,帮助他们创作,使他们能很好地为人民服务"①。除此之外,民间艺人的言行举止,以及身上存在的恶习等,都有可能被普通民众仿效,也就是说,一个优秀的民间艺人,不仅要作品好,而且为人品德等都要好,都要产生正面积极的影响,只有这样,才有利于团结和动员群众,更好地为抗战服务,为党的文艺服务。

民间艺人同普通民众一样也有缺点的,他们在文化价值、审美意识等方面和官方的价值观念、意识形态等存在着出入和差异,再加上他们长期生活在社会底层,难免存在有一些封建和守旧的思想,有的染上吃喝嫖赌、吸大麻等恶习,因此,对民间艺人进行改造并不是一帆风顺的,也不是一蹴而就的,而是需要了解他们、懂得他们内心的真实想法,有针对性地、有方法性地去改造他们。比如《解放日报》1941年10月4日第四版上刊登石毅的《旧剧人的改造》一文,文中就讲到对旧剧人的改造时所遇到的困难:"招呼这七个人是很困难的,在戏剧的表演上,总是坚持着他们师傅的老一套办法,同时每天要钱、要鸦片、要吃的。"这也就是说,有些民间艺人存在着表演形式固化,没有锐意进取的思想,而且身上存在着不少恶习,因此,有的人就认为对民间艺人进行改造很困难,甚至是无法改造的。但这些只是少数现象,而且也并不是改造不了的,大部分的民间艺人本身就有着与时代共进步的倾向,愿意也乐于接受改造。

对民间艺人李卜的改造就是很好的证明。《解放日报》在1944年10月30日第四版刊登丁玲的《民间艺人李卜》。李卜本是洛川一个戏班子的演员,擅长眉户戏,有着丰富的演出经验和演唱技巧,在普通民众中很受欢迎。有时候戏唱完了,"观众听完了还不肯散"。但他身上也有着民间艺人普遍存在的一些恶习,"刚来时,他还吸些自己带着的洋烟"。②但民众剧团的团长柯仲平对民间艺人

---

① 丁玲:《从群众中来,到群众中去》,见张炯主编:《丁玲全集》(第7卷),河北人民出版社2001年版,第115页。
② 丁玲:《民间艺人李卜》,载《解放日报》1944年10月30日。

的改造讲究方法和技巧,因此,他虽然知道李卜身上的恶习,依然抽洋烟,但并不直接揭发而使他难堪,而是"不愿伤他的自尊,装作不知道。只从旁劝说,别的人也给他暗示"①。因此,李卜慢慢转变了自己固守的思想,努力改掉了自己的恶习。"李卜本是一个爱和平的人,……他从此明白了共产党与抗日的关系,抗日与人民的关系。"于是,他改掉自己的恶习,"一狠心,难受了几天,也就熬过去了"。最后,他决定加入了民众剧团,从思想上转变了,"自觉到公家的东西就是自己的东西,公家的事就是自己的事"。②当有人在边区文教大会上认为旧艺人难于改造的时候,他立即站起来以自己的亲身改造,"做了说明",认为旧艺人是有一些恶习,他自己也是,但他改过来了,他指出旧艺人"在旧社会里是受压迫的,只要一解开革命道理,头脑弄通了,改起来也很容易"。③从这段话中可以看出,对旧艺人的改造,转变他们的思想是关键,他们是支持革命的,只要文艺工作者耐心劝导,讲清道理,对旧艺人的改造就很容易了。

再比如对民间说书艺人韩起祥的改造。韩起祥出生于贫困的陕北农村,有着苦难的童年,有着坎坷和曲折的人生经历。在动乱的年代里,他的说书生涯也不是一帆风顺的,他遇到过土匪,被抢劫、勒索过,本来身无分文的他,就愈加窘迫。是共产党给予他帮助,给他鞋穿,给他饭吃。因此,他从心底里感谢共产党,想要为革命出自己的一份力。他有着自觉接受改造的意识,并且乐于接受改造,以适应时代的发展和更好地为革命服务。比如1944年8月2日,韩起祥正式参加革命工作,并开始编撰新书。当时《白毛女》《兄妹开荒》等一大批深入群众的作品广为流行,并受到群众的喜爱。韩起祥受此影响,也想编撰出受欢迎的新作品,但又没有新书可说,于是他找到边区文协,请求组织帮助。之后文协成立了说书组,还派了一名有文化的干事帮助他搞创作。可以看出,民间艺人有主动、自觉接受改造的意识,也希望自己能跟上时代的步伐,为革命做出自己的贡

---

① 丁玲:《民间艺人李卜》,载《解放日报》1944年10月30日。
② 丁玲:《民间艺人李卜》,载《解放日报》1944年10月30日。
③ 丁玲:《民间艺人李卜》,载《解放日报》1944年10月30日。

献。延安文艺工作者对此很重视，也乐于帮助他们改造。《解放日报》于1945年8月5日第四版刊登付克的《记说书人韩起祥》便很好地证明了韩起祥改造后的成功。韩起祥说唱了自己的新编书目，这些新书目是他经过改造后，深入乡间创作的，"为的是帮助革命做宣传"，"在言语上他用的是最活泼最生动的人民大众的语汇：他很少用艺术人所惯用的那套公式，……他的话不但本地人懂，外来人也是很容易懂的"。①

大部分民间艺人都出生于贫困家庭，有过艰难困苦的生活，在战火纷繁的年代里，是共产党给予了他们一片和平的天空，因此，他们从心底里感激共产党，渴望能为革命贡献自己的一份力，这就为延安文人改造民间艺人提供了天然的契机，只需要正确地加以引导，改造民间艺人就并不困难。而且，民间艺人主要是为了养家糊口，或者说混一口饭吃，他们本身就具有很强的适应能力和创新能力，善于揣摩农民群众的心思，也善于因时因地因人而变。比如陕北说书艺人韩起祥将最初说书时只有一把三弦、一个刷板的说书形式改成了同时使用三弦、刷板、小镲、"蚂蚱蚱"（韩起祥用讨饭的小竹板为原料，制作的一种类似蚂蚱叫声的伴奏乐器）四种乐器的演唱形式，很受普通民众的喜欢。而且，改造民间艺人的过程，也是知识分子自身不断改造和转变的过程。

四、延安文人对陕北民间文艺的改造

在《讲话》之前，就已经有延安文人意识到了民间文艺在普通民众中的重要地位和影响，但同时看到了民间文艺中有和时代、革命相脱离的东西，因此，在旧形式中赋予其新的内容，以适应革命发展的需要，就显得颇为重要。例如《新中华报》在1938年2月10日第三版刊登的一则《边区文协征求歌谣启事》："从歌谣中，我们可以看出大众的生活和大众的艺术。利用歌谣的旧形式装进新的内容"②。这里所说的"歌谣"，其实指的就是陕北民歌，它是普通大众的文艺，蕴含着他们的思想情感。同样有着相类似观点与看法的还有《新

---

① 付克：《记说书人韩起祥》，载《解放日报》1945年8月5日。
② 《边区文协征求歌谣启事》，载《新中华报》1938年2月10日。

中华报》在1938年2月10日第四版上刊登的白芩的《关于戏剧的旧形式与新内容——问题的提起》一文，文中说道："我们对于旧形式，不但民歌小调都采用，连旧剧有时也宜采用"，但白芩同时强调"但同样它要扬弃不合理的、腐旧的、不适宜的旧形式"。①再比如《新中华报》在1938年2月10日第四版刊登了少川的《我对延安话剧界的一点意见》一文中所说："希望多多产生新形式新内容的作品及利用旧形式装新内容。"同时，作者也强调"不是任何形式都可采取，必须能扬弃不合理、要不得的旧形式"。②正如陈思和在《民间的还原——"文革"后文学史某种走向的解释》一文中所说："民间文化具有藏污纳垢的特点，……但即使在污秽的一面里，仍然有我们新传统所不能理解的东西。"③民间文艺虽然是需要文艺工作者去学习与汲取的，但民间文艺中也有不合理的、不利于革命现实的一些缺点，因此，文艺工作者就需要对民间文艺采取辩证的态度，取其精华，去其糟粕，使民间文艺能够更好地联结普通民众，更好地为革命现实服务。

（一）陕北说书的改造

陕北说书作为长期活跃在陕北普通民众中的艺术形式之一，和普通民众的生活习惯、心理诉求等息息相关，有的说书内容带有明显的封建迷信等色彩，有的说书语言带有粗俗、色情等特征，这些都和当时社会的时代环境、氛围等极不相称。因此，对陕北说书中封建落后等内容进行改造是势在必行的。

对陕北说书的改造，主要包括两个方面：一是说书内容，即思想主题等的改造，将封建落后、迷信色彩的内容改造为积极健康向上的并且与时代环境氛围相符的内容。例如《解放日报》在1945年8月5日第四版刊登了林山的《改造说书》一文，文中说："边区的说书，绝大多数还是'奸臣害忠良，相公招姑娘'那一套，有意或无意地在宣传封建伦理道德、因果报应的思想，或多或少总是含着对

---

① 白芩：《关于戏剧的旧形式与新内容——问题的提起》，载《新中华报》1938年2月10日。
② 少川：《我对延安话剧界的一点意见》，载《新中华报》1938年2月10日。
③ 陈思和：《民间的还原——"文革"后文学史某种走向的解释》，载《文艺争鸣》1994年第1期。

群众有害的毒素。"①比如说书《请神》中的唱词"送子菩萨""催生神童"等是和时代主题相背离的。可以看出,传统的陕北说书中有很多封建落后思想,不仅与当前的革命氛围不协调,而且也禁锢、危害着民众的思想,更不利于团结民众、共同抗战。因此,对陕北说书进行改造是必然和必须的。

在延安文人和民间艺人共同的努力下,陕北说书的内容和思想等都有了很大的变化。比如说书艺人高尔峰创作的《陕北出了个刘志丹》,其内容和思想就与他之前演唱的说书曲目有了很大的不同:"打窑洞开荒办学堂,建立了陕甘革命的总后方。"作品被赋予了新的时代内容,剔除了封建迷信色彩的旧内容,内容积极向上,歌颂共产党,歌颂新生活。

二是说书语言的变化。而说书语言的改造,除了将粗俗、色情的词语进行删减或改造外,还有重要的一点就是新词新句迭出,富有时代色彩。正如著名说书艺人韩起祥在谈到自己编书时用词是"只懂得把好的高尚的词句来歌颂共产党,把丑的坏的词句,骂国民党"②。如韩起祥在新编说书《宜川大胜利》中歌唱共产党的军队为"解放军""英雄",而描写胡宗南部队的唱词是"胡匪",其中还有"美国枪""美国弹"等新词新句。从中可以看出,经过改造,说书艺人在思想上有了很大的转变,继而说书的内容、语言等都有了很大的不同,而且与时代、政治等的关联比改造之前也更为紧密。

陕北说书相比较知识分子的文艺作品,即文本而言,它主要属于听觉和视觉艺术,它不需要有什么文化水平,更不需要满腹经纶,不管读没读过书、识不识字,都可以听懂、看懂说书艺人的表演。陕北说书在之前主要是作为一种口头表演艺术,很少编辑成书,一方面是由于普通民众的文化水平不高、识字的不多,没有编辑成书的必要;另一方面是由于经济水平的落后,编辑成书不仅要耗费人力、财力、物力等,而且还需要有一定的技术支持,这对身处底层的劳苦大众来说,是很困难的。将经过改造后的陕北说书编辑成书,其流传范围变大了,不仅识字的普通民众可以阅读,而且更重要的是它可以在知识分子当中传阅,供更多

---

① 林山:《改造说书》,载《解放日报》1945年8月5日。
② 胡梦祥:《韩起祥评传》,中国民间文艺出版社1989年版,第106页。

的文艺工作者学习和研究。

(二)陕北民歌的改造

延安文人在利用陕北民歌旧的曲调的基础上,对其歌词进行改造,重新填词,这些唱词都是积极向上、正能量地表现新的时代和生活、讴歌新政权的词语。比如《解放日报》1944年12月22日第四版刊登的根据陇东民歌《织手巾》改编的由塞克作词、紫光编曲的新民歌《新秧歌》,节奏上鲜明有力,歌词积极向上,令人欢快跃动。"全民族哇搞的欢,鬼子就会完蛋。"①歌曲的主题较之以前更为宏大,已不再是个人的恩怨情仇,而是上升到国家民族的高度,并且歌词也很生动地反映出普通民众乐观自信的精神状态,在面对困难挫折时的斗争与不屈。

在革命的思想指导和延安文人的帮助下,工农兵群众也成为延安时期文艺的创作主体,讴歌共产党和赞美新生活是他们作品的主要基调,比如《解放日报》在1944年4月24日第四版上刊登佳县移民队长屈增全仿《骑白马持洋枪调》而创作的民歌《边区办得没穷人》中唱道:"多生产,多打粮,边区政府为人民,……老百姓光景过美炸。"②在边区政府的领导下,边区人民的生活幸福,而且日子还会一天比一天好,边区人民的喜悦之情溢于言表。除此之外,新改造的民歌中,渗透和弥漫着一种英雄气息,其中不乏对个人的崇拜,使用民间文艺的形式歌颂英雄,既可以看出英雄在人民群众中的地位与影响,也可以看出在对英雄的歌颂中所蕴含的对民族独立与统一的希冀。比如至今传唱的由佳县民间歌手李有源仿《骑白马挂洋枪调》而创作的《毛主席领导穷人翻身》:"太阳升,东方红,中国出了个毛泽东,他为人民谋生存呀,嗨荷呀,他是人民大救星。"③歌词虽然简单,但它却饱含着广大的受苦群众对毛主席给予他们的幸福生活的感激之情,它们是来自内心的声音,也是广大普通民众的心声。

---

① 《新秧歌》,载《解放日报》1944年12月22日。
② 屈增全:《边区办得没穷人》,载《解放日报》1944年4月24日。
③ 李有源:《毛主席领导穷人翻身》,载《解放日报》1944年3月11日。

(三)陕北剪纸的改造

传统的陕北剪纸带有远古图腾崇拜的色彩,在内容和图案上,主要以鸟、蛇、牛等动物图案为主,也有花草、人物等。延安文人对其进行改造后,图案与内容丰富繁多,多以革命和延安新生活为主。例如《解放日报》在1944年12月4日第四版刊登艾青的《窗花剪纸》一文,文中提到边区文教大会陈列室中陈列了由延安文人古元、夏风等根据民间剪纸所创作的新的剪纸,"老百姓非常喜欢这些新的窗花,其中尤以古元同志的《卫生》、《装粮》……最受欢迎"①。延安文人扩宽了陕北传统剪纸的内容,增添新的时代内容、表现边区新生活和军民齐心抗战等内容,表达出了边区群众的心声,"老百姓的生活改变了,新的生活渴望着新的艺术去表现它"②。延安文人正是做到了这一点,因此改造后的剪纸也为普通民众所喜闻乐见。

除此之外,延安文人也拓宽了剪纸的用途。传统的剪纸主要用于装饰房屋,贴在窗户上的,而延安文人,比如"李景林同志所搜集的那幅陇东的'顶棚剪纸',既可以做印花布(被面)的底样,也可以做了绒毯(炕垫)的底样"③。延安文人对传统陕北剪纸的改造,不仅拓宽了陕北剪纸的用途、增添了新的时代内容,而且也进一步丰富了群众的生活,起到了动员组织和教育群众的作用。

(四)陕北秧歌的改造

《新中华报》在1938年4月20日第四版刊登了徐懋庸的《民间艺术形式的采用》一文,在文中,作者对西北战地服务团到民间采风、学习而取得的显著成绩给予了肯定和赞扬,认为"他们的节目之中,的确要算那些改编的陕北小调,大同跳舞等最精彩"④。秧歌剧中有许多封建的内容,延安文人在利用其形式的基础上,把和革命无关及相悖的内容、人物等改造成与革命息息相关的人和事,正如《解放日报》在1944年7月24日第四版刊登的沙可夫的《晋察冀新文艺运动发

---

① 艾青:《窗花剪纸》,载《解放日报》1944年12月4日。
② 艾青:《窗花剪纸》,载《解放日报》1944年12月4日。
③ 艾青:《窗花剪纸》,载《解放日报》1944年12月4日。
④ 徐懋庸:《民间艺术形式的采用》,载《新中华报》1938年4月20日。

展的道路》一文中在谈到秧歌改造时说道:"这种'秧歌'活动虽充实了些新的内容,但由于在形式上未经多少改造,有的还保留了某些旧'秧歌'中所含的封建毒素(如色情,神怪等),以致不完全合适的来反映今天的现实生活。"①因此,在旧形式中装进新内容的同时,也对传统秧歌的形式进行改造,对糟粕的不适应今天时代内容的东西予以剔除和改造。

《解放日报》于1942年9月23日第四版上刊登丁里的《秧歌舞简论》一文,文中不仅讲述了秧歌的起源与演化的过程、作用及在人民群众中的地位等,还特别强调"秧歌舞是需要变,需要起质的变,应当从带有浓重的原始的旧式下,变成活泼生动的现实的舞蹈"②。从中可以看出,存在于民间的原生形态的秧歌,具有其历史的局限,有和时代、革命斗争等相背离的一面。因此,延安文人在《讲话》精神的指引下,"对'民间'予以意识形态化的改写和重塑,并在此之上创制出新的文化形态"③。《解放日报》在1944年6月28日第四版上刊登艾青的《秧歌剧的形式》一文,也很好地说明了传统的秧歌存在的问题以及改造之后秧歌剧的变化:"延安的旧秧歌舞,我曾看见过几次,一次在新市场附近看见,……扭的时候,男女互相调戏,色情气味很浓,这样的秧歌队,今年已不复见了。"艾青从自己的所见所闻、亲身感受来说明了传统的秧歌所存在的缺陷,同时,他也指出了改造之后的秧歌所产生的新变化,"今天的秧歌剧则不同。它歌颂人民,歌颂劳动,歌颂革命战争。它以军政民团结,对敌斗争;组织劳动力,改造二流子、增加生产;破除迷信,提倡卫生等为主题。在每个秧歌剧里,工农兵群众都成了主角。"④

延安文人在秧歌剧的基础上,创作出最为著名和最具代表的或者说改造最为成功的就是被称为街头秧歌剧的《兄妹开荒》。《兄妹开荒》由王大化、李波、路由集体编剧,路由写词,安波作曲。在演出形式上,它汲取了陕北传统秧歌

---

① 沙可夫:《晋察冀新文艺运动发展的道路》,载《解放日报》1944年7月24日。
② 丁里:《秧歌舞简论》,载《解放日报》1942年9月23日。
③ 袁盛勇:《延安文人视域中的"民间艺人"——从一个侧面理解延安时期的"民间"》,载《文艺理论研究》2006年第4期。
④ 艾青:《秧歌剧的形式》,载《解放日报》1944年6月28日。

在街头、在群众中演出的形式，脱离了正规舞台的限制；在内容方面，它赋予了时代的内容，剔除了传统秧歌剧中封建、低俗的内容；在语言上，它既通俗易懂、大众化，而且又加入了许多新鲜的、贴合革命的语言，比如"今年政府号召生产，……人人赶上劳动英雄，个个都要加油干来么加油干"[①]。"劳动英雄""加油干"等都是时代新词，替换掉不合时代氛围、革命情调的词，既采用了普通民众喜爱的形式，又增添了新的内容，从而更好地为革命和政治服务。

（五）安塞腰鼓的改造

延安时期，安塞腰鼓的改造主要是对腰鼓的动作、服饰以及腰鼓的参与人员进行改造。首先是对动作的改造，传统的安塞腰鼓动作粗犷豪迈，舞蹈动作幅度大，因此，安塞腰鼓主要的参与人员是男士青壮年，这样便将一部分妇女、儿童和老人拒之门外了。而延安文人正是看到了传统腰鼓存在的这个不足，为了使腰鼓成为人人都能参与的活动，他们将其改造，使其动作幅度较小、舞蹈动作易学。这样就可以有更多的人员参与其中，也在一定程度上扩宽了革命宣传的广度。其次，是对安塞腰鼓的服饰进行改造。传统的安塞腰鼓服饰较为繁重，如头戴盔缨、脚蹬马靴等，改造后服饰轻盈、简单、便捷，腰间系一条红腰带，头戴白羊肚手巾。例如《解放日报》1944年5月23日第四版刊登计桂森的一幅图画《学腰鼓》，可以很形象地看出改造之后腰鼓的变化，图中共有五个人，既有老人，也有妇女。从老人的形象可以看出改造之后的腰鼓，动作幅度和力度不会很大，舞蹈动作也简单易学，适合老人也参与其中；妇女的形象则说明改造之后的腰鼓参与人员更广更多，没有了以前妇女不能参与腰鼓表演活动的限制。而且从图中人物的服装、头饰等也可以看出，改造之后的腰鼓摆脱了以前较为烦琐、厚重的服装，更倾向于便捷轻盈。

在民族危亡之时、在政治力量干预之下，作为民间文艺重要瑰宝之一的陕北民间文艺逐渐成为延安文艺建构中的重要组成部分，由民间走向"官方"、由地下走向广场、由边缘走向中心。尤其在1942年《讲话》之后，陕北民间文艺在延

---

① 《兄妹开荒》，载《解放日报》1943年4月25日。

安文艺建构中的地位和作用得到了前所未有的凸显，知识分子对陕北民间文化的汲取与改造也逐渐由自发到自觉转变。

陕北民间文艺由被发掘，到整理与汲取，再到被改造，层层递进，呈现出一个动态发展的过程。从延安文人对陕北民间文艺的改造中可以看出，延安文人在利用旧形式、增添新内容上是成功的，他们把革命、抗战、讴歌等普及给了人民群众，收到了很好的效果并起到了动员的作用，在普及的基础上，在对旧形式的利用上，逐渐提高了普通民众的文化水平和固有的欣赏水平。但在无形之中、在有意或无意之下，陕北民间文艺原有的自在的艺术形态逐渐被打破，改造后的陕北民间文艺已不是纯粹的、只供普通民众自娱自乐的民间文艺了。它的创作主体和接受群体也不仅仅是普通民众，而是在政治裹挟下具有一定政治性的文艺类型了。

第二节

"改造说书人"和韩起祥的"新书"创作

延安时期的"改造说书人"运动,是以韩起祥为中心展开的。林山在发表于1945年8月的《改造说书》一文中说:"去年七月,延安县政府才开始提倡说新书,改造个别书匠……主要的一点是争取、教育韩起祥,改变他的思想,具体地帮助,奖励他编新书,发挥他的创作才能。"[1]在文艺工作者的改造和帮助下,韩起祥实现了从旧书匠向人民艺术家的转变,创作并演唱了一批优秀的新书,不仅创造了延安民间文艺的一个高峰,也极大地提升了民间说唱文学的人民性地位和文学价值。

一、从旧书匠到"三弦战士"

韩起祥(1914—1989),祖籍陕西横山县韩家塬子村,三岁失明。父亲去世后,年仅六岁的韩起祥与母亲、四位哥哥和一个妹妹相依为命,艰难度日。八岁时他给地主揽工推磨,遭到地主婆和地主儿子的毒打。十三岁,母亲用积攒的六块银圆送他到师父家拜师学艺,学唱陕北说书。韩起祥的师父名叫杜维新,米脂县杜家沟人。米脂属于陕北说书的中路,这个区域至今流行着一种古老的三弦曲调,称为靠山调,以苦音悲调为其特点,这种曲调奠定了韩起祥演唱的基本风格。

杜维新是一位严厉而保守的盲说书人,学艺的前一个月,韩起祥十分贪玩,

---

[1] 林山:《改造说书》,载《解放日报》1945年8月5日。

不用心背书词,师父告诉家人后,韩起祥遭到母亲严厉的责骂,他决心痛改前非,发誓用心学艺。在接下来的两个月时间里,韩起祥十分刻苦地背诵《两替婚》《摇钱记》《汗巾记》《五行山》《金刀记》《白狗记》等六个传统长篇书目的书词,并熟练掌握了三弦弹奏。然而,他的兴趣很快转向了算命的外艺,设法偷着从师父那里学会了"滚流星"的口诀和三百多个《子平》条子。师父发现后,便不肯再教他,于是第二年韩起祥离开师父,开始独自行艺。

韩起祥跟随师父学艺的时间只有三个月,与绝大多数陕北盲说书人相比,他学艺的时间较短,并且从师父那里学到的传统书目都属于情节线索相对单一的记书,尤其缺少像《说唐》《杨家将》一类连环大本传书,因此,传统观念在韩起祥的身上并不深。这恐怕是他日后走上说新书道路的一个内在原因。

与韩起祥一同拜师学艺的师兄高维旺(1903—1935),米脂县卧羊区人,性情直爽,为人正派,爱憎分明,1934年加入中国共产党,经常利用说书做掩护,宣传革命思想,动员群众拥护红军。韩起祥出师后,曾在镇川堡万善桥上"打闲书",遭到有钱人的殴打,师兄高维旺救了他,并鼓励他为共产党、红军做事。1929年,陕北大旱,百姓逃荒,流离失所。韩起祥和家人失散,走投无路的他上吊自尽,被一位同乡搭救后,两人一同逃荒山西。第二年,韩起祥回到家乡,流浪于横山、安塞一带,靠说书和算命维持生计,并且有资料显示他曾到过延安西北的丰富川。在一个叫白嘴山的地方,刚刚被土匪抢劫一空的韩起祥遇到了陕北红军领袖刘志丹,刘志丹送给他一双新鞋和四块银圆。他开始宣传红军,把标语藏在三弦鼓子里,走到没人的地方,悄悄贴在城墙上。这些早年经历,使韩起祥对共产党和红军充满向往。

1940年冬,一场突如其来的洪水后,韩起祥和三十二户村民离开横山,夜走延安,来到了延安西北河庄坪张家窑子村。这时,他已经结婚,并且有了一个儿子。

初到延安的三年时间里,韩起祥默默无闻。当时,延安县政府鼓励说新书,"而韩起祥弹唱的仍是一些'奸臣害忠良,相公招姑娘'一类的传统书目"[①]。

[①] 胡孟祥:《韩起祥评传》,中国民间文艺出版社1989年版,第66页。

然而，韩起祥很快适应了新环境，他向县政府工作人员要来一本《抗日三字经》，背得滚瓜烂熟后，便弹起三弦，照着上边的歌词到处演唱。这成为他唱新书的起点，也为他后来被贺敬之发现，走上革命道路做了铺垫。

韩起祥对新事物抱有强烈的好奇心，并勇于探索和实践。逃荒山西时，他看到临县的盲说书人演唱时腿上绑着一个小镲，觉着很有意思，回来后自己也绑起了小镲；去农村说书的途中，他听到草丛中蚂蚱的叫声，受到启发，经过多次尝试，最终发明了"蚂蚱蚱"这一陕北说书独有的伴奏乐器；应邀去鲁艺说书时，他尝试着用向贺敬之讨来的废电线做三弦弦，以解燃眉之急，弹给刘炽听后，竟获连声称赞："还很有西洋音乐的味道呢"。作家付克在发表于1945年《解放日报》的文章中写道：

> 星期六晚饭后到南门外去访友，回来经过新华书店门口的时候，那里有一簇人围在一张桌子旁边，一种好奇心，使我也挤了进去，原来是个说书的瞎子，桌旁一张广告牌上写着："本店特请民间艺人韩起祥说书，节目：防旱备荒、红鞋女妖精、洋铁桶，欢迎来听！"
>
> 吸过了一支烟，艺人开始准备了，他拿出了六件工具（打击乐器），主要的是一个三弦，此外有松木板、铜铃、快板锁（用几块木板连起来）、响棍、惊堂木，看过这几件东西之后，我估计最少需要三个助手才能配合得好，哪知道他已开始，一个也没有，完全是他自己唱独角戏。除了一块惊堂木和响棍在桌子上之外，其余的工具都挂在他的两腿上和手腕上，几个人用的东西，他一个人操持了。他拿起三弦弹起来了，弹出的声音好像带着一种深远的铜器声控控作响……①

这段文字真实而生动地呈现了韩起祥在延安街头说书的情景。除了新内容外，给人最深刻的印象是他丰富的乐器和新的表演形式，这显然来自他对传统的改革和创新。孙犁在《介绍〈时事传〉》一文中说："韩起祥的成功还不只在他有很高的演唱技能，而主要的是在于他能接受新的事物，能在政治上求进步，并

---

① 付克：《记说书人韩起祥》，载《解放日报》1945年8月5日。

决心为人民教育文化事业服务的决心。他不死守旧的一套，他能不断创造新书，而不愿死背念人家的旧书。这样就使他的才能大为发挥，他的艺术境界也大为扩展了。"①由此可见，韩起祥热爱新事物，善于探索创造，这一点与绝大多数相对保守的陕北盲说书人大相径庭。正是这种性格，使他很快适应了新的环境。总之，韩起祥之所以接受改造，走上说新书的道路，除了延安解放区火热的新生活以及文艺工作者的发现和帮助外，与他的身世、从艺经历和性格也有很大的关系。可以说新书选择了韩起祥，韩起祥也自觉地选择了新书。

作为民间艺术的表现形式，说唱文学在延安文艺的建构中扮演着重要角色。早在1939年，萧三在民族形式问题讨论中就指出："唱本，弹词，大鼓词……之类是民间习惯了的调子，是'老百姓所喜闻乐见的'，是大众文学形式之一种，是民族形式的东西，是'成形'了的……这一切都是我们的先生，我们应该向它们学习，虚心用苦功去学习。"②1942年《讲话》发表后，民间艺术受到文艺工作者更广泛的关注，但多集中在秧歌、秦腔、歌谣、剪纸等艺术形式上。1944年陕甘宁边区文教大会通过《关于发展群众艺术的决议》，提出"要团结和教育群众中旧有的说书人、故事家、画匠、剪纸的妇女、小调家、练子嘴家、吹鼓手等，使之为人民的新生活服务"③。民间说唱形式受到重视，发现说书人，"成为延安新文艺一项重要的任务"④，流浪艺人李卜、木匠诗人汪庭、练子嘴英雄拓老汉、快板诗人孙万福和王老九等民间艺人被发现的消息，在《解放日报》大量报道。韩起祥因主动编唱新书，被贺敬之发现：

> 大约在1944年夏秋之交，我到延安县政府的驻地王家屯去深入生活。……当时延安县委的同志告诉我说，他们收容了一群算命先生，中间

---

① 孙犁：《介绍〈时事传〉》，见《孙犁文集（补订版）》（第5卷），百花文艺出版社2013年版，第372—373页。
② 萧三：《论诗歌的民族形式》，载《文艺战线》1939年第1卷第5期。
③ 刘润为主编：《延安文艺大系·舞蹈、曲艺、杂技卷》，湖南文艺出版社2015年版，第194页。
④ 孙晓忠：《改造说书人——1949年延安乡村文化的当代意义》，载《文学评论》2008年第3期。

> 有一个盲人，是从横山那边来的，他不是一般的先生，主要是说书艺人，还能说几段自编的新书。……韩起祥给我讲了他的经历，我听了很受感动。他又给我唱了一段他自编的新书，很有艺术光采，我把它记录了下来。我当时觉得民间艺人说新书，是很值得重视的现象，是一条值得提倡的正路子。于是，我就把他从延安县政府所在地领到鲁艺去。①

贺敬之是第一个发现韩起祥的人，也是韩起祥革命道路的引路人。1945年4月陕甘宁边区文协说书组成立，通过改造说书人，提倡编唱新书。在贺敬之的帮助下，韩起祥加入说书组，正式走上了创作演唱新书的道路。

改造说书人运动是继新秧歌运动之后，延安文艺界发起的一场新文艺运动。林山认为改造旧书匠是改造说书的中心环节，"我们应该把书匠看成对革命、对人民很有用的人材，……对他们采取正确的态度——团结、争取、教育，帮助他们进步"②。正因为如此，改造说书人成为知识分子与民间艺人完美结合的典范。韩起祥回忆说：

> 我到边区"文协"，林山同志背上行李跟我下乡，走的地方上至米脂，下至延安，那阵儿又没有汽车，就硬靠步走了，但是我们那阵儿步走，我们也很乐观，走路他给我谈政治，有时他就念开文件、材料了。住到店里，前半夜我们拉编书怎么个编法，应该取些什么材料……那个时候自上而下的领导对曲艺很重视，这些同志为了工作，克服一切困难，不怕吃苦，翻山越岭跟我下乡，帮助我学习文化，学习理论，这是一个有利条件。③

在边区文协柯仲平、高敏夫、林山、王宗元、程思荣等文艺工作者的帮助下，韩起祥先后创作出《四岔捎书》《反巫神》《红鞋女妖精》《张家庄祈雨》《刘巧团圆》《张玉兰参加选举会》《王丕勤走南路》《时事传》《战斗英雄刘

---

① 贺敬之：《为人民艺术家立传——谈著名曲艺家韩起祥》，见《贺敬之文集·文论卷》（下），作家出版社2004年版，第260页。
② 林山：《改造说书》，载《解放日报》1945年8月5日。
③ 韩起祥口述，孙宏亮编：《红色说书人——韩起祥陕北说书口述史》，中国致公出版社2018年版，第101—102页。

四虎》《宜川大胜利》等新书,《解放日报》也多次登载和报道韩起祥的作品及说新书活动。

1946年8月,韩起祥分别为毛泽东和朱德说唱《时事传》《张玉兰参加选举会》《四岔捎书》《反巫神》《刘巧团圆》等新书。毛泽东不仅称赞韩起祥是"革命的三弦战士",鼓励他"学习工农兵,编写工农兵、演唱工农兵",还许诺全国解放后送给他一把新三弦。意识形态权威的肯定,最终确立了韩起祥在当代曲艺史上的崇高地位。

二、《刘巧团圆》和韩起祥新书的艺术成就

《刘巧团圆》是韩起祥壮年时期的成名作和新书的代表作,作品以其鲜明的时代主题、生动鲜活的民间语言和丰富的唱腔曲调,共同铸就了一部红色经典。关于这本书的创作缘起和经过,韩起祥回忆说:

> 过了一段时期,中央党校第六部派了个同志叫祁水堂,请我去给他们党校说《张家庄求雨》。把书说完以后,祁水堂同志就跟我说陇东出了个刘巧的故事,……我当时听了也很喜欢,因为它有头有尾,有故事有人物,我回去就编。……我到了庆阳一问,人家庆阳也很重视这个事,专门派了一个同志陪我,……在刘巧家住了十来天,又到刘货郎那住了五六天,最后到赵老汉那儿住了一个礼拜左右。……以后回来编成故事,先就在农村里给农民说。
>
> 那时候买卖婚姻,延安刚解放了,好多地方还没解放,买卖婚姻在山区很严重。也正好适合当时反对买卖婚姻,因此把这个书编了以后,在农村一说很受群众欢迎。群众说:"哎,这个书要好好说了。"[①]

《刘巧团圆》的创作素材源自现实生活,表现的是反对买卖婚姻、提倡婚姻自由的新主题。除了人物姓名外,作品的情节基本上都是真实的。刘巧的原型小名叫封捧儿,是陇东华池县樊坪庄村民封彦贵的女儿,从小与张金才的儿子张

[①] 韩起祥口述,孙宏亮编:《红色说书人——韩起祥陕北说书口述史》,中国致公出版社2018年版,第110—113页。

柏订了娃娃亲。1942年封彦贵见女儿长大成人，为了多要彩礼，哄骗封捧儿与张家退亲，并暗中把她许给别人。1943年封捧儿遇见张柏，二人彼此倾心，愿意结婚。不料封彦贵为了得到更多彩礼，再次把女儿许给财主朱寿昌。张金才听说后，纠集了二十多名村民，深夜闯入封家，将封捧儿抢回与儿子成亲。第二天，封彦贵到县政府状告张家抢劫民女，裁判员未做仔细调查，以抢亲罪判处张金才六个月徒刑，并宣布张柏与封捧儿的婚姻无效。宣判后，原被告双方都不服，群众也很不满意。封捧儿并没有就此罢休，为了追求自己的婚姻自由和幸福，她徒步百里喊冤，路上碰到陇东分区专员兼陕甘宁边区高等法院陇东分庭庭长马锡五。马锡五经过深入调查，公开审理，宣判封捧儿和张柏的婚姻有效。群众听后十分信服，高呼"马青天"。封捧儿和张柏皆大欢喜，终成眷属。

在这本书的开场，韩起祥满怀深情地讴歌新生活，并赋予自己职业新的理解：

> 手弹三弦口来讲，
> 春夏秋冬走四乡。
> 说书不为别的事，
> 文化娱乐我承当。①

四句唱词无论在形式还是韵辙上，都继承了陕北说书演唱传统，易于将听众引向熟悉的民间说书故事的世界。

在书词和叙述手法上，《刘巧团圆》打破了传统说书七言一句的唱词结构，大量使用四字句、五字句等句式和十几个字一句的唱词，道白不用韵，完全用群众的口头语言，并且使用传统叙述手法，使书词内容表达更加生动鲜活，有感染力，易被群众接受。例如刘货郎出场的一段自白：

> 话说我名叫刘彦贵，我自小生来好吃懒做，怕价上山生产劳动，我就看下个卖杂货哄人。我卖的煮黑、煮蓝、紫大红、品绿、品紫带品青。我扣的不少的货物，各种的假色，样样哄人，常走在四乡，哄他们婆娘。我老汉一辈子生来就爱大吃大喝，自在逍遥，无忧无愁。虽然我

---

① 韩起祥编唱，孙宏亮编：《韩起祥陕北说书曲目选编》（第1卷），中国致公出版社2017年版，第99页。

没瘾，还好抽一口洋烟。有些乡亲见了我，黑眼定心，我也不管他，只懂得享福就好……①

书词口语的特点很明显，特别是"好吃懒做""大吃大喝""自在逍遥""无忧无愁""黑眼定心"等四字组合的使用，不仅使说书语言变得喜闻乐见，也极大地增强了语言表达的生动性和准确性。同时，这种反面角色自我揭露的手法继承了传统戏曲，它并不只是简单地向听众自报家门，而是通过摊牌的方式，使听众从一开始便明白故事和冲突的起因，期待情节的进一步展开。这一点在韩起祥的新书创作中表现得尤其明显。

最后，在唱腔曲调上，《刘巧团圆》除了传统说书常用的平调外，还吸收运用了大量民歌和戏曲曲调，更加注重不同人物身份和喜怒哀乐情感的变化。例如刘货郎卖杂货的一段演唱：

> 刘货郎一听喜哟在心，
>
> 担子担上身，
>
> 担上个担子走出了门，
>
> 心中喜盈盈，
>
> 一十一朵云哟，花儿遍地红。
>
> 我老汉心中有了办法，
>
> 女子刘巧娃，
>
> 我打盘又把计定，
>
> 倒把个老赵哄，
>
> 一十一朵云哟，花儿遍地红。②

用民歌《卖杂货》曲调演唱，与人物身份十分吻合。再例如刘巧痛恨父亲的一段演唱：

---

① 韩起祥编唱，孙宏亮编：《韩起祥陕北说书曲目选编》（第1卷），中国致公出版社2017年版，第100页。

② 韩起祥编唱，孙宏亮编：《韩起祥陕北说书曲目选编》（第1卷），中国致公出版社2017年版，第102页。

> 一不该你把个恶意来起,
>
> 二不该你对他胡哟捣鬼,
>
> 三不该与赵家去把婚退,
>
> 四不该区政府和我公公办了手续,
>
> 五不该你说赵柱是个憨汉,
>
> 六不该说他哟不能生产,
>
> 七不该指上女子把人来骗,
>
> 八不该把女子给了那个坏种,
>
> 九不该你说他是个好人,
>
> 实实的你不该嫌贫爱富大卖良心。①

唱词吸取了山西梆子剁板的板式。据统计,《刘巧团圆》使用的唱腔曲调有碗碗腔、卖杂货调、岗调、钉缸调、珍珠倒卷帘调、摇三摆调、垂金扇调、信天游调等数十种民歌和戏曲曲调,克服了传统说书"一个调唱到底"的不足,极大地丰富了陕北说书演唱曲调。

新中国成立后,《刘巧团圆》被北京评剧院改编为评剧。1956年著名评剧演员新凤霞主演的《刘巧团圆》被长春电影制片厂搬上银幕,从此刘巧的形象风靡全国,成为一个时代人们不可磨灭的记忆。

三、韩起祥新书的人民性阐释

韩起祥是最早实践曲艺为工农兵服务的说书人,是一位始终没有脱离人民群众、坚持为人民创作和演唱的艺术家,他的新书是真正的"人民的诗歌"②。

首先,韩起祥新书取材于现实生活中的真人真事,反映了解放区人民群众生动而鲜活的新生活,以现实主义的创作方法,赋予陕北说书这一古老艺术形式新

---

① 韩起祥编唱,孙宏亮编:《韩起祥陕北说书曲目选编》(第1卷),中国致公出版社2017年版,第144页。
② 贾芝:《一篇动人的歌唱——介绍韩起祥的〈王丕勤走南路〉》,载《人民日报》1949年9月4日。

的具有当代生活意义的题材。汉学家李清福说:

> 韩起祥的作品是创造性地发展了说书传统的典范之作。他给旧说书引入了新内容,并善于使这些新内容与传统的旧形式结合起来。对新社会发展的正确理解,积极参与生活,创作生动鲜活、通俗易懂的宣传农村革命改造的作品,这一切都使韩起祥跻入了继承民族文学、民间文学传统的最优秀的作家行列。①

韩起祥的新书通常从现实生活中选取真实的素材,这些素材与当时的社会发展有重要关系,如反迷信、反买卖婚姻、民主选举、改造二流子等。1944年,延安蟠龙区发生了二流子和巫神勾结骗人的"红鞋女妖精"事件,韩起祥从贺敬之那里听了这个事件的报道,后者鼓励他编新书。为了获得真实体验,韩起祥回去后,拿着三弦到了蟠龙区聚财山,边给群众说书,边听群众讲述,彻底弄清楚事件的来龙去脉,然后编了《红鞋女妖精》。1945年,为了宣传防旱备荒,在柯仲平的启发下,韩起祥到了安塞,亲身见证两个村子因"抬龙王"祈雨和发动群众防旱备荒所产生的不同结果,并将二者对比,很快就编了《张家庄祈雨》,经林山整理后发表在《解放日报》上。《王丕勤走南路》的男主人公是现实生活中的真人,王丕勤1940年曾与韩起祥一同逃荒,住在延安北部牡丹川一带,韩起祥根据他的讲述,编成这本书。《刘巧团圆》开篇讴歌边区"实行民主新气象",接着唱道:"编成新书说新人,只说实来不说谎。"②《张玉兰参加选举会》同样是杂取众多真实人物和故事创作出来的,"比方在金庄有一个姓王的,这个人管老婆就管得厉害,他还是个乡镇主任,但是他开会走的时候,就把他的门一锁,在门上拿罗子把灰罗下。开会回来,他赶快就划一道火柴,看灰上走下踪没有。还有西河口也正是个姓冯的,这个管老婆的方法又不一样,他每次开会起身,给

---

① 6.李清福:《中国民间说书与韩起祥的创新》,宋绍香译,载《国外社会科学》2008年第5期。
② 韩起祥编唱,孙宏亮编:《韩起祥陕北说书曲目选编》(第1卷),中国致公出版社2017年版,第99页。

他老婆安顿在会上不准说话"①，这类素材在当时农村十分普遍。总之，借助这些"当时环境下最重要的题材"，"韩起祥把自己的艺文作品献给了反对封建残余思想的革命斗争"②，从而极大地彰显了新书的人民性本质。

其次，在人物形象塑造上，韩起祥的新书突破了传统说书帝王将相、才子佳人的人物模式，塑造出了崭新的人民形象，热情讴歌劳动之美。

口头文学是人民群众集体的创作，原是最具有人民性的，但传统说书中，我们却很少看到劳动人民的形象，他们被帝王将相、才子佳人取代，只能在因果报应的企望之中，以寻求一点点安慰。正如鲁迅先生所言："如果工人农民不解放，工人农民的思想，仍然是读书人的思想，必待工人农民得到真正的解放，然后才有真正的平民文学。"③

作为解放区文艺的组成部分，韩起祥的新书不仅真实反映解放区火热的新生活，人民群众也真正成为作品的主人公。尤其是在《刘巧团圆》中，韩起祥不仅塑造了机智能干的刘巧、勤劳勇敢的赵柱、忠厚正直的赵金财等性格鲜明的农民形象，而且生动地表现了工农兵群众勤劳淳朴的品格。作品中对于赵柱和刘巧的描写，都突出了好劳动的品格。刘货郎、赵老汉到区上退婚，区长对刘货郎说："赵柱那么一个好劳动的男子，俗话说不拣秦川地，单挑好女婿，你想一想吧。你不要马马虎虎，耽搁了你女子一辈子的终身大事。"这里赵柱尚未出场，但通过区长之口，听众已获知赵柱是一位勤劳的后生。对于刘巧的出场，作者也没有用传统说书中烦琐的外貌描写，而是用了一段唱词夸奖刘巧心灵手巧："养蚕缫丝不消说，线子纺得细又匀。常满年车子嘟噜噜转，算起足够三十斤。经线纬线都耐用，每次交线选头等。又能织来又能纺，叼空还当车医生。"当父亲哄骗她另择人家时，刘巧说："哟，爹爹，我不爱财不爱命，只要人品好、劳动好就对

---

① 韩起祥口述，孙宏亮编：《红色说书人——韩起祥陕北说书口述史》，中国致公出版社2018年版，第115页。
② G.李清福：《中国民间说书与韩起祥的创新》，宋绍香译，载《国外社会科学》2008年第5期。
③ 鲁迅：《革命时代的文字》，见《鲁迅全集》（第3卷），人民文学出版社2005年版，第441页。

了。"①显然是把劳动好作为择偶的标准，她之所以要求与王寿昌退婚，坚持与赵柱的婚姻，同样在于王寿昌"吃鸡逗狗不消说，胡嫖乱赌没有人品……不生产、不劳动"，而赵柱"是一个好劳动"。②最后马专员判案，做群众调查时，群众也说："刘巧、赵柱好劳动，应该立刻就成亲。"可见，在这本新书中，刘巧和赵柱的好姻缘，既不是传统说书里的郎才女貌，也不完全等同于新文艺中反对包办、自由恋爱的新道德，而是对劳动和勤劳的肯定和赞美。

最后，在接受群体的选择上，韩起祥始终站在人民群众的立场上，坚持为人民创作和演唱，让人民群众成为艺术水平的评判者和创作的参与者。在晚年的口述录音中，他说：

> 比方我编的书，不管知识分子、干部看了说如何好，要叫群众说好。群众听了好，这才是真正的好；群众听了说没意思，听不懂或者领会不了，那你这个书就不怎么样。说书看你是为谁说书，编书是为谁编书了。……我编《刘巧团圆》《张玉兰参加选举会》等，都是编了以后给工农兵群众说，工农兵群众提了意见后修改成功的。③

韩起祥的新书都是为群众创作和演唱的，他采用"旧瓶装新酒"的方式，将新内容与旧形式结合起来，创作出群众喜闻乐见的新文艺作品。无论在故事情节设计、人物形象塑造和语言叙述上，韩起祥的新书都来源于对传统书目的继承和借鉴。例如《宜川大胜利》：

> 军令一下天地动，
>
> 好像猛虎出山林，
>
> 平川行军长流水，
>
> 高山行军一朵云，

---

① 韩起祥编唱，孙宏亮编：《韩起祥陕北说书曲目选编》（第1卷），中国致公出版社2017年版，第122页。

② 韩起祥编唱，孙宏亮编：《韩起祥陕北说书曲目选编》（第1卷），中国致公出版社2017年版，第110、134页。

③ 韩起祥口述，孙宏亮编：《红色说书人——韩起祥陕北说书口述史》，中国致公出版社2018年版，第200页。

> 人一阵来马一阵，
> 明刀亮枪左右分。
> 跑的跑，奔的奔，
> 尽是年青小英雄。
> 如活虎，赛蛟龙，
> 满面红光有精神，
> 冰滩过去踏出水，
> 大路踏成卧牛坑；
> 上山好像钻天鹞，
> 只见黄尘不见人；
> 平川过去一股风，
> 好像六月里响雷声。
> 担架队，紧相跟，
> 抬杆像是稻黍林；
> 运输队忙不定，
> 嘟儿哒啾赶生灵。
> 响铜铃子一哇声，
> 呜吆呐喊把粮送……①

这段唱词源于陕北说书"行军"的传统书套，出现了"担架队""运输队"等新词，便立刻赋予新的内容，融入故事的说唱。更重要的是，这种传统书套是听众熟悉并喜闻乐见的，即使加入个别新词，也不会阻断听众的听觉，影响书场气氛。类似的唱段，在《刘巧团圆》《张玉兰参加选举会》中也经常出现。

在语言上，为了便于群众接受，韩起祥有意舍弃了传统书词中的文言，改用通俗易懂的方言词语。他曾举例说：

> 古书上叫狗是犬，婆姨叫男人叫丈夫，有官的叫官人，男人叫婆姨

---

① 韩起祥口述，陈步发记录：《宜川大胜利》，载《群众文艺》1949年第11—12期。

是夫人或者是贤妻……但是我说到这里,完了以后有些婆姨们就问了:"你刚才书上说王老婆叫癞(犬)咬了,癞子该是人呀,癞子还会咬人了?"我给他们解释说:"不是,犬就是狗……""那你该就说是狗,你为什么要说那个犬了?你还说文话了?"……根据这几方面,我也就把道白突破韵文,突破文言,什么就是什么。比如赵老汉回来说:"柱呀,你往日回来喜眉乐笑,今日回来水也不喝,饭也不用,你是不是有了病了?你要有了病,老子给你请个巫神看一看。"你要按古书上说的话,这就不像语言,可是按现实来说,这就是语言,是群众朴朴素素的语言,群众就是这样说的。你总不能说:"赵柱儿你听,你给老子得了什么病?老子给你请医生看病。"很不自然,你说成群众一般日常生活的语言,那就很自然。……那会儿有一个同志编了个《西北时事传》,我们就到农村去说,他那里头文言很多,又是什么"岂有此理",又是什么蒋介石、胡宗南的队伍叫八路军打成"惊弓之鸟"……人家就问这"岂有此理"是个什么?"惊弓之鸟"是个什么?理解不了。①

  韩起祥的新书不仅使用群众喜闻乐见的形式和朴素的语言,把群众作为评判者,尊重群众的接受习惯,而且他的许多书都是在给群众演唱后,听取人民群众的意见,反复修改而成的,群众也成为创作的参与者。例如《刘巧团圆》,据韩起祥口述,原来刘货郎和赵老汉去区政府退婚的情节十分简短,给群众演唱后,群众认为退婚不是那么容易的:"赵老汉就不给赵柱儿交代这事?这个书太直了。""原来把刘巧婚姻一办散,就不说刘巧,就不说其他人了,直接就说马专员下乡来了,碰上这个事。最后农民提的意见合情合理,他说刘巧退了婚,刘巧一定不满意,赵柱也一定不满意,赵老汉也不满意,刘货郎当然是高兴了,但是

---

① 韩起祥口述,孙宏亮编:《红色说书人——韩起祥陕北说书口述史》,中国致公出版社2018年版,第75—76页。

你不表现这些（人物）心情是怎么个，马专员怎么能知道了？"①听了群众这些意见后，韩起祥反复修改了十三次，最后《刘巧团圆》才定稿出版。

  总之，从题材、人物形象塑造和接受群体的选择，韩起祥的新书都以人民群众为主体，表现人民群众的生活，塑造人民形象，坚持为人民创作，是真正具有人民性的新文艺作品。

---

① 韩起祥口述，孙宏亮编：《红色说书人——韩起祥陕北说书口述史》，中国致公出版社2018年版，第113—115页。

第三节

延安时期的陇东红色歌谣

诞生于土地革命时期,并在抗日战争与解放战争时期得到繁荣发展的红色歌谣是延安文艺的重要构成之一。与同样盛产红色歌谣的赣南、闽西、鄂豫皖、海陆丰、川陕等革命根据地相比,作为中国共产党在陇东地区建立的第一个革命政权,陇东革命根据地虽然偏于西北一隅,却经历了从土地革命到解放战争,是"全国存在时间最长、保存最完整、从未丢失的稳定的革命根据地"[①]。因此,陇东地区的红色歌谣是中国共产党在陇东革命根据地领导陇东工农进行革命斗争的产物,也是陇东根据地工农兵群体在红色革命中创造出的具有浓郁地方特色和鲜明时代特征的新文艺,它的出现既推动了无产阶级政权的文化建设,又推动了工农兵革命的深入开展。

一、工农思潮与红色歌谣——陇东红色歌谣的发生

工农思潮是反映20世纪以工农为核心的工农兵群体利益与诉求的一种思想倾向。正是在这一思潮的主导下,工农与民间文学在中国共产党领导创建的各个农村革命根据地以及革命活动中发挥了重要作用。以工农兵为创作、传播、接受主体的陇东红色歌谣便是在这一思潮的影响下在陇东根据地的创建中诞生的。因此,从工农思潮这种社会思想的历史背景下,关照陇东红色歌谣的发生发展,能够帮助我们更深刻地审视红色歌谣包含的民族性与时代性特征。

---

① 张桂山、吕律主编:《庆阳老区红色文艺》,中共党史出版社2015年版,第1页。

陇东红色歌谣在陇东土地革命时期兴起，其创作者主要是身受红色革命洗礼的当地工农群众。而陇东革命根据地的创建则为陇东红色歌谣的产生营造了发生地。陇东根据地地处陕甘两省四县的偏僻地区，恰好是国民党统治的薄弱地区，有利于革命的发展。刘志丹在考察当地后便说："南梁是个闹革命的好地方，有山、有川、有树林，又是两省边界，敌人统治困难，咱们活动方便。只要在这里建立起革命根据地，再步步向外扩展，就能在大西北撑起一块明亮的天空。"在民情上，"自民国十五年冯军盘踞甘肃，谋窥中原，征兵派饷，民苦更甚，弱者死亡，强者为匪，因与乡人组织自卫团共谋自卫"[①]。军阀割据、土匪丛生的环境中，社会秩序彻底失范，陇东人民终日生活在饥寒交迫和恐慌战乱的环境中，为了自卫，地方民团遍布各乡县，而且当地农民具有强烈的反抗愿望和土地要求。这种局势为陇东的兵运活动创造了条件。在土地革命前，陇东人民创作的歌谣充满着对封建地主压迫的愤懑、对不平等的婚姻的痛斥。这些歌谣感情沉重，充满对现实的不满，反映了当时社会环境的黑暗。因此陇东红色歌谣的产生与共产党领导的土地革命有着不可分割的现实关系。换句话说，土地革命在陇东的开展是陇东红色歌谣产生的重要契机，土地革命时期也是陇东红色歌谣中红色内涵的形成期。

在土地革命中，中国共产党非常重视文学艺术的先导作用与舆论功能，而通过歌谣向大部分处于文盲状态的中国农民宣传马克思主义思想是中国共产党在领导中国农民革命时的重要选择。陇东共产党领导者常常通过教授民众歌曲来宣传革命。青年社时期，王孝锡便教大家唱《国际歌》《打倒列强》等革命歌曲；刘志丹在陇东活动时，也自己编写歌谣"天不下雨，天逼民反；苛捐杂税，官逼民反；若要不反，离死不远；倘若一反，或者可免；大家起来，实行共产"，并教给贫苦的说书匠。革命活动的发起者主动地选择歌曲、歌谣作为宣传动员的工具，在某种程度上也启发了农民主动歌唱的热情。在陇东土地革命战争中，陇东的革命文艺活动也在工农群众中得到多样开展。陇东根据地创建时期，陕甘宁边

---

① 巩世峰主编：《陇东革命根据地》，中共党史出版社2011年版，第30页。

区委员会在华池县南梁四合台成立,革命委员会下设文化委员会,蔡子伟任文化委员会委员长。颁布的"十大政策"中包含"文化教育政策"。"1934年,南梁政府建立以后,就根据当时斗争形势,组织人民群众以唱歌谣为主要形式开展社会教育活动。"①南梁革命政府在机关、部队和一些有条件的村庄开展列宁文化运动,建立列宁室,组织周末文艺晚会,提倡健康的文艺活动。各种文艺团体的成立,陕甘边不同文艺团体之间的互相交流,共同推动了根据地的文化建设和文艺发展。尤其是《讲话》发表之后,延安的文艺团体多次来到陇东地区进行宣传演出,文艺工作者在陇东各地进行歌谣采风,陇东地区的文艺工作者也多次前往延安地区学习。在这种交流与学习中,陇东红色歌谣的艺术之花更加光彩照人,文艺工作者与工农兵的创作热情被激发,陇东优秀的民间歌手大量涌现。

此外,红色歌谣的产生也离不开陇东当地的民歌传统。《诗经·豳风》便主要指的是如今庆阳地区的民歌,《七月》就是其中的代表作;在《大雅》《小雅》《周颂》中也收录有豳地的民歌,如《载芟》《良耜》等。由此可见,陇东地区的民歌传统不仅历史悠久,还交流吸收了陕北的信天游、宁夏的花儿等民歌元素,使陇东民歌具有历史的深厚性与独特的地域性,并且在时代变迁中呈现出灵活性与包容性。"民间文学是口述的文学,不是书本的文学。书本的文学是固定的,作品完成之后,便难变易。民间文学可是不然;因为故事歌谣的流行,全仗口头的传述,所以是流动的,不是固定的。"②五四时期歌谣运动中的民俗知识分子便关注到了民歌在口头传播中的灵活性。陇东民歌的灵活性为红色歌谣的产生创造了条件。这种口头传播不受文字的限制,使歌谣能够在工农兵群众中获得极大的流行,同时在流动中呈现出变异性③。例如在陕甘边革命根据地不同地区流传的打宁夏调的《刘志丹》就有不同的版本。陇东民歌作为陇东民间艺术的一种,还具有积极吸取其他艺术的特性,陇东的秧歌、社火、道情都为陇东民歌

---

① 巩世峰主编:《陇东革命根据地》,中共党史出版社2011年版,第282页。
② 愈之(胡适):《论民间文学》,载《妇女杂志》1921年第7卷第1期。
③ 变异性是王焰安在《红色歌谣》中提到的红色歌谣的一个最基本的特征。变异性指的是由于相同或相似的革命生活及革命活动,尽管地域不同,但却有很多相同母题的红色歌谣在流传。

所借鉴利用，这些都为陇东红色歌谣的诞生提供了丰富的基础。

陇东红色歌谣在红色革命时期的陇东地区广为流传，属于民间口头文学的陇东红色歌谣显然具有不同于知识分子的文字创作。那么陇东红色歌谣作为特殊的革命文艺，它的创作形式是怎样的？这大量的歌谣是由哪些人创作的？创作的过程呈现出哪些特点？产生之后又有怎样的变化？

陇东红色歌谣多是通过"旧曲加新词"的方式产生，俗称"旧瓶装新酒"，即用现有的民歌曲调填上宣传革命的新词。"1937年8月，毛泽东同志在延安曾对丁玲同志说：'现在很多人谈旧瓶新酒，我看新瓶旧酒、旧瓶新酒都可以，只要对抗战有利。'"[①]这里提到的"旧瓶新酒"就指的是陇东红色歌谣"旧曲加新词"的创作形式。在红色革命时期，这是非常普遍、经济的一种创作方式，被称为"农民运动大王"的彭湃以及其他的很多革命领导人，都曾运用这种方式进行红色歌谣的创作，如彭湃用海陆丰方言创作的《田仔骂田公》与《土地革命山歌》都是在民间曲调的基础上填词改编的。在陇东地区，中国共产党领导的工农革命的特点使工农兵文艺创作不断从民间文学获取养料。"旧瓶装新酒"也成为工农兵文艺发展过程中的一大特色。陇东红色歌谣正是以"旧曲加新词"为主要创作形式的典型的工农兵文艺。"旧曲加新词"实质就是陇东民歌与红色革命主题融合的过程，这是陇东民歌在红色革命时期的流变。在红色革命时期，不仅陇东当地人民根据自己熟悉的歌谣进行改编去歌唱新生活、新变化，走进陇东的文艺工作者也不断在民间采风，然后根据陇东民歌的曲调编写了大量的红色歌谣。这些文艺工作者创作的红色歌谣由于在形式、语言等方面都适应了工农兵的表达需要，因此受到工农兵的广泛传唱，有的在传唱中为了表达不同主题，又经过了二次改编，因此很多没有具体创作者的歌谣已经被群众默认为民间歌谣。

即兴编唱是创作陇东红色歌谣的一种典型形式。土地革命时期，刘志丹、谢子长等共产党员领导红军打土豪、分田地，从而得到了农民的信任与支持。当地的村民有感而发，自发地以歌谣表达对刘志丹、谢子长以及红军队伍的欢迎与热

[①] 吕律编著：《陇东革命文艺活动汇盛》，甘肃人民出版社1997年版，第93页。

爱。后来随着政权建设的逐渐成熟，各种农民组织的建立与学校的成立，即兴歌唱创作开始主要出现在各种劳动大会与歌唱活动，以及集体生产劳动中，形成了边劳动边创作的特点。1940年，三八五旅宣传队在当时的陇东合水县木瓜岭大山烧木炭，在劳动之余，宣传队员编唱"烧炭歌"。"咚——咚——咚，遍山砍树声，八路军，烧木炭，为了冬季大练兵。梆——梆——梆，斧声隆，烧木炭，度严寒，练好本领上前线。"[1]在劳动的过程中创作歌谣能够在缓解疲劳的同时调动劳动者的积极性。

陇东红色歌谣作为口头文艺，在创作中还具有边创作边传唱的特点。陇东红色歌谣的创作者多为不识字的工农群众，因此歌谣创作完成后保存它的有效方式便是在创作的同时使其发生传播。陕甘宁边区时期，诗人艾青在延安《解放日报》上介绍了陇东木匠汪庭有创作《十绣金匾》的过程。因为歌谣的篇幅较长，汪庭有又不识字，因此编唱时为了使已经编好的每段歌谣得到保存，他一边编唱，一边将歌谣教给别人传唱。这样的创作过程使陇东红色歌谣的创作与传播几乎同时进行，极大地发挥了红色歌谣的宣传作用。

陇红色歌谣的创作者分为三类。首先是陇东地区的民间歌手。列宁指出："艺术是属于人民的。它必须在广大劳动群众的底层有其最深厚的根基。"[2]歌谣自古以来就是重要的民间文学体裁，备受劳动人民的喜爱。在红色革命时期，陇东人民群众口头创作了大量的红色歌谣，虽然有些创作者的名字已经不可考，但这些歌谣被记录下来，既是陇东重要的民间文学，又是重要的工农兵文艺，也是陇东人民留下的宝贵的革命记忆。1942年毛泽东发表《讲话》后，新秧歌运动在陇东根据地蓬勃开展，文艺工作者也积极活跃在陇东各地，民间艺人在火热的文艺氛围中燃起了创作的热情。不识字的民间歌手孙万福、汪庭有，在这一时期创作了大量歌谣。还有当时新秧歌运动的组织者刘志仁，也为陇东红色歌谣贡献了丰富的创作。这些民间艺人的创作牢牢地扎根在民间，具有深刻的人民性。除

---

[1] 吕律编著：《陇东革命文艺活动汇盛》，甘肃人民出版社1997年版，第337页。
[2] 蔡特金：《回忆列宁》（摘录），见《列宁论文学与艺术》（2），人民文学出版社1960年版，第912页。

此之外，还有部分工人的创作，如当时流行于陇东镇原县三岔一带的《革命革到底》："我们是工人出身，自愿报名当红军。革命几时了？革命革到底。自由逃跑自由回家要反对。我们应该当红军，上前立即杀敌人，誓把敌人消灭干净。"陇东农民在红色革命中获得了多重身份，他们既是以土地为生的劳动者，又成为新民主主义革命的革命力量，同时是陇东红色歌谣的重要创作者。

其次，红军战士在陇东地区创作、传播了不少红色歌谣。陇东地区是红军到达西北地区的重要落脚点。红军会师途经陇东地区时，给当地传入了不同的红色歌谣。中国工农红军第二十五军与红一方面军分别途经陇东不同地区，第二十五军在陇东行军十五日，他们由平凉草峰进入当时的镇原县、庆阳县、合水县多地，红一方面军八天时间途经陇东镇原、华池、环县三县，"12个乡镇，48个行政村，113个自然村，176个庄头，总行程达到520多华里"。每到一个地方，红军都会积极开展群众工作，"广泛宣传党的路线、政策，扩大红军影响，许多红军歌曲从此流入陇东地区广为传播，如《上前线去》、《革命革到底》、《当兵就要当红军》、《粉碎敌人的乌龟壳》、《当兵就要当红军》、《庆祝红军大会合》等"。[1]红军战士主动教当地的工农群众革命歌谣，这样大量不同地域的红色歌谣传入陇东地区，为陇东红色歌谣注入了新鲜的血液，促进了陇东红色歌谣的创作发展。

最后，根据地的文艺工作者也积极进行工农兵文艺的创作活动。尤其是陕甘宁边区时期，各种文艺团体积极进行农村旧文艺的改编改造。他们在政策号召下，深入陇东农村，开展文教活动，在根据地创办的各种学校里教唱、教创歌谣。毛泽东的《讲话》中对文艺工作者提出要求："什么叫做大众化呢？就是我们的文艺工作者的思想感情和工农兵大众的思想感情打成一片。而要打成一片，就应当认真学习群众的语言。"[2]著名的《边区十唱》正是音乐家张寒晖根据华池民歌《推炒面》创作的。1944年，张寒晖随着柯仲平来到陇东分区华池县，当

---

[1] 吕律编著：《陇东革命文艺活动汇盛》，甘肃人民出版社1997年版，第6页。
[2] 毛泽东：《在延安文艺座谈会上的讲话》，见《毛泽东选集》（第3卷），人民出版社1991版，第851页。

地的农妇歌唱的《推炒面》触动张寒晖，他将反映陕甘宁边区军民大生产的内容填入《推炒面》的曲调，创作出《军民合作歌》，而且将演唱的形式从原来的独唱改为了"一领众和"。之后经过再创作，将唱词增加到了十段，因此又称《边区十唱》。驻守陇东地区的部队文艺宣传队也非常活跃。当时的三八五旅宣传队演出时除了有戏剧外，还有歌曲、舞蹈、曲艺等多种艺术形式。这些艺术人才在创作剧目之余也进行歌谣的创作。陇东的列宁小学、陇东中学、抗大七分校的学生也常常编写歌谣，进行表演。如歌颂劳动英雄的《李振民》正是抗大七分校女生队学员编唱的。此外，文艺工作者还对群众创作的歌谣进行润色修饰，或者与他们共同编唱。抗日战争时期流传于华池地区的《驮盐歌》便是当时华池县温台冬学的教员根据农民学员经常去陕北三边驮盐的情景，与学员们共同编唱的一首歌谣。

随着革命的发展，陇东红色歌谣的创作也表现出了动态的发展变化。陇东红色歌谣的创作主要历经土地革命战争、抗日战争、解放战争三个时期。长征胜利结束后，1937年1月1日中国共产党中央委员会进驻延安，延安成为中国共产党领导中国革命的中心。1937年2月陕甘宁特区成立，1937年7月抗日战争全面爆发两个月后，陕甘宁特区改为陕甘宁边区。在这一时期陇东红色歌谣的创作发生显著变化，因此按照时期将陇东红色歌谣的创作分为土地革命战争、陕甘宁边区两个阶段的创作。土地革命时期的陇东红色歌谣主要围绕刘志丹与红军队伍在陇东各地开展的土地革命斗争进行歌唱。这一时期的歌谣，首先多为当地工农群众自发的口头创作，创作者的具体身份并不确定，歌谣主要在陇东地区以口头形式流传；其次民间色彩浓厚，呈现出的革命情感处于一种朴素状态。陕甘宁边区时期的歌谣内容随着革命发展与政权的稳固呈现出了广泛性。这一时期的创作者中出现了很多身份明确的民间艺人，大量歌谣开始通过文字进行流传，传播的范围更加广范。很多歌谣是为了响应边区政府的政策口号而特意创作的，方言大量减少，革命情感更加饱满激昂。在两个创作的阶段中，尤其是革命主体及其形象、革命情感都随着革命的演进和创作的嬗变发生了变化。从这两个阶段的创作中能够发现，土地革命战争时期是陇东农民内向型力量瓦解的一个时期。在这一时期，工农被动保守的状态因共产党的到来被冲击打破。而到了陕甘宁边区时期，陇东工农的外向型力量开始爆发。在这一时期，陇东工农表现出了自觉走向红色革命的倾向。

在革命演进的过程中，大量的宣传演出，对红色歌谣的创作形成了巨大影响。边区时期的红色歌谣大多是在边区政府的各类政策的引导下创作的，同时受到文艺团体的慰问演出和各种工农大会的影响。古代的歌谣往往是配合舞蹈、音乐演唱，而在红色革命时期，陇东红色歌谣往往和戏剧、社火共同形成视听合一的表演。当时驻守陇东的三八五旅宣传队便"分为宣传和歌咏舞蹈两个组"①。边区时期，文教事业非常繁荣，陇东地区各级政府根据边区政府的施政纲领要求，积极建立各级文教机构。各个部队宣传队、抗战剧团的创作演出在陇东各地非常活跃。红军队伍中的成员构成主要是农民与工人，军队的宣传队在部队、群众中频频进行慰问演出，他们选择通俗、适宜宣传的节目对革命力量工、农、兵三者都形成了广泛影响。宣传队在各种公共集会上演讲与演出配合进行，形成了鲜明的宣传动员效果。"1938年7月24日，庆阳城骡马大会开始。三八五旅宣传队每天演出3场。晚上演出前向群众进行抗日的宣传演讲。剧场上悬挂'娱乐不忘前方将士流血牺牲'等标语，动员全民投入抗日斗争的气氛极为热烈。"②1939年延安抗战剧团在新宁县演出，"进行扩大生产运动的宣传，观众达3000多人"，在文艺政策影响下，农村剧校、民间社火队纷纷成立。"为了宣传党的路线和抗日救国方针，同时活跃广大干部群众的文化娱乐活动，庆环分区党政机关干部组织起一支业余文艺演出队，在分区驻地曲子进行活动。"③当时合水县店子区的社火队人数最多时达到了一百七十余人，他们对旧节目进行改造，排演小戏曲、活报剧、歌曲、快板等新节目，每逢过年，宣传演出，慰问党政军民，相当活跃，其创作表演活动一直持续到1947年。说到底，一切文化创造都是为人以及他所生活的社会服务的，"因为它直接起到调适人们内部和人与社会之间关

---

① 吕律编著：《陇东革命文艺活动汇盛》，甘肃人民出版社1997年版，第13页。
② 吕律编著：《陇东革命文艺活动汇盛》，甘肃人民出版社1997年版，第12页。
③ 吕律编著：《陇东革命文艺活动汇盛》，甘肃人民出版社1997年版，第13页。

系，满足人们精神文化生活需求的作用"①。陇东地区的文艺演出与创作正是为了边区建设、抗战支援而服务的，又因其文艺表演的娱乐功能使群众接受宣传的同时获得了精神的愉悦。

陇东地区的红色歌谣活动是在具体历史场域中由多种因素综合导致的文学现象。土地革命战争时期，刘志丹、谢子长、习仲勋等人在陇东各地区组织领导的各种革命活动，为生活苦不堪言的陇东人民带来了新的希望，这是红色歌谣在陇东地区产生的前提。同时，共产党重视在民间宣传革命道理，更关注到了歌谣的宣传效力，而且历史悠久的陇东民歌适应了陇东地区广大群众的表达需求，因此，民间歌手与文艺工作者通过"旧曲加新词"的创作形式，成功改编、创作出了众多红色歌谣，实现了革命意识与民间艺术的完美融合。最终，在抗日战争时期与解放战争时期，陇东革命根据地涌现了大量内容丰富、主题鲜明的红色歌谣。

二、革命时代的工农兵书写——陇东红色歌谣的内容

陇东红色歌谣在呈现出丰富多样的工农兵题材时，真切生动地记录了陇东地区乃至陕甘宁边区在土地革命战争、抗日战争、解放战争三个革命时期近二十年的时间中发生的诸多历史事件，同时反映了陇东工农兵在红色革命进程中的情感状态与生活愿景。歌颂共产党和伟大领袖，反映根据地人民新生活、新面貌和生产建设新成就，揭露国统区黑暗腐败，表现军民坚持抗战精神的歌谣，在陇东地区不断涌现，因此陇东红色歌谣在陇东根据地实现了"翻身歌儿满山川"的状态。王贵禄将陇东红色歌谣分为四种类型："对旧的政治秩序的揭露和批判，对改变旧政治秩序的可能性的期待和呈示，对新的政治力量（共产党及其军队）的信任和信赖，对新的政治秩序的叙述和歌颂。"②这种根据歌谣功能的分类有助于我们认识陇东红色歌谣的政治美学价值，那么在具体的历史场域中，要认识歌

---

① 杨民康：《中国民歌与乡土社会》，上海音乐学院出版社2008年版，第1页。
② 王贵禄：《陇东红色歌谣：政治美学、革命记忆及民间叙事》，载《文艺理论与批评》2015年第3期。

谣的特殊功能与价值是如何被体现出来的，就有必要对陇东红色歌谣中的工农兵题材进行分类研究。因此，这里将陇东红色歌谣分为以下六类。

一是歌颂共产党的歌谣。陇东红色歌谣是在中国共产党领导的土地革命中诞生并发展的革命文艺，因此在这类歌谣中，歌颂革命政党共产党以及革命领袖是其呈现的主要主题。如《共产党领路咱举旗》："共产党领路咱举旗，共产党的话咱牢记。不怕风吹和雨打，咱跟着党走到底。"①《决心跟着共产党》："乌鸦要叫尽它叫，风吹竹子任它摇。决心跟着共产党，踩不断的铁板桥。"②这些都表现出坚决追随革命、服从共产党的决心。还有表达对共产党领导革命胜利的信服，如："革命全靠党领导，没党领导难胜利。"③歌颂领袖毛泽东的《盼来救星毛泽东》，歌唱穷苦人期盼到大救星毛泽东后"苦脸换笑脸"的喜悦心情。还有《毛主席真英明》《刘志丹是好汉》《歌唱朱老总》等歌颂众多不同领袖的歌谣。这些领袖有陇东当地的革命领导者，也有众多身处延安的中央领导。

以上所提到的歌谣都是选择其中一个对象进行歌颂，多为短歌。在根据地政权逐渐稳固后，出现了进行多对象歌颂的长歌。如流行于合水的《秧歌好唱口难开》，首段起兴，接下来的两段分别歌颂毛泽东与共产党。这些长歌在统一的革命主题中纳入多种不同的对象，呈现出了丰富的内容，除了歌颂革命主体领导工农在革命斗争中实现翻身外，还有一种从生活层面上，歌颂革命领导者的平易近人与朴实亲切。如记录当时驻守陇东的三八五旅旅长王维舟入户访贫的《旅长到咱家》：

> 喜鹊喳喳叫，
>
> 旅长到咱家。
>
> 脱鞋盘腿炕上坐，
>
> 问长问短把家长（常）啦（拉）。

---

① 《共产党领路咱举旗》，见梁中元编：《陇东红色歌谣》（内部资料），1991年，第7页。
② 《决心跟着共产党》，见梁中元编：《陇东红色歌谣》（内部资料），1991年，第8页。
③ 《革命全靠党领导》，见梁中元编：《陇东红色歌谣》（内部资料），1991年，第9页。

> 旅长啊，你真好，
>
> 不嫌咱这赃（脏）窝窝。
>
> 世事从古算到今，
>
> 我才见过头一遭。①

第一段通过描写旅长进入村民家中的举动，表现出旅长走访如同老乡串门一样自然亲切；第二段借事抒情，歌唱了群众对旅长的敬佩与爱戴。这些歌谣不仅通过官爱民塑造出革命领袖的亲切形象，还通过"旅长当红娘，战士喜洋洋"这种官兵之间的温情展现革命领导者充满人情味的形象。

此外，还有歌颂红旗的少数歌谣，如《红旗照亮咱前程》中以红旗来象征共产党的领导，表达了对改变工农命运的共产党的歌颂之情。

二是歌颂革命军队的歌谣。歌颂革命军队是陇东红色歌谣中非常重要的一个主题。共产党在革命实践中，意识到了军队建设的重要性。八七会议确立了土地革命与武装斗争的总方针，毛泽东更是提出"枪杆子里出政权"的思想。在陇东地区，刘志丹领导的兵运活动是陇东土地革命的开端。自卫军、赤卫军、游击队、工农红军、八路军、解放军这些革命力量在战争时代受到普遍拥护。大量歌颂革命军队的陇东红色歌谣呈现了陇东工农武装的开始与发展的整个过程，密切了工农兵之间的联系。这些歌谣大致可以分为直接歌颂和间接歌颂两类。

直接歌颂类，有《留住游击队》《盼红军》《救出千万受苦人》《红军来了穷人笑》《百姓红军一家人》《八路军真正好》等，如"今天盼来明天盼，红军来了盼晴了天""工农红军来革命，遍地穷人都响应""红军红军大救星，恩情更比父母深"等表达或期盼，或敬佩支持，或喜悦，或感激红军的歌颂之情。绣鸳鸯调的《八路军真正好》可以说是这类歌谣的一个代表。

> 八路军，真正好，
>
> 坚持抗战有功劳，
>
> 不怕流血不怕苦，

---

① 《旅长到咱家》，见梁中元编：《陇东红色歌谣》（内部资料），1991年，第32页。

奋勇杀敌把国保。

八路军,打仗好,
打的鬼子没命跑,
敌后开辟根据地,
收复地方真不少。

八路军,纪律好,
事事办得都公道,
不打人来不骂人,
处处和平打交道。

八路军,爱民好,
对咱百姓真关照,
帮咱耕来帮咱种,
帮咱送粪又锄草。

八路军,搞生产,
开荒种地大凤川①,
自种粮食自纺织,
为咱百姓减负担。

八路军,是救星,
一心为咱老百姓,
为了百姓享安宁,

---

① 大凤川,地处华池县林镇乡子午岭林区,西距华池县城八十五公里,南距抗大七分校十五公里,现有大凤川军民大生产基地旧址和纪念馆。

英勇牺牲真光荣。

八路军，子弟兵，
它和人民心连心，
人民拥护八路军，
军民团结向前进。①

这首歌谣流传于陕甘宁边区时期的华池地区，每段形成总分的结构，前四段通过描写八路军作战英勇、纪律严明、关爱百姓、积极劳动搞生产来展现八路军的"真正好"，后两段主抒情，先歌颂八路军是一心为人民的救星，再进一步升华到歌唱主体对于八路军作为人民子弟兵的拥护热爱之情，体现出军民之间深厚的鱼水之情。

还有从记录革命事件中展现红军英勇斗争的多段长歌，如《红军西征》，在讲述1936年红一方面军在环县曲子的作战经过时，通过比喻与对比的手法展现了"红军如猛虎，敌人吓破胆"的精彩战斗场面，歌颂了红军的英勇善战。而"一人倒下万人起，烈士英名万古扬"则歌颂了为了革命"阔步赴刑场""鲜血洒土岗"的英勇战士。除了众多的成人歌谣，还有大量的儿歌，如《我是八路小哨兵》《送哥哥》《送哥哥上前线》，以儿童的口吻表达对革命军队的热爱之情。

革命爱情歌谣是间接歌颂革命军队的代表性歌谣。通过妹妹支持情郎哥哥参加革命军队来歌颂人民子弟兵是最常见的一种主题，如十里亭调、梁山伯与祝英台调、送大哥调的《送郎当红军》。还有通过欢迎红军哥哥回来的信天游《当红军的哥哥回来了》，以及妹妹在红军哥哥带领下共同走向革命的华池信天游《人人都说革命好》。创作者将革命思想巧妙地融入陇东民间情歌，使得爱情在革命中得到升华，革命在爱情中也得到了发扬。此外，还有表现青年群众积极参军的歌谣，如联章歌谣《劝当兵》，通过描绘参军前的男青年与家人话别的场景来展现青年男性参军的坚定信念和乐观心态。

---

① 《八路军真正好》，见高文、巩世锋、高寒编：《陇东革命歌谣》，甘肃人民出版社1982年版，第172—173页。

三是歌唱根据地生产生活的歌谣。"1934年11月1日，陕甘边区工农兵代表大会在南梁根据地荔园堡召开，民主选举成立了陕甘边苏维埃政府。"[1]南梁苏维埃政府作为工农兵正式的政权机关，进行了各项制度建设。之后在全面抗战时期，陇东根据地在共产党中央与陕甘宁边区政府直接领导下，继续在政治、经济、文化领域采取各种政策积极进行民主政权建设。由此可见，共产党在领导根据地创建的过程中，不断地加强思想政治建设、组织建设、民主建设、纪律建设，根据地工农群众的生活因此发生了翻天覆地的变化。

陇东红色歌谣中反映工农政治生活的主要有两类，一类是《实行"三三制"》《大事共商讨》等直接歌颂"三三制"的歌谣，另一类是《选代表》《选举歌》与《穷人当主席》《咱给延安选代表》《长工娃当了县代表》等表现人民积极参加选举与当选代表后喜悦之情的歌谣。如《穷人当主席》中"笑脸对笑脸，喜眉对喜眉"从神态上直接表现贫穷农民政治翻身的喜上眉梢。而《长工娃当了县代表》[2]：

  人人说我命不好，
  黄连树下生的我。
  长工身子丫鬟命，
  海枯石烂福才到。

  谁说我的命不好，
  只因时间没有到。
  共产党来天变了，
  长工娃当了县代表。

这首歌谣展现的是穷人由苦到乐的心理转变。通过过去"人人说我命不好"

---

[1]《陇东革命根据地》编委会编著，巩世峰主编：《陇东革命根据地》，中共党史出版社2011年版，第86页。
[2]《长工娃当了县代表》，见梁中元编：《陇东红色歌谣》（内部资料），1991年，第116页。

到现在"谁说我的命不好"的心理变化,将穷人从长工身到县代表的扬眉吐气巧妙地揭示出来,更深刻地呈现了长期处于压迫地位的长工在政治上翻身的喜悦。

反映经济生产生活的歌谣也非常多。有歌颂劳动英雄与生产组织者的《李振民》《马专员》《赵县长》等。还有歌颂大生产运动的《边区十唱》《吆号子》《打夯歌》《毛主席号召大生产》等,展现了"山歌对口唱,唱得粮满仓"[①]的热闹场面,"生产运动就是灵,荒坡变成聚宝盆"[②]与"狂风暴雨咱不怕,栽起树木挡风砂"[③]等开荒种树的情景。而《四季欢喜》《秋收歌》等则歌唱出"又积草,又囤粮,劳动果实自己享。手里有粮心不慌,边区人民喜洋洋"[④]的丰收喜悦。

反映根据地文化、教育生活的歌谣也分为两类:一类是《曲子社火闹得凶》《抗战有剧团》《文教大会歌》等反映边区文艺活动的歌谣,另一类则是《二流子要转变》《放脚》《识字歌》《不求神,靠自己》等对根据地工农进行思想宣传教育的歌谣。

以上歌谣从多方面反映了陇东根据地工农在武装斗争外的生产生活和社会建设活动,展现了陇东工农群众在根据地时期的生活画卷。陕甘宁边区成立后,陇东根据地人民的革命斗争与生活始终处于陕甘宁边区的领导之下,陇东红色歌谣在歌唱根据地工农兵生活的同时,也在歌颂陕甘宁边区。

四是反映支前、劳军活动的歌谣。在土地革命时期,宁县地区便有"哎咳哟,慰问红军打胜仗"的《洗衣裳》,以及庆阳地区"做下棉鞋接红军"的《做棉鞋》。在抗日战争时期,陕甘宁边区掀起了"拥军优属,拥政爱民"的双拥活动,陇东当时处在相对和平的后方,当地工农兵积极响应"双拥"活动,陇东分区成立了劳军委员会,驻守陇东的三八五旅还制定了《拥军爱民公约》。当时资料记载:"1946年,仅庆阳县慰劳军队猪肉8035斤、香烟304盒、做军鞋2400双、

---

① 《军民生产忙》,见梁中元编:《陇东红色歌谣》(内部资料),1991年,第143页。
② 《荒坡变成聚宝盆》,见梁中元编:《陇东红色歌谣》(内部资料),1991年,第144页。
③ 《军民生产忙》,见梁中元编:《陇东红色歌谣》(内部资料),1991年,第143页。
④ 《秋收歌》,见梁中元编:《陇东红色歌谣》(内部资料),1991年,第147页。

木炭24.6万斤，捐赠法币50.7万元、食品2980斤，其他物品88件。"①正如"正月里来是新春，家家户户来拥军，赶上猪羊出了门，送给那英勇的八路军"②，陇东红色歌谣生动地记录了这些支前、劳军活动。其中一类是通过描绘群众积极筹备劳军物资展现支前热情的歌谣，如《送棉衣》《送公粮》《拥军小唱》《千石万石支前忙》等。绣荷包调的《做军鞋》刻画了当地女性为了支援前线，在艰苦的环境中"嫁衣裁鞋面，耳坠换线线"，"五更鸡儿鸣，一夜没停针"③，用心做军鞋的动人场景，让人不禁想起茹志鹃《百合花》中的感人故事。《送棉衣》中通过描绘"奶奶""妈妈""弟弟""姐姐""婶婶""嫂嫂""姨姨"所有人为了缝制劳军棉衣，各司其职在灯下辛勤劳作的场景，歌颂了军民之间的深厚感情。还有如描绘运送物资的《南梁支前队》：

> 红缨缨麻鞋干崩崩麦，
>
> 推车挑担快如飞，
>
> 扁担软溜溜，
>
> 小车吱哼哼，
>
> 要问我们是干啥的？
>
> 南梁支前队。
>
> 一箱箱炮弹一行行担架，
>
> 穿过枪林和弹雨；
>
> 炮声轰隆隆，
>
> 军号嘀嗒嗒；
>
> 要问我们哪里去？

---

① 巩世峰主编：《陇东革命根据地》，中共党史出版社2011版，第225—226页。
② 《拥军歌》，见高文、巩世锋、高寒编：《陇东革命歌谣》，甘肃人民出版社1982年版，第177页。
③ 《做军鞋》，见高文、巩世锋、高寒编：《陇东革命歌谣》，甘肃人民出版社1982年版，第239—241页。

红军的阵地。①

这首歌谣通过两段歌词描写支前队伍挑着扁担、推着小车穿过枪林弹雨向前线运送军备物资的场景，展现了支前队伍的积极勇敢。每段的前四句以物象的组合来展现支前场面，后两句以简短的设问句向大家交代南梁支前队援助红军的事件，在加深了歌谣叙事真实感的同时，支前队伍的自豪之情也隐含其中。

在支前、劳军的众多歌谣中，除了描绘工农群众积极生产物资的辛勤场景之外，还记录了群众保护军队的英勇事迹。如《人人夸她心肠好》："马大脚②，心肠好，提了一筐热馍馍，假装出门寻猪草，吃喝送给游击队，人人夸她心肠好。"③此外，还有一种放哨歌谣。如"爹爹掌旗哥吹号，山前山后我放哨""发现敌情送暗号，学个鸟儿咕咕叫"的《放哨》儿歌，以及《妇女放哨》讲述根据地妇女认真盘查行路人的故事。这些支前、劳军的歌谣从各个层面反映了根据地不同人群对军队的拥护与支持。

五是歌唱新爱情、新婚姻的歌谣。爱情是文学永恒的母题之一，在陇东传统民歌中，便有大量的情歌，这些情歌大胆热烈，表现出了坚贞纯洁的爱情观念。传统民歌也往往表达对包办婚姻、买卖婚姻的痛恨。陇东根据地进行民主建设，提倡人人平等与妇女解放，将女性从传统的封建家庭生活中解放出来。新的婚姻爱情在此时获得了生长空间。陇东红色歌谣中对新婚姻、新爱情的描绘与歌颂具有了新的时代内涵，在根据地，女性放小脚、剪短发，走进公众社会生活，而且"共产党，毛主席，一道命令动天地；废除封建婚姻法，妇女见了天和地"④。在《女娃本姓崔》中"婚姻法规定好，年龄要长到""自个儿找女婿，别人就管不了""要和他把话拉，再把婚订下"⑤，歌唱新婚姻法，对传统包办婚姻表示

---

① 《南梁支前队》，见梁中元编：《陇东红色歌谣》（内部资料），1991年，第131页。
② 1947年4月，边区陇东副专员谢德怀、曲子县委书记李正廷等人被敌人围困于庆阳马岭的涝巴塘，当地的妇女李存英假装去寻草，其实是给被困的干部送食物。李存英因脚大、婆家姓马，因此在歌谣中被称为"马大脚"。
③ 《人人夸她心肠好》，见梁中元编：《陇东红色歌谣》（内部资料），1991年，第132页。
④ 《妇女翻身见天地》，见梁中元编：《陇东红色歌谣》（内部资料），1991年，第166页。
⑤ 刘文戈、张志学选编：《庆歌俚曲》，甘肃文化出版社2005年版，第13页。

坚决的摒弃，表现出追求自由平等婚姻的坚定决心。

这些歌唱新婚姻、新爱情的歌谣几乎都是以女性口吻讲述的。当时根据地大量的男性青年参兵，尤其是在解放战争时期，他们在"保卫家乡、保卫土地、保卫好光景"的口号下积极参加解放军、游击队和民兵，掀起参军热潮。据现有资料统计："1945年，陇东分区有1009名青年参军。……1946年8月，……在短期内有1450名青年参军。……1947年，陇东关中两个分区有9580名优秀青年参加主力部队和地方武装。1948年，华池、新正县分别有400、410名青年参军。1949年，环县有500名优秀青年参军，7、8、9月新正县又有122名青年参加了解放军。"在这种情形下，"到处可以看到母送儿、父送子、妻送郎，兄弟同参军的动人情景"。①但在陇东红色歌谣中，更多的则是"山丹丹开花红上红，我劝我男人去当兵"这种"妻送郎"的歌谣。而且这些"送夫当红军""要做红军妻"类的歌谣表现出女性对婚恋对象选择的高度统一性，如《死也要做红军妻》："财主娶我我不去，死也要做红军妻。要杀要剐都由你，脑袋落地志不移。"②对富人的仇视、对红军的喜爱形成了她们选择婚恋对象的前提和标准。再如《要嫁红军汉》："大江截不断，星星数不完。要我不嫁红军汉，除非江断星数完。"③这些歌谣表达的"非红军不嫁"的坚决与汉乐府民歌《上邪》"山无陵，江水为竭。冬雷震震，夏雨雪。天地合，乃敢与君绝"中强调的至死不渝的爱情观具有异曲同工之妙。值得注意的是，这里的情郎、丈夫的身份是红军，而红军是象征红色革命的符号，因此陇东歌谣中的爱情就不仅仅是在表达一般的男女恋爱，这种"非红军不嫁"的情歌中流露的是对红色革命的绝对支持。《劝夫当兵》《送夫参军》《送兵》《听说情哥当红军》《十八村就数哥哥好》《跟上哥哥当红军》等歌谣中都具有同样的革命加爱情的主题意蕴。信天游《送夫当红军》：

藤连瓜来瓜连藤，

---

① 中共庆阳地委党史资料征集办公室编：《陕甘宁边区陇东的群众运动》（内部资料），1994年，第46—47页。
② 《死也要做红军妻》，见梁中元编：《陇东红色歌谣》（内部资料），1991年，第169页。
③ 《要嫁红军汉》，见梁中元编：《陇东红色歌谣》（内部资料），1991年，第172页。

穷人红军心连心。

哥哥你参军为革命，
妹妹在家把你等。

羊肚子手巾三道道红，
我送情哥当红军。

水里的莲花山里的松，
咱俩的感情比海深。

前沟里下雨后沟里晴，
革命成功了咱再结婚。

花儿没水难开花，
你在部队莫想家。

雪花打墙冰盖房，
反动派狗命不会长。

世事太平再成家，
幸福的日月把根扎。①

  这首爱情歌谣将男女之间心连心的小爱放置在"穷人红军心连心"的大爱之中，妹妹对情哥的爱情里融进了对红军的热爱之情。即使是"比海深"的儿女之情也要等"革命成功再结婚"，这是歌唱新婚姻、新爱情的歌谣中展现的普遍的

---

① 《送夫当红军》，见梁中元编：《陇东红色歌谣》（内部资料），1991年，第167—168页。

红色内涵。

除了女性独唱的情歌,还有少量男女对唱形式的爱情歌谣,如五更调的《送郎找红军》,通过话语的罗列抒发感情。新婚夫妻从"月儿升"一直话别到"天放明",在悄悄私语中将彼此之间朴实又缠绵的爱情表露无遗,而夫妻分别是为了找红军,为了"那时夫妻重相会,拔掉穷根享太平"的美好愿望。

六是诉苦歌。陇东红色歌谣中还有大量诉说人民疾苦与愤怒的歌谣。这些歌谣以痛斥的口吻控诉日本侵略者、批判讽刺卖国贼,如《新三恨歌》《表顽固》;或者批判封建制度对人的压迫,如短歌《封建制度是祸根》。还有反映1946年庆阳县"诉苦清算、土地征购运动"的《征土地》,通过质问"不耕不种粮万石,不纺不织穿绸缎"的地主"天又广来地又宽,没有穷人立脚点,假若你端讨饭碗,试问心里酸不酸",展现了农民对不公世道的不满。

在解放战争时期,中国共产党在部队内部开展诉苦运动,引导干部士兵诉说旧社会的苦,挖苦根,算剥削账,通过以苦引苦的方式对广大工农群众进行阶级教育。同时,当时的土改也进行了诉苦清算,《解放日报》对诉苦运动便进行了高度评价。因此,这一时期的诉苦歌谣与第一次国内革命战争时期的诉苦歌谣具有截然不同的发生背景和目的。红色歌谣中的诉苦歌表现出明显的阶级斗争性与革命性,表面在诉苦,实际是为了进行革命宣传,以激励工农大众的革命积极性。比如刘志仁在1944年创作的这首《新三恨歌》:"一恨小日本,它进攻咱中国,先把东北吞,'九一八'炮声响,侵占了我东三省。侵占了东三省,东北的百姓实呀实苦情,实是苦情,满胸亡国恨。"后两段以相同的结构进行控诉。第二段痛斥了汪精卫卖国贼,并呼吁"全国的同胞快呀快起来,快呀起来,铲除卖国贼"。第三段控诉资本家孔祥熙,并发出"思量起呀,实叫人生气"的愤愤不平之情。①显然诉苦是为了批判揭露、斗争,而且在情感上,憎恨分明。而传统歌谣中的诉苦歌往往止于对生活贫苦的无奈与对压迫的愤怒。

以上主题的分类并不是绝对的,在很多多段长歌中,往往呈现出多个主题的

---

① 《新三恨歌》,见高文、巩世锋、高寒编:《陇东革命歌谣》,甘肃人民出版社1982年版,第142—143页。

表达，如流传于宁县的《织手巾》，通过"六织手巾"分别歌颂了毛泽东、朱德、八路军、共产党，同时歌唱了军民大生产，最后抒发对当兵的情郎的绵绵情意。不同主题意蕴虽然在某些歌谣文本中有所交叉，但红色内涵始终明确地贯穿其中。

三、民歌形式的再利用——陇东红色歌谣的艺术特征

陇东红色歌谣是以农民为核心的语言及情感表达方式与红色革命汇集在一起浇灌出的艺术之花，无论是在体裁、语言还是内容上都具有独特的内在艺术特质。这主要体现在以下几个方面：

第一，民歌体式的承袭。"旧曲加新词"抑或"旧瓶装新酒"成为陇东红色歌谣的创作形式，并不仅仅是革命宣传上的一种策略，这种民歌体裁与民间曲调的选择反映的是一种审美的变化。那么陇东红色歌谣通过特殊的民间文学体裁呈现了怎样的特色呢？

陇东红色歌谣的篇幅相对短小，具有特殊的叠句、节奏、音韵和曲调形式特征，主要从传统民歌信天游、小调、劳动号子三类发展而来。小调多数属分节歌形式，一般一曲多段词，常采用花名、四季、五更、十二时等形式连缀。小调民歌多从侧面比较细致地铺陈内容。其曲调一般凝练地表达婉转、哀怨、欢快等不同的情绪，曲调性比较强，旋律流畅，婉转多曲折，旋律线丰富多变，表现力强。陇东工农充分借鉴了民歌的曲调，通过"旧曲加新词"的创作形式创作了大量富有感染力的红色歌谣。例如传遍陕甘边又闻名全国的《绣金匾》，便是从传统情歌《绣荷包》的曲调上填词而来。还有从传统曲调《光棍哭妻》填词改编的著名红色歌谣《咱们的领袖毛泽东》。信天游在陇东环县、合水、华池等山区流传甚广，每段两句上下句的结构，主要以七字、十字句为基础，可随时增减，灵活多变，常常是多段体形式。信天游多表现爱情题材，充满浪漫自由的气息。陇东民歌在演唱上可以采用独唱、对唱、先后唱、合唱等多种形式；体例上，有简短的短歌，能够快速直接地表达情感，也有多节连缀的长歌，实现叙事与抒情的结合，在叙事内容的递进中加深情感的演绎。

民间文学研究者钟敬文认为很多劳动歌,是劳动人民在各种劳动进行中调整呼吸、动作和鼓舞情绪的不可缺少的东西,有些还培养了劳动者的国家民族团结的感情,描写受压迫者的歌谣培养了他们高贵的情操、品格。陇东红色歌谣在表达对红色革命的热爱和对新生活的向往之情时,继承了传统民歌中的现实主义手法,其中小调擅长叙事的特征在红色歌谣中多有显现。通过多段铺陈直叙从侧面表达感情,这种歌谣在内容上也表现出了当地浓郁的生活气息。例如土地革命战争时期流传于华池玩花灯调的《打老谭》,这首歌谣共九段,正是从多段的叙事表现了当地人民对军阀的憎恨与消灭军阀的喜悦。歌词先讲述民国时的陇东军阀谭世林在陇东征兵抢粮、残杀百姓的恶劣行径,再讲述刘志丹带领红军、娃娃兵、赤卫军来消灭谭世林的过程,抒发了对刘志丹和革命的热爱与追随之情。还有当时流传于庆阳县送大哥调的《送郎当红军》。妹妹送情郎哥哥去当红军,一路送到了五里坡、十里墩,又送过了浪子河,一路叮咛"一心革命莫想我""只盼你杀敌常立功"。这样的长相送体现了妹妹对情郎哥哥的依依不舍之情,但妹妹的叮咛中依旧融汇着对红军的热爱与支持:"妹妹长爱红军汉,十年八年长等着。"革命之情与爱情交互在一起,形成了独特的感染力。土地革命时期,用多段排比的方式结构的歌谣非常多,如很多"送郎当红军"主题的歌谣,多段之间以首句来建立排比关系,有十里亭调的"一送情郎一里亭"直到"十送情郎十里亭",还有梁山伯与祝英台调的"走一个村,又一个村""过一道沟,又一道沟""走一架山,又一架山""走一道梁,又一道梁""走一道岭,又一道岭""走一道弯,又一道弯""过一道河,又一道河"。这样山一程水一程的长相送形式既承载了丰富的内容,又形成了经典的送别场面,将爱情的缠绵通过这种长相送呈现出来的同时,更升华了超越一般儿女之情的革命情感。这种形式也是陇东传统民歌小调一曲多段词在陇东红色歌谣中的典型形式。

陇东红色歌谣中还使用了大量的修辞。歌谣虽与现代诗歌具有显著不同,也仍借助语言修辞传达主观情感或经验。比兴在文人的诗歌创作与民间歌谣中是常用的一种表现手法,陇东红色歌谣也广泛运用了这一形象化手段。如"种下庄稼盼收成，穷人日夜盼红军"①，用农民对收成的期盼来比喻穷人对红军的渴盼，前句自然地引起下句，形成了起兴中带比的巧妙手法。又如"杨柳长在河边上，松柏长在高山上，鲜花开在埝畔上，红军常在咱心上"②，用自然界三种植物与它们生长环境之间不可分割的关系象征"咱"与红军的紧密关系，同时排比的句式增强了这一表达效果。而"风刮树叶呛浪浪响，红军哥哥掂上钢枪"③，用自然界的声音比喻红军战士背上枪的声音，借此表现了红军队伍严整威武的气势。

第二，语言上的通俗性与地方味。歌谣是一种语言艺术。陇东红色歌谣在革命时代是陇东人民群众进行阶级斗争的锐利武器，它表现出反抗一切压迫的强烈斗争精神，具有超越其他文艺形式的宣传效果。这种具有通俗性与地方味的语言特征正是对传统民歌语言风格的继承，其中凝聚着陇东特有的风土人情，因而呈现出鲜明的地域色彩。

陇东位于甘肃东部，山地较多，相对闭塞的地理环境保留了其语言习惯上的古朴质拙。陇东红色歌谣大部分由当地工农口头创作，当地方言俚语的使用使陇东红色歌谣语言上地域色彩浓厚。如流传于华池的"钞票路条看不清，书信报纸解不下"④中的"解不下"（弄不懂），合水、华池一带的"老刘的队伍快缓好，打仗有精神"⑤中的"缓好"（休息好），"老麻子开花结疙瘩，革命成功再回家"⑥中的"老麻子"（蓖麻），"腰里别的手榴弹，断得白军跑不跶"⑦

---

① 《盼红军》，见高文、巩世锋、高寒编：《陇东革命歌谣》，甘肃人民出版社1982年版，第48页。
② 《红军常在咱心上》，见高文、巩世锋、高寒编：《陇东革命歌谣》，甘肃人民出版社1982年版，第85页。
③ 《一杆红旗空中飘》，见高文、巩世锋、高寒编：《陇东革命歌谣》，甘肃人民出版社1982年版，第98页。
④ 《识字歌》，见高文、巩世锋、高寒编：《陇东革命歌谣》，甘肃人民出版社1982年版，第212页。
⑤ 《拥护刘志丹》，见高文、巩世锋、高寒编：《陇东革命歌谣》，甘肃人民出版社1982年版，第88页。
⑥ 《劝夫当兵》，见高文、巩世锋、高寒编：《陇东革命歌谣》，甘肃人民出版社1982年版，第168页。
⑦ 《刘志丹是好汉》，见高文、巩世锋、高寒编：《陇东革命歌谣》，甘肃人民出版社1982年版，第51页。

中的"断"(追赶)和"跑不跘"(跑不及)……人们在熟悉的环境中使用熟悉的语言歌唱自己的真情,从而使陇东红色歌谣富于革命的感染力和凝聚力。民歌是人民大众集体创作的结晶,因此它的语言区别于诗人创作的作品,往往朴素而充满生活气息。陇东民歌中保存了丰富的拟声拟态词汇,在表现歌咏对象的形状特征时,大量拟声拟态词的使用,增加了歌唱的生动感。而且在陇东民歌的节、行的构成上,复沓是采用较多的一种艺术表现手法。音节或语句的重复,大大增强了陇东民歌演唱时的节奏感和表现力。因此陇东红色歌谣是既富于革命宣传功能,又保持高超艺术性的优秀创作。在众多革命文艺中,陇东红色歌谣能够避免流于口号式的呼喊,这也是陇东红色歌谣在流传中获得永恒生命力的关键所在。

陇东红色歌谣还是口语化的文艺创作。如"八路军,子弟兵,它和人民心连心"①"咱们党政军民是一家"②"百姓红军一家人"③"工农联合心一条,大家齐心向前跑"。红色歌谣用"一家人""一条心""咱们""心连心"等朴素的口语使人民与军队、革命领袖、革命英雄人物建立自然平等的联系,起到了情感凝聚的作用。红色歌谣在歌颂的同时常常表现出对敌人的蔑视与仇恨,例如在土地革命战争时期的歌谣中,通过"打倒""推翻"等词语表达对地主军阀的憎恨和坚定的斗争立场,体现出阶级斗争性与革命性。大量口语的使用是陇东红色歌谣通俗性特征的另一重要体现。

陇东传统的信天游具有很强的音乐性,可以说是非唱不能成歌。这些在曲谱制约下创作出来的信天游具有自然的旋律感,读起来也是朗朗上口,和谐悦耳,具有独特的韵味。因此在陇东红色歌谣的歌词创作中,修辞手法的运用也是增强信天游旋律感的重要方式。这些信天游中使用了大量的重字重词。如"长枪短枪马拐子枪,跟上咱们的游击队上南梁。……山羊绵羊五花子羊,刘志丹跟的是共

---

① 《八路军真正好》,见高文、巩世锋、高寒编:《陇东革命歌谣》,甘肃人民出版社1982年版,第173页。
② 《抗战有剧团》,见高文、巩世锋、高寒编:《陇东革命歌谣》,甘肃人民出版社1982年版,第123页。
③ 《百姓红军一家人》,见高文、巩世锋、高寒编:《陇东革命歌谣》,甘肃人民出版社1982年版,第63页。

产党"①中"枪"字和"羊"字分别在句中的重复增强了字句之间的黏合力,使歌词读起来起伏有致,流畅上口。除此之外,信天游中还有更多叠字。这些叠字具有摹景与抒情的效果。在中国古代的诗歌中,叠字的使用就很广泛,如《诗经·硕人》中"河水洋洋,北流活活"的叠字便描绘出了水流盛大之貌。陇东信天游中"滚滚的米汤热腾腾的馍,招待咱们的游击队好吃喝"②中的叠字描绘出食物的香甜,渲染了温暖热闹的气氛。"一对对喇叭一对对号,一面面红旗空中飘"③中的三个叠字从侧面展现了红军的整齐威武,也加强了歌词的节奏感。"民间歌谣是劳动人民集体的口头诗歌创作,属于民间文学中可以歌唱和吟诵的韵文部分。"④陇东红色歌谣在传唱时是有衬字、拖音的,比较著名的如《军民大生产》中丰富的衬词,但转成文字的大部分文本都省略了这些在吟唱时富有韵律的形式符号。现在我们能够看到的具有衬字的陇东红色歌谣大多是从劳动号子改编而来的生产歌谣。

第三,革命内容的日常化表达。陇东红色歌谣的创作者往往通过即事即景来抒发革命之情,并将具体物象与革命表达建立自然的联系,在叙事与摹景中将革命意识传递出来,形成了朴素真实又极具感染力的表达效果。这种工农阶级特有的表达方式塑造了陇东红色歌谣独特的艺术风格。

作为一种特殊历史时期的民间歌谣,陇东红色歌谣与工农尤其是农民之间的联系尤为显著。中国的民俗学者基本认为歌谣大都是农民的文学,是农民生活的反映。民歌将劳动人民与劳动人民的生活紧密地联系在一起,渔民有渔歌,牧民有牧歌。陇东地区的农耕生活是陇东民歌的创作源泉。陇东民歌是围绕着陇东人民的独特艺术创造。从歌词内容上来看,陇东民歌从不脱离具体的生活单纯宣泄

---

① 《后山里下来些游击队》,见高文、巩世锋、高寒编:《陇东革命歌谣》,甘肃人民出版社1982年版,第55—56页。
② 《后山里下来些游击队》,见高文、巩世锋、高寒编:《陇东革命歌谣》,甘肃人民出版社1982年版,第55页。
③ 《一杆红旗空中飘》,见高文、巩世锋、高寒编:《陇东革命歌谣》,甘肃人民出版社1982年版,第97页。
④ 钟敬文主编:《民间文学概论》,上海文艺出版社1980年版,第238页。

感情，因此避免了感情表达的空洞。陇东民歌叙事与抒情兼顾，始终以陇东地区人民的生活为依托，在生活事件的描述中融入相应的感情态度，或者歌颂，或者讽刺。陇东农民群体的喜怒哀乐直接明了地存在于对具体生活的体验中，是非抽象的、非缥缈的，往往富有力量又不失于生活的质感。再者，陇东民歌往往借物抒情，农民的感情生长在养育他们的黄土地上，凝聚在他们熟悉的山川景物中，延续在一年的春夏秋冬里，这些具体的可感物与革命主题的融合使陇东红色歌谣的内容呈现出非常生动的面貌来。

  陇东红色歌谣继承了陇东民歌的丰富类别，从而呈现出丰富多样的创作来。如果从歌咏内容结合接受群体来分类的话，陇东红色歌谣可以分为革命爱情歌谣、革命歌谣、革命儿歌、革命生活歌这四类。这种分类可以观察到红色歌谣覆盖群体的广泛性。在革命时期，陇东男女老少都可以沐浴在这种歌谣宣传的氛围中，这极大地满足了根据地宣传革命、动员群众的需要。这种分类还可以凸显因歌唱主体的不同而形成的革命意识表达的多元性。例如革命爱情歌谣往往通过描绘坚贞的爱情服从于革命斗争的需要来表达年轻男女对革命的支持与认同。如流传于华池的信天游《劝夫当兵》，这首歌谣表现了年轻女性在革命面前完全割舍私人感情的坚定性。"我劝我男人去当兵"，并且要"时时节节打胜仗，不要把妹放心上"，直到"革命成功再回家"。还有采集于庆阳地区的革命爱情歌谣《五哥放羊》，这首歌谣共七段，以妹妹的独唱口吻进行歌唱。以"正月""六月""八月""十月"来指代春夏秋冬四季。前六段主要铺陈五哥一年四季在财主家的艰辛生活和妹妹对五哥的牵挂与关爱以及对财主压榨五哥的愤恨。最后一段歌唱共产党的救星身份能够给贫苦农民带来婚姻爱情自由。这首歌谣蕴含了妹妹的三种情感：一是对爱情的忠贞与坚定，二是对财主的仇恨，三是对共产党的热爱与欢迎。这三种情感在歌谣中是互相关联影响的。对年轻女性而言，婚姻爱情不自由的阻挡力量会引发她们内心的反抗之情，而革命能够带来婚姻自主幸福又是激发她们相信革命、支持革命的关键。因此这样的红色歌谣适合年轻女性的表达需要，传唱中又能够影响更多的年轻男女。少年儿童也能通过革命儿歌获得革命教育。这般丰富的歌谣类别满足了不同人群的需要，最终实现"革命势力大无边，红旗一展天下都红遍"①的图景。

歌谣通俗浅显的字面意义往往阻隔了我们对歌谣意象的探寻与关注。这些看似浅显易懂的歌词中实际蕴含了独特的意象群，使歌谣的文本意象展现出丰富、多姿多彩的面貌。陇东红色歌谣通过这些意象既实现了红色革命精神的生动阐释，又呈现出浓郁的民间地域特色。这些意象在建构革命情感的过程中发挥了重要作用，同时这一过程也展示了工农群众通过歌谣进行情绪传达的艺术创造力。文学意象都是观念意象，歌谣中的意象是融入了歌谣创作者思想情感的物象。陇东红色歌谣中有许多如山丹丹、红豆角、荞麦花的植物意象，这些意象象征着生命，象征着热情，更象征着红色革命的热情。这些是人民群众在歌谣中独特的艺术创造。

陇东红色歌谣中，大量代表革命意象的事物与日常事物建立关联。"东面山来西面山，陕北出了个刘志丹。刘志丹出来闹革命，领导工农打江山。"②首句自然界的"山"与尾句的"江山"形成了一种从语义到情感上的联系，从而极大地缩小了革命的遥远与抽象感。还有"满天的云彩风吹散，红军来了晴了天"③，用自然界的晴朗天气比喻红军到来象征的光明生活。红军、红旗中的"红"在歌谣中与各种红色的花联系起来。"石榴花儿心里红，红军爱咱老百姓"④，形成了"红旗一展满天红"的感染力，从而达到革命宣传与歌颂革命的目的。

从传统情歌发展到陇东红色歌谣，革命内涵注入其中，从而形成了大量革命爱情歌谣。这些革命爱情歌谣创作别具特色。形式曲调上主要以多段的信天游、小调为主。表达上，多以妹妹的口吻歌唱对哥哥参加革命的支持，并流露出对哥

---

① 《红旗一展天下都红遍》，见高文、巩世锋、高寒编：《陇东革命歌谣》，甘肃人民出版社1982年版，第101页。
② 《刘志丹闹革命》，见高文、巩世锋、高寒编：《陇东革命歌谣》，甘肃人民出版社1982年版，第41页。
③ 《咱们的红军到南梁》，见高文、巩世锋、高寒编：《陇东革命歌谣》，甘肃人民出版社1982年版，第43页。
④ 《百姓红军一家人》，见高文、巩世锋、高寒编：《陇东革命歌谣》，甘肃人民出版社1982年版，第63页。

哥的不舍与思念之情。情人之间以哥哥、妹妹互称是来自民间的特有表达方式。土地革命期间大量革命爱情歌谣正是在当时真实的事件启发下产生的。在三八五旅驻守陇东期间，很多士兵与当地姑娘结为革命伴侣，共同投身革命。这些现实事件的发生正是陇东红色歌谣的创作来源。这里要强调的是，文学虽然是对现实的一种反映，但文学并不等同于历史真实，文学有其自身固有的虚构特征，因此文学的真实是一种艺术的真实。例如土地革命战争时期的《送上个荷包表表心》[1]：

> 山丹丹开花哟背洼洼红，
> 情郎哥哥一心哟当红军。
>
> 双扇扇门儿哟单扇扇开，
> 小妹悄悄哟送郎来。
>
> 月牙儿偏西哟鸡娃儿鸣，
> 送过了一山哟又一岭。
>
> 知心的话儿哟说不尽，
> 送上个荷包哟表表心。

歌谣中妹妹偷偷送要去当红军的情郎哥哥，一直送了一山又一岭，还是舍不得，但终须一别，因此唯有送上自己绣的荷包以表心意。虽然只有四段八句，却活灵活现地展现了送别的情形。有趣的是，除了一句"情郎哥哥一心哟当红军"，歌谣中再未有其他任何代表革命的字词，但就仅此一句，将情郎哥哥当红军的坚定决心展现了出来，同时将爱情与红色革命建立了关系。妹妹的送别潜在地转换成了对情郎哥哥当红军的支持，歌词生动感人，富有浪漫的生活情趣，并体现出了当地的地理风物与人文风俗。

陇东红色歌谣通过对民歌形式的再利用，在体裁、语言、内容各个方面实现

---

[1] 《送上个荷包表表心》，见高文、巩世锋、高寒编：《陇东革命歌谣》，甘肃人民出版社1982年版，第82页。

了工农兵革命诉求的审美表达。虽然在革命斗争中，每一首歌谣都具有鲜明的意识形态色彩，但陇东红色歌谣仍然保持了独特的艺术特征。革命性、斗争性、集体性与地方色彩、民间传统在陇东红色歌谣中交织在一起，共同形成了陇东红色歌谣强烈的革命感染力与强大的集体号召力。而且陇东红色歌谣在方方面面实现政治革命与民间审美的融合，红色内涵的歌唱与歌谣形式的选择最终创造出了真正的工农兵文艺。红色歌谣表现的内容与资产阶级艺术家所表现的争取个人幸福的题材或表现个人不幸题材是完全不同的。红色歌谣呈现出工农阶级集体的审美，这不是个人化的，是属于长期受压迫的工农阶层整个群体的。倘若过分指出其中个性话语的欠缺，显然首先是脱离了工农大众群体，站在了市民阶级及知识分子的立场上，也就成为脱离了当时的社会现实与革命现实的文艺技术的空谈。

四、陇东红色歌谣的革命记忆与革命想象

陇东红色歌谣通过革命历史事件与日常生活的结合，建构了一种革命的记忆，这种革命记忆在陇东红色歌谣的传播中不断扩大，因此这种记忆不仅属于事件亲历者，还属于歌谣的传播者与接受者。哈布瓦赫的集体主义观点认为，在一个群体回顾自己过往的那一刻，可能觉得依旧如故并且体会到身份认同，具体的记忆会沉淀为抽象的稳固记忆。在这种稳固的记忆中凝聚着对革命的民间想象。

人对生活经验的记忆显然高于对抽象信息的记忆。陇东红色歌谣擅长铺陈直叙的特征，使陇东根据地在革命时期发生的历史事件在人的脑海中形成具体的、具有生活色彩的情节片段，这些情节片段与枯燥的历史书的记载相比，显然更容易被人记忆。因此我们说陇东红色歌谣是展现根据地人民社会生活的长轴画卷。陇东红色歌谣呈现出的革命是具体的，在红色歌谣的传播中，接受者不会与过去的革命产生陌生感与距离感，相反还会因为记住这种具体的生活场景而形成一种对过去深刻的记忆。正如"八路军呀个个能，保卫咱边区陕甘宁。帮咱割来又帮咱种，哪一个百姓不领情"，使"八路军"从一个概念转化成一种具体的形象，使歌谣的接受者对"八路军自家的人，他和咱们一条心"的认同感更强烈可

感。①而且用"咱"已经无形中将受众拉进歌谣的讲述中。本尼迪克特在分析小说《黑色三宝垯》的开头部分时提到了"我们的主人翁"这种修辞格与"想象的共同体"之间的联系。陇东红色歌谣中"咱们""一家亲"这种修辞的使用，便明显建构了一个革命共同体。在阅读歌谣文本或者倾听演唱时，在这种修辞格的影响下，"我们"最终在对歌谣的想象中确认这一共同体，并获得了集体记忆，如军民一家亲的革命记忆在当下仍然持续存在的。

在红色歌谣中，人从自然时间中脱离出来，被整体投放到革命时间中，一切因自然时间产生的困惑与难题也都消失不见了，人只有革命时间中的生产生活，并服务于革命时间的需要。如"做军鞋"这种点灯赶工的行为是在革命期间的需求下产生的，并不是日常世俗生活的呈现。红色内容在歌谣中的大量呈现，使歌谣的接受者的想象被一种集体的生活场景占据，个人的想象中呈现的是具有共同命运的群体——工农兵。私人化的情感无法单独出现。陇东红色歌谣中的乐观主义绝不是个人的，而是集体的。这种集体色彩浓厚的乐观主义精神是人们在想象的共同体中塑造的，对工农联合、军民一家亲的共同体的信心，是这种乐观主义产生的根源。

农民代表大会、大生产运动、各种文艺剧团、演出等各种集体组织与集体活动不断消解农民的分散性，使陕甘宁边区工农大众的政治、经济、文化生活呈现出明显的去个人化倾向。在不断的群体活动中，农民自觉地接受了集体的规训。这样的集体不是个人的简单相加，因此工农联盟不是所有农民个体与所有工人个体的简单相加，而是一种全新的存在，他们拥有了一种无产阶级的集体心理，从而拥有共同的革命目标与高涨的革命热情。而歌谣这一农民创造的文艺形式在发展成工农兵集体的文艺——红色歌谣的过程中，无论是形式还是内容都发挥了正面的作用，红色歌谣也成为这种集体情绪的表达。正如茅盾在《民族的"深土"的产物——民间文艺》中所言，流行于口头的民间文艺，它的基础是全民族民众的情绪和思想，不仅形式上应当被取来实用，就是内容方面也有许多能帮助我们

---

① 《拥军歌》，见高文、巩世锋、高寒编：《陇东革命歌谣》，甘肃人民出版社1982年版，第177—178页。

更了解中国农民性格上的优点,发生民族自信力的。①所以口头艺术比文字艺术更能适应工农革命的需要。

集体的歌唱活动必定激发、维持或重塑群体中的某些心理状态。带有狂欢色彩的歌唱竞赛活动蕴含了主张平等对话的精神,在歌唱中没有其他世俗关系的约束,农民由此打破了独立自足的封闭性,以开放的姿态完全接纳了革命带来的一切变化。歌唱的声音符号也比文字符号更具有现场感。"中国的共产主义革命者特别强调民间文学是集体的创作"②。在各种大会中即兴改编创作红色歌谣是陕甘宁边区时期歌谣创作的一种重要方式。这种即兴歌唱比滞后的文字艺术创作更能保存现实的饱满感。认知诗学的倡导者弗里曼这样说:"我们的感官、感觉、情感以及我们的思想,是一个整体,而不是彼此隔离的单一系统。"③从歌词来看,陇东红色歌谣形成了丰富的动态画面感。这种画面感通过声音被不断传递,调动多种感官的体验。愉悦的美感在这种过程中生成,并因其形象性凌驾于抽象的理性之上。对农民群体而言,通过将复杂抽象的概念简化进具体可感的物象中进行理解是他们非常普遍的认知方式。陇东红色歌谣的创作打动人心的地方也正源于此,其革命情感的建构也在其中发生。

同时,陇东红色歌谣中有大量积极参军抗战的歌谣。从人类的体验来看,战争显然是一种破坏性活动,往往给人带来死亡、灾难等负面的体验。但在特殊的时期与环境中,战争又往往是保卫家园、重建家园的过程。陇东红色歌谣中的战争表达始终与陇东人民的生存斗争结合在一起。在歌谣中不断抒发对贫苦生活的不满与对新生活的向往,能够鼓舞歌唱主体与受众积极参与战斗的勇气。同时集体的歌唱缓解战争给人带来的不安。如此,根据地的人民在热情壮阔的歌谣中不断强化共鸣,建构革命共识。正如卡西尔认为,艺术是符号化了的人类情感形式

---

① 韦韬、陈小曼编:《茅盾杂文集》,生活·读书·新知三联书店1996年版,第477—478页。
② 洪长泰:《到民间去——中国知识分子与民间文学,1918—1937》(新译本),董晓萍译,中国人民大学出版社2015年版,第5页。
③ 赵秀凤、徐方斌:《认知诗学·认知美学·多模态文学——玛格丽特·弗里曼访谈录之一》,见熊沐清主编:《认知诗学》(第1辑),外文出版社2014年版,第24页。

的创造。歌谣是属于人民的，陇东深厚的民歌传统对陇东人民有着无形的吸引力与感染力。陇东红色歌谣在产生、发展、传播的过程中，发挥着帮人们进行自我认知的重要功能。"动员广大民众奋起反抗，必须改变民众对自身的认识，让民众相信自身的力量。"①在歌谣中，人们获得了集体所拥有的力量，因此，人们相信自己有理由、有能力去战胜敌人，这也是陇东工农兵在红色革命时代现实使命感的一种表征。进而在陕甘宁边区时期，群众才能呈现出自觉创作、自觉歌唱红色歌谣的状态。"'自觉行动是伴随着预见的；对于某一事情的希望或者恐惧乃是它的动机。'……自觉行动是从对于要产生的后果的认识所引起的。"②正是因为陇东工农兵对未来充满了乐观积极的想象，他们才会在艰苦的环境中被红色歌谣吸引，才会不断歌唱起来。

被刻在膜拜的法器、岩石和盾牌上的图腾形象，在集会结束之后仍然存在，而且凭借它，人们所体验的激情将永远保持并不断更生。这是涂尔干关于集体欢腾的看法，根据他提出的图腾形象的象征性，我们来注意1943年陇东民间歌手孙万福出席劳动英雄大会期间即兴创作多首红色歌谣的现象。孙万福创作的与大会主题相关的红色歌谣充满激情，在大会结束后，被登上当时延安的《解放日报》，由此，这些歌谣与涂尔干提到的图腾形象的意义具有了相似性。孙万福将在英雄劳动大会中产生的喜悦与激情通过红色歌谣保留下来，同时这种情绪在陕甘宁边区通过口头媒介与文字媒介发生传递，最终激发广大工农群众的劳动热情与战斗激情。在整个根据地形成的集体空间里，各个成员之间的关系除了物质性的联结之外，更重要的是一种精神性的联结。革命时代已然过去，但红色歌谣并没有退出历史舞台，反而发生了代际传递，其中蕴含的历史观和价值观在传播中逐渐沉淀成一种集体的文化记忆。陇东红色歌谣在当下依旧流传，或者一些经典曲目被文艺专家改编和演出，或者在一些影视作品中出现，或者在纪念馆、纪念

---

① 黄志高、王琦：《红色歌谣与中央苏区的马克思主义大众化》，载《湘潮》（下半月）2014年第10期。
② 威廉·葛德文：《政治正义论》（第1卷），何慕李译，关在汉校，商务印书馆1980年版，第39页。

碑、口述故事、历史读物中现身，如在庆阳的南梁革命纪念馆中，很多陇东红色歌谣与各种革命文物配合在一起被陈列出来，"从而由扬·阿斯曼所谓短时的'交往记忆'转化为能对抗时间流逝的'文化记忆'"[①]。需要强调的是，这些歌谣不是作为一种文化记忆回忆的对象，而是作为一种"集体的媒介建构和对现实和过去解释的表达工具"。大量的陇东红色歌谣由此作为一种记忆媒介发挥了集体记忆的功能。

以农民为本质的工农革命、以农村根据地为发生场地的乡土社会和以口头声符为载体的民间歌谣成为陇东红色歌谣产生、发展的关键因素，同时陇东红色歌谣作为一种革命文化形式，其创作与传唱将文艺形式与社会生活近距离结合起来，实现了革命政治权力与人民日常文艺活动在思想上的高度统一，即文学艺术政治社会化、政治社会文艺化。

---

① 黄景春：《当代红色歌谣及其社会记忆——以湘鄂西地区红色歌谣为主线》，载《民族文学研究》2017年第3期。

第四节

延安时期的音乐创作

音乐作为人类文化中最生动、最富感染力的表述方式之一,往往承担着表达民族思想、传达民族情绪和记录民族行为的表意功能。音乐叙事不仅是音乐文化的重要属性,还是民族共同体叙事的重要途径。延安音乐作为中国近现代音乐史的重要发展阶段和中华民族音乐文化的有机组成部分,它的形成发展及其音乐形态、价值体系都与中华民族的历史命运、集体情感和审美趣味息息相关。延安音乐诞生于血雨腥风的革命战争年代,横跨中国抗日战争和民族解放战争两个历史时期,强烈的时代情绪、明确的政治倾向、充实的革命内容、鲜明的民族形式已使其奠基为一种文化符号或一种传承、记事的活态文本,娓娓诉说着中国民族音乐的历史演进、卓越成绩和中华民族的艺术实践、革命经验。

一、作为文化的音乐叙事:延安音乐的人类学观照

音乐人类学是20世纪比较音乐学领域催生的跨学科研究,是音乐学与人类学结合的产物。1964年美国音乐人类学家梅里亚姆(Alan P. Merriam)在其著作《音乐人类学》中首次提出这一概念,并创建了"声音-概念-行为"的音乐研究模式,提出了"作为文化的音乐研究"的学术命题。自此,音乐人类学作为一门运用人类学理论、方法来阐释人类行为和音乐文化事象的人文学科,逐渐受到音乐学界的广泛关注并由此形成了一个"音乐作为文化"的新型研究范式:在内容上,它强调对人类行为及其文化进行考察;在方法上,它主张运用观察、分析、描述、记录等田野调查方式和音乐民族志形式直接面对活态音乐现象和音乐文

化，力图挖掘音乐本体及其与之相关的各种共生文化环境；在取向上，它强调音乐文化的多样性和差异性，提倡体验、理解、尊重民族音乐和地方音乐，并以此揭示民族的生存经验和生命智慧。

将延安音乐置于人类学视野下考察，主要基于音乐学与人类学跨学科的融通视野和民族音乐研究方法论的转型，既依赖于音乐学的人类学转向，又依赖于人类学的音乐学观照。在音乐人类学视野下，延安音乐成为一种记述中国音乐文化历程、描述革命斗争历史、表达民族情感的象征性文化符号，其音乐思想与音乐形态的多元化、音乐传统与人文脉息的纵深感构成音乐符号在内容上对民间维度和历史维度的追求。在民间维度上，延安音乐十分注重民族风格和民族传统的表现，黄土高原的沟沟峁峁、鲜活浓郁的生活气息、简单质朴的人文景观，以及与此紧密相关的民俗民风、艺术语言、民间曲调，组成了一串串或激越或舒缓的跳动音符。在历史维度上，将音乐符号与中国革命战争相连接，在历史记忆和音乐文化的双向坐标上诉说战争故事、呈现革命场景、歌颂民族英雄、渲染抗战情绪等，是延安音乐触摸历史、表达民族生存困境的重要途径。

以田野调查为基础的音乐采集方式是延安音乐创作、研究的重要方法之一，很多延安音乐家都具有丰富的民间音乐采集经验。中国民间音乐研究会（以下称"研究会"）的成立标志着延安音乐家对民间音乐素材的采集、整理、研究走上了一个新的台阶。在组织建设方面，研究会不断扩充会员队伍，编印会刊，登记表册，拟定多种民歌记录纸，逐渐规范了民间记录采集的格式。在采集整理方面，研究会将田野考察和实地收集工作结合起来，大力发动会员采集民歌。至1943年初，研究会收集整理的陕西、山西、河北等地民歌已多达2000余首。在音乐创作方面，延安时期许多音乐家在创作上取得成功都得益于对民间音乐的采集、学习和运用。安波以陕北民歌《打黄羊》的曲调填词创作的《拥军花鼓》、张寒晖以陇东民歌《磨炒面》的曲调填词创作的《军民大生产》和马可以关中眉户戏中清新明朗的〔戏秋千〕和活泼欢快的〔花音岗调〕两个曲牌创作的《夫妻识字》，都深受广大群众欢迎。

延安音乐的文化功能是多元化的。在文化记录方面，延安音乐记述了中华民族生死存亡之际全民抗战、保卫家园的时代主题，记录了广大民众发自肺腑的呼号呐喊，再现了中华民族坚忍顽强、奋勇杀敌的民族气节和民族精神。在服务于社会方面，延安音乐将创演实践和唤醒民众、团结抗日的民族解放运动结合起来，使音乐成为对敌斗争的革命武器，服务于社会政治，起到了宣传革命、鼓舞士气、团结人民的重要作用。在审美层面，延安音乐在艺术风格上借重西方音乐的技法和经验，同时吸收中国传统音乐和民间音乐的精髓，创造了一种民族化、大众化的民族音乐形态，形成了一种为广大群众所喜闻乐见的审美风格，引发了广大群众的欣赏兴趣和审美共鸣。

二、革命内容和民族形式：延安音乐共同体叙事范式

本尼迪克特·理查德·奥格曼·安德森（Benedict Richard O'Gorman Anderson）在其经典著作《想象的共同体：民族主义的起源与散布》中曾将民族定义为想象的政治共同体，他认为民族这个想象的共同体可以唤醒和激发民众的历史宿命感和无私忘我的民族情感，从而形成一种强大的民族凝聚力。[①]延安音乐的共同体叙事之所以成为一种叙事范式，就在于在那个特殊的历史时期，救亡图存和民族解放已成为压倒一切的民族情绪和时代主题，一切与音乐有关的叙事活动都将围绕这一时代主题展开。当代音乐叙事学的重要贡献之一在于其将有名有姓的作者与民间音乐的叙事者进行有效的分离，这使音乐叙事的延展空间变得更为广阔的同时，也使不同时空制度下的共同体叙事成为可能。[②]延安音乐的共同体叙事得以展开的另一重要因素就是延安音乐对民间音乐的广泛采集、整理、吸收与创化，这使流传于民间的音乐内容与音乐形式得到了继承和发展。1936年，吕骥在《中国新音乐的展望》一文中就旗帜鲜明地提出了改编各地民歌、创制"民族形式与救亡内容"[③]新歌曲的理论观点。延安音乐共同体叙事正是在革

---

① 本尼迪克特·安德森：《想象的共同体：民族主义的起源与散布》（增订版），吴叡人译，上海人民出版社2011年版。
② 彭兆荣：《族性中的音乐叙事——以瑶族的"叙歌"为例》，载《音乐艺术》2001年第2期。
③ 吕骥：《中国新音乐的展望》，见《新音乐运动论文集》，新中国书局1949年版，第8页。

命内容与民族形式相结合的叙事范式中展开的。

延安音乐诞生于革命战争年代,音乐叙事多以革命内容为主,但触及生活的领域却比较宽广,音乐作品的叙事范围几乎遍布了革命斗争和社会生活的各个方面,如抗日救亡、革命战争、生产运动、军民合作、群众生活、民主建政、解放区的新生活新气象等不一而足。任何一种音乐叙事都需借助一定的叙事手段,歌咏叙述就成了延安音乐表述一切重大事件和日常生活景观、传递时代情绪和展现民族精神的基本手段。由光未然作词、冼星海谱曲的《黄河大合唱》是一部里程碑式的音乐史诗,它以黄河象征祖国,热情歌颂了中华儿女顽强不屈的斗争精神和誓死保卫黄河的决心,塑造了中华民族巨人般的英雄形象,歌颂了中国人民顽强不息的民族精神,唱响了中国民族解放斗争和世界人民反法西斯斗争的最强音,已经成为中华民族灵魂的象征。由贺敬之作词、马可谱曲的《南泥湾》以柔婉的音调描绘了南泥湾的"江南"美景,歌颂了三五九旅的屯垦英雄,体现了艰苦奋斗、自力更生、顽强不息的延安精神。还有延安音乐工作者转战晋察冀边区时创作的一些歌曲,有表现青年奋发向上、朝气蓬勃的青春旋律,如《青春曲》(俯拾词、时乐濛曲)、《青年歌》(华丁词、吕骥曲)、《我们是青年的艺术工作者》(殷铁铭词曲)等。还有一些儿童歌曲,如《歌唱二小放牛郎》(方冰词、劫夫曲)、《王禾小唱》(方冰词、劫夫曲)等歌曲,表现了儿童的天真活泼和勇敢坚强。

冼星海曾在《论中国音乐的民族形式》一文中指明了中国音乐民族形式的具体特征:要"参考西洋最进步的乐曲形式","改良固有的古乐","发明中国的新和声原则和它的应用","参考和研究世界最进步的作曲家"的"作曲方法和作风","保存我国民族音乐的特殊作风,使中国固有的民族所遗下的小调民谣,或京调、梆子的旋律,在美、协和及民族浓厚色彩各方面,能胜过世界任何一国"。[①]延安音乐的叙事形式,继承了传统的民族民间音乐形式,来自全国各地的音乐工作者所带来的新的音乐体裁和形式也得以发展传播,其中包括艺术歌

---

① 冼星海:《论中国音乐的民族形式》,见《冼星海全集》编辑委员会编:《冼星海全集》(第1卷),广东高等教育出版社1989年版,第48、49页。

曲、西洋歌剧、活报剧等音乐体裁，以及合唱、齐唱、轮唱、联唱等音乐形式。延安音乐在艺术歌曲和群众歌曲，秦腔、眉户、道情等戏曲音乐，歌剧、秧歌剧等领域均产生了大批佳作。应特别指出的是，延安音乐创造性地探索和发展了秧歌剧这种新的艺术体裁。秧歌剧是一种综合文艺形式，它集音乐、文学、舞蹈等多种艺术成分于一身，既有故事情节又有音乐旋律，既有舞台形态又有肢体语言。它以短小精悍、形式活泼、创演快捷、易于传播等特点，成为广大人民群众所喜爱、掌握、利用的文艺形式，也是团结群众、凝聚力量支援抗战斗争形势的有效工具。民族新歌剧《白毛女》是秧歌剧深入发展的里程碑式的重要成果。它立足中国民族音乐，并融合西方现代音乐技法，在继承五四时期儿童歌舞剧、30年代歌唱剧及延安秧歌剧的创演经验的基础上，创造了表现民族文化生活和符合民族审美心理的新型艺术形态，为后来民族新歌剧的发展奠定了良好的基础，提供了成功的经验。

三、历史语境和时代精神：延安音乐叙事的中国实践

音乐人类学家蒂莫西·赖斯（Timothy Rice）曾提出"历史建构—社会维持—个人创造与体验"相互作用的音乐研究模式，他强调音乐与文化背景的密切关系，提出音乐研究应该重视音乐形成的历史、社会及个体因素。[①]从抗战时期中国的历史语境来看，延安音乐的形成、发展有着特殊的历史原因和文化背景，与延安音乐活动有关的时间、地点、人物、内容、原因、方式等都可作为认识和理解延安音乐的重要参照。从时间角度看，自中央红军长征到达陕北（1935年10月）至中共中央转战华北之前（1948年3月），延安音乐绵延发展了十三年。从传播范围来看，延安音乐以延安为中心，辐射到各抗日民主根据地和广大解放区。从参与的主体和组织方式来看，延安音乐是在中国共产党领导下，由广大音乐工作者带动各革命根据地和广大解放区人民群众广泛参与的一场大规模革命音乐文化运动。从历史角度来看，延安音乐的形成、发展以及相

---

① Timothy Rice, *Toward the Remodeling of Ethnomusicology*, Ethnomusicology, 1987: vol.31(3), p.480.

应的音乐体系的构建都与中国抗日战争和民族解放战争密切相关。不愿做亡国奴的中国人民以音乐作为对敌斗争的武器,卷入了保家卫国的革命历史洪流。从文化渊源角度来看,延安音乐是"五四"以来新音乐、左翼音乐、苏区音乐以及陕北民间音乐等多种音乐文化的继承发展之物,是中国音乐与西方音乐、传统音乐与现代音乐、革命音乐与民间音乐相结合的产物。延安音乐具有典型的时代特征。

延安时期中国民族音乐在经典作品创作、民族形式创新、民族文化创造、音乐功能阐发等方面取得了令人瞩目的成绩,积累了丰富的经验。究其原因,主要有二。一是音乐人才。当时很多音乐家如冼星海、郑律成、李劫夫、吕骥、向隅、杜矢甲、张寒晖、刘炽、李鹰航、李焕之、贺绿汀、瞿维、麦新、梁寒光、张鲁等汇聚在延安,他们的音乐实践为延安音乐注入了鲜活的生命力和创造力,为延安音乐文化建设做出了积极的贡献。二是政治指导。延安音乐与政治的关系极为密切,延安音乐民族化、大众化方向的最终确立主要依赖于中国共产党文艺方针和政治政策的指导干预。1942年5月延安文艺座谈会的召开以及《讲话》的发表,明确提出了文艺为工农兵服务的方向,强调了文艺的改造与服务,号召文艺家用中国传统的民族民间艺术形式、风格来创造为广大工农兵群众所喜闻乐见的文艺作品。《讲话》提出并解决了文艺与生活、普及和提高的关系,较为彻底地解决了音乐民族化、大众化的路线和方针问题,为中国新文艺的发展指明了方向,开拓了无限广阔的发展前景。在党的文艺政策的感召下,音乐工作者纷纷走向群众,深入工农兵火热的斗争生活,学习民间文化,掀起了以民族风格、民族韵致表现人民生活的音乐创作浪潮,从而有力地推动了中国民族音乐在内容和形式上的探索。

中国历史上民族志撰写不很发达,在一个较长的历史时期,中国社会在运作中所需要的对事实的叙述是由文学和艺术及其混合体的广场文艺来代劳的。[①]延安音乐叙事的文化功用也恰恰在此,它不仅提供了中国抗战时期这一特殊历史时

---

① 詹姆斯·克利福德、乔治·E.马库斯编:《写文化——民族志的诗学与政治学》,高丙中、吴晓黎、李霞等译,商务印书馆2006年版,总序第3页。

期社会叙事的形式，传达了中华民族对敌斗争的历史经验和民族艺术创造的中国实践，还表现了中华民族自强不息、顽强坚韧、乐观向上的民族精神。很难想象，在20世纪30至40年代，陕北小城延安成为中国乃至世界所瞩目的歌咏之城。勇往无前的毅力、坚强伟大的决心、雄浑的战歌、炽热的砥砺、真挚的友谊、贴心的关怀，一一定格为延安音乐的永恒旋律。歌声响彻延安云端，响彻中华大地。歌声伴随着延安勇往直前，见证了新民主主义革命走向胜利，见证了新中国的成立。人们在歌声中战斗、生活、拼搏、前行。歌声成了抒发时代情怀的重要手段，歌声汇成了时代不可抗拒的壮阔洪流。与匮乏的物质资源相比，延安音乐承载的精神力量宏伟巨大。

结 语

在社会主义中国的文化发展历程中，延安文艺具有不可取代的特殊地位和历史价值。20世纪四五十年代，随着中国社会与政治格局的重大变化，中共领导的延安文艺界和左翼文学发展中的主流派别实现了相当自觉的汇合，并以毛泽东文艺思想作为理论依据，以延安文艺作为理想模式，遵从阶级分析方法，对1940年代国统区的文艺状况、作家和文学派别进行了严格的阶级类型划分。当时，这种划分在北方以《生活报》为中心，在南方以《大众文艺丛刊》为中心，两地互为策动，既对国民党右翼文人及自由主义作家沈从文、朱光潜、梁实秋、萧乾等人当作反动文人进行清理，也对左翼中的非主流派及鲁迅派进行了批判，这种类型划分和批判清理，正如有些学者所言，无疑是"实现四五十年代文学的'转折'的基础性工作"①。这表明，1940年代末的现代中国文学界正处于一种被强力重组、命名并因之建构一种文学新秩序的合围态势中。1949年7月，以中华全国文学艺术工作者代表大会在北平（今北京）召开为标志，这种合围性态势取得了绝对性胜利，此前对中国现代文坛所进行的类型学划分，不仅被明确写进会议的报告中，而且在随后开展的国家文化体制建构所必然涉及的领导人员安排中得到了清晰反映。

周扬在第一次文代会上指出："毛主席的《在延安文艺座谈会上的讲话》规定了新中国的文艺的方向，解放区文艺工作者自觉地坚决地实践了这个方向，并以自己的全部经验证明了这个方向的完全正确，深信除此之外再没有第二个方向了，如果有，那就是错误的方向。"②这表明，延安文艺所代表的文艺方向最终被规定为中国当代文学的新方向，延安文艺也终于由一个"党的文艺"和区域性文艺转换为一个正在重新崛起的国家的文艺。显然，延安文艺作为一个国家的文化艺术资源是被行政权力规划好了的，在一定历史时期是不以作家们的意志为转移的。不仅如此，后期延安文艺的发展方向作为唯一正确的方向，显示它不仅是

---

① 洪子诚：《中国当代文学史》，北京大学出版社1999年版，第9页。
② 周扬：《周扬文集》（第1卷），人民文学出版社1984年版，第513页。

一种资源，而且是一个文艺和文化发展的路标。方向性、路线性的东西在当时毛泽东的文化战略中始终具有本体意味。

当然，公正地说，延安文艺的当代性价值并不仅仅由其政治性的意识形态价值所决定，尽管延安文艺的意识形态价值在一个致力于现代民族国家建构的历史过程中曾经发生过积极作用，有其历史合理性，但它在艺术层面也有其超越性的一面，取得了不少成绩，其艺术实践提供了很多可资借鉴的东西。应该说，这些不同方面的东西结合起来，才决定了延安文艺具有非常复杂的政治、文化和艺术属性。简括地说，延安文艺尤其是后期延安文艺既是非艺术的又是艺术的，既具有历史性也具有超越性，因而是一个非常复杂的综合体。所以，在当代和未来中国，延安文艺作为一种非常重要的红色文化资源值得人们深入关注和思考。延安文艺尤其是其中的新秧歌、秧歌舞等艺术形态，曾经震撼西北的黄土地，席卷大江南北，引起同情中国革命的外国人的兴趣，据此，在力图重振和构建中国新文艺的今天，作为中国特色社会主义文化源头之一的延安文艺理应具有更加广泛、生动和深刻的认知价值与历史人文意义。

自20世纪90年代尤其是进入21世纪以来，延安文艺研究取得了长足进步，而且，相关研究成果也已突破了延安文艺本身的限制，而对中国现代文学和当代文学的深入认知和研究产生了积极影响。所以，大家可以看到，延安文艺一度成为学界研究的热点和前沿性话题，新的延安文艺研究由此而日渐形成和崛起了。在这崛起中，延安文艺的种种复杂性因素得到了不少学者尤其是新生代学者的揭示：有的学者更多地揭示了延安文艺的体制化，有的更多关注了延安文艺的民间化，有的对延安文艺所蕴含的革命伦理做了较为细致的阐释，有的对延安文艺的艺术、美学观念的演进做了整体性考察，有的对延安文艺的传播和接受做了一番较为全面的梳理，有的对延安文艺发展过程中的一些重大现象比如鲁迅现象进行了较为深入的探讨，有的直面延安文艺作品和文体本身，对其做了种种富有历史、人文和美学意味的细读，有的从中国现代文化和意识形态嬗变的角度总体性地探讨了延安文艺的复杂化形成，而延安文人或知识分子可歌可叹的心路历程及其命运也引起了研究者的持续关注，有的对延安文艺从媒体、版本角度做了种种梳理和考证。尤为可贵的是，这些成果大多力图从一个新的角度或层面揭示延安文艺，接近或部分地还原延安文艺的历史真相，努力寻求并揭示延安文艺发展过程中呈现出来的本体属性及其复杂内涵。

总体看来，既有的研究成果更多地体现在对延安文人、延安文艺观念、延安文艺思潮、延安文艺社团、延安文学制度等方面的探究上，而重新回到延安文学本体，尤其从新的角度关注延安重要作家作品，关注那些在主题内容、文体创新方面有重要贡献和影响的延安重要作家作品，对于我们全面认识延安文艺，深入了解新中国文艺等具有至关重要的作用。本书既注重对延安时期文学风貌的整体把握，也注重对具有代表性的延安作家作品的个案分析；既关注延安本土（小延安）的文学实践，也关注以延安为中心的解放区（大延安或文化延安）的文学业绩；既注重对延安作家作品进行历史性的宏观审视，也注重对某些标志性文本的细读细究；既充分肯定延安文学经验的历史意义和审美价值，也进行一些必要的学术性回顾和反思。

在延安时期特殊的政治经济背景和文学文化环境极大地影响了作家们的表现对象、主题内容和美学风貌，尤其是延安时期的大生产运动，供给制和整风后的文艺政策，一方面为延安作家的创作提供了良好的现实土壤和物质基础，另一方面规约了延安作家作品中的形象塑造、内容表达和审美选择。文艺整风之后，延安作家纷纷转向，其作品内容和表现形式、语言风格等也发生了较大变化，透过每种文体的代表性作家作品个案，可以窥见延安作家创作的总体情况。延安作家作品在形象构建、主题表达、美学风姿等方面所取得的成就，在思想和艺术方面的承继、开拓与创造，在很大程度上影响了新中国成立后的十七年文学。当然，由于特殊时代语境的限制，也应反思延安文艺在艺术和审美方面的局限，从而为当前的社会主义文艺提供有益的借鉴。

附录

书写行为之结晶:延安文人创造的书法文化

延安是中国红色革命的根据地,在这里中国共产党以其艰苦朴素的吃苦精神和它所坚持的理论智慧克服了重重困难,最终得到人民的广泛拥护并获取了政权。中国共产党领导"小米加步枪"的军队在极为穷困的条件下最终获取了胜利,这段历史往往被后来的中国共产党的领导者津津乐道,尤其是其中所展现出的革命精神和革命文化已然成为中国现代文化中宝贵的遗产。在战斗力极度悬殊的情况下,中国共产党的胜利一定程度上可以被看作是其文化的胜利,毛泽东高度重视延安的文化建设,将文化队伍与军队相并行,将文人的一支笔与三千毛瑟相比拟,在对文人的整合、吸收的过程中,这支文化队伍逐渐壮大,成为中国共产党所领导的一股极为重要的革命力量。[1]这支文人的队伍何以能有如此强大的力量?这股力量的源泉来自何方?细观延安的文化史,我们可以看出延安文人身份的多元化,一方面,许多职业的文艺家被安插在中国共产党的各个机关,往往身兼政治职务[2],另一方面,很多人身为武人、政客,但却在文艺、书画方面同样取得了不可小觑的成就,这就让延安的革命者们在这片贫瘠的土地上,在战火纷飞的残酷环境下生出了其独特的浪漫情调。

"文人"这一概念在中国古典文化中所寓有的含义在一定程度上可以约等于西方的"知识分子"一词,但由于在跨语际的文化交流中,"知识分子"的意

---

[1] 解放社编:《整风文献》(订正本),新华书店1949年版,第268页。
[2] 王培元:《延安鲁艺风云录》,广西师范大学出版社2004年版,第32页。

涵不断被丰富，对话的分歧便往往在对概念理解的分歧中产生。[①]在这里我们用"文人"而不用"知识分子"更主要的原因是，"文人"一词的意义导向更能凸显延安文化队伍对民族性的宣扬和对优秀传统的承继，这种文艺理念主要体现在延安文人身份的多元性上。多元的身份使得他们的社会活动得到了拓展，一方面让文艺走入生活融入现实，另一方面也让现实生活的多个层面增添了些许艺术性。

延安文人往往涉足政治、文学、书画三个领域，在这三个领域中许多文人以其在某一领域的特长作为主要事业，完成人生的立德、立功和立言，同时能在另外两个领域内持续地保持着热情，往往也能有所成就。因而，如若对延安文人进行分类的话，可大致分为以文学创作为主的文人，以书画艺术为主的文人和以政治活动为主的文人三类。其中以文学创作为主的文人主要是指在延安地区的作家和评论家群体，如周扬、丁玲、赵树理、周立波、艾青、周而复、方纪、萧军、茅盾、陈荒煤、严文井、孙犁、贺敬之、冯牧、程涌等等，他们身为作家或评论家，在文学创作或文学研究中取得了有目共睹的成就，但同时他们也往往会涉足书画艺术。就书法而言，延安时期的这一代作家大多有着较为深厚的旧学功底，且毛笔依旧是他们日常书写的主要工具，作家们在手稿、书信、公文等中留下墨迹时往往并没有刻意地去追求书写的艺术美，但却正是这种不经意的书写流露出了他们最真实的内心波澜，有一种自然朴素的美。在绘画方面，艾青、秦兆阳、王朝闻等都是美术专业科班出身，但最后却在文学与文艺理论方面取得较为突出的成就。此外，这些作家、批评家往往身兼政治职务，这说明他们对政治意识形态的认同，这种认同也一定程度上体现在他们的创作中，这也是他们对文艺创作为政治服务的实践。

以书画艺术为主的文人主要集中在延安的鲁迅艺术学院，就创作实绩来看，最能代表延安美术成就的是版画艺术，由于当时特殊的生活条件限制，绘画所需的纸、笔、颜料匮乏，美术家们就地取材，选择了木刻版画作为他们艺术表达的

---

① 马宏：《知识分子概念与知识分子问题研究》，载《石油大学学报》（社会科学版）1996年第1期。

主要形式，因此，延安涌现出一大批优秀的木刻版画艺术家，如彦涵、王琦、罗工柳、莫朴、石鲁、古元、胡一川、刘铁华、力群、马达、陈叔亮、邹雅、张望等等。此外，这一时期也出现了很多优秀的漫画家，如张谔、蔡若虹、华君武、张仃、胡考、黄铸夫等。他们的美术创作往往兼具文学性和政治性，很多作品有着强烈的叙事、抒情能力。许多的版画作为文学作品的插图，形象地将文学图像化，既是对文学作品的释读，也是对文学作品表现力的扩张。此外，很多的绘画也与现实政治有着紧密的联系，很多美术作品以现实政治作为表现内容，如反映前线战斗、宣传长期全面抗战、讽刺抨击汉奸卖国求荣等的画面，反映延安减租减息、民主选举、土地改革、合作变工、劳动生产等内容，也有一些作品有着世界视野，反映世界局势、抗议法西斯的无道暴行等。总体看来，这一时期的美术作品大多是以现实主义为主要表现手法，紧密结合现实政治，充分发挥了美术的现实功利性。书法与美术不同，在这一时期书法并没有成为一个独立的艺术门类，但却与文学、美术起到了同样的作用。与文学、美术创作不同，在书法创作方面取得较大成就的人往往是以政治活动为主的文人。

以政治活动为主的文人大多擅诗、书，其中成就最为突出的当属毛泽东的诗词与书法创作。毛泽东豪迈乐观的古体诗词和狂放洒脱的书法作品在中国的古体诗歌史和书法史上已有不可替代的一席之地。此外，周恩来、朱德、陈毅、彭德怀、叶剑英、吴玉章、林伯渠、董必武、李鼎铭、徐特立等人也同样在诗书方面颇有成就。就诗歌创作方面，陕甘宁时期曾有着广泛影响的是怀安诗社，它虽是一个业余的古体诗词社团，但却吸纳了很多革命政要，如林伯渠、谢觉哉、徐特立、吴玉章、续范亭、朱德、董必武等人，被称为"怀安诸老"，他们运用古体诗词的形式力倡朴素通俗的诗风，使得这一传统的诗歌形式很快融入新的时代，表现新的内容，成为时代的号角。[①]

总而言之，文人身份的多元性本身就是对中国传统文化的承继。中国古代的文人在文艺上素来追求诗、书、画"三绝"，而古代的取仕机制也往往以诗书作

---

① 霍建波：《怀安诗社研究述评》，载《延安大学学报》（社会科学版）2016年第1期。

为一个重要的考量标准，这也是对传统的学而优则仕理念的传承①，但这种传承不是单纯的延续，而是结合了当时的时代环境在变革中进行传承，这也或许就是后来中国共产党高度宣扬的与时俱进、实事求是的精神。尽管在文艺方面许多人历经了五四运动向西方学习的潮流，同时深受苏俄、日、法等国左翼文化的影响，但是到陕甘宁时期，这种外来的影响被重新认识，借鉴、模仿外来的优秀文化并不能真正让中国的传统文化走向现代化，只有走出模仿的路径，从传统文化中寻找资源与动力，树立文化自信，才能走出中国自己的道路，这或许就是陕甘宁文人在政治、文艺方面给予后人的启示。

近年来，陕甘宁文人的文艺创作实绩深受研究者的关注，就目前已有的成果来看，研究者关注的焦点主要在文学、音乐、戏剧等领域，相对而言在书画方面的研究尚不充分，在已有的陕甘宁书画研究成果中，占主要部分的是木刻版画研究，而对这一时期的书法研究几乎为空白。②事实上，陕甘宁文人的书法创作也取得了一定的成就，尽管书法在当时并没有成为一个独立的艺术门类，这一时期也并没有职业的书法家，但是陕甘宁文人擅书者往往散居于边区的各个机关部门，以其工作性质来划分可大致分为文艺工作者书法、政要书法和军人书法。

文艺工作者虽然是延安与笔墨打交道最多、最集中的一个群体，他们几乎人人能写，多数人擅书。在作家群体中就有很多人热衷于书法，如周扬、赵树理、贺敬之、艾青、周而复、方纪等。周扬在书法方面有着较高的造诣，在陕甘宁时期留下许多珍贵的墨迹。新中国成立后，周扬长期担任文化部门领导，对书法艺术极为重视，促成了中国书法家协会的成立，在20世纪80年代推动了全国书法热的兴起。③赵树理在文学创作方面以土气为主要风格，但他却是一个极为雅致的人，业余生活中对书法有着极大的热情。汪曾祺说"赵树理的字写得很好，是他见过的作家里字最好的"④。作家中最具书法家气质的当属贺敬之，他将诗歌与

---

① 何怀宏：《古代"学而优则仕"的政治奇观》，载《中国报导》2009年第7期。
② 李继凯：《论延安文人与书法文化》，载《陕西师范大学学报》（哲学社会科学版）2012年第3期。
③ 佟韦：《书坛纪事》，中国文联出版社2007年版，第88页。
④ 成葆德：《重读赵树理》，北岳文艺出版社2016年版，第7页。

书法艺术做了很好的融合,曾出版《贺敬之诗书集》,引起人们的广泛关注。贺敬之极为尊崇米芾的书法,他曾说过:"我把米芾比作京剧中的程派,他的字帖我爱不释手。米书每一字都不俗气,都大度,内涵深刻,充满才气和活力。"①孙犁的书法清正自然,风格与他的文章颇为相似,他热爱书法,对书法有着自己独到的见解,他认为:"文字为工具,以易书易认为主。用作装饰,也以工整有法,秀丽有致为美。"②此外周而复在书法方面也有一定成绩,赵朴初曾赞周而复的《琵琶行》:"诗乎书乎消息通,今古相看两不厌"。启功也对周而复的书法有较高的评价:"周书下笔开生面,不数江东羲与献。神清骨秀柳当风,实大声洪雷绕殿。初疑笔阵出明贤,吴下华亭非所见。"③美术出身的艾青以诗歌闻名,他的日常书写以钢笔为主,毛笔为辅,不同的书写工具形成不同的文字风格和韵味,他创作诗歌时喜欢用钢笔,"但我最讨厌钢笔漏水,钢笔一漏水了,诗的情绪就象墨水一样凝聚在纸面上了。墨笔也是我所欢喜用的,但用墨笔的时候,情绪的抒发没有用钢笔的时候舒爽"④。可以从书写工具的选择看出,书写的行为与形式已经与他的诗歌创作成为一个有机的综合体。华君武也是一位成功达到诗、书、画一体的艺术家,他的"书法和诗文都堪称一绝,因此他被誉为'漫画家中的齐白石'"⑤。除了作家和书画家之外,文艺队伍中擅书极多,由于当时印刷条件的限制,许多文化工作者积极参与到边区的板报、宣传标语的创作中,很多宣传手册、报刊也都是手写油印刊行的,这类传播媒介要求文字美观,便于接受传播,对书写者的书写技艺提出了较高的要求,因此,文艺工作者在这类创作中刻意发挥他们的艺术才能与智慧,留下许多富有艺术性的遗产。

延安的许多政要也同样有一大批擅书者,其中毛泽东书法自成一体,影响极

---

① 佟韦、赵铁信:《谈贺敬之的书法艺术》,见陆华、祝东力编:《回首征程:贺敬之文学生涯65周年纪念文集》,文化艺术出版社2005年版,第318页。
② 杨栋:《紫陌集》,中国文史出版社2006年版,第95页。
③ 曾敏之:《空谷足音》,新世纪出版社1998年版,第135页。
④ 艾青:《我怎样写诗的》,见《艾青选集》(第3卷),四川文艺出版社1986年版,第86页。
⑤ 凤凰书品编著:《老头儿们:书画大师们的性灵人生》,现代出版社2016年版,第264页。

大，与他的诗歌风格、政治思想、人格形象合为一体，深受陕甘宁文人的推崇。毛泽东擅草书，尤其是其狂草风格飘逸恣肆，章法纵横驰骋，笔墨潇洒淋漓，颇有怀素遗风，这种书写风格影响了毛泽东周围的许多文人，很多人的书写都在有意地模仿毛泽东的草书，如萧三、丁玲、贺敬之等等，甚至整个陕甘宁文人书法都深受这种书风的影响。此外周恩来、王稼祥、吴玉章、李鼎铭、林伯渠、董必武、徐特立等人的书法作品也广受后人称道。1948年第一套人民币发行前，时任中国人民银行行长的南汉宸为设计人民币版式而四处奔波，他请董必武题写人民币上的汉字，董必武向南汉宸推荐了林伯渠、吴玉章、谢觉哉、徐特立和朱德[1]，但在南汉宸的坚持下，最终还是董必武题写了人民币上的"中国人民银行""中华民国""壹圆""贰圆""伍圆""拾圆""佰圆""仟圆""万圆"等字，这些字端庄典雅，规范秀美，极大地增添了人民币的视觉美感。[2]由此可见，这一批从陕甘宁走出来的政要都有着一手好字。

毛泽东素来重视对革命队伍的文化建设，军队中曾一度掀起学习文化知识的热潮，战士手捧图书，识字学习的场景往往被美术家用画笔、刻刀记录下来。被毛泽东誉为"党内一支笔，军中书法家"的舒同便在书法方面取得了极高的成就，他自成一体的书法飘洒圆秀，弯弓盘马，汲取了楷、行、草、隶、篆各体技法，拥有颜、柳的筋骨，又有何绍基的半分笔韵，被称作"七分半书"，创作了独特的"舒体"书法。此外军中擅书者还有被誉为"红军书法家"的朱焰。朱焰1936年参加红军，毕业于延安抗大第二期，1937年红军改编为八路军，他随丁玲到西北战地服务团工作，1940年入八路军总部下属的前方鲁艺学习，后任教山西，培养了一批书画艺术人才。朱焰的书法以颜体为根基，融诸家之长，"点画雄劲苍顽，结字奇特险绝，布局豪宕浑然。其书擅用浓墨，气韵阔然，临而览之，给人以行云流水，气势磅礴的感觉"[3]。被誉为毛泽东的军事高参郭化若同

---

[1] 中国国家博物馆编：《共和国的记忆：文物见证历史》，山西人民出版社2009年版，第57页。
[2] 沈居安：《人民币鉴赏与收藏》，青岛出版社2012年版，第62页。
[3] 李鸿民编著：《放眼看青山——友朋交往录》，徐州市史志学会2011年版，第179页。

样是军中擅书的典型。郭化若擅书,深得毛泽东的赏识,他不仅是毛泽东军事上的高参,也是毛泽东在书法方面的知己,二人经常一起讨论书法艺术,他也常常为毛泽东搜集碑帖,这都促使了毛泽东书法风格走向成熟。[①]除此之外,作为八路军总司令的朱德和副总司令的彭德怀同样都写得一手好字。朱德书法朴实无华,敦实圆厚,中正浩然,寓巧于拙,与他的人格达到了高度的统一;彭德怀的楷书有着非凡的功力,其楷书作品《左权同志碑》端庄肃穆,章法严整,是楷书作品中的上乘之作,他的行书"章法飘逸,笔力雄健,如骐马驰骋,苍龙行空"[②],也有较高的艺术水平。如果说文艺工作者在军政机关工作用笔墨进行战斗是文人的"武化",那么,在军队中重视文化艺术也一定程度上可以被视作是武人的"文化"。[③]而这也在一定程度上打破了以往文武不容、隶行分离、雅俗分流的文化状态,呈现出民族性与革命性、传统与现代的统一,成为延安文化现代化的独特景观。

延安物质条件极差,纸、笔、颜料都非常难得,这样的劣势条件一方面限制了陕甘宁美术形式的多样化发展,但也在一定程度上刺激了这一时期木刻版画的成就。就目前对陕甘宁美术创作的整理研究成果来看,陕甘宁美术的主要成绩便在于木刻版画。选择木刻版画作为表达形式也充分体现了陕甘宁文艺理念中对优秀传统文化的延续。首先,木刻版画在中国有着悠久的历史,是一种极具本土特色的艺术形式。它最大的特征便是可复制性,只要有底板,就可以复制出无数的版画作品,因而极大地降低了宣传成本,也扩大了宣传的范围与力度,适用于延安革命活动。其次,尽管这一时期的木刻版画是在鲁迅介绍苏俄、日、德等国版画艺术的基础上逐渐发展起来的,但是美术家们并没有局限于单纯地模仿西方的版画艺术,而是积极地从民间汲取营养,从传统艺术的根基上进行创新,形成了这一时期特有的拙美风格。此外,此时木刻版画创作往往画、刻、印的程序由一

---

① 杜忠明:《毛泽东书法八十年》,中央文献出版社2015年版,第202页。
② 林杰、王乃英:《盖世英雄彭德怀》,河北人民出版社2003年版,第372页。
③ 李继凯:《论延安文人与书法文化》,载《陕西师范大学学报》(哲学社会科学版)2012年第3期,第25页。

人单独完成，因而被研究者称作新兴版画，而画、刻、印的程序在工艺上与中国碑帖拓片有着极大的相似性，不仅体现出书画同源，也展现出中国古代先民在印刷术、造纸术的传承创新中智慧的积累，可以说这一形式是中国传统文化符号的艺术性组合，它的被发掘也是中国传统文化现代性的一个典型案例。

现代版画理论体系中以创作所选取的材质为标准大致可以分为铜版画、石版画、丝网版画和木刻版画，其中前三种版画都起源并兴盛于西方，且创作成本较高，并不适于在延安发展。而木刻版画在古代中国，"从唐到明，曾经有过很体面的历史"[1]，它在陕甘宁时期成为当时美术的主流形式，主要便在于它的实用价值得到了革命者的认可。在现存的延安时期的版画中除极少数的石版画（莫朴《毛主席像》《朱总司令》）外，几乎全部是木刻版画。木刻版画创作成本低，创作周期短，用于革命宣传，"虽极匆忙，顷刻能办"[2]。作为宣传的一种手段，木刻版画的易复制性大大增强了宣传的效率。由于延安群众文盲率较高，文字性的宣传固然很重要，但却总不如图像宣传来得更加直接和生动，更加便于接受者理解与传播。1942年毛泽东在延安文艺座谈会讲话后，木刻版画开始有意识地朝着民族化、大众化的方向发展，很多木刻艺术家开始走出工作坊，走出学院，走向乡村，走入农民的生活，木刻版画的表现题材开始转向，逐渐走向集中。相应的，学院出身的木刻版画艺术家为了创作人民喜闻乐见的艺术作品，也开始涉足年画版画、连环画版画和漫画版画等创作。这一时期的年画版画极具特色，一方面中国共产党在鼓励军民学习文化知识，破除迷信，清理落后文化，另一方面也注重优秀传统文化的发扬，于是本来带有迷信色彩的年画出现了很多的创新，门神形象不再是秦琼、尉迟恭，而变成了八路军战士，民间供奉的偶像不只限于财神、灶王，毛泽东、朱德、彭德怀、林伯渠、鲁迅、高尔基、列宁、斯大林、马克思等成为人们敬奉的偶像，这也成为当时木刻版画的一大主要表现题

---

[1] 鲁迅：《〈木刻纪程〉小引》，见《鲁迅全集》（第6卷），人民文学出版社2005年版，第49页。
[2] 鲁迅：《〈新俄画选〉小引》，见《鲁迅全集》（第7卷），人民文学出版社2005年版，第363页。

材。总之，木刻版画之所以能在延安兴旺发展，主要是由于它所具有的实用价值，这也是中国传统实用主义价值观念的体现。

延安木刻版画在表现题材、表现手法、艺术风格等方面都有着较高的统一性，呈现出一种朴素的拙美风格。这种拙美风格也与中国古代的尤其是民间的壁画、砖画、造像等艺术一脉相承。这种拙美风格是中国艺术理念中所独有的艺术追求，质朴的线条和古拙的形象所追求的并不是形似、逼真，而是力求在似与不似之间达到神似的韵致。但是陕甘宁时期的这种拙美的艺术风格经历了去欧化和向民间学习的过程，艺术家们结合现实生活不断尝试后，才逐步确立了这种拙美的艺术风格。"1938年初沃渣和江丰试作的木刻新年画《五谷丰登》、《保卫家乡》等，都运用中国古代民间木版年画的形式，创作中舍弃了欧洲版画繁琐的背景和人物的阴影，受到当时观众的喜爱。"[1]随后，木刻艺术家们开始有意在创作中简化画面背景，使得画面清新明朗，人物形象突出，主题鲜明，表意直观，如古元的《冬学》《减租会》《拥护咱老百姓自己的军队》，力群的《丰衣足食》，彦涵的《当敌人搜山的时候》《豆选》，王式廓《改造二流子》，等等。这类木刻版画作品以现实主义的手法组织画面，使得画面动态感十足，有着较强的叙事功能。

延安时期的木刻版画主要分两类，一类是黑白木刻，另一类是套色木刻。其中套色木刻因工序上较为复杂，因而数量上要远远少于黑白木刻，常见的套色木刻以年画为主，色彩简单、鲜艳。相对而言，黑白木刻虽然没有套色木刻在色彩上给人以冲击，但其所达到的艺术效果丝毫不逊色于套色木刻。黑与白在木刻中往往预示着明与暗，显现在刻板上则是凹与凸、阴与阳，这种艺术无形中对中国古典的阴阳哲学做出了另一番阐释，所谓"一阴一阳谓之道"，在简单的黑白色调中可以容纳大千世界。陕甘宁木刻版画的形象性思维突破了黑白相生，玄之又玄的形而上的哲学思辨，将黑白世界与现实世界相勾连，刀木的碰撞生出了纸上的黑白，现实的种种瞬间，欢笑与悲鸣，血泪和汗水，在木板上定格，而历史也

---

[1] 齐凤阁：《20世纪中国版画论评：超越与裂变》，人民美术出版社2006年版，第144页。

由此得以被记忆。与木刻的黑白相似的是中国书法中所显现的黑白哲学，更为接近的是中国书法中的碑拓艺术，一刻一印，何尝不是中国雕版印刷术的艺术变体。而中国古典的文明也正是在印刷术的发展中一脉传承下来。陕甘宁的木刻最初也不过是落后生产条件下，对机械印刷的一种替代，但是木板上走过的每一刀都是艺术家思想感情的凝聚，都有着艺术家情绪的抒发，它告知后人的不只是一个时代的历史，更是一代人的在极端困苦的环境中艰苦朴素、乐观自信、自力更生、奋斗不已的精神，这种精神源自中华民族文化的基因，是中华民族精神走向现代化的有力证据。

延安的书画艺术家们的艺术实践对我们有着深刻的启示。他们在结合现实生活，注重艺术的现实功利性的同时而进行艺术性创造，他们一面借鉴西方艺术手法，一面向传统、向民间汲取营养，将现实的战斗生活融入艺术，最终走出一条独具特色的艺术之路。延安书画艺术的创造为中国文化现代化做出了别样的尝试，现代化不是西方化，现代化不能失去主体性，陕甘宁书画艺术从中国古典艺术的形式上继承、创新，融古今中外的艺术元素为一体，促成了中国传统文化的现代转化。更为重要的是，延安书画艺术能让我们从多个维度再一次认识了作为创作主体的延安文人，诗、书、画的互释流露出的是他们的艺术追求与人生理念，成为他们多彩人生的脚注，他们在进行艺术创造的同时，也在创造着他们自己的艺术人生。

媒介视域中"在场"的"延安作家鲁迅"

由于时运所系和家国情怀,经过"人为媒"的努力和各种人为媒介作用的发挥,延安、延安文艺和"鲁迅"、鲁迅文化建立了复杂性的历史关联,从延安本体出发和从"鲁迅"本体出发可能会给出不同的甚至是对立的价值判断,而从艰难时世中鲁迅与延安的传媒化、符号化的遇合及变化,固然可以看出延安形态的"鲁迅"及鲁迅文化的影因力量及其重大意义,但也可谓有得有失,化用"鲁迅"与刻意利用的界限已经模糊,需要我们给予恰如其分的辩证分析。其中,启蒙民众和解放人民的结合,是延安时期"鲁迅还在"的主要支点,由此也呈现出媒介视域中"在场"的"延安作家鲁迅"。

信息传播是人类生存与发展的一种基本方式,任何信息的传播都离不开一个物质载体——传播媒介[1],如施拉姆所说:"媒介就是插入传播过程之中,用以扩大并延伸信息传送的工具。"[2]传播媒介是传播活动赖以实现的物质载体和必经之路,传播活动中没有媒介要素的参与、支持,信息便无法到达受众,传播过程就会中断。依据传播媒介所依赖的物质载体与技术手段的不同,可将其划分为口头媒介、纸媒介和电子媒介等。在延安时期,中国共产党格外注重文学的宣传、教育、组织、动员功能,而且一直非常重视报刊在政治革命中的影响和作

---

[1] 熊澄宇:《媒介史纲》,清华大学出版社2011年版,第1页。
[2] 威尔伯·施拉姆、威廉·波特:《传播学概论》,陈亮、周立方、李启译,新华出版社1984年版,第144页。

用①，再加上延安聚集了大批文化人以及当地相对闭塞的空间环境和贫瘠的文化生活所激发的人们对政治、军事、文学等信息的渴求，报纸、杂志、广播、电影等大众传播媒介均得到较大程度的发展。但由于现实条件的制约，广播、电影作为文学传播媒介在整个延安时期尚处于初创阶段，其大众化程度非常低，而以各类报纸、杂志、书籍为代表的纸媒介，在为规划党的文学蓝图和爱国抗战摇旗呐喊的基础上，构成了延安文学信息传播媒介的主要景观。②与此同时，它们也成为"鲁迅"走进延安，与延安文艺结缘的重要甬道。

一、媒介化与符号化："鲁迅"在延安

虽然鲁迅曾到西安却不曾亲赴延安，但是逝世后的鲁迅仍能"魂游天下"，即使在相对封闭、贫穷至极的延安，也有"鲁迅"的进入。自然，这不是躯体肉身的进入，而是影因精神的进入，于是就有了"鲁迅在延安"这样绵延至今的话题。近些年来，潘磊博士用心探讨"鲁迅"在延安，并出版了同名专著；袁盛勇、田刚等学者也都很关注这个论题，写出了一系列很有分量的文章。笔者在此仅仅强调鲁迅的影因在延安，其具体体现的方式主要是媒介化、符号化的鲁迅。我们知道，茅盾、郭沫若等人当年都与延安有现实层面的实际联系（如茅到延安、毛郭通信等），比较而言，鲁迅生前则与延安并无被确证（包括著名的祝贺红军长征胜利到达陕北的贺电或贺信事件）的实际联系，"鲁迅"在延安，主要是通过媒介符号的传播显示其巨大影因力量的。

"影因"的概念来自英国学者理查德·道金斯的名著《自私的基因》③，道金斯用"meme"（谐音译为谜米、米姆等）这个自创的词描述人类头脑中的观念及其传播，并认为可以用达尔文的进化论加以探讨。meme这个词产生了广泛

---

① 吴敏：《宝塔山下的交响乐——20世纪40年代前后延安的文化组织与文学社团》，武汉出版社2011年版，第238页。
② 参见朱秀清：《延安文学传播形态研究》，山东大学博士学位论文，2009年，第119—120页。
③ 理查德·道金斯：《自私的基因》，卢允中、张岱云、王兵译，吉林人民出版社1998年版。

的影响，英国心理学家苏珊·布莱克摩尔所著的《谜米机器》①，则深化了相关研究。中国近年来有学者将其译为"文化基因"（陶在朴）或"影因"（冯英明）。在近现代社会，影因与媒介关系极为密切，就在延安的"鲁迅"而言，电讯电报、文学书籍、座谈演讲、报纸杂志、戏剧影像、书法文字等媒介符号皆是其影因精神的关联对象。比如，电讯符号与鲁迅：如鲁迅去世时中国共产党中央委员会和中华苏维埃人民共和国中央政府发出了《为追悼鲁迅先生告全国同胞和全世界人士书》《致许广平女士的唁电》《为追悼与纪念鲁迅先生致中国国民党中央委员会与南京国民党政府电》三通电文，1938年鲁迅逝世二周年时中共中央六中全会还给许广平发了一封慰问电②，这在中共历史上实属罕见。文学符号与鲁迅：鲁迅的文学文本以著作、文章读物的方式在延安传播，如鲁迅纪念委员会向延安赠送的《鲁迅全集》③，张闻天指导刘雪苇主编的《鲁迅论文选集》《鲁迅小说选集》，十八集团军总政治部宣传部编辑出版的鲁迅小说选集——《一件小事》以及徐懋庸注释的《阿Q正传》《理水》等，尽管书不多，但可以传阅，可以翻印，可以抄写。语言符号与鲁迅：会议演讲、座谈对话等是人们集体纪念鲁迅的重要方式，如毛泽东在陕北公学纪念鲁迅逝世一周年大会上的演讲，文艺月会、鲁迅研究会、边区文协、文抗等团体纪念鲁迅或商讨如何纪念鲁迅的交流座谈，还有1938、1940、1941、1942年延安举行的四次鲁迅周年纪念大会上领导和各单位代表的现场讲话等。印刷符号与鲁迅：《新中华报》《文艺突击》《大众文艺》《解放日报》等报纸、杂志都辟过专版、专栏或特辑发表纪念鲁迅的文章，《解放日报》《中国文化》还专门刊发了纪念鲁迅的社论，延安鲁迅研究会负责编辑出版了《鲁迅研究丛刊》和《鲁迅研究特刊》（《阿Q论集》）。书写符号与鲁迅：从书写行为书写符号角度看，鲁迅也被符号化了，借用化用抑或利用，"鲁司令"确实威力不小，如毛泽东为鲁迅艺术学院成立纪念刊题写了封面，延安出版的刊物《草叶》即集鲁迅字为刊名等。此外，鲁迅艺术学院、鲁迅

---

① 苏珊·布莱克摩尔：《谜米机器》，高申春、吴友军、许波译，吉林人民出版社2011年版。
② 《中共中央六届六中全会致许广平女士电》，载《解放》1938年10月31日。
③ 葛涛：《抗战期间解放区纪念鲁迅的活动》，载《中共党史资料》2007年第1期。

小学、鲁迅青年学校、鲁迅师范学校、鲁迅图书馆、鲁迅研究基金会、鲁迅剧社、鲁迅研究会等学校、机关、团体皆以"鲁迅"冠名,显现出鲁迅在以延安为中心的共产党控制区内影响辐射面之广。恰如毛泽东在延安陕北公学纪念鲁迅逝世周年大会上的讲话中所说的那样:"我们今天纪念鲁迅先生,首先要认识鲁迅先生,要懂得他在中国革命史中所占的地位。我们纪念他,不仅因为他的文章写得好,是一个伟大的文学家,而且因为他是一个民族解放的急先锋,给革命以很大的助力……他是党外的布尔什维克。尤其在他的晚年,表现了更年青的力量。……鲁迅在中国的价值,据我看要算是中国的第一等圣人。孔夫子是封建社会的圣人,鲁迅则是现代中国的圣人。我们为了永久纪念他,在延安成立了鲁迅图书馆,在延长开办了鲁迅师范学校,使后来的人们可以想见他的伟大……"①毛泽东的这番话即将延安采用各种媒介、各种方式传扬鲁迅的革命化动机表露无遗。

作为文化巨人的鲁迅,其生前是用自己的生命和智慧来创造、建构"鲁迅文化"的,其身后,"鲁迅文化"则不断被创造、被建构着,迄今依然如此,将来也会如此。②而在延安时期,却非常集中、非常典型地呈现着延安形态的"鲁迅文化"被创造、被建构的情形和过程。直观上看,"鲁迅"在延安,可以说是电讯中的鲁迅,印刷中的鲁迅,会议中的鲁迅,言语中的鲁迅,以及学术中的鲁迅、书信中的鲁迅等。广义的媒介将我们带到鲁迅与延安的多方面联系之中,使我们看到了"鲁迅文化"或"文化鲁迅"在延安的存活样态,也使我们窥见其中各种复杂的情况,而纸质印刷媒介尤其是文艺类、文学类报纸、杂志等,不仅在建构、传播"鲁迅文化"的过程中起到了不可磨灭的作用,而且内蕴着"鲁迅"与中国共产党人、与延安文人和延安文艺的复杂关联。

---

① 该讲演被整理后发表于胡风主编的《七月》,篇名为《论鲁迅》,见《毛泽东文集》(第2卷),人民出版社1999年版,第42—44页。
② 鲁迅是具有再生性和当代性的文学家或文化人,其文本和人生及其被接受而生成的"鲁迅文化",在文化积累、文化再生及针砭时弊等方面,都具有特别重要的当代价值与意义。参见李继凯:《全人视境中的观照——鲁迅与茅盾比较论》,天空数位图书有限公司2012年版,第283页。

二、意识形态化与启蒙精神回响：延安文学报刊中的"鲁迅"因子

延安作为当时红色文化重镇的一个重要标志，就是有着自己众多的报刊和出版物，据不完全统计，目前收藏在延安革命纪念馆的延安时期出版的报刊有100余种。①就与文学相关的刊物而言，种类和数量都比较多，尤其在整风之前，延安当时各机关、团体、学校、部队大都办有自己的文学刊物②，景象颇为繁盛。大致说来，综合性刊物中代表性的有：党报党刊《红色中华》《新中华报》《解放日报》《解放》《边区群众报》，延安文化协会的机关刊物之一《中国文化》等，它们大多辟有文艺专栏或专页，刊载文学作品和理论文章；有影响力的文艺性刊物有：延安文艺战线社编辑的《文艺战线》，边区文协主办的《文艺突击》以及更名后由文抗延安分会负责出版的《大众文艺》《中国文艺》，文抗延安分会主办的机关刊物《谷雨》，文艺月会编印的会刊《文艺月报》，鲁艺草叶社主办的《草叶》等。这些由报纸副刊和文学杂志构成的延安文艺的主要载体③，是延安文化人话语交融，思想汇聚乃至撞碰的媒介空间，也是延安新潮文艺探索和各种文化冲突集中释放的文化空间。

而自文化界的领军人物鲁迅逝世以后，关乎他的"言说"便成为延安媒介空间里值得注意和颇有意味的文化现象。据不完全统计，《红色中华》和《新中华报》共发表与鲁迅有关的文章53篇；《解放日报》副刊作为当时全国报纸中发稿最多、规模最大、持续时间最长的文艺阵地④，从改名到结束，发表有关鲁迅的文章、报道约40多篇。⑤另外，《解放》《文艺突击》等杂志都集中刊登过纪念鲁迅的文章。"媒介从来都是权力载体，没有哪种话语权力不需要媒介表

---

① 杨琳：《容纳与建构：1935—1948延安报刊与文学传播》，载《西安交通大学学报》（社会科学版）2007年第5期。
② 朱秀清：《延安文学传播形态研究》，山东大学博士学位论文，2009年，第122页。
③ 李明德、郑娟：《延安文学的传播学意义初探》，载《西安交通大学学报》（社会科学版）2007年第4期。
④ 韩晓芹：《延安文人的精神演进——延安〈解放日报〉副刊的文学生产与传播》，载《文艺争鸣》2008年第7期。
⑤ 贺志强：《现代作家与延安》，三秦出版社1995年版，第20页。

达。"①而且"历史上每一个重大时刻都能发现媒介作为政治宣传和社会控制软武器的巨大作用"②。在共产党夺取政权的历史过程中,延安文学刊物旨在动员全国人民抗战、粉碎敌对势力的政治威胁和文化宣传威胁,它由延安领导层的把关而不同于同时期其他政治地缘区域内的文学刊物。在这个传播延安文艺的特殊媒介空间里,中国共产党人和延安文人是言说鲁迅的两大话语精英群体,他们之间有抵牾,有弥合,而且延安文人群体内部也有不同的声音,最终政党领导人毛泽东的《讲话》对鲁迅成功"改造"③,各类群体终于异口同声,延安文艺界迎来了工农兵文艺思潮,也进入了体制化的文学生产阶段。

作为政党领导人,毛泽东在延安时期始终将诠释鲁迅的话语权牢牢把握在自己手中,从国统区《七月》杂志上刊登的演讲《论鲁迅》,到1940年2月15日延安《中国文化》创刊号初载,1940年2月20日《解放》第98、99期合刊登载的报告《新民主主义论》,再到1943年10月19日《解放日报》首次公开发表的讲话《在延安文艺座谈会上的讲话》,他对于文化权威鲁迅的阐释、评价和运用,都服从于他建设革命文化军队以赢得抗日战争的胜利并夺取全国政权的总思路④。就整风前发表在延安媒体上的《新民主主义论》而言,毛泽东从"建立一个新中国"的政治角度出发,提出了"建立中华民族的新文化"的要求和"鲁迅的方向,就是中华民族新文化的方向"的论断。所谓中华民族的新文化,就是新民主主义的文化,即无产阶级领导的人民大众的反帝反封建的文化。⑤而鲁迅则是"五四"以后"文化新军的最伟大和最英勇的旗手","是在文化战线上,代表全民族的大多数,向着敌人冲锋陷阵的最正确、最勇敢、最坚决、最忠实、最热忱的空前

---

① 李军:《传媒文化史:一部大众话语表达的变奏曲》,北京大学出版社2012年版,第48页。
② 邵培仁等:《媒介理论前沿》,浙江大学出版社2009年版,第135页。
③ 田刚:《鲁迅与延安文艺思潮》,载《文史哲》2011年第2期。
④ 黄万华:《鲁迅传统和战时中国文学》,载《东岳论丛》2005年第4期。
⑤ 毛泽东:《新民主主义论》,见《毛泽东选集》(第2卷),人民出版社1991年版,第663—698页。

的民族英雄"。①先前《论鲁迅》中的现代中国"圣人论"演化为新民主主义政治规约下的新文化"旗手"论,毛泽东在对鲁迅的赞誉中,突出了其思想和精神中倾向革命的一面,同时强化了政治性,这是从他正在创构的新民主主义意识形态的需求着眼的,带着很浓厚的政治实用主义色彩。②

凭借报刊作为现代传媒的大众传播功能,毛泽东整风前对于鲁迅的言说和塑造在延安乃至整个敌后根据地迅速播散。当毛泽东以话语权威的身份为鲁迅确立了基本的评价标准和价值内涵以后(包括《论鲁迅》和《新民主主义论》),延安的一些重要报纸、杂志也先后发表了著名文化人及其他知识分子相关补充、应和、阐释、图解的文章,以及代表集体声音的社论,进一步强化、固化了毛泽东对鲁迅意识形态化的阐释和定位。如1938年《解放》第56期刊登了周扬的《一个伟大的民主主义现实主义者的路》,文中周扬坚持的是毛泽东《论鲁迅》里的基调,将鲁迅塑造成为"一个战斗的民主主义者",为毛泽东偏于政论性和纲领性的鲁迅论断提供了文艺佐证,使鲁迅形象更加完整、权威化,还流露出对"现实主义者的鲁迅没能够创造出积极的形象"的遗憾。1939年《新中华报》刊发了萧三的《鲁迅逝世三周年纪念》,文中说鲁迅是"非党的布尔什维克","是社会活动家,革命者,战士"。③当毛泽东的《新民主主义论》发表后,1940年《新中华报》刊发了唐乔的《鲁迅的方向就是新文化运动的方向——纪念鲁迅先生逝世四周年》④,文章通过细致剖析鲁迅的思想,阐释论证了毛泽东"鲁迅的方向就是中华民族新文化的方向"的论断。紧接着《中国文化》发表了张闻天撰写的社论《鲁迅的方向就是中华民族新文化的方向——纪念鲁迅逝世四周年》,该社论引用了毛泽东关于鲁迅精神的断语,并进一步指出,鲁迅在与压迫者、旧制度旧礼教的不断战斗和不断进步中,"从急进的民主主义者成了一个优秀的共产主

---

① 毛泽东:《新民主主义论》,见《毛泽东选集》(第2卷),人民出版社版1991年版,第698页。
② 参见袁盛勇:《鲁迅:从复古走向启蒙》,上海三联书店2006年版,第142页。
③ 萧三:《鲁迅逝世三周年纪念》,载《新中华报》1939年10月20日。
④ 唐乔:《鲁迅的方向就是新文化运动的方向——纪念鲁迅先生逝世四周年》,载《新中华报》1940年10月17日。

义者",他所走的道路是"知识分子所必然要走的道路"。①这篇针对延安文化界的社论要求知识分子以鲁迅为模范,进一步扩大了鲁迅"旗手"形象在延安知识分子群体中的影响。

值得注意的是,当年在延安的一些与鲁迅有过或多或少的交往、有或显或隐的精神联系的延安文人,如丁玲、萧军等,他们曾于整风前相对宽松、自由的媒体环境中,能在很大程度上以个人的思想意识和精神体验为基础言说鲁迅,更以切实的创作实践承继鲁迅的创作思想和精神。如1940年《大众文艺》上发表了丁玲的《"开会"之于鲁迅》②一文,此文不是空泛地标举鲁迅,而是从个人体验出发,通过日常生活细节抒写对鲁迅的由衷赞佩之情,同时还绵里藏针地表达了对部分延安领导官僚做派的不满,批判之苗芽已然萌发。1941年《解放日报》上所载的文艺新闻《延安各界举行大会,纪念鲁迅逝世五周年》,记录了丁玲对文艺界人士以撰写杂文的实际行动来纪念鲁迅的寄望:"今后希望拿笔杆子的同志要大胆的互相批评,展开自由论争。学习继续鲁迅先生曾使用过的武器'杂文';来团结整齐大家的步骤,促进延安社会的进步。"③同年10月23日,丁玲在自己主编的《解放日报·文艺》栏中发表了呼吁延安作家以鲁迅杂文为榜样的创作杂文——《我们需要杂文》,文中丁玲认为鲁迅的杂文"所触及的物事是包括了整个中国社会的",要大家学习鲁迅"为真理敢说,不怕一切"的精神。④此外,鲁迅的学生萧军关乎自己先生的个性化言说也在刊物上公开发表,1941年萧军在自编刊物《文艺月报》上发表的《鲁迅研究会成立经过》一文,既表示了对自己先生的仰佩崇慕,同时也希望通过较为客观深入的研究能"使先生真正的人格、精神以及他的事业,得到他应该得到的地位和评价"⑤。同年10月,《解放日报》上刊登了萧军倡导"用真正的业绩"纪念鲁迅的杂文《纪念鲁迅:要用

---

① 《中国文化》杂志社论:《鲁迅的方向就是中华民族新文化的方向——纪念鲁迅逝世四周年》,载《中国文化》1940年第2卷第2期。
② 丁玲:《"开会"之于鲁迅》,载《大众文艺》1940年第1卷第5期。
③ 记者:《延安各界举行大会,纪念鲁迅逝世五周年》,载《解放日报》1941年10月21日。
④ 丁玲:《我们需要杂文》,载《解放日报》1941年10月23日。
⑤ 萧军:《鲁迅研究会成立经过》,载《文艺月报》1941年第2期。

真正的业绩》①。甚至于1942年整风过程中萧军还在另一自编刊物《谷雨》上发表了杂文《杂文还废不得说》，文中他力推鲁迅的杂文文体，认为在延安"不独需要杂文，而且很迫切"②。

正是在丁玲、萧军等人的积极倡导及创作实践的影响下，1941年至1942年春天，延安公开发行的报纸杂志上出现了一批针砭时弊的杂文，如《解放日报》上的《三八节有感》（丁玲）、《野百合花》（王实味）、《论同志的"爱"与"耐"》（萧军）、《了解作家，尊重作家》（艾青）、《还是杂文的时代》（罗烽），《谷雨》上的《政治家、艺术家》（王实味），《文艺月报》上的《干部衣服》（丁玲）、《嚣张录》（罗烽）等，内容涉及延安的妇女问题、干群关系问题、物资分配问题及文艺创作的独立性问题等。同时，《解放日报》《谷雨》和《文艺月报》等刊物上还登载了诸多触及延安当时生活"阴暗面"的小说，有的讽刺官僚主义、事务主义，如《厂长追猪去了》（鸿迅）、《科长病了》（叶克）、《躺在睡椅里的人》（雷加）等；有的反映知识分子与老干部、与现实环境矛盾冲突，如《间隔》（马加）、《在医院中时》（丁玲）、《沙湄》（雷加）等。这些借助于媒体而扩大了影响力的作品，实际体现了五四时代鲁迅启蒙文学观在新环境下的反思精神。

这股承继鲁迅启蒙精神的文艺思潮，由于当时延安发行量最大的《解放日报·文艺》的助力，开始走出文艺圈子而在延安社会甚至各解放区产生影响。③它们迎合了具有独立批判意识的专业读者的审美趣味，却不符合主流意识形态需要的"标准读者"的审美趣味。④毛泽东等党政领导以及一些在作品中被批评、讽刺的老干部对此颇为不安和不满，文艺界的整风运动势在必行。面对"既要削

---

① 萧军：《纪念鲁迅：要用真正的业绩》，载《解放日报》1941年10月21日。
② 萧军：《杂文还废不得说》，载《谷雨》1942年第1卷第5期。
③ 参见田刚《鲁迅精神传统与延安文艺新潮的发生》，载《陕西师范大学学报》（哲学社会科学版）2012年第3期。
④ 韩晓芹：《读者的分化与延安文学的转型——延安〈解放日报〉副刊的文学生产与传播》，载《东北师大学报》（哲社版）2008年第4期。

弱以至阉割、否定鲁迅的批判精神,又要利用鲁迅旗帜的尴尬"①,毛泽东《讲话》中很委婉、也很局部地否定了鲁迅杂文的当下意义②,但继续让鲁迅代表"中华民族新文化的方向"。为此,他以自己之独有阐释,巧妙化用,将鲁迅确立为工农化、群众化的形象,号召知识分子"学鲁迅的榜样,做无产阶级和人民大众的'牛',鞠躬尽瘁,死而后已"③。之后,报刊上一系列的文章重在挖掘鲁迅的无产阶级立场和政党意识。《解放日报》先后刊登了周文的《鲁迅先生的党性》、萧三的《整风学习中谈鲁迅》、吴玉章的《纪念鲁迅先生逝世六周年》等结合整风、《讲话》阐释鲁迅的文章,并于1942年10月19日专门发表了社论《纪念鲁迅先生》,提出学习鲁迅的"现实主义态度"(将内涵转化为对党的革命政策和路线的坚持),"正确的政治立场","对托派匪徒的嫉恶和痛击"④,依据《讲话》精神对鲁迅进行了政治性"整改"和话语整合;同时报纸第四版还特别转载了鲁迅的《答托洛斯基派的信》和《论"费厄泼赖"应该缓行》,意在用鲁迅的文章配合当时批判王实味等人的政治斗争,"确证"鲁迅的"党性"。1943年10月19日,《解放日报》全文刊发了毛泽东《在延安文艺座谈会上的讲话》,报纸《编者按》中指出:"今天是鲁迅先生逝世7周年,我们特发表毛泽东同志在1942年5月《在延安文艺座谈会上的讲话》,以纪念这位中国文化革命的最伟大与最英勇的旗手。"此后,1944年《解放日报》刊发了周扬的长篇论文《马克思主义与文艺——〈马克思主义与文艺〉序言》⑤,文章呼应并大力讴歌《讲话》,首次将鲁迅与马克思、恩格斯、普列汉诺夫、高尔基等人并举,把鲁迅的文艺思想纳入了中国共产党的文艺思想体系之内,而周扬本人也借

---

① 钱理群:《独自远行——鲁迅接受史的一种描述(1936—1949)》,见陈平原主编《现代中国》(第2辑),湖北教育出版社2001年版,第80页。
② 周维东:《延安时期毛泽东评价鲁迅的模糊性与策略性》,见毛迅、李怡主编:《现代中国文化与文学》(第8辑),巴蜀书社2010年版,第31页。
③ 毛泽东:《在延安文艺座谈会上的讲话》,见《毛泽东选集》(第3卷),人民出版社1991年版,第877页。
④ 潘磊:《"鲁迅"在延安》,广西师范大学出版社2008年版,第96页。
⑤ 周扬:《马克思主义与文艺——〈马克思主义与文艺〉序言》,载《解放日报》1944年4月8日。

此成为毛泽东文艺思想的权威阐释者。1945年《解放日报》刊登了萧三的《学习七大路线——祭鲁迅六十五岁冥寿》，文中指出通过学习党的七大文件，进一步认识到鲁迅的方向之所以代表中国文化的方向，是"因为鲁迅有明确的阶级立场，无产阶级人民大众的立场"，"七大路线正是要求我们像鲁迅那样，做一个立场坚定的革命者"。①总之，随着《讲话》的发表和整风运动的高歌猛进，文学创作与媒体传播的工农兵方向逐渐形成，鲁迅启蒙精神影响下的文学被抑制了，被化用了。

值得一提的是，先前传播、扩散延安批判风潮的重要阵地之一——《解放日报》，在《文艺》栏的主编丁玲被调离后，其副刊也在整风运动中模样大改，原居于第四版的"文艺"报头被取消，整个第四版变为以文艺为主的综合性副刊，涉及社会科学、自然科学等方面的内容，②不再刊发讽刺暴露延安生活和工农兵大众的作品，成了名副其实的"党的喉舌"和"中华民族解放战争的号角"。③其他文艺刊物如《文艺月报》《草叶》《谷雨》等多在《讲话》后停办，延安的大众媒介逐渐被纳入"一体化"的文学生产机制之中，它们"将不同阶层和不同信仰的人，联结在媒介系统中并在多重传播与接受过程中，强化执政者推行的意识形态，使受众的观念与思维方式整合为较为统一的意识形态"④。文艺整风后延安文人带有个人化倾向和知识分子气质的"鲁迅"言说渐渐销声匿迹，他们以毛泽东《讲话》中重塑的工农化鲁迅形象为榜样，纷纷投身于以《讲话》为精神核心的工农兵文艺思潮。在这个过程中，媒介发挥了惊人的巨大作用。

三、"鲁迅"在延安传播中的得与失

媒介后面的主宰者其实是人。就"鲁迅"在延安的传播而言，毛泽东、张闻天、周扬、萧军、丁玲、王实味等"人为媒"是"鲁迅"在延安的主要传播主

---

① 萧三：《学习七大路线——祭鲁迅六十五岁冥寿》，载《解放日报》1945年8月6日。
② 李军：《解放区文艺转折的历史见证 延安〈解放日报·文艺〉研究》，齐鲁书社2008年版，第221页。
③ 王敬：《延安〈解放日报〉史》，新华出版社1998年版，第312—314页。
④ 邵培仁等：《媒介理论前沿》，浙江大学出版社2009年版，第135页。

体,他们与"鲁迅"在延安的影因及精神生命息息相关,而电讯符号、文字符号、印刷符号等媒介符号则是"鲁迅"在延安传播媒介的形式体现,它们共同推动了延安的"鲁迅"传播,也给后人留下了诸多启示和教训。

第一,三通电文与中共对鲁迅的基本态度。鲁迅被誉为知识青年和文化界的导师,他在知识分子中的影响力和对青年的号召力在当时鲜有人及。在他生前和死后,各种政治力量都注意到鲁迅的价值,希望能获得鲁迅的文化资源。① 中国共产党于鲁迅逝世三日后分别致电全国同胞、鲁迅遗孀和国民党政府,其行为和电文内容表现出中国共产党对鲁迅价值的重视以及对鲁迅资源的公开争取。《为追悼鲁迅先生告全国同胞和全世界人士书》中标举鲁迅为"中国文学革命的导师、思想界的权威,文坛上最伟大的巨星"②,将鲁迅塑造为中华民族的"忠实儿女"、为民族解放社会解放为世界和平而奋斗的"文人模范"、追求光明的"导师",从而将鲁迅抬高到中国文学史、现代文化史上绝无仅有的位置,同时表明了中国共产党的政治和文化立场。《致许广平女士的唁电》将鲁迅定位为"共产主义苏维埃运动之亲爱的战友"③,在称扬鲁迅的同时也展示了中国共产党存在的合法性、正义性和先进性。《为追悼与纪念鲁迅先生致中国国民党中央委员会与南京国民党政府电》提出了包括废除对鲁迅先生生前颁发的一切禁令等在内的八项建议,不仅表明了中国共产党对鲁迅的立场,更是对国民党当局迫害鲁迅的一种潜在抗议。这三通电文是中国共产党首次对鲁迅的高度评价,代表了中国一个革命政党当时对鲁迅的最高认识,"中国共产党对鲁迅的推崇,包含政治战略的功利考虑。而这一考虑是非常英明的,确实起到了树立旗帜、争取人心、凝聚灵魂的巨大作用,这已为成功的历史实践所证明了"④。但这种拔高鲁

---

① 周维东:《延安时期毛泽东评价鲁迅的模糊性与策略性》,见毛迅、李怡主编:《现代中国文化与文学》(第8辑),巴蜀书社2010年版,第25页。
② 中国社会科学院文学研究所鲁迅研究室编:《1913—1983鲁迅研究学术论著资料汇编》(第1卷),中国文联出版公司1985年版,第1501页。
③ 中国社会科学院文学研究所鲁迅研究室编:《1913—1983鲁迅研究学术论著资料汇编》(第1卷),中国文联出版公司1985年版,第1501页。
④ 张梦阳:《中国鲁迅学通史》,广东教育出版社2001年版,第235页。

迅的基本态度有"神化"鲁迅的倾向,阻碍了延安时期人们对鲁迅全面而深入的认识和开掘。

第二,文学报刊与鲁迅精神的传播。报纸副刊、文学杂志等文学类报刊营造的公共领域,是话语精英们言说鲁迅的重要平台,"鲁迅"作为一种话语存在方式在其中传播过程大致如下:政党领导人牵头讲话,对鲁迅进行结论式的高调评价,重要刊物刊发文化名人放大、呼应、论证领导人观点的文章以及一般文人跟风式的阐释文章,再加上权威社论的出台,促成领导人观点的凝固化和经典化,形成强大的舆论宣传力量,强化了对鲁迅精神的传播。但延安媒体在整风前所传达的鲁迅精神并非同质化、一体化的,既有毛泽东、张闻天等党的领导人立足于革命或政治立场,将鲁迅精神限定在党派政治和现实斗争的需要中,对鲁迅为民族解放、为大众解放甚至为党的事业战斗、奉献、牺牲精神的倾力宣扬,以及周扬、萧三等人的热切呼应,也有丁玲、萧军、王实味等作家在整风前立足于自我生命体验和知识分子立场,以自身创作实践对作为文学家鲁迅批判现实的启蒙精神的传承。毛泽东等领导人延安时期对鲁迅精神的解读,周扬等人对领导人观念的图解,皆因其特殊的身份和媒体的传播策略成功影响着延安时期乃至以后人们对鲁迅的认识和评价,但他们剔除了鲁迅作为一位文学家的丰富性和复杂性,其阐释带有鲜明的革命色彩和政治功利性特征,且存在着过度阐释甚或"误读"的现象。而丁玲等人以创作实绩在整风前对鲁迅启蒙精神的承继和传播,虽影响限于一时,但声音难能可贵。

除了公开出版的文学报刊外,延安时期有一种极具特色的传播媒介值得注意,那便是墙报。墙报是一种简便的宣传工具,它经济俭省、灵活自由,带有很强的可观性,可以让一些难以见诸出版物的文章得到露脸的机会。20世纪40年代初,墙报已经成为延安文人手里一个个有声有色的言说论坛,其中《轻骑队》墙报影响最大,它由李锐等中央青委的一些青年人利用业余时间创办[①]。有人曾说:"凡是40年代初在延安生活过的人,不论是高级领导还是普通干部都不会忘

[①] 宋金寿:《延安整风前后的〈轻骑队〉墙报》,见程光炜主编:《大众媒介与中国现当代文学》,人民文学出版社2005年版,第233页。

记《轻骑队》。"①小小的《轻骑队》墙报之所以会有如此轰动的效应，是因为它的内容除了反映延安的"光明面"外，更讽刺了延安的"阴暗面"。如《论离婚》《想当年》《丘比特之箭》等揭示了延安老干部的生活特权问题、工作作风问题以及延安女性的婚恋观问题，影响了关注墙报的王实味等人之后的写作。虽然这些文章在思想高度和艺术技巧方面大逊于鲁迅杂文，但是其"敢于直面惨淡的现实"的态度和批判社会黑暗的观念与鲁迅的启蒙精神一脉相承，"就延安的文学创作对鲁迅精神的继承这一点来讲，其载体应是墙报"②。可惜由于墙报自身的特点，这些文章并没有完好地保存下来。

第三，"选本""注本"与鲁迅作品的传播。曾主管党的宣传教育工作的张闻天充分认识到了出版书籍对于宣传工作的重要性③，他个人非常仰佩鲁迅之作，还认为鲁迅的小说和杂文"是每个干部所必须研究的读物"④。基于这样的认识，他指导批评家刘雪苇先后编辑出版了《鲁迅论文选集》和《鲁迅小说选集》两个面向青年读者的普及性鲁迅作品选本，而且还为《鲁迅论文选集》亲自撰写了《关于编辑〈鲁迅论文选集〉的几点说明》的序言。包括这两个"选本"在内，据初步统计，"鲁迅选集"大致有10种。从传播效果来看，张闻天指导刘雪苇所编的两个"选本"最为流行，曾彦修先生接受访谈时回忆说，"这两本书在延安确实起了比较大的作用"⑤。可以说在解放区尚未普遍能够看到鲁迅的著作之时，这两本书为革命青年和广大群众提供了重要的精神食粮，宣传了鲁迅的主要思想，使读者受到很大的教育。⑥但是也正如鲁迅所言，"选本"寄寓了

---

① 宋晓梦：《李锐——五味俱全的延安六年》，载《传记文学》1995年第12期。
② 任海峰：《延安时期鲁迅现象研究》，延安大学硕士学位论文，2010年，第34页。
③ 张闻天曾说："报纸、刊物、书籍是党的宣传鼓动工作最锐利的武器。党应当善于充分地利用这些武器。办报、办刊物、出书籍应当成为党的宣传鼓动工作中的最重要的任务。"参见张闻天：《党的宣传鼓动工作提纲》，见《张闻天选集》，人民出版社1985年版，第309页。
④ 张闻天：《提高干部学习的质量》，见《张闻天选集》，人民出版社1985年版，第297页。
⑤ 潘磊：《曾彦修先生谈"'鲁迅'在延安"》，见《"鲁迅"在延安》，广西师范大学出版社2008年版，第166页。
⑥ 唐天然：《张闻天同志主持选编的〈鲁迅论文选集〉和〈鲁迅小说选〉——访两书编辑者雪苇同志》，载《鲁迅研究动态》1988年第10期。

"选家"的意见，读者"得了选者之意，意见也就逐渐和选者接近"，结果"被选者缩小了眼界"。①刘雪苇编选的这两个鲁迅著作选本，主要从马克思主义的阶级观念出发，旨在服务于革命斗争的战略需要，②存在着较为鲜明的实用倾向，对鲁迅精神的弘扬存在一定片面性，局限了读者对于鲁迅的认识，同时体现出政党控制下的大众媒介，其传播内容的选择性及有限性。另外，《讲话》后徐懋庸注释的鲁迅小说《阿Q正传》和《理水》，不管是他用整风话语阐释《阿Q正传》，还是对《理水》中禹形象的解读，都有将马克思主义生搬硬套之嫌，远离了小说的应有之义。但他随时应景的政治化解读方式，在当时的环境下，对于促进读者理解鲁迅作品和扩大鲁迅作品在解放区的传播毕竟起到了积极作用。③

总而言之，由于时运所系，经过"人为媒"的努力和各种人为"媒介"作用的发挥，延安、延安文艺和"鲁迅"、鲁迅文化建立了复杂性的历史关联，从延安本体出发和从"鲁迅"本体出发可能会给出不同的甚至是对立的价值判断，而从艰难时世中鲁迅与延安的"传媒化"遇合及变化，固然可以看出延安形态的"鲁迅"及鲁迅文化的影因力量及其重大意义，但也可谓有得有失，化用"鲁迅"与刻意利用的界限已经模糊，需要我们给予恰如其分的辩证分析。

---

① 鲁迅：《选本》，载《鲁迅全集》（第七卷），人民文学出版社1981年版，第137页。
② 参见潘磊：《"鲁迅"在延安》，广西师范大学出版社2008年版，第15—16页。在《关于编辑〈鲁迅小说选集〉的几点声明》里，刘雪苇提及选《一件小事》是看中其表现了作者和无产者的关联这意义多一些。刘雪苇在《关于一部伟大著作的出版》中还指出编选《鲁迅论文选集》的意义是为了满足民族解放战争的迫切需要，在生活中学习战斗的方法并从思想意识上锻炼自己。参见葛涛：《鲁迅文化史》，东方出版社2007年版，第82页。
③ 何满仓、任海峰：《延安文艺建构时期的鲁迅研究》，载《延安大学学报》（社会科学版）2012年第3期。

参考文献

[1] 康濯.中国解放区文学书系:小说编[M].重庆：重庆出版社，1992.

[2] 阮章竞.中国解放区文学书系：诗歌编[M].重庆：重庆出版社，1992.

[3]《延安文艺丛书》编委会.延安文艺丛书[M].长沙：湖南文艺出版社，1987.

[4]《延安文艺丛书》编委会.延安文艺丛书[M].长沙：湖南人民出版社，1984.

[5] 杨朔.杨朔文集[M].济南：山东文艺出版社，1995.

[6] 欧阳山.欧阳山文集[M].广州：花城出版社，1998.

[7] 柳青.柳青文集[M].北京：人民文学出版社，2005.

[8] 丁玲.丁玲文集[M].长沙：湖南人民出版社，1984.

[9] 刘白羽.刘白羽文集[M].北京：华艺出版社，1995.

[10] 本书编辑委员会.中国新文学大系：1937—1949[M].上海：上海文艺出版社，1990.

[11] 周扬.周扬文集[M].北京：人民文学出版社，1984.

[12] 邓拓.邓拓文集[M].北京：北京出版社，1986.

[13] 赵树理.赵树理全集[M].太原：北岳文艺出版社，2000.

[14] 阮章竞.阮章竞诗选[M].北京：人民文学出版社，1985.

[15] 徐懋庸.徐懋庸选集[M].成都：四川人民出版社，1984.

[16] 孙犁.孙犁全集[M].北京：人民文学出版社，2004.

[17] 陈学昭.陈学昭文集[M].杭州：浙江文艺出版社，1998.

[18] 柯蓝.红旗呼啦啦飘[M].北京：作家出版社，1954.

[19] 雷加.男英雄和女英雄[M].上海：天下图书公司，1950.

[20] 傅铎.王秀鸾[M].北京：新华书店，1949.

[21] 张万一.王贵与李香香：秧歌剧[M].北京：新华书店，1949.

[22] 周而复.高原短曲[M].北京：生活·读书·新知三联书店，1949.

[23] 老舍.老舍全集[M].北京：人民文学出版社，1999.

[24] 康濯.康濯文集[M].长沙：湖南文艺出版社，1998.

[25] 韦君宜.韦君宜文集[M].北京：人民文学出版社，2013.

[26] 姜德明.孙犁书话[M].北京：北京出版社，1996.

[27] 周立波.周立波文集：第二卷[M].上海：上海文艺出版社，1982.

[28] 草明.草明文集[M].北京：光明日报出版社，1992.

[29] 袁鹰，姜德明.夏衍全集：文学[M].杭州：浙江文艺出版社，2005.

[30] 巴金.巴金全集：第八卷[M].北京：人民文学出版社，1989.

[31] 郁达夫.郁达夫集：小说卷[M].袁盛勇，编注.广州：花城出版社，2003.

[32] 马烽.马烽文集[M].北京：大众文艺出版社，2000.

[33] 西戎.西戎文集[M].太原：山西人民出版社，2001.

[34] 鲁迅.鲁迅全集[M].北京：人民文学出版社，2005.

[35] 赵超构.赵超构文集[M].上海：文汇出版社，1999.

[36] 中共中央文献研究室，中央档案馆.建党以来重要文献选编（一九二一—一九四九）[M].北京：中央文献出版社，2011.

[37] 陕西省档案馆，陕西省社会科学院.陕甘宁边区政府文件选编：第三辑[M].北京：档案出版社，1987.

[38] 中央档案馆.中共中央文件选集（一九四一—一九四二）[M].北京：中共中央党校出版社，1991.

[39] 陕甘宁边区财政经济史编写组，陕西省档案馆.抗日战争时期陕甘宁边区财政经济史料摘编[M].西安：陕西人民出版社，1981.

[40] 甘肃省社会科学院历史研究室.陕甘宁革命根据地史料选辑：第一辑[M].兰州：甘肃人民出版社，1981.

[41] 华北解放区财政经济史资料选编编辑组，等.华北解放区财政经济史资料选编：第一辑[M].北京：中国财政经济出版社，1996.

[42] 西北五省区编纂领导小组，中央档案馆.陕甘宁边区抗日民主根据地：文献卷

[M].北京：中共党史资料出版社，1990.

[43] 河北省文化厅文化志编辑办公室.晋察冀、晋冀鲁豫乡村文艺运动史料[M].河北省文化厅文化志编辑办公室，1991.

[44] 马克思.1844年经济学-哲学手稿[M].刘丕坤，译.北京：人民出版社，1979.

[45] 中共陕西省委党史资料征集研究委员会.陕西党史专题资料集（三）：大革命时期的陕西地区农民运动[M].西安：陕西人民出版社，1985.

[46] "三晋"革命根据地工人运动史征编委员会.晋察冀革命根据地工人运动史[M].北京：中国工人出版社，1992.

[47] 王巨才.延安文艺档案[M].西安：太白文艺出版社，2015.

[48] 斯诺.西行漫记[M].董乐山，译.北京：东方出版社，2005.

[49] 赛尔登.革命中的中国：延安道路[M].魏晓明，冯崇义，译.北京：社会科学文献出版社，2002.

[50] 赵超构.延安一月[M].上海：上海书店出版社，1992.

[51] 毛泽东.毛泽东选集[M]，北京：人民出版社，1991.

[52] 中共中央马克思恩格斯列宁斯大林著作编译局.马克思恩格斯全集[M].北京：人民出版社，1979.

[53] 中共中央马克思恩格斯列宁斯大林著作编译局.马克思恩格斯选集[M].北京：人民出版社，1995.

[54] 威廉斯.关键词：文化与社会的词汇[M].刘建基，译.北京：生活·读书·新知三联书店，2005.

[55] 朱鸿召.延安文人[M].广州：广东人民出版社，2001.

[56] 朱鸿召.延安曾经是天堂[M].西安：陕西人民出版社，2012.

[57] 杨义.中国现代小说史：第三卷[M].北京：人民文学出版社，1991.

[58] 朱晓进.政治文化与中国二十世纪三十年代文学[M].北京：人民出版社，2006.

[59] 朱汉国.中国社会通史：民国卷[M].太原：山西教育出版社，1997.

[60] 费正清，费维恺.剑桥中华民国史（1912—1949年）：下[M].刘敬坤，等译.北京：中国社会科学出版社，1994.

[61] 刘中树.毛泽东文艺思想与当代文艺发展[M].长春：吉林大学出版社，2005.

[62] 韩晓芹.体制化的生成与现代文学的转型：延安《解放日报》副刊的文学生产与

传播［M］.北京：中国社会科学出版社，2012.

［63］李洁非，杨劼.解读延安：文学、知识分子和文化［M］.北京：当代中国出版社，2010.

［64］陈顺馨.中国当代文学的叙事与性别［M］.北京：北京大学出版社，1995.

［65］中华全国妇女联合会.中国妇女运动史（新民主主义时期）［M］.北京：春秋出版社，1989.

［66］孟悦，戴锦华.浮出历史地表：现代妇女文学研究［M］.北京：中国人民大学出版社，2004.

［67］王力.赵树理与中国40年代农村小说研究［M］.北京：中国社会科学出版社，2011.

［68］张器友.20世纪中国文学思潮［M］.合肥：安徽大学出版社，2011.

［69］嘉图.走向革命：华北的战争、社会变革和中国共产党（1937—1945）［M］.杨建立，朱永红，赵景峰，译.北京：中共党史资料出版社，1987.

［70］黄科安.延安文学研究：建构新的意识形态与话语体系［M］.北京：文化艺术出版社，2009.

［71］南帆.小说艺术模式的革命［M］.上海：生活·读书·新知三联书店上海分店，1987.

［72］张寅德.叙述学研究［M］.北京：中国社会科学出版社，1989.

［73］中华全国妇女联合会.毛泽东周恩来刘少奇朱德论妇女解放［M］.北京：人民出版社，1988.

［74］朱鸿召.延安日常生活中的历史：1937—1947［M］.桂林：广西师范大学出版社，2007.

［75］罗岗.人民至上：从"人民当家作主"到"社会共同富裕"［M］.上海：上海人民出版社，2012.

［76］福柯.规训与惩罚［M］.刘北成，杨远婴，译.北京：生活·读书·新知三联书店，2007.

［77］杨匡汉.20世纪中国文学经验：上［M］.上海：东方出版中心，2006.

［78］陈建华."革命"的现代性：中国革命话语考论［M］.上海：上海古籍出版社，2000.

［79］栾梅健.二十世纪中国文学发生论［M］.桂林：广西师范大学出版社，2006.

［80］许志英，邹恬.中国现代文学主潮：下［M］.南京：南京大学出版社，2008.

［81］刘增杰，赵明，王文金.中国解放区文学史［M］.开封：河南大学出版社，1988.

［82］徐岱.小说叙事学［M］.北京：中国社会科学出版社，1992.

［83］单元，万国庆.突围与陷落：陈学昭传论［M］.北京：光明日报出版社，2008.

［84］中共中央党史研究室.中流砥柱：中国共产党与全民族抗日战争：上［M］.北京：中共党史出版社，2005.

［85］徐文斗，孔范今.柳青创作论［M］.西安：陕西人民出版社，1983.

［86］李庚.中国新文艺大系（1949—1966）：评论集［M］.北京：中国文联出版公司，1994.

［87］李敏杰.延安和陕甘宁边区的双拥运动［M］.兰州：甘肃人民出版社，1992.

［88］青长蓉，马士慧，黄筱娜，等.中国妇女运动史［M］.成都：四川大学出版社，1989.

［89］林建初.现代家庭伦理［M］.合肥：安徽人民出版社，1992.

［90］谢苗诺夫.婚姻和家庭的起源［M］.蔡俊生，译.北京：中国社会科学出版社，1983.

［91］黄文主，赵振军.抗日根据地军民大生产运动［M］.北京：军事谊文出版社，1993.

［92］梁星亮，杨洪，姚文琦.陕甘宁边区史纲［M］.西安：陕西人民出版社，2012.

［93］周海燕.记忆的政治［M］.北京：中国发展出版社，2013.

［94］蔡翔.革命/叙述：中国社会主义文学：文化想象（1949—1966）［M］.北京：北京大学出版社，2010.

［95］艾晓明.中国左翼文学思潮探源［M］.长沙：湖南文艺出版社，1991.

［96］孙琴安.毛泽东与中国文学［M］.重庆：重庆出版社，2000.

［97］许怀中.中国解放区文学史［M］.福州：海峡文艺出版社，1994.

［98］张鸿才.延安文艺论稿［M］.银川：宁夏人民出版社，1999.

［99］苏春生.中国解放区文学思潮流派论［M］.北京：中国社会科学出版社，2000.

［100］李书磊.1942：走向民间［M］.济南：山东教育出版社，1998.

［101］房成祥，黄兆安.陕甘宁边区革命史［M］.西安：陕西师范大学出版社，1991.

［102］艾思奇.艾思奇全书（1940—1948）：第三卷［M］.北京：人民出版社，2006.

［103］刘进才.劳动伦理学［M］.上海：华东理工大学出版社，1994.

［104］赛尔登.革命中的中国：延安道路［M］.魏晓明，冯崇义，译.北京：社会科学文献出版社，2002.

[105] 周策纵.五四运动：现代中国的思想革命[M].周子平,等译.南京：江苏人民出版社,1996.

[106] 安德森.想象的共同体：民族主义的起源与散布[M].吴叡人,译.上海：上海人民出版社,2003.

[107] 杜赞奇.从民族国家拯救历史：民族主义话语与中国现代史研究[M].王宪明,高继美,李海燕,等译.北京：社会科学文献出版社,2003.

[108] 福柯.知识考古学[M].谢强,马月,译.北京：生活·读书·新知三联书店,1998.

[109] 曼海姆.意识形态与乌托邦[M].黎鸣,李书崇,译.北京：商务印书馆,2000.

[110] 池田诚.抗日战争与中国民众：中国的民族主义与民主主义[M].北京：求实出版社,1989.

[111] 罗兹曼.中国的现代化[M].陶骅,等译.上海：上海人民出版社,1989.

[112] 林毓生.中国传统的创造性转化[M].北京：生活·读书·新知三联书店,1988.

[113] 安敏成.现实主义的限制：革命时代的中国小说[M].姜涛,译.南京：江苏人民出版社,2001.

[114] 高利克.中国现代文学批评发生史（1917—1930）[M].陈圣生,华利荣,张林杰,等译.北京：社会科学文献出版社,1997.

[115] 唐小兵.再解读：大众文艺与意识形态[M].增订版.北京：北京大学出版社,2007.

[116] 李运抟.现代中国文学思潮新论[M].桂林：广西师范大学出版社,2011.

[117] 孟悦.人·历史·家园.文化批评三调[M].北京：人民文学出版社,2006.

[118] 张文诺.文学大众化与解放区小说研究[M].北京：中国社会科学出版社,2016.

[119] 钱丹辉.中国解放区文艺大辞典[M].合肥：安徽文艺出版社,1992.

[120] 黄晓华.现代人建构的身体维度：中国现代文学身体意识论[M].北京：中国社会科学出版社,2008.

[121] 张法.美学导论[M].北京：中国人民大学出版社,1999.

[122] 王敬.延安《解放日报》史[M].北京：新华出版社,1998.

[123] 艾克恩.延安文艺运动纪盛：1937.1—1948.3[M].北京：文化艺术出版社,1987.

[124] 蓝海.中国抗战文艺史[M].济南：山东文艺出版社,1984.

［125］布斯.小说修辞学［M］.华明，胡苏晓，周宪，译.北京：北京大学出版社，1987.

［126］周忠厚，连平恕，连铗，等.马克思主义文艺学思想发展史［M］.北京：中国人民大学出版社，2007.

［127］朱立元，等.马克思主义文艺理论中国化研究［M］.北京：经济科学出版社，2009.

［128］杨利娟.时代诉求与革命规限下的乡村言说：解放区农村题材小说研究（1937—1949年）［M］.北京：新华出版社，2016.

［129］胡玉伟.传统的构建与延拓：解放区文学研究及其他［M］.北京：中国社会科学出版社，2017.

［130］王志武.延安文艺精华鉴赏［M］.西安：陕西人民教育出版社，1992.

［131］艾克恩.延安文艺史［M］.石家庄：河北教育出版社，2009.

［132］罗钢.叙事学导论［M］.昆明：云南人民出版社，1994.

［133］李维汉.回忆与研究［M］.北京：中共党史资料出版社，1986.

［134］黄曼君.毛泽东文艺思想与中国文艺实践［M］.武汉：华中师范大学出版社，2002.

［135］王培元.抗战时期的延安鲁艺［M］.桂林：广西师范大学出版社，1999.

［136］王培元.延安鲁艺风云录［M］.2版.桂林：广西师范大学出版社，2004.

［137］高新民，张树军.延安整风实录［M］.杭州：浙江人民出版社，2000.

［138］宋金寿.抗战时期的陕甘宁边区［M］.北京：北京出版社，1995.

［139］王海平，张军锋.回想延安·1942［M］.南京：江苏文艺出版社，2002.

［140］王剑青，冯健男.晋察冀文艺史［M］.北京：中国文联出版公司，1989.

［141］江超中.解放区文艺概述：1941—1947［M］.天津：百花文艺出版社，1958.

［142］齐礼.边区实录初集［M］.延安：解放社，1939.

［143］许纪霖，陈达凯.中国现代化史［M］.上海：上海三联书店，1995.

［144］黄子平."灰阑"中的叙述［M］.上海：上海文艺出版社，2001.

［145］彭维锋."三农"中国的文学建构："三农"题材文学创作与社会主义新农村建设研究［M］.北京：光明日报出版社，2015.

［146］张根柱，付道磊.延安文学体制的生成与个性的嬗变［M］.徐州：中国矿业大学出版社，2008.

［147］贺桂梅.转折的时代：40—50年代作家研究［M］.济南：山东教育出版社，2003.

［148］李泽厚.李泽厚十年集：1979—1989［M］.合肥：安徽文艺出版社，1994.

[149] 冯文华,薛忠义,苑世强,等.马克思主义中国化研究:第一辑[M].大连:大连海事大学出版社,2009.

[150] 斯坦因.红色中国的挑战[M].李凤鸣,译.上海:上海科学技术文献出版社,2015.

[151] 孙国林.延安文艺大事编年[M].西安:陕西师范大学出版总社,2016.

[152] 刘宗武.孙犁研究论文集[M].天津:百花文艺出版社,2002.

[153] 袁盛勇.历史的召唤:延安文学的复杂化形成[M].北京:中国戏剧出版社,2007.

[154] 黄云明.马克思劳动伦理思想的哲学研究[M].北京:人民出版社,2015.

[155] 王春林.乡村书写与区域文学经验[M].太原:北岳文艺出版社,2015.

[156] 常卫国.劳动论:《马克思恩格斯全集》探义[M].沈阳:辽宁人民出版社,2005.

[157] 刘旭.赵树理文学的叙事模式研究[M].太原:北岳文艺出版社,2015.

[158] 朱凌.赵树理阐释史:赵树理创作价值变迁与时代文化思潮之关系[M].济南:山东大学出版社,2015.

[159] 贺桂梅.赵树理文学与乡土中国现代性[M].太原:北岳文艺出版社,2016.

[160] 潘磊.新世纪"底层文学现象"研究[M].北京:人民出版社,2017.

[161] 朱鸿召.延安文艺繁华录[M].西安:陕西人民出版社,2017.

[162] 王强."劳工神圣"与五四新文学[J].上海师范大学学报(自然科学版),1985(2).

[163] 李富春.加紧生产,坚持抗战[J].解放,1939(8).

[164] 黄正林.抗战时期陕甘宁边区农业劳动力资源的整合[J].中国农史,2004(1).

[165] 周海燕.作为规训的生产:以大生产运动叙事为中心的话语考察[J].开放时代,2012(8).

[166] 张国钧.劳动解放:马克思人类解放思想的真蕴[J].长白学刊,2010(3).

[167] 胡青.耕读:中国古代的教育与生产劳动相结合[J].江西师范大学学报(哲学社会科学版),1992(3).

[168] 刘彦威.抗日根据地的农业[J].中国农史,2000(4).

[169] 周维东.延安时期(1936—1948)集体创作的形式与功能[J].现代中国文化与文学,2011(1).

[170] 袁盛勇.论周扬延安时期文艺思想的构成[J].文艺研究,2007(3).

［171］曾涛．"劳动"与人：马克思哲学的革命性及其哲学意义："以劳动创造了人本身"为中心［J］．广西社会科学，2011（7）．

［172］李小鲁，谢迪斌．延安时期和谐干群关系的历史成因与当代启示［J］．科学社会主义，2011（3）．

［173］王昱娟．农民·作家："身份认同"与中国当代文学研究：以赵树理、贾平凹为例［J］．现代中国文化与文学，2011（1）．

［174］杨宏雨，吴昀潇．建党时期中国共产党人的劳动观：以《劳动界》为中心的研究［J］．江苏社会科学，2013（2）．

［175］张盾．哲学经济学视域中的劳动论题：关于马克思与黑格尔理论传承关系的微观研究［J］．南京大学学报，2006（5）．

［176］贺桂梅．"延安道路"中的性别问题：阶级与性别议题的历史思考［J］．南开学报（哲学社会科学版），2006（6）．

［177］尚庆飞，张明．毛泽东劳动观的历史生成及其当代价值［J］．马克思主义研究，2011（5）．

［178］孙晓忠．改造说书人：1944年延安乡村文化的当代意义［J］．文学评论，2008（3）．

［179］赵卫东．一九四〇年代延安"文艺政策"演化考论［J］．中国现代文学研究丛刊，2010（2）．

［180］毛泽东．文艺工作者要同工农兵相结合［J］．文艺理论与批评，1994（2）．

［181］张鸿声．从人道主义到社会主义：论"五四"劳工文学［J］．郑州大学学报（哲学社会科学版），1997（5）．

［182］黎紫．评柯蓝的《红旗呼啦啦飘》［J］．大众文艺丛刊，1948（1）．

［183］秦燕．陕甘宁边区妇女参加社会生产的理论与实践［J］．人文杂志，1992（3）．

［184］董丽敏．"劳动"：妇女解放及其限度——以赵树理小说为个案的考察［J］．中国现代文学研究丛刊，2010（3）．

［185］周维东．被"真人真事"改写的历史：论解放区文艺运动中的"真人真事"创作［J］．中山大学学报（社会科学版），2014（2）．

［186］栾梅健．对延安文学中知识分子形象的历史审视［J］．苏州大学学报（哲学社会科学版），1988（3）．

[187] 蔡翔.《地板》：政治辩论和法令的"情理"化：劳动或者劳动乌托邦的叙述（之一）[J]. 文艺理论与批评，2009（5）.

[188] 沈仲亮. 在小说修辞与政治意识形态之间：从峻青《水落石出》看解放区小说"地主"形象的嬗变[J]. 中国现代文学研究丛刊，2009（1）.

[189] 齐荣晋. 阮章竞与歌剧《赤叶河》[J]. 新文化史料，1996（4）.

[190] 赵耀辉. 延安双拥运动评析[J]. 军事历史研究，2013（2）.

[191] 王永昌. 论毛泽东关于军民关系的伦理思想[J]. 学术论坛，2009（12）.

[192] 王金双."人力车夫情结"与五四新文学运动[J]. 齐鲁学刊，2012（4）.

[193] 刘传霞.《灾难的明天》与抗日根据地农村妇女解放道路[J]. 济南大学学报（社会科学版），2008（3）.

[194] 杨劼. 延安文学：深层的面对[J]. 艺术评论，2008（10）.

[195] 周维东. 延安文学研究的现状与深化的可能[J]. 现代中国文化与文学，2005（2）.

[196] 王建华. 革命的理想人格：延安时期劳动英雄的生产逻辑[J]. 南京大学学报（哲学·人文科学·社会科学版），2016（5）.

[197] 袁盛勇."党的文学"：后期延安文学观念的核心[J]. 中国现代文学研究丛刊，2005（3）.

[198] 赵学勇，李明. 左翼文学精神与20世纪中国文学的现代化论纲[J]. 兰州大学学报（社会科学版），2003（1/2）.

[199] 何挺杰. 陕西农村之破产及趋势[J]. 中国经济月刊，1933（4）.

[200] 阎庆生. 论孙犁美学思想的特质[J]. 河北学刊，2018（1）.

[201] 傅瑛. 漫谈孙犁在延安的文学创作[J]. 淮北煤师院学报（社会科学版），1982（1）.

[202] 阎庆生. 论孙犁崇尚自然之道的美学思想[J]. 兰州大学学报（社会科学版），2003（1）.

[203] 徐中振."劳工神圣"：一个不容忽视的五四新启蒙口号：兼论中国现代革命和历史的时代精神[J]. 江汉论坛，1991（7）.

[204] 李祖德. 劳动、性别、身体与文化政治：论"十七年"文学的"劳动"叙述及其情感与形式[J]. 重庆师范大学学报（哲学社会科学版），2010（3）.

[205] 陈思和. 如何当家？怎样做主？：重读鲁煤执笔的话剧《红旗歌》[J]. 中国现代文学研究丛刊, 2011（4）.

[206] 哈建军. 解放区文学中的村干部形象及其时代意义[J]. 社会科学战线, 2012（11）.

[207] 张挺玺. 1943：走向大众化的解放区文学[J]. 当代文坛, 2017（2）.

[208] 孙亮. 约翰·霍洛威对"劳动解放"理论的重构及反思[J]. 上海师范大学学报（哲学社会科学版）, 2017（1）.

[209] 商昌宝, 邱晟楠. 由报告文学创作看延安文艺转型[J]. 长安大学学报（社会科学版）, 2016（1）.

[210] 蒋祎. 想象的"劳动乌托邦"：十七年文学中的城市风景建构[J]. 海南师范大学学报（社会科学版）, 2017（2）.

[211] 王荣. 论40年代"解放区"叙事诗创作及其形式的"谣曲化"[J]. 陕西师范大学学报（哲学社会科学版）, 2004（3）.

[212] 付长珍. 启蒙伦理场域中的劳动观念变迁[J]. 文史哲, 2018（1）.

[213] 农为平. 乡土文学中即将消逝的农事描写[J]. 扬子江评论, 2017（3）.

[214] 董志刚. 劳动与审美：马克思、海德格尔和杜威的劳动美学[J]. 南京社会科学, 2017（2）.

[215] 田松林. 模范文化与延安文学中的英雄叙事[J]. 福建师范大学学报（哲学社会科学版）, 2018（2）.

[216] 赵学勇, 吕惠静. 延安文学"大众化"理论及其实践[J]. 兰州大学学报（社会科学版）, 2017（4）.

[217] 赵学勇. 延安女作家群创作中集体与边缘的双重叙事[J]. 中国现代文学研究丛刊, 2015（9）.

[218] 谭泓. 延安时期的劳动伦理精神及其当代价值[J]. 马克思主义研究, 2017（7）.

[219] 陈灵强. 延安文学与十七年文学话语模式之辨析[J]. 中国现代文学研究丛刊, 2017（9）.

[220] 张明. 毛泽东劳动观的当代解读[D]. 南京：南京大学, 2012.

[221] 杨青. 马列劳动思想及其中国共产党早期领导人的继承与发展[D]. 苏州：苏州大学, 2013.

［222］孙倩. 通过"劳动"的"解放"：延安文学中的妇女形象研究［D］. 重庆：重庆大学，2016.

［223］朱秀清. 延安文学传播形态研究［D］. 济南：山东大学，2009.

［224］郝仪. 延安大生产运动中的政治动员研究［D］. 湘潭：湘潭大学，2013.

［225］朱其永. 马克思劳动观初探［D］. 曲阜：曲阜师范大学，2007.

［226］王春. 话语立场嬗变历程中的现代性折射："劳工神圣"在中国现代文学中变调的历史审视［D］. 南宁：广西民族大学，2009.

［227］俞晓娟. 沦落与改造：解放区文学中"二流子"形象综论［D］. 福州：福建师范大学，2010.

［228］王珲. 婚姻的革命与革命的婚姻：解放区文艺作品中的婚姻家庭关系调整——介于法律与文学的研究视野下［D］. 上海：华东师范大学，2013.

［229］秦彬. "改造"话语与延安文学：基于政治文化统合性视角的考察［D］. 天津：南开大学，2013.

［230］刘洁. "走向解放"：集体化时期太行山区妇女的农业劳动［D］. 天津：南开大学，2012.

［231］程娟娟. 土改文学叙事研究［D］. 天津：南开大学，2012.

［232］孙胜存. 救赎·蜕变·转型：解放区文学再思考［D］. 保定：河北大学，2015.

［233］贾莉. 抗战时期晋绥边区劳动英雄运动研究［D］. 延安：延安大学，2017.

［234］徐功献. 延安时期中国共产党对传统文艺的改造与利用研究［D］. 湘潭：湘潭大学，2017.

［235］王兰. 从重庆到延安的知识分子：以陈学昭为主要考察对象［D］. 重庆：西南大学，2017.

后　记

延安文学/文艺创作既注重个人创作实践，也重视甚至自觉提倡集体创作探索，在文学/文艺生产方面积累了丰富而又宝贵的经验。当我们今天面对延安时期的人文天地和文学世界时，在学术活动乃至著书立说中，也可以悉心体察和汲取延安经验、弘扬延安精神，在高校教书育人和学术研究的平台上，发挥师生互动、合作的集体优势和力量。在这方面我们已经进行了多次尝试，这本小书也是如此。

作为"延安文艺与20世纪中国文学研究"项目子课题"延安时期重要作家作品研究"负责人的李继凯，除了参与课题总体设计和争取立项等工作外，还和冯超、王奎一起负责本书的总体设计和统稿，并撰写了导论和部分章节。王荣、程国君、宋颖慧、吴国彬、孙鸿亮、焦欣波、马亚琳、张雪艳、白若凡、邱跃强、魏欣怡、董洁、白玉华、牛瑞源、魏瑞等也承担了部分章节的撰稿。

感谢所有参加本书撰稿和校对的老师和学生。

感谢课题主持人赵学勇教授的关切和支持！感谢陕西师范大学出版总社社长刘东风、总编辑雷永利和编辑梁菲、杨杰的大力支持！

人间疫情挥之不去，人间辛劳夜以继日，人间扶助感天动地，热爱生活和学术的我们也要投入或大或小的人类命运共同体的建设活动，为了温暖人间而努力书写，努力工作。从自力更生、艰苦奋斗的延安精神中，我们也会得到不竭动力和鼓励，砥砺前行，取得更多的工作业绩。对此我们也有起码的"文化自信"。

2021年1月20日于西安冬夜